E L James

GREY

Fifty Shades of Grey
von Christian selbst erzählt

Roman

Deutsch von
Andrea Brandl, Karin Dufner,
Sonja Hauser, Christine Heinzius
und Ulrike Laszlo

GOLDMANN

Die Originalausgabe erschien 2015 unter dem Titel
»Grey. Fifty Shades of Grey as told by Christian«
bei Arrow Books, The Random House Group Limited, London,
und Vintage Books, a division
of Penguin Random House LLC, New York.

MIX
Papier aus verantwor-
tungsvollen Quellen
FSC® C014496
www.fsc.org

Verlagsgruppe Random House FSC® N001967
Das für dieses Buch verwendete FSC®-zertifizierte Papier
Pamo House liefert Arctic Paper Mochenwangen GmbH.

1. Auflage
Deutsche Erstausgabe August 2015
Copyright © der Originalausgabe 2011, 2015 by Fifty Shades Ltd.
Copyright © der deutschsprachigen Ausgabe 2015
by Wilhelm Goldmann Verlag, München,
in der Verlagsgruppe Random House GmbH
Gestaltung des Umschlags und der Umschlaginnenseiten:
UNO Werbeagentur, München
Umschlagfoto: © ra2studio,
Spicedragon and Megan Wilson
Redaktion: Regina Carstensen
BH · Herstellung: Str.
Druck und Bindung: GGP Media GmbH, Pößneck
Printed in Germany
ISBN: 978-3-442-48423-2
www.goldmann-verlag.de

Besuchen Sie den Goldmann Verlag im Netz

Dieses Buch widme ich
den vielen Leserinnen und Lesern,
die es sich ausdrücklich gewünscht haben.
Danke für eure Unterstützung.
Ihr rockt meine Welt jeden Tag aufs Neue.

MONTAG, 9. MAI 2011

Ich habe drei Autos. Sie flitzen über den Boden. So schnell. Eins ist rot. Eins ist grün. Eins ist gelb. Ich mag das grüne. Das ist das beste. Mommy mag die Autos auch. Ich hab's gern, wenn Mommy mit ihnen und mir spielt. Das rote ist ihr Lieblingsauto. Heute sitzt sie auf dem Sofa und starrt die Wand an. Das grüne Auto braust in den Teppich. Das rote folgt. Dann das gelbe. Bumm! Aber Mommy merkt's nicht. Ich mach's noch mal. Bumm! Aber Mommy sieht's nicht. Ich ziele mit dem grünen Auto auf ihre Füße. Es verschwindet unter dem Sofa. Ich komme nicht ran. Meine Hand ist zu groß für den Spalt darunter. Mommy merkt's nicht. Ich will mein grünes Auto wiederhaben. Aber Mommy bleibt auf dem Sofa sitzen und starrt weiter die Wand an. *Mommy. Mein Auto.* Sie hört mich nicht. *Mommy.* Ich ziehe an ihrer Hand, und sie lehnt sich zurück und macht die Augen zu. Nicht jetzt, Würmchen. Nicht jetzt, sagt sie. Mein grünes Auto bleibt unter dem Sofa. Es ist immer unter dem Sofa. Ich kann's sehen. Aber ich komme nicht ran. Mein grünes Auto ist voller Staub. Ich will's wiederhaben. Aber ich komme nicht ran. Ich komme nie ran. Mein grünes Auto ist weg. Weg. Ich kann nie wieder damit spielen.

Als ich die Augen aufschlage, löst sich mein Traum im frühmorgendlichen Licht auf. *Was zur Hölle war das?* Ich versuche Teile des Traums festzuhalten, doch das gelingt mir nicht.

Wie fast jeden Morgen tue ich ihn mit einem Achselzucken ab, stehe auf und nehme einen frisch gewaschenen Jogginganzug aus meinem begehbaren Kleiderschrank. Draußen droht ein bleigrauer

Himmel mit Regen, und ich habe keine Lust, beim Joggen nass zu werden. Also gehe ich nach oben in meinen Fitnessraum, schalte den Fernseher ein, um die Wirtschaftsnachrichten zu sehen, und steige aufs Laufband.

Meine Gedanken wandern zu meinem Tagesprogramm. Nichts als Besprechungen, allerdings wird mein Personal Trainer später noch für eine Trainingseinheit in mein Büro kommen – Bastille ist mir immer eine willkommene Herausforderung.

Vielleicht sollte ich Elena anrufen?

Ja. Vielleicht. Wir könnten uns später in der Woche zum Abendessen treffen.

Ich stoppe das Laufband schwer atmend und gehe unter die Dusche, um einen weiteren monotonen Tag zu beginnen.

»Morgen«, verabschiede ich Claude Bastille, der gerade mein Büro verlässt.

»Spielen wir diese Woche Golf, Grey?«, fragt Bastille lässig arrogant, weil er weiß, dass ihm der Sieg auf dem Golfplatz sicher ist.

Ich blicke ihm finster nach. Heute Morgen hat mich mein Personal Trainer trotz meiner heroischen Bemühungen haushoch geschlagen. Bastille ist der Einzige, der das kann, und jetzt will er auf dem Golfplatz nachlegen. Ich hasse Golf, aber weil auf den Fairways die Basis für so viele geschäftliche Abschlüsse gelegt wird, muss ich seinen Unterricht dort ertragen. Und so ungern ich das zugebe: Bastille ist es tatsächlich gelungen, mein Spiel zu verbessern.

Als ich auf die Skyline von Seattle hinausschaue, spüre ich wieder dieses Gefühl des Überdrusses. Meine Stimmung ist genauso grau wie das Wetter. Meine Tage reihen sich ohne großen Unterschied aneinander, ich sehne mich nach Abwechslung. Ich habe das ganze Wochenende durchgearbeitet und tigere unruhig in meinem Büro auf und ab, obwohl ich nach dem Sport mit Bastille eigentlich ausgepowert sein sollte.

Ich runzle die Stirn. Die ernüchternde Wahrheit sieht so aus:

In letzter Zeit war das einzig Interessante in meinem Leben die Entscheidung, zwei Frachtschiffe in Richtung Sudan zu schicken. Apropos: Ros muss mir noch Daten und logistische Informationen durchgeben. *Wo zum Teufel bleibt sie?* Ich greife nach dem Telefonhörer.

Dabei fällt mein Blick auf meinen Terminkalender. O nein! Gleich muss ich der aufdringlichen Miss Kavanagh von der Studentenzeitung der WSU ein Interview geben. *Verdammt, warum habe ich mich darauf eingelassen?* Ich hasse Interviews – hirnverbrannte Fragen von hirnverbrannten, schlecht informierten Idioten, die in meinem Privatleben herumstochern wollen. *Und sie ist eine Studentin.* Das Telefon klingelt.

»Ja«, knurre ich Andrea an. Wenigstens kann ich dieses Interview kurzhalten.

»Miss Anastasia Steele wäre da, Mr. Grey.«

»Steele? Ich dachte, Katherine Kavanagh kommt.«

»Eine Miss Anastasia Steele ist hier, Sir.«

Ich hasse Überraschungen. »Führen Sie sie rein«, brumme ich.

Soso ... Miss Kavanagh ist also indisponiert. Ich kenne ihren Vater, den Gründer von Kavanagh Media, und halte ihn für einen klugen Geschäftsmann und umsichtigen Menschen. Dieses Interview mache ich ihm zuliebe – im Bedarfsfall werde ich auf den Gefallen zurückkommen. Außerdem muss ich zugeben, dass ich neugierig auf seine Tochter bin. Ich möchte sehen, ob der Apfel weit vom Stamm fällt.

Ein Geräusch an der Tür lässt mich aufspringen. Ein Geschöpf mit langen kastanienbraunen Haaren, blassen Armen und Beinen und braunen Stiefeln stolpert mit dem Kopf voran in mein Büro. Ich verberge meinen Ärger über so viel Ungeschicklichkeit, eile zu der jungen Frau, die auf Händen und Knien auf dem Boden gelandet ist, und helfe ihr auf.

Als ihre klaren, strahlend blauen Augen mich verlegen anblicken, stutze ich. Sie haben eine höchst ungewöhnliche Farbe – Taubenblau –, und einen Moment habe ich das Gefühl, dass sie in mein

Innerstes sehen kann. Ich fühle mich … nackt. Der Gedanke ist beklemmend, also schiebe ich ihn sofort beiseite.

Ihr kleines, hübsches Gesicht wird rot. Kurz überlege ich, ob ihre Haut überall so ist – makellos – und wie sie nach einem Stockschlag aussehen würde.

Himmel.

Ich klopfe mir innerlich auf die Finger. *Was zum Teufel denkst du da, Grey?* Die Kleine ist viel zu jung für dich. Sie sieht mich mit großen Augen an. *Baby, es ist nur ein hübsches Gesicht, die Schönheit rein oberflächlich.* Am liebsten würde ich ihr den offenen, bewundernden Blick aus diesen großen blauen Augen wischen. Showtime, Grey. Gönn dir ein bisschen Spaß.

»Miss Kavanagh? Ich bin Christian Grey. Alles in Ordnung? Möchten Sie sich setzen?«

Wieder wird sie rot. Ich mustere sie genauer. Sie ist auf unbeholfene Weise attraktiv – zierlicher Körper, blasse Haut, kastanienbraune Mähne, durch das Haarband kaum gebändigt.

Eine Brünette.

Ja, sie ist attraktiv. Ich strecke ihr die Hand hin, und sie stammelt verlegen eine Entschuldigung. Ihre Haut ist kühl und weich, ihr Händedruck erstaunlich fest.

»Miss Kavanagh ist indisponiert und hat mich geschickt. Ich hoffe, Sie haben nichts dagegen, Mr. Grey.« Ihre melodische Stimme klingt zögernd, sie blinzelt. Mir fallen ihre langen Wimpern auf.

Unfähig, meine Belustigung über ihren alles andere als eleganten Auftritt zu verbergen, frage ich sie, wer sie ist.

»Anastasia Steele. Ich studiere mit Kate … äh … Katherine … äh … Miss Kavanagh Englische Literatur an der Washington State University in Vancouver.«

Ein nervöser, schüchterner Bücherwurm? Ja, sie sieht ganz so aus mit dem unförmigen Pullover, unter dem sie ihren zierlichen Körper verbirgt, mit dem braunen Rock und den bequemen Schuhen. *Mann, hat sie denn keinen Geschmack?* Sie sieht sich nervös in meinem Büro um – und weicht meinem Blick aus, registriere ich belustigt.

Wie kann diese junge Frau Journalistin sein? Sie hat keinerlei Durchsetzungsvermögen, ist auf charmante Weise aufgeregt und sanft … unterwürfig. Kopfschüttelnd über meine ungehörigen Gedanken biete ich ihr einen Platz an. Dabei fällt mir auf, wie sie die Gemälde in meinem Büro betrachtet. Ehe ich mich stoppen kann, erkläre ich: »Ein örtlicher Künstler, Trouton.«

»Toll. Sie verwandeln das Gewöhnliche in etwas Außergewöhnliches«, stellt sie verträumt fest. Sie hat ein feines Profil – Himmelfahrtsnase und weiche, volle Lippen –, und ihre Worte könnten von mir stammen. *Sie verwandeln das Gewöhnliche in etwas Außergewöhnliches.* Eine kluge Bemerkung. Miss Steele scheint intelligent zu sein.

Als ich ihr beipflichte, steigt ihr wieder die Röte ins Gesicht. Ich setze mich ihr gegenüber hin und versuche, meine Fantasie zu zügeln. Sie fischt einen zerknitterten Zettel und einen Kassettenrekorder aus ihrem Rucksack. Gott, mit ihren zwei linken Händen lässt sie das verdammte Ding zweimal auf meinen Bauhaus-Tisch fallen. Sie scheint noch nie jemanden interviewt zu haben. Aus unerfindlichen Gründen amüsiert mich das. Normalerweise nervt mich Ungeschicklichkeit total, doch jetzt verberge ich mein Schmunzeln hinter meinem Zeigefinger und widerstehe dem Drang, das Ding für sie aufzustellen.

Als sie immer nervöser wird, kommt mir der Gedanke, ihr mit einer Reitgerte auf die Sprünge zu helfen. Geschickt eingesetzt lässt sich damit auch der hektischste Mensch beruhigen. Die Vorstellung lässt mich auf dem Stuhl hin und her rutschen. Sie sieht mich an und kaut auf ihrer vollen Unterlippe.

Verdammt! Wieso ist mir dieser Mund noch nicht aufgefallen?

»T…Tut mir leid. Ich mache das nicht so oft.«

Das sehe ich, Baby, aber im Moment ist mir das scheißegal, weil ich immerzu deinen Mund anstarren muss.

»Lassen Sie sich Zeit, Miss Steele.« Ich brauche selbst eine Weile, um meine Gedanken zu zügeln.

Grey ... reiß dich am Riemen.

»Haben Sie etwas dagegen, wenn ich Ihre Antworten aufnehme?«, fragt sie.

Am liebsten würde ich laut lachen. »Das fragen Sie mich jetzt, nachdem es Sie so viel Mühe gekostet hat, den Rekorder aufzustellen?«

Sie blinzelt. Ich bekomme doch tatsächlich Gewissensbisse!

Hör auf, dich wie ein Arschloch zu benehmen, Grey. »Aber nein, ich habe nichts dagegen«, murmle ich.

»Hat Kate, ich meine Miss Kavanagh, Ihnen erklärt, wofür das Interview ist?«

»Ja, es soll in der letzten Ausgabe der Studentenzeitung erscheinen, weil ich dieses Jahr bei der Abschlussfeier die Zeugnisse überreiche.« Warum ich mich darauf eingelassen habe, weiß der Himmel allein. Sam von der PR meint, die Fakultät für Umwelttechnik der Uni in Vancouver brauche Publicity, um ähnlich hohe Spenden wie die meine an Land zu ziehen, und außerdem sei Medienpräsenz immer gut.

Miss Steele blinzelt mit ihren blauen Augen, als würden meine Worte sie überraschen. Hat sie sich denn nicht auf dieses Interview vorbereitet? Mein Interesse an ihr kühlt ein wenig ab. Ihre Uninformiertheit gefällt mir nicht. Von Leuten, denen ich meine Zeit opfere, erwarte ich mehr.

»Gut. Ich habe einige Fragen an Sie, Mr. Grey.« Als sie eine Haarsträhne hinters Ohr streicht, vergesse ich meine Verärgerung.

»Das habe ich mir schon gedacht«, entgegne ich trocken. Soll sie sich ruhig ein bisschen winden. Das tut sie auch, bevor sie sich zusammenreißt, sich aufsetzt und die schmalen Schultern strafft. Dann beugt sie sich vor, drückt auf den Startknopf des Rekorders und wirft mit gerunzelter Stirn einen Blick auf ihre zerknitterten Notizen.

»Für ein solches Imperium sind Sie sehr jung. Worauf gründet sich Ihr Erfolg Ihrer Ansicht nach?«

Herrgott, fällt ihr nichts Intelligenteres ein? Was für eine langweilige Frage! Kein bisschen originell. Ich gebe meine übliche Antwort, dass ich ein außergewöhnliches Team von Mitarbeitern habe, dem ich vertrauen kann und das ich großzügig entlohne und so weiter und so fort … Aber letztlich, Miss Steele, beruht alles auf einer simplen Tatsache: dass ich verdammt noch mal ein Genie auf meinem Gebiet bin. Mein Metier beherrsche ich aus dem Effeff. Ich kaufe kränkelnde Unternehmen auf und bringe sie wieder auf die Beine oder verkaufe sie, wenn überhaupt nichts mehr mit ihnen anzufangen ist, an den Höchstbietenden. Man muss nur wissen, ob es sich lohnt, sie aufzupäppeln, oder nicht, und am Ende hängt das immer von den Leuten ab, die das machen. Um im Geschäftsleben Erfolg zu haben, braucht man gute Leute, und die habe ich aufgrund meiner hervorragenden Menschenkenntnis.

»Vielleicht haben Sie einfach nur Glück«, sagt sie leise.

Glück?, denke ich verärgert. *Glück?* Das hat verdammt noch mal nichts mit Glück zu tun, Miss Steele. Eine solche Bemerkung von einem Mäuschen wie ihr? Niemand hat mir je Glück unterstellt. Harte Arbeit, gute Mitarbeiter, die ich genauestens beobachte und auch, wenn nötig, kritisiere oder erbarmungslos auf die Straße setze, wenn sie der Aufgabe nicht gewachsen sind. *Das mache ich, und zwar gut. Das hat nichts mit Glück zu tun!* Um ihr meine Bildung zu demonstrieren, zitiere ich meinen amerikanischen Lieblingsindustriellen: »Die Entwicklung und das Über-sich-Hinauswachsen von Menschen sind das höchste Ziel fähiger Führung.«

»Hört sich an, als wären Sie ein Kontrollfreak«, erklärt sie todernst.

Wie bitte? Vielleicht durchschauen mich diese arglosen Augen ja doch.

Die personifizierte Kontrolle, genau das bin ich.

»Ich übe in der Tat in allen Bereichen des Lebens Kontrolle aus, Miss Steele.« Und das würde ich hier und jetzt gern bei dir tun.

Wieder errötet sie auf höchst attraktive Weise und kaut auf ihrer Lippe. Ich plappere weiter, um mich von ihrem Mund abzulenken.

»Außerdem erwirbt man sich große Macht, indem man seinen Traum von Kontrolle lebt.«

»Haben Sie denn das Gefühl, große Macht zu besitzen?«, fragt sie mit skeptisch gehobener Augenbraue. Will sie mich provozieren? Rührt meine Verärgerung von ihren Fragen, ihrem Verhalten oder der Tatsache her, dass ich sie attraktiv finde?

»Miss Steele, ich beschäftige mehr als vierzigtausend Menschen. Das verleiht mir ein gewisses Gefühl der Verantwortung – und der Macht, wenn Sie so wollen. Wenn ich zu dem Schluss käme, dass mich das Telekommunikationsgeschäft nicht mehr interessiert, und ich es abstoßen würde, hätten zwanzigtausend Menschen Probleme, ihre Hypothekenzahlungen zu leisten.«

Sie sieht mich mit großen Augen an. Schon besser. *Stoff zum Nachdenken, Miss Steele.* Ich erlange meine innere Balance wieder.

»Sind Sie denn nicht dem Vorstand und Aufsichtsrat Rechenschaft schuldig?«

»Das Unternehmen gehört mir. Ich bin niemandem Rechenschaft schuldig«, erwidere ich in scharfem Tonfall. Das sollte sie eigentlich wissen.

»Haben Sie außer Ihrer Arbeit noch andere Interessen?«, fährt sie hastig fort, als sie meine Reaktion bemerkt. Es freut mich, sie aus der Fassung gebracht zu haben.

»Eine ganze Menge, Miss Steele. Und sehr unterschiedliche.« Ich stelle sie mir in meinem Spielzimmer vor: ans Kreuz gefesselt, mit gespreizten Beinen auf dem Himmelbett oder auf der Bank. Wieder wird sie rot. Scheint ein Verteidigungsmechanismus zu sein.

»Was tun Sie zum Chillen nach der Arbeit?«

»Zum Chillen?« Ich grinse. Aus ihrem Mund klingt das ziemlich seltsam. Außerdem: Wann habe ich schon Zeit zum Chillen? Hat sie denn keine Ahnung, wie viele Unternehmen ich leite? Als sie mich mit aufrichtigem Blick ansieht, ertappe ich mich dabei, wie ich ernsthaft über ihre Frage nachdenke. *Ja, was tue ich eigentlich zur Entspannung?* Segeln, Fliegen, Ficken ... die Grenzen von kleinen

Brünetten wie ihr ausloten und sie an die Kandare nehmen … Innerlich aufgewühlt, äußerlich jedoch umso ruhiger beantworte ich ihre Frage, ohne ihr meine Lieblingshobbys zu nennen.

»Sie investieren in die Produktion. Warum?«

»Ich schaffe gern Dinge. Mich interessiert, wie sie funktionieren, wie man sie zusammensetzt und auseinanderbaut. Und ich liebe Boote.« Schiffe transportieren Nahrungsmittel um den Globus.

»Das klingt eher nach dem Herzen als nach Logik und Fakten.«

Herz? Ich? O nein, Baby.

Mein Herz ist vor langer Zeit unwiederbringlich zerfleischt worden. »Möglich. Obwohl es Menschen gibt, die behaupten, dass ich kein Herz besitze.«

»Warum behaupten sie das?«

»Weil sie mich gut kennen.« Ich lächle spöttisch. Eigentlich kennt mich niemand so gut, abgesehen vielleicht von Elena. Ich frage mich, was sie von der kleinen Miss Steele halten würde. Das Mädchen ist ein einziger großer Widerspruch: schüchtern, unsicher, offensichtlich intelligent und mörderisch sexy.

Ja, okay, ich geb's zu: Die Kleine macht mich total an.

Die nächste Frage liest sie vom Blatt ab. »Würden Ihre Freunde sagen, dass Sie ein offener Mensch sind?«

»Ich lege Wert auf eine gesicherte Privatsphäre, Miss Steele, und gebe nicht oft Interviews.« Bei meinem Lebensstil brauche ich diese Privatsphäre.

»Warum haben Sie sich auf dieses hier eingelassen?«

»Weil ich die Universität finanziell unterstütze und Miss Kavanagh nicht abwimmeln konnte. Sie hat meine PR-Leute ziemlich lange bearbeitet, und solche Hartnäckigkeit nötigt mir Bewunderung ab.« Aber ich bin froh, dass du hier aufgekreuzt bist und nicht sie.

»Sie investieren auch in landwirtschaftliche Technologie. Warum?«

»Geld kann man nicht essen, Miss Steele, und auf diesem Planeten gibt es zu viele Menschen, die hungern.«

»Sie scheinen ja ein wahrer Menschenfreund zu sein. Ist es Ihnen tatsächlich ein Anliegen, die Armen der Welt mit Nahrung zu versorgen?« Sie sieht mich erstaunt an. Ich möchte auf keinen Fall, dass diese großen blauen Augen in meine dunkle Seele blicken. Über dieses Thema spreche ich nicht. Niemals. *Themenwechsel, Grey.*

»Es ist ein einträgliches Geschäft.« Ich zucke gelangweilt mit den Achseln und stelle mir, um mich von Grübeleien über hungernde Menschen abzulenken, vor, wie sie vor mir kniet und ich ihren Mund ficke. Der Gedanke gefällt mir.

»Haben Sie eine bestimmte Geschäftsphilosophie? Und wenn ja, wie sieht sie aus?«, reißt sie mich aus meinen Tagträumen.

»Nein, nicht im engeren Sinne, eher einen Leitsatz, der sich an Carnegie orientiert: ›Wer die Fähigkeit erwirbt, seinen eigenen Geist voll und ganz zu beherrschen, wird auch alles andere beherrschen, auf das er ein Anrecht besitzt.‹ Ich bin sehr eigen, ein Getriebener. Ich liebe Kontrolle – über mich selbst und die Menschen, die mich umgeben.«

»Dann besitzen Sie gern Dinge?«

Ja, Baby. Dich würde ich zum Beispiel gern besitzen.

»Ich möchte ihrer würdig sein … Und ja, letztlich haben Sie recht.«

»Sie klingen wie der ideale Verbraucher.« In ihrer Stimme schwingt Missbilligung mit, was mich ärgert.

»Ja, der bin ich.«

Sie hört sich an wie ein reiches Gör, das immer alles hatte, doch ihre Kleidung – Walmart, vielleicht auch Old Navy – spricht dagegen. Sie stammt nicht aus einem wohlhabenden Elternhaus.

Ich könnte für dich sorgen.

Scheiße, wo kommt dieser Gedanke plötzlich her?

Aber ich brauche tatsächlich eine neue Sub. Das mit Susannah ist wie lange her? Zwei Monate? Mir läuft das Wasser im Mund zusammen beim Anblick dieser kleinen Brünetten. Ich pflichte ihr mit einem Lächeln bei. Konsum ist nichts Schlechtes – schließlich treibt er das bisschen, was noch von der amerikanischen Wirtschaft übrig ist, an.

»Sie wurden adoptiert. Wie sehr, glauben Sie, hat das Ihre Persönlichkeit beeinflusst?«

Was zum Teufel hat das mit dem Ölpreis zu tun? Ich sehe sie finster an. Was für eine dumme Frage. Wenn ich bei der Crackhure geblieben wäre, würde ich jetzt vermutlich nicht mehr unter den Lebenden weilen. Ich versuche, sie mit einer ausweichenden Antwort abzuspeisen, aber sie hakt nach und will wissen, wie alt ich bei meiner Adoption war.

Bring sie zum Schweigen, Grey!

»Das können Sie auf Ämtern recherchieren, Miss Steele.« Meine Stimme ist eiskalt. Über solche Dinge sollte sie informiert sein. Sie wirkt zerknirscht. Gut.

»Sie mussten das Familienleben der Arbeit opfern.«

»Das ist keine Frage«, herrsche ich sie an.

Wieder wird sie rot und kaut auf dieser verdammten Lippe. Aber sie besitzt den Anstand, sich zu entschuldigen. »Mussten Sie das Familienleben der Arbeit opfern?«

Was soll ich mit einer Scheißfamilie?

»Ich habe eine Familie, einen Bruder und eine Schwester und Eltern, die mich lieben. Und ich habe keinerlei Interesse, meine Familie darüber hinaus zu vergrößern.«

»Sind Sie schwul, Mr. Grey?«

Wie bitte?

Hat sie das wirklich laut gesagt? Die unausgesprochene Frage, die sich meine Familie zu meiner Belustigung nicht zu stellen traut. Wie kann sie es wagen? Ich muss mich beherrschen, sie nicht aus dem Sessel zu zerren, übers Knie zu legen, ihr den Teufel aus dem Leib zu prügeln und sie anschließend mit gefesselten Händen auf meinem Schreibtisch zu ficken. Das würde ihre Frage beantworten. Ich hole tief Luft, um mich zu beruhigen. Zu meiner Freude scheint ihr die Frage peinlich zu sein.

»Nein, Anastasia, das bin ich nicht.« Ich hebe die Augenbrauen, bleibe aber ansonsten gelassen. *Anastasia.* Ein hübscher Name.

»Entschuldigung. Es … äh … steht hier.« Sie streicht sich nervös eine Haarsträhne hinters Ohr.

Sind das nicht ihre eigenen Fragen? Als ich sie darauf anspreche, wird sie blass. Mann, sie ist wirklich attraktiv, auf unauffällige Weise.

»Äh … nein. Kate – Miss Kavanagh – hat sie zusammengestellt.«

»Sind Sie beide in der Redaktion der Studentenzeitung?«

»Nein, ich lebe mit ihr in einer WG.«

Kein Wunder, dass sie so durcheinander ist. Ich reibe mir das Kinn und überlege, ob ich sie in die Bredouille bringen soll.

»Haben Sie sich freiwillig bereit erklärt, dieses Interview mit mir zu führen?«, erkundige ich mich und werde mit einem unterwürfigen Blick belohnt: große Augen und Nervosität. Mir gefällt meine Wirkung auf sie.

»Nein, sie hat mich abkommandiert. Sie ist krank«, antwortet sie leise.

»Das erklärt manches.«

Es klopft an der Tür, und Andrea tritt ein.

»Mr. Grey, entschuldigen Sie die Störung, aber Ihr nächster Termin beginnt in zwei Minuten.«

»Wir sind noch nicht fertig, Andrea. Bitte sagen Sie den nächsten Termin ab.«

Andrea sieht mich erstaunt an. Ich bedenke sie mit einem finsteren Blick. *Raus! Sofort! Ich bin mit der kleinen Miss Steele beschäftigt.*

»Wie Sie meinen, Mr. Grey«, sagt sie und verschwindet.

Ich wende mich wieder dem faszinierenden, frustrierenden Wesen auf der Couch zu. »Wo waren wir stehen geblieben, Miss Steele?«

»Bitte lassen Sie sich von mir nicht aufhalten.«

Nein, Baby. Jetzt bin ich dran. Ich will wissen, ob es hinter deinen schönen Augen auch Geheimnisse zu entdecken gibt.

»Ich möchte mehr über Sie erfahren. Das ist, glaube ich, nur fair.« Als ich mich zurücklehne und die Finger auf meine Lippen lege, wandert ihr Blick zu meinem Mund, und sie schluckt. *Ja, ja, die übliche Wirkung.* Es befriedigt mich zu sehen, dass sie nicht völlig immun gegen meine Reize ist.

»Da gibt's nicht viel zu erfahren«, sagt sie, wieder einmal errötend.

Ich schüchtere sie ein. »Was haben Sie nach dem Abschluss vor?«

»Ich habe noch keine genaueren Pläne, Mr. Grey. Zuerst muss ich die Abschlussprüfung bestehen.«

»Unser Unternehmen offeriert ein ausgezeichnetes Praktikantenprogramm.«

Scheiße. Welcher Teufel hat mich geritten, das zu sagen? Ich verstoße gegen Regel Nummer eins – fick nie das Personal. Aber Grey, du fickst die Kleine doch gar nicht.

Sie kaut überrascht an ihrer Lippe. Warum törnt mich das so an?

»Gut zu wissen«, murmelt sie und fügt dann hinzu: »Allerdings glaube ich nicht, dass ich hierherpassen würde.«

Warum zum Teufel nicht? Was gefällt ihr nicht an meinem Unternehmen?

»Warum sagen Sie das?«

»Das liegt doch auf der Hand, oder?«

»Für mich nicht.«

Sie greift nervös nach dem Rekorder.

Verdammt, sie will sich verabschieden! Ich gehe in Gedanken rasch meine Termine am Nachmittag durch – nichts, was sich nicht verschieben ließe.

»Soll ich Ihnen alles zeigen?«

»Sie haben sicher Wichtigeres zu tun, Mr. Grey, und ich habe noch eine lange Fahrt vor mir.«

»Sie wollen zurück nach Vancouver?« Ich blicke zum Fenster hinaus. Das ist eine verdammt lange Fahrt, und es regnet. Bei dem Wetter sollte sie nicht fahren, aber ich kann es ihr nicht verbieten.

Das ärgert mich. »Seien Sie vorsichtig, fahren Sie nicht zu schnell.« Ich klinge strenger, als ich beabsichtige.

Sie fummelt an ihrem Rekorder herum, möchte aus meinem Büro weg, und aus unerfindlichen Gründen will ich sie daran hindern.

»Haben Sie alle Informationen, die Sie wollten?«, erkundige ich mich in einem ziemlich durchsichtigen Versuch, sie zum Bleiben zu bewegen.

»Ja, Sir«, antwortet sie mit leiser Stimme.

Wie das aus ihrem Mund klingt! Ich stelle mir vor, wie es wäre, über diesen Mund zu gebieten.

»Danke für das Interview, Mr. Grey.«

»Das Vergnügen war ganz meinerseits«, sage ich – der Wahrheit entsprechend, weil mich schon lange niemand mehr so fasziniert hat. Der Gedanke beunruhigt mich.

Sie steht auf, und ich strecke ihr die Hand hin, um ihre Haut noch einmal zu spüren.

»Bis bald, Miss Steele.« Ja, ich würde die Kleine gern in meinem Spielzimmer mit dem Flogger bearbeiten und ficken. Sie gefesselt sehen, wie sie mich begehrt und mir vertraut. Ich schlucke.

Mach dir keine falschen Hoffnungen, Grey.

»Mr. Grey.« Sie nickt und entzieht mir rasch ihre Hand ... zu rasch.

Mist, so kann ich sie nicht gehen lassen. Ich begleite sie zur Tür.

»Nur um sicher zu sein, dass Sie es durch die Tür schaffen, Miss Steele.«

Sie wird wie aufs Stichwort rot.

»Danke, sehr zuvorkommend, Mr. Grey«, zischt sie mich an.

Sieh an, Miss Steele hat Biss! Ich folge ihr grinsend. Andrea und Olivia heben schockiert den Kopf. *Ja, ich begleite die Kleine hinaus.*

»Hatten Sie einen Mantel?«, frage ich.

»Eine Jacke.«

Olivia springt auf, um eine marineblaue Jacke zu holen. Als ich sie ihr abnehme, signalisiere ich ihr mit einem finsteren Blick, dass sie sich setzen soll. Herrgott, geht Olivia mir auf die Nerven mit ihrer Anschmachterei.

Die Jacke ist billig und abgetragen. Miss Anastasia Steele sollte sich wirklich besser kleiden. Ich helfe ihr hinein, und dabei streifen meine Finger die Haut an ihrem Nacken. Ihr stockt der Atem, und sie wird blass.

Ja! Sie reagiert auf mich. Das freut mich. Ich schlendere zum Aufzug und drücke auf den Rufknopf, während sie neben mir herumzappelt.

O Baby, ich könnte dafür sorgen, dass die Zappelei aufhört.

Als die Türen sich öffnen, huscht sie hinein und sieht mich noch einmal an. Sie ist mehr als attraktiv, schön, würde ich sagen.

»Anastasia«, murmle ich zum Abschied.

»Christian«, flüstert sie. Dann schließen sich die Aufzugtüren. Aus ihrem Mund klingt mein Name seltsam fremd und höllisch sexy.

Ich muss mehr über dieses Mädchen erfahren.

»Andrea«, knurre ich, als ich ins Büro zurückmarschiere. »Welch soll mich anrufen.«

Während ich an meinem Schreibtisch auf den Anruf warte, betrachte ich die Gemälde an der Wand meines Büros, und Miss Steeles Worte fallen mir ein. *Sie verwandeln das Gewöhnliche in etwas Außergewöhnliches.* Der Satz passt auch auf sie.

Das Telefon klingelt.

»Mr. Welch für Sie.«

»Stellen Sie ihn durch.«

»Ja, Sir.«

»Welch, ich brauche Hintergrundinformationen.«

SAMSTAG, 14. MAI 2011

Anastasia Rose Steele

Geburtsdatum:	10. Sept. 1989, Montesano, WA
Adresse:	1114 SW Green Street, Apartment 7,
	Haven Heights, Vancouver, WA 98888
Handynummer:	360 959 4352
Social-Security-Nr.:	987-65-4320
Bankdaten:	Wells Fargo Bank, Vancouver, WA 98888
	Konto-Nr.: 309361; Kontostand: 683,16 $
Beruf:	Studentin, WSU Vancouver College of
	Liberal Arts – Hauptfach Englisch
Durchschnitt:	2,0
Schule:	Montesano JR-SR High School
Einstufungstest:	2150 Punkte
Arbeitsstelle:	Clayton's Baumarkt, NW Vancouver Drive,
	Portland, OR (Teilzeitjob)
Vater:	Franklin A. Lambert
	Geburtsdatum: 1. Sept. 1969
	Sterbedatum: 11. Sept. 1989
Mutter:	Carla May Wilks Adams
	Geburtsdatum: 18. Juli 1970
	verh.: Frank Lambert
	1. März 1989, verw. 11. Sept. 1989
	verh.: Raymond Steele
	6. Juni 1990, gesch. 12. Juli 2006
	verh.: Stephen M. Morton
	16. Aug. 2006, gesch. 31. Jan. 2007
	verh.: Robbin (Bob) Adams
	6. April 2009

Parteizugehörigkeit: keine
Religionszugehörigkeit: keine
Sexuelle Orientierung: unbekannt
Beziehungen: im Moment keine

Seit ich diese Informationen über sie vor zwei Tagen erhalten habe, gehe ich sie bestimmt schon zum hundertsten Mal durch, um die rätselhafte Miss Anastasia Rose Steele besser zu begreifen. Dass ich die verdammte Frau nicht vergessen kann, macht mich allmählich sauer. In der letzten Woche bin ich in besonders öden Besprechungen immer wieder gedanklich das Interview durchgegangen. Ihre ungeschickten Finger auf dem Rekorder, wie sie sich die Haarsträhne hinters Ohr gestrichen hat, die Lippenkauerei. Ja. Besonders diese Scheißlippenkauerei.

Und jetzt sitze ich im Wagen vor Clayton's Baumarkt in der Nähe von Portland, wo sie arbeitet.

Du bist ein Narr, Grey. Was machst du hier?

Ich wusste, dass ich hier landen würde. Die ganze Woche ... Ich wusste, dass ich sie wiedersehen muss. Seit ich meinen Namen aus ihrem Mund gehört habe. Ich habe versucht, mich dagegen zu wehren. Habe fünf Tage lang gewartet, fünf verdammte Tage, um zu sehen, ob ich sie vergessen würde.

Dabei warte ich normalerweise auf niemanden. Ich hasse es zu warten ... in jeglicher Form.

Ich bin nie zuvor aktiv auf eine Frau zugegangen. Die Frauen, die ich bisher hatte, wussten, was ich von ihnen erwarte. Ich fürchte, Miss Steele ist noch zu jung und interessiert sich nicht für das, was ich zu bieten habe ... Würde sie überhaupt eine gute Sub abgeben? Ich schüttle den Kopf. Es gibt nur eine Möglichkeit, das herauszufinden ... Und deswegen bin ich hier, ich verdammter Trottel, auf diesem Parkplatz in einem düsteren Vorort von Portland.

Die Hintergrundinformationen haben nicht wirklich Aufregendes über sie zutage gefördert – abgesehen von der letzten Zeile,

die mir nicht aus dem Kopf geht. *Warum haben Sie keinen Freund,
Miss Steele?* Sexuelle Orientierung unbekannt – vielleicht ist sie les-
bisch. Aber das halte ich für unwahrscheinlich. Ich erinnere mich
an die Schwulenfrage im Interview, an ihr verlegenes Erröten …
Verdammt, seit unserer Begegnung quälen mich solche albernen
Gedanken.

Deswegen bist du hier.

Ich brenne darauf, sie wiederzusehen – diese blauen Augen haben mich verfolgt, sogar im Traum. Flynn habe ich nichts von ihr
erzählt, weil ich mich aufführe wie ein Stalker. *Sollte ich es ihm doch
sagen?* Ich verdrehe die Augen – ich möchte mir nicht wieder die
Ohren vollquatschen lassen über seine neuesten lösungsorientierten
Ansätze. Ich bräuchte eine Tarnung – im Moment wäre mir ein Job
als Verkäufer in einem Baumarkt am liebsten.

Nun bist du schon mal da. Geh und sieh nach, ob dir die kleine
Miss Steele immer noch so gut gefällt.

Showtime, Grey.

Ein elektronischer Klingelton signalisiert mein Eintreten. Der
Baumarkt entpuppt sich als viel größer, als er von außen aussieht;
für einen Samstagnachmittag ist nicht viel los. Regale um Regale
mit dem üblichen Zeug. Ich hatte ganz vergessen, welche Möglichkeiten ein Baumarkt für jemanden wie mich bietet. Normalerweise
decke ich meinen Bedarf online, aber wenn ich schon mal hier bin,
kann ich auch ein paar Sachen kaufen. Ja, ich werde mir die reizende Miss Steele vornehmen.

Ich brauche gerade mal drei Sekunden, um sie zu finden. Sie
sitzt am Computer und mümmelt an einem Bagel. Geistesabwesend wischt sie einen Krümel von ihrem Mundwinkel und leckt ihren Finger ab. Mein Schwanz reagiert sofort.

Herrgott! Wie alt bin ich? Vierzehn?

Meine Reaktion ärgert mich kolossal. Vielleicht wird's besser,
wenn ich sie fessle, ficke und flogge … nicht notwendigerweise in
der Reihenfolge. *Ja, genau das brauche ich.*

Sie ist so in ihre Arbeit vertieft, dass ich Gelegenheit habe, sie ausführlich zu betrachten. Lüsterne Gedanken beiseite: Sie ist tatsächlich attraktiv. Ich habe mich also richtig erinnert.

Als sie den Blick hebt, erstarrt sie und fixiert mich mit ihren blauen Augen, die anscheinend in mein Innerstes sehen können. Ist das eine gute oder eine schlechte Reaktion? Jedenfalls bringt sie mich wieder genauso aus dem Konzept wie bei unserer ersten Begegnung.

»Miss Steele, was für eine angenehme Überraschung.«

»Mr. Grey«, flüstert sie nervös.

Hm, eine gute Reaktion.

»Ich war gerade in der Gegend. Ich brauche ein paar Dinge. Freut mich, Sie wiederzusehen, Miss Steele.« *Freut mich sogar sehr.* Sie trägt ein enges T-Shirt und eine Jeans, nicht den formlosen Sack, den sie beim Interview anhatte. So kommen ihre langen Beine, die schmale Taille und die perfekten Titten zur Geltung. Sie starrt mich weiter mit offenem Mund an. Ich muss mich sehr beherrschen, nicht die Hand auszustrecken und ihn ihr zuzudrücken. *Ich bin eigens von Seattle hergeflogen, um dich zu sehen. Der Flug scheint sich gelohnt zu haben.*

»Ana. Mein Name ist Ana. Womit kann ich Ihnen dienen, Mr. Grey?« Sie holt tief Luft, strafft die Schultern wie beim Interview und schenkt mir ein Verkäuferinnenlächeln.

Das Spiel beginnt, Miss Steele.

»Ich brauche einige Dinge, zum Beispiel Kabelbinder.«

Ihr Mund öffnet sich ein wenig, als sie scharf die Luft einsaugt.

Oh, das wird Spaß machen. Sie würden sich wundern, was ich mit Kabelbindern anstellen kann, Miss Steele.

»Wir führen unterschiedliche Längen. Darf ich sie Ihnen zeigen?«

»Gern, Miss Steele.«

Sie tritt hinter der Verkaufstheke hervor und deutet auf einen der Gänge. Sie trägt Chucks. Ich stelle sie mir in High Heels vor, in Louboutins … es geht nichts über Louboutins.

»Gang acht, bei den Elektroartikeln.« Ihre Stimme bebt, und sie wird wieder rot.

Sie findet mich attraktiv. Hoffnung keimt in mir auf. Dann ist sie also nicht lesbisch.

»Nach Ihnen«, murmle ich und signalisiere ihr, dass sie vorangehen soll. Das gibt mir Gelegenheit, ihren fantastischen Hintern zu bewundern. Ihr langer, dichter Pferdeschwanz schwingt im Takt mit ihren Hüften. Sie ist wirklich perfekt: liebenswürdig, höflich und hübsch, mit allen körperlichen Attributen, die ich an einer Sub schätze. Doch die Millionen-Dollar-Frage lautet: Könnte sie eine Sub sein? Wahrscheinlich weiß sie nichts über diesen Lebensstil, meinen Lebensstil, aber ich würde sie sehr gern damit vertraut machen. *Immer sachte mit den jungen Pferden, Grey.*

»Sind Sie geschäftlich in Portland?«, reißt sie mich aus meinen Gedanken. Das klingt, als interessierte sie das nicht wirklich. Fast muss ich lachen. Frauen bringen mich selten zum Lachen.

»Ich habe gerade die landwirtschaftliche Abteilung der Washington State in Vancouver besucht«, lüge ich. *Ich bin hier, um Sie zu sehen, Miss Steele.*

Sie wird rot, und ich komme mir beschissen vor.

»Weil ich deren Forschungsarbeit über Bodenbeschaffenheit und wechselnde Bewirtschaftung von Feldern finanziell unterstütze«, füge ich rasch hinzu. Das stimmt immerhin.

»Gehört das auch zu Ihrem Welternährungsprogramm?«, fragt sie und verzieht den Mund zu einem kleinen Lächeln.

»So ähnlich«, murmle ich. *Macht sie sich über mich lustig?* Das würde ich ihr gern austreiben. Aber wie soll ich das anstellen? Vielleicht fange ich mit einem Abendessen statt mit dem üblichen Interview an … Das wäre mal was Neues: eine potenzielle Sub zum Essen ausführen.

Wir erreichen die Plastikkabelbinder, die es in unterschiedlichen Längen und Farben gibt. Ich lasse die Finger geistesabwesend über die Packungen gleiten. *Lad sie einfach zum Essen ein.* Eine Verabredung? Würde sie ja sagen? Ihr Blick ist auf ihre ineinander ver-

schränkten Finger geheftet. Sie kann mir nicht in die Augen sehen … das ist vielversprechend. Ich wähle die längeren Kabelbinder,
weil die flexibler sind und man mit ihnen Fuß- und Handgelenke
gleichzeitig fesseln kann.

»Die da«, sage ich, und wieder wird sie rot.

»Brauchen Sie sonst noch etwas?«, fragt sie hastig. Entweder
sie ist superaufmerksam oder sie will mich aus dem Laden haben.

»Ja, Kreppband.«

»Wollen Sie malern?«

»Nein, das will ich nicht.« Wenn du wüsstest …

»Hier entlang«, nuschelt sie. »Das Kreppband ist bei den Maler-
sachen.«

*Nun mach endlich, Grey. Du hast nicht so viel Zeit. Verwickle sie
in ein Gespräch.* »Arbeiten Sie schon lange hier?« Natürlich kenne
ich die Antwort bereits. Anders als manche Leute mache ich meine Hausaufgaben. Sie errötet noch einmal – Gott, ist die Kleine
schüchtern. Das mit ihr kann ich mir aus dem Kopf schlagen. Sie
geht hastig den Gang zur Malerabteilung hinunter. Ich folge ihr
artig wie ein Hündchen.

»Seit vier Jahren«, murmelt sie, als wir das Kreppband erreichen.
Sie bückt sich und nimmt zwei Rollen unterschiedlicher Breite aus
dem Regal.

»Das da«, sage ich. Das breitere Band eignet sich sehr viel besser
zum Knebeln. Als sie mir die Rolle reicht, berühren sich kurz unsere Finger. Die Berührung hallt in meinem Unterleib wider. *Verdammt!*

Sie wird blass. »Darf es sonst noch etwas sein?«, haucht sie.

*Himmel, ich habe auf sie die gleiche Wirkung wie sie auf mich! Viel-
leicht …*

»Ein Seil, denke ich.«

»Hier entlang.« Sie huscht den Gang hinunter, und ich kann
noch einmal den Anblick ihres tollen Hinterns genießen.

»Was genau haben Sie sich vorgestellt? Wir haben Seile aus syn-
thetischen und aus natürlichen Fasern … Taue … Kordeln.«

Scheiße – hör auf. Mit einem lautlosen Stöhnen versuche ich, die Vorstellung von ihr, wie sie von der Decke meines Spielzimmers baumelt, zu verdrängen.

»Fünf Meter von dem Naturfaserseil, bitte.« Das ist grober und scheuert stärker, wenn man daran zerrt … mein Lieblingsseil.

Obwohl ihre Finger zittern, gelingt es ihr, die fünf Meter ohne Probleme abzumessen. Sie holt ein Teppichmesser aus der Gesäßtasche ihrer Jeans, schneidet das Seil ab, rollt es ordentlich auf und verschlingt es zu einem Schlippstek. Beeindruckend.

»Waren Sie mal bei den Pfadfindern?«

»Organisierte Gruppenaktivitäten sind nicht so mein Ding, Mr. Grey.«

»Was ist denn dann Ihr Ding, Anastasia?« Ihre Pupillen weiten sich, als ich sie ansehe.

Ja!

»Bücher«, flüstert sie.

»Was für Bücher?«

»Ach, das Übliche. Klassiker. Hauptsächlich britische Literatur.«

Britische Literatur? Bestimmt Brontë und Austen. Diese ganze Herzchen- und Blümchen-Scheiße.

Das ist nicht gut.

»Benötigen Sie sonst noch etwas?«

»Ich weiß es nicht. Könnten Sie mir denn noch etwas empfehlen?« Mich interessiert ihre Reaktion.

»Hier von den Werkzeugen?«, erkundigt sie sich.

Am liebsten würde ich laut lachen. *Baby, Selbermachen ist nicht mein Ding.* Ich kaschiere meine Belustigung mit einem Nicken. Als ihr Blick meinen Körper hinunterwandert, verkrampfe ich mich. Sie taxiert mich, Scheiße!

»Einen Overall«, schlägt sie vor.

Das ist so unerwartet wie die Schwulenfrage aus ihrem hübschen Mund.

»Sie wollen sich sicher nicht die Kleidung ruinieren.« Sie deutet verlegen auf meine Jeans.

Ich kann es mir nicht verkneifen zu sagen: »Die könnte ich ausziehen.«

»Hm.« Sie wird tiefrot und senkt den Blick.

»Okay, einen Overall. Schließlich will ich mir nicht die Kleidung ruinieren«, murmle ich. Sie wendet sich wortlos ab und geht raschen Schrittes den Gang entlang, und wieder folge ich ihr artig.

»Brauchen Sie sonst noch etwas?« Sie reicht mir einen blauen Overall, den Blick nach wie vor gesenkt, das Gesicht rot. *Himmel, was stellt sie bloß mit mir an?*

»Wie kommen Sie mit dem Artikel voran?«, frage ich sie in der Hoffnung, dass sie sich ein wenig entspannt.

Sie hebt den Blick mit einem erleichterten Lächeln.

Endlich.

»Den verfasse nicht ich, sondern Katherine, Miss Kavanagh, meine Mitbewohnerin. Sie schreibt gern und ist die Herausgeberin der Studentenzeitung. Sie war ganz geknickt, dass sie das Interview nicht selbst führen konnte.«

Das sind die längsten Sätze, die ich je von ihr gehört habe, und es geht darin nicht um sie selbst. *Interessant.*

Bevor ich etwas dazu sagen kann, fügt sie hinzu: »Sie findet es nur schade, dass sie keine Fotos von Ihnen hat.«

Die beharrliche Miss Kavanagh will Fotos, soso. Warum nicht? Das würde mir die Möglichkeit geben, mehr Zeit mit der reizenden Miss Steele zu verbringen.

»Was für Fotos hätte sie denn gern?«

Sie zuckt mit den Achseln.

»Ich bleibe fürs Erste in der Gegend. Vielleicht morgen …« Ich kann in Portland bleiben und vom Hotel, dem Heathman, aus arbeiten. Taylor wird herkommen, mir meinen Laptop und Kleidung bringen müssen. Oder Elliot – falls er sich nicht wie sonst immer an den Wochenenden durch die Betten schläft.

»Sie wären zu einem Fotoshooting bereit?«, fragt sie mich erstaunt.

Ich nicke. *Ich möchte mehr Zeit mit Ihnen verbringen, Miss Steele …*
Langsam, Grey.

»Kate würde sich freuen – vorausgesetzt, wir treiben so schnell einen Fotografen auf.« Sie strahlt. Himmel, sie ist wirklich atemberaubend.

»Lassen Sie es mich wissen, ob es morgen klappt.« Ich zücke meine Brieftasche. »Meine Visitenkarte mit meiner Handynummer. Sie müssen vor zehn Uhr morgens anrufen.« Wenn nicht, fliege ich zurück nach Seattle und vergesse dieses alberne Abenteuer. Hoffentlich nicht …

»Okay.« Sie grinst wie ein Honigkuchenpferd.

»Ana!« Wir drehen uns beide um, als ein junger Mann in legerer, aber teurer Kleidung am anderen Ende des Gangs auftaucht und Miss Anastasia Steele mit einem breiten Lächeln begrüßt. *Wer zum Teufel ist dieser Arsch?*

»Entschuldigen Sie mich bitte einen Augenblick, Mr. Grey.« Sie geht zu ihm, und der Kerl umarmt sie wie ein Gorilla. Mir gefriert das Blut in den Adern.

Nimm deine dreckigen Finger von ihr.

Ich balle die Hände zu Fäusten und beruhige mich erst wieder, als ich sehe, dass sie keine Anstalten macht, seine Umarmung zu erwidern.

Sie unterhalten sich flüsternd. Vielleicht stimmen die Informationen von Welch nicht. Vielleicht ist der Typ ihr Freund. Er wäre im richtigen Alter, verschlingt sie mit den Augen und legt lässig einen Arm um ihre Schulter. Eine beiläufige Geste, aber ich weiß, dass er sein Revier absteckt und mir signalisiert, dass ich mich vom Acker machen soll. Sie tritt verlegen von einem Fuß auf den anderen.

Scheiße. Ich sollte gehen. Ich habe zu hoch gepokert. Sie ist mit dem Kerl zusammen. Da sagt sie etwas zu ihm, löst sich von ihm, berührt seinen Arm, nicht seine Hand. Es ist klar, dass sie kein Paar sind.

Gut.

»Paul, das ist Christian Grey. Mr. Grey, das ist Paul Clayton. Seinem Bruder gehört der Baumarkt«, informiert sie mich mit einem merkwürdigen Blick, den ich nicht verstehe. »Obwohl ich Paul kenne, seit ich hier arbeite, sehen wir uns nicht oft. Er studiert in Princeton Business Administration.« Sie scheint mir wortreich erklären zu wollen, dass sie nicht mit ihm zusammen ist. Der Bruder vom Chef, nicht der Freund. Es überrascht mich, wie erleichtert ich bin. *Diese Frau geht mir echt unter die Haut.*

»Mr. Clayton«, begrüße ich ihn, nicht sonderlich freundlich.

»Mr. Grey.« Er erwidert meinen Händedruck schlaff. *Weichei.* »Moment – doch nicht der Christian Grey von Grey Enterprises Holdings?« Plötzlich ist er ganz servil.

Ja, genau der, du Arsch.

»Wow – kann ich Ihnen irgendwie behilflich sein?«

»Danke, Anastasia hat das im Griff. Sie ist sehr aufmerksam, Mr. Clayton.« *Und jetzt verpiss dich.*

»Okay. Bis später, Ana.«

»Ja, Paul«, sagt sie, und endlich verschwindet er.

»Kann ich sonst noch etwas für Sie tun, Mr. Grey?«

»Danke, das wäre alles«, antworte ich. *Scheiße.* Mir läuft die Zeit davon, und ich weiß immer noch nicht, ob ich sie wiedersehen werde. Besteht Hoffnung, dass sie Interesse an dem hat, was mir für sie vorschwebt? Wie soll ich sie fragen? Bin ich bereit, mir eine neue Sub heranzuziehen, die keine Ahnung hat? Sie braucht erst mal eine Grundausbildung. Ich stöhne innerlich angesichts der Möglichkeiten, die sich da eröffnen … Der Weg ist das Ziel. Wird sie überhaupt Interesse haben? Oder täusche ich mich?

Sie geht zur Kasse und gibt den Preis der Artikel ein, ohne den Blick zu heben.

Verdammt, schau mich an! Ich will noch einmal in ihre schönen blauen Augen sehen und ihre Gedanken darin lesen.

Endlich hebt sie den Kopf. »Macht dreiundvierzig Dollar.«

Nicht mehr?

»Wollen Sie eine Tüte?«, erkundigt sie sich, ganz freundliche Verkäuferin, als ich ihr meine Amex-Karte reiche.

»Ja, bitte, Anastasia.« Was für ein schöner Name für eine schöne Frau.

Sie steckt die Sachen in die Tüte. So, das war's. Jetzt muss ich mich verabschieden.

»Sie rufen mich an, wenn Sie über den Fototermin Bescheid wissen?«

Sie nickt und gibt mir die Kreditkarte zurück.

»Gut. Vielleicht bis morgen.« Ich kann nicht einfach so gehen. Ich muss ihr signalisieren, dass ich mich für sie interessiere. »Ach, und Ana: Ich bin froh, dass Miss Kavanagh das Interview nicht führen konnte.« Sie wirkt überrascht und geschmeichelt.

Gut.

Ich hänge die Tüte über die Schulter und schlendere aus dem Baumarkt.

Ja, allen inneren Alarmglocken zum Trotz will ich sie. Jetzt muss ich warten … verdammt nochmal warten … schon wieder. Mit einer Willenskraft, die Elena stolz auf mich machen würde, halte ich den Blick geradeaus gerichtet, als ich mein Handy aus der Tasche ziehe und in den Mietwagen einsteige. Nein, ich drehe mich nicht zu ihr um. Ich schaue in den Rückspiegel, in dem ich die Tür zum Baumarkt erkennen kann, aber auch nicht mehr. Sie sieht mir nicht durchs Schaufenster nach.

Das enttäuscht mich.

Ich betätige den Schnellwahlknopf, und Taylor geht ran, bevor das Telefon einmal klingelt.

»Mr. Grey«, begrüßt er mich.

»Reservieren Sie für mich im Heathman, ich bleibe das Wochenende in Portland. Und bringen Sie meinen Geländewagen, meinen Computer und die Unterlagen, die drum herum liegen, und dazu ein oder zwei Sets Wechselkleidung.«

»Ja, Sir. Und Charlie Tango?«

»Joe soll ihn nach PDX fliegen.«

»Wird gemacht, Sir. Ich bin in etwa dreieinhalb Stunden bei Ihnen.«

Nachdem ich das Gespräch beendet habe, lasse ich den Motor an. Ich habe also ein paar Stunden, bis ich herausfinde, ob das Mädchen sich für mich interessiert. Was soll ich mit der Zeit anfangen? Zum Beispiel wandern. Vielleicht kann ich diese seltsame Begierde durch einen langen Marsch in den Griff kriegen.

Fünf Stunden ohne Anruf von der reizenden Miss Steele. Was zum Teufel habe ich mir dabei gedacht? Ich blicke vom Fenster meiner Suite im Heathman auf die Straße hinunter. Ich hasse Warten. Seit jeher. Inzwischen sind Wolken aufgezogen, aber für meinen Streifzug durch den Forest Park hat das Wetter gehalten; allerdings hat das Gehen mir nicht geholfen, mich zu beruhigen. Es ärgert mich, dass sie nicht anruft, aber mehr noch ärgere ich mich über mich selbst. Wie dumm kann man sein? Zeitverschwendung, diesem Mädchen nachzusteigen. Wann bin ich vorher je einer Frau nachgelaufen?

Grey, reiß dich zusammen.

Seufzend schaue ich wieder aufs Display meines Handys, in der Hoffnung, ihren Anruf verpasst zu haben, aber da ist nichts. Wenigstens hat Taylor inzwischen alle meine Sachen gebracht, die ich benötige. Zum Beispiel Barneys Bericht über die Tests seiner Abteilung. Die kann ich jetzt in Ruhe durchgehen.

In Ruhe? Innere Ruhe kenne ich nicht mehr, seit Miss Steele in mein Büro gestolpert ist.

Als ich den Blick hebe, liegt mein Zimmer in den grauen Schatten der Dämmerung. Die Aussicht auf eine weitere Nacht allein deprimiert mich. Während ich überlege, was ich tun soll, vibriert mein Handy auf dem hochglanzpolierten Holz des Tischs, und eine Nummer mit Washingtoner Vorwahl, die mir irgendwie bekannt vorkommt, leuchtet auf dem Display auf. Plötzlich rast mein Herz wie nach einem Fünfzehnkilometerlauf.

Ist sie das?

Ich gehe ran.

»Äh … Mr. Grey? Anastasia Steele.«

Ich grinse von einem Ohr zum anderen. Soso. Eine nervöse, sanfte Miss Steele. Meine Laune verbessert sich schlagartig.

»Miss Steele. Wie schön, von Ihnen zu hören.« Als ich sie schlucken höre, reagiert mein Unterleib sofort.

Wunderbar. Ich habe also die gleiche Wirkung auf sie wie sie auf mich.

»Ähm … Wir würden gern das Fotoshooting für den Artikel machen. Morgen, wenn's Ihnen recht ist. Wo würde es Ihnen passen, Sir?«

In meinem Zimmer. Nur du, ich und die Kabelbinder.

»Ich bin im Heathman in Portland. Halb zehn morgen früh?«

»Okay, wir … äh … kommen hin«, stammelt sie, unfähig, ihre Erleichterung und Freude zu verbergen.

»Ich freue mich darauf, Miss Steele.« Ich lege auf, bevor sie meine Erregung und Begeisterung spüren kann. Dann lehne ich mich auf meinem Stuhl zurück, blicke hinaus auf die dunkler werdende Skyline und fahre mir mit den Händen durch die Haare.

Wie zum Teufel packe ich die Sache am besten an?

SONNTAG, 15. MAI 2011

Die Musik von Moby im Ohr laufe ich die Southwest Salmon Street entlang zum Willamette River. Es ist halb sieben morgens, und ich versuche den Kopf klar zu kriegen. Letzte Nacht habe ich von ihr geträumt. Sie kniete vor mir, blaue Augen, hauchende Stimme … und nach allem, was sie sagte, ein »Sir«. Seit ich sie kenne, sind die Träume von ihr eine willkommene Abwechslung zu denen, die mich sonst in der Nacht plagen. Wie Flynn sie wohl interpretieren würde? Weil der Gedanke mich beunruhigt, schiebe ich ihn beiseite und konzentriere mich darauf, meinen Körper am Ufer des Willamette an seine Grenzen zu treiben. Während ich laufe, bricht die Sonne durch die Wolken, und Hoffnung keimt in mir auf.

Zwei Stunden später komme ich auf dem Weg zurück zum Hotel an einem Coffeeshop vorbei. Vielleicht sollte ich sie auf einen Kaffee einladen.

Wie bei einer Verabredung?

Hm. Nein. Kein Date. Ich muss über diesen absurden Gedanken lachen. Einfach nur ein Gespräch, eine Art Interview. Dabei kann ich ein bisschen mehr über diese rätselhafte Frau herausfinden, ob sie Interesse an mir hat oder ob ich mich da in etwas verrenne. Allein im Aufzug mache ich noch ein paar Dehnübungen, und als ich mein Hotelzimmer erreiche, bin ich zum ersten Mal seit meiner Ankunft in Portland fokussiert und innerlich ruhig. Inzwischen ist das Frühstück gekommen. Ich habe einen Bärenhunger. Und Hunger lasse ich nicht zu – niemals. Ich setze mich vor dem Duschen, noch in der Jogginghose, hin und esse.

Forsches Klopfen an der Tür. Ich mache auf, Taylor steht davor.

»Guten Morgen, Mr. Grey.«

»Morgen. Sind sie da?«

»Ja, Sir. Sie warten in Zimmer 601.«

»Komme gleich.« Ich schließe die Tür und stecke das Hemd in meine graue Hose. Meine Haare sind feucht vom Duschen, aber das ist mir egal. Nach einem kurzen Blick in den Spiegel verlasse ich meine Suite, um Taylor zum Aufzug zu folgen.

Obwohl es in Zimmer 601 von Menschen, Scheinwerfern und sonstiger Fotoausrüstung wimmelt, sehe ich sie sofort. Sie steht an der Seite, trägt die Haare offen, eine üppige, glänzende Mähne, die ihr bis unter die Brüste reicht. Die Kleine trägt enge Jeans und Chucks, dazu eine kurzärmelige marineblaue Jacke und darunter ein weißes T-Shirt. Sind Jeans und Chucks sozusagen ihr Markenzeichen? Beides dürfte nicht sonderlich bequem sein, sie bringen aber ihre wohlgeformten Beine gut zur Geltung. Ihre Augen werden groß, als ich mich ihr nähere.

»Miss Steele, so sieht man sich wieder.« Sie ergreift die Hand, die ich ihr hinstrecke. Am liebsten würde ich die ihre drücken und an meine Lippen heben.

Mach dich nicht lächerlich, Grey.

Sie errötet wie immer auf höchst adrette Weise und deutet auf ihre Freundin, die zu nahe bei ihr steht und darauf wartet, dass ich sie wahrnehme.

»Mr. Grey, das ist Katherine Kavanagh«, stellt Ana sie mir vor. Widerwillig lasse ich ihre Hand los und wende mich der hartnäckigen Miss Kavanagh zu. Sie ist groß, eine auffällige Erscheinung, ist gepflegt wie ihr Vater, hat jedoch die Augen ihrer Mutter. Ihr habe ich es zu verdanken, dass ich die entzückende Miss Steele kennenlernen durfte. Dieser Gedanke stimmt mich ihr gegenüber ein wenig wohlwollender.

»Die beharrliche Miss Kavanagh. Wie geht es Ihnen? Sie scheinen wieder gesund zu sein. Anastasia hat erzählt, dass Sie sich letzte Woche nicht wohlfühlten.«

»Danke der Nachfrage, Mr. Grey, mir geht es gut.«

Ihr fester Händedruck zeugt von Selbstbewusstsein. Ich kann mir nicht vorstellen, dass sie in ihrem privilegierten Leben jemals etwas entbehren musste. Ich frage mich, wieso diese beiden Frauen befreundet sind. Sie haben keine Gemeinsamkeiten.

»Danke, dass Sie sich die Zeit für das Fotoshooting nehmen«, sagt Katherine.

»Es ist mir ein Vergnügen«, entgegne ich und sehe Anastasia an, die mich mit einem kurzen Erröten belohnt.

Wird sie nur bei mir rot? Der Gedanke gefällt mir.

»Das ist José Rodriguez, unser Fotograf«, stellt Anastasia den jungen Mann vor, und sie beginnt zu strahlen.

Scheiße. Ist der Typ ihr Freund?

Rodriguez blüht unter Anas Lächeln förmlich auf.

Fickt er sie?

»Mr. Grey.« Rodriguez reicht mir mit finsterem Blick die Hand. Eine Warnung. Er will mir sagen, dass ich mich vom Acker machen soll. Er mag sie. Sogar sehr.

Dann mal los, Kleiner.

»Mr. Rodriguez, wo soll ich mich hinstellen?«, frage ich. Mein herausfordernder Tonfall entgeht ihm nicht. Katherine mischt sich ein und winkt mich zu einem Stuhl. Aha. Sie gibt also gern den Ton an. Der Gedanke amüsiert mich. Ich setze mich, und ein anderer junger Mann, der offenbar mit Rodriguez zusammenarbeitet, schaltet die Scheinwerfer ein, die mich blenden.

Herrgott!

Als meine Augen sich an das grelle Licht gewöhnt haben, schaue ich mich nach der hübschen Miss Steele um. Sie verfolgt alles vom hinteren Teil des Raums aus. Ist sie immer so schüchtern? Vielleicht sind diese Kavanagh und sie deshalb befreundet; sie hält sich im Hintergrund und überlässt Katherine das Rampenlicht.

Hmm … die geborene Sub.

Der Fotograf, der einigermaßen professionell wirkt, konzentriert sich ganz auf seine Arbeit. Ich sehe Miss Steele an, wie sie uns beide beobachtet. Unsere Blicke treffen sich. Der ihre ist aufrichtig und unschuldig, und kurz gerate ich ins Wanken. Doch als sie wieder auf ihrer Lippe kaut, verschlägt es mir den Atem.

Lass das, Anastasia. Durch die Kraft meiner Gedanken bringe ich sie dazu, zuerst den Blick abzuwenden.

Braves Mädchen.

Katherine bittet mich aufzustehen, während Rodriguez weiter drauflosknipst. Dann sind wir fertig, und ich wittere meine Chance.

»Vielen Dank, Mr. Grey.« Katherine stürzt sich auf mich, um mir die Hand zu schütteln, gefolgt von dem Fotografen, der mich mit kaum verhohlener Missbilligung mustert. Seine Feindseligkeit lässt mich schmunzeln.

Mann … wenn du wüsstest.

»Ich freue mich schon auf den Artikel, Miss Kavanagh«, sage ich mit einem kurzen höflichen Nicken. Eigentlich will ich mit Ana reden. »Begleiten Sie mich hinaus, Miss Steele?«, frage ich sie an der Tür.

»Natürlich«, antwortet sie überrascht.

Carpe diem, Grey.

Ich brumme denen, die noch im Raum sind, einen Gruß zu und schiebe sie zur Tür hinaus, weil ich Distanz schaffen will zwischen ihr und Rodriguez. Auf dem Flur bleibt sie stehen und fummelt an ihren Haaren und dann an ihren Fingern herum, bis Taylor sich zu uns gesellt.

»Ich rufe Sie, wenn ich Sie brauche, Taylor«, teile ich ihm mit, und als er fast außer Hörweite ist, frage ich Ana, ob sie einen Kaffee mit mir trinken möchte. Gespannt auf ihre Antwort halte ich den Atem an.

Ihre langen Wimpern zucken. »Ich muss alle heimfahren«, informiert sie mich bedauernd.

»Taylor«, rufe ich ihm nach, und sie zuckt zusammen. Ich scheine sie nervös zu machen. Ist das gut oder schlecht? Sie hört einfach nicht auf mit diesem Herumgezappel. Die Vorstellung, wie ich ihr das austreiben könnte, macht mich ebenfalls unruhig.

»Müssen alle zur Universität?« Sie nickt, und ich weise Taylor an, ihre Freunde hinzubringen.

»Gut. Würden Sie mich jetzt auf einen Kaffee begleiten?«

»Äh … Mr. Grey, Taylor muss sie nicht zurückfahren. Wenn Sie mir einen Augenblick Zeit geben, tausche ich das Auto mit Kate.«

Ich grinse erleichtert.

Ich habe es geschafft, wir sind verabredet!

Ich öffne die Tür, damit sie wieder in den Raum kann. Taylor verbirgt seinen verwirrten Blick.

»Würden Sie mir meine Jacke bringen, Taylor?«

»Natürlich, Sir.«

Als er sich entfernt, zucken seine Mundwinkel. Ich sehe ihm nach, wie er im Aufzug verschwindet, lehne mich an die Wand und warte auf Miss Steele.

Was um Himmels willen soll ich ihr sagen?

»Würden Sie gern meine Sub werden?«

Nein. Immer sachte mit den jungen Pferden, Grey. Eins nach dem andern.

Wenig später kehrt Taylor mit meiner Jacke zurück.

»Wäre das alles, Sir?«

»Ja. Danke.«

Er gibt sie mir, und ich bleibe wie ein Idiot im Flur stehen.

Wie lange wird Anastasia brauchen? Ich sehe auf die Uhr. Vermutlich verhandelt sie mit Katherine über den Autotausch. Oder sie erklärt Rodriguez, dass sie mit mir einen Kaffee trinkt, damit ich mir die Sache mit dem Artikel nicht noch anders überlege. Meine Gedanken verdüstern sich. Vielleicht gibt sie ihm zum Abschied einen Kuss.

Verdammt!

Wenig später kommt sie heraus. Sie sieht nicht aus, als wäre sie gerade geküsst worden.

»Okay, gehen wir einen Kaffee trinken«, sagt sie selbstbewusst. Doch ihre roten Wangen sprechen eine andere Sprache.

»Nach Ihnen, Miss Steele.« Ich verberge mein Entzücken, als sie mir vorangeht. Da mich die Neugierde plagt, wie ihre Beziehung zu Katherine beschaffen ist, frage ich sie, wie lange sie sich schon kennen.

»Seit dem ersten Semester. Wir sind gut befreundet.« Ana ist hilfsbereit. Sie ist den langen Weg nach Seattle gefahren, um mich zu interviewen, als Katherine krank war. Ich kann nur hoffen, dass Miss Kavanagh ihr gegenüber die gleiche Loyalität und Achtung beweist.

Als ich beim Aufzug auf den Rufknopf drücke, gehen die Türen fast sofort auf. Ein Pärchen in leidenschaftlicher Umarmung springt überrascht auseinander, verlegen darüber, erwischt worden zu sein. Wir betreten den Lift, ohne den beiden Beachtung zu schenken, doch Anastasias verschmitztes Lächeln entgeht mir nicht.

Während der Fahrt in den ersten Stock ist die erotische Spannung fast mit Händen zu greifen. Ich weiß nicht, ob das an dem Pärchen liegt oder an mir.

Ja. Ich begehre sie. Wird sie wollen, was ich zu bieten habe?

Endlich öffnen sich die Türen. Ich nehme ihre Hand, die unerwartet kühl und trocken ist. Vielleicht habe ich doch keine so starke Wirkung auf sie, wie ich meine. Der Gedanke deprimiert mich.

Hinter uns hören wir verlegenes Kichern von dem Pärchen.

»Was haben diese Aufzüge nur an sich?«, murmle ich. Dieses Gekichere hat etwas Normales, Unschuldiges, das ich irgendwie charmant finde. Miss Steele wirkt genauso unschuldig wie die beiden, und als wir auf die Straße treten, gerate ich wieder ins Zaudern.

Sie ist zu jung und unerfahren, aber verdammt noch mal: Ich spüre ihre Hand gern in der meinen.

Im Coffeeshop bitte ich sie, einen Tisch für uns zu suchen, und frage, was sie möchte. Englischen Frühstückstee – heißes Wasser, den Beutel extra, stottert sie. So habe ich das noch nie gehört.

»Keinen Kaffee?«

»Ich mag Kaffee nicht besonders.«

»Okay, Tee also, Beutel extra. Süß?«

»Nein danke«, antwortet sie und schaut ihre Hände an.

»Etwas zu essen?«

»Nein danke.« Sie schüttelt den Kopf und wirft ihre glänzende kastanienbraune Mähne zurück.

Ich muss in der Schlange warten, während die zwei Matronen hinter der Theke hirnverbrannte Floskeln mit *jedem* Gast wechseln. Das frustriert mich und hält mich von meinem eigentlichen Ziel fern: Anastasia.

»Na, Hübscher, was darf's sein?«, fragt die Ältere mich mit einem Augenzwinkern. *Ist wirklich nur ein attraktives Gesicht, Herzchen.*

»Ein Cappuccino. English Breakfast Tea, Beutel extra. Und einen Blaubeermuffin.«

Für den Fall, dass Anastasia es sich doch noch anders überlegt und etwas isst.

»Sind Sie zu Besuch in Portland?«

»Ja.«

»Übers Wochenende?«

»Ja.«

»Das Wetter scheint besser zu werden.«

»Ja.«

»Hoffentlich können Sie die Sonne ein bisschen genießen.«

Nun hör endlich auf mit dem Gesabber und leg einen Zahn zu.

»Ja«, zische ich und sehe zu Ana hinüber, die hastig den Blick abwendet.

Sie beobachtet mich. Hat sie Interesse?

Hoffnung steigt in mir auf.

»Hier.« Die Frau stellt die Getränke mit einem Augenzwinkern auf mein Tablett. »Zahlen können Sie an der Kasse, Hübscher. Einen schönen Tag noch.«

Ich ringe mir ein höfliches »Danke« ab.

Am Tisch starrt Anastasia nachdenklich ihre Hände an.

Denkt sie über mich nach?

»Na, was geht in Ihrem hübschen Kopf vor?«, frage ich sie.

Als ich das Tablett abstelle, zuckt sie zusammen und wird rot. Dann schweigt sie betreten. Warum? Wäre sie lieber gar nicht hier?

»Und, was denken Sie?«, hake ich nach, während sie an ihrem Teebeutel herumnestelt.

»Das ist mein Lieblingstee«, erklärt sie. Ich mache mir gedanklich eine Notiz, dass sie Twinings English Breakfast Tea mag, und beobachte, wie sie den Beutel in die Kanne hängt. Das ist eine ziemlich kurze, nasse Prozedur. Fast sofort zieht sie ihn wieder heraus und legt den feuchten Beutel auf ihre Untertasse. Meine Mundwinkel zucken vor Belustigung. Als sie mir erläutert, dass sie den Tee schwarz und schwach mag, denke ich kurz, es könnte sich um eine Beschreibung der Männer handeln, die ihr gefallen.

Reiß dich zusammen, Grey. Sie meint den Tee.

Genug Geplänkel. Es wird Zeit, dass ich zur Sache komme. »Ist er Ihr Freund?«

Sie runzelt die Stirn, über ihrer Nase bildet sich ein kleines V.

»Wer?«

Gute Antwort.

»Der Fotograf. José Rodriguez.«

Sie lacht. Über mich.

Über mich!

Keine Ahnung, ob aus Erleichterung oder weil sie sich über mich amüsiert. Das ärgert mich. Ich kann sie einfach nicht einschätzen. Mag sie mich nun oder nicht? Sie teilt mir mit, dass er nur ein Freund ist.

Ja, Süße, aber er wäre gern mehr.

»Warum glauben Sie, dass wir ein Paar sind?«, erkundigt sie sich.

»Weil er Sie angelächelt hat und Sie ihn.« *Du hast wirklich keine Ahnung, was?* Der Junge ist in dich verschossen.

»Er ist eher so etwas wie ein Bruder für mich«, sagt sie.

Okay, es ist also einseitig. Ich frage mich, ob sie weiß, wie hübsch sie ist. Während ich das Papier vom Blaubeer-Muffin pule, stelle ich mir sie auf Knien vor, wie ich sie Bissen für Bissen füttere. Der Gedanke erregt mich. »Möchten Sie ein Stück?«

Sie schüttelt den Kopf. »Nein danke.« Sie klingt zögernd, und wieder starrt sie ihre Hände an. Warum ist sie so nervös? Meinetwegen?

»Und der junge Mann gestern im Baumarkt? Der ist auch nicht Ihr Freund?«

»Nein. Paul und ich sind befreundet. Das habe ich Ihnen doch gestern schon gesagt.« Sie runzelt erneut die Stirn und verschränkt die Arme vor der Brust, eine abwehrende Geste. Meine Fragen über diese Jungen behagen ihr nicht. Mir fällt ein, wie unwohl sie sich zu fühlen schien, als der Typ im Laden den Arm um sie legte, um sein Revier zu markieren. »Warum interessiert Sie das?«

»Sie wirken nervös in Gegenwart von Männern.«

Sie macht große Augen. Sie sind wunderschön, die Farbe des Meers in Cabo, tiefblau. Ich sollte mal mit ihr hinfahren.

Hoppla. Wo kam das gerade her?

»Sie schüchtern mich ein«, gesteht sie, senkt den Blick und spielt wieder mit ihren Fingern herum. Auf der einen Seite ist sie unterwürfig, auf der anderen wirkt sie ... ziemlich provozierend.

»Das ist gut so.«

Ja, allerdings. Es gibt nicht viele Menschen, die den Mut haben, mir ins Gesicht zu sagen, dass ich sie einschüchtere. Sie ist ehrlich, und das teile ich ihr mit. Als sie den Blick abwendet, weiß ich nicht, was sie denkt. Das finde ich frustrierend. Mag sie mich? Oder lässt sie dieses Gespräch nur über sich ergehen, um das Interview von Katherine Kavanagh nicht zu gefährden?

»Sie sind mir ein Rätsel, Miss Steele.«

»An mir ist nichts Rätselhaftes.«

»Sie sind sehr zurückhaltend.« Wie jede gute Sub. »Nur nicht, wenn Sie rot werden, was ziemlich oft passiert. Ich wünschte, ich wüsste, weswegen.« *So.* Das zwingt sie zu einer Reaktion. Ich stecke ein kleines Stück vom Blaubeermuffin in den Mund und warte auf ihre Antwort.

»Machen Sie oft so persönliche Bemerkungen?«

So persönlich ist das auch wieder nicht, oder? »War das persönlich? Bin ich Ihnen zu nahe getreten?«

»Nein.«

»Gut.«

»Sie sind ziemlich überheblich.«

»Ich bin es gewohnt, meinen Willen durchzusetzen, Anastasia. In allen Dingen.«

»Das glaube ich Ihnen gern«, murmelt sie und möchte dann wissen, warum ich ihr noch nicht angeboten habe, mich beim Vornamen zu nennen.

Wie bitte?

Mir fällt ein, wie sie sich nach dem Interview im Aufzug von mir verabschiedet hat – und wie mein Name aus ihrem vorlauten Mund klang. Durchschaut sie mich? Will sie mich ärgern? Ich erkläre ihr, dass niemand außer meinen Eltern und Geschwistern und einigen engen Freunden mich Christian nennt …

Ich weiß nicht einmal, ob das mein wahrer Name ist.

Nicht dieses Thema, Grey.

Ich möchte mehr über sie erfahren.

»Sind Sie ein Einzelkind?«

Sie blinzelt, bevor sie meine Frage bejaht.

»Erzählen Sie mir von Ihren Eltern.«

Als sie die Augen verdreht, muss ich an mich halten, sie nicht zu rügen.

»Meine Mutter lebt mit ihrem neuen Mann Bob in Georgia und mein Stiefvater in Montesano.«

Natürlich weiß ich das alles schon von Welchs Recherche, aber es ist mir wichtig, es aus ihrem Mund zu hören. Als sie von ihrem Stiefvater erzählt, lächelt sie.

»Und Ihr Vater?«, erkundige ich mich.

»Mein Vater ist gestorben, als ich ein Baby war.«

Unvermittelt werde ich in meine Albträume katapultiert, in denen ich einen Leichnam auf dem schmutzigen Fußboden sehe.

»Tut mir leid«, murmle ich.

»Ich erinnere mich nicht an ihn«, entgegnet sie und holt mich ins Hier und Jetzt zurück. Ihre Miene wirkt offen und freundlich, was mir verrät, dass Raymond Steele dieser jungen Frau ein guter Vater war. Wie jedoch die Beziehung zu ihrer Mutter beschaffen ist, wird sich noch herausstellen.

»Ihre Mutter hat wieder geheiratet?«

Ihr Lachen klingt bitter. »Ja, könnte man so ausdrücken.« Sie geht nicht weiter auf das Thema ein. Anastasia ist eine der wenigen mir bekannten Frauen, die auch einmal schweigen können. Was ich toll finde, aber im Moment nicht möchte.

»Sie lassen sich nicht gern in die Karten schauen, was?«

»Sie auch nicht«, kontert sie.

Gut, Miss Steele, wenn Sie meinen.

Mit einem verschmitzten Grinsen rufe ich ihr ins Gedächtnis, dass sie mich bereits interviewt hat. »Ich erinnere mich an einige sehr indiskrete Interviewfragen.«

Zum Beispiel an die, ob ich schwul bin.

Meine Äußerung zeitigt die erwünschte Wirkung, sie wird verlegen. Sie fängt an, alles Mögliche über sich zu erzählen, und einige Details finde ich interessant. Ihre Mutter ist eine unverbesserliche Romantikerin. Jemand, der viermal heiratet, folgt vermutlich eher der Hoffnung als der Erfahrung. Ist Ana wie ihre Mutter? Ich schaffe es nicht, sie zu fragen. Denn wenn sie ja sagt, muss ich die Segel streichen. Und ich will nicht, dass dieses Gespräch endet. Es macht mir zu viel Spaß.

Ich erkundige mich nach ihrem Stiefvater, und sie bestätigt meine Vermutung. Es ist deutlich zu spüren, dass sie ihn sehr liebt. Sie strahlt, wenn sie von ihm erzählt: von seiner Arbeit (er ist Tischler), seinen Hobbys (er mag Fußball und Angeln). Als ihre Mutter das dritte Mal heiratete, blieb sie lieber bei ihm.

Interessant.

Sie strafft die Schultern. »Erzählen Sie mir von Ihren Eltern«, bittet sie mich, um das Gespräch von ihrer Familie wegzulenken.

Da ich über die meine nicht gern rede, gebe ich ihr nur einen groben Überblick.

»Mein Dad ist Anwalt, meine Mutter Kinderärztin. Sie leben in Seattle.«

»Was machen Ihre Geschwister?«

Das interessiert sie? Ich antworte ihr, dass Elliot im Bauwesen tätig ist und Mia eine Ausbildung bei einem französischen Küchenchef in Paris macht.

»Paris soll wunderschön sein«, meint sie mit verträumtem Gesichtsausdruck.

»Es ist tatsächlich sehr schön. Waren Sie schon mal dort?«

»Ich habe das Festland der Vereinigten Staaten noch nie verlassen.« Das klingt bedauernd.

»Würden Sie gern einmal hinfahren?«

Zuerst Cabo, jetzt Paris? Reiß dich am Riemen, Grey.

»Nach Paris? Natürlich. Aber noch lieber würde ich England sehen.«

Sie strahlt. Miss Steele möchte also reisen. Doch warum England?, frage ich sie.

»Weil das die Heimat von Shakespeare, Jane Austen, den Brontë-Schwestern und Thomas Hardy ist. Ich würde gern die Orte besuchen, die diese Schriftsteller inspiriert haben.« Aha, Bücher sind ihre große Liebe.

Bücher.

Das hat sie gestern bei Clayton's auch schon angedeutet. Was heißt, dass meine Konkurrenten Darcy, Rochester und Angel Clare sind, alles romantische Helden. Hier ist der Beweis, nach dem ich gesucht habe. Sie ist eine unverbesserliche Romantikerin wie ihre Mutter – und das kann nicht funktionieren. Zu allem Überfluss sieht sie nun auch noch auf die Uhr. Sie will gehen.

Ich hab's verbockt.

»Ich muss los, lernen«, erklärt sie.

Ich schlage vor, sie zum Wagen ihrer Freundin zu begleiten, um die Zeit für mich nutzen zu können.

Aber lohnt sich das überhaupt?

»Danke für den Tee, Mr. Grey.«

»Gern geschehen, Anastasia. War mir ein Vergnügen.« Mir wird bewusst, dass ich die letzten zwanzig Minuten … genossen habe. Mit meinem strahlendsten Lächeln strecke ich ihr die Hand hin. »Kommen Sie«, sage ich. Auf dem Weg zum Heathman merke ich erstaunt, wie angenehm sich ihre Hand in der meinen anfühlt.

Vielleicht könnte es doch funktionieren.

»Tragen Sie immer Jeans?«, erkundige ich mich.

»Meistens«, antwortet sie, und es steht zwei zu null gegen sie: eine unverbesserliche Romantikerin, die fast nur Jeans trägt … Ich mag Frauen in Röcken. Das macht sie zugänglicher.

»Haben Sie eine Freundin?«, fragt sie unvermittelt, und nun steht's drei zu null gegen sie. Ich lasse lieber die Finger von ihr. Sie will Romantik, und die kann ich ihr nicht bieten.

»Nein, Anastasia. Eine feste Freundin, das ist nichts für mich.«

Sie runzelt die Stirn, dreht sich abrupt weg und stolpert auf die Straße.

»Scheiße, Ana!«, rufe ich aus und ziehe sie zu mir, damit sie nicht von einem irren Radfahrer umgenietet wird, der die Straße in der falschen Richtung entlangflitzt. Urplötzlich liegt sie in meinen Armen und sieht mich an. Sie ist erschreckt, und zum ersten Mal fällt mir ein dunkler blauer Ring um ihre Iris auf. Ihre Augen sind wunderschön, aus der Nähe sogar noch schöner. Als sich ihre Pupillen weiten, merke ich, dass ich mich in sie hineinversenken und niemals wieder auftauchen könnte. Sie holt tief Luft.

»Alles in Ordnung?« Meine Stimme klingt fremd und weit weg. Mir wird bewusst, dass sie mich berührt, und es macht mir nichts aus. Meine Finger streicheln ihr Gesicht. Ihre Haut ist weich und glatt. Als mein Daumen über ihre Unterlippe gleitet, stockt mir der Atem. Ihr Körper drückt sich gegen den meinen. Dass ich ihre Brüste und die Wärme ihres Körpers durch mein Hemd spüre, erregt mich. Sie riecht frisch und gesund; der Duft erinnert mich an die Apfelbäume im Obstgarten meines Großvaters. Ich schließe die Augen und sauge ihn ein, präge mir ihren Geruch ein. Als ich sie wieder öffne, hat sie flehend den Blick auf meinen Mund gerichtet.

Scheiße. Sie möchte, dass ich sie küsse.

Und ich will das auch. Nur einmal. Ihre Lippen sind geöffnet, bereit, sie warten.

Nein. Nein. Nein. Mach das nicht, Grey.

Sie ist nicht die Richtige für dich.

Sie wünscht sich Herzchen und Blümchen, und das ist nicht mein Ding.

Ich schließe die Augen noch einmal und kämpfe gegen die Versuchung an. Als ich sie aufmache, ist mein Beschluss gefasst. »Anastasia, du solltest dich von mir fernhalten. Ich bin nicht der Richtige für dich.«

Wieder dieses kleine V über ihrer Nase; sie scheint zu atmen aufgehört zu haben.

»Tief durchatmen, Anastasia, tief durchatmen.« Ich muss sie loslassen, bevor ich etwas Dummes tue, aber ich wundere mich über mein Zögern, meinen Wunsch, sie noch ein wenig länger in den Armen zu halten. »Ich stelle dich jetzt wieder auf die Füße.« Ich trete einen Schritt zurück, und sie löst sich von mir. Eigenartigerweise verspüre ich keine Erleichterung darüber. Ich lege ihr die Hände auf die Schultern, um sicher zu sein, dass sie allein stehen kann. Sie schämt sich, weil ich sie zurückgewiesen habe.

Scheiße. Ich wollte dir nicht wehtun.

»Habe verstanden«, sagt sie, und in ihrer Stimme schwingt Enttäuschung mit. Sie ist förmlich und distanziert. »Danke.«

»Wofür?«

»Dafür, dass du mich gerettet hast.«

Am liebsten würde ich ihr sagen, dass ich sie vor mir retten muss … dass mir das schwerfällt, aber das ist es nicht, was sie hören will. »Der Idiot ist in die falsche Richtung gefahren. Gott sei Dank war ich zur Stelle. Ich will mir lieber nicht vorstellen, was hätte passieren können.« Ich plappere unkontrolliert und schaffe es immer noch nicht, sie ziehen zu lassen. Also biete ich ihr an, mich einen Moment im Hotel mit ihr hinzusetzen.

Sie schüttelt den Kopf, den Rücken kerzengerade, und schlingt die Arme schützend um den Leib. Wenig später läuft sie über die Straße, und ich muss mich beeilen, um mit ihr Schritt zu halten.

Beim Hotel dreht sie sich um und sieht mir noch einmal kühl in die Augen. »Danke für den Tee und das Fotoshooting.« Bedauern steigt in mir auf.

»Anastasia … ich …« Mir fällt nichts ein, was ich ihr sagen könnte, abgesehen davon, dass es mir leidtut.

»Was, Christian?«, herrscht sie mich an.

Wow. Sie ist wütend auf mich und spricht meinen Namen voller Verachtung aus. Das ist etwas Neues. Und sie will gehen. Aber das möchte ich nicht. »Viel Glück bei den Prüfungen.«

Ihr Blick flackert verletzt und entrüstet. »Danke«, murmelt sie noch einmal verächtlich. »Auf Wiedersehen, Mr. Grey.« Sie wendet sich ab und marschiert Richtung Tiefgarage. Ich sehe ihr in der Hoffnung nach, dass sie sich zu mir umdreht, doch das tut sie nicht. Sie verschwindet in dem Gebäude, und ich bleibe mit einem Gefühl des Bedauerns und der Erinnerung an ihre wunderschönen blauen Augen und den Geruch von Apfelbäumen in einem herbstlichen Obstgarten zurück.

DONNERSTAG, 19. MAI 2011

Nein! Mein Schrei hallt von den Wänden meines Schlafzimmers wider und lässt mich aus meinem Albtraum aufschrecken. Ich bin schweißgebadet, habe den Gestank von abgestandenem Bier, Zigaretten und Armut in der Nase und spüre die Bedrohung durch physische Gewalt, die von einem Betrunkenen ausgeht. Ich setze mich auf, stütze den Kopf in die Hände und versuche, mein Herzrasen und meine unregelmäßige Atmung unter Kontrolle zu bringen. So ist es seit vier Nächten. Ein Blick zum Wecker sagt mir, dass es drei Uhr nachts ist.

Morgen … heute habe ich zwei wichtige Besprechungen, und dafür brauche ich einen klaren Kopf. *Was würde ich dafür geben, eine Nacht durchzuschlafen!* Außerdem muss ich mit Bastille Golf spielen. Das sollte ich absagen; der Gedanke, gegen ihn zu verlieren, lässt meine ohnehin schon trübe Stimmung noch trüber werden.

Ich stehe auf und gehe in die Küche. Dort fülle ich ein Glas mit Wasser und sehe mich, nur mit meiner Pyjamahose bekleidet, in der Glaswand auf der anderen Seite des Raums gespiegelt. Ich wende mich angewidert ab.

Du hast sie abblitzen lassen.

Sie wollte dich.

Und du hast sie abblitzen lassen.

Zu ihrem eigenen Besten.

Das lässt mir seit Tagen keine Ruhe. Ihr schönes Gesicht taucht ohne Vorwarnung vor meinem geistigen Auge auf und verfolgt mich. Wenn mein Seelenklempner von seinem Urlaub in England zurück wäre, könnte ich ihn anrufen. Seine Psychoscheiße würde mich bestimmt aufheitern.

Grey, sie ist bloß ein hübsches Mädchen.

Vielleicht brauche ich Ablenkung, eine neue Sub. Die Sache mit Susannah ist einfach schon zu lange her. Ich spiele mit dem Gedanken, am Morgen Elena anzurufen. Sie findet immer geeignete Kandidatinnen für mich. Aber wenn ich ehrlich bin, will ich keine neue Sub.

Ich will Ana.

Ihre Enttäuschung, Verletzung, Entrüstung und Verachtung gehen mir nicht aus dem Kopf. Sie ist verschwunden, ohne sich umzudrehen. Möglicherweise habe ich ihr durch meine Einladung zum Kaffee falsche Hoffnungen gemacht.

Ich muss mir eine Entschuldigung ausdenken, dann kann ich die Angelegenheit und das Mädchen vergessen. Ich stelle das Glas in die Spüle, damit die Haushälterin es später abwäscht, und trotte zum Bett zurück.

Der Radiowecker springt um Viertel vor sechs an, als ich noch immer die Zimmerdecke anstarre. Ich habe kein Auge zugetan und bin wie gerädert.

Verdammt! Das ist lächerlich.

Bei den Nachrichten spitze ich die Ohren, weil es darin um den Verkauf eines seltenen Manuskripts geht, eines unvollendeten Romans von Jane Austen mit dem Titel *Die Watsons*, das in London versteigert werden soll.

Bücher, hat sie gesagt.

Himmel! Sogar die Nachrichten erinnern mich an die kleine Miss Bücherwurm.

Sie ist eine unverbesserliche Romantikerin und liebt die englischen Klassiker. Das tue ich auch, allerdings aus anderen Gründen. Ich besitze keine Erstausgaben von Jane Austen oder den Brontës … aber zwei von Thomas-Hardy-Romanen.

Natürlich! Das ist es! Das mache ich.

Wenig später stehe ich in meiner Bibliothek, eine Ausgabe von *Juda, der Unberühmte* sowie eine dreibändige Kassette von *Tess von den d'Urbervilles* vor mir auf dem Billardtisch. Beides düstere Werke mit tragischen Themen. Hardy hatte eine dunkle, gequälte Seele.

Wie ich.

Ich schiebe den Gedanken beiseite und begutachte die Bände. Obwohl der Zustand von *Juda* besser ist, kommt dieses Buch nicht infrage, denn darin gibt es keine Erlösung, also schicke ich ihr *Tess* mit einem passenden Zitat. Ich weiß, dass das der Leiden der Heldin wegen nicht das romantischste Werk ist, aber immerhin darf sie kurz der romantischen Liebe begegnen, auf dem idyllischen englischen Land. Außerdem übt Tess Rache an dem Mann, der ihr Unrecht angetan hat.

Doch darum geht es nicht. Ana hat erwähnt, dass Hardy ihr Lieblingsautor ist, und bestimmt hat sie noch nie eine Erstausgabe gesehen, geschweige denn besessen.

Sie klingen wie der ideale Verbraucher. Der Satz aus dem Interview fällt mir ein. Ja. Ich besitze gern Dinge, Dinge, deren Wert steigt, wie zum Beispiel der von Erstausgaben.

Ein wenig ruhiger und auch ein bisschen stolz auf mich selbst betrete ich meinen begehbaren Schrank und schlüpfe in Laufkleidung.

Auf dem Rücksitz des Wagens blättere ich den ersten Band der Erstausgabe von *Tess* auf der Suche nach einem geeigneten Zitat durch. Dabei frage ich mich, wann Anas letzte Prüfung stattfindet. Ich habe das Buch vor Jahren gelesen und erinnere mich in groben Zügen an die Handlung. Als Teenager habe ich mich in Geschichten geflüchtet. Meine Mutter staunte anders als Elliot immer darüber, dass ich las. Ich sehnte mich nach der Zuflucht, die die Fiktion mir bot. Elliot brauchte keine Fluchtmöglichkeiten.

»Mr. Grey«, reißt Taylor mich aus meinen Gedanken. »Wir sind da, Sir.« Er steigt aus und öffnet mir die Tür. »Um zwei Uhr hole ich Sie hier zu Ihrem Golfmatch ab.«

Ich nicke und betrete, die Bücher unter dem Arm, Grey House.

Die junge Frau am Empfang begrüßt mich mit einem koketten Winken.

Jeden Tag das Gleiche ... Wie ein kitschiger Song in der Endlosschleife.

Ohne sie zu beachten, gehe ich zu dem Aufzug, der mich direkt hinauf zu meinem Büro bringen wird.

»Guten Morgen, Mr. Grey.« Barry vom Sicherheitsdienst drückt auf den Rufknopf für den Lift.

»Wie geht es Ihrem Sohn, Barry?«

»Besser, Sir.«

»Freut mich zu hören.«

Im Aufzug gleite ich ins zwanzigste Stockwerk hinauf, wo Andrea mich begrüßt.

»Guten Morgen, Mr. Grey. Ros möchte mit Ihnen das Darfur-Projekt besprechen. Und Barney bräuchte auch ein paar Minuten ...«

Ich winke ab. »Das kann warten. Holen Sie mir Welch ans Telefon und finden Sie heraus, wann Flynn aus dem Urlaub zurückkommt. Wenn ich mit Welch geredet habe, können wir mit den Tagesordnungspunkten beginnen.«

»Ja, Sir.«

»Und ich möchte einen doppelten Espresso. Bitten Sie Olivia, mir einen zu machen.«

Da merke ich, dass Olivia nicht da ist. Was für eine Erleichterung! Die Kleine schmachtet mich die ganze Zeit an, und das geht mir auf die Nerven.

»Möchten Sie Milch, Sir?«, erkundigt sich Andrea.

Braves Mädchen. Ich schenke ihr ein Lächeln.

»Heute nicht.« Sollen sie ruhig weiter raten, wie ich meinen Kaffee am liebsten trinke.

»Sehr wohl, Mr. Grey.« Sie klingt zufrieden, und das kann sie auch sein, denn sie ist die beste persönliche Assistentin, die ich je hatte.

Drei Minuten später habe ich Welch an der Strippe.

»Welch?«

»Mr. Grey.«

»Die Hintergrundinformationen, die Sie letzte Woche für mich recherchiert haben. Über Anastasia Steele, eine Studentin der WSU.«

»Ja, Sir. Ich erinnere mich.«

»Finden Sie bitte für mich heraus, wann der letzte Teil ihrer Abschlussprüfung stattfindet, und teilen Sie mir das sofort mit.«

»Wird gemacht, Sir. Noch etwas?«

»Nein, das wäre alles.« Ich lege auf und sehe die Bücher auf meinem Schreibtisch an. Ich muss ein geeignetes Zitat finden.

Ros, meine Nummer zwei und rechte Hand, ist richtig in Fahrt. »Wir haben die Genehmigung der sudanesischen Behörden für das Löschen der Ladung in Port Sudan. Aber unsere Kontakte vor Ort warnen vor den Straßen nach Darfur. Sie führen soeben eine Machbarkeitsanalyse durch.« Die Logistik scheint kompliziert zu sein, heute sehe ich keine Spur von ihrem sonst so sonnigen Gemüt.

»Wir könnten die Sachen auch aus der Luft abwerfen.«

»Die Kosten für einen solchen Abwurf aus der Luft …«

»Ich weiß. Hören wir uns zuerst die Vorschläge unserer Freunde von den Nichtregierungsorganisationen an.«

»Okay«, sagt sie und seufzt. »Außerdem warte ich noch auf Nachricht vom Außenministerium.«

Ich verdrehe die Augen. Scheißbürokratie. »Lassen Sie es mich wissen, wenn wir irgendwelche Leute schmieren oder Senator Blandino zu einer Intervention überreden müssen.«

»Die nächste Frage ist, wo wir das neue Werk bauen wollen. Sie wissen, dass die Steuervergünstigungen in Detroit beträchtlich sind. Die Auflistung habe ich Ihnen bereits geschickt.«

»Ja. Aber muss es unbedingt Detroit sein?«

»Keine Ahnung, was Sie gegen die Stadt haben. Sie erfüllt die von uns geforderten Kriterien.«

»Okay, bitten Sie Bill, potenzielle Grundstücke zu finden. Und lassen Sie uns einen weiteren Standort prüfen, um zu sehen, ob irgendeine andere Stadtverwaltung noch bessere Konditionen bietet.«

»Bill hat Ruth schon zu einer Besprechung mit der Detroit Brownfield Redevelopment Authority geschickt, die gar nicht entgegenkommender sein könnte, aber ich sage Bill gern, dass er eine weitere Standortprüfung durchführen soll.«

Mein Telefon klingelt.

»Ja«, knurre ich Andrea an – sie weiß, dass ich es hasse, in Besprechungen gestört zu werden.

»Ich habe Welch in der Leitung.«

Auf meiner Uhr ist es halb zwölf. Das war schnell. »Stellen Sie ihn durch.«

Ich gebe Ros ein Zeichen, dass sie bleiben soll.

»Mr. Grey?«

»Welch. Was haben Sie rausgefunden?«

»Miss Steeles letzte Prüfung ist morgen, am zwanzigsten Mai.«

Verdammt! Mir bleibt nicht viel Zeit.

»Gut. Mehr muss ich nicht wissen.« Ich lege auf.

»Ros, einen Moment noch.«

Ich nehme den Hörer in die Hand. Andrea meldet sich sofort.

»Andrea, ich brauche innerhalb der nächsten Stunde eine Blankogrußkarte«, sage ich und lege auf. »Gut, Ros, wo waren wir?«

Um halb eins trottet Olivia mit dem Mittagessen in mein Büro. Sie ist groß, gertenschlank und hat ein hübsches Gesicht. Leider schmachtet sie mich immerzu an. Nach einem hektischen Vormittag habe ich einen Bärenhunger. Sie stellt das Tablett bebend auf meinen Schreibtisch.

Thunfischsalat. Okay. Ausnahmsweise hat sie mal was richtig gemacht.

Daneben legt sie drei weiße Karten in unterschiedlichen Größen mit den dazugehörigen Umschlägen.

»Wunderbar«, murmle ich. *Und jetzt geh.* Sie huscht hinaus.

Ich nehme einen Bissen Thunfischsalat, um den schlimmsten Hunger zu stillen, und greife dann nach meinem Stift. Ich habe ein Zitat herausgesucht. Eine Warnung. Es war die richtige Entscheidung, mich von ihr zu entfernen. Nicht alle Männer sind romantische Helden.

Warum sagtest du mir nicht,
dass von männlichen Wesen Gefahren drohen?
Warum warntest du mich nicht?
Die vornehmen Damen wissen, wovor sie sich zu hüten haben,
weil sie Romane lesen, die ihnen diese Schliche schildern.

Ich schiebe die Karte in das dazugehörige Kuvert und schreibe Anas Adresse darauf, die ich von Welchs Recherche kenne. Dann rufe ich Andrea an.

»Ja, Mr. Grey.«

»Könnten Sie bitte zu mir kommen?«

»Ja, Sir.«

Wenig später steht sie an der Tür zu meinem Büro. »Mr. Grey?«

»Verpacken Sie bitte die Bücher und schicken Sie sie per Kurier an Anastasia Steele, die junge Frau, die mich letzte Woche interviewt hat. Hier ist ihre Adresse.«

»Wird sofort erledigt, Mr. Grey.«

»Sie müssen spätestens morgen bei ihr sein.«

»Ja, Sir. Wäre das alles?«

»Nein. Sehen Sie zu, dass Sie einen Ersatz dafür auftreiben.«

»Für die Bücher?«

»Ja. Erstausgaben. Olivia soll das machen.«

»Um was für Bücher handelt es sich?«

»*Tess von den d'Urbervilles.*«

»Ja, Sir.« Sie schenkt mir ein Lächeln und entfernt sich.

Warum lächelt sie?

Sonst lächelt sie nie. Ich schiebe diesen Gedanken beiseite. Werde ich die Bände jemals wiedersehen? Insgeheim hoffe ich es.

FREITAG, 20. MAI 2011

Zum ersten Mal seit fünf Tagen habe ich gut geschlafen. Vielleicht bin ich nun, da ich Anastasia die Bücher geschickt habe, innerlich mit mir im Reinen. Beim Rasieren schaut mich dieser Arsch mit kühlen, grauen Augen aus dem Spiegel an.

Lügner.

Scheiße.

Okay. Okay. Ich hoffe, dass sie mich anruft. Meine Nummer hat sie.

Als ich die Küche betrete, hebt Mrs. Jones den Blick.

»Guten Morgen, Mr. Grey.«

»Morgen, Gail.«

»Was möchten Sie essen?«

»Ein Omelett. Danke.« Ich setze mich an die Frühstückstheke und blättere, während sie das Omelett zubereitet, das *Wall Street Journal* und die *New York Times* durch, bevor ich mich der *Seattle Times* zuwende.

Wenig später klingelt mein Handy.

Elliot. Was zum Teufel will mein großer Bruder?

»Elliot?«

»Ja, Kumpel. Ich muss das Wochenende von Seattle weg. Diese Kleine rückt mir nicht von der Pelle.«

Ich habe einen Geistesblitz. »Hättest du Lust, mit mir wandern zu gehen? Irgendwo in der Gegend von Portland? Wir könnten heute Nachmittag aufbrechen, dort bleiben und am Sonntag wiederkommen.«

»Cool. Mit dem Heli oder mit dem Auto?«

»Es handelt sich um einen Helikopter, Elliot, und ich fahre uns hin. Komm am Mittag zu mir ins Büro, dann machen wir uns von da aus auf den Weg.«

»Danke, Bruderherz. Ich bin dir was schuldig.« Elliot legt auf.

Elliot hatte immer schon ein Problem mit der Selbstbeherrschung. Genau wie die Frauen, mit denen er sich abgibt: Wer auch immer die Unglückliche sein mag – sie ist nur eine in einer langen, langen Reihe oberflächlicher Bettgeschichten.

»Mr. Grey. Was möchten Sie dieses Wochenende essen?«

»Bereiten Sie etwas Leichtes vor und stellen Sie's in den Kühlschrank. Möglicherweise bin ich Samstag wieder zurück.«

Möglicherweise auch nicht.

Sie hat dich keines zweiten Blickes gewürdigt, Grey.

Da ich einen großen Teil meines Arbeitslebens damit verbringe, die Erwartungen anderer zu beurteilen, sollte ich auch meine eigenen besser im Griff haben.

Elliot verschläft den größten Teil der Fahrt nach Portland. Der Arme muss hundemüde sein. Arbeiten und Ficken: Dafür lebt Elliot. Er schnarcht auf dem Beifahrersitz vor sich hin.

Das wird was werden mit ihm!

Da wir Portland erst nach drei erreichen werden, rufe ich über die Freisprechanlage Andrea an.

»Mr. Grey«, meldet sie sich nach dem zweiten Klingeln.

»Würden Sie bitte zwei Mountainbikes zum Heathman bringen lassen?«

»Um wie viel Uhr, Sir?«

»Um drei.«

»Die Räder sind für Sie und Ihren Bruder?«

»Ja.«

»Ihr Bruder ist knapp eins neunzig?«

»Ja.«

»Ich kümmere mich gleich darum.«

»Gut.« Ich beende das Gespräch und rufe Taylor an.

»Mr. Grey.« Er meldet sich nach dem ersten Klingeln.

»Wann werden Sie hier sein?«

»So gegen neun heute Abend.«

»Bringen Sie den R8 mit?«

»Mit Vergnügen, Sir.« Taylor ist auch ein Autofan.

»Gut.« Ich beende das Gespräch und drehe die Musik lauter. Wollen doch mal sehen, ob Elliot auch bei The Verve schlafen kann.

Als wir die Interstate 5 entlangbrausen, wächst meine Erregung.

Sind die Bücher schon bei ihr? Ich bin versucht, Andrea noch einmal anzurufen, verkneife es mir aber, weil ich weiß, dass sie jede Menge Arbeit hat. Außerdem möchte ich meinem Personal keinen Stoff für Gerede geben. Das vermeide ich nach Möglichkeit.

Warum hast du die Bücher überhaupt geschickt?

Weil ich sie wiedersehen will.

Auf Höhe der Ausfahrt nach Vancouver frage ich mich, ob sie ihre Prüfung schon geschrieben hat.

»Hey, Mann, wo sind wir?«, erkundigt sich Elliot verschlafen.

»Sieh an, sieh an, der junge Mann erwacht«, murmle ich. »Wir sind fast da. Und wir gehen Mountainbiken.«

»Tun wir das?«

»Ja.«

»Cool. Weißt du noch? Das haben wir immer mit Dad gemacht.«

»Ja.« Bei der Erinnerung schüttle ich den Kopf. Mein Vater ist ein Multitalent, ein echter Renaissancemensch: belesen, sportlich, in der Stadt zu Hause, aber lieber in der Natur unterwegs. Er hat drei Adoptivkinder aufgezogen … ich bin derjenige, der seinen Erwartungen nicht gerecht wurde.

Doch vor meiner Pubertät standen wir uns sehr nahe. Er war mein Held, ging immer gern mit uns zelten und liebte die Sportarten im Freien, die auch ich jetzt mag: Segeln, Kajak- und Radfahren.

Aber die Pubertät hat mir alles verdorben.

»Ich hab mir gedacht, wenn wir erst am Nachmittag ankommen, ist keine Zeit mehr für eine Wanderung.«

»Seh ich genauso.«

»Und: Vor wem rennst du diesmal weg?«

»Mann, ich bin nun mal nicht der Typ fürs Dauerhafte. Das ist nichts Neues. Ich mag mich nicht festlegen. Wenn die Mädels rausfinden, dass man ein eigenes Geschäft hat, kriegen sie komische Ideen.« Er schaut mich von der Seite an. »Du machst das schon richtig, dass du deinen Schwanz bei dir behältst.«

»Soweit ich mich erinnere, reden wir im Moment nicht über meinen Schwanz, sondern über deinen und wer in letzter Zeit nähere Bekanntschaft damit gemacht hat.«

Elliot kichert. »Ich hab den Überblick verloren. Aber genug von mir. Was gibt's Neues in der aufregenden Welt der Hochfinanz und des Handels?«

»Willst du das wirklich wissen?«

»Nö«, blökt er, und ich muss über sein Desinteresse und seinen Mangel an Eloquenz lachen.

»Wie läuft's im Geschäft?«, erkundige ich mich.

»Suchst du Investmentmöglichkeiten?«

»Immer.« Das ist mein Job.

»Letzte Woche sind wir mit der Spokani-Eden-Sache einen großen Schritt vorangekommen. Wir sind im Plan, aber das geht ja auch erst seit ein paar Tagen.« Er zuckt mit den Achseln. Hinter seiner lässigen Fassade verbirgt sich ein Ökokrieger. Seine Leidenschaft für eine nachhaltige Lebensweise sorgt beim sonntäglichen Familienessen für hitzige Diskussionen; bei seinem aktuellen Projekt handelt es sich um eine ökologische Niedrigpreissiedlung im Norden von Seattle.

»Ich hoffe, dieses neue Brauchwassersystem installieren zu können, von dem ich dir erzählt habe. Das könnte den Wasserverbrauch und die Rechnungen in den betroffenen Haushalten um fünfundzwanzig Prozent senken.«

»Toll.«

»Das hoffe ich.«

Wir fahren schweigend ins Zentrum von Portland, und gerade

als wir die Tiefgarage des Heathman erreichen – dort habe ich sie das letzte Mal gesehen –, brummt Elliot: »Du weißt schon, dass wir heute das Mariners-Match verpassen?«

»Vielleicht kannst du dir einen Abend vor der Glotze und deinem Schwanz eine Auszeit gönnen und Baseball gucken.«

»Klingt gut.«

Mit Elliot mitzuhalten, ist gar nicht so leicht. Er fetzt den Weg mit der gleichen Waghalsigkeit hinunter, wie er die meisten anderen Dinge anpackt. Elliot kennt keine Angst – und dafür bewundere ich ihn. Aber wenn ich in dieser Geschwindigkeit fahre, bekomme ich nichts von der Umgebung mit. Nur aus den Augenwinkeln nehme ich wahr, wie die üppig grüne Landschaft an mir vorbeisaust. Ich muss den Blick auf den Weg gerichtet halten, um Schlaglöchern auszuweichen.

Nach der Fahrt sind wir beide von oben bis unten voller Dreck und hundemüde.

»Das war der größte Spaß, den ich in letzter Zeit hatte«, bemerkt Elliot, als wir dem Pagen vom Heathman unsere Räder geben.

»Ja«, pflichte ich ihm bei. Mir fällt ein, wie ich Anastasia in den Armen gehalten habe, nachdem ich sie vor dem irren Radfahrer rettete. Ihr warmer Körper, ihre Brüste, ihr Duft in meiner Nase.

Da war ich auch bekleidet gewesen ... »Ja«, wiederhole ich.

Während wir mit dem Lift ins oberste Stockwerk fahren, sehen wir auf den Handys nach, ob in der Zwischenzeit Nachrichten eingetroffen sind.

Ich habe E-Mails, einige SMS von Elena, in denen sie mich fragt, was ich am Wochenende vorhabe, aber keine Anrufe von Anastasia. Es ist kurz vor sieben – inzwischen muss sie die Bücher erhalten haben. Der Gedanke deprimiert mich: Ich bin völlig umsonst nach Portland gefahren.

»Die Kleine hat mich fünfmal angerufen und mir vier SMS geschickt. Merkt die denn nicht, wie verzweifelt sie rüberkommt?«, jammert Elliot.

»Vielleicht ist sie schwanger.«

Als Elliot blass wird, lache ich.

»Das ist nicht witzig, Schlaumeier«, brummt er. »Außerdem hab ich noch nicht lang mit ihr zu tun. Und auch nicht so oft.«

Nach einer schnellen Dusche gehe ich in Elliots Suite, wo wir uns zusammen den Rest des Mariners-Spiels gegen die San Diego Padres anschauen. Wir lassen uns Steak, Salat, Pommes und ein paar Bierchen aufs Zimmer kommen; ich genieße das Match in Elliots lockerer Gesellschaft. Mittlerweile habe ich mich damit abgefunden, dass Anastasia nicht anrufen wird. Die Mariners führen, und es sieht ganz so aus, als würden sie ihren Gegner wegfegen.

Leider läuft es dann doch anders, obwohl die Mariners am Ende 4:1 gewinnen.

Auf die Mariners! Elliot und ich stoßen mit den Bierflaschen an.

Während der Spielanalyse nach dem Match klingelt mein Handy, und Miss Steeles Nummer leuchtet auf dem Display auf.

Sie.

»Anastasia?« Ich verberge meine Überraschung und Freude nicht. Es klingt, als wäre sie auf einer Party oder in einer Bar. Elliot sieht mich an, also stehe ich vom Sofa auf und gehe weg, um ihn nicht zu stören.

»Warum hast du mir die Bücher geschickt?«, lallt sie, und sofort bekomme ich es mit der Angst zu tun.

»Anastasia, alles in Ordnung? Du klingst seltsam.«

»Nicht ich bin seltsam, sondern du.« Das hört sich vorwurfsvoll an.

»Anastasia, hast du getrunken?«

Teufel. Mit wem ist sie unterwegs? Mit dem Fotografen? Wo steckt ihre Freundin Kate?

»Was kümmert dich das?«, fragt sie mürrisch und angriffslustig. Ich merke, dass sie betrunken ist, und will mich vergewissern, dass es ihr gut geht.

»Ich bin nur … neugierig. Wo bist du?«

»In einer Kneipe.«

»In welcher?« *Sag's mir.* Mir wird flau im Magen. Eine junge Frau, betrunken, irgendwo in Portland. Das könnte gefährlich werden.

»In einer Kneipe in Portland.«

»Und wie kommst du nach Hause?« Ich kneife mir in der vergeblichen Hoffnung, dass mich das von meinem aufkeimenden Zorn ablenkt, in den Nasenrücken.

»Ich finde schon eine Möglichkeit.«

Wie bitte? Will sie in dem Zustand etwa fahren? Ich frage sie noch einmal, in welcher Kneipe sie ist, erhalte aber keine Antwort.

»Warum hast du mir die Bücher geschickt, Christian?«

»Anastasia, wo bist du? Sag es mir auf der Stelle.«

Wie will sie nach Hause gelangen?

»Du bist so was von … tyrannisch.« Sie kichert. In jeder anderen Situation würde ich das süß finden. Doch im Moment – ich werde ihr zeigen, wie tyrannisch ich sein kann. Sie macht mich noch wahnsinnig.

»Verdammt, Ana, nun sag endlich: Wo steckst du?«

Erneutes Kichern. *Scheiße, sie lacht mich aus!*

Wieder!

»In Portland … weit weg von Seattle.«

»Wo in Portland?«

»Gute Nacht, Christian.« Sie legt auf.

»Ana!«

Sie hat aufgelegt, einfach aufgelegt! Ich sehe mein Handy ungläubig an. Das hat sich noch niemand getraut. Egal.

»Gibt's ein Problem?«, ruft Elliot vom Sofa.

»War irgend so eine Besoffene.«

»So was passiert dir?«, fragt er erstaunt.

»Ja.« Ich drücke den Rückrufknopf und versuche, meinen Jähzorn und meine Sorge zu zügeln.

»Hallo«, meldet sie sich kleinlaut und schüchtern, nun in einer ruhigeren Umgebung.

»Ich hole dich ab«, erkläre ich ihr in eisigem Tonfall und klappe wütend mein Handy zu.

»Ich muss dieses Mädchen abholen und heimbringen. Kommst du mit?«

Elliot starrt mich an, als hätte ich plötzlich drei Köpfe.

»Du? Mit'ner Kleinen? Das muss ich sehen.« Elliot packt seine Sneakers und schlüpft hinein.

»Ich muss noch jemanden anrufen.« Ich gehe in sein Schlafzimmer und überlege, ob ich mich an Barney oder an Welch wenden soll. Barney ist der erfahrenste Techniker im Telekommunikationsbereich meines Unternehmens und ein Technikgenie. Aber das, was ich mir vorstelle, ist nicht ganz legal.

Halt das Unternehmen da lieber raus, Grey.

Ich betätige den Schnellwahlknopf mit der Nummer von Welch und höre wenige Sekunden später seine raue Stimme.

»Mr. Grey?«

»Mich würde sehr interessieren, wo Anastasia Steele sich momentan aufhält.«

»Verstehe.« Er schweigt kurz. »Überlassen Sie das mir, Mr. Grey.«

Ich weiß, dass ich mich damit außerhalb des Gesetzes bewege, aber vielleicht bringt sie sich gerade selbst in Gefahr.

»Danke.«

»Ich melde mich in ein paar Minuten wieder.«

Elliot, der sich voller Vorfreude die Hände reibt, begrüßt mich mit einem dümmlichen Lachen, als ich zu ihm in den Wohnbereich zurückkehre.

Herrgott noch mal.

»Das lasse ich mir nicht entgehen«, sagt er spöttisch.

»Ich hole die Autoschlüssel. Wir treffen uns in fünf Minuten in der Tiefgarage«, knurre ich, ohne sein selbstgefälliges Grinsen zu beachten.

Die Kneipe ist voll mit feierwütigen Studenten. Aus den Lautsprechern wummert irgendein Indiescheiß, und auf der Tanzfläche wimmelt es von wogenden Körpern.

In dem Schuppen komme ich mir alt vor.

Sie muss hier irgendwo sein.

Elliot ist mir gefolgt. »Siehst du sie?«, brüllt er mir über den Lärm zu.

Als ich den Blick über den Raum schweifen lasse, entdecke ich Katherine Kavanagh. Sie sitzt mit Freunden in einer Nische. Keine Spur von Ana, aber auf dem Tisch stehen allerlei Schnaps- und Biergläser.

Wollen wir doch mal sehen, ob Miss Kavanagh ihrer Freundin gegenüber genauso viel Loyalität beweist wie Ana ihr.

Als wir an ihren Tisch treten, schaut sie mich erstaunt an.

»Katherine«, begrüße ich sie.

»Christian, was für eine Überraschung, Sie hier?«, brüllt sie, bevor ich sie fragen kann, wo Ana ist. Die drei Typen am Tisch mustern Elliot und mich feindselig-argwöhnisch.

»Ich war gerade in der Gegend.«

»Und wer ist das?«, fällt sie mir ins Wort und strahlt Elliot an. Gott, ist die Frau nervig!

»Mein Bruder Elliot. Elliot, Katherine Kavanagh. Wo steckt Ana?«

Sie bedenkt Elliot mit einem noch breiteren Lächeln. Zu meiner Überraschung grinst er zurück.

»Ich glaube, sie ist rausgegangen, frische Luft schnappen«, antwortet Katherine, ohne mich anzusehen. Sie hat nur Augen für Elliot, den Mann, der nicht so der Typ fürs Dauerhafte ist. Egal, was kümmert's mich.

»Raus? Wohin?«, brülle ich.

»Da rüber.« Sie deutet auf eine Doppeltür am hinteren Ende der Kneipe.

Ich schiebe mich zwischen den Menschen hindurch zu der Tür und lasse drei ziemlich schlecht gelaunte Männer sowie Katherine

Kavanagh und Elliot zurück, die gar nicht mehr aufhören, einander anzustrahlen.

Hinter der Doppeltür entdecke ich eine Schlange vor der Damentoilette und dahinter eine weitere Tür nach draußen, die zu dem Parkplatz führt, von dem Elliot und ich gerade gekommen sind.

Ich trete hinaus. Neben dem Parkplatz, an einer von Blumenbeeten gesäumten Stelle, rauchen, trinken und unterhalten sich ein paar Leute. Und knutschen. Da sehe ich sie.

Himmel! Ich glaube, sie steht bei dem Fotografen, aber bei dem trüben Licht ist das schwer zu beurteilen. Sie befindet sich in seinen Armen, doch sie scheint sich von ihm wegzudrehen. Er sagt etwas zu ihr, so leise, dass ich es nicht verstehe, und küsst sie auf die Wange.

»José, nein«, wehrt sie sich. Jetzt ist alles klar. Sie versucht, ihn wegzuschieben.

Sie will das nicht.

Am liebsten würde ich ihm den Kopf abreißen. Mit geballten Fäusten marschiere ich zu ihnen. »Ich denke, die Dame hat nein gesagt.« Meine kühle, drohende Stimme klingt an diesem vergleichsweise ruhigen Ort laut; ich bemühe mich, meinen Zorn zu zügeln.

Er lässt Ana los, und sie blinzelt mich vom Alkohol benebelt an.

»Grey«, sagt er nur, und ich muss mich sehr zusammenreißen, um ihm den frustrierten Ausdruck nicht mit einem Fausthieb aus dem Gesicht zu schlagen.

Ana würgt, krümmt sich zusammen und übergibt sich auf den Boden.

O Scheiße!

»Igitt! *Dios mío*, Ana!« José springt angeekelt zur Seite.

Idiot.

Ohne auf ihn zu achten, halte ich ihr die Haare aus dem Gesicht, während sie alles rauskotzt, was sie an dem Abend zu sich genommen hat. Ein wenig verärgert stelle ich fest, dass sie offenbar nichts gegessen hat. Den Arm um ihre Schulter gelegt führe ich sie von den Neugierigen weg zu einem der Blumenbeete. »Wenn du dich noch mal übergeben musst, dann mach's hier. Ich halte dich.« Bei den Blumen ist es dunkler, dort hat sie mehr Ruhe. Es hört gar nicht mehr auf, sie kotzt und kotzt, die Hände auf der Ziegeleinfassung des Beets. Es ist mitleiderregend. Nach einer Weile würgt sie nur noch trocken.

Junge, die hat's aber übel erwischt.

Endlich beruhigt sich ihr Körper, und ich nehme an, dass sie fertig ist. Ich lasse sie los und reiche ihr mein Taschentuch, das sich wunderbarerweise in der Innentasche meiner Jacke befindet.

Danke, Mrs. Jones.

Sie wischt sich den Mund ab und lehnt sich gegen die Ziegeleinfassung. Dabei weicht sie verlegen meinem Blick aus. Aber ich freue mich einfach nur, sie zu sehen. Meine Wut auf den Fotografen ist verflogen. Ich genieße es, mit Miss Anastasia Steele auf dem Parkplatz einer Studentenkneipe in Portland zu stehen.

Sie stützt den Kopf in die Hände, stöhnt und schaut mich, immer noch verschämt, an. Dann blickt sie über meine Schulter in Richtung Tür. Wahrscheinlich zu ihrem »Freund«.

»Äh ... wir sehen uns drinnen«, ruft José. Ich mache mir nicht die Mühe, mich zu ihm umzudrehen und ihn mit Blicken zu strafen, und zu meiner großen Freude schenkt auch sie ihm keine Beachtung mehr.

»Tut mir leid«, meint sie schließlich und nestelt hektisch an dem Taschentuch herum.

Okay, dann mal zum vergnüglichen Teil des Abends.

»Was tut dir leid, Anastasia?«

»Hauptsächlich der Anruf. Und das Kotzen. Die Liste ließe sich beliebig fortsetzen«, murmelt sie.

»Das haben wir alle schon mal erlebt, vielleicht nicht ganz so drastisch wie du.« Warum ziehe ich diese junge Frau so gern auf? »Man muss seine Grenzen kennen, Anastasia. Ich bin ja dafür, Grenzen auszuloten, aber das geht nun wirklich zu weit. Machst du das öfter?«

Vielleicht hat sie ein Alkoholproblem. Ich überlege, mir von meiner Mutter eine Entziehungsklinik empfehlen zu lassen.

Ana runzelt kurz die Stirn, als wäre sie verärgert. Dabei bildet sich wieder dieses kleine V über ihrer Nase. Ich unterdrücke den Drang, es zu küssen. Als sie etwas sagt, klingt sie zerknirscht.

»Nein«, antwortet sie, »ich bin noch nie zuvor betrunken gewesen, und im Moment habe ich auch nicht das Bedürfnis, die Erfahrung zu wiederholen.« Sie sieht mich mit glasigem Blick an und beginnt zu schwanken. Weil ich Angst habe, dass sie umkippt, drücke ich sie, ohne nachzudenken, an meine Brust.

Es erstaunt mich, wie leicht sie ist. Zu leicht. Kein Wunder, dass sie betrunken ist.

»Komm, ich bringe dich heim.«

»Ich muss Kate Bescheid sagen«, erklärt sie mir, den Kopf an meiner Schulter.

»Das kann mein Bruder machen.«

»Wie bitte?«

»Mein Bruder Elliot spricht gerade mit Miss Kavanagh.«

»Ach.«

»Er war bei mir, als du angerufen hast.«

»In Seattle?«

»Nein, im Heathman.«

Meine Fahrt ins Blaue hat sich ausgezahlt.

»Wie hast du mich gefunden?«

»Ich habe den Anruf zurückverfolgt, Anastasia.« Ich mache mich auf den Weg zum Wagen. »Hast du eine Jacke oder eine Handtasche?«

»Ja, beides. Christian, bitte, ich muss Katherine Bescheid sagen, sonst macht sie sich Sorgen.«

Ich bleibe stehen und verkneife mir zu bemerken: Katherine Kavanagh hat es nicht gekümmert, dass du mit dem liebeskranken Fotografen draußen warst. *Rodriguez.* So heißt doch der Typ, oder? Was für eine *Freundin* ist diese Kavanagh? Licht aus der Kneipe fällt auf Anas Gesicht.

Widerstrebend lasse ich sie los und erkläre mich bereit, sie nach drinnen zu begleiten. Hand in Hand gehen wir zurück in die Kneipe und zu Kates Tisch. Einer der Männer sitzt mit verärgert-verlorener Miene noch immer dort.

»Wo ist Kate?«, brüllt Ana, um den Lärm zu übertönen.

»Tanzen!«, brüllt der Typ zurück, und seine dunklen Augen richten sich auf die Tanzfläche. Ana nimmt Jacke und Tasche und hält sich, für mich überraschend, an meinem Arm fest.

Ich erstarre.

Scheiße.

Mein Herz beginnt zu rasen, die Dunkelheit drückt mir den Hals mit ihren Klauen zu.

»Sie ist auf der Tanzfläche«, schreit Ana mir ins Ohr. Als ihr Atem mich kitzelt, vergesse ich meine Angst. Plötzlich verschwindet die Dunkelheit, und das Herzrasen hört auf.

Wie ist das möglich?

Ich verdrehe die Augen, um meine Verwirrung zu verbergen, schiebe sie in Richtung Theke, bestelle ein großes Glas Wasser und reiche es ihr.

»Trink.«

Sie sieht mich über den Rand des Glases hinweg an und nimmt zögernd einen Schluck.

»Runter damit«, weise ich sie an. Hoffentlich reicht das als Vorbeugung gegen einen Riesenkater morgen.

Was ihr alles hätte passieren können, wenn ich mich nicht eingemischt hätte, denke ich düster.

Und mir fällt ein, was gerade mit mir geschehen ist.

Ihre Berührung. Meine Reaktion.

Meine Laune verschlechtert sich weiter.

Weil Ana beim Trinken ein wenig schwankt, stütze ich sie mit einer Hand auf ihrer Schulter. Das gefällt mir – dass ich sie berühre. Sie ist wie Balsam für meine gequälte Seele.

Was für eine blumige Ausdrucksweise, Grey.

Sie trinkt das Glas leer, ich nehme es und stelle es auf die Theke.

Okay. Sie möchte also mit ihrer sogenannten Freundin sprechen. Ich lasse den Blick über die Tanzfläche schweifen, beunruhigt über die Vorstellung, wie all diese Körper sich gegen den meinen pressen werden, wenn wir uns zwischen ihnen hindurchdrängen.

Mich innerlich wappnend ergreife ich ihre Hand. Sie zögert, doch wenn sie mit ihrer Freundin reden möchte, geht es nicht anders; sie wird mit mir tanzen müssen. Ist Elliot erst einmal in der Stimmung, kann man ihn nicht mehr stoppen – tja, das war's dann wohl mit dem ruhigen Abend.

Ich ziehe sie zu mir heran.

Das kriege ich hin. Wenn ich es vorher weiß, dass sie mich berühren wird, ist das okay. Außerdem trage ich ja eine Jacke. Ich schiebe uns durch die Menge auf Elliot und Kate zu.

Tanzend beugt Elliot sich mit ungläubigem Blick zu mir herüber.

»Ich bringe Ana nach Hause. Sag das Kate«, brülle ich ihm ins Ohr.

Er nickt und zieht Katherine Kavanagh näher zu sich heran.

Gut. Dann also ab nach Hause mit Miss Betrunkener Bücherwurm, aber sie scheint nicht so recht gehen zu wollen und beobachtet Kate besorgt. Als wir von der Tanzfläche herunter sind, schaut sie zuerst zu Kate zurück, dann, schwankend und ein wenig benommen, sieht sie mich an.

»Scheiße …« Wie durch ein Wunder gelingt es mir, sie aufzufangen, als sie mitten in der Kneipe das Bewusstsein verliert. Ich bin versucht, sie einfach über die Schulter zu hieven, doch weil das zu sehr auffallen würde, drücke ich sie wieder an meine Brust und trage sie halb zum Wagen hinaus.

»Herrgott«, murmle ich, fische den Schlüssel aus meiner Jeans und stütze sie gleichzeitig. Irgendwie gelingt es mir, sie auf den Vordersitz zu bugsieren und anzuschnallen.

»Ana.« Da sie besorgniserregend still ist, rüttle ich sie. »Ana!«

Als sie etwas Unverständliches brummelt, weiß ich, dass sie bei Bewusstsein ist. Eigentlich sollte ich sie nach Hause bringen, aber nach Vancouver ist es weit, und ich habe keine Ahnung, ob sie sich noch einmal übergeben muss. Ich habe keine Lust auf einen nach Kotze stinkenden Audi. Ihre Kleidung riecht ziemlich streng.

Während der Fahrt zum Heathman versuche ich mir einzureden, dass ich alles ihr zuliebe tue.

Mach dir ruhig was vor, Grey.

Im Lift von der Garage nach oben schläft sie in meinen Armen. Irgendwie muss ich sie aus Jeans und Schuhen schälen. Der abgestandene Geruch von Erbrochenem steigt mir in die Nase. Am liebsten würde ich sie baden, doch das würde bedeuten, die Grenzen der Schicklichkeit zu überschreiten.

Und das, was du gerade machst, tut das nicht?

In meiner Suite lasse ich ihre Tasche aufs Sofa fallen, trage Ana ins Schlafzimmer und lege sie aufs Bett. Sie murmelt etwas, wacht aber nicht auf.

Ich ziehe ihr Schuhe und Socken aus und stecke sie in den Plastikwäschesack des Hotels. Dann öffne ich den Reißverschluss ihrer Jeans, ziehe sie ihr herunter und schaue in ihre Taschen, bevor ich sie ebenfalls in den Wäschesack stopfe. Sie sinkt aufs Bett zurück, die Glieder ausgestreckt wie ein Seestern, ganz blasse Arme und Beine, und ich stelle mir vor, wie sie, die Handgelenke an mein Andreaskreuz gefesselt, diese Beine um meine Hüften schlingt. Als ich den verblassenden blauen Fleck an ihrem Knie entdecke, frage ich mich, ob der von dem Sturz in meinem Büro stammt.

Die Begegnung hat Spuren hinterlassen ... bei ihr wie bei mir.

Während ich sie aufrichte, schlägt sie die Augen auf.

»Hallo, Ana«, flüstere ich und ziehe ihr ohne ihre Mithilfe die Jacke aus.

»Grey. Lippen«, murmelt sie.

»Ja, Kleines.« Ich lege sie zurück aufs Bett. Sie schließt die Augen wieder, dreht sich auf die Seite und rollt sich zusammen. Sie wirkt klein und zerbrechlich. Ich decke sie zu und drücke ihr einen Kuss auf die Haare. Nun, da sie die schmutzige Kleidung los ist, nehme ich ihren Geruch wieder wahr. Äpfel, Herbst, frisch, köstlich … Ana. Ihre Lippen sind ein wenig geöffnet, ihre Wimpern ruhen auf ihren bleichen Wangen, ihre Haut ist makellos. Noch einmal gestatte ich mir eine kurze Berührung; ich streiche mit der Rückseite meines Zeigefingers über ihre Wange.

»Schlaf gut«, flüstere ich und gehe ins Wohnzimmer, um die Liste für den Wäschedienst des Hotels auszufüllen. Als ich damit fertig bin, stelle ich den übel riechenden Beutel zur Abholung vor die Tür meiner Suite.

Bevor ich meine E-Mails überprüfe, schicke ich Welch eine SMS und bitte ihn zu recherchieren, ob José Rodriguez aktenkundig ist. Ich will wissen, ob er sich öfter an betrunkene junge Frauen ranmacht. Dann wende ich mich der Kleiderfrage für Miss Steele zu und schicke Taylor eine kurze Mail:

Von: Christian Grey
Betreff: Miss Anastasia Steele
Datum: 20. Mai 2011, 23:46 Uhr
An: J B Taylor

Guten Morgen,
könnten Sie bitte die folgenden Dinge für Miss Steele besorgen und vor 10:00 Uhr in mein übliches Zimmer bringen lassen?
   Jeans: blau, Denim, Größe 34
   Bluse: blau, adrett, Größe 34
   Converse-Turnschuhe: schwarz, Größe 38
   Socken: Größe 38
   Unterwäsche: normal, Größe Small. BH: geschätzt 75 C.
Danke.

CHRISTIAN GREY
CEO, Grey Enterprises Holdings, Inc.

Sobald die Mail draußen ist, sende ich Elliot eine SMS.

> Ana ist bei mir.
> Sag Kate das, falls du noch bei ihr bist.

Er antwortet postwendend.

> Wird gemacht.
> Hoffe, du legst sie flach.
> Du könntest es gebrauchen. ;)

Seine Antwort lässt mich auflachen.
Wie recht du hast, Elliot.
Dann öffne ich meine Arbeits-E-Mails und beginne zu lesen.

SAMSTAG, 21. MAI 2011

Fast zwei Stunden später, kurz nach Viertel vor zwei morgens, gehe ich ins Bett. Sie schläft tief und fest und liegt noch genauso da, wie ich sie verlassen habe. Ich ziehe mich aus, schlüpfe in meine Pyjamahose und ein T-Shirt und lege mich neben sie. Sie ist praktisch komatös; ziemlich sicher wird sie sich nicht unruhig hin und her wälzen und mich berühren. Ich zögere, als mich wieder diese Dunkelheit umfängt, aber sie erfasst mich nicht ganz. Das liegt daran, dass ich wie hypnotisiert das Heben und Senken ihres Brustkorbs beobachte und im Rhythmus mit ihr atme. Ein. Aus. Ein. Aus. Ein. Aus. Sekunden, Minuten, vielleicht auch Stunden sehe ich ihr zu und betrachte jeden wunderschönen Quadratzentimeter ihres Gesichts. Ihre dunklen Wimpern flattern im Schlaf, ihre Lippen sind leicht geöffnet, sodass ich einen Blick auf ihre ebenmäßigen weißen Zähne erhasche. Sie murmelt etwas Unverständliches, und ihre Zunge gleitet heraus und leckt ihre Lippen. Ich finde das erregend, sehr erregend. Am Ende falle auch ich in einen tiefen, traumlosen Schlaf.

Als ich die Augen aufschlage, ist es still, und vorübergehend fehlt mir die Orientierung. Ach ja. Ich bin im Heathman. Der Wecker neben meinem Bett sagt mir, dass es 7:43 Uhr ist.

Wann habe ich das letzte Mal so lange und so gut geschlafen?

Ana.

Vorsichtig drehe ich den Kopf und sehe, dass sie tief und fest schläft, das Gesicht zu mir. Sie wirkt vollkommen entspannt.

Ich habe noch nie mit einer Frau im selben Bett geschlafen. Ja, ich habe viele gefickt, doch neben einer verführerischen jungen Frau aufzuwachen ist eine neue, erregende Erfahrung. Mein Schwanz findet das auch.

So geht das nicht.

Widerstrebend stehe ich auf und schlüpfe in meine Joggingsachen. Ich muss meine … überschüssige Energie abarbeiten.

Im Wohnzimmer fahre ich meinen Laptop hoch, überprüfe meine E-Mails und antworte auf zwei von Ros und eine von Andrea. Dazu brauche ich länger als sonst, weil mich der Gedanke ablenkt, dass Ana im Nebenzimmer schläft. Wie sie sich wohl fühlen wird, wenn sie aufwacht?

Sie wird einen ordentlichen Kater haben.

In der Minibar finde ich eine Flasche Orangensaft und leere sie in ein Glas. Als ich eintrete, schläft Ana noch immer. Ihre kastanienbraunen Haare liegen auf dem Kissen ausgebreitet, Bettdecke und T-Shirt sind ihr über die Taille hochgerutscht, sodass ich Bauch und Nabel deutlich sehen kann. Auch dieser Anblick wirkt stimulierend auf meinen Körper.

Verdammt, starr das Mädchen nicht so an, Grey!

Ich muss hier weg, bevor ich etwas tue, das ich später bereue. Ich stelle das Glas aufs Nachtkästchen, gehe ins Bad, hole zwei Aspirin aus meinem Kulturbeutel und lege sie neben das Glas mit dem Orangensaft.

Nach einem letzten langen Blick auf Anastasia Steele – die erste Frau, mit der ich je in einem Bett geschlafen habe – gehe ich zum Joggen.

Als ich vom Laufen zurückkehre, steht im Wohnbereich eine Einkaufstüte von einem mir unbekannten Laden. Die Sachen für Ana. Soweit ich das beurteilen kann, hat Taylor sie gut gewählt – und das vor neun Uhr früh.

Der Mann ist das reinste Wunder.

Ihre Handtasche liegt auf dem Sofa, auf das ich sie am Abend zuvor fallen gelassen habe, und die Tür zum Schlafzimmer ist geschlossen, also vermute ich, dass sie noch da ist und schläft.

Gott sei Dank! Die Karte für den Zimmerservice in der Hand beschließe ich, etwas zu essen zu bestellen. Wenn sie aufwacht, wird sie hungrig sein. Da ich keine Ahnung habe, was sie möchte, ordere ich in einem seltenen Anfall von Verschwendungssucht alles Mögliche. Man sagt mir, dass es eine halbe Stunde dauern wird.

Zeit, die reizende Miss Steele zu wecken; sie hat genug geschlafen.

Ich nehme mein Sporthandtuch und die Einkaufstüte, klopfe an der Tür und öffne sie. Zu meinem Entzücken sitzt sie aufrecht im Bett. Die Tabletten und der Saft sind verschwunden.

Braves Mädchen.

Als ich ins Zimmer schlendere, wird sie blass.

Locker bleiben, Grey. Schließlich willst du am Ende nicht als Entführer dastehen.

Sie schließt die Augen, vermutlich, weil ihr die Situation peinlich ist.

»Guten Morgen, Anastasia. Wie fühlst du dich?«

»Besser als verdient«, antwortet sie kleinlaut, als ich die Tüte auf den Stuhl stelle. Ihre Augen, nun wieder offen, sind riesengroß und blau, und trotz der zerzausten Haare sieht sie atemberaubend aus.

»Wie bin ich hierhergekommen?«, fragt sie, als hätte sie Angst vor der Antwort.

Beruhige sie, Grey.

Ich setze mich auf die Bettkante und beschränke mich auf die Fakten. »Als du ohnmächtig geworden bist, wollte ich nicht riskieren, dich auf dem Ledersitz meines Wagens bis zu deiner Wohnung zu fahren. Also hab ich dich hierhergebracht.«

»Hast du mich ins Bett gelegt?«

»Ja.«

»Hab ich mich noch mal übergeben müssen?«

»Nein.« Gott sei Dank.

»Hast du mich ausgezogen?«

»Ja.« *Wer sonst?*

Sie wird rot, endlich bekommen ihre Wangen Farbe. Ihre ebenmäßigen weißen Zähne kauen an ihrer Lippe. Ich verkneife mir ein Stöhnen.

»Wir haben nicht …?«, flüstert sie und sieht ihre Hände an.

Himmel, für was für ein Monster hält sie mich?

»Anastasia, du warst praktisch komatös. Ich steh nicht auf Nekrophilie. Ich mag's, wenn Frauen sinnlich und empfänglich sind«, erkläre ich trocken. Sie atmet auf, was mich zu der Überlegung veranlasst, ob es ihr schon einmal passiert ist, dass sie, ohnmächtig geworden, im Bett eines Fremden aufgewacht ist und feststellen musste, dass er sie ohne ihre Einwilligung gefickt hat. Vielleicht ist das die Masche des Fotografen. Der Gedanke verstört mich. Da fällt mir ihr Geständnis vom Vorabend ein – dass sie noch nie zuvor betrunken war. Gott sei Dank.

»Sorry«, sagt sie verlegen.

Teufel. Vielleicht sollte ich sie nicht so bedrängen.

»Es war ein sehr amüsanter Abend, der mir in Erinnerung bleiben wird.« Ich hoffe, dass das einlenkend klingt, doch sie runzelt die Stirn.

»Du hättest mich nicht mit einem James-Bond-Spielzeug aus deinem Unternehmen aufspüren müssen.«

Hoppla! Jetzt ist sie sauer. Warum?

»Erstens: Die technischen Hilfsmittel zum Zurückverfolgen von Handy-Anrufen sind im Internet erhältlich.«

Na ja, im Deep Net …

»Zweitens: Mein Unternehmen stellt keine Überwachungsgeräte her.« Verstimmt lege ich nach: »Und drittens: Wenn ich dich nicht geholt hätte, wärst du wahrscheinlich im Bett des Fotografen aufgewacht, und soweit ich mich erinnere, warst du nicht sonderlich erpicht auf seine Avancen.«

Sie blinzelt ein paarmal und fängt dann zu kichern an.

Schon wieder lacht sie mich aus.

»Aus was für einer mittelalterlichen Chronik bist du denn entsprungen? Du hörst dich wie ein galanter Ritter an.«

Betörend, wie sie mich erneut provoziert. Ihre Respektlosigkeit empfinde ich als erfrischend, sehr erfrischend. Allerdings bin ich kein Ritter in glänzender Rüstung. Da täuscht sie sich gewaltig. Und obwohl ich mich damit vermutlich ins eigene Fleisch schneide, habe ich das Gefühl, sie warnen zu müssen, dass nichts Galantes oder Ritterliches an mir ist. »Eher ein schwarzer Ritter.« Wenn sie wüsste – aber warum reden wir überhaupt über mich? Ich wechsle das Thema. »Hast du gestern Abend etwas gegessen?«

Sie schüttelt den Kopf.

Hab ich's doch gewusst!

»Trinkregel Nummer eins: Essen nicht vergessen. Deswegen war dir so übel.«

»Willst du mich weiterhin beschimpfen?«

»Tue ich das denn?«

»Ich denke schon.«

»Du hast Glück, dass ich dich nur beschimpfe.«

»Was soll das heißen?«

»Wenn du mir gehören würdest, könntest du nach dem, was du dir gestern geleistet hast, eine Woche lang nicht sitzen. Du hast nichts gegessen, dich betrunken und dich in Gefahr gebracht.« Die Angst, die in mir aufsteigt, erstaunt mich: was für ein verantwortungsloses, riskantes Verhalten! »Nicht auszudenken, was dir hätte passieren können.«

Sie schmollt. »Mir wär schon nichts passiert. Schließlich war Kate dabei.«

Eine sonderlich große Hilfe war die aber nicht!

»Und der Fotograf?«, kontere ich.

»José hat die Kontrolle verloren«, antwortet sie, tut meine Sorge mit einem Achselzucken ab und wirft ihre zerzausten Haare über die Schulter.

»Wenn er das nächste Mal die Kontrolle verliert, sollte ihm jemand Manieren beibringen.«

»Du führst dich auf wie ein Tyrann«, herrscht sie mich an.

»Anastasia, du hast keine Ahnung …«

Ich stelle mir vor, wie sie sich, mit Handschellen an meine Bank gefesselt, eine geschälte Ingwerwurzel im Hintern, sodass sie die Pobacken nicht zusammendrücken kann, von mir mit dem Gürtel oder dem Riemen züchtigen lässt. *Ja ... Das würde sie lehren, verantwortungsbewusster zu werden. Das Bild gefällt mir sehr.*

Sie schaut mich mit großen Augen an, und das verunsichert mich. *Kann sie meine Gedanken lesen? Oder betrachtet sie nur ein hübsches Gesicht?*

»Ich gehe jetzt duschen. Es sei denn, du möchtest zuerst?«, frage ich, doch sie starrt mich nur weiter an. Sogar mit offenem Mund sieht sie entzückend aus. Es ist schwer, ihr zu widerstehen, und so gestatte ich mir eine Berührung und lasse meinen Daumen über ihre Wange gleiten. Es verschlägt ihr den Atem, als ich ihre weiche Unterlippe streichle.

»Vergiss das Atmen nicht, Anastasia«, murmle ich, bevor ich mich erhebe und ihr mitteile, dass wir in fünfzehn Minuten hier frühstücken werden. Ausnahmsweise hält sie ihren vorlauten Mund.

Im Bad hole ich tief Luft, ziehe mich aus und gehe unter die Dusche. Fast bin ich versucht, mir einen runterzuholen, aber die Furcht vor Entdeckung, die aus meinem früheren Leben stammt, hält mich davon ab.

Elena würde das nicht gefallen.

Alte Gewohnheiten.

Während mir das Wasser auf den Kopf prasselt, denke ich über meinen letzten Wortwechsel mit der schnippischen Miss Steele nach. Sie ist nach wie vor hier in meinem Bett, also kann sie mich nicht so abstoßend finden. Mir ist aufgefallen, wie ihr der Atem stockte und wie sie mich beobachtet hat.

Ja. Es besteht Hoffnung.

Aber würde sie eine gute Sub abgeben?

Es liegt auf der Hand, dass sie nichts über diesen Lebensstil weiß. Sie bringt nicht mal Wörter wie »ficken« oder »Sex« oder welchen Euphemismus Bücherwürmer am College heutzutage fürs Bumsen haben, über die Lippen. Sie ist ziemlich unbedarft. Wahrscheinlich hat sie einige Male Gefummel von Jungs wie dem Fotografen über sich ergehen lassen müssen.

Die Vorstellung, dass sie mit irgendjemandem knutscht, bringt mich in Rage.

Ich könnte sie einfach fragen, ob sie Interesse hat.

Nein. Ich müsste ihr zeigen, worauf sie sich einlässt, wenn sie einer Beziehung mit mir zustimmt.

Schauen wir mal zuerst, wie das gemeinsame Frühstücken so läuft.

Ich wasche die Seife ab und sammle mich für Runde zwei mit Anastasia Steele. Dann drehe ich das Wasser ab, trete aus der Dusche und nehme ein Handtuch. Nach einem kurzen Blick in den Spiegel beschließe ich, mich heute nicht zu rasieren. Bald kommt das Frühstück, und ich habe Hunger. Ich putze mir hastig die Zähne.

Als ich die Badtür aufmache, ist sie aufgestanden und sucht nach ihrer Jeans. Sie hebt erschreckt wie das sprichwörtliche verstörte Reh den Blick, ganz lange Beine und große Augen.

»Falls du nach deiner Jeans suchst, die habe ich in die Reinigung gegeben.« Sie hat fabelhafte Beine. Die sollte sie nicht unter Hosen verstecken. Als ihre Augen sich verengen, habe ich das Gefühl, dass sie mich gleich wieder anzischen wird, und so erkläre ich ihr, warum. »Sie war voll mit deinem Erbrochenen.«

»Oje«, stöhnt sie.

Ja, genau. Was sagen Sie dazu, Miss Steele?

»Ich habe Taylor losgeschickt, eine neue zu kaufen, und ein Paar Schuhe. Ist alles in der Tüte auf dem Stuhl.« Ich nicke in Richtung Einkaufstüte.

Sie hebt die Augenbrauen – erstaunt, wie ich meine. »Ich glaube, ich möchte jetzt duschen«, murmelt sie und fügt ein »Danke« hinzu.

Sie nimmt die Tüte, geht um mich herum, hastet ins Bad und verriegelt die Tür.

Hmm ... Sie konnte es gar nicht erwarten zu verschwinden.

Weg von mir.

Vielleicht bin ich zu optimistisch.

Niedergeschlagen trockne ich mich ab und ziehe mich an. Im Wohnzimmer gehe ich meine E-Mails durch, aber es ist nichts Dringendes dabei. Da reißt mich ein Klopfen an der Tür aus der Arbeit. Zwei junge Frauen vom Zimmerservice.

»Wo möchten Sie frühstücken, Sir?«

»Bitte decken Sie den Esstisch.«

Als ich ins Schlafzimmer zurückkehre, bemerke ich ihre verstohlenen Blicke, doch ich schenke ihnen keine Beachtung und schiebe mein schlechtes Gewissen darüber beiseite, so viel bestellt zu haben. Das können wir nie alles essen.

»Frühstück«, rufe ich und klopfe an die Tür zum Bad.

»O … kay«, höre ich Anas Stimme, sie klingt ein wenig gedämpft.

Wieder im Wohnbereich, sehe ich, dass das Frühstück auf dem Tisch steht. Eine der Frauen, die sehr, sehr dunkle Augen hat, reicht mir die Empfangsbestätigung zum Unterschreiben. Ich nehme zwei Zwanziger aus der Brieftasche und reiche sie ihr.

»Danke, die Damen.«

»Rufen Sie einfach den Zimmerservice, wenn der Tisch abgeräumt werden soll, Sir«, sagt Miss Dunkle Augen mit einem koketten Blick.

Mein kühles Lächeln weist sie in die Schranken.

Ich setze mich mit der Zeitung an den Tisch, schenke mir eine Tasse Kaffee ein und mache mich über mein Omelett her. Da summt mein Handy – eine SMS von Elliot.

Kate möchte wissen, ob Ana noch lebt.

Ich schmunzle, beruhigt, dass Anas sogenannte Freundin sie nicht vergessen hat. Mir ist klar, dass Elliot seinem Schwanz trotz seiner gestrigen Versicherungen keine Pause gegönnt hat. Ich schreibe zurück:

Putzmunter ;)

Wenig später gesellt sich Ana mit feuchten Haaren und in einer hübschen blauen Bluse, die prima zu ihren Augen passt, zu mir. Gut gemacht, Taylor! Sie sieht grandios aus. Ihr Blick fällt auf ihre Handtasche.

»Scheiße, Kate«, krächzt sie.

»Sie weiß, dass du hier und am Leben bist. Ich habe Elliot eine SMS geschickt.«

Sie bedenkt mich mit einem unsicheren Lächeln und nähert sich dem Tisch.

»Setz dich«, weise ich sie an und deute auf den für sie gedeckten Platz. Sie runzelt die Stirn, als sie das Essen sieht, was meine Gewissensbisse noch verschlimmert.

»Ich wusste nicht, was du magst, also habe ich eine Auswahl von der Frühstückskarte kommen lassen«, erkläre ich kleinlaut.

»Opulent«, lautet ihr Kommentar.

»Ja.« Wieder meldet sich mein schlechtes Gewissen. Aber als sie sich mit gesundem Appetit über Pfannkuchen mit Ahornsirup, Rührei und Speck hermacht, vergebe ich mir. Es ist ein Vergnügen, ihr beim Essen zuzuschauen.

»Tee?«, frage ich.

»Ja, bitte«, antwortet sie zwischen zwei Bissen. Sie scheint einen Bärenhunger zu haben. Ich reiche ihr die kleine Kanne mit heißem Wasser. Als sie den Twinings English Breakfast Tea bemerkt, schenkt sie mir ein Lächeln.

Das mir den Atem verschlägt und mich verunsichert.

Und mir Hoffnung macht.

»Deine Haare sind sehr feucht«, stelle ich fest.

»Ich hab den Föhn nicht gefunden«, antwortet sie verlegen.

Sie wird mir krank werden.

»Danke für die Klamotten.«

»Gern geschehen. Die Farbe steht dir.«

Sie sieht ihre Hände an.

»Du solltest lernen, besser mit Komplimenten umzugehen.«

Vielleicht bekommt sie nicht oft welche … aber warum? Sie ist auf unaufdringliche Art einfach hinreißend.

»Ich sollte dir Geld für die Kleidung geben.«

Wie bitte?

Als ich ihr einen bösen Blick zuwerfe, fährt sie hastig fort: »Du hast mir die Bücher geschenkt, die ich natürlich nicht annehmen kann. Aber die Sachen zum Anziehen … bitte, lass sie mich bezahlen.«

Gott, wie süß!

»Anastasia, glaube mir, ich kann es mir leisten.«

»Darum geht's nicht. Warum kaufst du mir die Klamotten?«

»Weil ich es kann.« *Ich bin sehr reich, Ana.*

»Dass du es kannst, bedeutet nicht, dass du es sollst«, erwidert sie mit sanfter Stimme. Plötzlich frage ich mich, ob sie mich durchschaut und meine dunkelsten Wünsche erkennt. »Warum hast du mir die Bücher geschickt, Christian?«

Weil ich dich wiedersehen wollte, und jetzt bist du hier …

»Als du nach der Episode mit dem Fahrradfahrer in meinen Armen lagst und mich angeschaut hast mit diesem flehenden Blick – ›Küss mich, bitte küss mich, Christian‹ …« Ich schweige und erinnere mich an diesen Moment, in dem sie ihren Körper gegen den meinen presste. *Scheiße.* Hastig schiebe ich den Gedanken beiseite. »… hatte ich das Gefühl, dass ich dir eine Warnung schuldig bin. Anastasia, ich bin kein Mann für Herzchen und Blümchen … Romantik liegt mir nicht. Mein Geschmack ist sehr speziell. Du solltest dich von mir fernhalten. Leider kann ich die Finger nicht von dir lassen. Aber das hast du vermutlich schon gemerkt.«

»Dann lass sie einfach nicht von mir«, flüstert sie.

Wie bitte?

»Du weißt nicht, was du sagst.«

»Dann klär mich auf.«

Ihre Worte fahren mir direkt in den Schwanz.

Fuck.

»Du lebst also nicht sexuell enthaltsam?«, erkundigt sie sich.

»Nein, Anastasia, ich lebe nicht enthaltsam.« Wenn ich dich festbinden dürfte, würde ich dir das hier und jetzt beweisen.

Sie macht große Augen, und ihre Wangen werden rot.

O Ana.

Ich muss es ihr zeigen. Keine Ahnung, wie es sonst gehen soll. »Wie sehen deine Pläne für die kommenden Tage aus?«, frage ich.

»Heute arbeite ich ab Mittag. O Gott, wie viel Uhr ist es?«, ruft sie voller Panik aus.

»Kurz nach zehn, du hast jede Menge Zeit. Was ist morgen?«

»Kate und ich wollen mit dem Packen anfangen. Wir ziehen nächstes Wochenende nach Seattle, und ich arbeite die ganze Woche bei Clayton's.«

»Habt ihr schon eine Wohnung in Seattle?«

»Ja.«

»Wo?«

»Die Adresse weiß ich nicht auswendig. Irgendwo im Pike Market District.«

»Nicht weit von mir weg.« *Gut!* »Was willst du in Seattle arbeiten?«

»Ich habe mich um Praktikantenstellen beworben und warte auf Nachricht.«

»Auch bei meinem Unternehmen, wie ich es dir vorgeschlagen habe?«

»Äh … nein.«

»Was stört dich an meinem Unternehmen?«

»An deinem Unternehmen oder an dir?« Sie hebt eine Augenbraue.

»Höre ich da Spott, Miss Steele?« Ich kann meine Belustigung nicht verbergen.

Oh, was wäre das für eine Freude, sie auszubilden … diese schnippische Frau, die mich noch in den Wahnsinn treibt.

Sie sieht ihren Teller an, kaut an ihrer Lippe.

»An dieser Lippe würde ich gern knabbern«, flüstere ich, und das entspricht der Wahrheit.

Sie blickt erstaunt auf, beginnt, auf ihrem Stuhl herumzurutschen, und reckt mir selbstbewusst das Kinn entgegen. »Warum tust du's nicht?«, fragt sie.

Führe mich nicht in Versuchung, Baby. Ich kann nicht. Noch nicht.

»Weil ich dich nicht berühren werde, Anastasia – nicht, bevor ich deine schriftliche Einwilligung habe.«

»Was soll das heißen?«

»Genau das, was ich gesagt habe. Ich muss es dir zeigen, Anastasia.« *Damit du weißt, worauf du dich einlässt.* »Wann bist du heute Abend mit der Arbeit fertig?«

»Gegen acht.«

»Wir könnten heute Abend oder nächsten Samstag zum Essen zu mir nach Seattle fahren. Da würde ich dich dann mit den Fakten vertraut machen. Es liegt bei dir.«

»Warum kannst du es mir nicht jetzt erklären?«

»Weil ich mein Frühstück und deine Gesellschaft genieße. Wenn du Bescheid weißt, willst du mich vielleicht nicht mehr wiedersehen.«

Sie runzelt die Stirn, während sie meine Worte verarbeitet. »Heute Abend«, sagt sie.

Wow. Das ging aber schnell.

»Wie Eva kannst du es anscheinend gar nicht erwarten, vom Baum der Erkenntnis zu kosten«, spotte ich.

»Höre ich da Spott, Mr. Grey?«

Meine Augen verengen sich.

Okay, Baby, du willst es so.

Ich nehme mein Telefon in die Hand und wähle über Schnellwahl Taylors Nummer. Er meldet sich fast sofort.

»Mr. Grey.«

»Taylor. Ich werde Charlie Tango brauchen.«

Sie beobachtet mich genau, wie ich arrangiere, dass mein EC-135 nach Portland gebracht wird.

Ich werde ihr zeigen, was ich vorhabe … dann liegt es an ihr. Sobald sie Bescheid weiß, wird sie vielleicht nach Hause wollen.

Deswegen muss mein Pilot Stephan auf Abruf bereitstehen, um sie nach Portland zurückzubringen, wenn sie nichts mehr mit mir zu tun haben möchte. Allerdings hoffe ich, dass das nicht passiert.

Mir wird bewusst, dass ich mich darauf freue, mit ihr in Charlie Tango nach Seattle zu fliegen.

Eine Premiere.

»Stand-by von zweiundzwanzig Uhr dreißig ab«, bestätige ich Taylor und beende das Gespräch.

»Tun die Leute immer, was du ihnen sagst?«, fragt sie ein wenig missbilligend. *Beschimpft jetzt sie mich?* Jedenfalls nervt es mich.

»Wenn sie ihren Job behalten wollen, schon.« *Erlaube dir kein Urteil darüber, wie ich mit meinem Personal umgehe.*

»Und wenn sie nicht für dich arbeiten?«

»Ich kann ziemlich überzeugend sein, Anastasia. Iss dein Frühstück. Dann bringe ich dich nach Hause. Ich hole dich um acht von Clayton's ab. Wir fliegen nach Seattle.«

»Fliegen?«

»Ja. Ich besitze einen Helikopter.«

Der Mund bleibt ihr offen stehen. Das gefällt mir.

»Wir fliegen mit dem Helikopter nach Seattle?«, flüstert sie.

»Ja.«

»Warum?«

»Weil ich es kann.« Ich grinse. Manchmal ist es einfach toll, ich zu sein. »Iss fertig.«

Sie wirkt verblüfft.

»Iss!«, wiederhole ich in forscherem Tonfall. »Anastasia, ich kann's nicht leiden, wenn Essen verdirbt ... iss.«

»Das krieg ich nicht alles runter.« Sie betrachtet die Sachen auf dem Tisch, und wieder meldet sich mein schlechtes Gewissen. Ja, es ist in der Tat zu viel.

»Iss, was auf deinem Teller liegt. Wenn du gestern ordentlich gegessen hättest, wärst du jetzt nicht hier, und ich müsste meine Karten nicht schon so bald aufdecken.«

Teufel. Das könnte ein Riesenfehler sein.

Sie sieht mich von der Seite an, während sie ihr Essen auf dem Teller hin und her schiebt, und ihre Mundwinkel beginnen zu zucken.

»Was ist so komisch?«

Sie schüttelt den Kopf und steckt den letzten Bissen Pfannkuchen in den Mund. Ich versuche nicht zu schmunzeln. Wie immer überrascht sie mich. Sie ist unbeholfen, unberechenbar, einfach entwaffnend, bringt mich zum Lachen, und zwar über mich selbst.

»Braves Mädchen«, lobe ich sie. »Ich bringe dich nach Hause, sobald du dir die Haare geföhnt hast. Ich will nicht, dass du krank wirst.«

Denn für das, was ich dir heute Abend zeigen möchte, wirst du deine ganze Kraft brauchen.

Als sie unvermittelt vom Tisch aufsteht, muss ich mich zusammenreißen, ihr nicht zu sagen, dass sie keine Erlaubnis dazu hat.

Sie ist nicht deine Sub ... noch nicht, Grey.

Auf dem Weg ins Schlafzimmer hält sie am Sofa inne.

»Wo hast du heute Nacht geschlafen?«, erkundigt sie sich.

»In meinem Bett.« *Bei dir.*

»Ach.«

»Ja, für mich war das auch eine Premiere.«

»Was? Ohne ... Sex?«

Nun hat sie tatsächlich das Wort ausgesprochen ... und wird wieder einmal rot.

»Nein.«

Wie soll ich ihr das erklären, ohne merkwürdig zu klingen?

Sag's ihr einfach, Grey.

»Dass ich mit jemandem in einem Bett geschlafen habe.« Als wäre nichts gewesen, wende ich mich wieder dem Sportteil der Zeitung und dem Bericht über das Spiel vom Vortag zu und sehe ihr dann nach, wie sie ins Schlafzimmer verschwindet.

Das hat gar nicht merkwürdig geklungen.

Und ich habe wieder ein Date mit Miss Steele. Nein, kein Date. Sie muss wissen, wie ich bin. Ich seufze und trinke den Rest von meinem Orangensaft. Es scheint ein ziemlich interessanter Tag zu werden. Angenehm überrascht darüber, dass sie tatsächlich macht, was ich ihr sage, höre ich das Brummen des Föhns.

Während ich auf sie warte, teile ich dem Hotelpagen telefonisch mit, dass er meinen Wagen vorfahren soll, und sehe mir noch einmal ihre Adresse auf Google Maps an. Danach schicke ich Andrea eine SMS, dass sie mir per E-Mail eine Verschwiegenheitsvereinbarung senden soll; wenn Ana wirklich alles über mich erfahren möchte, muss sie den Mund halten. Das Telefon klingelt. Ros.

Während ich mit ihr spreche, kommt Ana aus dem Bad und nimmt ihre Handtasche. Ros informiert mich über die Sache mit Darfur, doch ich habe nur Augen für Miss Steele, die in ihrer Tasche kramt und sich freut, als sie einen Haargummi darin findet.

Sie hat dichte, lange Haare. Ich stelle mir vor, wie es wäre, sie zu einem Zopf zu flechten. Sie fasst sie zu einem Pferdeschwanz und schlüpft in ihre Jacke, setzt sich aufs Sofa und wartet darauf, dass ich auflege.

»Okay, dann machen wir das so. Halten Sie mich auf dem Laufenden.« Ich beende das Gespräch mit Ros. Sie hat wahre Wunder gewirkt, und es sieht ganz so aus, als würde das mit unserer Lebensmittellieferung nach Darfur klappen.

»Fertig?«, frage ich Ana. Sie nickt. Ich nehme meine Jacke und meine Autoschlüssel und folge ihr zur Tür hinaus. Sie sieht mich unter ihren langen Wimpern an, als wir zum Lift gehen, und ihre Mundwinkel verziehen sich zu einem schüchternen Lächeln. Meine Lippen zucken ebenfalls.

Was zum Teufel stellt sie nur mit mir an?

Als der Aufzug kommt, lasse ich sie vorgehen. Drinnen drücke ich auf den Knopf für das Erdgeschoss, und die Türen schließen sich. In der Enge des Lifts ist mir die Nähe ihres Körpers sehr bewusst. Ein Hauch ihres wunderbaren Dufts steigt mir in die Nase … Ihre Atmung verändert sich, wird ein wenig unregelmäßig, und sie fordert mich mit einem strahlenden Blick heraus.

Scheiße.

Sie kaut an ihrer Lippe.

Das macht sie absichtlich. Einen kurzen Moment verliere ich mich in ihrem sinnlichen, hypnotisierenden Blick.

Und werde hart.

Sofort.

Ich will sie.

Hier.

Jetzt.

Im Aufzug.

»Ach, scheiß auf den Papierkram.« Diese Worte kommen wie aus dem Nichts. Ich packe sie und drücke sie gegen die Wand des Lifts, halte ihre Hände über ihrem Kopf fest, damit sie mich nicht berühren kann, und vergrabe meine freie Hand in ihren Haaren, während meine Lippen die ihren suchen und finden.

Sie beginnt zu stöhnen – Sirenengesang –, und endlich kann ich sie schmecken: Pfefferminze und Tee und eine Ahnung von Obstgarten. Sie schmeckt genauso gut, wie sie aussieht. Und erinnert mich an eine Zeit des Überflusses. Wie ich sie begehre. Ich packe ihr Kinn, mein Kuss wird leidenschaftlicher, ihre Zunge berührt vorsichtig die meine. Sie zögert, forscht, erwidert meinen Kuss.

Gott im Himmel!

»Du. Bist. Der. Wahnsinn«, presse ich hervor, berauscht von ihrem Geruch und Geschmack.

Der Aufzug hält, die Türen beginnen sich zu öffnen.

Reiß dich zusammen, Grey.

Ich löse mich von ihr und trete einen Schritt beiseite.

Sie atmet schwer.

Wie ich.

Wann habe ich das letzte Mal so die Kontrolle verloren?

Drei Männer in Businessanzügen, die gerade einsteigen, mustern uns mit vielsagenden Blicken.

Ich starre das Poster über den Liftknöpfen an, das für ein genussvolles Wochenende im Heathman wirbt. Dann schaue ich Ana an und stoße Luft aus.

Sie schmunzelt.

Wieder zucken meine Lippen.

Was zum Teufel stellt sie mit mir an?

Die Geschäftsleute steigen im ersten Stock aus, sodass ich wieder mit Miss Steele allein bin.

»Du hast dir die Zähne geputzt«, bemerke ich belustigt.

»Mit deiner Zahnbürste«, teilt sie mir mit leuchtenden Augen mit.

Natürlich ... irgendwie freut mich das, sogar sehr. Ich unterdrücke ein Schmunzeln. »Anastasia Steele, was soll ich bloß mit dir machen?« Als die Lifttüren sich im Erdgeschoss öffnen, nehme ich ihre Hand und flüstere: »Was haben diese Aufzüge nur an sich?« Nach einem vielsagenden Blick von ihr überqueren wir den glänzenden Marmorboden im Foyer.

Der Wagen wartet in einer der Parkbuchten vor dem Hotel; der Hotelpage läuft ungeduldig davor auf und ab. Ich gebe ihm ein obszön hohes Trinkgeld und öffne die Beifahrertür für Ana, die still und nachdenklich wirkt.

Aber sie ist nicht geflohen.

Obwohl ich mich im Aufzug auf sie gestürzt habe.

Eigentlich sollte ich das, was im Lift passiert ist, kommentieren – aber wie?

Sorry?

Wie war's für dich?

Was zum Teufel stellst du nur mit mir an?

Ich lasse den Motor an. Je weniger ich sage, desto besser, denke ich. Die beruhigenden Klänge von Delibes »Blumenduett« erfüllen das Innere des Wagens, und ich beginne mich zu entspannen.

»Was hören wir da gerade?«, erkundigt sich Ana, als ich in die Southwest Jefferson Street einbiege. Ich erkläre es ihr und frage sie, ob es ihr gefällt.

»Es ist wunderschön, Christian.«

Meinen Namen aus ihrem Mund zu hören, erfüllt mich mit seltsamer Genugtuung. Bisher hat sie ihn ungefähr ein halbes Dutzend Mal ausgesprochen, jedes Mal anders. Gerade eben erstaunt – über die Musik. Ich finde es toll, dass das Duett ihr gefällt, denn es gehört zu meinen Lieblingsstücken. Ich ertappe mich dabei, wie ich zu strahlen anfange; offenbar hat sie mir den Überfall im Aufzug verziehen.

»Kann ich das noch mal hören?«

»Natürlich.« Ich berühre den Touchscreen.

»Magst du klassische Musik?«, möchte sie wissen, als wir die Fremont Bridge überqueren, und wir unterhalten uns locker über meinen Musikgeschmack. Da kommt über die Freisprechanlage ein Anruf herein.

»Grey«, melde ich mich.

»Mr. Grey, Welch hier. Ich habe die Information, die Sie wollten.« Ach ja, über den Fotografen.

»Gut. Mailen Sie sie mir. Sonst noch was?«

»Nein, Sir.«

Nachdem ich das Gespräch beendet habe, ertönt wieder die Musik. Nun lauschen wir den Kings of Leon. Lange währt das Hörvergnügen allerdings nicht – noch einmal werden wir durch einen Anruf gestört.

Was zum Teufel?

»Grey«, knurre ich.

»Man hat Ihnen die Verschwiegenheitsvereinbarung gemailt, Mr. Grey.«

»Gut. Das wäre alles, Andrea.«

»Auf Wiederhören, Sir.«

Ich schaue verstohlen zu Ana hinüber, um festzustellen, ob sie etwas mitbekommen hat, doch sie betrachtet die Landschaft um Portland. Vermutlich will sie diskret sein. Es fällt mir schwer, den Blick auf die Straße gerichtet zu halten; am liebsten würde ich sie die ganze Zeit ansehen. Ja, sie ist unbeholfen, aber sie hat einen wunderschönen Hals, den ich gern vom Ohrläppchen bis zur Schulter küssen würde.

Teufel! Ich rutsche unruhig auf meinem Sitz herum. Hoffentlich erklärt sie sich bereit, die Verschwiegenheitsvereinbarung zu unterschreiben und anzunehmen, was ich ihr bieten kann.

Als wir auf die I-5 einbiegen, klingelt das Handy wieder. Elliot.

»Hallo, Christian. Na, hattest du eine heiße Nacht?«

Halt den Mund, Kumpel.

»Hallo, Elliot. Das Telefon ist laut geschaltet. Ich bin nicht allein im Wagen.«

»Wer ist bei dir?«

»Anastasia Steele.«

»Hi, Ana!«

»Hallo, Elliot«, erwidert sie fröhlich.

»Hab schon eine Menge von dir gehört«, erklärt Elliot.

Was?

»Glaub kein Wort von dem, was Kate sagt«, antwortet sie schmunzelnd.

Elliot lacht.

»Ich bringe Anastasia gerade nach Hause. Soll ich dich dann mitnehmen?«, unterbreche ich die beiden.

Bestimmt will Elliot sich schnell vom Acker machen.

»Gern.«

»Bis gleich.« Ich beende das Gespräch.

»Warum nennst du mich die ganze Zeit Anastasia?«, fragt sie.

»Weil du so heißt.«

»Mir ist Ana lieber.«

»Ach, tatsächlich?«

»Ana« ist zu gewöhnlich und alltäglich für sie. Und zu intim. Diese drei Buchstaben besitzen die Macht zu verletzen …

In dem Moment wird mir klar, dass ich mit ihrer Zurückweisung, so sie denn erfolgt, nur schwer zurechtkommen würde. Es wäre nicht das erste Mal, aber so wie bei ihr habe ich noch nie empfunden … so emotional engagiert. Dabei kenne ich diese junge Frau kaum. Doch ich möchte sie kennenlernen, und zwar ganz.

Vielleicht liegt's daran, dass ich bisher nie einer Frau hinterher-
jagen musste.

*Grey, sieh zu, dass du dich in den Griff kriegst, und halt dich an die
Regeln, sonst geht die Sache schief.*

»Anastasia, was vorhin im Aufzug passiert ist, wird nicht mehr
geschehen, jedenfalls nicht ohne vorherige Absprache.«

Sie verstummt. Ich stelle den Wagen vor ihrer Wohnung ab, steige, bevor sie etwas sagen kann, aus, gehe auf ihre Seite und öffne
ihr die Tür.

Auf dem Gehsteig sieht sie mich kurz an. »Mir hat das im Aufzug gefallen«, teilt sie mir mit.

Tatsächlich? Ihr Geständnis lässt mich innehalten. Wieder einmal überrascht mich die kleine Miss Steele auf angenehme Weise.
Ich habe Mühe, ihr die Stufen zu ihrer Haustür hinauf zu folgen.

Als wir eintreten, heben Elliot und Kate den Blick. Sie sitzen an
einem Esstisch in einem spärlich möblierten Zimmer, wie man es
sich in einer Studentenbude vorstellt. Neben einem Bücherregal
stehen Umzugskartons. Elliot wirkt entspannt, er scheint keine Eile
zu haben.

Kate springt auf und mustert mich kritisch von oben bis unten,
während sie Ana umarmt.

Was dachte sie wohl, würde ich mit dem Mädel anstellen?

Ich weiß ziemlich genau, was ich gern mit ihr machen würde …

Als Kate sich von ihr löst, bin ich beruhigt, vielleicht liegt Ana
ihr doch am Herzen.

»Guten Morgen, Christian«, begrüßt sie mich kühl und herab-
lassend.

»Miss Kavanagh.« Am liebsten würde ich sarkastisch bemerken,
dass sie nun endlich auch Interesse an ihrer Freundin beweist, aber
ich halte den Mund.

»Christian, sie heißt Kate«, rügt Elliot mich.

»Kate«, brumme ich, um Höflichkeit bemüht. Elliot umarmt
Ana und hält sie einen Moment zu lang fest.

»Hi, Ana«, sagt er mit einem breiten Grinsen.

»Hallo, Elliot.« Sie strahlt.

Das ist ja unerträglich! »Elliot, wir sollten gehen.« *Und lass die Finger von ihr.*

»Ja«, sagt er, lässt Ana los, packt dafür Kate und küsst sie mit großer Hingabe.

Herrgott!

Ana fühlt sich bei dem Anblick unwohl. Das kann ich verstehen. Sie sieht mich fragend an.

Was denkt sie?

»Ciao, ciao, Baby«, murmelt Elliot und verpasst Kate noch einen ziemlich feuchten Kuss.

Kumpel, ein bisschen mehr Zurückhaltung, wenn ich bitten darf.

Anas vorwurfsvoller Blick ruht auf mir, und einen Moment weiß ich nicht, ob sie mich wegen Elliots und Kates Knutscherei so ansieht oder …

Teufel! Das ist es, was sie will. Sie möchte umworben werden.

Romantik ist nicht mein Ding, Schätzchen.

Eine Strähne ihrer Haare hat sich gelöst. Ohne nachzudenken, streiche ich sie ihr hinters Ohr. Sie schmiegt ihr Gesicht an meine Hand; die zärtliche Geste überrascht mich. Mein Daumen wandert zu ihrer weichen Unterlippe, die ich gern noch einmal küssen würde. Aber ich kann es nicht. Nicht, solange ich nicht ihre Zustimmung habe.

»Ciao, ciao, Baby«, flüstere ich, und ein Lächeln breitet sich auf ihrem Gesicht aus. »Ich hole dich um acht ab.« Widerstrebend öffne ich die Wohnungstür, Elliot folgt mir.

»Mann, ich brauche eine Mütze voll Schlaf«, stöhnt Elliot, sobald wir im Wagen sitzen. »Die Frau ist unersättlich.«

»Tatsächlich …?«, frage ich voller Sarkasmus, um mir eine detaillierte Schilderung seiner Eroberung zu ersparen.

»Und wie steht's bei dir, Schlaumeier? Hast du sie flachgelegt?«

Mit einem Blick von der Seite gebe ich ihm zu verstehen, dass er den Mund halten soll.

Elliot lacht. »Mann, bist du verklemmt.« Er zieht seine Saunders-Kappe tief ins Gesicht und macht es sich zu einem Nickerchen auf dem Sitz bequem.

Ich drehe die Musik laut.

Versuch dabei mal zu schlafen, Lelliot!

Ja. Ich beneide meinen Bruder: um seinen unverkrampften Umgang mit Frauen, seine Fähigkeit zu schlafen … und darum, dass er kein Scheißkerl ist.

Die Recherche über José Luis Rodriguez fördert eine Anklage wegen Marihuana-Besitzes zutage. In seinen Polizeiakten findet sich kein Eintrag über sexuelle Belästigung. Vielleicht wäre gestern Abend das erste Mal für ihn geworden, wenn ich nicht dazwischengegangen wäre. Der kleine Arsch raucht also Pot? Hoffentlich nicht, wenn Ana in der Nähe ist – und hoffentlich raucht sie überhaupt nicht, Punkt.

Nachdem ich die E-Mail von Andrea geöffnet habe, schicke ich die Verschwiegenheitsvereinbarung an meinen Drucker in meinem Büro zu Hause in Escala. Die wird Ana unterschreiben müssen, bevor ich ihr mein Spielzimmer zeige. In einem Moment der Schwäche oder Überheblichkeit, vielleicht auch eines nie da gewesenen Optimismus trage ich ihren Namen und ihre Adresse in meinen Standardvertrag für die Dom/Sub-Beziehung ein und drucke den ebenfalls aus.

Da klopft es an der Tür.

»Hey, Schlaumeier. Lass uns wandern gehen«, sagt Elliot durch die geschlossene Tür hindurch.

Aha … Der Knabe ist aus dem Schlaf erwacht.

Der Geruch von Kiefern, frischer feuchter Erde und Spätfrühling ist Balsam für meine Sinne. Er erinnert mich an die glücklichen Tage meiner Kindheit, in denen ich unter dem wachsamen Blick unserer Adoptiveltern mit Elliot und meiner Schwester Mia durch einen Wald lief. Ruhe, Weite und Freiheit … das Knirschen trockener Kiefernnadeln unter unseren Füßen.

In der Natur könnte ich vergessen.

Hier wäre eine Zuflucht vor meinen Albträumen.

Elliot plappert vor sich hin, ihm genügt ein gelegentliches Grunzen von mir, um seinen Redefluss in Gang zu halten. Während wir am Kiesufer des Willamette River entlangschlendern, schweifen meine Gedanken zu Ana. Zum ersten Mal seit Langem empfinde ich so etwas wie Vorfreude. Ich bin aufgeregt.

Wird sie ja sagen zu meinem Vorschlag?

Ich stelle mir vor, wie sie, klein und zerbrechlich, neben mir schläft ... und mein Schwanz zuckt vor Erregung. Ich hätte sie wecken und auf der Stelle ficken können – das wäre etwas vollkommen Neues gewesen.

Das werde ich noch.

Und zwar gefesselt und geknebelt.

Bei Clayton's ist es ruhig. Der letzte Kunde hat sich vor fünf Minuten verabschiedet. Ich warte – wieder einmal –, trommle mit den Fingern auf meinen Oberschenkeln. Geduld ist nicht meine Stärke. Auch die lange Wanderung mit Elliot heute hat meine innere Unruhe nicht gelindert. Er will am Abend mit Kate im Heathman essen. Zwei Verabredungen an zwei aufeinanderfolgenden Abenden – das ist sonst nicht sein Stil.

Plötzlich verlöscht das Neonlicht im Baumarkt, die Tür öffnet sich, und Ana tritt hinaus in den milden Abend. Mein Herz beginnt wie wild zu pochen. Das ist es: entweder der Beginn einer neuen Beziehung oder der Anfang vom Ende. Sie winkt einem jungen Mann, der ihr nach draußen gefolgt ist, zum Abschied zu. Es ist nicht derselbe, den ich beim letzten Mal kennengelernt habe. Er sieht ihr nach, wie sie zum Wagen geht, kann den Blick nicht von ihrem Hintern wenden. Taylor macht Anstalten auszusteigen, doch ich hindere ihn daran. Das ist meine Sache. Als ich aus dem Wagen heraus bin und die Tür aufhalte, schließt der Typ gerade den Laden ab und verschlingt Miss Steele zum Glück nicht mehr länger mit den Augen.

Beim Näherkommen verziehen sich ihre Mundwinkel zu einem schüchternen Lächeln, ihr Pferdeschwanz schwingt munter in der Abendluft.

»Guten Abend, Miss Steele.«

»Mr. Grey«, entgegnet sie. Sie trägt schwarze Jeans … *wieder Jeans.* Als sie auf dem Rücksitz Platz nimmt, begrüßt sie Taylor.

Sobald ich neben ihr sitze, ergreife ich ihre Hand, während Taylor den Wagen in den fließenden Verkehr und in Richtung Hubschrauberlandeplatz lenkt. »Wie war die Arbeit?«, erkundige ich mich und genieße das Gefühl, ihre Hand zu halten.

»Sie hat sich hingezogen«, antwortet sie mit kehliger Stimme.

»Für mich war es auch ein langer Tag.«

Die Warterei der letzten Stunden war die Hölle!

»Was hast du gemacht?«, fragt sie.

»Ich war mit Elliot wandern.« Ihre Hand ist warm und weich. Als sie unsere ineinander verschränkten Finger betrachtet, streiche ich wieder und wieder mit dem Daumen über ihre Knöchel. Ihr stockt der Atem, sie schaut mich an. In ihren Augen sehe ich Sehnsucht und Begierde – und Vorfreude. Ich kann nur hoffen, dass sie meinen Vorschlag annimmt.

Zum Glück ist es bis zum Hubschrauberlandeplatz nicht weit. Nach dem Aussteigen nehme ich erneut ihre Hand. Ana wirkt verwirrt.

Ah. Sie fragt sich, wo der Helikopter ist.

»Bereit?« Sie nickt, und ich führe sie in das Gebäude und zum Aufzug. Sie schenkt mir einen kurzen vielsagenden Blick.

Sie denkt an den Kuss heute Morgen … wie ich.

»Es sind nur drei Stockwerke«, bemerke ich.

Im Lift nehme ich mir vor, sie eines Tages in einem Aufzug zu ficken. Vorausgesetzt, sie lässt sich auf den Deal ein.

Auf dem Dach wartet flugbereit Charlie Tango, gerade eben von Boeing Field angekommen. Allerdings kann ich Stephan nirgends entdecken, der ihn hierhergebracht hat. Dafür ist Joe, der den Hubschrauberlandeplatz von Portland betreut, in dem kleinen Büro. Als er mich sieht, salutiert er. Er ist älter als mein Großvater, und was er nicht übers Fliegen weiß, muss man auch nicht wissen. In Korea hat er mit Sikorskys Verletzte ausgeflogen; aus der Zeit kann er ein paar richtig haarsträubende Geschichten erzählen.

»Ihr Flugplan, Mr. Grey«, sagt Joe, dessen raue Stimme sein Alter verrät. »Alle äußeren Vorflugkontrollen sind durchgeführt. Fertig und startklar, Sir. Sie können jederzeit losfliegen.«

»Danke, Joe.«

Ein kurzer Blick in Richtung Ana verrät mir, dass sie aufgeregt ist … wie ich. Das ist eine Premiere.

»Lass uns gehen.« Ihre Hand wieder in der meinen, führe ich Ana über den Hubschrauberlandeplatz zu Charlie Tango, einem Eurocopter, einem der sichersten Modelle seiner Klasse, die reine Freude beim Fliegen. Er ist mein ganzer Stolz. Ich halte Ana die Tür auf; sie klettert hinein, ich hinterher.

»Setz dich.« Ich deute auf den Sitz neben dem des Piloten. »Und lass die Finger von den Armaturen.« Es wundert mich, dass sie tut, was ich ihr sage.

Sie betrachtet die Instrumentenkonsole mit einer Mischung aus Respekt und Begeisterung. Ich gehe neben ihr in die Hocke und lege ihr den Gurt an. Dabei versuche ich, sie mir nicht nackt vorzustellen. Ich lasse mir mehr Zeit als unbedingt nötig, weil dies möglicherweise meine letzte Chance sein wird, ihr so nahe zu sein und ihren verführerischen Duft einzuatmen. Wenn sie meine Vorlieben erst einmal kennt, läuft sie vielleicht weg … oder entdeckt mit mir diesen Lebensstil. Fast geht meine Fantasie mit mir durch. Sie bedenkt mich mit einem intensiven Blick … Gott, ist sie hübsch! Ich zurre den letzten Gurt fest. So kann sie mir nicht mehr entkommen … Jedenfalls nicht in der nächsten Stunde.

Meine Erregung unterdrückend flüstere ich: »Du bist sicher, hast keine Fluchtmöglichkeit.« Sie saugt scharf die Luft ein. »Vergiss das Atmen nicht, Anastasia«, füge ich hinzu und streichle ihre Wange. Dann schließe ich die Hand um ihr Kinn, beuge mich über sie und küsse sie kurz. »Das Geschirr gefällt mir«, murmle ich. Gern würde ich ihr sagen, dass ich noch andere aus Leder habe, in denen ich sie von der Decke baumeln sehen möchte, aber ich halte mich zurück, setze mich und schnalle mich ebenfalls an.

»Setz die Kopfhörer auf.« Sie liegen vor Ana. »Ich mache nur alle nötigen Kontrollen vor dem Start.« Ich bringe den Rotor auf tausendfünfhundert Umdrehungen pro Minute, Transponder auf Stand-by und schalte das Positionslicht ein. Alles ist bereit für den Abflug.

»Weißt du auch, was du tust?«, fragt sie. Ich antworte ihr, dass ich den Pilotenschein seit vier Jahren habe.

»Du bist in sicheren Händen. Jedenfalls solange wir in der Luft sind.« Ich zwinkere ihr zu, sie strahlt, und ich bin hin und weg.

»Bereit?« Ich kann es kaum glauben, wie aufgeregt ich darüber bin, sie hier bei mir zu haben.

Sie nickt.

Ich spreche mit den Leuten im Tower und erhöhe auf zweitausend Umdrehungen pro Minute. Sobald wir das Okay haben, führe ich einen letzten Check durch und erhöhe noch einmal auf zweitausendfünfhundert Umdrehungen pro Minute. Und schon erhebt sich Charlie Tango, dieser elegante Vogel, in die Luft.

Anastasia stockt der Atem, als wir abheben, und sie hält, fasziniert von den kleiner werdenden Lichtern Portlands, den Mund. Bald schon umfängt uns Dunkelheit; das einzige Leuchten kommt von den Instrumenten vor uns. Anas Gesicht schimmert grün und rot, als sie in die Nacht hinausblickt.

»Unheimlich, was?«

Ich selbst empfinde es als tröstend. Hier oben kann mir nichts passieren.

In der Dunkelheit fühle ich mich sicher und geborgen.

»Woher weißt du, dass du in die richtige Richtung fliegst?«, erkundigt sich Ana.

»Hier.« Ich deute auf die Instrumentenkonsole und erkläre ihr, dass Charlie Tango nachtflugtauglich ist.

Ana wirkt beeindruckt.

»Auf dem Gebäude, in dem ich wohne, ist ein Hubschrauber-landeplatz. Der ist unser Ziel.«

Ich überprüfe noch einmal alle Daten. Das liebe ich: die Kontrolle und dass meine Sicherheit von meiner Beherrschung der mir zur Verfügung stehenden Technik abhängt. »In der Nacht fliegt man blind. Man muss den Instrumenten vertrauen«, erkläre ich ihr.

»Wie lange dauert der Flug?«, fragt sie aufgeregt.

»Weniger als eine Stunde – wir haben Rückenwind.« Ich sehe sie noch einmal an. »Alles in Ordnung, Anastasia?«

»Ja«, antwortet sie, merkwürdig abrupt.

Ist sie nervös? Vielleicht bedauert sie ihre Entscheidung, mich zu begleiten, schon. Der Gedanke beunruhigt mich. Sie hat mir keine Chance gegeben. Einen Moment lenkt mich die Flugleitung ab. Dann, als wir durch die Wolken stoßen, taucht in der Ferne Seattle auf, ein Leuchtfeuer in der Dunkelheit.

»Schau, da drüben.« Ich mache Ana auf die hellen Lichter aufmerksam.

»Beeindruckst du die Frauen immer so? Indem du sie zu einem Flug in deinem Helikopter einlädst?«

»Ich habe noch nie eine Frau mit hier herauf genommen, Anastasia. Wieder eine Premiere. Bist du denn beeindruckt?«

»Zutiefst, Christian«, haucht sie.

»Zutiefst?« Ein Lächeln breitet sich auf meinem Gesicht aus. Mir fällt ein, wie meine Mutter Grace mir damals über die Haare strich, als ich laut aus T. H. Whites *Der König auf Camelot* vorlas.

Christian, das war wunderbar. Ich bin zutiefst beeindruckt, mein Junge.

Seinerzeit war ich sieben und hatte gerade erst wieder zu sprechen angefangen.

»Du bist so … kompetent«, fährt Ana fort.

»Danke fürs Kompliment, Miss Steele.« Ob dieses unverhofften Lobs werde ich rot. Hoffentlich merkt sie das nicht.

»Das scheint dir Spaß zu machen«, sagt sie wenig später.

»Was?«

»Das Fliegen.«

»Dafür sind Kontrolle und Konzentration erforderlich.« Die zwei Dinge, die mir am wichtigsten sind. »Ich muss es einfach lieben. Aber noch lieber mag ich das Segelfliegen.«

»Segelfliegen?«

»Ja.«

Vielleicht sollte ich sie einmal zum Segelfliegen mitnehmen.

Nicht vorgreifen, Grey.

Seit wann nimmst du jemanden zum Segelfliegen mit?

Seit wann nimmst du jemanden in Charlie Tango mit?

Als wir die Vororte von Seattle erreichen, zwingt mich die Flugleitung, mich wieder auf den Flug zu konzentrieren. Wir sind fast da. Bald werde ich wissen, ob ich mir Illusionen mache. Ana schaut fasziniert zum Fenster hinaus.

Ich kann den Blick nicht von ihr wenden.

Bitte, sag ja.

»Schön, was?«, frage ich, damit sie sich mir zudreht und ich ihr Gesicht von vorn sehen kann. Sie tut mir den Gefallen mit einem breiten Grinsen, das meinen Schwanz zucken lässt. »Wir sind in ein paar Minuten da«, teile ich ihr mit.

Plötzlich verändert sich die Atmosphäre, ich werde mir ihrer Nähe noch bewusster. Ich hole tief Luft, atme ihren Duft ein und spüre die Vorfreude. Von Ana. Und mir.

Als ich Charlie Tango über das Zentrum der Stadt hinweg in Richtung Escala, wo ich wohne, lenke, beschleunigt sich mein Puls. Ana beginnt herumzuzappeln. Auch sie ist nervös. Ich kann nur hoffen, dass sie nicht wegläuft.

Sobald der Hubschrauberlandeplatz in Sicht kommt, atme ich noch einmal tief durch.

Da wären wir.

Wir landen weich. Ich drossle den Motor und beobachte, wie die Rotorblätter langsamer werden und schließlich ganz zum Stillstand kommen. Wir sitzen schweigend da, ich höre nur noch das Rauschen im Kopfhörer. Ich nehme den meinen ab, dann den von Ana.

»Wir sind da«, sage ich leise. Ihr Gesicht wirkt blass im Licht der Landescheinwerfer, ihre Augen schimmern.

Himmel, ist sie schön!

Ich löse meinen Gurt und beuge mich zu ihr hinüber, um auch den ihren aufzumachen.

Sie schaut mich an. Voller Vertrauen. Jung. Verführerisch. Ihr köstlicher Duft bringt mich fast um den Verstand.

Kann ich das mit ihr machen?

Sie ist erwachsen.

Sie kann ihre Entscheidungen selbst treffen.

Ich möchte, dass sie mich so ansieht, wenn sie mich kennt … wenn ihr klar ist, wozu ich fähig bin. »Du musst nichts tun, was du nicht möchtest. Das weißt du doch, oder?« Ich will, dass sie sich mir unterwirft, aber mehr noch wünsche ich mir ihre Zustimmung.

»Ich würde nie etwas machen, was ich nicht will, Christian.« Das klingt ehrlich, und ich möchte ihr glauben. Ihre beruhigenden Worte im Ohr öffne ich die Tür und springe hinaus auf den Boden. Dann helfe ich ihr heraus. Der Wind weht ihr die Haare ins Gesicht; sie wirkt nervös. Ich weiß nicht, ob das daran liegt, dass sie allein mit mir hier ist, oder daran, dass wir uns dreißig Stockwerke über dem Erdboden befinden. Hier oben kann einem leicht schwindlig werden.

»Komm.« Ich lege den Arm um sie, um sie vor dem Wind zu schützen, und führe sie zum Aufzug.

Während der kurzen Fahrt zu meinem Penthouse schweigen wir beide. Unter ihrer schwarzen Jacke trägt sie eine lindgrüne Bluse. Die steht ihr. Ich merke im Kopf Blau- und Grüntöne für die Sachen vor, die sie von mir bekommen wird, wenn sie sich auf meine Bedingungen einlässt. Sie sollte sich besser kleiden. Ihr Blick trifft sich im verspiegelten Aufzug mit dem meinen, als die Türen sich zu meiner Wohnung öffnen.

Sie folgt mir durch den Empfangsbereich und den Flur ins Wohnzimmer. »Darf ich dir die Jacke abnehmen?«, frage ich sie.

Ana schüttelt den Kopf und zieht das Revers zusammen, um mir zu zeigen, dass sie die Jacke anbehalten will.

Okay.

»Möchtest du was trinken?«, erkundige ich mich, weil ich feststelle, dass ich selbst einen Drink brauche, um meine Nerven zu beruhigen.

Warum bin ich so nervös?

Weil ich sie begehre …

»Ich werde mir ein Glas Weißwein genehmigen. Leistest du mir Gesellschaft?«

»Ja, gern«, antwortet sie.

In der Küche ziehe ich meine Jacke aus und öffne den Weinkühler. Ein Sauvignon blanc eignet sich gut als Eisbrecher. Als ich einen brauchbaren Pouilly Fumé herausnehme, sehe ich, dass Ana durch die Balkontür die Aussicht genießt. Wenig später dreht sie sich um. Ich frage sie, ob ihr der Wein recht ist, den ich ausgesucht habe.

»Ich kenne mich mit Wein nicht aus, Christian. Er ist bestimmt gut.« Sie klingt gedämpft.

Scheiße. Das läuft nicht optimal. Fühlt sie sich überfordert? Ist es das?

Ich schenke uns zwei Gläser ein und gehe zu ihr. Wie sie so mitten in meinem Wohnzimmer steht, sieht sie aus wie ein Opferlamm. Verschwunden die schnippische Frau. Sie wirkt verloren.

Wie ich …

»Hier.« Ich reiche ihr ein Glas. Sie trinkt einen Schluck und schließt genießerisch die Augen. Als sie das Glas senkt, sind ihre Lippen feucht.

Gute Wahl, Grey.

»Du bist sehr still, wirst nicht einmal mehr rot. Ich glaube, so blass habe ich dich noch nie gesehen, Anastasia. Hast du Hunger?«

Sie schüttelt den Kopf und nimmt noch einen Schluck. Vielleicht muss sie sich auch Mut antrinken. »Du hast eine sehr große Wohnung«, stellt sie mit leiser Stimme fest.

»Groß?«

»Ja, groß.«

»Stimmt.« Was soll ich darauf auch sagen; sie hat mehr als tausend Quadratmeter.

»Spielst du?« Sie hat das Klavier entdeckt.

»Ja.«

»Gut?«

»Ja.«

»Natürlich. Gibt es eigentlich irgendetwas, was du nicht gut kannst?«

»Ja ... so einiges.«

Kochen.

Witze erzählen.

Eine lockere Unterhaltung mit einer Frau führen, die ich attraktiv finde.

Mich berühren lassen ...

»Möchtest du dich setzen?« Ich deute aufs Sofa. Sie nickt kurz. Ich führe sie an der Hand hin, und sie nimmt mit einem verschmitzten Blick Platz.

»Was ist so komisch?«, erkundige ich mich, als ich mich neben sie setze.

»Warum hast du mir ausgerechnet *Tess von den d'Urbervilles* geschenkt?«, fragt sie.

Worauf will sie hinaus? »Du hast gesagt, du magst Thomas Hardy.«

»Ist das der einzige Grund?«

Ich möchte ihr nicht verraten, dass sie meine Erstausgabe besitzt, weil diese eine bessere Wahl war als *Juda, der Unberühmte.* »Es schien mir passend. Ich könnte ein unerreichbar hohes Ideal in dir sehen wie Angel Clare oder dich erniedrigen wie Alec d'Urberville.« Meine Antwort entspricht der Wahrheit und ist sogar ein wenig ironisch. Was ich ihr vorschlagen werde, liegt vermutlich jenseits ihrer Vorstellungskraft.

»Wenn es nur zwei Wahlmöglichkeiten gibt, entscheide ich mich für die Erniedrigung«, haucht sie.

Verdammt! Ist es nicht genau das, was du möchtest, Grey?

»Anastasia, bitte kau nicht immerzu auf deiner Lippe. Das verwirrt mich. Du weißt nicht, wovon du sprichst.«

»Deshalb bin ich ja hier«, entgegnet sie, und ihre Zähne hinterlassen kleine Untiefen auf ihren vom Wein feuchten Lippen.

Da ist sie wieder, die schnippische Ana, die mich stets aufs Neue überrascht. Mein Schwanz pflichtet mir bei.

Allmählich nähern wir uns dem Kern der Abmachung, doch bevor wir uns den Einzelheiten zuwenden können, muss sie die Verschwiegenheitsvereinbarung unterschreiben. Ich entschuldige mich und gehe in mein Arbeitszimmer. Vertrag und Verschwiegenheitsvereinbarung sind fertig ausgedruckt. Ich lasse den Vertrag auf meinem Schreibtisch – ob wir dazu jemals kommen werden, weiß ich nicht –, klammere die Seiten der Vereinbarung zusammen und kehre damit zu Ana zurück.

»Dies ist eine Verschwiegenheitsvereinbarung.« Ich lege sie auf das Beistelltischchen vor ihr. Sie wirkt verwundert. »Mein Anwalt besteht darauf«, füge ich hinzu. »Wenn du dich für Alternative zwei, die Erniedrigung, entscheidest, musst du das unterschreiben.«

»Und wenn ich nicht unterschreiben will?«

»Dann geht's um hohe Ideale à la Angel Clare, jedenfalls den größten Teil des Buches.« Und ich werde dich nicht anfassen können, dich mit Stephan nach Hause schicken und dich zu vergessen versuchen. Meine Angst wächst; die Sache könnte so was von schiefgehen.

»Was hat diese Vereinbarung zu bedeuten?«

»Dass du kein Sterbenswörtchen über uns verraten darfst. Niemandem.«

Als sie mein Gesicht mustert, weiß ich nicht, ob sie perplex ist oder unangenehm berührt.

Es könnte beides sein.

»Okay, ich unterschreibe«, erklärt sie.

Das ging aber schnell. Ich reiche ihr meinen Montblanc, und sie setzt den Füller an der gestrichelten Linie auf.

»Willst du's nicht zuerst lesen?«, frage ich, plötzlich verärgert.

»Nein.«

»Anastasia, du solltest nichts unterschreiben, ohne es gelesen zu haben.« *Wie kann sie nur so unvorsichtig sein?* Haben ihre Eltern ihr denn nichts beigebracht?

»Christian, ich würde sowieso mit niemandem über uns sprechen. Nicht mal mit Kate. Also spielt's keine Rolle, ob ich die Vereinbarung unterzeichne oder nicht. Wenn es dir und deinem Anwalt so viel bedeutet, mit dem *du* offenbar sprichst, soll mir das recht sein. Ich unterschreibe.«

Sie hat eine Antwort auf alles. Wie erfrischend! »Ein berechtigter Einwand, Miss Steele«, stelle ich trocken fest.

Sie unterschreibt mit einem missbilligenden Blick.

Bevor ich zum nächsten Punkt kommen kann, fragt sie: »Heißt das, dass du heute Nacht mit mir schlafen wirst, Christian?«

Wie bitte?

Ich?

Mit ihr schlafen?

Grey, den Zahn musst du ihr sofort ziehen. »Nein, Anastasia, das heißt es nicht. Erstens: Ich schlafe nicht mit jemandem. Ich ficke ... hart.«

Sie schnappt nach Luft. Das scheint sie zur Vernunft zu bringen.

»Zweitens: Wir haben noch eine Menge Papierkram vor uns. Und drittens: Du hast keine Ahnung, worauf du dich einlässt. Möglicherweise wirst du die Beine in die Hand nehmen und abhauen! Komm, ich zeige dir mein Spielzimmer.«

Sie ist verblüfft, über ihrer Nase bildet sich wieder das kleine V. »Hast du eine Xbox?«

Ich lache schallend.

O Baby.

»Nein, Anastasia, keine Xbox, keine PlayStation. Komm.« Ich stehe auf, strecke ihr die Hand hin, und sie ergreift sie bereitwillig. Ich führe sie in den Flur und nach oben, wo ich mit wild klopfendem Herzen vor der Tür zu meinem Spielzimmer stehen bleibe.

Das ist es. Top oder Flop. Bin ich schon jemals so nervös gewesen? Ich öffne die Tür in dem Bewusstsein, dass die Erfüllung meiner Wünsche von einer Schlüsseldrehung abhängt, und weiß, ich muss ihr die Unsicherheit nehmen. »Du kannst jederzeit gehen. Der Hubschrauber steht bereit. Du kannst aber auch die Nacht hier verbringen und am Morgen heimfliegen. Es liegt bei dir.«

»Nun mach die verdammte Tür schon auf, Christian«, fordert sie und verschränkt die Arme vor der Brust.

Das ist die Entscheidung. Ich möchte nicht, dass sie geht. Gleichzeitig bin ich mir noch nie so nackt vorgekommen. Nicht einmal bei Elena … Es liegt daran, dass sie nichts über diesen Lebensstil weiß.

Ich öffne die Tür und folge ihr in mein Spielzimmer.

Meine Zuflucht.

Der einzige Ort, an dem ich wirklich ich selbst bin.

Von der Mitte des Raums aus betrachtet Ana die Dinge, die so sehr Teil meines Lebens sind: die Flogger, die Stöcke, das Bett, die Bank … Sie nimmt alles schweigend auf, ich höre nur noch das Rauschen des Bluts in meinen Ohren.

Jetzt weißt du es.

Das bin ich.

Sie wendet sich mir mit einem durchdringenden Blick zu, während ich auf einen Kommentar warte, doch sie verlängert meine Qualen, indem sie weiter in den Raum hineingeht und mich zwingt, ihr zu folgen.

Ihre Finger gleiten über einen Wildlederflogger, eines meiner Lieblingsspielzeuge. Ich sage ihr, wie man so etwas nennt, keine Reaktion. Dann tritt sie ans Bett und streicht mit einer Hand über einen der geschnitzten Bettpfosten.

»Sag etwas«, bitte ich sie. Ihr Schweigen ist unerträglich. Ich muss wissen, ob sie die Beine in die Hand nehmen wird.

»Machst du das mit Leuten oder machen sie es mit dir?«

Endlich!

»Leute?« Fast hätte ich verächtlich geschnaubt. »Ich mache das mit Frauen, die es von mir wollen.«

Sie ist bereit, mit mir zu reden. Es besteht also Hoffnung.

Sie runzelt die Stirn. »Wenn du Freiwillige hast, was mache ich dann hier?«

»Ich würde es gern mit dir tun.« Bilder von ihr in unterschiedlichen Stellungen überschwemmen meine Fantasie, am Kreuz, auf dem Bett, über der Bank …

»Ach«, sagt sie und tritt an die Bank. Mein Blick richtet sich auf ihre Finger, die über das Leder gleiten. Ihre Berührung ist forschend, langsam und sinnlich – ist ihr das bewusst?

»Du bist Sadist?«, fragt sie mich zu meiner Überraschung.

Fuck. Sie durchschaut mich.

»Ich bin dominant«, antworte ich hastig.

»Was bedeutet das?«, fragt sie, schockiert, wie ich meine.

»Es bedeutet, dass du dich mir freiwillig unterwerfen sollst, in allen Dingen.«

»Warum sollte ich das tun?«

»Um mir Vergnügen zu bereiten«, antworte ich mit leiser Stimme. *Das wünsche ich mir von dir.* »Einfach ausgedrückt, ich möchte, dass du mir Vergnügen bereiten möchtest.«

»Und wie soll ich das anstellen?«

»Ich habe Regeln, die du befolgen musst. Sie sind zu deinem Nutzen und zu meinem Vergnügen gedacht. Wenn du diese Regeln zu meiner Zufriedenheit befolgst, belohne ich dich. Wenn nicht, bestrafe ich dich, und du lernst daraus.«

Ich kann es gar nicht erwarten, dich zu erziehen. In allen Dingen.

Sie starrt die Stöcke hinter der Bank an. »Und was hat das alles damit zu tun?« Sie macht eine Handbewegung, die den ganzen Raum umfasst.

»Sowohl Belohnung als auch Strafe sind Teil des Verlockungsangebots.«

»Du holst dir also deine Kicks, indem du mir deinen Willen aufzwingst.«

Richtig erkannt, Miss Steele.

»Es geht eher darum, dass ich mir dein Vertrauen und deinen Respekt verdiene und du dich freiwillig meinem Willen beugst.« Ich brauche deine Erlaubnis, Baby. »Deine Unterwerfung wird mir Freude bereiten … Je mehr du dich unterwirfst, desto größer mein Vergnügen – das ist eine sehr einfache Gleichung.«

»Okay, und was habe ich davon?«

»Mich.« Ich zucke mit den Achseln. *So ist das, Baby. Nur mich. Ganz und gar. Und du wirst auch Spaß dran haben …*

Ihre Augen weiten sich ein wenig, als sie mich schweigend mustert. Es ist nervenaufreibend. »Warum sagst du nichts, Anastasia? Lass uns wieder nach unten gehen, wo ich mich besser konzentrieren kann. Es lenkt mich zu sehr ab, dich hier drin zu sehen.«

Ich strecke ihr die Hand hin, und zum ersten Mal zögert sie.

Scheiße.

Ich habe sie erschreckt. »Ich werde dir nicht wehtun, Anastasia.« Vorsichtig legt sie ihre Hand in die meine. Ich bin außer mir vor Freude. Sie ist nicht geflohen.

Erleichtert beschließe ich, sie zum Schlafzimmer der Sub zu führen.

»Falls du ja sagen solltest, möchte ich dir etwas zeigen.« Ich gehe mit ihr den Flur entlang. »Dies wird dein Zimmer sein. Du kannst es einrichten, wie du möchtest.«

»Mein Zimmer? Du erwartest, dass ich hier einziehe?«, fragt sie ungläubig.

Okay. Vielleicht hätte ich das für später aufheben sollen.

»Nicht ganz«, versichere ich ihr. »Nur, sagen wir, von Freitagabend bis einschließlich Sonntag. Darüber müssen wir noch verhandeln. Falls du bereit bist, dich darauf einzulassen.«

»Ich werde hier schlafen?«

»Ja.«

»Nicht mit dir.«

»Nein. Ich habe dir schon gesagt, dass ich mit niemandem in einem Bett schlafe, außer mit dir, wenn du dich ins Koma getrunken hast.«

»Und wo schläfst du?«

»Mein Zimmer ist unten. Komm, du hast sicher Hunger.«

»Merkwürdig, mir scheint der Appetit vergangen zu sein«, erwidert sie mit ihrem mir inzwischen vertrauten störrischen Gesichtsausdruck.

»Du musst etwas essen, Anastasia.«

Mit der Arbeit an ihren Essgewohnheiten werde ich sofort beginnen, wenn sie sich denn bereit erklärt, mir zu gehören … daran und an ihrer Zappelei.

Nicht wieder vorgreifen, Grey!

»Mir ist bewusst, dass ich dich einen dunklen Pfad entlangführe, Anastasia, und deshalb möchte ich, dass du gründlich darüber nachdenkst.«

Sie folgt mir in den Wohnbereich hinunter. »Du hast sicher Fragen. Du hast die Verschwiegenheitsvereinbarung unterschrieben. Du kannst fragen, was du willst. Ich werde dir auf alles antworten.«

Wenn es funktionieren soll, muss sie mit mir kommunizieren. In der Küche öffne ich den Kühlschrank, in dem ich einen Teller mit Käse und Weintrauben entdecke. Gail wusste nicht, dass ich Gesellschaft haben würde, und es wird nicht reichen … Soll ich etwas ins Haus kommen lassen? Oder sie lieber ausführen?

Wie bei einer Verabredung.

Noch ein Date mit ihr.

Ich möchte ihr keine falschen Hoffnungen machen.

Verabredungen sind nicht mein Ding.

Nur bei ihr …

Der Gedanke ärgert mich. Im Brotkorb liegt ein frisches Baguette. Brot und Käse, es muss reichen. Sie behauptet ja, dass sie keinen Hunger hat.

»Setz dich.« Ich deute auf einen der Barhocker. Ana nimmt Platz und schaut mich unverwandt an.

»Du hast etwas von Papierkram erwähnt«, bemerkt sie.

»Ja.«

»Wie sieht der aus?«

»Zusätzlich zu der Verschwiegenheitsvereinbarung gibt es einen Vertrag, in dem festgelegt wird, was wir tun und lassen. Wir müssen beide unsere Grenzen kennen. Das beruht auf Gegenseitigkeit, Anastasia.«

»Und wenn ich nicht will?«

Scheiße.

»Dann ist das auch okay«, lüge ich.

»Aber wir werden keine Beziehung haben?«

»Nein.«

»Warum nicht?«

»Das ist die einzige Art von Beziehung, die mich interessiert.«

»Warum?«

»So bin ich nun mal.«

»Wie bist du so geworden?«

»Warum ist man, wie man ist? Schwierige Frage. Wieso mögen manche Leute Käse und andere hassen ihn? Magst du Käse? Mrs. Jones – meine Haushälterin – hat das zum Abendessen vorbereitet.« Ich stelle den Teller vor sie hin.

»Wie sehen die Regeln aus, die ich befolgen muss?«

»Die sind schriftlich formuliert. Wir gehen sie nach dem Essen durch.«

»Ich habe wirklich keinen Hunger.«

»Du wirst essen.«

Sie bedenkt mich mit einem trotzigen Blick.

»Möchtest du noch ein Glas Wein?«, versuche ich einzulenken.

»Ja, bitte.«

Ich schenke ihr Wein ein und setze mich neben sie. »Iss, Anastasia.«

Sie nimmt ein paar Trauben.

Soll das alles sein?

»Bist du schon lange so?«, erkundigt sie sich.

»Ja.«

»Findet man leicht Frauen, die sich auf so etwas einlassen?«

Wenn du wüsstest. »Du würdest dich wundern«, antworte ich trocken.

»Warum dann ich? Ich verstehe das wirklich nicht.« Sie wirkt ratlos.

Baby, du bist wunderschön. Wieso sollte ich das nicht mit dir machen wollen?

»Anastasia, ich habe es dir doch erklärt. Du bist etwas Besonderes. Ich kann die Finger nicht von dir lassen. Ich werde von dir angezogen wie die sprichwörtliche Motte von der Flamme. Ich begehre dich sehr, besonders jetzt, da du wieder auf deiner Lippe kaust.«

»Ich glaube, es ist genau andersherum«, entgegnet sie mit sanfter Stimme – ein verstörendes Geständnis.

»Iss!«, befehle ich ihr, um sie abzulenken.

»Nein. Ich habe noch nichts unterschrieben. Wenn's recht ist, halte ich noch eine Weile an meinem freien Willen fest.«

Oh … Wieder ihre spitze Zunge.

»Wie Sie meinen, Miss Steele.« Ich verberge mein spöttisches Lächeln.

»Wie viele Frauen?«, erkundigt sie sich und steckt eine Traube in den Mund.

»Fünfzehn.« Ich wende den Blick ab.

»Immer längere Zeit?«

»Manche von ihnen, ja.«

»Hast du jemals jemandem wehgetan?«

»Ja.«

»Schlimm?«

»Nein.« Dawn ging's hinterher gut, auch wenn sie ein bisschen durcheinander war. Genau wie ich.

»Wirst du mir wehtun?«

»Wie meinst du das?«

»Wirst du mir körperliche Schmerzen zufügen?«

Nur so viel du aushältst.

»Ich werde dich, wenn nötig, bestrafen, und es wird wehtun.«

Zum Beispiel wenn du dich betrinkst und dich selbst in Gefahr bringst.

»Bist du jemals geschlagen worden?«, fragt sie.

»Ja.«

Sehr oft. Elena konnte höllisch gut mit dem Stock umgehen. Das war die einzige Berührung, die ich ertrug.

Mit großen Augen legt sie die Trauben zurück auf den Teller und trinkt noch einen Schluck Wein. Ihr Mangel an Appetit ärgert mich und wirkt sich auf den meinen aus. Vielleicht sollte ich einfach in den sauren Apfel beißen und ihr die Regeln vorlegen.

»Sprechen wir in meinem Arbeitszimmer weiter darüber. Ich möchte dir etwas zeigen.«

Sie folgt mir und setzt sich in den Ledersessel vor meinem Schreibtisch, während ich mich mit verschränkten Armen dagegen lehne.

Sie möchte alles wissen. Ihre Neugierde ist ein Segen – sie hat noch nicht Fersengeld gegeben. Ich nehme eine Seite aus dem Vertrag auf dem Schreibtisch und reiche sie ihr. »Das sind die Regeln. Sie können sich verändern und gehören zu dem Vertrag, den ich dir ebenfalls geben werde. Lies sie, damit wir sie besprechen können.«

Sie überfliegt die Seite. »Hard Limits?«, fragt sie kurz darauf.

»Ja. Wozu du nicht bereit bist und wozu ich nicht bereit bin, müssen wir in unserer Vereinbarung festlegen.«

»Ich weiß nicht, ob ich Geld für Kleidung annehmen will. Das erscheint mir falsch.«

»Ich würde dich gern mit Geld überschütten. Lass mich Kleidung für dich kaufen. Es könnte sein, dass du mich zu offiziellen Anlässen begleiten musst.«

Grey, was sagst du da? Das wäre eine Premiere. »Da solltest du schick angezogen sein. Dein Gehalt wird, sobald du einen Job hast, mit ziemlicher Sicherheit nicht für die Art von Kleidung ausreichen, die ich mir für dich vorstelle.«

»Ich muss sie nicht tragen, wenn ich nicht mit dir zusammen bin?«

»Nein.«

»Okay. Aber ich will nicht viermal die Woche Sport machen.«

»Anastasia, ich erwarte Gelenkigkeit, Kraft und Ausdauer. Und glaub mir, du wirst trainieren müssen.«

»Aber bestimmt nicht viermal die Woche. Wie wär's mit dreimal?«

»Ich möchte, dass du viermal trainierst.«

»Ich dachte, dies sind Verhandlungen?«

Erneut schlägt sie mich mit meinen eigenen Waffen. »Okay, Miss Steele, wieder einmal ein berechtigter Einwand. Wie wär's mit dreimal wöchentlich eine Stunde und einmal eine halbe?«

»Drei Tage, drei Stunden. Ich vermute, dass ich bei dir genug Training kriegen werde.«

Das hoffe ich.

»Ja, stimmt. Okay, abgemacht. Willst du wirklich kein Praktikum in meinem Unternehmen machen? Du bist ein harter Verhandlungspartner.«

»Nein, das halte ich für keine gute Idee.«

Sie hat recht. Meine Regel Nummer eins lautet: Fick niemals das Personal.

»Nun zu den Limits. Das hier sind meine.« Ich gebe ihr die Liste.

Top oder Flop. Ich kenne meine Limits auswendig und hake im Geist die einzelnen Punkte ab, während sie sie liest. Sie wird blasser und blasser.

Scheiße, hoffentlich vergraule ich sie damit nicht.

Ich begehre sie. Ich will, dass sie sich mir unterwirft ... unbedingt. Sie schluckt, hebt nervös den Blick. *Wie kann ich sie dazu überreden, sich darauf einzulassen?* Ich sollte sie beruhigen, ihr das Gefühl vermitteln, dass ich durchaus einfühlsam sein kann.

»Möchtest du etwas hinzufügen?«

Insgeheim hoffe ich, dass sie nichts hinzufügen will, denn ich wünsche mir freie Hand. Sie sieht mich stumm an. Das irritiert mich. Ich bin es nicht gewohnt zu warten. »Gibt es irgendetwas, wozu du nicht bereit bist?«, helfe ich ihr auf die Sprünge.

»Ich weiß es nicht.«

Eine unerwartete Antwort.

»Was soll das heißen?«

Sie rutscht auf ihrem Sitz herum, und ihre Zähne spielen mit ihrer Unterlippe. *Wieder.* »Ich habe so etwas noch nie gemacht.«

Natürlich nicht.

Geduld, Grey. Schließlich mutest du ihr eine ganze Menge zu. Ich versuche es weiter mit meiner sanften Taktik. Das ist neu für mich.

»Wenn du mit jemandem geschlafen hast – gab's da irgendetwas, das dir nicht gefallen hat?« Ich muss daran denken, wie der Fotograf sie gestern begrapscht hat.

Sie wird rot, mein Interesse ist geweckt. Was hat sie getan, das ihr nicht gefallen hat? Ist sie im Bett experimentierfreudig? Sie wirkt so … unbedarft. Normalerweise finde ich das nicht attraktiv.

»Du kannst es mir ruhig sagen, Anastasia. Wir müssen ehrlich miteinander sein, sonst funktioniert das nicht.« Ich muss sie dazu bringen, lockerer zu werden – sie will ja nicht mal über Sex reden. Wieder rutscht sie unruhig herum und betrachtet ihre Hände.

Nun mach schon, Ana.

»Sag es mir«, weise ich sie an. *Himmel, ist das frustrierend!*

»Ich habe noch nie mit jemandem geschlafen, also weiß ich es nicht«, flüstert sie schließlich.

Die Erde hört auf, sich zu drehen.

Ist das zu fassen?

Wie ist das möglich?

Warum?

Fuck!

»Noch nie?«, frage ich ungläubig.

Sie schüttelt den Kopf.

»Du bist noch Jungfrau?« Ich kann es nicht glauben.

Sie nickt verlegen. Ich schließe die Augen.

Wie habe ich mich nur so täuschen können?

Mich packt die Wut. *Was soll ich mit einer Jungfrau?* Ich bedenke sie mit einem zornigen Blick.

»Warum zum Teufel hast du mir das nicht gesagt?«, knurre ich und fange an, in meinem Arbeitszimmer auf und ab zu laufen. Sie zuckt verlegen mit den Achseln.

»Ich begreife nicht, warum du mir das nicht gesagt hast«, brülle ich sie an.

»Es hat sich nicht ergeben. Und ich pflege den Stand meiner sexuellen Erfahrungen nicht an die große Glocke zu hängen. Schließlich kennen wir uns kaum.«

Wieder einmal ein berechtigter Einwand. Nicht zu fassen, dass ich mit ihr die große Tour durch mein Spielzimmer gemacht habe – Gott sei Dank hat sie die Verschwiegenheitsvereinbarung unterschrieben.

»Über mich weißt du jetzt jedenfalls eine ganze Menge«, herrsche ich sie an. »Mir war klar, dass du wenig Erfahrung hast, aber eine *Jungfrau*! Himmel, Ana, ich habe dir gerade alles gezeigt …«

Nicht nur mein Spielzimmer, sondern auch meine Regeln und meine Hard Limits. Sie hat keine Ahnung. Wie konnte ich das nur tun? »Möge Gott mir vergeben«, murmle ich. Ich bin ratlos.

Dann kommt mir ein anderer Gedanke – unser Kuss im Aufzug, wo ich sie auf der Stelle hätte ficken wollen, war das ihr erster Kuss gewesen?

»Bist du vor mir schon mal von jemandem geküsst worden?« Bitte sag ja.

»Natürlich«, antwortet sie beleidigt. Ja, sie ist geküsst worden, aber noch nicht oft. Irgendwie tröstet mich das.

»Dich hat noch nie ein netter junger Mann umgehauen? Das begreife ich nicht. Du bist einundzwanzig, fast zweiundzwanzig. Und schön.« Warum hat noch keiner sie flachgelegt?

Scheiße, am Ende ist sie religiös. Nein, das hätte Welch sicher herausgefunden. Sie betrachtet ihre Hände, und ich habe den Eindruck, dass sie lächelt. Sie findet das komisch? Ich könnte mich selbst in den Arsch treten. »Trotz deiner Unerfahrenheit diskutierst du mit mir meine Pläne.«

Mir fehlen die Worte.

»Wie hast du dich bis jetzt um den Sex herumgedrückt? Bitte verrat mir das.« Ich verstehe das nicht. Sie besucht das College – soweit ich mich ans College erinnere, haben dort alle gebumst wie die Karnickel.

Alle. Bis auf mich.

Ein düsterer Gedanke, den ich beiseiteschiebe.

Ana zuckt mit den Achseln, dabei heben sich ihre schmalen Schultern leicht. »Bisher hat niemand …« Sie verstummt.

Niemand hat was? Gesehen, wie schön du bist? Bisher hat niemand deine Erwartungen erfüllt – und ich tue es?

Ich?

Sie hat wirklich keine Ahnung. Wie soll sie jemals eine Sub werden, wenn sie nichts über Sex weiß? Das haut nicht hin … Meine ganze Vorarbeit war umsonst. Hier komme ich nicht weiter.

»Warum bist du so wütend auf mich?«, flüstert sie.

Klar glaubt sie das. *Rück das gerade, Grey.*

»Ich bin nicht wütend auf dich, sondern auf mich. Ich bin davon ausgegangen …« *Warum zum Teufel sollte ich wütend auf dich sein?* Was für ein Durcheinander. Ich fahre mir mit der Hand durch die Haare und versuche, meinen Zorn zu zügeln.

»Willst du gehen?«, frage ich besorgt.

»Nein, es sei denn, du möchtest es«, antwortet sie mit einem Hauch von Bedauern.

»Natürlich nicht. Ich habe dich gern hier.« Meine Worte überraschen mich, denn sie entsprechen der Wahrheit. Ich bin gern mit ihr zusammen. Sie ist so … anders. Und ich möchte sie ficken und schlagen und sehen, wie ihre alabasterfarbene Haut unter meinen Händen rosa anläuft. Doch das kommt ja jetzt nicht mehr infrage, oder? Das Ficken ginge vielleicht noch. Das ist die Lösung. Ich könnte mit ihr ins Bett gehen. Sie einreiten. Das wäre eine neue Erfahrung für uns beide. Würde sie das wollen? Sie hat mich vorhin gefragt, ob ich mit ihr schlafen würde. Ich könnte es versuchen, ohne sie zu fesseln.

Aber möglicherweise berührt sie mich.

Scheiße. Ich sehe auf die Uhr. Es ist spät. Als ich wieder Ana anschaue, kaut sie erneut an ihrer Unterlippe.

Ich will sie trotz ihrer Unerfahrenheit. Könnte ich mit ihr ins Bett gehen? Würde sie das überhaupt wollen, nach allem, was sie nun über mich weiß? Soll ich sie einfach fragen? Sie törnt mich total an mit dieser Lippenkauerei. Ich mache sie darauf aufmerksam, und sie entschuldigt sich.

»Du musst dich nicht entschuldigen. Am liebsten würde ich sie auch beißen, ganz fest.«

Ihr verschlägt es den Atem.

Oh. Vielleicht hat sie Interesse. *Ja, genau. Mein Entschluss ist gefasst.*

»Komm.« Ich strecke ihr die Hand hin.

»Was?«

»Wir werden die Situation sofort bereinigen.«

»Was soll das heißen? Was für eine Situation?«

»Deine Situation. Ana, ich werde mit dir schlafen, sofort.«

»Oh.«

»Vorausgesetzt, du willst. Ich möchte mich nicht aufdrängen.«

»Ich dachte, du schläfst nicht mit Frauen, sondern fickst sie … hart«, entgegnet sie mit verdammt verführerischer rauer Stimme, großen Augen und Pupillen. Die Begierde lässt sie erröten – sie will es auch.

Erregung steigt in mir auf. »Ich kann eine Ausnahme machen oder beides miteinander verbinden, wir werden sehen. Ich will wirklich mit dir schlafen. Bitte, komm mit mir ins Bett. Ich würde mir wünschen, dass das mit unserem Arrangement klappt, aber du musst eine Ahnung von dem Wagnis haben, auf das du dich einlässt. Wir können heute Abend mit den Grundlagen deiner Erziehung anfangen. Das bedeutet allerdings nicht, dass ich dir mein Herz und einen Strauß Blumen zu Füßen lege. Es ist vielmehr ein

Mittel zum Zweck, zu einem Zweck, der mir und hoffentlich auch dir am Herzen liegt«, sprudelt es aus mir heraus.

Reiß dich zusammen, Grey!

Ihre Wangen röten sich weiter.

Sag schon, Ana, ja oder nein? Lass mich nicht am ausgestreckten Arm verhungern.

»Aber ich habe nicht alles gemacht, was auf deiner Liste steht«, wendet sie schüchtern ein. Hat sie Angst? Hoffentlich nicht. Das möchte ich nicht.

»Vergiss die Regeln heute Nacht. Ich begehre dich, seit du in mein Büro gestolpert bist, und ich weiß, dass du mich auch willst. Du würdest nicht hier sitzen und mit mir seelenruhig über Strafen und Hard Limits diskutieren, wenn es nicht so wäre. Bitte, Ana, verbring die Nacht mit mir.«

Wieder strecke ich ihr die Hand hin, und diesmal ergreift sie sie. Ich ziehe sie in meine Arme, drücke sie an mich. Sie schnappt verblüfft nach Luft. Ausnahmsweise meldet sich die Dunkelheit nicht, vielleicht verjagt meine Libido sie. Diese junge Frau verwirrt mich zutiefst. Ich habe ihr mein düsteres Geheimnis enthüllt, und sie ist nicht schreiend weggelaufen.

Meine Finger gleiten in ihre Haare und ziehen ihr Gesicht zu mir heran, und ich blicke in diese bezaubernden Augen.

»Du bist eine bemerkenswert mutige Frau«, flüstere ich. »Das bewundere ich.« Dann küsse ich sie sanft und nage an ihrer Unterlippe. »Ich würde so gern diese Lippe beißen.« Ich ziehe stärker, und sie beginnt zu wimmern. Sofort wird mein Schwanz steif.

»Bitte, Ana, schlaf mit mir«, hauche ich.

»Ja«, antwortet sie – und mein Körper geht los wie eine Rakete.

Reiß dich zusammen, Grey. Die Vereinbarung ist nicht besprochen, Limits sind nicht festgelegt, ich kann nicht mit ihr machen, was ich will – und trotzdem bin ich erregt. Das ist ein unbekanntes, aufregendes Gefühl. Ich sitze in der Achterbahn, am höchsten Punkt.

Blümchensex?

Schaffe ich das?

Ohne ein weiteres Wort führe ich sie aus meinem Arbeitszimmer hinaus, durch den Wohnbereich und den Flur entlang in mein Schlafzimmer. Sie umklammert fest meine Hand.

Scheiße. Empfängnisverhütung. Bestimmt nimmt sie nicht die Pille … Zum Glück habe ich immer Kondome im Haus. Wenigstens muss ich mir keine Gedanken über die Schwänze machen, die schon in ihr drin waren. Beim Bett lasse ich sie los, gehe zu meiner Kommode und lege Uhr, Schuhe und Socken ab.

»Vermutlich nimmst du nicht die Pille.«

Sie schüttelt den Kopf.

»Hab ich mir schon gedacht.« Ich hole eine Packung Kondome aus der obersten Schublade, um ihr zu signalisieren, dass ich vorbereitet bin. Sie sieht mich mit riesigen Augen an, und einen Moment zögere ich. Das ist eine große Sache für sie. Ich erinnere mich noch an mein erstes Mal mit Elena, wie peinlich es mir war … aber auch was für eine Erleichterung, ein Himmelsgeschenk. Mir ist klar, dass ich sie eigentlich nach Hause schicken sollte. Doch ich will nicht, dass sie geht, ich begehre sie. Und wichtiger: Meine Begierde spiegelt sich in ihrer Miene, ihren dunkler werdenden Augen.

»Soll ich die Jalousien herunterlassen?«, frage ich.

»Ist mir egal«, antwortet sie. »Ich dachte, in deinem Bett darf niemand schlafen außer dir.«

»Wer sagt denn, dass wir schlafen werden?«

»Ach.« Als ich das höre, wird mein Schwanz noch härter. Diesen Mund würde ich gern ficken. Ich pirsche mich an sie heran wie an eine Beute. *Baby, ich will mich in dich versenken.* Sie atmet schnell und flach, ihre Wangen sind gerötet … Sie wirkt argwöhnisch, aber auch erregt. Sie ist mir ausgeliefert, und dieses Wissen gibt mir ein Gefühl der Macht. Sie hat keine Ahnung, was ich mit ihr anstellen werde. »Wollen wir nicht die Jacke ausziehen?« Ich schiebe sie ihr sanft von den Schultern, lege sie zusammen und auf meinen Stuhl.

»Ahnst du eigentlich, wie sehr ich dich begehre, Ana Steele?«

Ihre Lippen öffnen sich ein wenig, als sie Luft holt, und ich berühre ihre Wange. Ihre Haut ist blütenglatt unter meinen Fingerspitzen. Sie ist hin und weg – verloren. Sie gehört mir schon. Was für ein berauschendes Gefühl!

»Und ahnst du, was ich mit dir machen werde?«, murmle ich, halte ihr Kinn zwischen Daumen und Zeigefinger und küsse sie. Sie erwidert meinen Kuss bereitwillig, und plötzlich verspüre ich den überwältigenden Wunsch, sie nackt zu sehen. Ich öffne die Knöpfe an ihrer Bluse, schäle sie behutsam heraus und lasse das Kleidungsstück auf den Boden fallen. Dann trete ich einen Schritt zurück, um sie zu betrachten. Sie trägt den hellblauen Spitzen-BH, den Taylor ihr besorgt hat.

Atemberaubend!

»Gott, Ana, ist deine Haut schön, so hell und makellos. Ich möchte jeden Quadratzentimeter davon küssen.« Ihre makellose Haut erregt mich. Ich möchte schmale rosafarbene Striemen, vielleicht von einer Reitgerte, an ihr sehen.

Sie errötet auf entzückende Weise – bestimmt ist sie verlegen. Und wenn mir nichts anderes gelingen sollte: Ich werde ihr beibringen, sich ihres Körpers nicht mehr zu schämen. Ich löse ihre Haare, die sich üppig kastanienbraun um ihr Gesicht und über ihre Brüste ergießen.

»Ich liebe braune Haare.« Sie ist einfach wunderbar, außergewöhnlich, ein Juwel.

Ich wölbe die Hände um ihren Kopf, lasse die Finger durch ihre Haare gleiten, ziehe sie zu mir heran, küsse sie. Sie öffnet die Lippen weiter, erlaubt mir den Zugang zu ihrem warmen, feuchten Mund. Ihr Stöhnen hallt in mir nach – bis in die Spitze meines Schwanzes. Ihre Zunge sucht vorsichtig die meine, erkundet meinen Mund, und irgendwie finde ich ihr unerfahrenes Forschen … heiß.

Sie schmeckt köstlich. Nach Wein, Trauben und Unschuld – eine aufregende Mischung. Ich schließe die Arme fest um sie, erleichtert darüber, dass sie lediglich meine Oberarme berührt. Eine Hand in ihren Haaren halte ich sie fest. Die andere wandert ihren Rücken hinunter zu ihrer Taille und ihrem Hinterteil; ich drücke sie gegen mich, gegen meine Erektion. Wieder stöhnt sie auf. Ich küsse sie weiter, sporne ihre ungeschickte Zunge an, meinen Mund zu entdecken, während ich den ihren erobere. Ich verkrampfe mich, als ihre Hände meine Arme hinaufgleiten – einen Augenblick lang frage ich mich, wohin sie als Nächstes wandern werden. Sie streichelt meine Wange, dann meine Haare. Ein bisschen bringt mich das aus der Fassung. Doch als sie die Finger in meinen Haaren vergräbt und sanft daran zieht …

Verdammt, das fühlt sich gut an.

Auch ich stöhne auf, doch so darf das nicht weitergehen. Bevor sie mich erneut berühren kann, schiebe ich sie in Richtung Bett und sinke auf die Knie. Diese Jeans muss endlich herunter – ich will sie ihr ausziehen, sie noch mehr erregen und … sie daran hindern, mich noch einmal anzufassen. Ich umschließe ihre Taille mit beiden Händen und lasse meine Zunge kurz um ihren Nabel kreisen. Unwillkürlich spannen sich ihre Muskeln an, und sie holt tief Luft. Himmel, riecht und schmeckt sie gut, wie ein Obstgarten im Frühjahr. Ich sauge alles begierig in mich auf. Sie vergräbt die Finger noch einmal in meinen Haaren; dagegen habe ich nichts – ich mag es sogar. Als ich sanft an ihrer Hüfte knabbere, wird ihr Griff in meinen Haaren fester. Ihre Augen sind geschlossen, ihr Mund steht ein wenig offen, und sie atmet schwer. Sobald ich den Knopf an ihrer Jeans öffne, macht sie die Augen auf, und wir sehen einander an. Ich ziehe langsam den Reißverschluss auf, meine Hände gleiten unter den Hosenbund und wandern zu ihrem Po, streifen ihr die Jeans ein Stück herunter.

Ich kann mich nicht beherrschen, will sie schockieren … ihre Grenzen ausloten. Ohne den Blick von ihr zu wenden, lecke ich mir die Lippen, schiebe die Nase zwischen ihren Oberschenkeln zur Mitte ihres Slips, schließe die Augen und genieße ihren Geruch.

Köstlich.

»Du riechst so gut.« Meine Stimme ist rau vor Verlangen, und allmählich wird meine Jeans ziemlich unbequem. Sanft drücke ich sie aufs Bett, nehme ihren rechten Fuß, ziehe ihr Turnschuh und Socke aus. Dann lasse ich den Daumennagel über ihren Rist gleiten, und zu meinem Entzücken windet sie sich mit offenem Mund auf dem Bett. Ich senke den Kopf, lasse meine Zunge und anschließend meine Zähne über ihren Spann wandern, an der Stelle, an der noch die Spur von meinem Daumennagel zu sehen ist. Sie sinkt mit geschlossenen Augen aufs Bett zurück und stöhnt. Was für eine Reaktion!

»Ach, Ana, was ich für dich tun könnte«, flüstere ich, als ich sie mir in meinem Spielzimmer vorstelle: mit Handschellen an mein Himmelbett gefesselt, über den Tisch gebeugt, am Kreuz baumelnd. Ich könnte sie auf die Folter spannen, bis sie mich um Erlösung bittet ... Diese Bilder sorgen dafür, dass mir die Jeans noch enger wird.

Teufel!

Ich ziehe ihr hastig auch den anderen Schuh und die andere Socke aus und streife ihre Jeans ganz herunter. Nun liegt sie fast nackt auf meinem Bett. Ihre Haare sind um ihren Kopf herum ausgebreitet, ihre langen, blassen Beine einladend vor mir ausgestreckt. Ich muss ihre Unerfahrenheit berücksichtigen. Aber sie atmet schwer. Will mich. Ihr Blick ist auf mich gerichtet.

Ich habe noch nie zuvor jemanden in meinem Bett gefickt. *Wieder eine Premiere mit Miss Steele.*

»Wie schön du bist, Anastasia Steele. Ich kann es gar nicht erwarten, in dich einzudringen«, sage ich sanft. Ich will sie noch weiter aus der Reserve locken, herausfinden, was sie weiß. »Zeig mir, wie du dich selbst befriedigst«, fordere ich sie auf.

Sie runzelt die Stirn.

»Zier dich nicht, Ana. Zeig's mir.« Ein Teil von mir würde ihr die Schüchternheit gern aus dem Leib prügeln.

Sie schüttelt den Kopf. »Ich weiß nicht, was du meinst.«

Was ist denn das für ein Spielchen?

»Wie bringst du dich zum Orgasmus? Das will ich sehen.«

Sie schweigt. Offenbar habe ich sie wieder schockiert. »Das hab ich noch nie gemacht«, flüstert sie schließlich. Ich sehe sie ungläubig an. Selbst ich habe masturbiert, bevor ich in Elenas Fänge geriet.

Vermutlich hat sie noch nie einen Orgasmus erlebt – kaum zu glauben. *Wow.* Ich besorge ihr den ersten Fick und den ersten Höhepunkt. Es muss also gut werden.

»Tja, dann müssen wir das eben gemeinsam herausfinden.« *Bei mir wirst du abgehen wie eine Rakete, Baby.*

Teufel – wahrscheinlich hat sie auch noch nie einen nackten Mann gesehen. Ohne den Blick von ihr zu wenden, knöpfe ich meine Jeans auf und ziehe sie langsam herunter. Das Hemd lasse ich an aus Angst, dass sie mich berühren könnte.

Wäre es wirklich so schlimm, wenn sie es täte?

Ich schiebe diesen Gedanken beiseite, bevor mich die Dunkelheit wieder umfangen kann, packe ihre Fußknöchel und spreize ihre Beine. Sie macht große Augen, ihre Hände zerknüllen mein Laken.

Ja, behalt deine Finger dort, Baby.

Ich schiebe mich zwischen ihre Beine. Vor Lust windet sie sich unter mir.

»Halt still«, ermahne ich sie und beuge mich über sie, um die zarte Haut an der Innenseite ihrer Schenkel zu küssen. Ich hauche weitere Küsse auf ihren Slip und ihren Bauch, und dazwischen knabbere und sauge ich. Wieder dieses Gezappel.

»Du wirst lernen müssen stillzuhalten, Baby.«

Vorausgesetzt, du akzeptierst mich als Lehrmeister.

Ich werde ihr beibringen, die Lust zu genießen, ohne sich zu bewegen, weil das jede Berührung, jeden Kuss und jedes Knabbern intensiviert. Der Gedanke allein genügt, um mich sofort in sie versenken zu wollen, doch bevor ich das tue, möchte ich wissen, wie empfänglich sie ist. Bis jetzt hat sie sich nicht zurückgehalten. Sie lässt mir freie Hand über ihren Körper. Sie will es … will es wirklich. Meine Zunge schlängelt in ihren Bauchnabel, dann geht's weiter nach oben. Ich lege mich neben sie, ein Bein noch immer zwischen den ihren. Meine Hand huscht über ihre Hüfte und ihre

Taille zu ihrer Brust hinauf. Ich wölbe sanft die Finger darum, versuche, ihre Reaktion abzuschätzen. Sie verkrampft nicht und hält mich nicht auf. Sie vertraut mir. Kann ich ihr Vertrauen so weit ausdehnen, dass ich die vollständige Herrschaft über ihren Körper übernehmen darf ... über sie? Der Gedanke beflügelt mich.

»Passt genau, Anastasia«, bemerke ich, lasse meinen Zeigefinger in ihren Büstenhalter gleiten und ziehe ihn herunter, sodass ihre Brust frei daliegt. Ihre Brustwarze ist klein, rosafarben und hart. Ich schiebe den BH so weit herunter, dass Verstärkung und Stoff ihre Brust nach oben drücken. Das Gleiche wiederhole ich auf der anderen Seite und beobachte fasziniert, wie ihre Brustwarzen sich unter meinem Blick aufrichten. *Wow ...* Und dabei habe ich sie noch nicht einmal angerührt.

»Sehr schön«, flüstere ich anerkennend und blase ganz leicht auf die eine Brustwarze, die noch härter wird. Anastasia bäumt sich mit geschlossenen Augen auf.

Halt still, Baby, lass dich ganz auf das Vergnügen ein, dann ist das Gefühl sehr viel intensiver.

Wieder blase ich leicht auf eine Brustwarze und rolle die andere vorsichtig zwischen Daumen und Zeigefinger. Sie verkrallt die Finger in den Laken, als ich heftig daran sauge. Erneut bäumt sich ihr Körper auf, und sie stößt einen Schrei aus.

»Versuchen wir mal, dich so zum Orgasmus zu bringen«, sage ich und lasse nicht locker. Sie beginnt zu wimmern.

O ja, Baby ... fühl es. Ihre Brustwarzen richten sich noch weiter auf, und sie fängt an, mit den Hüften zu kreisen. *Halt still, Baby. Ich werde dir beibringen stillzuhalten.*

»Bitte«, fleht sie, und ihre Beine werden starr. Es funktioniert. Sie ist nahe dran. Ich mache weiter, konzentriere mich nacheinander auf ihre Brustwarzen, beobachte ihre Reaktion, erspüre ihre Lust. Das treibt mich fast in den Wahnsinn. Gott, wie ich sie begehre!

»Lass los, Baby«, murmle ich und ziehe mit den Zähnen an ihrer Brustwarze. Mit einem lauten Schrei kommt sie zum Höhepunkt.

Ja! Ich ersticke ihre Schreie mit Küssen. Sie schnappt nach Luft, gibt sich ganz ihren Sinnen hin … *Sie gehört mir.* Ihr erster Orgasmus. Der Gedanke macht mich ziemlich stolz.

»Du reagierst sehr intensiv. Aber du wirst lernen müssen, das zu beherrschen. Es wird mir großen Spaß machen, dir das beizubringen.« Ich kann es gar nicht erwarten … Doch jetzt will ich sie erst einmal nehmen. Und zwar ganz. Ich küsse sie, währenddessen wandert meine Hand zu ihrer Scham. Ich wölbe sie um sie, spüre ihre Wärme. Mein Finger gleitet unter die feine Spitze und beginnt, langsam zu kreisen …

»Wie feucht du bist! Gott, wie ich dich begehre!« Ich schiebe meinen Finger in sie hinein, und sie schreit vor Lust auf. Sie ist heiß und eng und feucht, und ich will sie. Erneut bewege ich meinen Finger in ihr – und ersticke ihre Schreie durch Küsse. Dann drücke ich meine Handfläche gegen ihre Klitoris … immer wieder. Stöhnend windet sie sich unter mir. *Himmel*, ich will sie – jetzt. Sie ist bereit. Ich richte mich auf, ziehe ihr den Slip aus, streife meine Boxershorts ab und greife nach einem Kondom. Anschließend schiebe ich mich zwischen ihre Beine und spreize sie weiter. Anastasia beobachtet mich … wie? Bang? Vermutlich hat sie noch nie zuvor einen erigierten Penis gesehen.

»Keine Sorge. Auch bei dir weitet sich alles«, beruhige ich sie, beuge mich über sie, die Hände zu beiden Seiten ihres Kopfes, und stütze mich auf den Ellbogen ab. Wie ich sie begehre … aber zuerst muss ich wissen, ob sie es immer noch möchte. »Willst du es wirklich?«, frage ich.

Sag jetzt nicht nein.

»Ja, bitte«, bettelt sie.

»Zieh die Knie an«, weise ich sie an. Dann geht es leichter. Bin ich schon jemals so erregt gewesen? Ich kann mich kaum noch beherrschen. Das begreife ich nicht … es muss an ihr liegen.

Warum?

Konzentrier dich, Grey.

Ich bringe mich in Position. Sie sieht mich mit großen Augen flehend an. Sie will es wirklich … genauso sehr wie ich. Soll ich sanft sein und die Qual verlängern, oder packe ich den Stier bei den Hörnern?

Ich entscheide mich für die zweite Alternative. Ich muss sie haben.

»Ich werde Sie jetzt ficken, Miss Steele. Hart.«

Ein Stoß, und ich bin in ihr.

W.A.H.N.S.I.N.N.

Wie eng! Sie schreit auf.

Scheiße! Ich habe ihr wehgetan. Ich möchte mich bewegen, mich in ihr verlieren, und es kostet mich meine ganze Selbstbeherrschung, eine Pause zu machen. »Du bist so eng. Alles in Ordnung?«, frage ich heiser, und sie nickt, die Augen noch größer. Es fühlt sich an wie der Himmel auf Erden, sie so eng um mich zu spüren. Obwohl ihre Hände auf meinen Unterarmen liegen, stört mich das nicht. Die Dunkelheit schlummert, vielleicht weil ich Ana schon so lange begehre. Ein solches Verlangen, einen solchen … *Hunger* habe ich noch nie zuvor verspürt. Es ist ein brandneues Gefühl. Ich will so viel von ihr: ihr Vertrauen, ihren Gehorsam, ihre Unterwerfung. Ich möchte, dass sie mir gehört, aber im Moment … gehöre ich ihr.

»Jetzt werde ich mich bewegen, Baby.« Meine Stimme klingt kehlig, als ich mich ganz langsam zurückziehe. Was für ein einzigartiges, köstliches Gefühl, wie ihr Körper meinen Schwanz umschließt. Ich stoße wieder zu und nehme sie in Besitz, in dem Wissen, dass das vor mir noch keiner getan hat. Sie wimmert.

Ich halte inne. »Mehr?«

»Ja«, haucht sie.

Diesmal stoße ich tiefer in sie hinein.

»Noch mehr?«, frage ich, und Schweiß tritt auf meine Haut.

»Ja.«

Ihr Vertrauen zu mir ist überwältigend. Ich beginne, mich richtig zu bewegen, möchte sie zum Höhepunkt bringen. Ich werde nicht aufhören, bis sie kommt. Ich will diese Frau besitzen, ihren Körper und ihre Seele. Ich möchte spüren, wie sich ihre Muskeln um mich zusammenziehen.

Fuck – sie wölbt sich mir entgegen, passt sich meinem Rhythmus an. *Siehst du, wie gut wir zusammenpassen, Ana?* Ich packe ihren Kopf und halte sie fest, während ich ihren Körper in Besitz nehme und sie hart küsse. Sie wird unter mir starr … *O ja.* Sie ist dicht dran.

»Komm für mich, Ana«, fordere ich, und sie schreit vor Lust auf, wirft mit offenem Mund und geschlossenen Augen den Kopf zurück … Beim Anblick ihrer Ekstase zerberste ich, verliere jede Vernunft und Kontrolle, rufe laut ihren Namen und ergieße mich in ihr.

Ich öffne keuchend die Augen. Wir sind Stirn an Stirn, sie sieht mich an.

Teufel! Ich bin verloren.

Ich küsse sie auf die Stirn, ziehe mich aus ihr zurück und lege mich neben sie.

Sie zuckt zusammen, doch abgesehen davon scheint sie in Ordnung zu sein.

»Hab ich dir wehgetan?«, frage ich und streiche ihr eine Haarsträhne hinters Ohr.

Ana strahlt mich ungläubig an. »Du fragst mich, ob du mir wehgetan hast?«

Einen kurzen Moment weiß ich nicht, warum sie grinst.

Ach so, mein Spielzimmer.

»Die Ironie der Situation ist mir durchaus bewusst«, murmle ich. Sogar jetzt noch verblüfft sie mich. »Aber mal im Ernst, alles okay?«

Sie streckt sich neben mir aus, fühlt ihren Körper und provoziert mich mit einem belustigt-befriedigten Blick.

»Du hast mir keine Antwort gegeben«, knurre ich. Ich muss wissen, ob es ihr gefallen hat. Alles deutet darauf hin, aber ich muss es aus ihrem Mund hören. Während ich auf ihre Antwort warte, streife ich das Kondom ab. Gott, wie ich diese Dinger hasse! Ich lasse es diskret auf den Boden fallen.

»Das würde ich gern öfter machen«, erklärt sie mit einem verlegenen Kichern.

Wie bitte?

Schon wieder?

»Tatsächlich, Miss Steele?« Ich küsse ihren Mundwinkel. »Sie sind unersättlich, meine Liebe. Drehen Sie sich auf den Bauch.«

So kann ich sicher sein, dass du mich nicht berührst.

Mit einem kurzen Lächeln tut sie mir den Gefallen. Mein Schwanz zuckt anerkennend. Ich löse die Haken ihres BHs und lasse meine Hand über ihren Rücken zu ihrem Hinterteil gleiten. »Du hast wirklich ausgesprochen schöne Haut«, bemerke ich, streiche ihr die Haare aus dem Gesicht und spreize ihre Beine. Dann hauche ich sanfte Küsse auf ihre Schulter.

»Warum hast du dein Hemd noch an?«, erkundigt sie sich.

Sie ist verdammt neugierig. Wenn sie auf dem Bauch liegt, kann sie mich nicht anfassen, das weiß ich, also richte ich mich auf, ziehe mein Hemd über den Kopf und lasse es auf den Boden fallen. Ganz nackt lege ich mich wieder auf sie. Ihre Haut schmiegt sich warm an die meine.

Hmm ... Daran könnte ich mich gewöhnen.

»Ich soll dich noch mal ficken?«, flüstere ich ihr ins Ohr und küsse sie. Sie windet sich aufs Köstlichste unter mir.

So geht das nicht. Halt still, Baby.

Meine Hand streicht über ihre Taille, ihre Hüfte und ihren Oberschenkel zur Rückseite ihres Knies, das ich wegdrücke, um ihre Beine zu spreizen. Ihr stockt der Atem, vor Vorfreude, hoffe ich. Endlich liegt sie still unter mir.

Meine Finger wölben sich um ihren Po, während ich mich auf sie herabsenke. »Ich werde dich jetzt von hinten nehmen, Anastasia.« Mit der freien Hand packe ich ihre Haare im Nacken und ziehe sanft daran, sodass sie den Kopf nicht rühren kann. Ihre Arme ruhen harmlos auf dem Laken.

Endlich.

»Du gehörst mir«, flüstere ich. »Mir allein. Vergiss das nicht.«

Mit den Fingern beginne ich, sanft ihre Klitoris zu umkreisen.

Sie versucht, sich zu bewegen, aber mein Gewicht hält sie an Ort und Stelle. Ich verwöhne sie mit leichten Bissen und Küssen. Ihr verführerischer Duft vermischt sich mit dem vom Sex. »Du riechst himmlisch«, flüstere ich und knabbere an ihrem Ohr.

Ihre Hüften fangen an, meine Bewegungen zu spiegeln.

»Halt still«, warne ich sie.

Sonst höre ich auf …

Ich schiebe langsam meinen Daumen in sie hinein und lasse ihn kreisen. Dabei streiche ich immer wieder über ihren Kitzler.

Sie stöhnt auf, erstarrt unter mir, will sich erneut bewegen.

»Gefällt dir das?«, frage ich, und meine Zähne streifen ihr Ohrläppchen. Während ich weiter ihre Klitoris bearbeite, spanne ich langsam meinen Daumen an, rein, raus … Sie kann sich nach wie vor nicht rühren.

Sie stöhnt mit fest zugedrückten Augen laut auf.

»Du bist so feucht. Anastasia, das gefällt mir. Sogar sehr.«

Gut. Wollen mal sehen, wie weit du gehst.

Ich ziehe meinen Daumen aus ihrer Vagina. »Mach den Mund auf«, weise ich sie an, und als sie das tut, schiebe ich ihr meinen Daumen zwischen die Lippen. »Koste, wie du schmeckst. Saug, Baby.«

Sie saugt wie wild.

Wahnsinn.

Ich stelle mir meinen Schwanz in ihrem Mund vor.

»Ich möchte deinen Mund ficken, Anastasia, und bald werde ich das auch tun«, keuche ich.

Sie beißt zu.

Fuck!

Ich ziehe fest an ihren Haaren, bis sie loslässt. »Unartiges Mädchen.« Nun male ich mir einer solch dreisten Aktion würdige Strafen aus, die ich ihr auferlegen könnte, wenn sie meine Sub wäre. Bei dem Gedanken wird mein Schwanz zum Platzen hart. Ich richte mich auf.

»Halt still«, sage ich, nehme ein weiteres Kondom vom Nachtkästchen, reiße es auf und streife es über meine Erektion.

Abgesehen davon, dass sie vor Lust schwer atmet, hält sie tatsächlich still.

Sie ist großartig.

Ich lege mich wieder auf sie, packe ihre Haare und fixiere ihren Kopf so, dass sie ihn nicht rühren kann.

»Diesmal lassen wir uns Zeit, Anastasia.«

Sie stöhnt auf, als ich meinen Penis ganz langsam in sie hineinschiebe, bis er tief in ihr drin ist.

Gott, fühlt sich das gut an.

Ich kreise mit den Hüften, gleite ein Stück heraus, halte kurz inne und gleite wieder hinein. Sie wimmert und spannt die Muskeln unter mir an, um sich zu bewegen.

Nein, Baby.

Ich will, dass du stillhältst.

Und dass du das spürst.

Konzentrier dich ganz auf den Genuss.

»Du fühlst dich so gut an«, flüstere ich und lasse die Hüften noch einmal kreisen. Ganz langsam. Rein. Raus. Rein. Raus. Sie beginnt zu beben.

»Nein, Baby, noch nicht.«

Keine Chance, ich lass dich noch nicht kommen.

Nicht, wenn mir das so großen Spaß macht.

»Bitte«, bettelt sie.

»Ich will, dass du wund bist von mir, Baby.« Ich ziehe mich aus ihr zurück und gleite wieder hinein. »Morgen sollst du dich bei jeder Bewegung an mich erinnern. Nur an mich. Du gehörst mir.«

»Bitte, Christian«, fleht sie.

»Was möchtest du, Anastasia? Sag es mir.« Ich setze die langsame Folter fort. »Sag es mir.«

»Dich, bitte«, stöhnt sie.

Sie will mich.

Braves Mädchen.

Ich steigere das Tempo, und die Muskeln in ihrem Innern ziehen sich sofort zusammen.

Zwischen den einzelnen Stößen presse ich hervor: »Du. Bist. Der. Wahnsinn. Ich. Begehre. Dich. So. Sehr. Du. Gehörst. Mir.« Ihre Glieder beginnen wegen der Anstrengung stillzuhalten zu beben. Sie ist nahe dran. »Komm für mich, Baby«, knurre ich.

Und wie aufs Stichwort bäumt sie sich auf und ruft laut meinen Namen.

Als ich meinen Namen aus ihrem Mund höre, kann ich mich nicht länger beherrschen. Ich komme zum Höhepunkt und sinke auf sie.

»Himmel, Ana«, flüstere ich, völlig erschöpft, ziehe mich fast sofort aus ihr zurück und drehe mich auf den Rücken. Sie rollt sich neben mir zusammen. Als ich das Kondom abstreife, fallen ihr schon die Augen zu, und sie schläft ein.

SONNTAG, 22. MAI 2011

Ich schrecke mit Gewissensbissen aus dem Schlaf hoch, als hätte ich eine furchtbare Sünde begangen.

Liegt es daran, dass ich Anastasia Steele gefickt habe? Eine Jungfrau?

Sie schlummert tief und fest neben mir. Ich sehe auf den Radiowecker: Es ist nach drei. Ana schläft den Schlaf der Unschuldigen. Nun ja, nicht mehr ganz so unschuldig. Bei ihrem Anblick regt sich mein Schwanz.

Ich könnte sie aufwecken.

Und sie noch einmal ficken.

Dass sie in meinem Bett liegt, hat seine Vorteile.

Grey, hör auf mit dem Unsinn.

Der Fick mit ihr war lediglich ein Mittel zum Zweck und ein angenehmer Zeitvertreib.

Sogar sehr angenehm.

»Unglaublich« wäre ein besseres Wort.

Herrgott, es war doch nur Sex.

Ich schließe die Augen in dem vermutlich vergeblichen Versuch zu schlafen. In dem Zimmer ist einfach zu viel Ana: ihr Geruch, das Geräusch ihres Atems und die Gedanken an meinen ersten Blümchensex. Erinnerungen daran, wie sie in ihrer Ekstase den Kopf zurückwarf, wie sie laut eine entstellte Version meines Namens ausrief, und ihre ungezügelte Lust überwältigen mich.

Miss Steele ist ein sehr sinnliches Wesen.

Es wird großen Spaß machen, sie auszubilden.

Mein Schwanz zuckt zustimmend.

Scheiße.

Ich kann nicht schlafen. Allerdings halten mich heute Nacht keine Albträume wach, es hat mit der kleinen Miss Steele zu tun. Ich stehe auf, sammle die benutzten Kondome vom Boden auf, verknote sie und werfe sie in den Papierkorb. Aus der Kommode nehme ich eine Pyjamahose und schlüpfe hinein. Mit einem langen Blick auf die verführerische Frau in meinem Bett begebe ich mich in die Küche. Ich habe Durst.

Nachdem ich ein Glas Wasser getrunken habe, tue ich, was ich immer tue, wenn ich nicht schlafen kann – ich überprüfe im Arbeitszimmer meine E-Mails. Taylor ist wieder da und fragt, ob ich Charlie Tango noch brauche. Stephan schläft offenbar oben. Ich maile ihm ein »Nein«, obwohl das um diese Uhrzeit eigentlich klar ist.

Wieder im Wohnbereich, setze ich mich ans Klavier. Es ist meine Zuflucht, am Piano kann ich die Welt stundenlang vergessen. Ich spiele seit meinem neunten Lebensjahr recht gut, aber erst als ich mein eigenes Klavier in meiner eigenen Wohnung hatte, wurde daraus eine echte Leidenschaft. Im Moment will ich nicht daran denken, dass ich eine Jungfrau verführt und gefickt und obendrein jemandem mit keinerlei Erfahrung meinen Lebensstil offenbart habe. Die Hände auf den Tasten, versenke ich mich in die Einsamkeit von Bach.

Da lenkt mich eine Bewegung von der Musik ab, und aus den Augenwinkeln nehme ich Ana neben mir wahr. In eine Decke gehüllt, die Haare zerzaust und in Locken über ihren Rücken herabhängend, die Augen leuchtend, sieht sie einfach fantastisch aus.

»Sorry«, entschuldigt sie sich. »Ich wollte dich nicht stören.«

Warum entschuldigt sie sich? »Das müsste ich eigentlich zu dir sagen.« Ich spiele die letzten Noten und stehe auf. »Du solltest schlafen«, rüge ich sie.

»Das war wunderschön. Bach?«

»Eine Transkription von Bach, ursprünglich ein Oboenkonzert von Alessandro Marcello.«

»Herrlich, aber ziemlich traurig.«

Traurig? Es ist nicht das erste Mal, dass jemand dieses Wort mir gegenüber benutzt.

>*Darf ich offen sein? Sir.« Leila kniet neben mir, während ich arbeite.*
   >*Ja.«*
   >*Sir, Sie sind heute ziemlich traurig.«*
   >*Bin ich das?«*
   >*Ja, Sir. Soll ich irgendetwas tun ...?«*

Ich schiebe die Erinnerung beiseite. Ana sollte im Bett sein und schlafen. Das sage ich ihr noch einmal.

»Ich bin aufgewacht, und du warst nicht da.«

»Ich habe Probleme mit dem Schlafen und bin es nicht gewohnt, mit jemandem das Bett zu teilen.« Das habe ich ihr schon einmal erklärt – warum rechtfertige ich mich? Ich lege den Arm um ihre nackte Schulter, genieße das Gefühl, ihre Haut zu spüren, und führe sie zurück ins Schlafzimmer.

»Wie lange spielst du schon Klavier? Das war wunderschön.«

»Seit meinem sechsten Lebensjahr«, antworte ich kurz angebunden.

»Oh.« Ich glaube, sie hat den Wink mit dem Zaunpfahl verstanden – ich will nicht über meine Kindheit reden.

»Wie fühlst du dich?«, frage ich und schalte das Licht neben dem Bett ein.

»Gut.«

Auf dem Laken ist Blut. Ihr Blut. Ein Hinweis auf ihre nun nicht mehr intakte Jungfernschaft. Ihr Blick huscht von dem Fleck zu mir, dann wendet sie ihn verschämt ab.

»Stoff zum Nachdenken für Mrs. Jones.«

Sie wird noch verlegener.

Es ist nur dein Körper, Kleines. Ich lege die Hand unter ihr Kinn und schiebe ihren Kopf zurück, sodass ich ihr in die Augen sehen kann. Gerade als ich ihr einen Vortrag darüber halten will, dass sie sich nicht ihres Körpers schämen soll, streckt sie die Hand aus und berührt meine Brust.

Fuck!

Wieder einmal senkt sich Dunkelheit über mich herab, und ich weiche einen Schritt zurück.

Nein. Fass mich nicht an.

»Geh ins Bett«, befehle ich ihr, ein wenig herrischer als beabsichtigt, und hoffe, dass sie meine Angst nicht spürt. Ihre Augen weiten sich verwirrt, vielleicht auch verletzt.

Verdammt!

»Ich lege mich zu dir«, füge ich als Friedensangebot hinzu, nehme ein T-Shirt aus der Kommode und schlüpfe rasch hinein, zum Schutz.

Sie mustert mich. »Ab ins Bett«, sage ich mit mehr Nachdruck. Sie klettert hinein, ich lege mich hinter sie, schlinge die Arme um sie, vergrabe mein Gesicht in ihren Haaren und atme ihren verführerischen Duft nach Herbst und Apfelbäumen ein. Von mir abgewandt, kann sie mich nicht berühren. Ich beschließe, mich an sie zu schmiegen, bis sie eingeschlafen ist. Dann werde ich aufstehen und ein wenig arbeiten.

»Schlaf, beste Anastasia.« Ich küsse sie auf die Haare und schließe die Augen. Ihr Duft erfüllt meine Nase. Er erinnert mich an einen glücklichen Moment, und ein Gefühl der Zufriedenheit breitet sich in mir aus …

Heute ist Mommy glücklich. Sie singt.
Sie singt »What's love got do with it«.
Und kocht. Und singt.
In meinem Bauch gurgelt es. Sie macht Speck und Waffeln.
Sie riechen gut. Mein Bauch mag Speck und Waffeln.
Sie riechen so gut.

Als ich die Augen aufschlage, dringt Licht durch die Fenster, und aus der Küche weht ein Geruch herüber, der mir das Wasser im Mund zusammenlaufen lässt. Speck. Kurz bin ich verwirrt. Ist Gail schon von dem Besuch bei ihrer Schwester zurück?

Dann erinnere ich mich.

Ana.

Ein Blick auf die Uhr sagt mir, dass es spät ist. Ich springe aus dem Bett und folge dem Geruch in die Küche.

Wo ich Ana sehe. Sie trägt mein Hemd, hat die Haare zu Zöpfen geflochten und tanzt zu einer Musik vor sich hin, die ich nicht hören kann, weil sie die Stöpsel ihres iPod in den Ohren hat. Unbemerkt von ihr setze ich mich an die Küchentheke und schaue ihr zu. Mit dem Schneebesen schlägt sie Eier. Ihre Zöpfe tanzen, ich merke, dass sie keine Unterwäsche trägt.

Braves Mädchen.

Sie ist eine der unkoordiniertesten Frauen, die ich kenne. Ich finde das belustigend, charmant und auf seltsame Weise erregend. Und ich denke über Möglichkeiten nach, ihre Koordination zu verbessern. Als sie sich umdreht und mich wahrnimmt, erstarrt sie mitten in der Bewegung.

»Guten Morgen, Miss Steele. Ganz schön munter so früh am Morgen.« Mit den Zöpfen wirkt sie noch jünger.

»Ich … äh, ich habe gut geschlafen«, stottert sie.

»Kann mir nicht vorstellen, warum«, spotte ich und muss zugeben, dass ich ebenfalls gut geschlafen habe. Es ist nach neun. Wann bin ich das letzte Mal später als halb sieben aufgestanden?

Gestern.

Nachdem ich mit ihr geschlafen hatte.

»Hunger?«, erkundigt sie sich.

»Riesenhunger«, antworte ich und weiß nicht so genau, ob aufs Frühstück oder auf sie.

»Pfannkuchen, Speck und Eier?«, fragt sie.

»Klingt verlockend.«

»Keine Ahnung, wo du die Tischsets aufbewahrst«, erklärt sie verlegen, weil ich sie beim Tanzen beobachtet habe. Ich erbiete mich, fürs Frühstück zu decken, und füge hinzu: »Soll ich Musik auflegen, damit du weiter … tanzen kannst?«

Sie wird rot und senkt den Blick.

Verdammt! Ich habe sie aus der Fassung gebracht. »Meinetwegen musst du nicht aufhören. Ich finde es sehr unterhaltsam.«

Mit geschürzten Lippen dreht sie sich weg und schlägt weiter die Eier, und zwar mit Gusto. Ob sie eine Ahnung hat, wie respektlos sie jemandem wie mir gegenüber wirkt? Natürlich nicht, und aus einem mir unerfindlichen Grund bringt mich das zum Schmunzeln. Ich trete zu ihr und ziehe sie sanft an einem ihrer Zöpfe. »Die Zöpfe gefallen mir. Aber sie werden dich nicht schützen.«

Nicht vor mir. Jetzt nicht mehr, da ich dich gehabt habe.

»Wie möchtest du deine Eier?«, fragt sie mich unerwartet hochmütig. Fast lache ich laut auf.

»Am liebsten windelweich«, antworte ich, vergeblich um Ernst bemüht. Auch sie versucht, ihre Belustigung zu verbergen, und wendet sich wieder dem Frühstück zu.

Ihr Lächeln ist hinreißend.

Hastig lege ich die Sets auf den Tisch. Wann habe ich das das letzte Mal für jemanden gemacht?

Noch nie.

Normalerweise hat sich am Wochenende immer meine Sub um den Haushalt gekümmert.

Aber nicht heute, Grey, weil sie nicht deine Sub ist … noch nicht.

Ich schenke uns Orangensaft ein und stelle Wasser für den Kaffee auf. Sie trinkt keinen Kaffee, nur Tee. »Möchtest du Tee?«

»Ja, bitte. Wenn du welchen hast.«

Ich hole die Twinings-Teebeutel aus dem Schrank, die Gail besorgt hat.

Wer hätte gedacht, dass ich die jemals gebrauchen könnte?

Als sie sie sieht, runzelt sie die Stirn. »Ich bin ziemlich durchschaubar, was?«

»Meinst du? Ich weiß nicht, ob ich Sie schon durchschaut habe, Miss Steele«, antworte ich mit strengem Blick.

Sprich nicht so über dich selbst.

Ich setze den Punkt »Selbstherabwürdigung« auf die Liste der Verhaltensweisen, die geändert werden müssen.

Meinem Blick ausweichend serviert sie geschäftig das Frühstück. Zwei Teller stehen auf den Tischsets; sie holt den Ahornsirup aus dem Kühlschrank.

Als sie mich endlich ansieht, zeige ich auf den Hocker, auf den sie sich setzen soll. »Miss Steele.«

»Mr. Grey«, erwidert sie gespielt förmlich und zuckt zusammen, als sie Platz nimmt.

»Wie wund bist du?« Überraschenderweise habe ich Gewissensbisse. Ich würde sie gern wieder ficken, am liebsten nach dem Frühstück, aber wenn sie zu wund ist, kommt das nicht infrage. Vielleicht könnte ich diesmal ihren Mund beglücken.

Sie wird rot. »Ehrlich gesagt habe ich keine Vergleichsmöglichkeiten«, erklärt sie. »Wolltest du mir dein Mitleid bekunden?« Ihr sarkastischer Tonfall verblüfft mich. Wäre sie mein, würde ihr das mindestens eine Tracht Prügel einbringen, vielleicht über die Küchentheke gebeugt.

»Nein. Ich habe nur überlegt, ob wir mit deiner Grundausbildung weitermachen sollen.«

»Ach.«

Ja, Ana, wir können auch tagsüber Sex haben. Und ich würde dir wirklich gern deinen vorlauten Mund stopfen.

Ich esse einen Bissen und schließe anerkennend die Augen. »Iss, Anastasia«, fordere ich sie auf. »Es schmeckt übrigens köstlich.«

Sie kann also kochen, und zwar gut.

Nachdem sie ebenfalls einen Bissen gegessen hat, schiebt sie ihr Frühstück auf dem Teller hin und her. Ich bitte sie, nicht weiter auf ihrer Lippe herumzukauen. »Das lenkt mich ab. Außerdem weiß ich, dass du unter meinem Hemd nichts anhast.«

Sie fummelt mit dem Teebeutel und der Kanne herum, ohne auf

meine Verärgerung zu achten.« »Was für eine Grundausbildung hast du im Sinn?«, erkundigt sie sich.

Sie ist so schrecklich neugierig – wollen doch mal sehen, wie weit sie geht.

»Da du unten wund bist, dachte ich, wir sollten uns auf die mündlichen Fertigkeiten konzentrieren.«

Sie verschluckt sich an ihrem Tee.

Teufel! Ich will ja nicht, dass das Mädel erstickt. Also klopfe ich ihr auf den Rücken und reiche ihr ein Glas Orangensaft. »Vorausgesetzt, du willst bleiben.« Ich darf den Bogen nicht überspannen.

»Heute würde ich gern noch bleiben. Wenn dir das recht ist. Aber morgen muss ich arbeiten.«

»Um wie viel Uhr musst du in der Arbeit sein?«

»Um neun.«

Was? Ich will, dass sie bleibt.

Das verblüfft mich.

Ja, ich möchte tatsächlich, dass sie bleibt.

»Ich muss heute Abend nach Hause – ich brauche frische Kleidung.«

»Die können wir dir auch hier besorgen.«

Sie wirft die Haare zurück und kaut … wieder einmal … nervös an ihrer Lippe.

»Was ist?«, frage ich.

»Ich muss heute Abend zu Hause sein.«

Herr im Himmel, ist die Kleine stur! Ich will nicht, dass sie geht, aber ohne vertragliche Vereinbarung kann ich sie nicht zum Bleiben zwingen. »Okay, dann also heute Abend. Und jetzt iss.«

Sie betrachtet ihr Frühstück.

»Iss, Anastasia. Du hast seit gestern Abend nichts gegessen.«

»Ich habe wirklich keinen Hunger«, entgegnet sie.

Gott, ist das frustrierend! »Es wäre mir lieb, wenn du dein Frühstück essen würdest«, wiederhole ich.

»Wieso bist du so versessen aufs Essen?«, herrscht sie mich an.

Baby, es ist besser, wenn du das nicht weißt. »Ich habe dir doch gesagt, dass ich es nicht leiden kann, wenn Essen verdirbt. Iss.« Ich bedenke sie mit einem zornigen Blick. *Wühl nicht in dieser Wunde, Ana.* Widerwillig beginnt sie zu essen.

Als ich sehe, wie sie eine Gabel voll Ei in den Mund schiebt, entspanne ich mich. Auf ihre Art ist sie ziemlich provozierend. Mit einem solchen Verhalten hatte ich es noch nie zu tun. Ja. Das ist es: Sie bietet mir etwas Neues. Darin liegt ihre Faszination … oder?

Sobald sie mit dem Essen fertig ist, nehme ich ihren Teller.

»Du hast gekocht, ich räume ab.«

»Sehr demokratisch.« Sie hebt eine Augenbraue.

»Ja, obwohl das sonst nicht mein Stil ist. Anschließend nehmen wir ein Bad.«

Dabei kann ich ihre mündlichen Fertigkeiten testen. Ich hole tief Luft, um die Erregung, die sich bei dem Gedanken sofort einstellt, in den Griff zu bekommen.

Teufel!

Als ihr Handy klingelt, schlendert sie, ins Gespräch vertieft, zum anderen Ende des Raums. Ich beobachte sie von der Spüle aus. Vor der Glaswand zeichnet das Morgenlicht die Silhouette ihres Körpers in meinem weißen Hemd nach. Mein Mund wird trocken. Sie ist schlank, hat lange Beine, perfekt geformte Brüste und ein ebenso perfektes Hinterteil.

Das Handy nach wie vor am Ohr, wendet sie sich mir zu, und ich tue so, als wäre ich mit etwas anderem beschäftigt. Sie soll mich nicht dabei erwischen, wie ich sie anstarre.

Mit wem telefoniert sie?

Ich höre, wie sie Kate Kavanaghs Namen erwähnt, und erstarre. Was erzählt sie ihr? Unsere Blicke treffen sich.

Was sagst du ihr, Ana?

Sie dreht sich weg, beendet wenig später das Gespräch und kehrt mit schwingenden Hüften zu mir zurück. *Soll ich ihr beschreiben, was ich sehe?*

»Diese Verschwiegenheitserklärung, wie umfassend ist die?«, erkundigt sie sich. Ich halte in der Bewegung inne, als ich gerade den Vorratsschrank zumache.

»Warum?« *Worauf will sie hinaus? Und was hat sie zu Kate gesagt?*

Sie holt tief Luft. »Na ja, ich hätte da ein paar Fragen zum Thema Sex. Und die würde ich gern Kate stellen.«

»Du kannst mich fragen.«

»Christian, bei allem gebotenen Respekt …« Sie verstummt.

Sie ist verlegen?

»Mich interessieren nur ein paar technische Details. Ich erwähne nichts von der Kammer der Qualen«, versichert sie mir hastig.

»Kammer der Qualen?«

Wie bitte?

»Dort geht es hauptsächlich um Lust, Anastasia, glaub mir. Außerdem ist deine Mitbewohnerin gerade mit meinem Bruder zugange. Mir wäre es lieber, wenn du sie nicht fragst.«

Ich möchte nicht, dass Elliot etwas über mein Intimleben erfährt. Er würde mir keine Ruhe mehr lassen.

»Weiß deine Familie Bescheid über deine … äh … Vorlieben?«

»Nein. Die sind allein meine Sache.«

Eine weitere Frage beschäftigt sie.

»Was möchtest du denn wissen?«, frage ich.

Was, Ana?

»Im Moment nichts Bestimmtes«, flüstert sie.

»Wir könnten mit einer einfachen Frage anfangen: Wie war letzte Nacht für dich?« Mit flachem Atem warte ich auf ihre Antwort. Die ganze Sache hängt von dieser Antwort ab.

»Gut«, sagt sie und schenkt mir ein sexy Lächeln.

Genau das möchte ich hören.

»Für mich auch. Ich hatte noch nie zuvor Blümchensex. Vieles spricht dafür. Aber vielleicht liegt es daran, dass ich ihn mit dir erlebt habe.«

Ihr Erstaunen und ihre Freude über meine Worte sind ihr deutlich vom Gesicht abzulesen. Ich lasse meinen Daumen über ihre volle Unterlippe gleiten. Und brenne darauf, sie … wieder … zu berühren. »Komm, wir nehmen ein Bad.« Ich küsse sie und führe sie ins Badezimmer.

»Bleib da stehen«, weise ich sie an, drehe das Wasser auf und gebe duftendes Badeöl hinein. Die Wanne füllt sich schnell. Sie beobachtet mich. Normalerweise würde ich von einer Frau, mit der ich gleich baden möchte, erwarten, dass sie züchtig den Blick gesenkt hält.

Aber nicht Ana.

Ihre Augen leuchten vor Vorfreude und Neugierde. Aber sie hat die Arme um den Leib geschlungen; sie ist verlegen.

Das finde ich sehr erregend.

Wie den Gedanken, dass sie noch nie mit einem Mann gebadet hat.

Wieder eine Premiere, die ich für mich beanspruchen kann.

Als die Wanne voll ist, ziehe ich mein T-Shirt aus und strecke ihr die Hand hin. »Miss Steele.«

Sie nimmt meine Einladung an und steigt in die Wanne.

»Dreh dich mit dem Gesicht zu mir«, befehle ich ihr. »Ich weiß, dass diese Lippe köstlich ist. Das kann ich bezeugen. Doch würdest du bitte aufhören, darauf herumzukauen? Wenn du das tust, will ich dich ficken, aber du bist wund.«

Sie schnappt nach Luft, sodass sich ihre Lippe aus ihren Zähnen löst.

»Ja, genau.«

Sie nickt.

»Gut.« Ich nehme den iPod aus der Brusttasche meines Hemds, das sie nach wie vor trägt, und lege ihn neben das Waschbecken. »Wasser und iPods passen nicht zusammen.« Ich packe den Saum des Hemds und ziehe es über ihren Kopf. Als ich einen Schritt zurücktrete, um sie zu bewundern, senkt sie unwillkürlich den Blick.

»Hey.« Mit sanfter Stimme ermuntere ich sie, mich anzusehen. »Anastasia, du bist eine sehr schöne Frau. Halt den Kopf nicht gesenkt. Es gibt nichts, wofür du dich schämen müsstest. Es ist wunderbar, dich zu betrachten.« Ich schließe die Finger um ihr Kinn und drücke es nach oben.

Versteck dich nicht vor mir, Baby.

»Du kannst dich jetzt setzen.«

Sie schlüpft hastig ins Wasser und zuckt zusammen, sobald ihr wunder Körper damit in Berührung kommt.

Okay …

Beim Zurücklehnen schließt sie kurz die Augen. Als sie sie wieder öffnet, wirkt sie entspannter. »Wieso kommst du nicht rein?«, fragt sie mit einem koketten Lächeln.

»Warum nicht? Rutsch ein Stück nach vorn.« Ich streife meine Pyjamahose ab und klettere hinter ihr in die Wanne, ziehe sie an meine Brust, lege meine Beine über die ihren, meine Knöchel auf gleicher Höhe wie die ihren, und spreize mit den Füßen ihre Beine.

Sie schmiegt sich an mich, doch ich achte nicht darauf und vergrabe die Nase in ihren Haaren. »Du riechst so gut, Anastasia.«

Ich nehme das Duschgel von der Ablage neben uns, spritze etwas in meine Hand, reibe die Finger aneinander, sodass es aufschäumt, und fange an, ihren Nacken und ihre Schultern zu massieren. Ihr Kopf sinkt zur Seite.

»Gefällt dir das?«, frage ich.

»Hm«, antwortet sie genießerisch.

Ich wasche ihre Arme und Unterarme und erreiche mein erstes Ziel: ihre Brüste.

Himmel, fühlt sie sich gut an!

Sie hat perfekte Brüste, die ich sanft knete und umkreise. Sie bäumt sich auf, ihr Atem geht schneller. Sie ist erregt. Mein Körper reagiert, mein Schwanz wird hart.

Ich schiebe meine Hände über ihren Bauch und ihren Unterleib auf mein zweites Ziel zu. Bevor ich ihre Schambehaarung erreiche, greife ich nach einem Waschlappen, spritze Duschgel darauf und beginne, sie langsam zwischen den Beinen zu waschen. Sanft, aber beharrlich reibe, wasche, stimuliere ich sie. Sie atmet noch schneller, und ihre Hüften bewegen sich im Rhythmus mit meiner Hand. Ihr Kopf ruht mit geschlossenen Augen an meiner Schulter, und aus ihrem leicht geöffneten Mund dringt leises Stöhnen, als sie sich meinen unerbittlichen Fingern ergibt.

»Spürst du's?« Ich lasse vorsichtig die Zähne über ihr Ohrläppchen gleiten. »Spür's für mich.«

»Bitte«, flüstert sie und versucht, ihre Beine anzuziehen, aber das lasse ich nicht zu.

Genug.

Nun, da sie ordentlich eingeschäumt ist, wende ich mich dem nächsten Schritt zu.

»Ich glaube, jetzt bist du sauber genug«, verkünde ich und nehme die Hände von ihr.

»Warum hörst du auf?«, protestiert sie und öffnet enttäuscht die Augen.

»Weil ich etwas anderes mit dir vorhabe, Anastasia.«

Sie keucht und macht, wenn ich mich nicht täusche, einen Schmollmund.

Gut.

»Dreh dich um. Ich muss auch gewaschen werden.«

Sie tut mir den Gefallen mit geröteten Wangen, leuchtenden Augen und geweiteten Pupillen.

Ich hebe die Hüften ein wenig an und schließe die Hände um meinen Schwanz. »Ich möchte, dass du dich mit dem Teil meines Körpers, der mir besonders lieb und teuer ist, vertraut machst, sozusagen auf Du und Du mit ihm stehst.«

Mit offenem Mund sieht sie zuerst meinen Penis, dann mein Gesicht an … wieder meinen Penis, erneut mein Gesicht … und zurück. Ich kann mir ein anzügliches Grinsen nicht verkneifen. Ihre Miene spiegelt mädchenhafte Entrüstung.

Plötzlich ändert sich ihr Gesichtsausdruck. Zuerst wirkt sie nachdenklich, dann abwägend, und als unsere Blicke sich treffen, leuchten ihre Augen eindeutig herausfordernd.

Dann mal los, Miss Steele.

Lächelnd greift sie nach dem Duschgel, gibt quälend langsam ein wenig davon in ihre Hand und schäumt es auf, indem sie, den

Blick auf mich gerichtet, den Mund leicht geöffnet, die Handflächen aneinanderreibt. Sie kaut an ihrer Unterlippe, leckt die kleinen Untiefen, die ihre Zähne hinterlassen.

Ana Steele, die Verführerin!

Mein Schwanz reagiert anerkennend, wird noch härter. Sie packt ihn. Ich stoße den Atem zwischen aufeinandergepressten Zähnen hervor und schließe genießerisch die Augen.

Da lasse ich mich gern berühren.

Sogar sehr gern … Ich wölbe meine Hand um die ihre und zeige ihr, wie es geht. »So«, erkläre ich ihr mit kehliger Stimme. Ihre Finger massieren meinen Schwanz unter den meinen.

O ja.

»Genau so, Baby.«

Ich lasse ihre Hand los und gebe mich ganz ihrem Rhythmus hin.

O Gott.

Was erregt mich an ihrer Unerfahrenheit nur so? Hängt es damit zusammen, dass ich für sie in allen Dingen der Erste bin?

Plötzlich wölbt sie die Lippen um meinen Schwanz, saugt daran und lässt die Zunge über die Eichel gleiten.

Fuck!

»Wow … Ana.«

Sie saugt stärker, ihre Augen blitzen verschlagen. Das ist ihre Rache, ihre Retourkutsche.

»Himmel«, keuche ich und reiße mich zusammen, um nicht sofort zu kommen. Als ihre Bewegungen sicherer werden, wölbe ich ihr meinen Unterleib entgegen und schiebe meinen Schwanz noch tiefer in ihren Mund.

Wie weit kann ich gehen, Baby?

»Baby, das ist gut, richtig gut.«

Die Lippen über den Zähnen, klemmt sie ihren Mund um meinen Schwanz.

»Ah!«, stöhne ich auf. Ich frage mich, wie weit sie mich hineinlassen wird. Ihr Mund foltert mich, sie drückt fest mit den durch die Lippen geschützten Zähnen zu. Ich will mehr. »Mein Gott, wie weit kannst du ihn noch in deinen Mund nehmen?«

Sie sieht mich stirnrunzelnd an. Dann schiebt sie meinen Schwanz mit entschlossenem Blick so tief hinein, dass ich ihren Rachen spüre.

Wow.

»Anastasia, ich werde gleich in deinem Mund kommen«, warne ich sie, nach Luft schnappend. »Wenn du das nicht möchtest, dann hör jetzt bitte auf.« Ich stoße wieder und wieder in sie hinein, beobachte, wie mein Schwanz zwischen ihren Lippen verschwindet und kurz darauf herausgleitet. Der Wahnsinn. Ich bin nahe dran. Plötzlich entblößt sie die Zähne, beißt sanft zu, und ich kann nicht mehr an mich halten. Als ich in ihrem Mund komme, schreie ich vor Lust auf.

Himmel!

Ich atme schwer. Sie hat mich völlig wehrlos gemacht … wieder einmal!

Ihre Augen leuchten vor Stolz.

Und das zu Recht. Was für ein Blowjob!

»Hast du denn keinen Würgereflex?«, erkundige ich mich verwundert, als ich mich wieder gefangen habe. »Ana … das war gut … echt gut. Und unerwartet. Du überraschst mich jedes Mal aufs Neue.« Lob für sehr, sehr gute Arbeit.

Moment – hat sie am Ende doch Erfahrung? »Hast du das schon mal gemacht?«, frage ich, obwohl ich mir nicht so sicher bin, ob ich das überhaupt wissen möchte.

»Nein«, antwortet sie sichtlich stolz.

»Toll.« Ich hoffe, dass mir die Erleichterung nicht zu deutlich anzumerken ist. »Wieder eine Premiere, Miss Steele. In der mündlichen Prüfung bekommst du eine Eins. Komm, lass uns ins Bett gehen, ich schulde dir einen Orgasmus.«

Ein wenig benommen klettere ich aus der Wanne und schlinge ein Handtuch um die Taille. Ein zweites halte ich hoch. Dann helfe ich ihr ebenfalls heraus und wickle sie in das Tuch ein, sodass sie sich nicht mehr rühren kann, drücke sie an mich und küsse sie, erforsche ihren Mund mit meiner Zunge.

Als ich mein Ejakulat darin schmecke, halte ich ihren Kopf fest und küsse sie leidenschaftlicher.

Ich will sie.

Ganz.

Ihren Körper und ihre Seele.

Ich will, dass sie mir gehört.

Mit einem intensiven Blick flehe ich sie an: »Sag ja.«

»Wozu?«, flüstert sie.

»Zu unserer Vereinbarung. Dazu, mir zu gehören. Bitte, Ana.« So gebettelt habe ich schon lange nicht mehr. Noch einmal küsse ich sie voller Leidenschaft. Als ich ihre Hand ergreife, wirkt sie verblüfft.

Verblüffe sie noch weiter, Grey.

Im Schlafzimmer lasse ich sie los. »Vertraust du mir?«, frage ich.

Sie nickt.

»Gutes Mädchen.«

Gutes, wunderbares Mädchen.

Ich wähle eine meiner Krawatten aus meinem begehbaren Schrank. Wieder bei ihr, wickle ich sie aus dem Handtuch und lasse es auf den Boden fallen. »Halt die Hände vor dem Körper zusammen.«

Sie leckt sich unschlüssig die Lippen, bevor sie mir die Hände hinstreckt. Ich fessle sie mit der Krawatte und überprüfe, ob der Knoten fest sitzt. Ja. Alles bestens.

Zeit für einen weiteren Teil der Ausbildung, Miss Steele.

Ihre Lippen teilen sich, als sie die Luft einsaugt … sie ist erregt.

Ich ziehe sanft an ihren Zöpfen. »Du siehst so jung aus damit.« Aber sie werden mich nicht von meinem Vorhaben abbringen. Ich lasse mein Handtuch heruntergleiten. »Anastasia, was soll ich nur mit dir machen?« Ich packe sie an den Oberarmen und drücke sie aufs Bett zurück, halte sie fest, damit sie nicht fällt. Sobald sie liegt, geselle ich mich zu ihr, ergreife ihre Hände und schiebe sie über ihren Kopf. »Lass deine Hände oben und beweg sie nicht, verstanden?«

Sie schluckt.

»Antworte mir.«

»Ich werde meine Hände nicht bewegen«, verspricht sie mit heiserer Stimme.

»Braves Mädchen.« Ich kann mir ein Schmunzeln nicht verkneifen. Sie liegt neben mir, die Handgelenke gefesselt, hilflos. *Mein.* Noch kann ich nicht alles mit ihr anstellen, was ich will, aber allmählich nähern wir uns dem Punkt.

Ich beuge mich über sie, hauche Küsse auf ihre Haut und sage ihr, dass ich sie gleich am ganzen Körper küssen werde.

Als meine Lippen von ihrem Ohr zu der kleinen Kuhle am unteren Ende ihres Halses wandern, belohnt sie mich mit einem genussvollen Stöhnen. Plötzlich senkt sie die Arme, und sie liegen um meinen Nacken.

Nein. Nein. Nein. So geht das nicht, Miss Steele.

Mit einem finsteren Blick schiebe ich sie wieder über ihren Kopf. »Beweg die Hände nicht, sonst müssen wir noch mal von vorn anfangen.«

»Ich will dich anfassen«, flüstert sie.

»Ich weiß.« *Aber das darfst du nicht.* »Behalt die Hände über dem Kopf.«

Ihr Mund ist leicht geöffnet, sie atmet schwer. Das macht sie an. *Gut.*

Ich wandere mit Küssen ihren Körper hinunter. Meine Finger gleiten über ihre Brüste, und meine Lippen folgen ihnen. Eine Hand auf ihrem Bauch, um sie festzuhalten, widme ich mich nacheinander ihren Brustwarzen, sauge und nage zärtlich daran, freue mich darüber, dass sie hart werden.

Sie beginnt wimmernd, die Hüften zu bewegen.

»Halt still«, ermahne ich sie, den Mund dicht an ihrer Haut. Ich küsse ihren Bauch, meine Zunge erforscht ihren Nabel.

Sie windet sich, stöhnt.

Ich werde sie lehren müssen stillzuhalten …

Meine Zähne gleiten über ihre Haut. »Miss Steele, Sie sind der Wahnsinn.« Ich knabbere sanft zwischen ihrem Nabel und der Schambehaarung an ihr, bevor ich mich aufrichte, ihre Fußknöchel packe und ihre Beine weit spreize. Was für ein Anblick, so nackt und verletzlich! Ich ergreife ihren linken Fuß, beuge ihr Knie und hebe ihre Zehen an meinen Mund. Dabei lasse ich sie nicht aus den Augen. Dann küsse ich jeden Zeh einzeln und beiße sanft in die Ballen.

Ihre Augen sind groß, ihr Mund steht offen. Als ich beim Ballen ihres kleinen Zehs ein wenig fester zubeiße, wölbt sie mir wimmernd ihren Unterleib entgegen. Mit der Zunge zeichne ich ihren Rist nach. Sie drückt die Augen zu und wirft den Kopf von der einen Seite auf die andere, während ich sie weiter quäle.

»Bitte«, fleht sie, als ich an ihrem kleinen Zeh sauge und knabbere.

»Nur mit der Ruhe, Miss Steele.«

Von ihrem Knie aus setze ich meine Reise saugend und knabbernd an der Innenseite ihrer Oberschenkel fort, dabei spreize ich ihre Beine weit.

Sie erbebt, weil sie die Berührung meiner Zunge an ihrer Scham erwartet.

O nein, Miss Steele, noch nicht.

Ich wende mich wieder ihrem linken Bein zu und küsse und knabbere mich von ihrem Knie aus an der Innenseite ihrer Oberschenkel nach oben.

Sie erstarrt, als ich schließlich zwischen ihren Beinen liege, behält aber die Arme oben.

Braves Mädchen.

Ich reibe meine Nase sehr sanft an ihrer Scham.

Sie windet sich unter mir.

Ich höre auf. Sie muss lernen stillzuhalten.

Sie hebt den Kopf, um mich anzusehen.

»Ist Ihnen klar, wie betörend Sie riechen, Miss Steele?« Den

Blick auf sie gerichtet, vergrabe ich meine Nase in ihren Schamhaaren und atme ihren Duft tief ein. Ihr Kopf sinkt aufs Kissen zurück, und sie stöhnt auf.

Ich blase leicht auf ihr Geschlecht. »Wie schön«, murmle ich. Es
ist lange her, dass ich Schamhaare aus der Nähe gesehen habe. Ich
ziehe sanft daran. »Vielleicht sollte das doch bleiben.«

Leider eignet es sich nicht für Wachsspiele …

»Bitte«, fleht sie.

»Es gefällt mir, wenn du mich anbettelst, Anastasia.«

Sie wimmert.

»Wie du mir, so ich dir, ist normalerweise nicht mein Stil, Miss
Steele«, flüstere ich. »Aber Sie haben mir gerade großes Vergnügen bereitet, und dafür sollen Sie belohnt werden.« Ich drücke ihre
Oberschenkel herunter, spreize sie für meine Zunge und beginne,
langsam ihre Klitoris zu umkreisen.

Sie bäumt sich einen Lustschrei ausstoßend auf.

Doch ich mache weiter. Meine Zunge kennt kein Erbarmen.
Ihre Beine werden starr, sie streckt die Zehen.

Ja, sie ist nahe dran. Ich lasse meinen Mittelfinger in sie hineingleiten.

Sie ist herrlich feucht. Und wartet auf mich.

»Baby, wie feucht du für mich bist.« Ich beschreibe mit dem Finger im Uhrzeigersinn einen weiten Kreis und dehne sie. Dabei fährt
meine Zunge immer wieder über ihre Klitoris. Sie schreit auf, als ihr
Körper von einem Orgasmus erschüttert wird.

Ja!

Ich richte mich auf und nehme ein Kondom aus der Verpackung.
Sobald ich es über meinen Schwanz geschoben habe, gleite ich in
sie hinein.

Gott, fühlt sie sich gut an!

»Wie ist das?«, frage ich.

»Herrlich«, wispert sie.

Ich fange an, mich zu bewegen, genieße das Gefühl von ihr um
meinen Schwanz, von ihrem Körper unter mir. Wieder und wieder,

schneller und schneller; ich verliere mich in dieser Frau. Ich möchte, dass sie noch einmal kommt.

Ich möchte sie völlig befriedigt sehen.

Ich möchte, dass sie glücklich ist.

Schließlich wird sie erneut starr, wimmert leise.

»Komm für mich, Baby«, presse ich hervor, und sie zerbirst um mich herum in tausend Teile.

»Was für ein Fick«, rufe ich aus, als ich ebenfalls komme und auf sie sinke. Sie bewegt die Hände, sodass sie um meinen Nacken liegen, aber gefesselt kann sie mich nicht berühren.

Tief Luft holend stütze ich mich auf den Unterarmen auf und betrachte sie staunend.

»Merkst du, wie gut wir harmonieren? Und wenn du dich mir ganz hingibst, wird es noch viel besser. Vertraue mir, Anastasia, ich kann dich an Orte führen, von deren Existenz du nichts ahnst.« Wir legen die Köpfe Stirn an Stirn, und ich schließe die Augen.

Bitte, sag ja.

Da höre ich draußen vor der Tür Stimmen.

Was zum Teufel?

Taylor und Grace.

»Scheiße! Meine Mutter.«

Ana zuckt zusammen, als ich mich aus ihr zurückziehe.

Ich springe aus dem Bett und werfe das Kondom in den Papierkorb.

Was macht meine Mutter hier?

Gott sei Dank, Taylor hat sie abgelenkt. Tja, das wird eine Überraschung für sie werden.

Ana bleibt auf dem Bett ausgestreckt liegen. »Komm, wir müssen uns anziehen – das heißt, falls du meine Mutter kennenlernen willst.« Ich schlüpfe in meine Jeans.

»Christian, ich kann mich nicht rühren«, erinnert sie mich schmunzelnd.

Ich beuge mich über sie, löse die Krawatte und küsse sie auf die Stirn.

Meine Mutter wird ganz aus dem Häuschen sein.

»Wieder eine Premiere«, flüstere ich, immer noch grinsend.

»Ich habe nichts Sauberes zum Anziehen hier.«

Ich schlüpfe in ein weißes T-Shirt, und als ich mich zu ihr umdrehe, setzt sie sich auf und schlingt die Arme um die Knie. »Vielleicht sollte ich im Schlafzimmer bleiben.«

»O nein, das tust du nicht«, entgegne ich. »Du kannst was von mir haben.«

Ich mag's, wenn sie meine Sachen trägt.

Sie verzieht das Gesicht.

»Anastasia, du würdest selbst mit einem Sack über dem Kopf noch hübsch aussehen. Bitte mach dir keine Gedanken. Ich möchte, dass du meine Mutter kennenlernst. Zieh dir was an. Ich gehe inzwischen hinaus und versuche, sie zu beschwichtigen. Ich erwarte dich in fünf Minuten, sonst zerre ich dich höchstpersönlich raus, und zwar ganz gleich, was du anhast. Meine T-Shirts sind in der dortigen Schublade und meine Hemden im begehbaren Schrank. Nimm dir, was du möchtest.«

Ihre Pupillen weiten sich.

Ja. Es ist mein Ernst, Baby.

Nach einem warnenden Blick, dass sie den Mund halten soll, öffne ich die Tür und gehe hinaus zu meiner Mutter.

Grace unterhält sich im Eingangsbereich mit Taylor. Als sie mich sieht, strahlt sie. »Ich hatte ja keine Ahnung, dass du Gesellschaft hast, mein Lieber«, ruft sie aus.

»Hallo, Mutter.« Ich küsse sie auf die Wange, die sie mir hinstreckt. »Jetzt übernehme ich«, sage ich zu Taylor.

»Ja, Mr. Grey.« Er nickt und macht sich auf den Weg zu seinem Büro.

»Danke, Taylor«, ruft Grace ihm nach, bevor sie sich mir zuwendet. »Du übernimmst?«, wiederholt sie spöttisch. »Ich war gerade shoppen in der Stadt und habe mir gedacht, ich schau mal auf einen Kaffee vorbei.« Sie hält inne. »Wenn ich gewusst hätte, dass du nicht allein bist …« Sie zuckt verlegen mit den Achseln.

Sie war schon oft zum Kaffee bei mir, wenn eine Frau da war …
das hat sie nur nie gewusst.

»Sie kommt gleich«, erkläre ich. »Möchtest du dich setzen?« Ich
deute in Richtung Sofa.

»Sie?«

»Ja, Mutter. Sie«, bestätige ich trocken und verkneife mir ein
Lachen. Es verschlägt ihr doch tatsächlich fürs Erste die Sprache.

»Wie ich sehe, habt ihr schon gefrühstückt«, bemerkt sie nach
einer Weile mit einem Blick auf das schmutzige Geschirr.

»Möchtest du einen Kaffee?«

»Nein danke.« Sie nimmt auf dem Sofa Platz. »Ich begrüße nur
kurz deine … Freundin und gehe dann. Ich will euch nicht stören.
Eigentlich hatte ich erwartet, dass du dich in deinem Arbeitszimmer vergraben hast. Du arbeitest zu viel, mein Lieber. Ich dachte, ich könnte dich eine Weile ablenken.« Sie sieht fast so aus, als
wollte sie sich entschuldigen, als ich mich zu ihr setze.

»Keine Sorge.« Ihre Reaktion amüsiert mich. »Warum bist du
heute nicht in der Kirche?«

»Carrick musste arbeiten, wir wollen am Abend gehen. Vermutlich mache ich mir falsche Hoffnungen, dass du uns begleitest.«

Ich hebe verächtlich eine Augenbraue. »Mutter, du weißt doch,
dass das nichts für mich ist.«

Gott und ich haben uns schon lange nichts mehr zu sagen.

Sie seufzt. Da tritt Ana ein – in ihrer eigenen Kleidung – und
bleibt verlegen an der Tür stehen. Die Spannung zwischen Mutter und Sohn löst sich auf, ich springe erleichtert auf. »Da ist
sie ja.«

Grace wendet sich ihr zu und erhebt sich.

»Mutter, das ist Anastasia Steele. Anastasia, das ist Dr. Grace
Trevelyan-Grey.«

Sie geben einander die Hand.

»Freut mich, Sie kennenzulernen«, begrüßt Grace sie, für meinen Geschmack ein wenig zu enthusiastisch.

»Dr. Trevelyan-Grey«, murmelt Ana artig.

»Sagen Sie doch Grace zu mir«, entgegnet meine Mutter ganz locker.

Wie bitte? So schnell?

Grace fährt fort: »Für die meisten bin ich Dr. Trevelyan. Mrs. Grey ist meine Schwiegermutter.« Sie zwinkert Ana zu und setzt sich wieder. Ich winke Ana heran, sie gesellt sich zu uns.

»Wie habt ihr zwei euch kennengelernt?«, erkundigt sich Grace.

»Anastasia hat mich für die Studentenzeitung der WSU interviewt, weil ich diese Woche die Zeugnisurkunden verteilen werde.«

»Bei der Abschlussfeier?« Grace strahlt Ana an.

»Ja.«

Da klingelt Anas Handy. Sie entschuldigt sich und geht ran.

»Und ich halte die Festrede«, teile ich Grace mit, ohne Ana aus den Augen zu lassen.

Mit wem redet sie?

»José, im Moment ist's gerade sehr schlecht«, höre ich sie sagen.

Der verdammte Fotograf. Was will der?

»Als ich Elliot eine Nachricht hinterlassen habe, musste ich feststellen, dass er in Portland ist. Ich habe ihn die ganze letzte Woche nicht erwischt«, erzählt Grace gerade.

Ana beendet das Gespräch.

Als sie wieder zu uns kommt, fährt Grace fort: »…Elliot hat angerufen und mir erzählt, dass du da bist – ich habe dich zwei Wochen lang nicht gesehen, mein Lieber.«

»Tatsächlich?«, frage ich.

Was will der Fotograf?

»Ich dachte, wir könnten zusammen mittagessen, aber wie ich sehe, hast du andere Pläne, und ich will dich nicht weiter stören.« Grace steht auf. Ausnahmsweise bin ich dankbar für ihre Fähigkeit, sofort eine Situation zu erfassen. Sie hält mir die Wange hin. Ich drücke ihr zum Abschied einen Kuss darauf.

»Ich muss Anastasia nach Portland zurückbringen.«

»Natürlich, mein Lieber.« Grace lächelt Ana strahlend – und dankbar, wenn ich nicht komplett danebenliege – an.

Es ärgert mich.

»Anastasia, es war mir ein Vergnügen. Hoffentlich sehen wir uns bald wieder.« Sie ergreift Anas Hand.

Taylor erscheint im Türrahmen. »Mrs. Grey?«

»Danke, Taylor.« Grace tritt durch die Doppeltüren ins Foyer.

Das war ja hochinteressant.

Ich weiß, dass meine Mutter die ganze Zeit geglaubt hat, ich sei schwul, aber da sie meine Privatsphäre respektiert, hat sie mich nie konkret darauf angesprochen.

Tja, jetzt weiß sie jedenfalls Bescheid.

Ana kaut angespannt auf ihrer Unterlippe herum. Sie hat Angst ... zu Recht.

»Der Fotograf?«, frage ich schroff.

»Ja.«

»Was wollte er?«

»Sich entschuldigen, für Freitag.«

»Aha.« Vielleicht will er ja auch nur noch mal versuchen, bei ihr zu landen. Der Gedanke gefällt mir ganz und gar nicht.

Taylor räuspert sich. »Mr. Grey, es gibt Probleme mit der Lieferung für Darfur.«

Verdammt! Das habe ich jetzt davon, dass ich heute Morgen meine Mails nicht gecheckt habe, weil ich mit Anastasia beschäftigt war.

»Ist Charlie Tango wieder auf Boeing Field?«, frage ich Taylor.

»Ja, Sir.«

Taylor nickt Ana zu. »Miss Steele.«

Sie lächelt ihn an, und Taylor dreht sich um und verlässt den Raum.

»Wohnt er hier? Ich meine Taylor.«

»Ja.«

Ich gehe in die Küche, nehme mein Handy und checke die Mails. Tatsächlich – eine als wichtig markierte von Ros und zwei SMS sind eingegangen. Ich rufe sie sofort an.

»Was ist passiert, Ros?«

»Hi, Christian. Die Rückmeldung aus Darfur ist gar nicht gut. Sie können keine Garantie für die Lieferung und die Lkw-Crews übernehmen, und ohne NGO-Begleitung will das Außenministerium die Hilfslieferung nicht bewilligen.«

Verdammter Mist!

»Ich werde nicht zulassen, dass die Crews in Gefahr geraten«, sage ich, aber das weiß Ros natürlich längst.

»Wir könnten versuchen, Söldner einzusetzen«, schlägt sie vor.

»Nein, sagen Sie alles ab.«

»Aber die Kosten«, protestiert sie.

»Wir werden die Güter aus der Luft abwerfen.«

»Ich dachte mir schon, dass Sie das sagen würden, Christian. Ich lasse auch schon einen Plan ausarbeiten. Aber das Ganze wird sehr kostspielig. In der Zwischenzeit können wir die Container von Philly nach Rotterdam schicken, wo wir sie dann übernehmen. Das ist für den Moment alles.«

»Gut.« Ich lege auf. Etwas mehr Unterstützung seitens des Außenministeriums wäre überaus hilfreich. Ich beschließe, Blandino anzurufen.

Miss Steele steht unterdessen im Wohnzimmer und mustert mich vorsichtig. Ich muss uns dringend wieder auf Spur bringen.

Genau. Der Vertrag. Das ist der nächste Verhandlungsschritt.

Ich hole die Unterlagen aus meinem Arbeitszimmer und stecke sie in einen gefütterten Umschlag.

Ana hat sich nicht vom Fleck gerührt. Vielleicht hat sie ja an diesen Fotografen gedacht … augenblicklich fährt meine Laune in den Keller.

»Hier ist der Vertrag«, sage ich und schwenke den Umschlag. »Lies ihn durch, damit wir uns nächstes Wochenende darüber unterhalten können. Ich würde dir raten, die Dinge zu recherchieren, damit du weißt, was Sache ist. Ich hoffe, dass du zustimmst.« Sie ist blass geworden. Ihr Blick schweift zwischen mir und dem Umschlag hin und her.

»Recherchieren?«

»Du würdest dich wundern, was sich im Internet alles findet.«

Sie runzelt die Stirn.

»Was ist?«, frage ich.

»Ich besitze keinen Computer. Ich arbeite normalerweise an einem in der Uni. Aber ich kann Kate fragen, ob ich ihren Laptop benutzen darf.«

Keinen Computer? Wie kann eine Studentin keinen Computer haben? Ist sie so knapp bei Kasse? Ich reiche ihr den Umschlag.

»Ich kann dir sicher … einen leihen. Pack deine Sachen, wir fahren zurück nach Portland. Unterwegs essen wir etwas. Ich muss mich anziehen.«

»Ich möchte kurz anrufen.« Ich höre das Zögern in ihrer leisen Stimme.

»Wen, den Fotografen?«, frage ich scharf. Sie sieht mich schuldbewusst an.

Was zum Teufel soll das? »Ich teile nicht gern, Miss Steele. Vergessen Sie das nicht.« Bevor sie etwas sagen kann, stürme ich davon.

Weint sie ihm hinterher?

Hat sie mich nur benutzt, um über ihn hinwegzukommen?

Verdammt!

Vielleicht ist es auch mein Geld. Was für ein deprimierender Gedanke … andererseits macht sie nicht den Eindruck, als würde sie zu dieser Sorte Frau gehören. Immerhin hat sie sich mit Händen und Füßen gesträubt, sich von mir einkleiden zu lassen. Ich ziehe meine Jeans aus und schlüpfe in Boxershorts. Meine Brioni-Krawatte liegt auf dem Boden, ich bücke mich, um sie aufzuheben.

Es gibt Hoffnung, Grey, Hoffnung.

Ich stopfe die Krawatte und zwei andere in eine Tasche, dazu Socken, Unterwäsche und Kondome.

Was tue ich hier eigentlich?

Längst ist mir klar, dass ich die ganze kommende Woche im Heathman verbringen werde … um in ihrer Nähe zu sein. Ich hole ein paar Hemden und Anzüge aus dem Schrank, die Taylor die nächsten Tage mitnehmen kann. Einen Anzug brauche ich ohnehin für die Abschlussfeier.

Ich ziehe frische Jeans an, und als ich nach meiner Lederjacke greifen will, kommt eine SMS von Elliot.

Ich fahre heute mit deinem Wagen zurück.
Ich hoffe, das durchkreuzt deine Pläne nicht.

Ich schreibe zurück.

Nein. Ich mache mich gerade auf den Weg nach Portland.
Gib Taylor Bescheid, wenn du da bist.

Ich rufe Taylor über die Haussprechanlage an.

»Mr. Grey?«

»Elliot wird im Lauf des Nachmittags mit dem Geländewagen zurück sein. Ich möchte ihn morgen in Portland haben. Bis zur Abschlussfeier steige ich im Heathman ab. Und – ich habe ein paar Sachen herausgelegt, die Sie mir auch mitbringen können.«

»Ja, Sir.«

»Und rufen Sie bei Audi an. Vielleicht brauche ich den A3 schneller als gedacht.«

»Er steht schon bereit, Mr. Grey.«

»Oh. Gut. Danke.«

Der Wagen ist also organisiert, bleibt nur noch der Computer. Ich werde Barney anrufen – natürlich wird er auch heute im Büro sein. Unter Garantie hat er ein nagelneues Modell bei sich herumstehen.

»Mr. Grey?«, meldet er sich.

»Heute ist Sonntag, Barney. Was haben Sie im Büro zu suchen?«

»Ich arbeite am Design fürs Tablet. Die Geschichte mit den Solarzellen lässt mir keine Ruhe.«

»Aber Sie müssen doch auch mal an Ihre Familie denken.«

Barney besitzt immerhin den Anstand zu lachen. »Was kann ich für Sie tun, Mr. Grey?«

»Haben Sie zufällig einen neuen Laptop bei sich herumstehen?«

»Gerade habe ich zwei von Apple bekommen.«

»Wunderbar. Ich brauche einen davon.«

»Klar.«

»Könnten Sie einen von ihnen mit einem Mailaccount für Anastasia Steele einrichten? Er soll ihr gehören.«

»Wie schreibt man den Nachnamen? Können Sie ihn mir buchstabieren?«

»S.T.E.E.L.E.«

»Cool.«

»Andrea meldet sich heute noch bei Ihnen, um zu besprechen, wohin er geschickt werden soll.«

»Natürlich, Sir.«

»Danke, Barney. Und … gehen Sie nach Hause.«

»Ja, Sir.«

Ich schreibe Andrea eine SMS und bitte sie, den Laptop an Anastasias Privatadresse liefern zu lassen, ehe ich ins Wohnzimmer zurückkehre, wo Ana auf dem Sofa sitzt und angespannt die Hände knetet. Als sie mich sieht, erhebt sie sich.

»Fertig?«, frage ich.

Sie nickt.

Taylor tritt aus seinem Büro. »Bis morgen dann«, sage ich.

»Ja, Sir. Welchen Wagen nehmen Sie, Sir?«

»Den R8.«

»Gute Fahrt, Mr. Grey. Miss Steele.« Taylor hält uns die Tür auf, und ich drücke den Aufzugknopf, während Anastasia neben mir steht und unruhig auf ihrer Lippe kaut.

Unwillkürlich muss ich an meinen Schwanz in ihrem Mund denken.

»Was ist los, Anastasia?«, frage ich und umfasse ihr Kinn. »Nicht auf der Lippe herumkauen, sonst muss ich dich im Aufzug ficken, und dann ist es mir egal, wer einsteigt.«

Sie ist schockiert, zumindest hat es den Anschein. Andererseits … weshalb sollte sie das sein, nach allem, was wir getan haben? Meine Wut verfliegt.

»Christian, ich habe ein Problem«, sagt sie.

»Ja?«

Wir steigen in den Aufzug, und ich drücke den Knopf für die Garage.

»N-na ja«, stammelt sie verunsichert, ehe sie die Schultern strafft. »Ich muss mit Kate reden. Ich habe so viele Fragen über Sex, und du stehst mir in dieser Hinsicht zu nahe. Woher soll ich wissen …?« Sie sucht nach den richtigen Worten. »Ich habe keine Vergleichsmöglichkeiten.«

Nicht schon wieder diese Leier. Das hatten wir doch alles schon. Ich will nicht, dass sie mit anderen redet. Sie hat eine Verschwiegenheitsvereinbarung unterzeichnet. Andererseits muss es ihr wichtig sein, wenn sie abermals damit anfängt. »Dann sprich mit ihr. Aber sorg dafür, dass sie Elliot gegenüber nichts erwähnt.«

»Das würde sie nie tun, und ich würde dir auch nichts von dem erzählen, was sie mir über Elliot anvertraut – falls sie das überhaupt tut.«

Ich erkläre ihr, dass mich Elliots Sexleben nicht im Mindesten interessiert, schärfe ihr aber nochmals ein, nicht über die Dinge zu reden, die wir getan haben. Wenn Miss Kavanagh Bescheid wüsste, würde sie mir höchstpersönlich die Eier abschneiden.

»Okay.« Ana strahlt mich an.

»Je eher du dich mir unterwirfst, desto besser. Dann hat das ein Ende.«

»Was hat dann ein Ende?«

»Dass du dich mir ständig widersetzt.« Ich küsse sie. Es ist ein schönes Gefühl, ihre Lippen auf meinen zu spüren.

»Hübscher Wagen«, bemerkt sie, als wir durch die Garage gehen.

»Ich weiß.« Ich lächle ihr kurz zu und werde mit einem weiteren Lächeln belohnt – ehe sie erneut die Augen verdreht. Ich öffne ihr die Tür und frage mich, ob ich diese Angewohnheit kommentieren soll.

»Was für ein Auto ist das?«, fragt sie, als ich mich hinters Steuer setze.

»Ein Audi R8 Spyder. Es ist schönes Wetter, also fahren wir mit offenem Verdeck. Im Handschuhfach liegt eine Baseballkappe, nein zwei.«

Die Stimme vom Boss dringt aus den Lautsprechern, als ich den Motor anlasse. »Bruce muss man einfach mögen«, erkläre ich grinsend und fahre aus der Parklücke.

Ich fädle mich in den Verkehr auf der I-5 in Richtung Portland ein. Ana lauscht schweigend der Musik und sieht aus dem Fenster. Ihre Augen sind von der riesigen Ray-Ban-Sonnenbrille und dem Schirm der Baseballkappe verdeckt. Der Wind pfeift uns um die Ohren, als wir an Boeing Field vorbeipreschen.

Bislang hat sich das Wochenende ganz anders entwickelt, als ich gedacht hatte. Aber was hatte ich erwartet? Ich war davon ausgegangen, dass wir gemeinsam zu Abend essen, über den Vertrag sprechen und dann …? Vielleicht war es unvermeidlich, dass ich sie gefickt habe.

Ich werfe ihr einen Blick zu.

Absolut … und ich würde es liebend gern wieder tun.

Ich wünschte, ich wüsste, was sie jetzt denkt. Ihre Miene verrät nichts, aber mittlerweile weiß ich einiges über sie. Trotz ihrer Unerfahrenheit ist sie wissbegierig und will lernen. Wer hätte gedacht, dass hinter der Mauerblümchenfassade eine wahre Sirene schlummert? Wieder muss ich an ihre Lippen denken, wie sie meinen Schwanz umschließen, und unterdrücke mühsam ein Stöhnen.

Ja … sie ist mehr als bereit.

Der Gedanke erregt mich.

Hoffentlich bekomme ich Gelegenheit, sie vor dem Wochenende wiederzusehen.

Auch jetzt juckt es mich in den Fingern, sie anzufassen. Ich lege ihr die Hand aufs Knie.

»Hunger?«

»Keinen großen«, antwortet sie.

Das wird allmählich zur Gewohnheit.

»Du musst essen, Anastasia. Ich kenne ein tolles Lokal in der Nähe von Olympia. Dort halten wir.«

Das CUISINE SAUVAGE ist ziemlich klein, und es herrscht Hochbetrieb. Hand in Hand folgen wir der Hostess an den mit Paaren und Familien besetzten Tischen vorbei. Das letzte Mal war ich gemeinsam mit Elena hier. Was sie wohl zu Anastasia sagen würde?

»Ich bin länger nicht hier gewesen. Man kann sich nichts aussuchen. Es gibt nur das, was sie gerade im Wald gefangen oder auf den Wiesen gesammelt haben«, sage ich und ziehe in gespieltem Entsetzen die Augenbrauen hoch. Ana lacht.

Wieso fühle ich mich, als wäre ich mindestens drei Meter groß, wenn ich sie zum Lachen bringe?

»Zwei Gläser Pinot grigio«, sage ich zu der blonden Kellnerin, die mir flüchtig einen aufreizenden Blick zuwirft, ehe sie rasch wegsieht. Ihr Getue nervt mich.

Ana macht ein finsteres Gesicht.

»Was?«, frage ich. Geht ihr die Kellnerin genauso auf den Geist wie mir?

»Mir wäre eine Cola lieber.«

Wieso hast du das nicht gleich gesagt? Ich runzle die Stirn. »Der Pinot grigio hier ist anständig, und er wird gut zum Essen passen, egal, was es gibt.«

»Egal, was es gibt?« Sie reißt verblüfft die Augen auf.

»Ja.« Ich strahle sie an als Wiedergutmachung, weil ich ihr die Entscheidung, was sie trinken will, einfach aus der Hand genommen habe. Ich bin nun mal nicht an Endlosdiskussionen mit meinem Gegenüber gewöhnt … »Übrigens, du gefällst meiner Mutter«, füge ich in der Hoffnung hinzu, ihr damit eine Freude zu machen.

»Tatsächlich?«

»Ja. Eigentlich hält sie mich ja für schwul.«

»Warum?«

»Weil sie mich noch nie mit einer Frau zusammen gesehen hat.«

»Mit keiner der fünfzehn?«

»Du hast es dir gemerkt. Nein, mit keiner der fünfzehn.«

»Ach.«

Ja ... du bist die Einzige, Baby. Ein beunruhigender Gedanke.

»Anastasia, für mich war das auch ein Wochenende voller Premieren.«

»Ja?«

»Ich habe noch nie zuvor mit jemandem die Nacht verbracht, noch nie mit jemandem in meinem Bett Sex gehabt, geschweige denn Blümchensex, meiner Mutter noch nie eine Frau vorgestellt und bin noch nie mit einer Frau in Charlie Tango geflogen. Was stellst du bloß mit mir an?«

Ja, ganz genau. Was stellst du bloß mit mir an? Das passt doch alles gar nicht zu mir.

Die Kellnerin bringt unseren Wein, und Ana trinkt sofort einen Schluck, ehe sie mich aus ihren blauen Augen ansieht. »Mir hat dieses Wochenende auch sehr gefallen«, gesteht sie mit einer Mischung aus Verlegenheit und Verzückung. Mir wird bewusst, dass es einige Zeit her ist, seit ich das letzte Mal so etwas wie ein freies Wochenende hatte ... seit der Trennung von Susannah, um genau zu sein.

»Was ist Blümchensex?«, fragt sie.

Ich lache auf. Was für ein abrupter Themenwechsel.

»Schlichter, einfacher Sex, Anastasia. Ohne Toys und Brimborium. Wie Wald- und Wiesenpflanzen, wenn du so willst, da wir schon ausgerechnet hier essen.«

»Ach.« Sie wirkt ein wenig geknickt.

Was jetzt?

Die Kellnerin tritt an unseren Tisch und stellt zwei Suppenschalen vor uns ab. »Brennnesselsuppe«, verkündet sie und verschwindet wieder. Wir tauschen einen Blick, dann probieren wir. Sie schmeckt köstlich. Beim Anblick meiner erleichterten Miene kichert Ana.

»Dein Kichern klingt hübsch«, sage ich leise.

»Warum hast du nie zuvor Blümchensex gehabt? Machst du immer schon … was du machst?«, fragt sie – neugierig wie eh und je.

»Schon irgendwie.« Ich überlege, ob ich näher auf ihre Frage eingehen soll. Ich wünsche mir nichts sehnlicher, als dass sie sich mir öffnet, mir vertraut. Normalerweise bin ich nicht so freimütig, aber etwas sagt mir, dass auch ich ihr vertrauen kann, also fasse ich einen Entschluss.

»Eine Freundin meiner Mutter hat mich verführt, als ich fünfzehn war.« Ich wähle meine Worte mit Bedacht.

»Oh«, haucht sie.

»Also weiß ich, wie sich das anfühlt, Anastasia.« *Besser, als du glaubst.* »In puncto Sex bin ich also nicht gerade auf die übliche Weise sozialisiert worden.« Ich ertrage es nicht, berührt zu werden. Nach wie vor nicht.

Ich warte auf ihre Reaktion, doch sie isst mit nachdenklicher Miene weiter. »Du bist am College nie mit einem Mädchen gegangen?«, fragt sie nach dem letzten Löffel.

»Nein.«

Wieder erscheint die Kellnerin, diesmal, um die Teller abzuräumen. Ana wartet, bis sie gegangen ist. »Warum?«

»Möchtest du das wirklich wissen?«

»Ja.«

»Weil ich es nicht wollte. Sie war alles, was ich wollte und brauchte. Außerdem hätte sie mich windelweich geschlagen.«

Sie blinzelt einige Male. »Wie alt war die Freundin deiner Mutter?«

»Alt genug, um es besser zu wissen.«

»Triffst du dich noch mit ihr?«, fragt sie leicht schockiert.

»Ja.«

»Und seid ihr nach wie vor …?« Sie wird rot.

»Nein«, antworte ich eilig. Ich will nicht, dass sie einen falschen Eindruck von meinem Verhältnis zu Elena bekommt. »Sie ist eine sehr gute Freundin.«

»Aha. Weiß deine Mutter Bescheid?«

»Natürlich nicht.«

Meine Mutter würde mich umbringen – und Elena ganz genauso.

Die Kellnerin serviert den Hauptgang. Wild. Ana trinkt einen großen Schluck Wein. »Du warst doch nicht die ganze Zeit ihr Sklave, oder?« Sie würdigt ihr Essen keines Blickes.

»Doch, obwohl ich nicht ständig mit ihr zusammen war. Es hat sich … schwierig … gestaltet. Immerhin war ich zuerst in der Schule und dann am College. Iss, Anastasia.«

»Ich habe wirklich keinen Hunger, Christian.«

Ich kneife die Augen zusammen. »Iss«, befehle ich ganz leise. Es kostet mich gewaltige Mühe, die Beherrschung nicht zu verlieren.

»Gib mir noch ein bisschen Zeit«, bittet sie ebenso leise.

Was hat sie für ein Problem? Ist es wegen Elena?

»Okay.« Ich schiebe mir einen Bissen in den Mund. Habe ich vielleicht doch zu viel preisgegeben?

Schließlich nimmt sie ihr Besteck und fängt an zu essen.

Gut.

»Wird unsere … äh … Beziehung so laufen? Dass du mich herumkommandierst?« Ihr Blick ist auf ihren Teller geheftet.

»Ja.«

»Verstehe.« Sie wirft ihren Pferdeschwanz über die Schulter.

»Und du wirst es wollen.«

»Es ist ein großer Schritt«, sagt sie.

»Ja.« Ich schließe die Augen. Ich will es. Mehr als je zuvor. Wie kann ich sie überzeugen, diesem Arrangement eine Chance zu geben?

»Anastasia, hör auf deinen Bauch. Lies den Vertrag durch, mach deine Recherche – ich bespreche gern alle Einzelheiten mit dir. Ich bin bis Freitag in Portland, wenn du bis dahin mit mir darüber reden möchtest. Ruf mich an. Vielleicht können wir miteinander zu Abend essen, sagen wir, am Mittwoch? Ich möchte wirklich, dass es klappt. Ich habe mir noch nie etwas sehnlicher gewünscht.«

Holla. Was für eine Ansage, Grey. Hast du sie etwa gerade um ein Rendezvous gebeten?

»Was ist mit den fünfzehn passiert?«, fragt sie.

»Unterschiedliche Dinge, aber im Wesentlichen … läuft es wohl darauf hinaus, dass wir nicht zusammengepasst haben.«

»Und du glaubst, dass ich zu dir passen könnte?«

»Ja.

Ich hoffe es …

»Dann triffst du dich mit keiner der anderen mehr?«

»Nein. Innerhalb meiner Beziehungen lebe ich monogam.«

»Verstehe.«

»Widme dich der Recherche, Anastasia.«

Sie legt ihr Besteck weg.

»Das war's schon? Mehr willst du nicht essen?«

Sie schüttelt den Kopf und legt die Hände in den Schoß, während wieder dieser störrische Zug um ihren Mund erscheint, der mir verrät, dass ich sie nicht kampflos dazu bringen werde, ihren Teller leer zu essen. Kein Wunder, ist sie doch so schlank. Um ihre Essgewohnheiten werden wir uns kümmern müssen … sofern sie sich auf unser Arrangement einlässt. Ich merke, dass sie mich alle paar Minuten ansieht und sich eine leise Röte auf ihren Wangen ausbreitet, während ich weiteresse.

»Ich würde viel darum geben zu wissen, was du gerade denkst«, sage ich, obwohl ich ihr ganz genau ansehe, dass sie an Sex denkt. »Obwohl ich es mir vorstellen kann.«

»Gott sei Dank kannst du meine Gedanken nicht lesen.«

»Deine Gedanken nicht, Anastasia, aber deine Körpersprache – die kenne ich seit gestern ziemlich gut.« Mit einem anzüglichen Grinsen bitte ich um die Rechnung.

Als wir das Restaurant verlassen, liegt ihre Hand fest in der meinen. Auf der Fahrt nach Vancouver ist sie sehr still – offenbar ist sie tief in ihre Gedanken versunken. Wie es aussieht, habe ich ihr einigen Stoff zum Nachdenken gegeben.

Aber das gilt auch umgekehrt.

Will sie wirklich all das mit mir tun?

Verdammt – ich hoffe es sehr.

Der Mount St. Helens ist in rosafarbenes und perlgraues Dämmerlicht getaucht, als wir vor dem Haus anhalten, in dem sich Kates und Anas Apartment befindet. Von ihrer Wohnung aus muss sich ein sensationeller Blick in die Umgebung bieten.

»Willst du mit reinkommen?«, fragt sie, als ich den Motor ausgeschaltet habe.

»Nein, ich muss arbeiten.« Wenn ich jetzt ja sage, übertrete ich damit eine Grenze, die ich noch nicht zu überschreiten bereit bin. Ich bin kein Mann für eine konventionelle Beziehung – und ich will keine falschen Erwartungen über die Art unserer Beziehung wecken.

Ihr Lächeln erlischt, und sie sinkt in sich zusammen.

Sie will nicht, dass ich gehe.

Es ist demütigend. Ich nehme ihre Hand und küsse ihre Fingerknöchel, in der Hoffnung, meiner Zurückweisung ein wenig die Schärfe zu nehmen.

»Danke für dieses Wochenende, Anastasia. Das war das schönste seit Langem.« Sie sieht mich an. »Bis Mittwoch? Ich hole dich von der Arbeit ab«, füge ich hinzu.

»Mittwoch«, flüstert sie. Die Hoffnung in ihrer Stimme beunruhigt mich ein wenig.

Verdammt! Das ist kein Rendezvous.

Wieder küsse ich ihre Hand und steige aus, um ihr die Tür aufzuhalten. Ich muss hier weg, bevor ich etwas tue, das ich bereue.

Als sie aussteigt, ist ihre Niedergeschlagenheit wie weggeblasen. Sie geht zur Tür, dreht sich jedoch noch einmal um. »Übrigens trage ich deine Unterwäsche«, verkündet sie mit einem triumphierenden Lächeln und zieht den Bund der Boxershorts ein wenig hoch, sodass ich die Worte »Polo« und »Ralph« erkennen kann.

Sie hat meine Unterwäsche geklaut!

Ich bin völlig perplex. In diesem Moment wünsche ich mir nichts sehnlicher, als sie in meinen Boxershorts zu sehen – und sonst nichts.

Sie wirft ihr Haar zurück und verschwindet im Haus, während ich am Straßenrand zurückbleibe und ihr wie ein Idiot hinterherstarre.

Schließlich schüttle ich den Kopf, steige wieder ein und lasse den Motor an, während sich ein breites Grinsen auf meinem Gesicht ausbreitet.

Ich hoffe, sie sagt ja.

Ich erledige meine Arbeit und trinke einen Schluck von dem Sancerre, den mir die Roomservice-Kellnerin mit den rabenschwarzen Augen heraufgebracht hat. Meine Mails durchzusehen und zu beantworten war eine willkommene Ablenkung von meinen Gedanken an Anastasia. Inzwischen spüre ich eine angenehme Müdigkeit. Kommt sie von den fünf Stunden Arbeit? Oder von all dem Sex während der letzten Nacht und am Morgen? Erinnerungen an die hinreißende Miss Steele fluten mein Gedächtnis – in Charlie Tango, in meinem Bett, meinem Badezimmer, bei ihrem Tänzchen in meiner Küche. Wenn ich mir überlege, dass alles erst am Freitag hier angefangen hat … und jetzt denkt sie über meinen Vorschlag nach.

Hat sie den Vertrag schon gelesen? Macht sie ihre Hausaufgaben?

Ich sehe auf mein Handy, ob eine SMS gekommen ist oder ich einen Anruf verpasst habe, aber da ist nichts. Natürlich.

Wird sie ja sagen?

Hoffentlich …

Andrea hat mir Anas neue E-Mail-Adresse geschickt und bestätigt, dass der Laptop morgen früh geliefert wird. Ich tippe eine Mail.

Sehr geehrte Miss Steele,
ich hoffe, Sie haben gut geschlafen. Und ich hoffe, Sie bringen
diesen Laptop wie besprochen auf angemessene Weise zum Einsatz.
Ich freue mich aufs Abendessen am Mittwoch.
Bin gern bereit, eventuell auftretende Fragen per Mail zu beantworten.

CHRISTIAN GREY
CEO, Grey Enterprises Holdings, Inc.

Die Mail kommt nicht zurück, also scheint der Account aktiviert zu
sein. Ich frage mich, wie Ana wohl reagieren wird, wenn sie sie morgen früh liest. Hoffentlich gefällt ihr der Laptop. Aber das werde ich
sicher ebenfalls morgen erfahren. Ich schnappe meine jüngste Lektüre und setze mich aufs Sofa – zwei renommierte Wirtschaftswis-
senschaftler haben das Verhalten armer Menschen unter die Lupe
genommen und versuchen ihr Handeln und Denken zu erläutern.
Unvermittelt schiebt sich das Bild einer jungen Frau vor mein geis-
tiges Auge: Licht fällt durch das schmutzige, kaputte Fenster auf ihr
glänzendes dunkles Haar und lässt winzige Staubkörnchen tanzen.
Sie singt ganz leise, wie ein Kind.

Tu's nicht, Grey.
Ich schlage das Buch auf und beginne zu lesen.

MONTAG, 23. MAI 2011

Als ich zu Bett gehe, ist es bereits nach eins. Ich bin müde und entspannt, gleichzeitig aufgeregt und gespannt, wie die Woche verlaufen wird. Vielleicht habe ich ja ein neues Projekt: Miss Anastasia Steele.

Ich laufe die Main Street entlang zum Fluss. Es ist 6:35 Uhr. Die ersten Sonnenstrahlen erhellen die Wolkenkratzer. Frische Blätter sprießen an den Bäumen auf dem Bürgersteig. Die Luft fühlt sich frisch und sauber an, es herrscht kaum Verkehr. Ich habe gut geschlafen. Aus den Ohrstöpseln dringt »O Fortuna« aus Carl Orffs *Carmina Burana*. Verheißung liegt in der Luft.

Wird sie auf meine Mail antworten?

Es ist noch zu früh, viel zu früh für eine Reaktion, trotzdem habe ich mich seit Wochen nicht mehr so unbeschwert gefühlt. Ich laufe an der Elchstatue vorbei in Richtung Willamette River.

Um 7:45 Uhr sitze ich frisch geduscht vor meinem Laptop. Ich habe mir Frühstück bestellt und schreibe Andrea eine Mail, dass ich den Rest der Woche von Portland aus arbeite. Sie soll sämtliche Termine verschieben und veranlassen, dass ich die Meetings am Telefon oder per Videokonferenz abwickeln kann. Dann informiere ich Gail, dass ich frühestens am Donnerstagabend zurück sein werde. Schließlich arbeite ich meinen Posteingang ab, wo ich unter anderem ein Angebot für ein Joint Venture mit einer Schiffswerft aus Taiwan vorfinde. Ich leite die Mail mit der Bitte um Prüfung an Ros weiter.

Dann komme ich zum nächsten Punkt der Tagesordnung: Elena.

Sie hat mir übers Wochenende mehrere Mails geschickt, auf die ich bisher nicht reagiert habe.

Von: Christian Grey
Betreff: Das Wochenende
Datum: 23. Mai 2011, 08:15 Uhr
An: Elena Lincoln

Guten Morgen, Elena,
entschuldige, dass ich mich erst jetzt bei dir melde, aber ich war übers Wochenende beschäftigt und bin die ganze Woche in Portland. Sollte ich nächstes Wochenende verfügbar sein, gebe ich Bescheid, allerdings kann ich es noch nicht sagen. Die jüngsten Ergebnisse für das Beauty-Business sehen vielversprechend aus. Gut gemacht, Madam …
  Gruß
  C.

CHRISTIAN GREY
CEO, Grey Enterprises Holdings, Inc.

Ich klicke auf »Senden« und frage mich ein weiteres Mal, wie Elena Ana wohl finden würde. Und umgekehrt. In diesem Moment kommt eine neue Mail.

Sie ist von Ana.

Von: Anastasia Steele
Betreff: Ihr neuer Computer (Leihgabe)
Datum: 23. Mai 2011, 08:20 Uhr
An: Christian Grey

Merkwürdigerweise habe ich sehr gut geschlafen, danke der Nachfrage, *Sir*. Soweit ich das verstanden habe, ist der Computer eine Leihgabe, also nicht meiner.
  Ana

»Sir« mit großem S. Sie hat also ihre Hausaufgaben gemacht und recherchiert. Und sie spricht noch mit mir. Wieder spüre ich dieses alberne Grinsen, das sich auf meinem Gesicht ausbreitet. Sehr gut. Auch wenn sie mir mitteilt, dass sie den Computer nicht behalten will.

Frustrierend.

Belustigt schüttle ich den Kopf.

Von: Christian Grey
Betreff: Ihr neuer Computer (Leihgabe)
Datum: 23. Mai 2011, 08:22 Uhr
An: Anastasia Steele

Der Computer ist in der Tat eine Leihgabe, eine Dauerleihgabe, Miss Steele.

Ihrem Tonfall entnehme ich, dass Sie die Unterlagen von mir gelesen haben.

Gibt es bis jetzt Fragen?

CHRISTIAN GREY
CEO, Grey Enterprises Holdings, Inc.

Ich schicke die Mail ab. Wie lange dauert es wohl, bis sie antwortet? Als Ablenkung beschäftige ich mich mit meinen anderen Mails: eine Zusammenfassung der Vorstandssitzung von Fred, dem Leiter meiner Telekommunikationsabteilung, über die Entwicklung unseres Solar-Tablets, einem meiner aktuellen Lieblingsbabys. Es ist ein ehrgeiziges Projekt, in das ich jedoch eine Menge Herzblut investiert habe. Ich will es unbedingt schaffen – der Dritten Welt bezahlbare Technologie zur Verfügung zu stellen, ist mir ein echtes Anliegen

Eine neue Mail trifft ein, ebenfalls von Anastasia Steele.

Von: Anastasia Steele
Betreff: Forschergeist
Datum: 23. Mai 2011, 08:25 Uhr
An: Christian Grey

Ich habe viele Fragen, die allerdings nicht für den E-Mail-Verkehr geeignet sind, und manche von uns müssen sich ihren Lebensunterhalt verdienen.
Ich will und brauche keinen Computer als Dauerleihgabe.
   Bis später, guten Tag. *Sir.*
   Ana

Ich muss über ihren Tonfall lächeln, aber allem Anschein nach ist sie zur Arbeit aufgebrochen, deshalb kann es eine Weile dauern, bis ich wieder von ihr höre. Dass sie den Laptop nicht annehmen will, ärgert mich, andererseits zeigt es, dass sie nicht auf mein Geld aus ist, eine ziemliche Seltenheit bei den Frauen, denen ich so begegne. Aber Leila war genauso.

   »*So ein schönes Kleid verdiene ich nicht, Sir.*«
      »*Doch, das tust du. Nimm es. Und ich will keine Widerworte mehr hören. Verstanden?*«
   »*Ja, Meister.*«
   »*Gut. Außerdem ist es genau dein Stil.*«

Ah, Leila. Sie war eine gute Sub, allerdings hat sie zu tiefe Gefühle entwickelt, wofür ich nicht der Richtige bin. Zum Glück war es nur von kurzer Dauer. Inzwischen ist sie glücklich verheiratet. Ich lese Anas Mail noch einmal.
   … *manche von uns müssen sich ihren Lebensunterhalt verdienen.*
   Das hört sich so an, als würde ich nur faulenzen.
   Zum Teufel!
   Mein Blick fällt auf Freds staubtrockenen Bericht. Ich beschließe, das nicht auf mir sitzen zu lassen.

Von: Christian Grey
Betreff: Dein neuer Computer (wieder Leihgabe)
Datum: 23. Mai 2011, 08:26 Uhr
An: Anastasia Steele

Ciao, ciao, Baby.
PS: Ich muss mir meinen Lebensunterhalt auch verdienen.
CHRISTIAN GREY
CEO, Grey Enterprises Holdings, Inc.

Allerdings habe ich größte Mühe, mich zu konzentrieren, weil ich die ganze Zeit auf das Geräusch des Posteingangs warte. Als es schließlich ertönt, sehe ich sofort nach, aber die Mail ist nicht von Ana, sondern von Elena. Erstaunt registriere ich einen Anflug von Enttäuschung.

Von: Elena Lincoln
Betreff: Wochenende
Datum: 23. Mai 2011, 08:33 Uhr
An: Christian Grey

Du arbeitest zu viel, Christian. Was machst du in Portland? Auch arbeiten?
Ex
ELENA LINCOLN
ESCLAVA
For The Beauty That Is You™

Soll ich es ihr erzählen? Wenn ich das tue, wird sie mich sofort anrufen und mit Fragen bombardieren, und ich bin noch nicht bereit, meine Eindrücke vom Wochenende jemandem anzuvertrauen. Also tippe ich rasch eine Antwort, ich sei tatsächlich geschäftlich in Portland, und widme mich wieder dem Bericht.

Um neun ruft Andrea an und geht mit mir meinen Terminkalender durch. Wo ich schon einmal hier bin, bitte ich sie, einen Termin mit dem Vorstand und dem Leiter der Abteilung für Wirtschaftsentwicklung der WSU zu vereinbaren, um dieses Landwirtschaftsprojekt zu besprechen, das wir gemeinsam ins Leben gerufen haben und das ich auch im nächsten Betriebsjahr noch weiter finanziell unterstützen werde. Sie verspricht, alle weiteren gesellschaftlichen Verpflichtungen für diese Woche abzusagen, und verbindet mich dann mit meiner ersten Videokonferenz.

Um fünfzehn Uhr reißt mich ein Klopfen an der Tür aus meinen Gedanken – vor mir liegen die Entwürfe für den Tablet-Computer, die Barney mir geschickt hat. Einen Moment lang verspüre ich eine leise Hoffnung, Miss Steele könnte vor der Tür stehen, aber es ist bloß Taylor.

»Hallo«, sage ich, sorgsam darauf bedacht, mir meine Enttäuschung nicht anmerken zu lassen.

»Ich bringe Ihre Sachen, Mr. Grey«, sagt er höflich.

»Kommen Sie rein. Können Sie sie gleich in den Schrank hängen? Ich erwarte jeden Moment den Anruf für die nächste Konferenzschaltung.«

»Gewiss, Sir.« Er trägt mehrere Kleidersäcke und eine Reisetasche ins Schlafzimmer.

Als er zurückkehrt, warte ich immer noch auf meine Telefonkonferenz.

»Vermutlich werde ich Sie die nächsten beiden Tage nicht brauchen. Sie können gern Ihre Tochter besuchen, wenn Sie wollen.«

»Das ist sehr nett von Ihnen, Sir, aber ihre Mutter und ich …« Er hält inne.

»Ah. Schwierig?«

Er nickt. »Leider ja, Sir. Ohne vorherige Diskussion geht es nicht.«

»Okay. Würde Mittwoch besser passen?«

»Ich werde sie fragen. Danke, Sir.«

»Kann ich irgendwie helfen?«

»Sie tun schon mehr als genug für mich, Sir.«

Er will nicht darüber reden. »Okay. Es sieht so aus, als würde ich einen Drucker brauchen. Könnten Sie mir einen besorgen?«

»Ja, Sir.« Er nickt. Stirnrunzelnd sehe ich ihm hinterher. Ich hoffe nur, seine Exfrau macht ihm das Leben nicht allzu schwer. Ich bezahle das Schuldgeld für seine Tochter, was eine weitere Motivation ist, bei mir zu bleiben. Er ist ein guter Mann, den ich nur ungern verlieren würde. Das Telefon läutet – meine Telefonkonferenz mit Ros und Senator Blandino.

Um 17:20 Uhr habe ich mein letztes Telefonat hinter mich gebracht. Ich strecke mich auf meinem Stuhl aus und lasse den Tag noch einmal Revue passieren. Erstaunlich, wie viel mehr ich erledigt bekomme, wenn ich nicht im Büro bin. Noch ein paar Berichte lesen, dann ist es für heute geschafft. Ich blicke hinaus zum frühabendlichen Himmel, während mir erneut eine gewisse potenzielle Sub in den Sinn kommt.

Ich frage mich, wie ihr Tag bei Clayton's gewesen sein mag – Kabelbinder auszeichnen, Seile abmessen. Hoffentlich kann ich all die Utensilien eines Tages mit ihr ausprobieren. Ich sehe sie bereits vor mir, gefesselt in meinem Spielzimmer. Einen Augenblick lasse ich das Bild genüsslich vor meinem geistigen Auge vorüberziehen, dann ziehe ich meinen Laptop heran und fange an zu tippen. Dieses Warten und Hoffen und Mailen macht mich ganz nervös. Im Grunde wüsste ich sehr genau, wie ich diese angestaute Energie loswerden könnte, aber für den Moment muss ich mich mit einer Runde Joggen zufriedengeben.

Von: Christian Grey
Betreff: Sich seinen Lebensunterhalt verdienen
Datum: 23. Mai 2011, 17:24 Uhr
An: Anastasia Steele

Sehr geehrte Miss Steele,
ich hoffe, Sie hatten einen angenehmen Tag in der Arbeit.

CHRISTIAN GREY
CEO, Grey Enterprises Holdings, Inc.

Ich schlüpfe in meine Laufsachen. Taylor hat mir zwei weitere Jogginghosen mitgebracht, aller Wahrscheinlichkeit nach auf Gails Veranlassung hin. Auf dem Weg zur Tür sehe ich noch einmal in meinen Posteingang. Sie hat bereits geantwortet.

Von: Anastasia Steele
Betreff: Sich seinen Lebensunterhalt verdienen
Datum: 23. Mai 2011, 17:48 Uhr
An: Christian Grey

Sir … Ich hatte einen sehr angenehmen Tag in der Arbeit.
  Danke.
  Ana

Aber ihre Hausaufgaben hat sie nicht gemacht. Ich schreibe ihr zurück.

Von: Christian Grey
Betreff: Erledigen Sie Ihre Arbeit!
Datum: 23. Mai 2011, 17:50 Uhr
An: Anastasia Steele

Miss Steele,
freut mich sehr, dass Sie einen angenehmen Tag hatten. Aber
während Sie mailen, können Sie nicht recherchieren.
CHRISTIAN GREY
CEO, Grey Enterprises Holdings, Inc.

Ich warte auf ihre Antwort – die Sekunden später eintrifft.

Von: Anastasia Steele
Betreff: Quälgeist
Datum: 23. Mai 2011, 17:53 Uhr
An: Christian Grey

Mr. Grey, hören Sie auf, mir Mails zu schicken, dann kann ich mich
meiner Aufgabe widmen. Ich würde nämlich gern wieder eine
Eins bekommen.
    Ana

Ich lache auf. Genau. Die Eins. Ich schließe die Augen und spü-
re förmlich ihren Mund, wie er sich um meinen Schwanz schließt.
Verdammt!
Ich reiße mich zusammen und tippe eine Antwort.

Von: Christian Grey
Betreff: Ungeduldig
Datum: 23. Mai 2011, 17:55 Uhr
An: Anastasia Steele

Miss Steele,
hören *Sie* auf, mir zu mailen – und machen Sie Ihre Hausaufgaben.
Ich würde Ihnen gern noch einmal eine Eins geben.
Die Erste war hochverdient. ;)
CHRISTIAN GREY
CEO, Grey Enterprises Holdings, Inc.

Diesmal antwortet sie nicht sofort. Leicht enttäuscht beschließe
ich, laufen zu gehen. Gerade als ich die Tür öffne, höre ich das leise Ping.

Von: Anastasia Steele
Betreff: Internetrecherche
Datum: 23. Mai 2011, 17:59 Uhr
An: Christian Grey

Mr. Grey,
welchen Suchbegriff soll ich Ihrer Ansicht nach eingeben?
 Ana

Mist! Wieso habe ich nicht daran gedacht? Ich hätte ihr doch ein
paar Bücher geben können. Zahlreiche Websites kommen mir in
den Sinn – aber ich will sie nicht abschrecken.
Vielleicht sollten wir mit der harmlosesten anfangen …

Von: Christian Grey
Betreff: Internetrecherche
Datum: 23. Mai 2011, 18:02 Uhr
An: Anastasia Steele

Miss Steele,
man fängt immer mit Wikipedia an. Keine Mails mehr, es sei denn,
Sie haben Fragen. Verstanden?
CHRISTIAN GREY
CEO, Grey Enterprises Holdings, Inc.

In der Annahme, dass sie sich nicht mehr melden wird, stehe ich
auf und gehe zur Tür. Doch wie gewohnt überrascht sie mich, indem sie es doch tut. Ich kann nicht widerstehen.

Von: Anastasia Steele
Betreff: Alter Tyrann!
Datum: 23. Mai 2011, 18:04 Uhr
An: Christian Grey

Ja … *Sir.* Sie sind so was von tyrannisch.
  Ana

Aber hallo, Baby.

Von: Christian Grey
Betreff: Alles unter Kontrolle
Datum: 23. Mai 2011, 18:06 Uhr
An: Anastasia Steele

Anastasia, wenn du wüsstest! Aber inzwischen hast du ja viel-
leicht eine Ahnung bekommen. Erledige deine Arbeit.
CHRISTIAN GREY
CEO, Grey Enterprises Holdings, Inc.

Reiß dich bloß zusammen, Grey! Bevor sie mich noch einmal ablenken kann, mache ich mich auf den Weg. Die Foo Fighters im Ohr, laufe ich zum Fluss – in der Morgendämmerung kenne ich den Willamette ja bereits, jetzt will ich ihn auch im Dunkeln sehen. Es ist ein schöner Abend. Pärchen spazieren am Ufer entlang, einige sitzen im Gras, dazwischen radelt eine Handvoll Touristen umher. Ich laufe weiter.

Miss Steele hat Fragen. Das bedeutet, dass sie noch nicht ausgestiegen ist – sie hat mir keine Absage erteilt. Unsere E-Mail-Korrespondenz hat meine Hoffnungen geschürt. Als ich unter der Hawthorne Bridge hindurchlaufe, denke ich darüber nach, wie leicht es ihr fällt, sich schriftlich auszudrücken, leichter als im persönlichen Gespräch. Vielleicht ist Schreiben ja ihr bevorzugtes Kommunikationsmittel. Immerhin hat sie Englische Literatur studiert. Ich hoffe, bei der Rückkehr ins Hotel eine weitere Mail vorzufinden … vielleicht mit weiteren Fragen oder eine Fortsetzung unseres lockeren Geplänkels.

Ja, das ist definitiv etwas, worauf ich mich freue.

Zügig laufe ich die Main Street entlang und spüre Hoffnung in mir aufkeimen, dass sie mein Angebot annehmen wird. Der Gedanke ist aufregend, geradezu belebend. Ich erhöhe das Tempo und lege das letzte Stück zum Heathman im Sprint zurück.

Es ist bereits 20:15 Uhr, als ich mich auf meinem Stuhl zurücklehne. Auf Empfehlung von Miss Tiefschwarze Augen habe ich den Oregon-Wildlachs gegessen, vor mir steht mein Glas Sancerre, halb leer, und der Laptop ist aufgeklappt, falls wichtige Mails eingehen sollten. Ich nehme den Bericht über die Brachflächen in Detroit zur Hand, den ich mir inzwischen ausgedruckt habe. »Dann eben Detroit«, murmle ich und fange an zu lesen.

Minuten später kommt eine Mail.

»Schockiert« lautet der Betreff. Ich setze mich abrupt auf.

Von: Anastasia Steele
Betreff: Schockiert
Datum: 23. Mai 2011, 20:33 Uhr
An: Christian Grey

Okay, jetzt weiß ich Bescheid.
Schön, dich kennengelernt zu haben.
   Ana

Scheiße!
Ich lese die Mail ein zweites Mal.
Verdammt!
Ein Nein. Ungläubig starre ich auf den Bildschirm.
Das war's also?
Ohne jede Diskussion?
Einfach Schluss?
Nichts als ein lapidares *Schön, dich kennengelernt zu haben*?
Verdammte Scheiße!
Wie erstarrt blicke ich auf den Bildschirm.
Schön?
Schön.
SCHÖN.
Als sie gekommen ist, fand sie es nicht bloß schön, sondern viel mehr als das.
Immer mit der Ruhe, Grey.
Vielleicht ist es ja nur ein Scherz.
Ein Scherz!
Ich ziehe den Laptop heran.

Von: Christian Grey
Betreff: SCHÖN?
Datum: 23. Mai 2011
An: Anastasia Steele

Meine Finger verharren über der Tastatur. Ich habe keine Ahnung, was ich schreiben soll.

Wie kann sie mich so einfach abservieren?

Ihren ersten Mann.

Konzentration, Grey. Welche Alternativen hast du? Vielleicht sollte ich einfach zu ihr fahren und mich vergewissern, dass es tatsächlich ein Nein ist. Oder ich kann sie sonst irgendwie überzeugen. Fest steht, dass ich nicht weiß, wie ich auf diese Mail reagieren soll. Vielleicht ist sie ja auf irgendwelche Hardcore-Seiten gestoßen. Wieso habe ich ihr nicht einfach ein paar Bücher in die Hand gedrückt? Ich fasse es nicht. Sie muss mir ins Gesicht sehen und nein sagen, sonst glaube ich es nicht.

Genau. Nachdenklich reibe ich mir das Kinn, dann nehme ich meine Krawatte aus dem Schrank.

Diese eine Krawatte.

Noch ist nichts verloren. Ich stecke mir ein paar Kondome in die Gesäßtasche, schnappe meine Jacke und hole eine Flasche Weißwein aus der Minibar. Verdammt – es gibt bloß Chardonnay. Aber er wird genügen müssen. Ich nehme meinen Zimmerschlüssel, trete auf den Flur und mache mich auf den Weg zum Aufzug.

Wenig später stehe ich mit dem R8 vor ihrer Wohnung und überlege, ob es wirklich eine gute Idee ist, an diesem Ort zu sein. Noch nie habe ich eine meiner Subs zu Hause besucht, stets kamen sie zu mir. Ich übertrete sämtliche Grenzen, die ich mir gesetzt hatte. Mit einem unbehaglichen Gefühl steige ich aus – es ist leichtsinnig und anmaßend, einfach herzukommen. Andererseits war ich bereits zweimal bei ihr gewesen, wenn auch nur für ein paar Minuten. Sollte sie dem Vertrag zustimmen, muss ich dafür sorgen, dass sie ihre Erwartungen nicht zu hoch hängt. Weitere Besuche wird es definitiv nicht geben.

Nicht so vorschnell, Grey.

Du bist hier, weil du glaubst, dass sie dir eine Absage erteilt.

Miss Kavanagh macht mir die Tür auf und sieht mich überrascht

an. »Hi, Christian. Ana hat gar nichts über Ihr Kommen gesagt.«
Sie tritt beiseite, um mich einzulassen. »Sie ist in ihrem Zimmer.
Ich rufe sie.«

»Nein. Ich würde sie gern überraschen.« Ich setze meine freund-
lichste, aufrichtigste Miene auf. Sie blinzelt kurz, dann macht sie einen weiteren Schritt zur Seite. *Das war ja ein Kinderspiel. Wer hätte
das gedacht?* »Wo ist ihr Zimmer?«

»Dahinten, gleich die erste Tür.« Sie zeigt auf eine Tür neben
dem Wohnzimmer.

»Danke.«

Jacke und Weinflasche deponiere ich auf einem der Umzugskartons, gehe durch den schmalen Flur und stehe dann vor zwei
Türen – hinter der einen verbirgt sich vermutlich das Badezimmer,
deshalb klopfe ich an der anderen und trete nach kurzem Zögern
ein. Ana sitzt an einem kleinen Schreibtisch und liest etwas – den
Vertrag, wie es aussieht. Sie hat Kopfhörer im Ohr und trommelt
mit den Fingern im Takt einer Musik, die ich nicht wahrnehmen
kann. Einen Moment lang stehe ich reglos da und betrachte ihr
konzentriertes Gesicht, ihr zu Zöpfen geflochtenes Haar, ihre Jogginghose. Vielleicht war sie ja ebenfalls laufen … vielleicht musste auch sie überschüssige Energie loswerden. Ein netter Gedanke.
Ihr Zimmer ist klein und ordentlich, ein richtiges Mädchenzim-
mer – viele Weiß-, Creme- und sanfte Blautöne, getaucht ins weiche Licht der Nachttischlampe. Außerdem sieht es ziemlich karg
aus, aber dann fällt mein Blick auf einen verschlossenen Umzugs-
karton. *Anas Zimmer* steht darauf. Wenigstens besitzt sie ein Dop-
pelbett, das ein weißes Eisengestell hat. Ja. Das hat doch Potenzial.

Ana fährt zusammen, als sie mich bemerkt.

Ja, ganz genau. Ich bin wegen deiner Mail hergekommen.

Sie nimmt die Ohrstöpsel heraus. Blecherne Klänge füllen die
Stille im Raum.

»Guten Abend, Anastasia.«

Ihre Augen weiten sich.

»Ich hatte das Gefühl, dass deine Mail eine persönliche Antwort erfordert«, sage ich, um einen neutralen Tonfall bemüht. Ihr Mund öffnet und schließt sich, doch kein Laut dringt hervor.

Miss Steele ist ausnahmsweise einmal sprachlos. Sehr schön. »Darf ich mich setzen?«

Sie nickt und sieht ungläubig zu, wie ich mich auf die Bettkante niederlasse.

»Ich hatte versucht, mir dein Schlafzimmer vorzustellen«, bemerke ich. Eigentlich bin ich nicht der Small-Talk-Typ, habe aber das Gefühl, etwas sagen zu müssen, um das Eis zu brechen. Sie lässt den Blick umherschweifen, als würde sie das Zimmer zum allerersten Mal sehen. »Hier drinnen ist es sehr ruhig und friedlich«, fahre ich fort, obwohl ich mich weder ruhig noch friedlich fühle. Ich will nur eines wissen: Wieso sie meinen Vorschlag ohne jede Diskussion vom Tisch gefegt hat.

»Wie …?«, haucht sie ungläubig.

»Ich bin noch im Heathman.« Sie weiß es doch.

»Möchtest du was trinken?«, sagt sie gepresst.

»Nein danke, Anastasia.« *Sehr gut.* Sie erinnert sich wieder an ihre Manieren. Trotzdem will ich gleich zur Sache kommen. »Dann war es also *schön,* mich kennengelernt zu haben?« Ich lege besondere Betonung auf das Wort, das mich am meisten kränkt.

Schön? Ach ja?

Sie starrt auf ihre Hände und tippt nervös mit den Fingern auf ihre Oberschenkel. »Ich dachte, du antwortest per Mail«, sagt sie kleinlaut.

»Kaust du absichtlich auf deiner Unterlippe herum?« Mir wird bewusst, dass meine Stimme streng klingt, strenger als gewollt.

»Das habe ich gar nicht gemerkt«, flüstert sie. Ihr Gesicht ist kreidebleich.

Wir sehen einander an.

Die Luft ist regelrecht elektrisch aufgeladen.

Spürst du es denn nicht, Ana? Diese Spannung? Die Anziehungskraft zwischen uns? Meine Atemzüge werden flach, als ich sehe, wie sich ihre Pupillen weiten. Ganz langsam strecke ich die Hand aus und löse behutsam einen ihrer Zöpfe. Wie gebannt starrt sie mich an. Dann ziehe ich das zweite Gummiband heraus.

»Du hast also Sport gemacht?« Ich lasse meinen Finger über ihre Ohrmuschel wandern, zupfe zärtlich an ihrem weichen Ohrläppchen, während ich mir ausmale, wie es wohl mit einem Brillantstecker aussehen würde. Ich frage sie, warum sie das Bedürfnis nach Bewegung hatte. Ihr Atem beschleunigt sich.

»Ich habe Zeit zum Nachdenken gebraucht«, antwortet sie.

»Worüber, Anastasia?«

»Über dich.«

»Und du bist zu dem Schluss gekommen, dass es schön war, mich kennengelernt zu haben? Meinst du das im biblischen Sinn?«

Ihre Wangen färben sich rosa. »Ich hätte nicht gedacht, dass du dich mit der Bibel auskennst.«

»Ich war in der Sonntagsschule, Anastasia. Da lernt man eine Menge.«

Den Katechismus. Schuld. Und dass Gott mich schon vor langer, langer Zeit im Stich gelassen hat.

»Meines Wissens ist in der Bibel nicht die Rede von Brustwarzenklemmen. Vielleicht hat man dich mit einer modernen Übersetzung unterrichtet.« Ein provozierendes Glitzern liegt in ihren Augen.

Oh, dieses freche Mundwerk!

»Ich hab mir gedacht, ich sollte herkommen und dich daran erinnern, wie schön es ist, mich zu kennen.« Die Herausforderung in meinem Tonfall ist unüberhörbar. Ihr bleibt der Mund offen stehen, doch ich streiche an ihrer Wange entlang und drücke ihr Kinn nach oben. »Was sagen Sie dazu, Miss Steele?«, frage ich leise.

Unvermittelt wirft sie sich auf mich.

Was soll das denn?

In letzter Sekunde gelingt es mir, ihre Arme zu fassen und nach hinten zu drehen. Ich werfe sie aufs Bett, umfasse mit einer Hand ihr Kinn, presse meinen Mund auf ihre Lippen und dränge meine

Zunge dazwischen, während sie sich mir entgegenwölbt und meinen Kuss mit derselben Leidenschaft erwidert.

Oh, Ana. Was machst du nur mit mir?

Ich halte kurz inne und sehe sie an. Zeit für Plan B.

»Vertraust du mir?«, frage ich, als sich ihre Lider flatternd heben. Sie nickt. Ich ziehe die Krawatte aus meiner Hosentasche, setze mich rittlings auf sie und binde ihr die Handgelenke zusammen, dann befestige ich das andere Ende der silbergrauen Krawatte am Bettpfosten. Sie windet sich unter mir, zerrt an den Fesseln, doch der Stoff gibt keinen Millimeter nach. »So ist's besser.« Ich lächle. Jetzt habe ich sie genau dort, wo ich sie haben will. Und jetzt werde ich sie ausziehen.

Ich packe ihren rechten Fuß und löse die Schnürsenkel ihres Laufschuhs.

»Nein!« Sie versucht, mich wegzustoßen. Ich weiß genau, wovor sie Angst hat. Sie glaubt, der Schweißgeruch ihrer Füße könnte mich abschrecken.

O Süße!

»Wenn du dich wehrst, binde ich dir die Füße fest. Und wenn du einen Laut von dir gibst, kneble ich dich, Anastasia. Halte still. Katherine steht wahrscheinlich draußen und lauscht.«

Sie hört auf. Ich habe mich auf meinen Instinkt verlassen können. Sie macht sich tatsächlich Gedanken wegen ihrer Füße. Wann begreift sie endlich, dass all diese Dinge völlig irrelevant für mich sind?

Eilig ziehe ich ihr Schuhe, Socken und ihre Jogginghose aus, dann hebe ich sie hoch und ziehe Quilt und Bettdecke weg, sodass sie auf dem Laken liegt. Was ich mit ihr vorhabe, wird nicht ohne Sauerei über die Bühne gehen.

Hör endlich auf, auf deiner verdammten Unterlippe herumzukauen.

Mit dem Finger streiche ich über ihren Mund als Warnung. Sie schürzt die Lippen und erwidert mein Lächeln. Was für ein bildschönes, sinnliches Geschöpf.

Unter ihrem forschenden Blick ziehe ich ebenfalls Schuhe und Socken aus, dann löse ich den obersten Knopf meiner Hose und streife mein Hemd ab.

»Ich glaube, du hast schon zu viel gesehen.« Ich will die Spannung aufrechterhalten. Sie soll nicht wissen, was als Nächstes kommt. Das wird ein Fest für die Sinne werden. Bislang habe ich ihr nie eine Augenbinde umgelegt, folglich zählt das, was ich gleich mit ihr machen werde, gewissermaßen zu ihrer Ausbildung. Vorausgesetzt, sie lässt sich darauf ein …

Wieder setze ich mich rittlings auf sie und ziehe ihr T-Shirt so weit hoch, dass es ihre Augen bedeckt.

Sie sieht absolut hinreißend aus. Gefesselt und hilflos vor mir ausgestreckt. »Hm. Es wird immer besser. Ich hole etwas zu trinken«, flüstere ich und küsse sie. Ich höre ein leises Japsen, als ich vom Bett steige und das Zimmer verlasse. Draußen auf dem Flur steht noch die Flasche Chardonnay.

Miss Kavanagh, die im Wohnzimmer auf dem Sofa sitzt und kurz ihre Lektüre unterbricht, reißt die Augen auf. *Sag bloß nicht, du hast noch nie einen Typ ohne Hemd gesehen. In tausend Jahren nicht.* »Wo finde ich einen Korkenzieher, Eiswürfel und Gläser, Kate?«, frage ich, ohne ihre geschockte Miene zu beachten.

»Äh. In der Küche. Ich gehe schon. Wo ist Ana?«

Ah, sie macht sich also doch Sorgen um ihre Freundin. Gut.

»Im Moment ist sie nicht abkömmlich, aber sie hätte gern etwas zu trinken.«

»Oh. Verstehe.«

Ich folge Kate in die Küche. Sämtliche Gläser stehen auf der Arbeitsplatte, vermutlich müssen sie für den Umzug eingepackt werden. Sie reicht mir einen Korkenzieher, dann nimmt sie einen Eiswürfelbehälter aus dem Kühlschrank und bricht ein paar Eiswürfel heraus.

»Wir müssen noch packen. Sie wissen, dass Elliot uns beim Umzug hilft, oder?« Unüberhörbar ist die Kritik in ihrer Stimme.

»Tatsächlich?«, frage ich desinteressiert und mache den Wein auf. »Geben Sie das Eis einfach in die Gläser. Chardonnay. Mit Eis ist er genießbarer.«

»Ich hätte Sie eher für einen Rotweintrinker gehalten«, sagt sie, während ich den Wein einschenke. »Wollen Sie Ana nicht auch beim Umzug helfen?« Ihre Augen blitzen. Sie will mich aus der Reserve locken.

Bring sie dazu, dass sie die Klappe hält, Grey.

»Nein. Ich kann nicht«, antworte ich knapp. Dass sie mir ein schlechtes Gewissen bereiten will, nervt mich. Trotzig presst sie die Lippen aufeinander, verlässt aber schließlich die Küche, sorgsam darauf bedacht, dass mir ihr Unmut nicht entgeht.

Verpiss dich, Kavanagh.

Ich werde den beiden nicht beim Umzug helfen. So funktioniert die Beziehung zwischen mir und Ana nicht. Außerdem habe ich keine Zeit dafür.

Ich kehre in Anas Zimmer zurück und schließe die Tür. Meine Laune hebt sich schlagartig, als ich die wunderbare Ana Steele, atemlos und voller Erwartung, auf dem Bett liegen sehe. Ich stelle die Gläser auf dem Nachttisch ab, ziehe die Kondome aus der Tasche und lege sie daneben, dann ziehe ich meine Hose und meine Unterwäsche aus.

Ich nippe an dem Wein, der zu meinem Erstaunen gar nicht so übel schmeckt, und betrachte Ana. Bislang hat sie kein Wort gesagt. Ihr Gesicht ist mir zugewandt, ihre Lippen beben. Ich nehme eines der Gläser und setze mich rittlings auf sie. »Hast du Durst, Anastasia?«

»Ja«, wispert sie.

Ich nehme einen Schluck, beuge mich vor und küsse sie, wobei ich den Wein in ihren Mund rieseln lasse. Sie schluckt. Ein wohliger Laut dringt aus den Tiefen ihrer Kehle.

»Mehr?«, frage ich.

Lächelnd nickt sie, also gehorche ich.

»Wir müssen bald aufhören. Wir wissen ja, wie wenig du verträgst, Anastasia«, necke ich, worauf ein breites Lächeln auf ihrem

Gesicht erscheint. Ich lasse noch mehr Wein in ihren Mund fließen. Genüsslich windet sie sich unter mir.

»Ist das *schön*?«, frage ich und lege mich neben sie.

Unvermittelt wird sie ernst und saugt scharf den Atem ein.

Wieder nehme ich einen Schluck Wein, diesmal aber mit zwei Eiswürfeln. Als ich sie küsse, lasse ich einen davon in ihren Mund gleiten, ehe ich eine Spur kalter Küsse von ihrer Kehle bis zu ihrem Nabel lege, wo ich den zweiten Eiswürfel platziere, gefolgt von etwas Wein.

Wieder atmet sie hörbar ein.

»Jetzt musst du stillhalten. Wenn du dich bewegst, schwappt Wein aufs Bett, Anastasia.« Ihre Hüften wölben sich mir entgegen, als ich ihren Nabel küsse.

»Nein, nein, wenn Sie den Wein verschütten, muss ich Sie bestrafen, Miss Steele.«

Sie stöhnt auf und zerrt an der Krawatte.

Einzeln ziehe ich ihre BH-Schalen nach unten, sodass sich mir ihre Brüste – spitz und schutzlos – entgegenrecken. Langsam errege ich sie.

»Na, wie *schön* ist das?«, frage ich und puste vorsichtig über die feuchte Haut. »Ah«, raunt sie. Ich stecke noch ein weiteres Stück Eis in den Mund, und meine Lippen gleiten zu ihrer Brustwarze, umkreise sie mehrmals mit dem Eis. Sie stöhnt auf. Ich nehme das Eis in die Hand, das unter der Wärme meiner Finger zu schmelzen beginnt, und umkreise weiter mit den Lippen ihre Brustwarzen.

Sie spannt sich an, ohne sich zu bewegen. »Wenn du den Wein verschüttest, lasse ich dich nicht kommen«, warne ich sie.

»Bitte … Christian … Sir … Bitte!«

Oh, diese Worte aus ihrem Mund zu hören!

Es gibt also Hoffnung.

Das ist kein Nein.

Ich streiche über ihren Bauch, lasse meine Finger zu ihrem Slip wandern. Unvermittelt hebt sie das Becken, sodass der Wein und das geschmolzene Eis aus ihrem Nabel rinnen. Eilig beuge ich mich vor und lecke die Flüssigkeit auf. »Meine liebe Anastasia, du hast dich bewegt. Was mache ich jetzt nur mit dir?« Ich schiebe die Hand in ihren Slip und streiche über ihre Klitoris.

»Ah.«

»O Baby?«, flüstere ich ehrfürchtig. Sie ist feucht. Sehr feucht.

Siehst du? Siehst du, wie schön das ist?

Sie erbebt unter meiner Berührung.

»So bereit«, raune ich. Zwei meiner Finger gleiten in sie hinein, dann ziehe ich sie wieder heraus, was ihr ein Stöhnen entlockt. Wieder bäumt sie sich auf.

Und wie sie es will.

»Nicht so gierig.« Mit kreisförmigen Bewegungen massiere ich ihre Klitoris, quäle, necke sie.

Sie stößt einen Schrei aus, und ihr Körper hebt sich zuckend. Ich will ihr Gesicht sehen, also ziehe ich das T-Shirt nach unten. Blinzelnd schlägt sie die Augen auf.

»Ich will dich anfassen«, flüstert sie mit heiserer Stimme.

»Ich weiß.« Ohne den erbarmungslosen Rhythmus meiner Finger zu verändern, küsse ich sie auf den Mund. Sie schmeckt nach Wein, nach Begierde, nach Ana. Sie erwidert meinen Kuss mit einem Verlangen, wie ich es noch nie an ihr erlebt habe. Ich lege die Hand um ihren Hinterkopf und halte sie, während ich sie weiter mit zwei Fingern ficke. Als ihre Beine steif werden, halte ich inne.

O nein, Baby, du wirst noch nicht kommen.

Noch drei weitere Male führe ich sie an den Rand des Höhepunkts, während ich ihren warmen, süßen Mund küsse. »Das ist deine Strafe. So nah und doch so fern. Ist das *schön*?«, flüstere ich beim fünften Mal dicht neben ihrem Ohr.

»Bitte«, fleht sie.

O Gott, wie ich es liebe, sie betteln zu hören.

»Wie soll ich dich ficken, Anastasia?«

Wieder bewege ich die Finger und spüre, wie ihre Beine zu beben beginnen, worauf ich meinen Rhythmus erneut verlangsame.

»Bitte«, haucht sie kaum hörbar.

»Was möchtest du, Anastasia?«

»Dich … jetzt«, ruft sie.

»Wie soll ich dich ficken? Es gibt so endlos viele Möglich-keiten«, murmle ich, löse meine Hand und greife nach dem Kon-dompäckchen. Dann knie ich mich zwischen ihre Beine, streife ihr das Höschen herunter und lasse es zu Boden fallen. Ihre Augen sind dunkel vor Begierde und Sehnsucht und weiten sich, als ich das Kondom über meinen Schwanz rolle.

»Wie *schön* ist das?«, frage ich und schließe die Hand um mei-ne Erektion.

»Das war ein Scherz«, wimmert sie.

Ein Scherz?

Gott sei Dank.

Es ist also doch nicht alles verloren.

»Ein Scherz?«, frage ich und streiche über meinen Schwanz.

»Ja. Bitte, Christian.«

»Lachst du jetzt?«

»Nein.« Ihre Stimme ist kaum hörbar, trotzdem verrät ihr Ton-fall alles, was ich wissen muss.

Zu sehen, wie sehr sie mich braucht … Allein bei ihrem Anblick könnte ich in meiner eigenen Hand explodieren. Ich packe sie und werfe sie abrupt herum, sodass sie mir ihren herrlichen Arsch ent-gegenreckt. Es ist zu verführerisch. Ich hole aus und lasse meine Hand auf ihre weichen Pobacken herabsausen, ehe ich mich in ihr versenke.

Verdammt, sie ist so bereit für mich!

Ihr Fleisch schließt sich um mich, ehe sie Sekunden später mit einem lauten Schrei zum Orgasmus kommt.

Verdammt! Zu schnell.

Ich packe ihre Hüften, dringe in sie ein, reite sie durch ihren Höhepunkt. Wieder und wieder stoße ich mit zusammengebisse-nen Zähnen zu, während sich der nächste Orgasmus bereits in ihr aufbaut.

Los, Ana. Noch einmal, beschwöre ich sie stumm.

Sie stöhnt und wimmert, ein dünner Schweißfilm bildet sich auf ihrem Rücken.

Wieder zittern ihre Beine.

Gleich.

»Komm, Anastasia, noch einmal«, knurre ich und spüre, wie sich ihre Erregung auf mich überträgt, ihr Orgasmus mich auf wundersame Weise mit sich reißt. *Heilige Scheiße.* Ich ergieße mich in ihr.

Gütiger Himmel, denke ich und sinke über ihr zusammen.

»Wie *schön* war das?«, zische ich dicht neben ihrem Ohr.

Während sie noch immer völlig erschöpft auf dem Bett liegt, ziehe ich mich aus ihr heraus und entsorge das Kondom, dann stehe ich auf und kleide mich an. Schließlich löse ich die Krawatte. Sie rollt auf den Rücken, massiert ihre Handgelenke und zieht sich den BH hoch, während ich den Quilt über ihr ausbreite und mich, auf einen Ellbogen abgestützt, neben sie lege.

»Das war wirklich schön«, sagt sie mit einem verschmitzten Lächeln.

»Wieder dieses Wort.«

»Gefällt dir das Wort nicht?«

»Nein, überhaupt nicht.«

»Es scheint sich sehr vorteilhaft auf dich auszuwirken.«

»Vorteilhaft? Könnten Sie mein Ego noch ein wenig mehr verletzen, Miss Steele?«

»Ich glaube nicht, dass mit deinem Ego etwas nicht in Ordnung ist.« Sie runzelt flüchtig die Stirn.

»Glaubst du?«

Dazu hätte Dr. Flynn bestimmt so einiges zu sagen.

»Wieso willst du nicht, dass man dich anfasst?«, fragt sie mit sanfter Stimme.

»Ich will es eben nicht.« Um sie abzulenken, küsse ich sie auf die Stirn. »Diese Mail von dir vorhin ... Das war also deine Vorstellung von einem Scherz?«

Mit einem entschuldigenden Lächeln zuckt sie die Achseln.

»Verstehe. Also ist mein Angebot für dich noch nicht vom Tisch?«

»Dein unmoralisches Angebot. Nein, ist es nicht. Allerdings habe ich das eine oder andere Problem damit.«

Gott sei Dank!

Wir sind also immer noch im Geschäft. Erleichterung durchströmt mich.

»Ich wäre enttäuscht, wenn es nicht so wäre.«

»Eigentlich wollte ich dir meine Einwände ja per Mail schicken, aber jetzt hast du mich dabei unterbrochen.«

»Also quasi ein Coitus interruptus.«

»Ich wusste, dass auch in dir ein Fünkchen Humor schlummert.« Ich sehe die Belustigung in ihren Augen funkeln.

»Ich kann bloß nicht allem eine lustige Seite abgewinnen, Anastasia. Ich dachte, du lehnst mein Angebot rundweg ab, ohne jede Diskussion.«

»Ich bin mir noch nicht sicher, sondern brauche noch etwas Zeit zum Überlegen. Wirst du mich zwingen, ein Halsband zu tragen?«

Die Frage überrascht mich. »Offensichtlich hast du deine Hausaufgaben gemacht. Das weiß ich noch nicht, Anastasia. Ich habe es noch nie mit jemandem ausprobiert.«

»Hat dich schon mal jemand gezwungen, ein Halsband zu tragen?«

»Ja.«

»Mrs. Robinson?«

»Mrs. Robinson?« Ich muss lachen. Anne Bancroft in *Die Reifeprüfung*. »Das muss ich ihr bei Gelegenheit erzählen. Sie wird begeistert sein.«

»Hast du immer noch Kontakt zu ihr?«, fragt sie entsetzt.

»Ja.« Was ist so schlimm daran?

»Aha«, sagt sie knapp. Ist sie wütend? Wieso? Das verstehe ich nicht. »Also darfst du jemanden haben, mit dem du dich über deinen alternativen Lebensstil austauschen kannst, ich aber nicht.«

»So habe ich das bisher nie gesehen. Mrs. Robinson war früher ein Teil meines Lebensstils. Ich habe dir ja erzählt, dass sie eine gute Freundin von mir ist. Wenn du willst, kann ich dir gern eine meiner ehemaligen Subs vorstellen, dann kannst du dich mit ihr darüber unterhalten.«

»Ist das deine Vorstellung von einem Scherz?«

»Nein, Anastasia.« Die Heftigkeit ihrer Reaktion erstaunt mich. Es ist völlig normal, dass sich eine Sub mit ihren Vorgängerinnen über ihren neuen Dom austauscht.

»Nein, ich komme schon allein klar, herzlichen Dank«, blafft sie und zieht sich die Decke bis zum Kinn.

Also ist sie doch sauer?

»Anastasia … ich wollte dich nicht kränken.«

»Ich bin nicht gekränkt, sondern entsetzt.«

»Entsetzt?«

»Ich habe keine Lust, mich mit einer deiner Exfreundinnen, Sklavinnen, Subs oder wie auch immer du sie nennst, zu unterhalten.«

Oh.

»Anastasia Steele … bist du etwa eifersüchtig?«, frage ich aufrichtig verwirrt. Sie läuft tiefrot an, was mir verrät, dass ich den Nagel auf den Kopf getroffen habe. Wie zum Teufel ist das möglich?

Ich hatte bereits ein Leben, bevor du aufgetaucht bist.

Und zwar ein sehr wildes.

»Bleibst du hier?«

Wie bitte? Natürlich nicht. »Ich habe morgen einen Frühstückstermin im Heathman. Außerdem habe ich dir ja schon erklärt, dass ich nie mit meinen Freundinnen, Sklavinnen, Subs oder sonst jemandem im selben Bett schlafe. Freitag und Samstag waren eine Ausnahme. Das wird sich nicht wiederholen.«

Trotzig presst sie die Lippen aufeinander. »Ich bin jedenfalls müde.«

Verdammt!

»Du setzt mich vor die Tür?«

So sollte das eigentlich nicht laufen.

»Genau.«

Was zum Teufel soll das?

Wieder einmal hat sie mich kalt erwischt. »Tja, noch eine Premiere«, sage ich.

Einfach vor die Tür gesetzt. Nicht zu fassen.

»Also gibt es nichts, worüber du heute Abend noch reden willst? Im Hinblick auf den Vertrag, meine ich?« Ich versuche Zeit zu schinden.

»Nein«, brummt sie. Ihre Verdrossenheit geht mir auf die Nerven. Wäre sie ernsthaft meine Sklavin, würde ich so ein Verhalten nicht hinnehmen.

»O Gott, wie gern ich dir eine anständige Tracht Prügel verpassen würde. Danach würdest du dich gleich viel besser fühlen und ich auch.«

»Noch habe ich nichts unterschrieben, also steht es dir nicht zu, so etwas zu sagen.«

Sagen darf ich vieles, Baby. Nur eben nicht tun. Erst wenn du es mir erlaubst. »Aber träumen darf man, Anastasia. Also Mittwoch?« Ich will sie, auch wenn ich nicht genau sagen kann, weshalb. Sie ist derart kompliziert. Ich gebe ihr einen flüchtigen Kuss.

»Mittwoch«, bestätigt sie. Wieder verspüre ich Erleichterung. »Ich bringe dich noch zur Tür. Gib mir nur einen Minute«, fügt sie etwas sanfter hinzu, schiebt mich vom Bett und streift ihr T-Shirt über. »Reich mir meine Jogginghose«, befiehlt sie.

»Bitte sehr, Ma'am«, erwidere ich, in der Hoffnung, dass ihr die Anspielung entgeht. Aber sie mustert mich mit zusammengekniffenen Augen. Sie weiß ganz genau, dass ich mich über sie lustig mache, sagt jedoch kein Wort.

Die Vorstellung, kurzerhand vor die Tür gesetzt zu werden, amüsiert mich inzwischen. Ich folge ihr durchs Wohnzimmer zur Eingangstür.

Wie lange ist es her, seit mir so etwas passiert ist?

Noch gar nie ist mir so etwas passiert, um genau zu sein.

Sie öffnet die Tür, blickt auf ihre Hände.

Was läuft hier?

»Alles in Ordnung?«, frage ich leise und streiche mit dem Daumen über ihre Unterlippe. Vielleicht will sie in Wahrheit überhaupt nicht, dass ich gehe – oder aber sie kann es kaum erwarten.

»Ja«, antwortet sie leise und etwas bedrückt. Ich kann ihr nicht so recht glauben.

»Mittwoch«, wiederhole ich, beuge mich vor, um sie zu küssen. Sie schließt die Augen. Ich will nicht fort, nicht solange alles unklar ist. Ich lege die Hände um ihr Gesicht und küsse sie nochmals, jetzt leidenschaftlicher. Ich spüre, wie ihr Widerstand schmilzt.

O Baby, bitte schick mich nicht weg. Gib uns wenigstens eine Chance.

Sie erwidert meinen Kuss, von dem ich wünschte, er würde ewig dauern. Ich bin regelrecht berauscht von ihr, spüre, wie die Dunkelheit in mir dank ihrer Gegenwart nicht ganz so finster, so bedrohlich ist. Widerstrebend löse ich mich von ihr und lege die Stirn gegen ihre.

Sie ist ganz atemlos, genau wie ich. »Anastasia, was machst du mit mir?«

»Dasselbe könnte ich dich fragen«, flüstert sie.

Mir ist bewusst, dass ich jetzt gehen muss. Sie bringt mich völlig durcheinander, auch wenn ich den Grund dafür nicht kenne. Ich drücke ihr einen Kuss auf die Stirn, verlasse die Wohnung und begebe mich hinaus zu meinem Wagen, während sie in der Tür steht und mir hinterhersieht. Lächelnd steige ich ein.

Als ich mich umdrehe, ist sie verschwunden.

Verdammt! Kein Winken zum Abschied?

Ich lasse den Motor an und fahre zurück nach Portland, während ich die Geschehnisse der vergangenen Stunden Revue passieren lasse.

Sie hat mir eine Mail geschickt.

Ich bin zu ihr gefahren.

Wir haben gefickt.

Sie hat mich vor die Tür gesetzt, obwohl ich noch bleiben wollte.

Zum ersten Mal in meinem Leben – na ja, vielleicht nicht ganz – fühle ich mich benutzt. Es ist ein irritierendes Gefühl, das mich an meine Zeit mit Elena erinnert.

Verdammt! Miss Steele – *topping from the bottom.* Die Sub, die versucht, ihren Dom zu beherrschen. Und ich bin dumm genug, es zuzulassen.

Ich muss etwas unternehmen. Diese softe Tour bringt mich völlig durcheinander.

Aber ich will sie. Sie muss diesen Vertrag unterschreiben.

Ist es nur das Jagdfieber? Ist es das, was mich so anmacht? Oder liegt es an ihr selbst?

Mist, ich weiß es nicht. Ich kann nur hoffen, dass ich am Mittwoch klüger bin. Trotzdem war es eine verdammt schöne Art, den Abend zu verbringen. Ich grinse mir selbst im Rückspiegel zu, als ich in die Hotelgarage fahre.

Kaum in meinem Zimmer, setze ich mich an meinen Laptop.

Konzentrier dich darauf, was du willst, wo du sein willst. Ist das nicht genau das, was Flynn mir ständig vorbetet? Lösungsorientiertes Denken und all dieser Kram?

Von: Christian Grey
Betreff: Heute Abend
Datum: 23. Mai 2011, 23:16 Uhr
An: Anastasia Steele

Miss Steele,
ich freue mich darauf, Ihre Anmerkungen zu unserer Vereinbarung zu erhalten.
Bis dahin – schlaf gut, Baby.
CHRISTIAN GREY
CEO, Grey Enterprises Holdings, Inc.

Einen Moment lang verharren meine Finger über den Tasten. *Danke für einen weiteren kurzweiligen Abend,* würde ich am liebsten schreiben, aber dann kommt es mir doch ein wenig übertrieben vor. Außerdem schläft Ana bestimmt schon. Ich ziehe den Detroit-Bericht heran und lese weiter.

DIENSTAG, 24. MAI 2011

Die Vorstellung, die Fabrik in Detroit zu bauen, deprimiert mich. Ich hasse Detroit, weil ich nichts als schlechte Erinnerungen an die Stadt habe. Erinnerungen, die ich um jeden Preis vergessen will. Trotzdem suchen sie mich, meistens in den Nächten, heim, um mich daran zu erinnern, wer ich bin und woher ich komme.

Andererseits bietet Michigan erstklassige Steueranreize. Welche Marschrichtung der Bericht nahelegt, ist eindeutig. Ich lasse ihn auf den Esstisch fallen und nippe an meinem Sancerre. Er ist warm. Es ist spät. Ich sollte schlafen. Als ich aufstehe und mich strecke, geht eine weitere Mail ein. Vielleicht ist sie von Ros. Ich beschließe nachzusehen.

Sie ist von Ana. Wieso ist sie noch wach?

Von: Anastasia Steele
Betreff: Problematische Punkte
Datum: 24. Mai 2011, 00:02 Uhr
An: Christian Grey

Sehr geehrter Mr. Grey,
nachfolgend erhalten Sie eine Liste der Punkte, die mir Probleme bereiten. Ich freue mich darauf, sie am Mittwoch beim Abendessen mit Ihnen zu besprechen.
Die Zahlen beziehen sich auf die jeweiligen Klauselziffern:

Es geht um die einzelnen Vertragsklauseln? Miss Steele ist sehr methodisch vorgegangen. Ich öffne eine Kopie des Vertrags.

VERTRAG

Geschlossen am _____ 2011 (»Beginn«)

zwischen

MR. CHRISTIAN GREY,

301 Escala, Seattle, WA 98889

(»Dom«)

und

MISS ANASTASIA STEELE,

1114 SW Green Street, Apartment 7,

Haven Heights, Vancouver, WA 98888

(»Sub«)

DIE PARTEIEN EINIGEN SICH AUF FOLGENDE VEREINBARUNGEN:

1. Die folgenden Ausführungen stellen eine bindende Vereinbarung zwischen dem dominanten Partner (im Folgenden Dom genannt) und dem devoten (im Folgenden Sub genannt) dar.

GRUNDVEREINBARUNGEN

2. Ziel dieses Vertrags ist es, der Sub ein Ausloten ihrer Sinnlichkeit und ihrer Grenzen unter angemessener Berücksichtigung ihrer Bedürfnisse und Grenzen sowie ihres Wohlergehens zu ermöglichen.

3. Dom und Sub einigen sich darauf und bestätigen, dass alles, was im Rahmen dieses Vertrags stattfindet, in beiderseitigem Einvernehmen, vertraulich und unter Berücksichtigung der in diesem Vertrag vereinbarten Grenzen und Sicherheitsbestimmungen geschieht. Zusätzliche Grenzen und Sicherheitsbestimmungen können schriftlich vereinbart werden.

4. Dom und Sub versichern, dass sie unter keinen schweren, ansteckenden oder lebensbedrohlichen Krankheiten wie HIV, Herpes, Hepatitis oder anderen leiden. Falls bei einer der Parteien während der (unten festgelegten) Dauer oder einer Verlängerung des vorliegenden Vertrags eine solche Krankheit diagnostiziert oder von einer der Parteien bemerkt werden sollte, muss der Be-

treffende die andere Partei unverzüglich und auf jeden Fall vor jeglichem körperlichen Kontakt zwischen den beteiligten Parteien in Kenntnis setzen.

5. Die Befolgung der oben beschriebenen Garantien, Vereinbarungen und Zusicherungen (sowie aller zusätzlichen unter Punkt 3 vereinbarten Grenzen und Sicherheitsbestimmungen) sind Grundbestandteil dieses Vertrags. Jeglicher Verstoß dagegen führt zur sofortigen Auflösung. Beide Parteien erklären sich als der anderen gegenüber voll verantwortlich für die Konsequenzen eines solchen Vertragsbruchs.

6. Alle Punkte dieses Vertrags sind im Rahmen des Grundzwecks und der Grundbedingungen, wie in den Punkten 2–5 oben beschrieben, zu lesen und zu deuten.

ROLLEN

7. Der Dom übernimmt die Verantwortung für das Wohlergehen und die angemessene Erziehung, Leitung und Disziplinierung der Sub. Er entscheidet über die Art dieser Erziehung, Leitung und Disziplinierung sowie über den Zeitpunkt und den Ort ihrer Anwendung unter Berücksichtigung der in diesem Vertrag oder zusätzlich unter Punkt 3 vereinbarten Bedingungen, Beschränkungen und Sicherheitsbestimmungen.

8. Falls der Dom sich zu irgendeinem Zeitpunkt nicht an die in diesem Vertrag oder zusätzlich unter Punkt 3 vereinbarten Bedingungen, Beschränkungen oder Sicherheitsbestimmungen hält, hat die Sub das Recht, diesen Vertrag sofort aufzulösen und ohne Vorankündigung aus den Diensten des Dom auszuscheiden.

9. Vorbehaltlich dieser Bedingung und der Punkte 2–5 muss die Sub dem Dom in allen Dingen zu Willen sein und gehorchen. Vorbehaltlich der in diesem Vertrag oder zusätzlich unter Punkt 3 vereinbarten Bedingungen, Beschränkungen und Sicherheitsbestimmungen erfüllt sie alle Wünsche des Dom und akzeptiert ohne Nachfrage oder Zögern ihre Erziehung, Leitung und Disziplinierung in jeglicher Form.

BEGINN UND DAUER

10. Dom und Sub treten in diesen Vertrag am Tag des Beginns im vollen Bewusstsein seiner Beschaffenheit ein und verpflichten sich, sich ausnahmslos an seine Bedingungen zu halten.

11. Dieser Vertrag gilt vom Tag des Beginns an drei Kalendermonate lang (»Dauer«). Nach Ablauf der Dauer besprechen die Parteien, ob dieser Vertrag und seine Vereinbarungen befriedigend sind und den Bedürfnissen beider Parteien Rechnung getragen wurden. Jede der Parteien kann die Verlängerung dieses Vertrags abhängig von Veränderungen der getroffenen Vereinbarungen oder Bedingungen vorschlagen. Kommt es zu keiner Einigung über eine Verlängerung, endet dieser Vertrag, und beiden Parteien steht es frei, wieder getrennte Leben zu führen.

VERFÜGBARKEIT

12. Die Sub hält sich innerhalb der Vertragsdauer jede Woche von Freitagabend bis Sonntagnachmittag zu Zeiten für den Dom bereit, die der Dom festlegt (»vereinbarte Zeiten«). Darüber hinausgehende Zeiten können bei beiderseitigem Einverständnis ad hoc vereinbart werden.

13. Der Dom behält sich das Recht vor, die Sub jederzeit und aus beliebigem Grund aus seinen Diensten zu entlassen. Die Sub kann ihrerseits jederzeit ihre Entlassung verlangen, wobei es im Ermessen des Dom liegt, ihre Bitte im Rahmen der Rechte der Sub nach den Punkten 2–5 und 8 zu erfüllen.

ORT

14. Die Sub stellt sich zu den vereinbarten und zusätzlich vereinbarten Zeiten an vom Dom bestimmten Orten zur Verfügung. Der Dom übernimmt sämtliche Reisekosten, die der Sub dafür entstehen.

DIENSTBEDINGUNGEN

15. Folgende Dienstbedingungen wurden besprochen und vereinbart und werden während der Vertragsdauer von beiden Parteien eingehalten. Beide Parteien akzeptieren, dass sich Umstände ergeben können, die durch diesen Vertrag und die Dienstbedingungen nicht abgedeckt sind, oder bestimmte Punkte neu verhandelt werden müssen. In solchen Fällen können weitere Punkte in einen Zusatz aufgenommen werden. Sämtliche darüber hinausgehenden Punkte oder Zusätze müssen von beiden Parteien bestätigt, dokumentiert und unterzeichnet werden und unterliegen den Grundbedingungen wie unter den Punkten 2–5 beschrieben.

DOM

15.1 Für den Dom haben Gesundheit und Sicherheit der Sub jederzeit oberste Priorität. Der Dom darf von der Sub zu keinem Zeitpunkt fordern, verlangen, erbitten oder ihr erlauben, sich auf Aktivitäten einzulassen, die in Anhang 2 aufgeführt sind, oder auf solche, die die Parteien als unsicher erachten. Der Dom lässt keine Handlung zu und praktiziert nichts, was die Sub ernsthaft verletzen oder ihr Leben gefährden könnte. Die übrigen Unterpunkte zu diesem Punkt 15 sind vorbehaltlich dieser Bedingung und der Grundvereinbarungen in den Punkten 2–5 zu sehen.

15.2 Der Dom akzeptiert die Sub als seine Sklavin, die er während der Vertragsdauer besitzen, kontrollieren, dominieren und disziplinieren darf. Der Dom darf den Körper der Sub während der vereinbarten Zeiten oder während zusätzlich vereinbarter Zeiten so benutzen, wie es ihm angemessen erscheint, sexuell oder anderweitig.

15.3 Der Dom erzieht und leitet die Sub so an, dass sie dem Dom auf angemessene Weise dienen kann.

15.4 Der Dom sorgt für eine stabile, sichere Umgebung, in der die Sub ihren Pflichten im Dienst des Dom nachkommen kann.

15.5 Der Dom darf die Sub so disziplinieren, wie es ihm nötig erscheint, damit die Sub ihrer devoten Rolle gerecht und inakzeptables Verhalten verhindert wird. Der Dom darf die Sub schlagen, versohlen, auspeitschen oder körperlich züchtigen, wie es ihm angemessen erscheint, um sie zu disziplinieren, zu seinem persönlichen Vergnügen oder aus anderen Gründen, die er nicht erklären muss.

15.6 Bei der Erziehung und Disziplinierung stellt der Dom sicher, dass auf dem Körper der Sub keine bleibenden Spuren zurückbleiben und ihr keine Verletzungen zugefügt werden, für deren Behandlung ein Arzt nötig ist.

15.7 Bei der Erziehung und Disziplinierung stellt der Dom sicher, dass die Disziplinierungsmaßnahmen und die Werkzeuge, die zur Disziplinierung verwendet werden, sicher sind, keinen ernsthaften Schaden verursachen und in keiner Weise die Grenzen überschreiten, die in diesem Vertrag festgelegt und ausgeführt sind.

15.8 Falls die Sub erkrankt oder verletzt wird, kümmert sich der Dom um sie, sorgt für ihre Gesundheit und Sicherheit und empfiehlt oder ordnet, wenn er es für nötig hält, medizinische Versorgung an.

15.9 Der Dom gewährleistet seine eigene Gesundheit und begibt sich, falls nötig, in medizinische Behandlung, um risikofreie Bedingungen zu gewährleisten.

15.10 Der Dom leiht seine Sub nicht an einen anderen Dom aus.

15.11 Der Dom darf die Sub zu jedem Zeitpunkt innerhalb der vereinbarten Zeiten oder zusätzlich vereinbarten Zeiten aus jeglichem Grund und über längere Zeiträume fesseln, binden oder mit Handschellen festmachen, immer jedoch unter der Bedingung, dass Gesundheit und Sicherheit der Sub gewährleistet sind.

15.12 Der Dom stellt sicher, dass die gesamte Ausstattung, die der Erziehung und Disziplinierung dient, jederzeit sauber, hygienisch und sicher ist.

15.13 Die Sub akzeptiert den Dom als ihren Herrn und Meister und versteht sich als Eigentum des Dom, das der Dom innerhalb der Vertragsdauer im Allgemeinen, jedoch besonders während der vereinbarten Zeiten und während zusätzlich vereinbarter Zeiten, benutzen kann, wie er möchte.

15.14 Die Sub unterwirft sich den Regeln (»Regeln«), die in Anhang 1 dieses Vertrags vereinbart sind.

15.15 Die Sub dient dem Dom in jeglicher dem Dom als angemessen erscheinenden Weise und bemüht sich, dem Dom im Rahmen ihrer Möglichkeiten jederzeit Vergnügen zu bereiten.

15.16 Die Sub unternimmt alles Nötige, um ihre Gesundheit zu erhalten, und erbittet medizinische Behandlung oder begibt sich in diese, wann immer es erforderlich ist. Sie setzt den Dom jederzeit über auftauchende gesundheitliche Probleme in Kenntnis.

15.17 Die Sub sorgt für orale Empfängnisverhütung und befolgt die Einnahmeanweisungen, um eine Schwangerschaft zu verhindern.

15.18 Die Sub akzeptiert ohne Widerrede alle Disziplinierungsmaßnahmen, die der Dom für nötig hält, und ist sich ihrer Stellung und Rolle gegenüber dem Dom jederzeit bewusst.

15.19 Die Sub darf sich ohne Erlaubnis des Dom nicht selbst befriedigen.

15.20 Die Sub unterwirft sich ohne Zögern und Widerworte jeder sexuellen Aktivität, die der Dom verlangt.

15.21 Die Sub akzeptiert Auspeitschen, Schlagen, Versohlen, Rohrstockhiebe, Schläge mit dem Holzpaddle sowie sämtliche anderen Disziplinierungsmaßnahmen des Dom ohne Zögern, Nachfrage oder Klage.

15.22 Die Sub darf dem Dom nicht direkt in die Augen sehen, es sei denn, dieser wünscht dies. Die Sub hält den Blick gesenkt und verhält sich in Gegenwart des Dom ruhig und respektvoll.

15.23 Die Sub verhält sich dem Dom gegenüber immer respektvoll und spricht ihn ausschließlich mit Sir, Mr. Grey oder einer anderen Anrede an, die der Dom bestimmt.

15.24 Die Sub berührt den Dom nicht ohne ausdrückliche Erlaubnis.

AKTIVITÄTEN

16. Die Sub nimmt nicht an Aktivitäten oder sexuellen Handlungen teil, die eine der oder beide Parteien als unsicher erachten oder die in Anhang 2 aufgeführt sind.

17. Dom und Sub haben sich über die in Anhang 3 aufgeführten Aktivitäten verständigt und in Anhang 3 schriftlich ihre Zustimmung dazu erklärt.

SAFEWORDS

18. Dom und Sub sind sich einig, dass der Dom Forderungen an die Sub stellen kann, die sich nicht ohne körperlichen, psychischen, emotionalen, seelischen oder sonstigen Schmerz erfüllen lassen. In solchen Situationen kann die Sub ein Safeword (»Safeword/s«) verwenden. Zwei Safewords kommen, abhängig von der Härte der Forderungen, zum Einsatz.

19. Das Safeword »Gelb« signalisiert dem Dom, dass die Sub sich der Grenze des Erträglichen nähert.

20. Das Safeword »Rot« signalisiert dem Dom, dass die Sub keine weiteren Forderungen erfüllen kann. Wird dieses Wort ausgesprochen, beendet der Dom die Handlung sofort und vollständig.

SCHLUSS

21. Wir, die Unterzeichneten, haben die Bedingungen dieses Vertrags gelesen und in ihrer Gänze verstanden. Wir akzeptieren die Bedingungen dieses Vertrags aus freien Stücken und bestätigen dies mit unseren Unterschriften.

Der Dom: Christian Grey Die Sub: Anastasia Steele
Datum   Datum

ANHANG 1
REGELN

Gehorsam:

Die Sub befolgt sämtliche Anweisungen des Dom, ohne zu zögern, vorbehaltlos und umgehend. Die Sub stimmt allen sexuellen Aktivitäten, die der Dom als angemessen und angenehm erachtet, ausgenommen die in Abschnitt »Hard Limits« aufgeführten (Anhang 2), zu. Sie tut dies bereitwillig und ohne Zögern.

Schlaf:

Die Sub stellt sicher, dass sie pro Nacht mindestens acht Stunden schläft, wenn sie nicht mit dem Dom zusammen ist.

Essen:

Die Sub isst regelmäßig, orientiert sich an einer vorgegebenen Liste von Nahrungsmitteln (Anhang 4), um ihre Gesundheit und ihr Wohlergehen zu bewahren. Abgesehen von Obst nimmt die Sub zwischen den Mahlzeiten nichts zu sich.

Kleidung:

Innerhalb der Vertragsdauer trägt die Sub ausschließlich vom Dom genehmigte Kleidung. Der Dom stellt der Sub ein Budget für Kleidung zur Verfügung, das die Sub nutzt. Der Dom begleitet die Sub ad hoc beim Kleiderkauf. Wenn der Dom das wünscht, trägt die Sub während der Vertragsdauer von ihm ausgewählten Schmuck, in Gegenwart des Dom und zu allen anderen Zeiten, die der Dom für angemessen hält.

Körperliche Ertüchtigung:

Der Dom stellt der Sub einen Personal Trainer viermal die Woche für jeweils eine Stunde zu Zeiten zur Verfügung, die zwischen dem Personal Trainer und der Sub zu vereinbaren sind. Der Personal Trainer informiert den Dom über die Fortschritte der Sub.

Hygiene/Schönheit:

Die Sub ist zu allen Zeiten sauber und rasiert und/oder gewachst. Die Sub sucht zu Zeiten, die der Dom bestimmt, einen Kosmetiksalon auf, den der Dom auswählt, um sich Behandlungen zu unterziehen, die der Dom für angemessen hält. Sämtliche Kosten übernimmt der Dom.

Persönliche Sicherheit:

Die Sub unterlässt übermäßigen Alkoholkonsum, raucht nicht, nimmt keine Partydrogen und begibt sich nicht in unnötige Gefahr.

Persönliches Verhalten:

Die Sub unterhält keine sexuellen Beziehungen mit anderen als dem Dom. Das Verhalten der Sub ist zu allen Zeiten respektvoll und züchtig. Ihr muss klar sein, dass ihr Benehmen auf den Dom zurückfällt. Sie muss sich für sämtliche Missetaten und Verfehlungen verantworten, derer sie sich in Abwesenheit des Dom schuldig macht.

Ein Verstoß gegen irgendeine der oben aufgeführten Vereinbarungen hat sofortige Bestrafung zur Folge, deren Art durch den Dom festgelegt wird.

ANHANG 2
HARD LIMITS

Kein Feuer.

Kein Urin oder Kot.

Keine Nadeln, Messer, Schnitte, Stiche oder Blut.

Keine gynäkologischen Instrumente.

Keine Handlungen mit Kindern oder Tieren.

Keine Handlungen, die dauerhafte Spuren auf der Haut hinterlassen.

Keine Atemkontrolle.

Kein elektrischer Strom (egal ob Wechsel- oder Gleichstrom), keine Flammen am Körper.

ANHANG 3
SOFT LIMITS

Folgende Soft Limits sind von den Parteien zu besprechen:

Erklärt sich die Sub einverstanden mit:
– Masturbation
– Vaginalverkehr
– Cunnilingus
– Vaginalfisting
– Fellatio
– Analverkehr
– Spermaschlucken
– Analfisting

Stimmt die Sub der Verwendung zu von:
– Vibratoren
– Dildos
– Analstöpseln
– anderen vaginalen/analen Toys

Willigt die Sub ein bei:
– Bondage mit Seil
– Bondage mit Klebeband
– Bondage mit Ledermanschetten
– Bondage mit anderem
– Bondage mit Handschellen/Hand- und Fußfesseln

Stimmt die Sub folgenden Fesselungsarten zu:
– Hände vor dem Körper gefesselt
– Handgelenke am Knöchel gefesselt
– Knöchel gefesselt
– Fesselung an feste Gegenstände, zum Beispiel Möbel
– Ellbogen gefesselt

– Hände hinter dem Rücken gefesselt
– Fesselung an Spreizstange
– Knie gefesselt
– Suspension

Lässt die Sub sich die Augen verbinden?
Lässt die Sub sich knebeln?
Wie viel Schmerz ist die Sub bereit zu ertragen?
1 steht für sehr gern, 5 für: sehr ungern:
1 – 2 – 3 – 4 – 5

Erklärt sich die Sub bereit, die folgenden Formen des Schmerzes/
der Bestrafung/der Disziplinierung hinzunehmen:
– Versohlen
– Schläge mit dem Holzpaddle
– Auspeitschen
– Schläge mit dem Rohrstock
– Beißen
– Brustwarzenklemmen
– Genitalklemmen
– Eis
– Heißes Wachs
– Andere Methoden, Schmerz zuzufügen.

Okay. Also zu Ihren Punkten.

2: Ich bin nicht so sicher, inwiefern der Vertrag ausschließlich
meinem Wohlergehen, sprich der Auslotung meiner Sinnlichkeit
und ihrer Grenzen dient. Dafür würde ich wohl kaum ein zehnsei-
tiges Vertragswerk brauchen! Ich gehe davon aus, dass er vielmehr IHREM Wohlergehen dient.

Ein berechtigtes Argument, Miss Steele.

4: Wie Sie ja wissen, sind Sie mein einziger Sexualpartner. Ich konsumiere keine Drogen und habe noch nie eine Bluttransfusion bekommen. Damit dürfte gewährleistet sein, dass ich nicht unter einer ansteckenden Krankheit leide. Wie sieht es mit Ihnen aus?

Ebenfalls ein stichhaltiges Argument! Mir fällt erst jetzt auf, dass die sexuelle Vorgeschichte bei ihr ja keine Rolle spielt. Noch eine Premiere. Tja, das ist der Vorteil, wenn man eine Jungfrau vögelt.

8: Ich kann den Vertrag also auflösen, wenn ich den Eindruck habe, dass Sie sich nicht an die vereinbarten Bedingungen halten. Okay. Das gefällt mir.

Ich hoffe nicht, dass es dazu kommt, aber es wäre nicht das erste Mal.

9: Ihnen in allen Dingen zu Willen sein? Ihre Erziehung und Disziplinierung ohne Nachfrage oder Zögern akzeptieren? Darüber müssen wir dringend reden.
11: Vertragsdauer: ein Monat. Keine drei.

Nur ein Monat? Das ist zu wenig. In dieser kurzen Zeit kommen wir nicht weit genug.

12: Ich kann mich nicht jedes Wochenende bereithalten. Ich habe auch noch ein Leben außerhalb Ihrer Wohnung. Wie wäre es mit drei von vier Wochenenden im Monat?

Und sie hätte Gelegenheit, sich mit anderen Männern zu treffen? Sie wird noch merken, was sie verpasst. Ich weiß nicht recht.

15.2: Meinen Körper so benutzen, wie es Ihnen angemessen erscheint, sexuell oder anderweitig? Bitte definieren Sie dieses »oder anderweitig« genauer.

15.5: Die ganze Klausel zum Thema Disziplinierung: Ich bin nicht sicher, ob ich wirklich mit einer Peitsche oder einem Flogger oder sonst einem Werkzeug gezüchtigt werden will. Stattdessen verstößt dies gegen die Klauseln 2–5. Dasselbe gilt für das »aus anderen Gründen«. Das ist für mein Empfinden schlicht und einfach grausam – und Sie haben selbst gesagt, dass Sie kein Sadist sind.

Scheiße! Lies weiter, Grey.

15.10: Als käme es auch nur ansatzweise infrage, dass Sie mich an jemand anderen ausleihen.

15.14: Die Regeln. Dazu später mehr.

15.19: Mich selbst ohne Ihre Erlaubnis berühren. Inwiefern stört Sie das? Sie würden es doch sowieso nicht erfahren.

15.21: Disziplinierungsmaßnahmen. Vgl. Punkt 15.5.

15.22: Wieso darf ich Ihnen nicht in die Augen sehen?

15.24: Wieso darf ich Sie nicht berühren?

Regeln:

Schlaf – mit sechs Stunden bin ich einverstanden.

Essen – ich werde auf keinen Fall die Sachen essen, die auf der Liste stehen. Entweder die Liste wird gestrichen, oder ich steige aus – ein klarer Deal Breaker.

Tja, das wird ein Problem werden!

Kleidung – solange ich die Sachen nur in Ihrer Gegenwart tragen muss – okay.

Sport – wir hatten uns auf drei Stunden geeinigt, hier stehen immer noch vier.

Soft Limits:

Können wir die alle durchgehen? Kein Fisting jeglicher Art. Was ist Suspension? Genitalklemmen – das ist wohl ein Witz.

213

Würden Sie mich bitte wissen lassen, wie Sie sich den Mittwoch vorstellen? Ich muss bis fünf Uhr arbeiten.

Gute Nacht.

Ana

Ich bin erleichtert. Miss Steele hat sich offensichtlich eingehend mit dem Vertrag beschäftigt, intensiver als ihre Vorgängerinnen. Sie scheint das Ganze sehr ernst zu nehmen, und wir werden am Mittwoch einiges zu bereden haben. Meine Verunsicherung verfliegt allmählich. Es gibt also doch Hoffnung für unsere Beziehung. Aber jetzt muss sie dringend schlafen.

Von: Christian Grey
Betreff: Problematische Punkte
Datum: 24. Mai 2011, 00:07 Uhr
An: Anastasia Steele

Miss Steele,
das ist eine lange Liste. Wieso sind Sie noch wach?

CHRISTIAN GREY
CEO, Grey Enterprises Holdings, Inc.

Wenige Minuten später ist ihre Antwort im Posteingang.

Von: Anastasia Steele
Betreff: Spätschicht
Datum: 24. Mai 2011, 00:10 Uhr
An: Christian Grey

Sir,
vielleicht haben Sie es ja vergessen, aber ich war gerade mit der Liste beschäftigt, als mich ein Kontrollfreak, der gerade zufällig des Wegs kam, abgelenkt und flachgelegt hat. Gute Nacht.

Ana

Ich muss lachen, gleichzeitig ärgert mich ihre Mail. Schriftlich ist sie viel frecher als mündlich und zeigt eine Menge Humor, trotzdem braucht sie ihren Schlaf.

Von: Christian Grey
Betreff: Ende der Spätschicht
Datum: 24. Mai 2011, 00:12 Uhr
An: Anastasia Steele

GEH INS BETT, ANASTASIA.

CHRISTIAN GREY
CEO & Kontrollfreak, Grey Enterprises Holdings, Inc.

Wieder vergehen ein paar Minuten. Nichts passiert. Offenbar zeigen meine Worte – noch dazu in Großbuchstaben – Wirkung. Ich wechsle ins Schlafzimmer, nehme aber den Laptop mit, für den Fall, dass sie doch zurückschreibt.

Ich lege mich ins Bett und nehme mein Buch zur Hand, gebe aber nach einer halben Stunde auf. Ich kann mich einfach nicht konzentrieren. Ständig schweifen meine Gedanken zu Ana und ihrer Mail.

Ich muss ihr noch einmal erklären, was ich von unserer Beziehung erwarte. Sie soll keine falschen Vorstellungen davon bekommen. Im Grunde bin ich schon viel zu weit von meinen Zielen abgewichen.

Wollen Sie Ana nicht auch beim Umzug helfen? Kate Kavanaghs Worte kommen mir wieder in den Sinn und erinnern mich an die unrealistischen Erwartungen, die hier bereits entstanden sind.

Vielleicht sollte ich ihnen ja tatsächlich helfen.

Nein. Hör auf damit, Grey!

Ich klappe meinen Laptop auf und lese noch einmal die letzte Mail. Ich muss versuchen, die richtigen Worte zu finden, um ihr zu erklären, wie ich empfinde.

Endlich gelingt es mir.

Von: Christian Grey
Betreff: Ihre Probleme
Datum: 24. Mai 2011, 01:27 Uhr
An: Anastasia Steele

Sehr geehrte Miss Steele,
nach eingehender Lektüre Ihrer Vorbehalte möchte ich Ihnen
nachstehend den Begriff »devot« näherbringen:

devot – Adj.
1.) geneigt oder bereit, sich einem anderen zu unterwerfen; wi-
derspruchslos oder demütig unterwürfig; z. B.: ein devoter Diener.
2.) demütiges Verhalten zeigend; z. B.: eine devote Haltung.
Wortursprung: 1580–90.
Synonyme: demütig, ergeben, gefügig, servil, unterwürfig, will-
fährig, ehrerbietig.
Antonyme: selbstbewusst, aufsässig.

Dies sollten Sie für unser Treffen am Mittwoch im Hinterkopf be-
halten.
CHRISTIAN GREY
CEO, Grey Enterprises Holdings, Inc.

Genau. Ich hoffe, sie findet meine Mail amüsant, versteht aber
trotzdem den tieferen Sinn.

Mit diesem Gedanken knipse ich die Nachttischlampe aus,
schlafe ein und träume.

Er heißt Lelliot. Er ist größer als ich. Er lacht. Und lächelt. Und
schreit. Und redet die ganze Zeit. Ununterbrochen plappert er
mit Mommy und Daddy. Er ist mein Bruder. *Wieso sagst du nie
was?*, fragt er mich pausenlos. *Bist du blöd?* Wieder und wieder
sagt er das. Ich stürze mich auf ihn und schlage ihm ins Gesicht.
Noch mal und noch mal und noch mal. Er weint. Das tut er oft.

Ich nie. Mommy ist wütend auf mich. Zur Strafe muss ich auf der Treppe sitzen. Ewig. Aber danach fragt Lelliot nie wieder, wieso ich nicht spreche. Sobald ich die Faust balle, rennt er weg. Er hat Angst vor mir. Er weiß, dass ich ein Ungeheuer bin.

Als ich am nächsten Morgen vom Joggen zurückkomme, checke ich meine Mails, ehe ich unter die Dusche gehe. Keine Nachricht von Miss Steele, andererseits ist es gerade einmal halb acht.

Hör auf mit dem Unsinn, Grey. Reiß dich zusammen.

Finster starre ich beim Rasieren den Typen mit den grauen Augen im Spiegel an. *Schluss damit.*

Ich muss meine Arbeit erledigen. Gleich fängt mein Frühstückstermin an.

»Freddie meinte, Barney fertigt die nächsten Tage einen Prototyp des Tablets für Sie an«, informiert Ros mich während der Videokonferenz.

»Ich habe mir die Entwürfe gestern angesehen. Sie waren ziemlich beeindruckend, allerdings bin ich nicht sicher, ob wir schon an dem Punkt sind, wo wir wirklich hinwollen. Mit ein bisschen Glück und Geschick könnte die Technologie revolutionär sein und der Dritten Welt zum endgültigen Durchbruch verhelfen.«

»Vom Inlandsmarkt mal ganz abgesehen«, meint sie.

»Schön wär's.«

»Wie lange wollen Sie noch in Portland bleiben, Christian?« Ros klingt ein wenig genervt. »Was tun Sie da?« Eindringlich blickt sie in die Kamera und sucht mein Gesicht nach Hinweisen ab.

»Ein neues Fusionsprojekt«, antworte ich und unterdrücke ein Lächeln.

»Weiß Marco Bescheid?«

Ich schnaube. Marco ist der Leiter unserer Fusions- und Akquise-Abteilung. »Nein. Es geht um eine andere Art der Fusion.«

»Oh.« Ros sieht mich verwirrt an.

Eine private.

»Tja, dann hoffe ich mal, das Vorhaben ist von Erfolg gekrönt.«
Sie grinst.

»Das hoffe ich auch. Also, kommen wir zu Woods.«

Im letzten Jahr haben wir drei neue Technologiefirmen aufge-
kauft. Zwei davon laufen gut, die andere schwächelt, obwohl Marco
anfangs sehr optimistisch war. Lucas Woods, der die dritte Firma
führt, hat sich als kompletter Idiot entpuppt. Alles nur Show und
nichts dahinter. Offensichtlich ist ihm das Geld zu Kopf gestiegen,
er hat den Überblick verloren und so die Position als Marktführer
auf dem Glasfasersektor in den Sand gesetzt. Mein Instinkt sagt:
Unternehmen ausschlachten, Woods feuern und die Technologie
bei GEH integrieren.

Ros hingegen findet, dass Lucas nur noch etwas Zeit braucht.
Und dass wir Zeit brauchen, um in Ruhe zu planen, wenn wir die
Firma abwickeln und umfirmieren wollen. Falls wir uns dazu ent-
schließen sollten, werden wir um teure Entlassungen nicht herum-
kommen.

»Ich finde, Woods hatte genug Zeit, das Ruder herumzureißen.
Er weigert sich, den Tatsachen ins Auge zu sehen«, erkläre ich. »Er
muss weg, und ich möchte, dass Marco eine Kosteneinschätzung
für die Abwicklung erstellt.«

»Marco will gleich zu uns stoßen, um das zu besprechen. Ich sage
ihm, dass er sich einloggen soll.«

Um 12:30 Uhr chauffiert Taylor mich nach Vancouver, wo ich mit
dem Rektor der WSU, dem Leiter der Fakultät für Umweltwissen-
schaft und dem Leiter der Abteilung für Wirtschaftsentwicklung
zum Mittagessen verabredet bin. Unwillkürlich lasse ich den Blick
über die Studenten schweifen, als Taylor die Auffahrt entlangfährt.
Vielleicht entdecke ich ja irgendwo Miss Steele. Aber bestimmt hat
sie sich mit einem Klassiker in der Bibliothek vergraben. Der Gedanke, dass sie sich mit einem Buch irgendwo zurückgezogen hat,
ist tröstlich. Auf meine letzte Mail hat sie nicht geantwortet, an-

dererseits muss sie arbeiten. Vielleicht gibt es ja nach dem Mittagessen etwas Neues.

Als Taylor vor dem Verwaltungsgebäude anhält, klingelt mein Handy. Es ist Grace, die mich während der Woche nie anruft.

»Mom?«

»Hallo, mein Lieber. Wie geht es dir?«

»Gut. Ich bin gerade auf dem Weg zu einem Meeting.«

»Deine Assistentin sagte, du wärst in Portland.« Hoffnung schwingt in ihrer Stimme mit. Verdammt! Sie denkt, ich bin wegen Ana hier.

»Ja, geschäftlich.«

»Wie geht's Anastasia?« *Na also!*

»Soweit ich weiß, gut, Grace. Was kann ich sonst für dich tun?« *Gütiger Himmel!* Noch jemand, dessen Erwartungen ich dringend dämpfen muss.

»Mia kommt eine Woche früher zurück als geplant. Am Samstag. Ich habe an diesem Tag Bereitschaftsdienst, und dein Vater ist bei einer Juristenkonferenz, wo er einen Ausschuss zum Thema Philanthropie und Wohltätigkeit leitet.«

»Soll ich sie abholen?«

»Könntest du das tun?«

»Klar. Sag ihr, sie soll mir die Flugdaten schicken.«

»Danke, mein Lieber. Und grüß Anastasia schön von mir.«

»Ich muss jetzt Schluss machen. Wiedersehen, Mom.« Ich lege auf, bevor sie mich mit weiteren peinlichen Fragen löchern kann. Taylor hält mir die Tür auf.

»Gegen 15:00 Uhr sollte ich fertig sein«, sage ich.

»Ja, Mr. Grey.«

»Dürfen Sie morgen Ihre Tochter sehen, Taylor?«

»Ja, Sir.« Väterlicher Stolz dringt ihm aus sämtlichen Poren, als er mich anlächelt.

»Wunderbar.«

»Ich werde um drei Uhr hier sein.«

Ich gehe hinein … ein sehr langes Mittagessen liegt vor mir.

Immerhin ist es mir gelungen, jeden Gedanken an Anastasia Steele während des Tages zu verdrängen. Na ja, fast. Beim Mittagessen habe ich mir ein paarmal vorgestellt, wie wir in meinem Spielzimmer ... wie hat sie es noch genannt? *Kammer der Qualen.* Grinsend checke ich meine Mails. Diese Frau ist eine Meisterin der Worte, nur heute lässt sie auf sich warten.

Ich ziehe meine Sportsachen an, um in den Fitnessraum des Hotels zu gehen, und gerade will ich die Tür hinter mir schließen, als eine Mail eintrifft. Sie ist von ihr.

Von: Anastasia Steele
Betreff: Meine Probleme ... was ist mit Ihren?
Datum: 24. Mai 2011, 18:29 Uhr
An: Christian Grey

Sehr geehrter Mr. Grey,
ich möchte Ihren Blick auf den Wortursprung lenken:
1580-90. Bei allem Respekt, aber inzwischen schreiben wir das Jahr 2011, sprich, es ist eine Menge Zeit vergangen.
Dürfte ich eine Definition in den Raum stellen, die Sie für unser Abendessen im Hinterkopf behalten sollten?
Kompromiss, der; Subst.
1.) Lösung eines Konflikts durch gegenseitige freiwillige Übereinkunft, unter beiderseitigem Verzicht auf Teile der jeweils gestellten Forderungen;
2.) Resultat einer solchen Übereinkunft;
3.) ein Zwischending – Ein Split-Level-Haus ist ein Kompromiss zwischen einem Bungalow und einem mehrstöckigen Einfamilienhaus.
kompromittieren – Verb
Jemanden in Verlegenheit bringen, einer Gefahr oder einem Verdacht aussetzen; jemandes Integrität kompromittieren.
Ana

Was für eine Überraschung – eine provokante Mail von Miss Steele, aber an unserem Rendezvous hat sich nichts geändert. *Puh.*

Von: Christian Grey
Betreff: Was soll mit meinen Problemen sein?
Datum: 24. Mai 2011, 18:32 Uhr
An: Anastasia Steele

Ein berechtigtes Argument, Miss Steele. Ich werde Sie um 19 Uhr zu Hause abholen.
CHRISTIAN GREY
CEO, Grey Enterprises Holdings, Inc.

Mein Telefon läutet. Es ist Elliot.

»Hey, Kumpel. Kate hat mich gebeten, dir ein bisschen Druck wegen des Umzugs zu machen.«

»Umzug?«

»Kate und Ana. Wir sollen beim Umzug helfen, Schwachkopf.«

Ich stoße einen genervten Seufzer aus. Er ist ein ungehobeltes Arschloch. »Ich kann nicht. Ich muss Mia vom Flughafen abholen.«

»Was? Kann Mom das nicht machen? Oder Dad?«

»Nein. Sie hat mich vorhin angerufen.«

»Tja, dann wird es wohl nichts. Wie läuft es mit Ana? Du hast gar nichts erzählt. Hast du sie gef…?«

»Wiederhören, Elliot.« Ich lege auf. Erstens geht es ihn nichts an, und zweitens wartet eine weitere Mail auf mich.

Von: Anastasia Steele
Betreff: 2011 – Frauen dürfen Auto fahren
Datum: 24. Mai 2011, 18:40 Uhr
An: Christian Grey

Sehr geehrter Mr. Grey,
ich besitze einen Wagen. Und einen Führerschein.

Ich würde mich lieber irgendwo mit Ihnen treffen.
Was schlagen Sie vor?
Um 19 Uhr in Ihrem Hotel?
    Ana

Wie nervtötend. Ich schreibe sofort zurück.

Von: Christian Grey
Betreff: Sturköpfige junge Damen
Datum: 24. Mai 2011, 18:43 Uhr
An: Anastasia Steele

Sehr geehrte Miss Steele,
Bezug nehmend auf meine Mail vom 24. Mai 2011 um 01:27 Uhr
und die darin aufgeführte Definition, muss ich Ihnen eine Frage
stellen: Sehen Sie sich in der Lage, jemals zu tun, was man Ihnen
sagt?
CHRISTIAN GREY
CEO, Grey Enterprises Holdings, Inc.

Diesmal lässt sie sich Zeit mit ihrer Antwort, was meine Laune
nicht gerade hebt.

Von: Anastasia Steele
Betreff: Eigensinnige Männer
Datum: 24. Mai 2011, 18:49 Uhr
An: Christian Grey

Sehr geehrter Mr. Grey,
ich würde gern selbst fahren.
    Bitte.
    Ana

Eigensinnig? Ich? Verdammt! Wenn unser Rendezvous so läuft, wie ich es mir vorstelle, gehören solche Frechheiten künftig der Vergangenheit an. Mit diesem Gedanken tippe ich meine Antwort.

Von: Christian Grey
Betreff: Genervte Männer
Datum: 24. Mai 2011, 18:52 Uhr
An: Anastasia Steele

Gut. Um sieben in meinem Hotel.
Ich erwarte Sie in der Marble Bar.

CHRISTIAN GREY
CEO, Grey Enterprises Holdings, Inc.

Von: Anastasia Steele
Betreff: Doch nicht so eigensinnige Männer
Datum: 24. Mai 2011, 18:55 Uhr
An: Christian Grey

Danke.
 Ana x

Ein Kuss. Ich verdränge das Gefühl, das das Symbol in mir auslöst, und schicke ihr ein knappes »Gern geschehen«, ehe ich, spürbar besserer Laune, mich auf in den Fitnessraum mache. Sie hat mir einen Kuss geschickt …

MITTWOCH, 25. MAI 2011

Ich bestelle mir ein Glas Sancerre und bleibe an der Bar stehen. Wieder und wieder sehe ich auf die Uhr. Ich komme mir vor, als wäre dies mein erstes richtiges Rendezvous, was es in gewisser Weise ja auch ist. Ich habe noch nie eine künftige Sub zum Essen ausgeführt.

Hinter mir liegt ein langer, arbeitsreicher Tag: Ich habe schier endlose Meetings abgesessen, eine neue Firma gekauft und drei Mitarbeiter entlassen. Aber nichts von dem, was ich heute getan habe – nicht zu vergessen die zwei Joggingrunden und ein kurzer Aufenthalt im Fitnessraum –, konnte meine Anspannung lindern. Diese Macht besitzt allein Anastasia Steele. Indem sie sich mir unterwirft.

Hoffentlich kommt sie nicht zu spät. Mein Blick schweift zum Eingang ... und mein Mund wird plötzlich ganz trocken. Sie steht auf der Schwelle. Es dauert einen Moment, bis ich sie erkenne. Sie sieht hervorragend aus: Ihr langes Haar ist zur Seite frisiert, sodass es in weichen Wellen über die eine Brust fällt und den Blick auf ihre zarte Kinnlinie und ihren schlanken Hals freigibt. Sie trägt ein enges pflaumenblaues Kleid, das ihre zierliche Figur perfekt betont, und farblich passende High Heels.

Wow!

Ich trete einen Schritt vor. »Absolut atemberaubend«, flüstere ich und drücke ihr einen Kuss auf die Wange. Genüsslich schließe ich die Augen und sauge ihren Duft ein. Sie riecht herrlich. »Ein Kleid, Miss Steele. Sehr schön.« Zu diesem Ensemble würden Brillantohrringe hervorragend passen. Ich muss ihr unbedingt ein Paar kaufen.

Ich nehme sie beim Ellbogen und führe sie in eine ruhige Ecke. »Was möchtest du trinken?«

»Ich nehme dasselbe wie du, bitte«, antwortet sie mit einem wissenden Lächeln.

Ah, sie lernt dazu. »Noch ein Glas Sancerre, bitte«, sage ich zum Kellner und setze mich ihr gegenüber. »Die haben einen hervorragenden Weinkeller hier«, füge ich hinzu und mustere sie. Sie trägt nur einen Hauch Make-up. Unwillkürlich muss ich daran denken, wie unscheinbar sie bei unserer ersten Begegnung in meinem Büro aussah. Dabei ist sie das keineswegs. Mit ein bisschen Make-up und dem richtigen Outfit ist sie die reinste Göttin.

Sie rutscht auf ihrem Platz herum. Ihre Lider flattern.

»Bist du nervös?«, frage ich.

»Ja.«

Perfekt, Grey.

Ich beuge mich vor. »Ich auch«, gestehe ich freimütig. Sie starrt mich an, als hätte ich drei Köpfe.

Ja, auch ich bin nur ein Mensch, Baby … sozusagen.

Der Kellner bringt den Wein und zwei Schälchen mit Nüssen und Oliven.

Ana strafft die Schultern – ein klares Zeichen, dass sie es ernst meint so wie bei unserem Interview. »Und jetzt? Gehen wir einen Punkt nach dem anderen durch?«

»Wie immer die Ungeduld in Person, Miss Steele.«

»Na ja, ich könnte dich natürlich auch fragen, wie du das Wetter heute fandest.«

Und wieder dieses freche Mundwerk.

Lass sie noch einen Moment schmoren, Grey.

Ohne den Blick von ihr zu wenden, schiebe ich mir eine Olive in den Mund und lecke ein Tröpfchen Öl von meinem Zeigefinger. Ihre Augen werden größer und dunkler.

»Ich fand das Wetter heute ganz besonders unspektakulär.« Ich grinse.

»Lachen Sie mich etwa aus, Mr. Grey?«

»Ja, das tue ich, Miss Steele.«

Sie schürzt die Lippen, um ihr Lächeln zu verbergen. »Dir ist schon klar, dass dieser Vertrag nicht rechtswirksam ist?«

»Ja, darüber bin ich mir im Klaren, Miss Steele.«

»Und hattest du auch vor, es mir zu sagen?«

Wie bitte? Mir war nicht bewusst, dass ich das tun muss ... außerdem bist du doch von ganz allein darauf gekommen. »Glaubst du ernsthaft, ich würde dich zuerst zu etwas überreden, was du nicht tun willst, und es später so aussehen lassen, als hätte ich dich juristisch in der Hand?«

»Na ja ... irgendwie schon.«

Wie bitte? »Du scheinst keine allzu hohe Meinung von mir zu haben.«

»Du hast meine Frage nicht beantwortet.«

»Anastasia, es ist völlig egal, ob der Vertrag rechtskräftig ist oder nicht. Er stellt lediglich eine Vereinbarung dar, die ich gern mit dir treffen würde – darüber, was ich mir von dir wünsche und was du von mir erwarten kannst. Wenn er dir nicht gefällt, dann brauchst du nicht zu unterschreiben. Und wenn du unterschreibst und später merkst, dass du doch nicht damit einverstanden bist, gibt es mehr als genug Klauseln, um aus dem Vertrag auszusteigen. Selbst wenn er rechtsverbindlich wäre, glaubst du doch nicht wirklich, dass ich dich durch sämtliche Instanzen verklagen würde, nur weil du nicht mehr mitmachen willst.«

Wofür hält sie mich?

Sie mustert mich aus ihren unergründlichen blauen Augen.

Ich muss ihr begreiflich machen, dass es hierbei um Vertrauen geht, nicht darum, etwas Juristisches in der Hand zu haben.

Ich will, dass du mir vertraust, Ana.

Sie nippt an ihrem Wein, während ich fortfahre: »Beziehungen wie diese beruhen auf Ehrlichkeit und Vertrauen. Wenn du mir nicht vertraust, dass ich genau weiß, wie weit ich mit dir gehen und was ich dir zumuten kann, und du mir gegenüber nicht ehrlich bist, hat das Ganze keinen Zweck.«

Nachdenklich reibt sie sich das Kinn.

»Deshalb läuft es im Grunde auf eine ganz einfache Frage hinaus, Anastasia. Vertraust du mir, oder vertraust du mir nicht?«

Und wenn sie eine so schlechte Meinung von mir hat, sollten wir alles lieber gleich vergessen.

Mein Magen verkrampft sich.

»Hattest du mit ... äh ... meinen fünfzehn Vorgängerinnen eine ähnliche Diskussion?«

»Nein.«

Wieso fängt sie jetzt wieder damit an?

»Wieso nicht?«

»Weil sie alle erfahrene Subs waren. Sie wussten schon vorher, welche Erwartungen sie an eine Beziehung mit mir haben und was ich im Großen und Ganzen von ihnen erwarte. Bei ihnen ging es nur darum, die Soft Limits und derlei Details genauer zu definieren.«

»Gibt es einen Laden, wo ihr hingeht? Subs'R'Us?« Sie zieht eine Braue hoch, und ich breche in Gelächter aus. Schlagartig fällt sämtliche Spannung von mir ab. »Nein, das nicht«, antworte ich ironisch.

»Wie muss ich mir das dann vorstellen?« Wie üblich gewinnt ihre Neugier die Oberhand, aber ich will jetzt nicht schon wieder über Elena reden. Ihre Frostigkeit vom letzten Mal ist mir noch allzu deutlich in Erinnerung. »Willst du dich wirklich darüber mit mir unterhalten? Oder sollten wir lieber zur Sache kommen und die Probleme besprechen, die du mit dem Vertrag hast?«

Sie runzelt die Stirn.

»Hast du Hunger?«, frage ich.

Argwöhnisch beäugt sie die Oliven. »Nein.«

»Hast du heute überhaupt schon etwas gegessen?«

Sie zögert.

Himmel noch mal!

»Nein«, antwortet sie. Ich versuche, meine Verärgerung zu ignorieren.

»Du musst regelmäßig essen, Anastasia. Wir können entweder hier unten etwas essen oder oben in meiner Suite. Was ist dir lieber?«

Darauf lässt sie sich nie im Leben ein.

»Ich finde, wir sollten lieber auf neutralem Terrain bleiben in der Öffentlichkeit.«

Die Vernunft siegt. Wie üblich, Miss Steele.

»Glaubst du, das würde mich abhalten?« Ich registriere, wie rau meine Stimme klingt.

Sie schluckt. »Das hoffe ich doch.«

Lass das arme Mädchen endlich vom Haken, Grey.

»Komm, ich habe einen privaten Raum zum Essen für uns reserviert. Keine Öffentlichkeit.« Ich stehe auf und strecke ihr die Hand hin.

Wird sie sie ergreifen?

Ihr Blick wandert von meinem Gesicht zu meiner Hand.

»Dein Weinglas kannst du gleich mitnehmen.«

Sie steht auf, nimmt ihr Weinglas und legt ihre Hand in die meine.

Beim Verlassen der Bar fallen mir die bewundernden Blicke der anderen Gäste auf, vor allem von einem gut aussehenden, athletisch gebauten Typen, der sie förmlich mit Blicken verschlingt. Ich bin an so etwas nicht gewöhnt … und es passt mir überhaupt nicht.

Im Zwischengeschoss nimmt uns ein junger Mann in Hoteluniform in Empfang und führt uns zu dem Privatraum, den ich reserviert habe. Auch er hat nur Augen für Miss Steele. Ich werfe ihm einen vernichtenden Blick zu, worauf er unverzüglich den Rückzug antritt. Ein etwas älterer Kellner rückt Anas Stuhl zurecht und breitet eine Serviette auf ihrem Schoß aus.

»Ich hoffe, es macht dir nichts aus, aber ich habe schon für uns bestellt.«

»Nein, das ist wunderbar«, sagt sie mit einem freundlichen Lächeln.

»Schön zu sehen, dass du so fügsam sein kannst. Also, wo waren wir stehen geblieben?«

»Dass wir zur Sache kommen wollten«, antwortet sie geschäfts-mäßig und trinkt einen großen Schluck Wein. Ich sehe, dass sie rot wird. Bestimmt versucht sie gerade, all ihren Mut zusammenzuneh-men. Ich werde auf ihren Weinkonsum achten müssen, immerhin ist sie mit dem Wagen unterwegs.

Sie könnte jederzeit die Nacht hier verbringen ... und ich könnte ihr dieses verführerische Kleid ausziehen.

»Ach ja, deine Probleme.« Ich schiebe meine Gedanken beiseite und konzentriere mich – okay. Ich ziehe ihre Mail aus der Innen-tasche meiner Jacke, während sie erneut die Schultern strafft und mich erwartungsvoll ansieht. Ich muss mir ein amüsiertes Lächeln verkneifen. »Ziffer 2. Einverstanden. Wir haben beide etwas davon. Ich werde den Passus entsprechend ändern.«

Sie nippt erneut an ihrem Wein.

»Okay, meine Gesundheit. All meine vorherigen Partnerinnen haben eine Blutuntersuchung machen lassen, und ich lasse mich ebenfalls alle sechs Monate auf ansteckende Geschlechtskrank-heiten überprüfen. Die Ergebnisse waren allesamt negativ. Drogen habe ich nie genommen; im Gegenteil, ich bin sogar ein expliziter Gegner. Ich dulde keinerlei Drogenkonsum unter meinen Ange-stellten und lasse sie regelmäßig unangemeldet untersuchen.«

Rein zufällig habe ich einen meiner Mitarbeiter genau aus die-sem Grund heute auf die Straße gesetzt.

Obwohl sie sichtlich schockiert ist, fahre ich fort: »Eine Blut-transfusion habe ich auch noch nie bekommen. Beantwortet das deine Frage?«

Sie nickt.

»Den nächsten Punkt haben wir ja bereits besprochen. Du kannst jederzeit aussteigen, Anastasia. Ich werde dich nicht daran hindern. Wenn du allerdings gehst, war's das. Nur damit das klar ist.«

Keine zweite Chance. Unter keinen Umständen.

»Okay.« Sie klingt leicht verunsichert.

Schweigend warten wir, während der Kellner die Vorspeise serviert. Einen Moment lang überlege ich, ob es klüger gewesen wäre, dieses Treffen in meinem Büro abzuhalten, verwerfe den Gedanken aber sofort wieder. Lächerlich. Nur Idioten vermischen Privates mit Beruflichem. Strikte Trennung, das war schon immer mein Credo. Meine Geschäftsbeziehung mit Elena ist die einzige Ausnahme … aber sie hat mir auch bei der Gründung meines Imperiums geholfen.

»Ich hoffe, du magst Austern«, sage ich, als der Kellner gegangen ist.

»Ich habe noch nie welche gegessen.«

»Ehrlich? Na dann. Du musst nur den Kopf in den Nacken legen und schlucken. Das kriegst du doch bestimmt hin«, erkläre ich mit einem vielsagenden Blick auf ihren Mund. Wie auf ein Stichwort läuft sie feuerrot an. Ich träufle Zitronensaft auf meine Auster und lasse sie in meinen Mund gleiten. »Hm. Köstlich. Schmeckt nach Meer.« Ich muss grinsen, als ich sehe, dass sie mich völlig fasziniert mustert. »Los«, fordere ich sie auf, wohl wissend, dass sie keine Herausforderung scheut.

»Ich muss nicht kauen?«

»Nein, Anastasia. Nicht kauen.« Ich zwinge mich, nicht daran zu denken, wie ihre Zähne an meinem Lieblingskörperteil knabbern.

Ich sehe die Untiefen auf ihrer Unterlippe, als sie nachdenklich darauf herumkaut.

Verdammt! Der Anblick bleibt nicht ohne Wirkung auf mich. Unruhig rutsche ich auf meinem Stuhl herum, während sie die Zitrone über der Auster auspresst, den Kopf in den Nacken legt und den Mund weit aufmacht. Ich werde betonhart.

»Und?« Meine Stimme klingt leicht heiser.

»Ich probiere noch eine«, sagt sie trocken.

»Braves Mädchen.«

Sie will wissen, ob ich die Austern absichtlich bestellt habe – wegen ihrer aphrodisierenden Wirkung –, und ist sichtlich überrascht, als ich antworte, ich hätte sie lediglich genommen, weil sie ganz oben auf der Speisekarte gestanden hätten. »In deiner Nähe brauche ich kein Aphrodisiakum.«

Ich könnte dich auch so vögeln, genau jetzt in diesem Moment.

Benimm dich, Grey, und sieh zu, dass du das hier zu Ende bringst.

»Also, wo waren wir?« Ich richte den Blick wieder auf ihre Mail und konzentriere mich. Ziffer 9. »*Mir in allen Dingen zu Willen sein.* Ja, ich will, dass du das tust.« Es ist wichtig. Ich muss mich darauf verlassen können, dass sie in Sicherheit ist und *alles* für mich tun würde. »Es ist ein Muss. Stell dir das Ganze als eine Art Rollenspiel vor, Anastasia.«

»Aber ich habe Angst, dass du mir wehtust.«

»Inwiefern?«

»Körperlich.«

»Glaubst du wirklich, ich würde das tun? Mich über jegliche Grenzen hinwegsetzen, was du erträgst?«

»Du sagtest doch, du hättest schon einmal jemandem wehgetan.«

»Ja, das habe ich auch. Allerdings ist es lange her.«

»Und was hast du mit ihr angestellt?«

»Ich habe sie an der Decke meines Spielzimmers aufgehängt. Suspension – dafür sind die Karabinerhaken gedacht. Fesselspiele. Und eines der Seile war zu straff.«

Mit einer Geste gebietet sie mir Einhalt.

Zu viel Information.

»Mehr will ich gar nicht hören. Mich würdest du also nicht an der Suspensionsstange aufhängen?«

»Nur wenn du es wirklich willst. Du kannst es aber auch auf die Liste der Hard Limits setzen.«

»Okay.« Sichtlich erleichtert atmet sie auf.

Mach weiter, Grey. »Was ist mit dem Gehorsam? Glaubst du, dass du das hinbekommst?«

Als sie mich ansieht, ist es, als würde sie geradewegs in die Finsternis meiner Seele blicken. Ich habe keine Ahnung, was sie jetzt gleich antworten wird.

Verdammt! Das könnte das Ende sein.

»Ich könnte es versuchen«, flüstert sie.

Nun bin ich derjenige, der erleichtert aufatmet. *Ich bin immer noch im Spiel.* »Gut.« Ich halte kurz inne. »Jetzt zum Zeitrahmen.« Ziffer 11. »Ein Monat anstelle von drei ist ziemlich wenig, vor allem, wenn du noch dazu ein Wochenende ohne mich verbringen willst. Ich kann mir nicht vorstellen, dass ich es so lange ohne dich aushalte.« Auf diese Weise kommen wir nicht schnell genug voran. Sie braucht Anleitung, außerdem glaube ich kaum, dass ich es so lange ohne sie aushalten würde – was ich ihr auch sage. »Wie wäre es damit – ein Tag im Monat an einem Wochenende, dafür bekomme ich in dieser Woche einen zusätzlichen Abend an einem Wochentag.«

Sie überlegt. »Okay«, willigt sie schließlich mit ernster Miene ein.

Gut.

»Und lass es uns bitte über drei Monate versuchen. Wenn es dir nicht gefällt, kannst du immer noch aussteigen.«

»Drei Monate?«, wiederholt sie – ich werte es als ein Ja.

Wunderbar.

»Als Nächstes kommt der Punkt mit dem Besitzen. Das ist nur ein Fachbegriff, der etwas mit dem Prinzip des Gehorsams zu tun hat. Dieser Punkt dient dazu, dir zu zeigen, worum es hier geht und welche Rolle ich dabei spiele. Dir muss klar sein, dass ich, sobald du als meine Sub meine Wohnung betrittst, alles mit dir anstellen werde, wonach mir der Sinn steht. Das musst du akzeptieren. Und du musst bereit sein mitzumachen. Das ist auch der Grund, weshalb es so wichtig ist, dass du mir vertraust. Ich werde dich ficken, wann, wie und wo ich gerade will. Ich werde dich disziplinieren, weil du Fehler machen wirst. Und ich werde dir beibringen, mir Vergnügen zu bereiten. Aber natürlich weiß ich, dass all das Neuland für dich ist. Deshalb werden wir es langsam angehen, und ich werde dir dabei helfen. Wir werden es mit verschiedenen Rollenszenarien versuchen. Ich will, dass du mir vertraust, aber mir ist auch klar, dass ich dein Vertrauen erst gewinnen muss, und genau das werde ich tun. Mit dem Punkt ›oder anderweitig‹ wollte ich dich nur entsprechend auf das einstimmen, was auf dich zukommen kann. Es bedeutet, dass alles möglich ist.«

Das war doch mal eine Ansage, Grey.

Sie setzt sich auf ihrem Stuhl zurück. Meine Worte scheinen sie ziemlich überwältigt zu haben.

»Hörst du mir noch zu?«, frage ich sanft. Der Kellner kommt leise herein, und ich erteile ihm mit einem Nicken die Erlaubnis, den Tisch abzuräumen.

»Möchtest du noch etwas Wein?«, frage ich.

»Ich muss noch fahren.«

Gute Antwort.

»Dann vielleicht lieber Wasser?«

Sie nickt.

»Mit oder ohne Kohlensäure.«

»Mit, bitte.«

Der Kellner zieht sich wieder zurück.

»Du bist so still«, sage ich.

»Und du redest umso mehr«, erwidert sie wie aus der Pistole geschossen.

Guter Punkt, Miss Steele.

Okay, gehen wir zum nächsten Punkt über. Ziffer 15. Ich hole tief Luft. »Also, zum Punkt Disziplin. Der Grat zwischen Lust und Schmerz ist sehr schmal, Anastasia. Es gibt immer zwei Seiten der Medaille, und eine kann ohne die andere nicht existieren. Ich kann dir zeigen, wie lustvoll Schmerz sein kann. Mag sein, dass du mir das jetzt noch nicht glaubst, aber genau das meine ich damit, wenn ich sage, dass du mir vertrauen musst. Ohne Schmerzen wird es nicht gehen, aber sie sind nicht so schlimm, als dass du sie nicht aushalten könntest.« Ich kann es gar nicht deutlich genug sagen. »Ich sage es dir noch einmal – Vertrauen ist das A und O. Vertraust du mir, Ana?«

»Ja«, sagt sie, ohne zu zögern. Für einen kurzen Moment zieht mir ihre Antwort den Boden unter den Füßen weg – das hatte ich nicht erwartet.

Wieder einmal.

Habe ich so schnell ihr Vertrauen gewonnen?

»Tja dann. Alles andere sind nur Details.« Auch jetzt fühle ich mich, als wäre ich drei Meter groß.

»Aber wichtige Details.«

Sie hat recht. *Konzentrier dich, Grey.*

»Gut. Dann lass sie uns durchgehen.«

Der Kellner serviert den nächsten Gang.

»Ich hoffe, du magst Fisch«, sage ich, als er die Teller vor uns hinstellt. Der Köhlerfisch sieht herrlich aus. Ana nimmt einen Bissen.

Endlich!

»Und jetzt zu den Regeln«, fahre ich fort. »Lass uns darüber reden. Der Punkt mit dem Essen ist also ein Deal Breaker für dich?«

»Ja.«

»Können wir den Punkt dahingehend ändern, dass du dich verpflichtest, zumindest drei Mahlzeiten am Tag zu dir zu nehmen?«

»Nein.«

Ich unterdrücke einen verärgerten Seufzer. »Ich muss sicher sein können, dass du nicht hungrig bist.«

Sie runzelt die Stirn. »In diesem Punkt wirst du mir eben vertrauen müssen.«

»Touché, Miss Steele«, murmle ich. Es gibt Schlachten, die ich einfach nicht gewinnen kann. »Essen und der Schlaf sind damit vom Tisch.«

Ein erleichtertes Lächeln spielt um ihre Lippen. »Wieso darf ich dich nicht ansehen?«

»Das hat etwas mit der speziellen Beziehung zu tun. Du gewöhnst dich daran.«

Erneut runzelt sie die Stirn, doch diesmal haben ihre Züge etwas Gequältes. »Wieso darf ich dich nicht berühren?«

»Weil es nicht geht.«

Sorg dafür, dass sie den Mund hält, Grey.

»Ist es wegen Mrs. Robinson?«

Was? »Wie kommst du denn darauf? Du glaubst, ich sei ihretwegen traumatisiert?«

Sie nickt.

»Nein, Anastasia. Das ist nicht der Grund. Außerdem würde sie sich ganz bestimmt nichts von mir gefallen lassen.«

»Also hat es nichts mit ihr zu tun.« Sie sieht mich verwirrt an.

»Nein.«

Ich ertrage es bloß nicht, wenn mich jemand anfasst. Und du, Baby, willst nicht wissen, weshalb.

»Und ich will auch nicht, dass du dich selbst berührst.«

»Rein aus Neugier gefragt … wieso nicht?«

»Weil ich deine Lust ganz für mich allein haben will.«

Und zwar am liebsten jetzt gleich, wenn ich ehrlich sein soll. Ich könnte sie jetzt und hier ficken, um herauszufinden, ob sie leise sein kann. Mucksmäuschenstill, weil sie genau weiß, dass wir in Hörweite des Personals und der anderen Gäste sind. Genau deswegen habe ich diesen Raum ja gemietet.

Sie öffnet den Mund, als wollte sie etwas sagen, aber dann scheint sie sich eines Besseren zu besinnen und schiebt sich einen weiteren Bissen in den Mund.

»Ich habe dir eine Menge Stoff zum Nachdenken gegeben, stimmt's?« Ich falte die Mail zusammen und stecke sie ein.

»Ja.«

»Willst du auch gleich die Soft Limits besprechen?«

»Nicht beim Essen.«

»Zart besaitet?«

»So in der Art.«

»Du hast ja kaum etwas gegessen.«

»Mir reicht es.«

Wieder dieselbe Leier. »Drei Austern, vier Bissen Fisch und eine Spargelstange, keine Kartoffeln, keine Nüsse, keine Oliven. Und das, obwohl du den ganzen Tag nichts gegessen hast. Du sagtest doch, ich könnte dir vertrauen.«

Ihre Augen weiten sich.

Ja, ganz richtig. Ich habe alles genau verfolgt, Ana.

»Christian, bitte, schließlich führe ich nicht jeden Tag Gespräche wie dieses hier.«

»Du musst gesund und fit für mich sein, Anastasia.«

»Das weiß ich.«

»Und im Augenblick würde ich dir am liebsten dieses Kleid vom Leib reißen.«

»Ich halte das für keine gute Idee«, murmelt sie. »Wir hatten ja noch nicht mal ein Dessert.«

»Du willst ein Dessert?« *Obwohl du noch nicht mal einen Hauptgang hattest?*

»Ja.«

»Du könntest das Dessert sein.«

»Ich weiß nicht recht, ob ich süß genug bin.«

»Du bist von einer unglaublich köstlichen Süße, Anastasia.«

»Christian, du setzt Sex als Waffe ein. Das ist nicht fair.« Ein Anflug von Melancholie liegt in ihrer Stimme, als sie zuerst auf ihre Hände blickt und dann mich ansieht, wieder aus diesen hellblauen Augen, deren Eindringlichkeit mir auf die Nerven fällt – und mich zugleich erregt.

»Du hast recht. Das tue ich tatsächlich«, gestehe ich. »Wenn man etwas erreichen will, muss man seine Fähigkeiten eben nutzen, Anastasia. Das ändert aber nichts daran, wie sehr ich dich will. Hier. Jetzt.« *Und wir könnten ficken, jetzt auf der Stelle. Ich weiß, dass du längst am Haken hängst. Dein Atem ist schneller geworden.* »Ich würde gern etwas probieren.« Ich will wissen, wie leise sie sein kann und ob sie es schafft, mit der Angst im Nacken, entdeckt zu werden.

Abermals runzelt sie verwirrt die Stirn.

»Wärst du meine Sub, bräuchtest du nicht darüber nachzudenken. Es wäre alles ganz einfach. All die Entscheidungen, die ermüdenden Überlegungen und Grübeleien, die damit verbunden sind.

Diese Frage, ob es auch das Richtige ist. Ob es wirklich jetzt passieren soll. Über all das müsstest du dir keine Gedanken mehr machen, weil ich als dein Dom das für dich übernehmen würde. Und ich weiß, dass du mich willst, Anastasia.«

Sie wirft sich das Haar über die Schulter und leckt sich die Lippen.

O ja. Sie will mich.

»Ich weiß das, weil dein Körper dich verrät«, fahre ich fort. »Du presst die Schenkel zusammen, wirst rot, und deine Atmung hat sich verändert.«

»Woher weißt du, was ich mit meinen Schenkeln mache?«, presst sie hervor. Ich glaube, sie ist ein wenig geschockt.

»Ich habe gespürt, wie sich die Tischdecke bewegt hat. Meine Vermutung basiert auf jahrelanger Erfahrung. Und ich habe recht, stimmt's?«

Sie wendet den Blick ab. »Ich habe meinen Fisch noch nicht aufgegessen«, erwidert sie ausweichend und wird rot.

»Kalter Fisch ist dir also wichtiger als ich?«

Sie sieht mir in die Augen. Ihre Pupillen sind groß und tiefschwarz. »Ich dachte, ich soll meinen Teller leer essen.«

»Im Augenblick, Miss Steele, ist mir scheißegal, ob der Teller voll oder leer ist.«

»Du kämpfst mit unfairen Mitteln, Christian.«

»Ich weiß. Das habe ich schon immer getan.«

Wir sehen einander an. Keiner will klein beigeben, und wir spüren beide die sexuelle Spannung, die zwischen uns herrscht.

Würdest du einfach nur tun, was man dir sagt?, bitte ich sie stumm, doch in ihren Augen funkelt aufreizender Ungehorsam, und ein kaum merkliches Lächeln umspielt ihre Mundwinkel. Ohne den Blick von mir zu wenden, spießt sie eine Spargelspitze mit der Gabel auf und beißt sich auf die Lippe.

Was treibt sie da?

Dann schürzt sie die Lippen und saugt sie ganz langsam in ihren Mund.

Verdammt!

Sie spielt mit mir – eine ganz gefährliche Taktik, die damit enden wird, dass ich sie hier und jetzt auf dem Esstisch vögeln werde.

Mach nur so weiter, Miss Steele.

Wie gebannt sehe ich ihr zu und spüre, wie ich erneut hart werde.

»Was tust du da, Anastasia?«

»Ich esse meinen Spargel«, antwortet sie unschuldig.

»Ich glaube eher, Sie spielen mit mir, Miss Steele.«

»Ich esse nur auf, Mr. Grey.« Ihr Lächeln wird eine Spur breiter, ganz langsam und sinnlich, und die Erregung zwischen uns wächst weiter. Sie hat keine Ahnung, wie sexy sie ist ... Gerade als ich mich auf sie stürzen will, kommt der Kellner herein.

Mist!

Ich warte, bis er die Teller abgeräumt hat, dann sehe ich sie an – ihre Stirn ist natürlich wieder gerunzelt, und ihre Hände sind unruhig.

Verdammt!

»Möchtest du noch ein Dessert?«, frage ich.

»Nein danke. Ich glaube, ich sollte jetzt gehen«, antwortet sie, ohne aufzusehen.

»Gehen?« *Sie will gehen?*

Der Kellner verlässt eilig den Raum.

»Ja«, sagt sie entschlossen und steht auf. Automatisch erhebe auch ich mich. »Morgen ist die Abschlussfeier, für die wir beide fit sein müssen.«

Das läuft ganz und gar nicht so, wie ich es mir vorgestellt habe.

»Ich will nicht, dass du gehst«, erkläre ich wahrheitsgetreu.

»Bitte ... ich muss.«

»Wieso?«

»Weil ich über so viele Dinge nachdenken muss. Und ich brauche etwas Abstand.« Sie sieht mich flehend an.

»Ich könnte dich dazu bringen, dass du bleibst«, sage ich, wohl wissend, dass ich sie jederzeit verführen könnte, hier, jetzt in diesem Raum.

»Ja, das könntest du ohne Weiteres, aber ich will nicht, dass du es tust.«

Es geht alles den Bach hinunter – ich habe es zu weit getrieben. So hatte ich mir diesen Abend nicht vorgestellt. Ich fahre mir mit der Hand durchs Haar.

»Als du zum Interview in meinem Büro aufgetaucht bist, hast du einen völlig verunsicherten, ja geradezu unterwürfigen Eindruck auf mich gemacht. Deshalb dachte ich, du wärst die geborene Sklavin. Aber wenn ich ehrlich sein soll, bin ich nicht sicher, ob in deinem herrlichen Körper auch nur ansatzweise etwas Devotes schlummert, Anastasia.« Ich trete vor sie und sehe ihr in die Augen.

»Da könntest du recht haben«, sagt sie.

Nein. Nein. Ich will nicht recht haben.

»Ich will aber die Chance haben herauszufinden, ob da nicht doch etwas ist.« Mit dem Daumen streiche ich über ihre Wange und Unterlippe. »Ich kann nichts dafür. So bin ich, Anastasia.«

»Ich weiß.«

Ich beuge mich vor und warte, bis sie den Kopf hebt. Eigentlich wollte ich ihr bloß einen flüchtigen, unschuldigen Kuss geben, doch kaum berühren sich unsere Lippen, lässt sie sich gegen mich sinken und vergräbt die Hände in meinem Haar. Sie öffnet den Mund und umschmeichelt meine Zunge mit der ihren. Meine Hand wandert an ihrem Rücken entlang bis zu der Kuhle über ihrem Po, während ich ihren Kuss erwidere.

O Gott, wie sehr ich sie will!

»Ich kann dich also nicht zum Bleiben überreden?«, flüstere ich dicht an ihrem Mund und spüre, wie ich erneut hart werde.

»Nein.«

»Und dazu, die Nacht mit mir zu verbringen.«

»Und dich dabei nicht anfassen dürfen? Nein.«

Verdammt! Ich spüre die Düsternis, die sich in mir auszubreiten droht, kämpfe jedoch dagegen an.

»Du schreckliches Mädchen«, murmle ich, löse mich von ihr und blicke in ihr angespanntes, nachdenkliches Gesicht.

»Wieso habe ich das Gefühl, dass du mir gerade Lebewohl sagst?«

»Weil ich jetzt nach Hause fahren werde.«

»Das meine ich nicht damit, das weißt du ganz genau.«

»Christian, ich muss über all das nachdenken. Ich habe keine Ahnung, ob ich die Art von Beziehung mit dir führen kann, die du dir wünschst.«

Ich schließe die Augen und lege meine Stirn gegen ihre.

Was hast du erwartet, Grey? Sie ist für so etwas nicht geschaffen.

Ich hole tief Luft und gebe ihr einen Kuss auf die Stirn, dann vergrabe ich meine Nase in ihrem Haar, sauge tief ihren süßen Duft ein, um mich für immer daran zu erinnern.

Das reicht. Genug jetzt.

Ich löse mich von ihr und trete einen Schritt zurück. »Wie Sie wünschen, Miss Steele. Ich begleite dich in die Lobby.« Ich strecke ihr – vielleicht zum letzten Mal – meine Hand hin. Es erstaunt mich, wie sehr es mich schmerzt. Sie ergreift sie, und Hand in Hand gehen wir hinunter zur Rezeption.

»Hast du dein Parkticket?«, frage ich, äußerlich ruhig und gefasst, doch in meinem Innern tobt es.

Sie zieht es aus ihrer Handtasche, und ich reiche es dem Hoteldiener.

»Danke für das Abendessen«, sagt sie.

»Es war mir wie immer ein Vergnügen, Miss Steele.«

Das kann unmöglich das Ende sein. Ich muss ihr zeigen, ihr vor Augen führen, was all das bedeutet … was wir gemeinsam erleben könnten. Im Spielzimmer. Das wird sie vielleicht umstimmen. Das könnte die einzige Möglichkeit sein, das Ruder noch einmal herumzureißen. »Du ziehst doch am kommenden Wochenende nach Seattle. Wenn du die richtige Entscheidung triffst, kann ich dich dann am Sonntag sehen?«

»Wir werden sehen. Vielleicht.«

Das ist immerhin kein Nein.

Ich bemerke, dass sie eine Gänsehaut hat. »Es ist kühler geworden. Hast du keine Jacke dabei?«

»Nein.«

Diese Frau braucht jemanden, der sich um sie kümmert. Ich ziehe mein Jackett aus. »Hier. Ich will nicht, dass du dir eine Erkältung holst.« Ich lege es ihr um die Schultern. Sie zieht es enger um sich, schließt die Augen und atmet tief ein.

Ist mein Geruch für sie ebenso anziehend wie ihrer für mich?

Vielleicht ist ja doch noch nicht alles verloren.

Der Hotelbote fährt in einem alten VW-Käfer vor.

Was zu Teufel ist denn das?

»Damit fährst du herum?« Die Kiste muss ja älter als Methusalem sein. Großer Gott! Er reicht ihr die Schlüssel, und ich drücke ihm ein großzügiges Trinkgeld in die Hand. Der gute Mann muss ja eine Gefahrenzulage bekommen.

»Ist diese Kiste überhaupt straßentauglich?« Ich sehe sie finster an. Wie kann sie in dieser Rostlaube sicher sein?

»Ja.«

»Und du schaffst es, damit nach Seattle zu fahren?«

»Ja. Wanda schafft das.«

»Ohne dass etwas passiert?«

»Ja. Okay, sie ist alt, aber sie gehört mir, und sie ist straßentauglich. Mein Stiefvater hat sie mir gekauft.«

Als ich vorschlage, dass wir etwas Besseres für sie finden, verfinstert sich ihre Miene.

Sie ist stocksauer.

»O nein. Du wirst mir definitiv kein Auto kaufen«, stößt sie hervor.

»Wir werden sehen«, sage ich, um einen ruhigen Tonfall bemüht, und halte ihr die Tür auf. Kurz überlege ich, Taylor zu bitten, sie nach Hause zu fahren, als mir einfällt, dass er ja frei hat.

Sie steigt ein und kurbelt das Fenster herunter … mit quälender Langsamkeit.

Du lieber Gott!

»Fahr vorsichtig«, knurre ich.

»Auf Wiedersehen, Christian«. Ihre Stimme bricht, als wäre sie den Tränen nahe.

Verdammt! Meine Verärgerung und Sorge um sie weichen einem Gefühl der Hilflosigkeit, als sie davonfährt.

Vielleicht sehe ich sie ja nie wieder.

Wie ein Idiot stehe ich am Straßenrand, bis die roten Rücklichter verschwunden sind.

Mist! Wie konnte das so in die Binsen gehen?

Ich betrete wieder das Hotel, steuere geradewegs die Bar an, wo ich eine Flasche Sancerre bestelle und sie mit hinauf in mein Zimmer nehme. Mein Laptop steht auf dem Schreibtisch. Bevor ich die Flasche entkorke, setze ich mich hin und tippe eine Mail.

Von: Christian Grey
Betreff: Heute Abend
Datum: 25. Mai 2011, 22:01 Uhr
An: Anastasia Steele

Ich verstehe nicht ganz, wieso du heute Abend vor mir davongelaufen bist. Ich hoffe sehr, dass ich all deine Fragen zufriedenstellend beantwortet habe. Ich weiß, dass du über vieles nachdenken musst, und wünsche mir von Herzen, dass du meinen Vorschlag ernsthaft überdenkst. Ich will, dass das Ganze funktioniert. Wir werden es auch ganz langsam angehen.
Vertrau mir.

CHRISTIAN GREY
CEO, Grey Enterprises Holdings, Inc.

Ich sehe auf meine Uhr. Sie braucht mindestens zwanzig Minuten, um in dieser Rostlaube nach Hause zu kommen, wahrscheinlich sogar länger. Ich schreibe Taylor eine Mail.

Von: Christian Grey
Betreff: Audi A3
Datum: 25. Mai 2011, 22:04 Uhr
An: J B Taylor

Ich brauche morgen einen A3. Er soll hierher geliefert werden.
  Danke

CHRISTIAN GREY
CEO, Grey Enterprises Holdings, Inc.

Ich mache den Sancerre auf, schenke mir ein Glas ein und greife nach meinem Buch, doch es gelingt mir beim besten Willen nicht, mich darauf zu konzentrieren. Wieder und wieder schweift mein Blick zum Bildschirm. Wann antwortet sie endlich?

Meine Angst wird mit jeder Minute größer. Wieso schreibt sie nicht?

Um 23:00 Uhr halte ich es nicht länger aus und schicke ihr eine SMS.

Bist du gut nach Hause gekommen?

Wieder keine Reaktion. Vielleicht ist sie ja gleich zu Bett gegangen. Um kurz vor Mitternacht schicke ich eine letzte Mail.

Von: Christian Grey
Betreff: Heute Nacht
Datum: 25. Mai 2011, 23:58 Uhr
An: Anastasia Steele

Ich hoffe, du bist mit dieser Klapperkiste sicher nach Hause gekommen. Lass mich wissen, ob es dir gut geht.

CHRISTIAN GREY
CEO, Grey Enterprises Holdings, Inc.

Bei der morgigen Abschlusszeremonie werde ich in Erfahrung bringen, wie sie sich entschieden hat … ob sie mich zurückweist. Mit diesem deprimierenden Gedanken ziehe ich mich aus, gehe zu Bett und starre an die Zimmerdecke.

Du hast es echt vergeigt, Grey.

DONNERSTAG, 26. MAI 2011

Mommy ist weg. Manchmal geht sie raus.

Und dann bin ich allein. Ich, meine Autos und meine Schmusedecke.

Wenn sie heimkommt, schläft sie auf der Couch. Die ist braun und klebrig. Sie ist müde. Manchmal decke ich sie mit meiner Schmusedecke zu.

Ab und zu bringt sie auch etwas zu essen mit nach Hause. Das ist schön.

Dann gibt es Brot und Butter. Manchmal auch Makkaroni und Käse. Das ist mein Lieblingsessen.

Heute ist Mommy nicht da. Ich spiele mit meinen Autos. Die flitzen prima auf dem Fußboden. Meine Mommy ist weg. Aber bald kommt sie wieder heim. Bestimmt. Wann denn?

Es ist dunkel. Meine Mommy ist immer noch weg. Wenn ich auf den Hocker steige, kann ich den Lichtschalter erreichen.

An. Aus. An. Aus. An. Aus.

Hell. Dunkel. Hell. Dunkel. Hell.

Ich habe Hunger. Also esse ich den Käse. Aus dem Kühlschrank. Da ist so ein komisches blaues Zeug drauf. Wie ein Pelz.

Wann kommt Mommy endlich nach Hause?

Manchmal ist er auch dabei. Ich hasse ihn. Wenn er mitkommt, verstecke ich mich immer. Mommys Kleiderschrank ist mein Lieblingsversteck. Weil es dort nach Mommy riecht. Nach Mommy, wenn sie glücklich ist.

Wann kommt Mommy endlich heim?

Mein Bett ist ganz kalt. Und ich habe Hunger. Meine Spiel-

zeugautos und meine Schmusedecke sind hier, aber meine
Mommy nicht. Wann kommt meine Mommy nach Hause?

Ich schrecke aus dem Schlaf hoch.

Scheiße. Scheiße. Scheiße.

Ich hasse meine Träume – sie sind vollgestopft mit qualvollen
Erinnerungen, mit verzerrten Bildern an eine Zeit, die ich am liebsten für immer vergessen würde. Das Herz schlägt mir bis zum Hals,
und ich bin völlig verschwitzt. Das Schlimmste an den Albträumen
ist die lähmende Angst, die mich im Würgegriff hat, wenn ich aus
ihnen erwache.

In letzter Zeit haben sie zugenommen, diese Albträume, und die
Bilder sind lebendiger als früher. Ich habe keine Ahnung, woran das
liegt. Dieser verdammte Flynn ist erst nächste Woche wieder zurück. Mit beiden Händen fahre ich mir durchs Haar und sehe auf
die Uhr. 5:38 Uhr. Dämmriges Licht dringt durch die Vorhänge.
Nicht mehr lange, dann kann ich aufstehen.

Geh laufen, Grey.

Ana hat sich immer noch nicht gemeldet. Meine Furcht wächst mit
jeder Sekunde, die ich den Bürgersteig entlanglaufe.

Lass es gut sein.

Lass es einfach verdammt noch mal gut sein!

Bei der Abschlussfeier heute werde ich sie ja sehen.

Aber ich kann es nicht einfach auf sich beruhen lassen.

Bevor ich unter die Dusche gehe, schreibe ich noch eine SMS.

Ruf mich an.

Ich muss sicher sein können, dass es ihr gut geht.

Nach dem Frühstück habe ich immer noch nichts von Ana gehört.
Um mich abzulenken, setze ich mich an meine Rede für die Abschlussfeier. Ich werde ein paar lobende Worte über das außerge-

wöhnliche Engagement des Instituts für Entwicklung und Umweltschutz sagen und auf die Fortschritte in der Zusammenarbeit mit GEH im Hinblick auf neue Ackerbautechnologien in Entwicklungsländern eingehen.

Was hatte Ana noch dazu gesagt? Ihre Worte von gestern Abend kommen mir wieder in den Sinn. Und mit ihnen die Erinnerung an meinen Albtraum von heute Nacht.

Ich schiebe all das beiseite. Sam, mein PR-Experte, hat mir einen Entwurf für meine Rede geschickt, der viel zu prahlerisch für meinen Geschmack ist. Es kostet mich eine geschlagene Stunde, dieses auf Medienwirksamkeit getrimmte Gefasel in etwas halbwegs Menschliches umzuformulieren.

Inzwischen ist es halb zehn. Immer noch kein Wort von Ana. Die Funkstille ist besorgniserregend – und unhöflich. Ich versuche sie zu erreichen, aber der Anruf wird sofort auf eine automatische Voicemail umgeleitet.

Ich lege auf.

Zeig ein bisschen Würde, Grey.

Ping. Post ist eingegangen. Mein Herzschlag beschleunigt sich, aber die Mail ist von Mia. Trotz meiner schlechten Laune muss ich lächeln. Die Kleine hat mir gefehlt.

Von: Mia G. – Chef Extraordinaire
Betreff: Flugverbindung
Datum: 26. Mai 2011, 18:32 Uhr, GMT-1
An: Christian Grey

Hey, Christian,
ich kann es kaum erwarten, hier wegzukommen.
Rette mich. Bitte.
Meine Flugnummer lautet AF3622, Ankunft ist Samstag um
12:22 Uhr, und Dad lässt mich tatsächlich Holzklasse fliegen! *Da schmollt eine.
Ich habe tonnenweise Gepäck. Paris ist Mode, Mode, Mode …

Mom sagt, du hättest eine Freundin.

Stimmt das?

Wie ist sie so?

ICH MUSS ES WISSEN!!!

Wir sehen uns am Samstag. Ich hab dich soo vermisst.

À bientôt, mon frère.

Mxxxxxxxxx

Verdammt! Mutter und ihr loses Mundwerk. Ana ist nicht meine Freundin! Und jetzt muss ich mich am Samstag auch noch gegen meine Schwester mit ihrem losen Mundwerk, ihrem unbeirrbaren Optimismus und ihren bohrenden Fragen zur Wehr setzen. Die Kleine kann fürchterlich anstrengend sein. Ich schicke ihr eine kurze Mail mit dem Versprechen, sie abzuholen.

Um 9:45 Uhr mache ich mich für die Feier fertig: grauer Anzug, weißes Hemd und – diese – Krawatte als subtile Botschaft an Ana, dass ich noch längst nicht aufgegeben habe … als Erinnerung an wunderschöne Zeiten.

Ja, wunderschöne Zeiten … Bilder von ihr, gefesselt und voller Verlangen nach mir, kommen mir in den Sinn. Verdammt! *Wieso hat sie nicht angerufen?* Ich wähle erneut ihre Nummer.

Mist.

Immer noch geht niemand ran.

Um Punkt 10:00 Uhr klopft es an der Tür. Taylor.

»Guten Morgen.«

»Mr. Grey.«

»Wie war es gestern?«

»Schön, Sir.« Ein warmer Ausdruck liegt auf einmal in seinen Augen.

»Sophie, richtig?«

»Sie ist ein echter Schatz, Sir. Und macht sich sehr gut in der Schule.«

»Das freut mich.«

»Der A3 wird heute Nachmittag hier sein.«

»Hervorragend. Lassen Sie uns fahren.«

Obwohl ich es nur sehr ungern zugebe, kann ich es kaum erwarten, Miss Steele wiederzusehen.

Errötend begleitet mich die Sekretärin des Rektors zu einem kleinen Raum neben der Aula der WSU, wo Professoren, Verwaltungsangestellte und eine Handvoll Studenten noch einen Kaffee trinken, bevor es losgeht. Zu meinem Erstaunen entdecke ich auch Katherine Kavanagh unter ihnen.

»Hi, Christian.« Mit der typischen Souveränität einer Tochter aus gutem Hause kommt sie in ihrem schwarzen Graduierungsumhang auf mich zu. Sie scheint bester Dinge zu sein. Bestimmt hat sie Ana heute schon gesprochen.

»Hi, Katherine. Wie geht es Ihnen?«

»Sie scheinen überrascht zu sein, mich hier zu sehen«, sagt sie, ohne auf meine Begrüßung einzugehen. Ich registriere einen Anflug von Kränkung in ihrer Stimme. »Ich bin Jahrgangsbeste, hat Elliot Ihnen das nicht erzählt?«

»Nein.« *Wir hocken nicht ständig aufeinander und erzählen uns jede Kleinigkeit, Herrgott noch mal!* »Glückwunsch«, füge ich höflich hinzu.

»Danke«, erwidert sie knapp.

»Ist Ana hier?«

»Sie sollte bald kommen. Mit ihrem Dad.«

»Haben Sie sie heute Morgen schon gesehen?«

»Ja. Wieso?«

»Ich wollte nur sichergehen, dass sie wohlbehalten nach Hause gekommen ist, was bei dieser Rostlaube, die sie als Auto bezeichnet, ja nicht selbstverständlich ist.«

»Wanda. Sie nennt es Wanda. Und, ja, ist sie.« Katherine sieht mich fragend an.

»Das freut mich zu hören.«

Der Rektor tritt zu uns und nimmt mich mit, damit ich die anderen Professoren begrüßen kann.

Einerseits bin ich erleichtert, dass Ana nichts passiert ist, andererseits ärgert es mich, dass sie auf keine meiner Nachrichten reagiert hat.

Das ist kein gutes Zeichen.

Aber mir bleibt keine Zeit, trübseligen Gedanken nachzuhängen, da eines der Fakultätsmitglieder verkündet, dass es gleich losgeht.

In einem kurzen Moment der Schwäche versuche ich noch einmal, Ana zu erreichen. Wieder lande ich auf ihrer Voicemail. »Ich freue mich schon auf Ihre Rede«, sagt Miss Kavanagh und geht an mir vorbei.

Die Aula ist größer als erwartet und proppenvoll. Wie auf Kommando erheben sich sämtliche Anwesende und applaudieren, als wir nacheinander die Bühne betreten. Für einen kurzen Moment schwillt der Beifall sogar noch an, dann ertönt Rascheln und erwartungsvolles Tuscheln, als alle ihre Plätze wieder einnehmen.

Der Rektor ergreift das Wort, was mir Gelegenheit gibt, den Blick durch den Raum schweifen zu lassen. Die ersten Sitzreihen sind für die Studenten, komplett in schwarz-roten WSU-Talaren, reserviert. *Wo ist sie?* Methodisch inspiziere ich jede Reihe.

Da bist du ja!

Sie sitzt in der zweiten Reihe. Sie lebt also noch. Plötzlich kommt es mir lächerlich vor, dass ich wegen ihr so viele Ängste ausgestanden habe. Ihre strahlend blauen Augen werden groß, als sie meinem Blick begegnet, und ich nehme wahr, wie sich eine zarte Röte auf ihrem Gesicht ausbreitet.

Ja. Ich habe dich gefunden. Und du hast auf keine meiner Nachrichten reagiert. Sie meidet mich, und das macht mich wütend. Stinkwütend. Ich schließe die Augen, stelle mir vor, wie ich heißes Wachs auf ihre Brüste träufle und sie sich unter mir windet. Die Wirkung auf meinen Körper ist extrem.

Verdammt!

Reiß dich zusammen, Grey.

Entschlossen verdränge ich meine lüsternen Gedanken und konzentriere mich auf die Reden.

Kavanaghs leidenschaftlicher Appell, Gelegenheiten beim Schopf zu ergreifen – *genau, carpe diem, Kate* –, wird mit tosendem Applaus belohnt. Sie ist nicht nur klug, sondern offenbar auch sehr beliebt und selbstsicher; nicht das Mauerblümchen wie ihre Mitbewohnerin. Es wundert mich, wie diese beiden Frauen so eng befreundet sein können.

Als Nächstes höre ich den Rektor meinen Namen sagen. Ich stehe auf und trete hinter das Rednerpult. *Showtime, Grey.*

»Ich bin zutiefst dankbar und gerührt über die Ehre, die mir die Leitung der WSU heute zuteilwerden lässt. Denn dadurch bietet sich mir die Gelegenheit, Ihnen einen Einblick in die eindrucksvolle Arbeit des Instituts für Entwicklung und Umweltschutz zu geben. Wir haben uns das Ziel gesetzt, rentable und ökologisch nachhaltige Methoden für die Landwirtschaft in Ländern der Dritten Welt zu entwickeln, um langfristig unseren Teil beizutragen, Hunger und Armut aus der Welt zu schaffen. Über eine Milliarde Menschen, vorwiegend in Staaten südlich der Sahara, in Südasien und Lateinamerika, leiden unter unvorstellbarer Armut. In vielen dieser Länder herrschen massive landwirtschaftliche Missstände vor, die die Zerstörung der Umwelt und der gesellschaftlichen Strukturen nach sich ziehen. Ich weiß aus eigener Erfahrung, was es bedeutet, Hunger zu leiden. Deshalb liegt mir dieses Projekt sehr am Herzen ...« Ich halte kurz inne.

»Im Zuge eines gemeinschaftlichen Projekts konnten die WSU und GEH enorme Fortschritte dabei erzielen, Ackerland wieder fruchtbar zu machen. Wir sind dabei, rentable und ökologisch nachhaltige Methoden für die Landwirtschaft in Ländern der Dritten Welt zu entwickeln, auf unseren Testfeldern gelang eine Erntesteigerung von bis zu dreißig Prozent pro Hektar. GEH ist sehr stolz auf all jene Studenten, die im Rahmen von Praktika auf diesen Testfeldern in Afrika mitgearbeitet haben. Von ihrem Engagement profitieren nicht nur die dörflichen Gemeinschaften, sondern auch sie selbst. Gemeinsam gelingt es uns, Hunger und Armut weltweit zu beseitigen. Dennoch gilt es gerade jetzt, in einem Zeitalter, in dem die Globalisierung immer rasanter voranschreitet und die Schere zwischen Arm und Reich ständig weiter auseinanderklafft, sich vor Augen zu halten, dass wir unsere begrenzten Ressourcen nicht vergeuden dürfen. Diese Ressourcen sind für alle Menschen da, und es ist unsere Aufgabe, sie nutzbar zu machen, Mittel und Wege zu ihrer Erneuerung zu finden und Lösungsansätze zu entwickeln, um die gesamte Menschheit ernähren zu können.

Wie ich bereits hervorhob, ist es durch die Zusammenarbeit von WSU und GEH gelungen, Alternativen zu finden, und es ist an uns, ein Bewusstsein für die Probleme dieser Welt zu schaffen. Mithilfe der Telekommunikationsabteilung von GEH wollen wir Information und Ausbildung in Ländern der Dritten Welt etablieren. Ich bin stolz, sagen zu dürfen, dass wir in den Bereichen Solartechnologie, Batterielebensdauer und drahtlose Kommunikation, die das Internet selbst in entlegensten Gebieten zugänglich macht, beeindruckende Fortschritte vorweisen können. Zugang zu Information und Ausbildung, die wir als Selbstverständlichkeit betrachten, sind das A und O im Kampf gegen die Armut in den Entwicklungsländern. Wir hier, in der westlichen Welt, sind privilegiert. Manche mehr als andere, wobei ich mich zu Ersteren zähle. Wir alle haben die moralische Pflicht, jenen, die weniger haben als wir, ein menschenwürdiges Leben zu bieten … Ein gesundes, sicheres Leben, ohne zu hungern und mit einem Zugang zu all jenen Ressourcen, die wir selbstverständlich in Anspruch nehmen.

Enden möchte ich mit einem Zitat, das mir sehr viel bedeutet. Es stammt von einem sehr weisen amerikanischen Ureinwohner: ›Erst wenn der letzte Baum gerodet, der letzte Fluss vergiftet, der letzte Fisch gefangen ist, werdet ihr merken, dass man Geld nicht essen kann.‹«

Als mich tosender Applaus umfängt, widerstehe ich dem Drang, Ana anzusehen, stattdessen fixiere ich das WSU-Banner im hinteren Teil der Aula. Wenn sie mich mit Nichtachtung strafen will, kann sie das haben.

Einer der Vizerektoren steht auf, tritt zu mir auf die Bühne, um mit der Verleihung der Zeugnisse zu beginnen – eine qualvolle Stunde lang, bis er endlich zum Buchstaben S kommt.

»Anastasia Steele«, heißt es schließlich. Applaus wird laut, dann kommt sie mit nachdenklicher, sorgenvoller Miene auf mich zu.

Mist.

Was denkt sie gerade?

Reiß dich am Riemen, Grey.

»Herzlichen Glückwunsch, Miss Steele.« Ich überreiche ihr die Urkunde, schüttle ihr die Hand und halte sie fest. »Haben Sie ein Problem mit Ihrem Laptop?«

Sie sieht mich verblüfft an. »Nein.«

»Dann ignorieren Sie meine Mails also doch?«

»Ich habe nur die Fusionierungsmail gelesen.«

Was zum Teufel soll das bedeuten?

Ich muss ihre Hand loslassen, da sich bereits eine Schlange hinter ihr gebildet hat.

»Später.« Sie muss wissen, dass dieses Gespräch noch nicht beendet ist.

Die nächsten Minuten sind die reinste Hölle. Man hat mich unverhohlen angestarrt, mir aufreizende Blicke zugeworfen, albern gekichert und fünfmal die Telefonnummer zugesteckt. Erleichtert folge ich den Fakultätsmitgliedern von der Bühne, begleitet von erneutem Beifall und feierlicher Musik.

Auf dem Flur halte ich Miss Kavanagh am Arm fest. »Ich muss Ana sprechen. Können Sie sie holen? Jetzt gleich.«

Sie ist sichtlich perplex. »Bitte«, füge ich so höflich wie nur eben möglich hinzu, bevor sie etwas sagen kann.

Sie presst die Lippen zusammen, wartet jedoch, während die anderen an uns vorbeigehen, ehe sie in die Aula zurückkehrt. Der Rektor tritt zu mir und beglückwünscht mich zu meiner Rede.

»Es war mir eine Ehre«, erwidere ich und schüttle ihm ein weiteres Mal die Hand, während ich aus dem Augenwinkel Kate wahrnehme – mit Ana im Schlepptau. Ich entschuldige mich rasch und gehe auf die beiden zu.

»Danke«, sage ich zu Kate, die Ana einen besorgten Blick zuwirft. Ohne sie zu beachten, schiebe ich Ana durch die nächste Tür, schließe hinter uns ab und drehe mich zu ihr um. »Wieso hast du weder auf meine Mails noch auf meine SMS geantwortet?«

Sie blinzelt erstaunt. »Ich habe meine Mails heute noch nicht gecheckt. Und mein Handy ist ausgeschaltet.« Sie scheint ziemlich erschrocken über meinen Ausbruch zu sein. »Deine Rede war wirklich beeindruckend«, fügt sie hinzu.

»Danke«, murmle ich automatisch. Wie kann jemand weder seine Voicemail abhören noch seine Mails checken?

»Das erklärt auch deine Probleme mit übrig gebliebenen Lebensmitteln«, sagt sie sanft – und ein wenig mitleidig, wenn ich mich nicht irre.

»Ich will mich jetzt nicht darüber unterhalten, Anastasia.«
Und dein Mitleid brauche ich auch nicht.

Ich schließe die Augen. Und ich dachte die ganze Zeit, sie will nicht mit mir reden. »Ich habe mir Sorgen um dich gemacht.«

»Sorgen? Wieso denn?«

»Weil du mit diesem Witz von einem Auto nach Hause gefahren bist.«
Und ich hatte Angst, ich hätte es vergeigt.

»Was?« Sie schäumt vor Wut. »Wanda ist kein Witz. Sie fährt einwandfrei. José checkt sie regelmäßig für mich.«

»José, der Fotograf?« Das wird ja immer schöner, verdammter Mist!

»Ja, der Käfer hat früher mal seiner Mutter gehört.«

»Und davor wahrscheinlich deren Mutter und davor deren Mutter. Dieser Wagen ist eine Schrottkiste und nicht sicher.«

»Ich fahre ihn aber seit über drei Jahren. Es tut mir leid, wenn du dir Sorgen gemacht hast. Wieso hast du nicht auf dem Festnetzanschluss angerufen?«

Weil ich eben auf ihrem Handy angerufen habe. Benutzt sie es etwa nicht? Frustriert fahre ich mir mit der Hand durchs Haar und hole tief Luft. Darum geht es doch jetzt überhaupt nicht.

»Ich brauche eine Antwort von dir, Anastasia. Diese Warterei treibt mich in den Wahnsinn.«

Ihre Miene wird ernst.

Verdammt!

»Christian, ich … mein Stiefvater wartet unten auf mich.«

»Morgen. Ich will bis morgen eine Antwort von dir haben.«

»Okay. Morgen. Dann bekommst du deine Antwort.«

Immerhin ist das noch kein endgültiges Nein. Wieder bin ich erstaunt über die Erleichterung, die ich empfinde.

Was zum Teufel hat diese Frau nur an sich? Aufrichtige Besorgnis liegt in ihrem Blick, und ich widerstehe dem Drang, sie zu berühren. »Bleibst du noch zum Empfang?«, frage ich.

»Ich weiß nicht, ob Ray Lust hat.«

»Ist Ray dein Stiefvater? Ich würde ihn gern kennenlernen.«

Ihre Unsicherheit scheint zu wachsen. »Ich weiß nicht recht, ob das so eine gute Idee ist«, meint sie düster, als ich die Tür öffne.

Was? Wieso? Weil sie jetzt weiß, dass ich als Kind bettelarm war? Oder weil sie weiß, wie ich am liebsten ficke? Dass ich ein Freak bin?

»Schämst du dich etwa für mich?«

»Nein!« Sie verdreht genervt die Augen. »Aber als was soll ich dich meinem Dad denn vorstellen? ›Das hier ist der Mann, der mich entjungfert hat und eine BDSM-Beziehung mit mir führen will‹? Du trägst keine Turnschuhe, vergiss das nicht.«

Turnschuhe?

Ihr Dad will mir etwa auf die Pelle rücken? Wieder einmal ist es ihr gelungen, mit einem kleinen Scherz die Stimmung aufzulockern. Meine Mundwinkel zucken, und sie erwidert mein Lächeln – es ist, als würde die Sonne aufgehen.

»Nur damit du es weißt – ich bin ein ziemlich guter Läufer. Sag ihm doch einfach, ich sei ein guter Freund, Anastasia.« Ich folge ihr hinaus auf den Flur, bleibe jedoch beim Rektor stehen, der mit einigen seiner Kollegen plaudert. Wie verabredet starren sie ihr hinterher, doch Ana ist bereits in der Aula verschwunden.

Miss Steele und ich gehen euch überhaupt nichts an, Jungs.

Ich bedenke den Rektor mit einem knappen, höflichen Nicken, woraufhin er fragt, ob er mir einige weitere Kollegen vorstellen dürfe.

»Natürlich«, antworte ich.

Es kostet mich eine halbe Stunde, bevor ich mich von der Gruppe loseisen kann. Als ich mich durch die Menge schiebe, ist plötzlich Miss Kavanagh neben mir und folgt mir über den Rasen zu dem großen Pavillon, wo die Absolventen mit ihren Familien beisammenstehen.

»Sie haben Ana also zum Essen am Sonntag eingeladen?«, fragt sie.

Am Sonntag? Hat Ana das gesagt?

»Bei Ihren Eltern«, fügt sie hinzu.

Bei meinen Eltern?

Ich entdecke Ana in der Menge.

Was zum Teufel soll das denn bedeuten?

Ein großer blonder Typ, der aussieht, als hätte er gerade noch an einem Strand in Kalifornien gelegen, betatscht sie.

Wer, verdammt noch mal, ist der Kerl? Wollte sie deshalb nicht, dass ich mitkomme?

In diesem Moment sieht Ana zu mir herüber. Sie wird kreidebleich, als sie merkt, wer neben ihrer Mitbewohnerin steht. »Hallo, Ray.« Kate gibt dem älteren Mann in dem schlecht sitzenden Anzug einen Kuss.

Das muss Raymond Steele sein.

»Haben Sie schon Anas Freund kennengelernt?«, fragt Kate. »Christian Grey.«

Freund!

»Mr. Steele, es ist mir eine Freude, Sie zu treffen.« Sein Handschlag ist fest, seine Handfläche und seine Finger fühlen sich rau und schwielig an. Dieser Mann arbeitet mit seinen Händen. Dann fällt es mir wieder ein. Er ist Tischler. Seine dunklen Augen verraten nichts.

»Und das ist mein Bruder, Ethan Kavanagh«, erklärt Kate und zeigt auf den Surfertypen, der immer noch den Arm um Ana gelegt hat.

Ah, beide Kavanagh-Sprösslinge vereint.

Im Gegensatz zu Mr. Steeles Händen sind die seinen butterweich.

Und jetzt hör endlich auf, mein Mädchen anzufassen, du elender Drecksack.

»Ana, Baby«, sage ich leise und strecke die Hand nach ihr aus. Sie erlaubt mir, sie an mich zu ziehen. Inzwischen hat sie den schwarz-roten Talar abgelegt, unter dem sie ein hellgraues Neckholder-Kleid trägt, das ihre makellosen Schultern und ihren Rücken zur Geltung bringt.

Zwei Kleider in zwei Tagen. Sie verwöhnt mich ja regelrecht.

»Ethan, Mom und Dad wollten dich sprechen«, sagt Kate und zieht ihren Bruder mit sich.

»Wie lange kennt ihr beide euch schon?«, fragt Mr. Steele.

Ich lege Ana den Arm um die Schulter und streiche mit dem Daumen über ihren nackten Rücken. Prompt beginnt sie unter der Berührung zu beben. »Seit knapp zwei Wochen«, antworte ich. »Anastasia interviewte mich für die Studentenzeitung.«

»Ich wusste ja gar nicht, dass du für die Studentenzeitung schreibst, Ana«, bemerkt Mr. Steele.

»Kate war krank«, murmelt Ana.

Ray Steele mustert seine Tochter und runzelt die Stirn. »Das war eine sehr bewegende Rede, Mr. Grey.«

»Danke, Sir. Wie ich höre, sind Sie leidenschaftlicher Fliegenfischer.«

»Ja, das ist richtig. Hat Annie es Ihnen erzählt?«

»Genau.«

»Fischen Sie auch?« Neugier glimmt in seinen braunen Augen auf.

»Nicht so oft, wie ich es gern tun würde. Aber früher hat mein Dad mich und meinen Bruder immer mitgenommen. Am liebsten waren ihm Regenbogenforellen. Schätzungsweise hat er mich mit seiner Leidenschaft angesteckt.« Ana lauscht einen Moment, dann entschuldigt sie sich und schlendert zu dem Kavanagh-Clan hinüber.

Verdammt, sie sieht zum Anbeißen aus in diesem Kleid.

»So? Und wo waren Sie fischen?« Ray Steeles Stimme reißt mich ins Hier und Jetzt zurück. Mir ist klar, dass das eine Fangfrage ist.

»Überall, im ganzen Pazifischen Nordwesten«, antworte ich.

»Sie sind in Washington aufgewachsen?«

»Ja, Sir. Als Erstes ist mein Dad mit uns zum Wynoochee River gefahren.«

Ein Lächeln spielt um seine Lippen. »Den kenne ich gut.«

»Aber der Skagit River ist seine Lieblingsstelle. Die amerikanische Seite. Er hat uns mitten in der Nacht aus den Betten gezerrt und ist mit uns hochgefahren. Aber ein paar mächtige Burschen hat er dort gefangen, das muss man ihm lassen.«

»Das ist ein gutes Gebiet. Dort hab ich mir auch den einen oder anderen Kampf mit irgendwelchen Riesenbrummern geliefert. Allerdings auf der kanadischen Seite.«

»Eine der besten Gegenden für wilde Regenbogenforellen. Die zu fangen, ist doch viel abenteuerlicher als die mit abgetrennter Fettflosse«, sage ich und sehe zu Ana hinüber.

»Das können Sie laut sagen«, bestätigt er.

»Mein Bruder hat ein paar echt wilde Monster herausgeholt. Ich dagegen warte noch auf den großen Fang.«

»Aber eines Tages ist es so weit, was?«

»Ich hoffe es.«

Ana ist in ein Gespräch mit Kate vertieft. *Worüber reden die beiden?*

»Und gehen Sie oft fischen?«, frage ich Mr. Steele.

»Klar. Anas Freund José, sein Vater und ich ziehen los, so oft wir können.«

Schon wieder dieser verdammte Fotograf!

»Der, der sich auch um ihren Käfer kümmert?«

»Genau der.«

»Ein toller Wagen. Ich bin ein Fan von deutschen Autos.«

»Ehrlich? Annie liebt die alte Klapperkiste, aber ich fürchte, langsam liegen ihre besten Zeiten hinter ihr.«

»Was für ein Zufall, dass Sie das sagen. Ich habe überlegt, ihr einen meiner Geschäftswagen zu leihen. Lässt sie sich darauf ein, was glauben Sie?«

»Ich denke schon, aber das muss sie selbst entscheiden.«

»Wunderbar. Aber mit Fliegenfischen hat Ana nichts am Hut?«

»Nein. Sie kommt nach ihrer Mutter, die es nicht ertragen konnte, die Fische leiden zu sehen. Oder die Würmer. Sie ist sehr sanftmütig.« Er sieht mich vielsagend an. Oh. Eine Warnung von Raymond Steele. Ich beschließe, das Ganze ins Lächerliche zu ziehen.

»Kein Wunder, dass sie neulich nicht so scharf auf den Köhlerfisch war.«

Steele lacht leise. »Essen tut sie Fische eigentlich schon.«

Inzwischen hat Ana den Kavanaghs den Rücken gekehrt und gesellt sich wieder zu uns. »Hi.« Sie strahlt.

»Wo sind hier die Toiletten, Ana?«, fragt Ray.

»Aus dem Pavillon raus und dann links.«

»Bis gleich. Amüsiert euch gut«, sagt er.

Sie sieht ihm nach, schließlich richtet sie den Blick auf mich. Sie wirkt nervös. Aber bevor einer von uns etwas sagen kann, tritt ein Fotograf zu uns und macht eine Aufnahme von uns.

»Also hast du meinen Vater auch in deinen Bann gezogen, ja?«, bemerkt sie mit einem neckenden Unterton.

»Auch?« *Habe ich Sie etwa in meinen Bann gezogen, Miss Steele?*

Behutsam streiche ich mit dem Finger über ihre Wange, die sich prompt rosig färbt. »Ich wünschte, ich wüsste, was du gerade gedacht hast, Ana.« Ich hebe ihr Kinn an und mustere sie eingehend. Ihre Pupillen sind tiefschwarz.

»Im Augenblick denke ich – hübsche Krawatte«, flüstert sie.

Unwillkürlich lache ich auf. »Das ist neuerdings meine Lieblingskrawatte.«

Sie lächelt.

»Du siehst hinreißend aus, Anastasia. Dieses Kleid steht dir ganz ausgezeichnet, und es gibt mir Gelegenheit, deine wunderbare nackte Haut zu berühren.«

Ihre Lippen teilen sich, und ihre Atemzüge werden schneller. Wieder spüre ich diese unglaubliche Anziehungskraft zwischen uns.

»Du weißt genau, dass es gut werden wird, Baby.« Meine raue Stimme verrät meine Begierde.

Sie schließt die Augen, schluckt und holt tief Luft. Als sie sie wieder aufschlägt, sehe ich die Angst darin. »Aber ich will mehr.«

»Mehr?«

Verdammt! Was wird das hier?

Sie nickt.

»Mehr?«, wiederhole ich leise. Ihre Lippe fühlt sich weich und nachgiebig an. »Du willst also Herzchen und Blümchen.« *Verflucht!* Das wird nie im Leben funktionieren. Wie sollte es auch? Ich bin kein Typ für Romantik. All meine Hoffnungen und Träume beginnen zu zerbröckeln.

Ihre Augen sind groß und unschuldig.

Teufel aber auch! Sie ist so unglaublich verführerisch. »Anastasia, davon verstehe ich nichts.«

»Ich auch nicht.«

Natürlich. Schließlich hatte sie noch nie eine Beziehung. »Es gibt so vieles, wovon du nichts verstehst.«

»Und du verstehst nur etwas von den falschen Dingen.«

»Falsch? Für mich sind sie nicht falsch. Versuch es doch wenigstens.«

Bitte. Auf meine Weise.

Suchend gleitet ihr Blick über mein Gesicht. Für einen kurzen Moment verliere ich mich so sehr in ihren blauen Augen, die geradewegs in meine Seele zu blicken scheinen.

»Okay«, flüstert sie.

»Was?« Sämtliche Härchen an meinem Körper richten sich auf.

»Okay. Ich versuche es.«

»Du bist also einverstanden?« Ich bin völlig fassungslos.

»Ja, ich versuche es. Nur über die Soft Limits müssen wir noch reden.«

Allmächtiger Himmel! Ich ziehe sie an mich, schlinge die Arme um sie, vergrabe mein Gesicht in ihrem Haar und atme ihren verführerischen Duft ein. Es ist mir völlig egal, dass wir uns mitten in der Öffentlichkeit befinden – für mich ist es, als gäbe es nur sie und mich auf der Welt. »Großer Gott, Ana! Du bist so unberechenbar. Ich weiß nicht, was ich sagen soll.«

In diesem Moment wird mir bewusst, dass Raymond Steele zurück ist und auf die Uhr sieht, um seine Verlegenheit zu kaschieren. Widerstrebend lasse ich Ana los. Ich fühle mich, als könnte ich Bäume ausreißen.

Das war's, Grey! Der Deal ist unter Dach und Fach.

»Annie, wollen wir essen gehen?«, fragt ihr Vater.

»Okay.« Sie lächelt mich schüchtern an.

»Möchten Sie vielleicht mitkommen, Christian?«, fragt Raymond. Einen Moment lang bin ich in Versuchung, doch dann bemerke ich Anas besorgten Blick – *Bitte nicht,* sagt er. Sie will mit ihrem Dad allein sein.

»Danke, Mr. Steele, aber ich habe bereits etwas vor. Es hat mich trotzdem gefreut, Sie kennenzulernen, Sir.«

Hör auf, so blöd zu grinsen, Grey.

»Gleichfalls«, erwidert Steele. Ich glaube, er meint es auch so. »Und passen Sie gut auf meine Kleine auf.«

»Oh, das kann ich Ihnen versichern.« Ich schüttle ihm die Hand. *Sie können sich gar nicht vorstellen, wie gut, Mr. Steele.*

Ich nehme Anas Hand und küsse ihre Fingerknöchel. »Bis später, Miss Steele«, sage ich. *Du machst mich zu einem sehr, sehr glücklichen Mann.*

Steele nickt mir kurz zu, dann nimmt er seine Tochter am Arm und führt sie weg, während ich zurückbleibe – noch immer wie betäubt, aber zugleich außer mir vor Freude und Hoffnung.

Sie hat ja gesagt.

»Christian Grey?« Die Stimme von Eamon Kavanagh, Kates Vater, reißt mich aus meinen Tagträumen.

»Eamon, wie geht es Ihnen?« Wir schütteln uns die Hände.

Um 15:30 Uhr holt Taylor mich ab. »Guten Tag, Sir«, sagt er und hält mir die Tür auf.

Unterwegs erzählt er mir, dass der Audi A3 ins Hotel geliefert worden ist. Jetzt muss ich ihn nur noch Ana schenken. Das wird zweifellos nicht ohne Diskussion über die Bühne gehen, und tief im Innern weiß ich schon jetzt, dass mir mehr als nur eine sachliche Diskussion bevorsteht. Andererseits hat sie eingewilligt, meine Sub zu sein, daher wird sie vielleicht auch mein Geschenk ohne Riesendrama annehmen.

Verarschen kann ich mich selbst, Grey.

Aber träumen wird ja wohl noch erlaubt sein. Ich hoffe, wir können uns heute Abend sehen. Ich werde ihr den Audi einfach zum Abschluss schenken.

Ich rufe Andrea an und bitte sie, für den übernächsten Tag eine Videokonferenz per WebEx mit Eamon Kavanagh und seinen Partnern in New York zu organisieren. Er interessiert sich für eine Erweiterung seines Glasfasernetzes. Außerdem soll sie dafür sorgen, dass Ros und Fred ebenfalls parat stehen. Sie gibt mir ein paar Nachrichten durch – nichts Bedeutendes – und erinnert mich an die Wohltätigkeitsveranstaltung morgen Abend in Seattle.

Heute ist mein letzter Abend in Portland. Und Anas im Grunde ebenfalls. Ich überlege, sie anzurufen, aber es bringt nichts, wenn sie ihr Telefon ausgeschaltet hat. Außerdem ist sie mit ihrem Vater unterwegs.

Auf dem Weg ins Hotel beobachte ich die Passanten – ein junges Pärchen zankt sich auf dem Bürgersteig wegen einer heruntergefallenen Einkaufstüte, ein anderes, noch jüngeres Paar schlendert vorbei, kichernd und bis über beide Ohren verliebt. Das Mädchen stellt sich auf die Zehenspitzen und flüstert ihrem heftig tätowierten Freund etwas ins Ohr, worauf dieser lacht, sich herunterbeugt und sie küsst, ehe er ihr die Tür zu einem Coffeeshop aufhält.

Ana will »mehr«. Seufzend fahre ich mir mit der Hand durchs Haar. Das wollen sie alle. Immer. Was soll ich tun? Das Pärchen betritt den Coffeeshop – genau das Gleiche haben Ana und ich auch getan. Wir waren zweimal essen, und jedes Mal hat es Spaß gemacht. Vielleicht sollte ich es ja auf einen Versuch ankommen lassen. Schließlich gibt sie mir so viel. Ich löse meine Krawatte.

Könnte ich das?

Ich ziehe mich um und absolviere eine kurze Trainingseinheit im hoteleigenen Fitnessraum – wie üblich hat mich der Small Talk strapaziert, und ich muss meine angestaute Energie loswerden.

Und über »mehr« nachdenken.

Als ich geduscht und umgezogen vor meinem Laptop sitze, ruft Ros mich über Video an. Während der folgenden vierzig Minuten besprechen wir alles, was ansteht, auch die Anfrage aus Taiwan und das Darfur-Projekt. Die Kosten für den Abwurf von Hilfsgütern sind enorm, aber sicherer für alle Beteiligten. Ich gebe ihr grünes Licht. Jetzt müssen wir nur noch darauf warten, dass die Lieferung in Rotterdam eintrifft.

»Über Kavanagh Media bin ich informiert. Ich denke, Barney sollte auch dabei sein«, sagt Ros.

»Wenn Sie meinen. Sagen Sie Andrea Bescheid.«

»In Ordnung. Wie war die Abschlussfeier?«

»Gut. Unerwartet.«

Ana hat eingewilligt.

»Unerwartet gut?«

»Ja.«

Ros mustert mich neugierig, aber ich gehe nicht weiter darauf ein.

»Andrea meinte, Sie kämen morgen zurück.«

»Ja. Ich muss abends bei einer Veranstaltung sein.«

»Tja, dann hoffen wir mal, Ihr neues ›Fusionsprojekt‹ hat sich als erfolgreich erwiesen.«

»Es hat ganz den Anschein, Ros.«

Sie grinst. »Das freut mich. Ich habe gleich den nächsten Termin, wenn sonst nichts ansteht, verabschiede ich mich für heute.«

»Bis bald.« Ich logge mich aus und öffne meinen Mailaccount.

Von: Christian Grey
Betreff: Soft Limits
Datum: 26. Mai 2011, 17:22 Uhr
An: Anastasia Steele

Was könnte ich noch sagen, was nicht längst ausgesprochen ist?
Ich freue mich darauf, die Soft Limits mit dir zu besprechen.
Du hast heute wunderschön ausgesehen.

CHRISTIAN GREY
CEO, Grey Enterprises Holdings, Inc.

Dabei war ich heute Morgen noch überzeugt davon, dass zwischen uns alles aus ist.

Großer Gott, Grey, höchste Zeit, dass du dich einkriegst. Flynn hätte seine helle Freude an mir. Natürlich lag es auch daran, dass sie nicht ans Telefon gegangen ist. Vielleicht braucht sie zuverlässigere Kommunikationsmittel.

Von: Christian Grey
Betreff: BlackBerry
Datum: 26. Mai 2011, 17:36 Uhr
An: J B Taylor
CC: Andrea Ashton

Taylor, bitte besorgen Sie einen neuen BlackBerry mit vorinstalliertem Mailaccount für Anastasia Steele. Andrea gibt Ihnen alle Infos, die Sie benötigen.

Bitte lassen Sie es ihr morgen nach Hause oder zu Clayton's
liefern.

CHRISTIAN GREY
CEO, Grey Enterprises Holdings, Inc.

Ich greife zur neuesten *Forbes*-Ausgabe und fange an zu lesen.

Um 18:30 Uhr hat Anastasia immer noch nicht geantwortet. Vermutlich ist sie weiterhin mit ihrem bescheidenen, wortkargen Stiefvater unterwegs. Dafür, dass die beiden nicht blutsverwandt sind, gibt es erstaunlich viele Ähnlichkeiten zwischen ihnen.

Ich bestelle Risotto mit Meeresfrüchten und lese noch eine Weile in meinem Buch, während ich warte.

Unterdessen ruft Grace an.

»Christian, mein Lieber.«

»Hallo, Mutter.«

»Hat Mia sich bei dir gemeldet?«

»Ja. Sie hat mir ihre Flugdaten durchgegeben. Ich hole sie dann am Flughafen ab.«

»Wunderbar. Du bleibst doch am Samstag hoffentlich zum Essen?«

»Natürlich.«

»Am Sonntag bringt Elliot seine Freundin Kate mit. Möchtest du auch kommen? Du könntest Anastasia einladen.«

Das hat Miss Kavanagh heute also gemeint.

Ich versuche, Zeit zu schinden. »Ich muss erst fragen, ob sie kann.«

»Sag mir bitte Bescheid. Ich würde mich freuen, wieder mal die ganze Familie am Tisch zu haben.«

Ich verdrehe die Augen. »Wenn du meinst, Mutter.«

»Ja, das tue ich, mein Lieber. Bis Samstag.«

Sie legt auf.

Ana soll meine Eltern kennenlernen? Wie zum Teufel komme ich aus dieser Nummer wieder heraus?

Während ich noch darüber nachgrüble, trifft eine neue Mail ein.

Von: Anastasia Steele
Betreff: Soft Limits
Datum: 26. Mai 2011, 19:23 Uhr
An: Christian Grey

Ich komme gern heute Abend noch vorbei, um über alles zu reden, wenn du willst.
    Ana

Nein, nein, Baby. Nicht in diesem Wagen. In diesem Moment weiß ich, was ich zu tun habe.

Von: Christian Grey
Betreff: Soft Limits
Datum: 26. Mai 2011, 19:27 Uhr
An: Anastasia Steele

Ich komme lieber zu dir. Was ich über deinen Wagen gesagt habe, war durchaus ernst gemeint – mir ist nicht wohl dabei, wenn du damit durch die Gegend fährst.
Ich bin gleich da.

CHRISTIAN GREY
CEO, Grey Enterprises Holdings, Inc.

Ich drucke die »Soft Limits« und ihre »Probleme«-Mail noch einmal aus, dann rufe ich Taylor an.

»Ich bringe Anastasia den Wagen selbst vorbei. Könnten Sie mich ... sagen wir, um halb zehn bei ihr abholen?«

»Gewiss, Sir.«

Bevor ich aufbreche, stecke ich noch zwei Kondome ein.

Vielleicht habe ich ja Glück.

Der A3 fährt sich wunderbar, wenn auch weniger flott beim Drehmoment, als ich es von meinen anderen Autos gewöhnt bin. Vor einem Getränkeladen am Stadtrand von Portland halte ich kurz an, um eine Flasche Champagner zu kaufen – kein Cristal und auch kein Dom Pérignon, sondern ein Bollinger, in erster Linie, weil es ein 1999er und die Flasche gekühlt ist, aber auch wegen der Farbe, Rosa … Ein Symbol, denke ich grinsend und reiche dem Kassierer meine Amex-Karte.

Ana trägt immer noch das atemberaubende graue Kleid, als sie die Tür aufmacht. Ich freue mich jetzt schon darauf, es ihr gleich auszuziehen.

»Hi.« Ihre Augen sind riesig und leuchten in ihrem blassen Gesicht.

»Hi.«

»Komm rein.« Sie wirkt verlegen und schüchtern. *Wieso? Was ist seit heute Nachmittag passiert?*

»Gern.« Ich schwenke den Champagner. »Ich dachte, wir feiern deinen Abschluss. Und ein Bollinger ist einfach nicht zu schlagen.«

»Schlagen? Interessante Wortwahl«, erwidert sie trocken.

»Deine Schlagfertigkeit beeindruckt mich immer wieder, Anastasia.« Da ist sie wieder – mein Mädchen.

»Es gibt allerdings nur Teetassen. Die Gläser sind alle schon verpackt.«

»Teetassen? Klingt doch gut.«

Ich sehe ihr hinterher, als sie in die Küche geht. Sie wirkt nervös und fahrig. Vielleicht weil ein großer Tag hinter ihr liegt. Oder aber weil sie in meine Bedingungen eingewilligt hat. Oder weil sie ganz allein hier ist – Miss Kavanagh verbringt den Abend mit ihrer Familie, das hat mir ihr Vater erzählt. Hoffentlich entspannt der Champagner sie ein wenig … und macht sie gesprächig.

Der Raum ist praktisch leer, lediglich ein paar Umzugskartons, das Sofa und der Couchtisch stehen noch da. Mein Blick fällt auf ein braunes Päckchen mit einer handgeschriebenen Karte:

Ich willige in diese Bedingung ein, Angel; denn du weißt am besten, welche Strafe ich verdiene; nur – nur – mach es nicht härter, als ich's ertragen kann!

»Willst du auch eine Untertasse dazu?«, ruft sie aus der Küche.

»Nein, die Tasse genügt völlig«, antworte ich abwesend. Sie hat die Bücher eingepackt – die dreibändige Erstausgabe, die ich ihr geschickt habe. Sie will sie mir zurückgeben. Weil sie sie nicht haben will. Deshalb ist sie so angespannt.

Was zum Teufel wird sie erst zu dem Wagen sagen?

Als ich aufsehe, steht sie im Türrahmen und betrachtet mich. Sie tritt näher und stellt die Tassen vorsichtig auf den Tisch.

»Die sind für dich«, sagt sie mit leiser, gepresster Stimme.

»Hm, das dachte ich mir schon. Ein überaus treffendes Zitat.« Ich streiche mit dem Finger über die Handschrift. Die Buchstaben sind klein und sehr ordentlich. Was ein Grafologe wohl dazu sagen würde? »Ich dachte, ich sei d'Urberville, nicht Angel. Du hast dich also für die Erniedrigung entschieden.« Natürlich ist es das perfekte Zitat. Ich lächle ironisch. »Ich wusste, dass du den Satz finden würdest, der perfekt passt.«

»Es ist gleichzeitig auch eine Bitte«, flüstert sie.

»Eine Bitte? Dich nicht allzu hart ranzunehmen?«

Sie nickt.

Für mich waren diese Bücher bloß eine kleine Ausgabe, aber ich hatte gedacht, dass sie für sie eine Bedeutung haben müssten.

»Ich habe dir diese Bücher geschenkt«, sage ich. Es ist eine harmlose Notlüge, da ich sie bereits ersetzt habe. »Wenn du sie annimmst, werde ich ein bisschen nachsichtiger mit dir sein«, sage ich ruhig, sorgsam darauf bedacht, mir meine Enttäuschung nicht anmerken zu lassen.

»Ich kann die Bücher nicht behalten, Christian. Sie sind viel zu kostbar.«

Da hätten wir es wieder – ein Machtspielchen.

Plus ça change, plus c'est la même chose.

»Siehst du, genau das meine ich. Du widersprichst mir. Ich will, dass du sie behältst, und damit ist das Thema erledigt. Ganz einfach. Darüber gibt es nichts nachzudenken. Als meine Sub ist es deine Aufgabe, dankbar zu sein. Du nimmst meine Geschenke an, weil du gern gehorchst und mir damit eine Freude machst.«

»Als du sie mir geschenkt hast, war ich aber noch nicht deine Sub«, hält sie dagegen.

Wie gewohnt muss sie das letzte Wort haben.

»Nein ... aber jetzt hast du ja gesagt, Anastasia.«

Macht sie etwa doch einen Rückzieher? Großer Gott, dieses Mädchen bringt mich noch um den Verstand!

»Das heißt, sie gehören mir, und ich kann damit machen, was ich will?«

»Ja.« *Ich dachte, du liebst Hardy.*

»In diesem Fall würde ich sie gern einer gemeinnützigen Organisation zur Verfügung stellen. Einer, die auch in Darfur tätig ist, weil das einen gewissen Bezug zu dir hat. Die können sie ja versteigern.«

»Wenn du das willst.« *Ich werde dich nicht daran hindern. Von mir aus kannst du sie auch anzünden ...*

Ihr bleiches Gesicht rötet sich ein wenig. »Ich werde noch einmal darüber nachdenken«, sagt sie leise.

»Nicht nachdenken, Anastasia. Nicht darüber.« *Bitte, behalte sie. Sie sind für dich, weil du Bücher doch so liebst. Das hast du mir immer wieder erzählt. Bitte, erfreue dich an ihnen.*

Ich stelle die Champagnerflasche auf den Tisch, trete vor sie und hebe ihr Kinn an, sodass sie mir in die Augen sehen muss. »Ich werde dir noch sehr viele Geschenke machen, Anastasia. Gewöhn dich lieber gleich daran. Ich kann es mir leisten. Ich bin ein sehr wohlhabender Mann.« Ich küsse sie. »Bitte«, füge ich hinzu und lasse sie los.

»Ich komme mir dabei nur so billig vor«, wendet sie ein.

»Das ist völlig unnötig. Du solltest das Ganze nicht überbewerten, Anastasia. Setz dich nicht wegen irgendwelcher vager Moralvorstellungen unter Druck, nur weil du Angst davor hast, was andere Leute von dir denken könnten. Das ist reine Energieverschwendung. Es liegt nur daran, dass du Vorbehalte gegenüber unserem Arrangement hast, was völlig normal ist. Du weißt schließlich nicht, worauf du dich da einlässt.«

Mit verängstigter Miene kaut sie auf ihrer Lippe.

»Hey, lass das. Nichts an dir ist billig, Anastasia. Ich will nicht, dass du so von dir selbst denkst. Ich habe dir nur ein paar alte Bücher gekauft, von denen ich dachte, sie könnten dir Freude bereiten, mehr nicht.«

Sie blinzelt mehrmals und sieht zu den Büchern hinüber. Offensichtlich ringt sie mit sich.

Behalte sie, Ana, sie gehören dir.

»Und jetzt trink einen Schluck Champagner«, füge ich leise hinzu, was sie mit einem Lächeln quittiert.

»Schon besser.« Ich mache die Flasche auf und gieße den Champagner in die hauchzarten Teetassen.

»Der ist ja rosa«, bemerkt sie überrascht. Ich bringe es nicht über mich, ihr zu sagen, weshalb ich mich dafür entschieden habe.

»Das ist ein Bollinger Grande Année Rosé 1999 – ein erstklassiger Tropfen.«

»Aus Teetassen.« Ihr Grinsen ist ansteckend.

»Aus Teetassen. Herzlichen Glückwunsch zum Abschluss, Anastasia.«

Wir stoßen an, und sie trinkt einen Schluck. Er schmeckt genauso gut, wie ich es erwartet hatte.

»Danke.« Sie nippt noch einmal an ihrer Tasse. »Sollen wir die Soft Limits besprechen?«

»Wie immer mit Feuereifer bei der Sache.« Ich nehme ihre Hand und führe sie zum Sofa.

»Dein Stiefvater ist ein sehr einsilbiger Mann.«

»Aber du hast es geschafft, dass er dir aus der Hand frisst.«

Ich lache leise. »Nur weil ich etwas vom Angeln verstehe.«

»Woher wusstest du, dass er gern Fliegenfischen geht?«

»Das hast du mir selbst erzählt. Beim Kaffeetrinken.«

»Oh, tatsächlich?« Sie nippt an ihrer Tasse und schließt genüsslich die Augen. »Hast du den Sekt auf dem Empfang probiert?«, fragt sie.

»Ja. Die reinste Katastrophe.«

»Ich habe sofort an dich gedacht, als ich ihn probiert habe.«

»Ich bin kein Weinkenner, Anastasia. Ich weiß nur, was ich mag.« *Und dich mag ich.* »Mehr?« Ich nicke in Richtung der Flasche.

»Bitte.«

Ich hole die Flasche und schenke ihr nach, während sie mich argwöhnisch beobachtet. Sie weiß ganz genau, dass ich versuche, sie gefügig zu machen.

»Hier ist es ja schon ziemlich kahl. Bist du bereit für den Umzug?«

»Mehr oder weniger.«

»Musst du morgen arbeiten?«

»Ja, es ist mein letzter Tag bei Clayton's.«

»Ich würde dir ja gern beim Umzug helfen, aber ich habe versprochen, meine Schwester vom Flughafen abzuholen. Mia kommt am Samstagmorgen aus Paris an. Ich fahre morgen nach Seattle zurück, aber wie ich höre, hilft Elliot euch ja.«

»Ja, Kate ist schon ganz aus dem Häuschen.«

Es wundert mich, dass Elliot immer noch an Anas Freundin interessiert ist, eigentlich ist das eher untypisch für ihn. »Ja, Kate und Elliot. Wer hätte das gedacht?« Ihre Liaison macht die Dinge nicht gerade einfacher. Die Worte meiner Mutter kommen mir wieder in den Sinn. *Du könntest Anastasia einladen.*

»Und wie sieht es mit deiner Jobsuche in Seattle aus?«, frage ich.

»Ich habe ein paar Vorstellungsgespräche für ein Praktikum.«

»Und wann wolltest du mir davon erzählen?«

»Äh … das tue ich doch gerade.«

»Und wo?« Ich gebe mir alle Mühe, mir meine Verärgerung nicht anmerken zu lassen.

»Bei einigen Verlagen.«

»Du willst also in die Verlagsbranche?«

Sie nickt, macht aber keine Anstalten, näher darauf einzugehen.

»Und?«

»Und was?«

»Hör auf, dich dumm zu stellen, Anastasia. Bei welchen Verlagen wirst du dich vorstellen?«, bohre ich nach, während ich im Geiste bereits die Verlagshäuser in Seattle durchgehe, die ich kenne – vier ... glaube ich zumindest.

»Bei ein paar kleinen«, antwortet sie ausweichend.

»Und wieso soll ich nicht erfahren, bei welchen?«

»Unzulässige Einflussnahme.«

Ich runzle die Stirn. *Was soll das denn bedeuten?*

»Jetzt bist du derjenige, der sich dumm stellt.« Belustigung glitzert in ihren Augen.

Ich lache. »Ich? Meine Güte, du machst es einem wirklich nicht leicht. Trink aus, damit wir uns endlich über diese Soft Limits unterhalten können.«

Ihre Lider flattern, und sie holt zitternd Luft, ehe sie austrinkt. Die Situation geht ihr tatsächlich an die Nieren. Ich biete ihr noch etwas mehr Champagner an – er soll ihr Mut machen.

»Bitte«, sagt sie.

Ich greife nach der Flasche, halte jedoch inne. »Hast du überhaupt etwas gegessen?«

»Ja, ein dreigängiges Menü mit Ray.« Sie verdreht die Augen.

O Ana. Endlich kann ich etwas gegen diese respektlose Angewohnheit unternehmen.

Ich beuge mich vor, packe ihr Kinn und sehe sie finster an. »Wenn du das nächste Mal die Augen verdrehst, werde ich dich übers Knie legen.«

»Oh.« Sie scheint leicht schockiert zu sein, aber auch neugierig.

»Oh«, äffe ich sie nach. »Ganz genau. Das ist der Anfang, Anastasia.« Mit einem wölfischen Grinsen schenke ich ihr ein weiteres Mal nach.

»Jetzt hörst du mir also zu, ja?«

Sie nickt.

»Antworte mir.«

»Ja ... ich höre dir zu.«

»Gut.« Ich ziehe die Mail und Anhang 3 des Vertrags aus meiner Sakkotasche. »Okay, zum Thema Sex. Den Großteil haben wir ja bereits durch.« Sie rückt näher.

ANHANG 3
SOFT LIMITS

Folgende Soft Limits sind von den Parteien zu besprechen:

Erklärt sich die Sub einverstanden mit:
– Masturbation
– Vaginalverkehr
– Cunnilingus
– Vaginalfisting
– Fellatio
– Analverkehr
– Spermaschlucken
– Analfisting

»Kein Fisting also, sagst du. Sonst noch etwas, was du nicht willst?«, frage ich.

Sie schluckt. »Auf Analverkehr kann ich auch ziemlich gut verzichten.«

»Was das Fisting angeht, stimme ich dir voll und ganz zu, aber deinen Arsch hätte ich schon ganz gern, Anastasia.«

Sie holt scharf Luft und sieht mich an.

»Aber das hat noch Zeit. Außerdem können wir diesen Punkt im Moment ohnehin noch nicht vertiefen«, fahre ich fort, wobei ich mir ein Grinsen nicht verkneifen kann. »Dein Arsch braucht erst noch ein bisschen Training.«

»Training?« Ihre Augen weiten sich.

»O ja. So was erfordert eine sorgfältige Vorbereitung. Analverkehr kann etwas sehr Angenehmes sein, glaub mir. Aber wenn wir es versuchen und es dir nicht gefällt, brauchen wir es nicht zu wiederholen.« Ich weide mich an ihrem unübersehbaren Entsetzen.

»Hast du das schon mal gemacht?«, fragt sie.

»Ja.«

»Mit einem Mann?«

»Nein, ich hatte noch nie Sex mit einem Mann. Das ist nicht mein Ding.«

»Mrs. Robinson?«

»Genau.« Mit ihrem riesigen Umschnalldildo.

Ana runzelt die Stirn, während ich eilig weiterlese, bevor sie vertiefende Fragen stellen kann.

»Okay … Sperma schlucken. Darin kriegst du eine glatte Eins.« Eigentlich hätte ich ein Lächeln von ihr erwartet, aber sie mustert mich nur wortlos, als würde sie mich plötzlich in einem völlig neuen Licht sehen. Ich glaube, sie grübelt noch immer über Mrs. Robinson und den Analverkehr mit ihr nach. *O Baby.* Ich habe mich Elena voll und ganz unterworfen. Sie konnte mit mir machen, was sie wollte. Und ich habe es in vollen Zügen genossen.

»Sperma schlucken ist also okay für dich?«

Sie nickt und trinkt aus.

»Mehr?«, frage ich.

Vorsicht, Grey. Sie soll leicht angeheitert sein, nicht voll wie eine Haubitze.

»Mehr«, flüstert sie.

Ich schenke ihr noch einmal nach und wende mich wieder der Liste zu. »Sexspielzeug?«

Stimmt die Sub der Verwendung zu von:
– Vibratoren
– Dildos
– Analstöpseln
– anderen vaginalen/analen Toys

»Analstöpsel? Bewirkt es das, was auf der Verpackung steht?« Sie verzieht das Gesicht.

»Ja. Aber wie gesagt, alles eine Frage des Trainings.«

»Oh, und was haben wir sonst noch?«

»Ketten, Eier und so weiter.«

»Eier?« Erschrocken presst sie sich die Hand auf den Mund.

»Keine richtigen Eier.« Ich muss lachen.

»Wie schön, dass du mich so witzig findest.« Die Kränkung in ihrer Stimme lässt mich unvermittelt ernst werden.

»Bitte entschuldigen Sie, Miss Steele. Es tut mir leid.«

Meine Güte, lass es locker angehen, Grey.

»Irgendein Problem mit den Spielzeugen?«

»Nein«, blafft sie.

Mist. Sie ist beleidigt.

»Anastasia, es tut mir wirklich leid. Das musst du mir glauben. Ich wollte dich nicht auslachen. Ich habe nur diese Unterhaltung noch nie so im Detail geführt. Du bist eben noch unerfahren. Es tut mir leid.«

Schmollend nippt sie an ihrer Teetasse.

»Also gut, kommen wir zum Punkt Bondage.«

Erklärt sich die Sub bereit zu:
– Bondage mit Seil
– Bondage mit Klebeband
– Bondage mit Ledermanschetten
– Bondage mit anderem
– Bondage mit Handschellen/Hand- und Fußfesseln

»Und?« frage ich, diesmal sanft.

»In Ordnung«, flüstert sie und liest weiter.

Stimmt die Sub folgenden Fesselungsarten zu:
– Hände vor dem Körper gefesselt
– Handgelenke am Knöchel gefesselt

- Knöchel gefesselt
- Fesselung an feste Gegenstände, zum Beispiel Möbel
- Ellbogen gefesselt
- Hände hinter dem Rücken gefesselt
- Fesselung an Spreizstange
- Knie gefesselt
- Suspension

Lässt die Sub sich die Augen verbinden?
Lässt die Sub sich knebeln?

»Über Suspension haben wir uns ja bereits unterhalten. Ich habe nichts dagegen, falls du das als Hard Limit haben willst. Es nimmt sehr viel Zeit in Anspruch, und ich kann ja sowieso nur über eine jeweils relativ kurze Zeitspanne über dich verfügen. Sonst noch etwas?«

»Lach mich bitte nicht schon wieder aus, aber was ist eine Spreizstange?«

»Ich werde dich nicht auslachen. Außerdem habe ich mich zweimal bei dir entschuldigt.« *Herrgott noch mal!* »Zwing mich nicht, es noch einmal zu tun.« Mein Tonfall ist schärfer als beabsichtigt. Instinktiv weicht sie zurück.

Teufel aber auch!

Geh einfach nicht darauf ein, Grey, sondern mach weiter, als wäre nichts passiert. »Eine Spreizstange ist ein Instrument mit Manschetten für die Fuß- und beziehungsweise oder Handgelenke. Ein sehr schönes Hilfsmittel.«

»Okay … der Punkt Knebeln. Ich glaube, ich hätte Angst, dass ich keine Luft mehr bekomme.«

»Ich wäre derjenige, der Angst hätte, wenn du keine Luft mehr bekämst. Ich will dich schließlich nicht ersticken.« Erotische Erstickungsspielchen sind überhaupt nicht mein Ding.

»Und wie soll ich in diesem Fall das Safeword sagen?«

»Erstens hoffe ich, dass du es niemals zu sagen brauchst. Aber wenn du geknebelt sein solltest, werden wir mit Handzeichen arbeiten.«

»Diese Sache mit dem Knebeln ist mir nicht ganz geheuer.«

»Okay. Ich schreibe es auf.«

Sie betrachtet mich einen Moment, als hätte sie das Rätsel der Sphinx gelöst. »Fesselst du deine Sklavinnen deshalb so gern, weil sie dich dann nicht anfassen können?«, fragt sie.

»Das ist einer der Gründe.«

»Und ist das auch der Grund, weshalb du meine Hände zusammengebunden hast?«

»Ja.«

»Du willst nicht darüber reden.«

»Nein, will ich nicht.«

Und ich werde es auch nicht tun. Vergiss es, Ana. »Möchtest du noch etwas trinken? Der Alkohol verleiht dir Mut, und ich muss wissen, wie du zum Thema Schmerzen stehst.« Ich schenke ihr noch einmal nach. In ihren weit aufgerissenen Augen liegt ein besorgter Ausdruck. »Also, wie stehst du ganz allgemein zum Thema Schmerzen?«

Sie antwortet nicht.

Ich unterdrücke einen Seufzer. »Du kaust schon wieder auf deiner Lippe herum.« Glücklicherweise hört sie auf und blickt stattdessen nachdenklich auf ihre im Schoß liegenden Hände.

»Hast du als Kind Prügel bezogen?«

»Nein.«

»Also hast du keinerlei Erfahrungen damit?«

»Nein.«

»Es ist nicht so schlimm, wie du denkst. Die Fantasie ist dein ärgster Feind.« *Vertrau mir, Ana. Bitte.*

»Musst du das unbedingt tun?«

»Ja.«

»Aber warum?«

Das willst du nicht wissen.

»Das gehört nun mal dazu, Anastasia. Das ist mein Part an dem

Ganzen. Aber ich merke, dass es dich nervös macht. Lass uns die einzelnen Methoden durchgehen.«

Gemeinsam lesen wir weiter:

- Versohlen
- Schläge mit dem Holzpaddle
- Auspeitschen
- Schläge mit dem Rohrstock
- Beißen
- Brustwarzenklemmen
- Genitalklemmen
- Eis
- Heißes Wachs
- Andere Methoden, Schmerz zuzufügen

»Die Genitalklammern lehnst du also ab. Das ist in Ordnung. Schläge mit dem Rohrstock sind am schmerzhaftesten.«

Ana wird blass.

»Aber wir können es langsam angehen«, erkläre ich eilig.

»Oder ganz darauf verzichten«, flüstert sie.

»Es ist nun mal Teil der Vereinbarung, Süße, aber wir werden den Bogen nicht überspannen, Anastasia. Ich werde nichts tun, dem du nicht gewachsen bist.«

»Die Sache mit der Bestrafung macht mir am meisten Sorgen.«

»Ich bin froh, dass du es mir gesagt hast. Wir können die Züchtigung mit dem Rohrstock ja vorläufig weglassen. Und wenn du dich erst an die anderen Methoden gewöhnt hast, steigern wir die Intensität. Wie gesagt, alles zu seiner Zeit.«

Verunsicherung zeichnet sich auf ihrer Miene ab. Ich beuge mich vor und küsse sie. »Na, so schlimm war es doch gar nicht, oder?«

Noch immer zweifelnd zuckt sie die Achseln.

»Einen Punkt möchte ich noch besprechen, bevor ich mit dir ins Bett gehe.«

»Ins Bett?« Sie wird rot.

»Ich bitte dich, Anastasia. Nach all dem Gerede über Sex würde ich dich am liebsten bis nächste Woche durchvögeln. Und dich kann das doch auch nicht kaltlassen, oder?«

Sie presst die Schenkel zusammen und rutscht unruhig auf ihrem Platz herum.

»Siehst du? Außerdem würde ich gern etwas ausprobieren.«

»Tut es weh?«

»Nein. Und hör auf, die ganze Zeit an Schmerzen zu denken. Es wird sehr schön. Habe ich dir schon mal wehgetan?«

»Nein.«

»Siehst du. Noch etwas. Du hast gesagt, dass du mehr willst.«

Ich halte inne.

Verdammt! Es ist, als stünde ich vor einem Abgrund.

Okay, Grey, bist du dir ganz sicher?

Ich muss es versuchen. Ich will sie nicht verlieren, noch bevor es überhaupt richtig angefangen hat.

Los, spring.

Ich nehme ihre Hand. »Außerhalb der Phasen, in denen du meine Sklavin bist, könnten wir es vielleicht einfach probieren. Ich weiß nicht, ob es funktioniert und ob es sich so einfach voneinander trennen lässt. Vielleicht klappt es ja auch gar nicht. Aber ich bin bereit, es zu versuchen. Vielleicht an einem Abend pro Woche. Keine Ahnung.«

Ihr bleibt der Mund offen stehen.

»Allerdings unter einer Bedingung.«

»Welche?«, fragt sie atemlos.

»Du nimmst mein Geschenk zu deinem erfolgreichen Abschluss an und bist mir dankbar dafür.«

»Oh.« Ihre Augen werden groß.

»Komm mit.« Ich ziehe sie auf die Füße, ziehe meine Lederjacke aus und lege sie ihr um die Schultern, dann öffne ich mit einem tiefen Atemzug die Tür. Der A3 steht am Straßenrand geparkt. »Der ist für dich. Herzlichen Glückwunsch.« Ich ziehe sie an mich und drücke ihr einen Kuss aufs Haar.

Wie gebannt starrt sie den Wagen an.

Okay … das kann gut gehen oder in einem völligen Fiasko enden.

Ich nehme ihre Hand. Wie in Trance folgt sie mir die Treppe hinunter.

»Anastasia, dein Käfer ist uralt und ehrlich gesagt ziemlich gefährlich. Ich würde mir nie verzeihen, wenn dir etwas zustieße, noch dazu, da ich es mit so geringem Aufwand verhindern kann …«

Mit offenem Mund starrt sie den Wagen an.

Verdammt!

»Ich habe mit deinem Stiefvater darüber geredet. Er fand die Idee gut.«

Vielleicht ist das ein bisschen übertrieben.

Sie fährt herum und blickt mich zornig an.

»Du hast Ray davon erzählt? Wie konntest du das tun?« Sie ist stocksauer.

»Der Wagen ist ein Geschenk. Kannst du nicht einfach Danke sagen?«

»Aber dir ist doch klar, dass es viel zu teuer ist.«

»Nein. Nicht, wenn ich dadurch nachts ruhig schlafen kann.«

Komm schon, Ana. Du wolltest mehr. Das ist der Preis dafür.

Ich sehe, wie ihre Schultern nach unten sacken. Aus Resignation? Das ist nicht die Reaktion, die ich mir erhofft hatte. Von dem rosigen Schimmer, den der Champagner auf ihr Gesicht gezaubert hat, ist inzwischen nichts mehr zu sehen. »Wenn du ihn mir leihen willst, nehme ich ihn. Genauso wie den Laptop.«

Ich schüttle den Kopf. Wieso muss sie bloß so schwierig sein? Meine anderen Sklavinnen waren ausnahmslos entzückt, wenn ich ihnen ein Auto geschenkt habe.

»Okay, dann nimm ihn eben als Leihgabe. Aber auf unbestimmte Zeit«, stoße ich mit zusammengebissenen Zähnen hervor.

»Nicht auf unbestimmte Zeit, aber zumindest für den Augenblick. Danke.« Sie stellt sich auf die Zehenspitzen und küsst mich auf die Wange. »Danke für den Wagen, Sir.«

Dieses Wort. Aus ihrem hinreißenden Mund. Ungestüm presse

ich sie an mich und vergrabe die Finger in ihrem Haar. »Du machst es einem nicht leicht, Anastasia Steele.« Ich presse meinen Mund auf ihre Lippen, zwänge meine Zunge zwischen sie. Nach einem Moment erwidert sie meinen Kuss mit derselben Leidenschaft, umkreist meine Zunge mit der ihren. Mein Körper erwacht – ich will sie. Hier. Jetzt. In aller Öffentlichkeit. »Ich muss mich beherrschen, dich nicht sofort auf der Haube dieses Wagens zu ficken, nur damit du kapierst, dass du mir gehörst, und wenn ich dir einen verdammten Wagen kaufen will, dann kaufe ich dir einen verdammten Wagen, ob es dir passt oder nicht. Und jetzt geh rein und zieh dich aus«, stoße ich mit rauer Stimme hervor und küsse sie noch einmal, brutal und besitzergreifend. Dann packe ich sie bei der Hand, zerre sie ins Apartment zurück, auf direktem Weg ins Schlafzimmer, und lasse sie gerade lange genug los, um die Nachttischlampe anzuknipsen.

»Bitte sei nicht wütend auf mich«, haucht sie.

Augenblicklich verraucht mein Zorn.

»Es tut mir leid. Der Wagen und die Bücher …« Sie unterbricht sich und leckt sich über die Lippen. »Du machst mir Angst, wenn du so wütend bist.«

Verdammt! Das ist das erste Mal, dass jemand so etwas zu mir sagt. Ich schließe die Augen. Ihr Angst einjagen ist das Letzte, was ich will.

Reg dich ab, Grey.

Sie ist hier. Sie ist in Sicherheit. Sie ist bereit. Vermassle es nicht, nur weil sie nicht weiß, wie man sich benimmt.

Als ich die Augen wieder aufschlage, sieht sie mich an – nicht verängstigt, sondern voller Erwartung.

»Dreh dich um«, befehle ich sanft. »Ich will, dass du dein Kleid ausziehst.«

Sie gehorcht unverzüglich.

Braves Mädchen.

Ich nehme meine Jacke von ihren Schultern und lege sie auf den Boden, dann schiebe ich ihr Haar beiseite. Ihre weiche Haut unter meinen Fingern zu spüren, hat etwas Beruhigendes. Endlich kann ich mich entspannen. Mit der Fingerspitze fahre ich an ihrem Rückgrat entlang bis zum Reißverschluss des grauen Chiffonkleids.

»Ich mag dieses Kleid. Weil darin deine makellose Haut so schön zur Geltung kommt.«

Ich ziehe sie an mich, vergrabe mein Gesicht in ihrem Haar, sauge tief ihren köstlichen Duft ein.

»Du riechst so gut, Anastasia. So süß.«

Nach Herbst.

Der Duft ihres Parfums ist tröstlich, erinnert mich an eine Zeit des Glücks und des Überflusses. Ich überziehe ihren Hals und ihre Schulter mit federleichten Küssen, während ich langsam den Reißverschluss herunterziehe, leckend, küssend, liebkosend.

Sie bebt unter der Berührung.

O Baby. »Du wirst lernen müssen stillzuhalten«, flüstere ich zwischen Küssen und löse die Bänder des Neckholders, worauf das Kleid raschelnd zu Boden fällt.

»Kein BH, Miss Steele. Sehr schön.«

Von hinten lege ich die Hände über ihre Brüste und spüre, wie sich ihre Brustwarzen aufrichten.

»Heb die Arme hoch und leg sie um meinen Kopf«, befehle ich dicht an ihrem Hals. Sie gehorcht. Ihre Brüste heben sich, als sie mit den Fingern durch mein Haar fährt, so wie ich es mag, und daran zieht.

Ah ... das fühlt sich so gut an.

Sie lässt den Kopf zur Seite sinken. Ich nutze die Gelegenheit und küsse die Halsschlagader, die unter ihrer weichen Haut hervortritt.

»Hmm ...«, murmle ich und liebkose weiter ihre Brustwarzen.

Stöhnend wölbt sie sich mir entgegen und drängt ihre perfekten Brüste fester gegen meine Hände. »Willst du so kommen, Miss Steele?«

»Hmm ...«

»Sag es«, befehle ich und ziehe genüsslich ihre Brustwarzen in die Länge.

»Ja.«

»Ja, was?«

»Ja ... Sir.«

»Braves Mädchen.«

Vorsichtig kneife ich ihre Brustwarzen zusammen und knete sie. Stöhnend drängt sie sich an mich, während sich ihre Finger fester in meinem Haar verkrallen.

»Ich glaube allerdings nicht, dass du schon so weit bist«, füge ich hinzu und halte einen Moment lang inne, ohne meine Hände von ihren Brüsten zu lösen. Stattdessen knabbere ich an ihrem Ohrläppchen. »Außerdem hast du mein Missfallen erregt. Vielleicht werde ich dir deshalb nicht erlauben zu kommen.«

Meine Finger tasten erneut nach ihren Brustwarzen, ziehen sie in die Länge, kneten, massieren, kneifen sie. Ihre Pobacken reiben an meiner Erektion. Ich lege die Hände um ihre Hüften und halte sie fest, während mein Blick auf ihren Slip fällt.

Weiß. Baumwolle. Ein Kinderspiel.

Ich schiebe meine Finger in den Bund, zerreiße mit einem Ruck den Stoff und lasse die Fetzen achtlos zu Boden fallen.

Sie schnappt nach Luft.

Ich strecke die Hand aus und schiebe einen Finger in ihre Vagina.

Sie ist feucht. Sehr feucht.

»O ja. Meine Süße ist bereit.«

Ich reiße sie herum und schiebe mir den Finger in den Mund. *Hmm. Salzig.* »Du schmeckst herrlich, Miss Steele.«

Ihre Lippen teilen sich, ihre Augen werden dunkel vor Verlangen. Ich glaube fast, sie ist ein bisschen schockiert.

»Zieh mich aus«, sage ich. Sie legt den Kopf schief, zögert aber. »Du schaffst das schon«, füge ich ermutigend hinzu. Sie hebt die Hände. Plötzlich schießt mir ein Gedanke durch den Kopf – dass sie mich gleich berühren wird und ich vielleicht nicht bereit dafür bin. *Verflucht!*

Aus einem Impuls heraus packe ich ihre Hände.

»Nein. Das T-Shirt nicht.«

Ich will sie auf mir haben. Das ist das erste Mal. Sie könnte womöglich das Gleichgewicht verlieren, deshalb brauche ich das T-Shirt, um mich zu schützen. »Könnte sein, dass du mich bei dem, was ich mit dir vorhabe, anfassen musst.« Ich lasse ihre eine Hand los und lege die andere um meine Erektion, die meine Hose zu sprengen droht.

»Das ist die Wirkung, die Sie auf mich haben, Miss Steele.«

Sie schnappt nach Luft, dann schließt sie die Finger um meinen Schwanz und sieht mich bewundernd an.

Ich grinse. »Ich will in dir sein. Zieh mir die Jeans aus. Ab jetzt hast du das Kommando.«

Ihr bleibt der Mund offen stehen.

»Was willst du mit mir anstellen?«, frage ich mit rauer Stimme.

Ihre Züge erhellen sich, und ehe ich mich versehe, verpasst sie mir einen Schubs, der mich rückwärts aufs Bett fallen lässt. Ich lache – über ihren Mut, aber auch, weil mich ihre Berührung nicht in Panik versetzt hat. Sie zieht mir die Schuhe, dann die Socken aus, alles ein wenig ungelenk. Unwillkürlich muss ich an ihre linkischen Versuche denken, als sie versucht hat, den Rekorder beim Interview in Gang zu bekommen.

Ich sehe ihr zu. Belustigt. Erregt. Ich frage mich, was sie wohl als Nächstes tun wird. Mich aus meinen Jeans zu befreien, während ich auf dem Rücken liege, wird nicht einfach werden, aber sie schlüpft aus ihren Pumps, setzt sich rittlings auf mich und schiebt die Finger in den Bund.

Ich schließe die Augen und hebe die Hüften an. Schamlose Ana.

»Sie müssen lernen stillzuhalten, Sir«, tadelt sie und zieht spielerisch an meinem Schamhaar.

Ah. So unverfroren, Ma'am.

»Ja, Miss Steele«, stoße ich mühsam hervor. »In meiner Tasche ... das Kondom.«

Entzücken flackert in ihren Augen auf, als sie in meine Tasche greift und dabei mit den Fingern über meine Erektion streift.

Ah …

Endlich zieht sie die beiden Päckchen heraus und lässt sie neben mir aufs Bett fallen, dann macht sie sich an meinem Hosenknopf zu schaffen. Beim zweiten Versuch gelingt es ihr, ihn zu öffnen.

Ihre Naivität bezaubert mich. Es liegt auf der Hand, dass sie so etwas noch nie vorher getan hat. Noch eine Premiere … wie unglaublich erregend!

»So ungeduldig, Miss Steele«, necke ich sie.

Sie zieht den Reißverschluss herunter und versucht, mir die Hose über die Hüften zu streifen, doch es gelingt ihr nicht. Frustriert sieht sie mich an.

Ich habe alle Mühe, nicht laut loszulachen.

Tja, Süße, wie willst du jetzt vorgehen?

Sie rutscht an meinen Beinen entlang nach unten und probiert es ein zweites Mal. Mit ihrer konzentrierten Miene sieht sie zum Anbeißen aus. Ich beschließe, ihr zu helfen. »Wenn du dir weiter auf die Lippe beißt, drehe ich noch durch«, sage ich und hebe die Hüften an.

Sie geht auf die Knie und zieht mir die Jeans und Boxershorts herunter, die ich mit einem Tritt auf den Boden befördere. Dann hockt sie gegenüber von mir auf der Matratze und leckt sich die Lippen.

Wahnsinn!

Sie sieht unfassbar scharf aus mit ihrem langen Haar, das in weichen Wellen über ihre Brüste fällt.

»Und was jetzt?«, flüstere ich. Sie sieht mich flüchtig an, dann schließt sie die Finger um meinen Schwanz, fest und entschlossen, während ihr Daumen über die Spitze streicht.

Gütiger Gott!

Sie beugt sich vor.

Und dann bin ich in ihrem Mund.

Verdammt!

Sie saugt. Fest. Ich zucke zusammen. »Großer Gott, Ana, nicht so schnell«, stöhne ich. Aber sie macht weiter, erbarmungslos. Ihr

Enthusiasmus haut mich um. Wieder und wieder umkreist sie mich mit der Zunge, nimmt mich tief in den Mund, schließt die Lippen ganz fest um mein Fleisch. Es ist überwältigend. Allein bei ihrem Anblick könnte ich auf der Stelle kommen.

»Aufhören, Ana, aufhören, ich will nicht kommen.«

Sie setzt sich auf. Ihre Lippen sind feucht, ihre Augen zwei tiefe, dunkle Seen.

»Deine Unschuld und dein Enthusiasmus entwaffnen mich komplett.« *Aber ich will dir ins Gesicht sehen, wenn ich dich ficke.* »Du, oben … genau das ist es. Hier, zieh es drüber.« Ich reiche ihr eines der Kondome. Sie mustert es verwirrt, dann reißt sie mit den Zähnen die Folie auf.

Sie kann es kaum erwarten.

Sie nimmt es heraus und sieht mich fragend an.

»Die Spitze festhalten und dann nach unten rollen. Am Ende darf in dem Ding kein Millimeter Luft mehr sein.«

Sie nickt und macht sich ans Werk, so konzentriert, dass ihre Zungenspitze zwischen den Lippen hervorlugt.

»Herrgott, du bringst mich noch um, Ana«, stoße ich zwischen zusammengebissenen Zähnen hervor.

Als sie fertig ist, setzt sie sich zurück und bewundert ihr Werk. Oder mich. Ich bin nicht sicher, aber eigentlich ist es mir auch egal. »Jetzt. Ich will in dir drin sein.« Ich setze mich abrupt auf, sodass sich unsere Nasen beinahe berühren. »So.« Ich schlinge den Arm um sie und hebe sie hoch, während ich mit der anderen Hand meinen Schwanz festhalte und mich ganz langsam in sie schiebe.

Ein Keuchen dringt aus meiner Kehle, als sie die Augen schließt und lustvoll aufstöhnt.

»Ja, genau so ist es richtig. Ich will, dass du mich spürst, jeden Zentimeter von mir.«

Sie fühlt sich so unfassbar gut an.

Ich halte sie fest, gebe ihr Zeit, sich an mich zu gewöhnen. So. In ihr. »So ist es ganz tief«, sage ich heiser, schiebe das Becken vor, um noch weiter in sie einzudringen.

Sie lässt den Kopf in den Nacken sinken. »Noch mal«, haucht sie, dann schlägt sie die Augen auf und sieht mich an. Lüstern. Willig. Ich liebe es, wenn es ihr gefällt. Ich gehorche. Wieder stöhnt sie auf, wirft den Kopf in den Nacken, sodass sich ihr dunkles Haar über ihren Rücken ergießt. Langsam lasse ich mich nach hinten sinken und genieße den Anblick.

»Beweg dich, Anastasia, auf und ab. So wie du willst. Nimm meine Hände.« Sie ergreift sie, um das Gleichgewicht nicht zu verlieren, hebt ihr Becken an und lässt sich auf mich herabsinken.

Mein Atem kommt stoßweise, während ich mich zu zügeln versuche. Erneut hebt sie die Hüften, aber diesmal komme ich ihr entgegen, als sie sich auf mich senkt.

O ja.

Mit geschlossenen Augen gebe ich mich meiner Lust hin. Innerhalb von Sekunden haben wir unseren Rhythmus gefunden. Sie reitet mich, wieder und wieder. Ihr Anblick raubt mir den Atem – ihre wippenden Brüste, ihr schwingendes Haar, ihr halb geöffneter Mund, als sie jeden meiner lustvollen Stöße in sich aufnimmt.

Pure, unverbrämte Lust flackert in ihrem Blick, als sie mich ansieht. O Gott, sie ist so wunderschön!

Ein Schrei dringt aus ihrer Kehle. Gleich ist es so weit. Ich verstärke meinen Griff, während sich ihr Fleisch fester um mich schließt. Ich lausche den Lauten, die aus ihrer Kehle dringen, als sie dem Höhepunkt entgegenstrebt, ehe ich den Kopf in den Nacken fallen lasse und selbst lautlos zum Orgasmus komme.

Sie lässt sich auf meine Brust fallen, während ich schwer atmend unter ihr liege.

Mein Gott, was für eine Frau!

Einen Moment lang liegen wir beide da. Ihr Gewicht auf mir hat beinahe etwas Tröstliches. Sie schmiegt ihr Gesicht an meinen Hals, dann legt sie ihre gespreizte Hand auf meine Brust.

Ich spüre, wie die Düsternis, schnell und drohend, Besitz von mir ergreift, mir die Luft abzuschnüren, mich zu ersticken droht.

Nein. Du darfst mich nicht berühren.

Ich packe ihre Hand, führe ihre Finger an meine Lippen und rolle mich auf sie, sodass sie mich nicht mehr anfassen kann.

»Nicht«, murmle ich und küsse sie, während ich meine Angst niederkämpfe.

»Wieso lässt du dich nicht gern anfassen?«, fragt sie.

»Weil ich komplett abgefuckt bin, Anastasia. Und zwar in fünfzig verschiedenen Facetten.« Nach all den Jahren, die ich auf irgendwelchen Therapeutensofas zugebracht habe, ist das so ziemlich das Einzige, was ich mit Gewissheit sagen kann.

Ihre Augen werden größer. Sie lechzt regelrecht nach mehr Information. Aber ich will sie in diese Scheiße nicht hineinziehen.

»Ich hatte einen ziemlich schlimmen Start ins Leben. Aber ich will dich nicht mit diesen Details belasten. Lass es einfach.« Zärtlich stupse ich sie mit der Nase an, dann setze ich mich auf, ziehe das Kondom ab und lege es auf den Boden neben dem Bett. »So. Ich denke, damit hätten wir alle wichtigen Teile abgedeckt. Wie war es für dich?«

Einen Moment lang scheint sie mir gar nicht zuzuhören, doch dann wendet sie sich mir zu und lächelt. »Wenn du dir einbildest, ich würde dir allen Ernstes abkaufen, dass du das Ruder auch nur für eine Sekunde aus der Hand geben würdest, hast du offenbar vergessen, wen du vor dir hast. Aber danke, dass du mich in dem Glauben lassen wolltest.«

»Miss Steele, Sie haben mehr zu bieten als nur ein hübsches Gesicht. Bislang hatten Sie sechs Orgasmen, die allesamt mir gehören.« Wieso macht mich allein der Gedanke schon froh?

Errötend blickt sie an die Zimmerdecke. Ein schuldbewusster Ausdruck liegt auf ihren Zügen.

Was ist das denn? »Gibt es irgendetwas, was du mir sagen willst?«, frage ich.

Sie zögert. »Ich hatte heute Morgen einen Traum.«

»Ach ja?«

»Ich bin im Schlaf gekommen.« Verschämt legt sie den Arm vors

Gesicht. Ihr Geständnis verblüfft mich, gleichzeitig hat der Gedanke etwas überaus Erregendes.

Was für ein sinnliches Geschöpf.

Sie linst unter ihrem Arm hindurch. Hat sie Angst, ich könnte wütend auf sie sein?

»Im Schlaf?«

»Ich bin davon aufgewacht.«

»Das kann ich mir vorstellen.« Ich bin völlig fasziniert. »Wovon hast du geträumt?«

»Von dir.«

Von mir!

»Und was habe ich gemacht?«

Wieder verschanzt sie sich hinter ihrem Arm.

»Anastasia, was habe ich gemacht? Ich werde dich nicht noch einmal fragen.« Wieso ist ihr das so peinlich? Dass sie von mir geträumt hat, ist … herzzerreißend.

»Du hattest eine Reitgerte«, murmelt sie. Ich ziehe ihren Arm weg.

»Ehrlich?«

»Ja.« Ihre Wangen glühen. Die Recherche ist offenbar nicht ohne Wirkung auf sie geblieben, aber auf eine positive Weise. Ich lächle sie an.

»Es besteht also doch Hoffnung für dich. Ich besitze mehrere Reitgerten.«

»Auch eine aus geflochtenem braunem Leder?«

Ich muss lachen. »Das nicht, aber es sollte kein Problem sein, eine zu besorgen.«

Ich gebe ihr einen flüchtigen Kuss und stehe auf, während Ana eine Jogginghose und ein Bustier überzieht. Ich hebe das Kondom auf und verknote es eilig. Nun, da sie eingewilligt hat, meine Sklavin zu sein, braucht sie ein anständiges Verhütungsmittel. Sie sitzt im Schneidersitz auf ihrem Bett und sieht zu, wie ich in meine Hose schlüpfe. »Wann bekommst du deine Periode?«, frage ich.

Sie sieht mich verblüfft an.

»Und?«, bohre ich nach.

»Nächste Woche«, antwortet sie errötend.

»Du musst dir Gedanken über die Verhütung machen.« Ich setze mich aufs Bett und ziehe Socken und Schuhe an. Sie schweigt. »Hast du einen guten Arzt?« Sie schüttelt den Kopf. »Ich kann meinen eigenen anrufen und um einen Termin in deinem Apartment bitten. Am Sonntagmorgen, bevor du zu mir kommst. Er kann dich aber auch bei mir zu Hause untersuchen. Was ist dir lieber?«

Bestimmt ist Dr. Baxter zu einem Hausbesuch bereit, auch wenn ich schon lange nicht mehr bei ihm war.

»Bei dir«, sagt sie.

»Okay. Ich sage dir später noch die Uhrzeit.«

»Gehst du?« Sie scheint überrascht zu sein.

»Ja.«

»Wie kommst du nach Hause?«

»Taylor holt mich ab.«

»Ich kann dich auch fahren. Ich habe einen nagelneuen Wagen vor der Tür stehen.«

Schon besser. Sie akzeptiert den A3 also, aber nach all dem Champagner sollte sie sich lieber nicht mehr hinters Steuer setzen. »So gefällt mir das gleich viel besser. Aber ich glaube, du hast ein bisschen zu viel getrunken.«

»Hast du mich mit Absicht abgefüllt?«

»Ja.«

»Wieso?«

»Weil du zu viel nachdenkst und genauso zugeknöpft bist wie dein Stiefvater. Ein Gläschen Champagner, und schon redest du wie ein Wasserfall, und ich muss schließlich offen und ehrlich mit dir sprechen können. Sonst ziehst du dich in dein Schneckenhaus zurück, und ich habe keine Ahnung, was in dir vorgeht. *In vino veritas*, Anastasia.«

»Und du bist sicher, dass du mir gegenüber immer ehrlich bist?«

»Ich bemühe mich redlich darum. Es wird nur funktionieren, wenn wir absolut ehrlich miteinander sind.«

»Ich wünsche mir, dass du bleibst und das hier benutzt.« Sie wedelt mit dem zweiten Kondom.

Vorsicht! Erwartungen, Grey!

»Ich habe heute Abend schon eine ganze Menge Grenzen überschritten, Anastasia. Ich muss gehen. Wir sehen uns am Sonntag. Ich sehe zu, dass eine überarbeitete Version des Vertrags für dich bereitliegt, damit wir endlich anfangen können zu spielen.«

»Spielen?« Ihre Stimme klingt bedrückt.

»Ich würde gern ein Szenario mit dir ausprobieren. Aber erst wenn du unterschrieben hast, kann ich sicher sein, dass du auch wirklich bereit bist.«

»Aha. Wenn ich also nicht unterschreibe, könnte ich noch eine Weile weitermachen wie bisher?«

Verdammt! Das hatte ich nicht bedacht.

Trotzig reckt sie das Kinn.

Ah – wieder mal *topping from the bottom*. Sie findet offenbar immer Mittel und Wege.

»Tja, wahrscheinlich, aber es könnte durchaus sein, dass ich der Belastung nicht standhalte.«

»Nicht standhalten? Und wie würde das aussehen?« Ihre Augen funkeln.

»Könnte ziemlich schlimm werden.« Ich kneife die Augen zusammen.

»Schlimm? Inwiefern?« Sie grinst.

»Ach, das Übliche – Explosionen, wilde Verfolgungsjagden, Entführung, Gefangennahme.«

»Du willst mich entführen?«

»Allerdings.«

»Mich gegen meinen Willen festhalten?«

»Ja.« Interessante Idee. »Und dann gibt's nur eins: TPE. Und zwar total.«

»TPE?«, stößt sie verwirrt hervor.

»Total Power Exchange. Die vollkommene Unterwerfung, rund um die Uhr.« Meine Gedanken überschlagen sich förmlich. Ich sehe ihr an, dass ihre Neugier geweckt ist. »Folglich wird dir nichts anderes übrig bleiben.«

»Das sehe ich«, kontert sie sarkastisch und verdreht die Augen. Vielleicht erhofft sie sich göttliche Inspiration, um meinen Humor zu verstehen.

Wie schön!

»Miss Anastasia Steele, haben Sie etwa gerade die Augen verdreht?«

»Nein!«

»Ich glaube schon. Was habe ich gesagt? Was passiert, wenn Sie in meiner Gegenwart die Augen verdrehen?« Bedeutungsschwanger hängen die Worte zwischen uns, und ich setze mich wieder hin. »Komm her.«

Einen Moment lang starrt sie mich an und wird bleich. »Noch habe ich nicht unterschrieben«, wispert sie.

»Ich habe klipp und klar gesagt, was ich von dir erwarte. Ich bin kein Mann der leeren Worte. Ich werde dir den Hintern versohlen, und dann werde ich dich ficken, und zwar schnell und hart. Sieht so aus, als bräuchten wir dieses Kondom heute doch noch.«

Macht sie mit? Oder nicht? Jetzt schlägt die Stunde der Wahrheit. Gleich werde ich wissen, ob sie es kann oder nicht. Mit ausdrucksloser Miene mustere ich sie, warte auf ihre Entscheidung. Wenn sie jetzt nein sagt, ist dies der Beweis, dass ihre Einwilligung, meine Sub zu sein, bloß ein Lippenbekenntnis war.

Und das wäre das Ende.

Triff die richtige Entscheidung, Ana.

Ihre Miene ist ernst, ihre Augen sind weit aufgerissen.

»Ich warte«, sage ich. »Und Geduld gehört nicht zu meinen Stärken.«

Sie holt tief Luft und krabbelt zu mir. Ich habe Mühe, mir meine Erleichterung nicht anmerken zu lassen.

»Braves Mädchen. Und jetzt steh auf.«

Sie gehorcht. Ich strecke die Hand aus. Gehorsam gibt sie mir das Kondom. Mit einer ruckartigen Bewegung packe ich sie und lege sie übers Knie, sodass Kopf, Schultern und Brust auf der Matratze liegen, dann drücke ich mit meinem rechten Bein ihre Schenkel nieder, damit sie sich nicht bewegen kann. Das wollte ich schon tun, seit sie mich gefragt hat, ob ich schwul sei. »Leg beide Hände neben deinen Kopf.« Sie gehorcht ohne Widerrede. »Wieso tue ich das, Anastasia?«

»Weil ich die Augen verdreht habe.« Ihre Stimme ist kaum mehr als ein Wispern.

»Darf man so etwas tun, was meinst du?«

»Nein.«

»Wirst du es noch einmal tun?«

»Nein.«

»Künftig werde ich dich jedes Mal versohlen, wenn du es tust, verstanden?«

Ich werde diesen Moment in vollen Zügen genießen. Noch eine weitere Premiere.

Ganz vorsichtig und genüsslich ziehe ich ihre Jogginghose herunter. Ihr perfekter Po ist nackt, bereit für mich. Sämtliche Muskeln in ihrem Körper spannen sich an, als ich die Hand auf eine Backe lege. Ihre Haut fühlt sich ganz weich an, als ich liebevoll darüber streiche. Was für ein herrlicher Arsch. Und ich werde dafür sorgen, dass er gleich leuchtend rosa ist … so wie der Champagner.

Ich hebe die Hand und lasse sie herabsausen – auf die Stelle zwischen ihren Schenkeln.

Sie schnappt nach Luft und versucht sich aufzurichten, aber ich halte sie mit der einen Hand fest und lasse die andere in langsamen, zärtlichen Kreisen über die Stelle wandern, wo ich sie gerade geschlagen habe.

Sie hält still.

Ihr Atem kommt stoßweise.

Sie kann es kaum erwarten.

Ja. Und gleich noch einmal.

Ich schlage wieder zu. Einmal, zweimal, dreimal.

Sie schließt die Augen und verzieht das Gesicht, verlangt aber nicht von mir, dass ich aufhören soll.

»Halt still, sonst muss ich noch länger weitermachen«, warne ich sie.

Wieder reibe ich über ihre Pobacke, dann lege ich wieder los, abwechselnd auf die linke und die rechte Backe, dann in der Mitte.

Sie schreit auf, bewegt aber weder die Arme noch gebietet sie mir sonst Einhalt.

»Ich komme gerade erst in Fahrt.« Meine Stimme ist tonlos. Noch einmal lasse ich meine Handfläche auf ihr Gesäß schnellen. Ihr Arsch nimmt eine hübsche rosa Färbung an. Er sieht wunderbar aus.

Ich schlage noch einmal zu.

Wieder schreit sie.

»Außer mir kann dich niemand hier hören, Baby.«

Ein weiteres Mal lasse ich meine Hand herabsausen – das Muster bleibt gleich, linke Backe, rechte Backe, Mitte. Und immer stößt sie einen Schrei aus. Bei achtzehn Schlägen höre ich auf. Ich bin völlig außer Atem, meine Hand brennt, mein Schwanz ist betonhart.

»Das reicht«, stoße ich hervor. »Gut gemacht, Anastasia. Und jetzt werde ich dich ficken.«

Zärtlich streichle ich ihre Pobacke und lasse meine Hand abwärts gleiten. Sie ist feucht.

Und ich werde noch härter.

Ohne Vorwarnung stecke ich zwei Finger in sie hinein.

»Spürst du das? Siehst du, wie gut das deinem Körper gefällt, Anastasia? Du bist ganz feucht, kannst es kaum erwarten. Du kannst mich kaum erwarten.« Rhythmisch bewege ich meine Finger vor und zurück, worauf sie zu stöhnen beginnt. Mit jedem Stoß windet sie sich auf meinem Schoß, und ihre Atemzüge werden schneller.

Ich ziehe meine Finger heraus.

Ich will sie. Jetzt gleich.

»Nächstes Mal werde ich dich richtig rannehmen. Du wirst jeden Schlag mitzählen. Wo ist das Kondom?« Ich hebe ihre Hüften an und drücke sie selbst mit dem Gesicht nach unten auf die Matratze. Anschließend öffne ich den Reißverschluss meiner Jeans, reiße das Päckchen auf und rolle das Kondom über meinen Schwanz, ehe ich sie auf die Knie ziehe, sodass sich ihr herrlicher Arsch in seiner rosigen Pracht vor mir präsentiert.

»Ich werde dich jetzt nehmen. Und du darfst kommen«, befehle ich, streichle ihre Pobacken, umfasse meinen Penis und gleite in sie hinein.

Sie stöhnt auf, während ich mich bewege. Vor. Zurück. Vor. Zurück. Immer schneller verschwindet mein Schwanz zwischen ihren rosafarbenen Pobacken.

Mit weit aufgerissenem Mund stöhnt und ächzt sie, immer lauter und lauter.

Komm schon, Ana.

Ich spüre, wie sie sich um meinen Penis spannt, als sie mit einem lauten Aufschrei kommt.

»Oh, Ana!« Ich folge ihr, finde ebenfalls Erlösung, während ich jedes Gefühl von Zeit und Raum ringsum verliere.

Ich lasse mich neben ihr aufs Bett fallen, ziehe sie auf mich und schlinge die Arme um sie. »Oh, Baby. Willkommen in meiner Welt.«

Ihr Gewicht auf mir fühlt sich wunderbar an. Sie macht keine Anstalten mehr, mich anzufassen. Ihre Augen sind geschlossen, und ihre Atemzüge beruhigen sich allmählich. Ich streichle ihre weiche kastanienbraune Mähne, die im Schein der Nachttischlampe schimmert. Sie riecht nach Ana, nach Äpfeln und nach Sex, ein sinnlicher Duft. »Sehr gut gemacht, Baby.«

Sie ist nicht in Tränen aufgelöst. Stattdessen hat sie getan, was ich von ihr verlangt habe, hat sich der Herausforderung gestellt. Was für ein bemerkenswertes Geschöpf. Ich zupfe am Träger ihres billigen Bustiers. »Schläfst du etwa in diesem Ding?«

»Ja.« Ihre Stimme klingt ganz schläfrig.

»Ein so schönes Mädchen sollte ausschließlich Seide tragen. Ich werde mit dir einkaufen gehen.«

»Ich mag die Sachen aber.«

Das wundert mich nicht.

Ich drücke ihr einen Kuss aufs Haar. »Wir werden sehen.«

Für einen kurzen Moment entspanne ich mich, spüre eine seltsame Zufriedenheit tief in meinem Innern.

Es fühlt sich alles richtig an. *Zu richtig.*

»Ich muss gehen«, sage ich und küsse sie auf die Stirn. »Alles in Ordnung?«

»Mir geht es gut.« Sie klingt immer noch ein wenig bedrückt.

Vorsichtig schiebe ich mich unter ihr hervor und stehe auf. »Wo ist das Badezimmer?« Ich ziehe das Kondom ab und mache meine Hose zu.

»Den Flur runter links.«

Im Badezimmer entsorge ich das Kondom, als mein Blick auf eine Flasche Babyöl im Regal fällt.

Genau das Richtige.

Als ich zurückkehre, ist sie wieder angezogen, meidet aber meinen Blick. *Wieso auf einmal so schüchtern?*

»Ich habe Babyöl gefunden, mit dem ich deinen Hintern einreiben kann.«

»Nein. Ich komme schon klar.«

»Anastasia«, sage ich warnend.

Bitte tu einfach, was ich dir sage.

Ich setze mich hinter sie und ziehe ihr die Jogginghose herunter, dann gebe ich einen Spritzer Öl in meine Hand und verteile es vorsichtig auf ihrer wunden Haut.

Sie steht vor mir, wortlos, breitbeinig und mit in die Hüften gestemmten Händen.

»Ich liebe das Gefühl meiner Hände auf deiner Haut. So.« Ich ziehe ihr die Hose hoch. »Ich werde jetzt gehen.«

»Ich bringe dich noch zur Tür«, sagt sie leise. Ich nehme ihre

Hand und folge ihr hinaus. Widerstrebend lasse ich sie los. Ein Teil von mir würde am liebsten bleiben.

»Musst du nicht Taylor anrufen?«, fragt sie, den Blick auf den Reißverschluss meiner Jacke geheftet.

»Er wartet schon seit halb zehn auf mich. Sieh mich an.«

Sie blickt mich aus ihren leuchtend blauen Augen mit den dunklen Wimpern an.

»Du hast nicht geweint«, stelle ich mit leiser Stimme fest.

Und du hast mir erlaubt, dich zu versohlen. Du bist unglaublich.

Ich ziehe sie an mich, halte sie in den Armen, lege all meine Dankbarkeit in meinen Kuss. »Sonntag«, flüstere ich dicht an ihren Lippen, dann lasse ich sie abrupt los – bevor ich der Versuchung erliegen kann, sie zu fragen, ob ich bleiben darf. Ich gehe hinaus, wo Taylor mich bereits erwartet. Ich steige ein und drehe mich noch einmal nach ihr um, aber sie ist verschwunden. Wahrscheinlich ist sie müde … so wie ich.

Wohlig müde.

Das war die angenehmste Soft-Limits-Diskussion, die ich je geführt habe.

Diese Frau ist immer für eine Überraschung gut. Ich schließe die Augen, sehe sie vor mir – rittlings auf mir, den Kopf in purer Ekstase nach hinten geworfen. Ana ist keine Frau für halbe Sachen. Sie ist mit Haut und Haaren dabei. Wenn ich mir überlege, dass sie vor gerade einer Woche das erste Mal Sex hatte …

Mit mir. Und keinem sonst.

Grinsend blicke ich nach draußen, doch ich sehe nur mein eigenes Gesicht, das sich im Wagenfenster spiegelt. Ich schließe die Augen und gestatte mir zu träumen.

Sie auszubilden wird wunderbar sein.

Taylor reißt mich aus meinen Gedanken. »Wir sind da, Mr. Grey.«

»Danke«, murmle ich. »Ich habe morgen früh ein Meeting.«

»Hier im Hotel?«

»Ja. Eine Videokonferenz. Vormittags werde ich in meinem

Zimmer sein, aber vielleicht reisen wir noch vor dem Mittagessen ab.«

»Wann soll ich Ihre Sachen packen?«

»Um halb elf.«

»Sehr gut, Sir. Miss Steele wird morgen ihren BlackBerry erhalten.«

»Gut. Wo wir gerade dabei sind ... könnten Sie morgen auch ihren alten VW-Käfer abholen und entsorgen? Ich will nicht, dass sie länger damit herumfährt.«

»Natürlich. Ich habe einen Freund, der alte Autos restauriert. Vielleicht ist er ja interessiert. Ich kümmere mich darum. Sonst noch etwas?«

»Nein danke. Gute Nacht.«

»Gute Nacht, Sir.«

Ich fahre hinauf in meine Suite, während Taylor den Wagen in der Garage abstellt.

Mit einer Flasche Mineralwasser setze ich mich an den Laptop. Keine wichtigen Mails.

Aber eigentlich wollte ich ohnehin Ana nur Gute Nacht sagen.

Von: Christian Grey
Betreff: Sie
Datum: 26. Mai 2011, 23:14 Uhr
An: Anastasia Steele

Sehr geehrte Miss Steele,
Sie sind absolut exquisit. Die schönste, intelligenteste, witzigste und tapferste Frau, die mir je begegnet ist. Nehmen Sie eine Schmerztablette – das ist keine Bitte. Und Finger weg von Ihrem Käfer. Verlassen Sie sich drauf, ich finde es heraus, wenn Sie's nicht tun.

CHRISTIAN GREY
CEO, Grey Enterprises Holdings, Inc.

Bestimmt schläft sie schon, trotzdem lasse ich sicherheitshalber den Laptop aufgeklappt. Minuten später erfolgt ihre Antwort.

Von: Anastasia Steele
Betreff: Schmeichelei
Datum: 26. Mai 2011, 23:20 Uhr
An: Christian Grey

Sehr geehrter Mr. Grey,
Ihre Schmeicheleien führen nirgendwo hin, aber da Sie ja ohnehin schon überall waren, ist dieser Punkt irrelevant.
Ich werde meinen Käfer in die Werkstatt fahren müssen, damit ich ihn anschließend verkaufen kann, und bin deshalb nicht bereit, mir Ihre Stänkereien über Wanda noch länger anzuhören.
Rotwein ist eindeutig die bessere Wahl als Schmerztabletten.
Ana
PS: Schläge mit dem Rohrstock sind definitiv ein Hard Limit für mich.

Beim Anblick ihrer ersten Worte lache ich laut auf. O Baby, mit dir war ich bei Weitem noch nicht überall, wo ich hinwill. Rotwein auf Champagner? Keine besonders schlaue Idee, und Schläge mit dem Rohrstock sind ebenfalls vom Tisch. Ich bin gespannt, wogegen sie sonst noch Einwände erhebt.

Von: Christian Grey
Betreff: Frustrierte Weiber, die keine Komplimente annehmen können
Datum: 26. Mai 2011, 23:26 Uhr
An: Anastasia Steele

Sehr geehrte Miss Steele,
das sind keine Schmeicheleien. Sie sollten jetzt zu Bett gehen.
Mit Ihrer Ergänzung der Hard Limits bin ich einverstanden.

Behalten Sie Ihren Alkoholkonsum im Auge.

Taylor wird sich um die Entsorgung Ihres Wagens kümmern und einen guten Preis dafür erzielen.

CHRISTIAN GREY
CEO, Grey Enterprises Holdings, Inc.

Ich hoffe, sie schläft inzwischen.

Von: Anastasia Steele
Betreff: Taylor – Ist er der richtige Mann für diese Aufgabe?
Datum: 26. Mai 2011, 23:40 Uhr
An: Christian Grey

Sehr geehrter Mr. Grey,
es erstaunt mich, dass Sie so bereitwillig das Risiko eingehen, dass sich Ihre rechte Hand hinters Steuer meines Wagens setzt, nicht jedoch eine x-beliebige Frau, die Sie ab und zu mal vögeln. Wie kann ich sicher sein, dass Taylor tatsächlich den besten Preis dafür erzielt? Ich habe immerhin einen Ruf als knallharte Verhandlungs-partnerin.
    Ana

Wie bitte? Eine x-beliebige Frau, die ich ab und zu mal vögle?
Ich muss tief Luft holen. Ihre Antwort ärgert mich … nein, schlimmer … sie macht mich stinkwütend. Wie kann sie es wagen, so von sich selbst zu sprechen? Als meine Sklavin ist sie viel mehr als das. Ich werde sie auf Händen tragen. Hat sie das etwa immer noch nicht begriffen?

Und sie hat tatsächlich knallhart mit mir verhandelt. Heiliger Strohsack … wenn ich mir überlege, wie viele Zugeständnisse ich bei unserem Vertrag gemacht habe.

Um mich zu beruhigen, zähle ich bis zehn und stelle mir meinen Katamaran, die *Grace*, vor, wie sie auf leise plätschernden Wellen tanzt.

Flynn wäre stolz auf mich.
Ich schreibe zurück.

Von: Christian Grey
Betreff: Achtung!
Datum: 26. Mai 2011, 23:44 Uhr
An: Anastasia Steele

Sehr geehrte Miss Steele,
ich gehe davon aus, dass der ROTWEIN aus Ihnen spricht, außerdem liegt ein langer, schwerer Tag hinter Ihnen.
Trotzdem bin ich versucht, noch einmal bei Ihnen vorbeizufahren, um dafür zu sorgen, dass Sie eine geschlagene Woche lang nicht mehr auf Ihrem Hintern sitzen können und nicht nur einen Abend.
Taylor ist ehemaliger Soldat und kann alles fahren – vom Motorrad bis hin zum Sherman-Panzer. Ihr Wagen stellt keinerlei Gefahr für seine Unversehrtheit dar.
Und bitte titulieren Sie sich nicht als »x-beliebige Frau«, die ich »ab und zu mal vögle«, denn es macht mich offen gestanden WÜTEND, und Sie wollen definitiv nicht in meiner Nähe sein, wenn ich wütend bin.
CHRISTIAN GREY
CEO, Grey Enterprises Holdings, Inc.

Ganz langsam lasse ich den Atem entweichen und spüre, wie sich mein Herzschlag beruhigt. Wer außer ihr schafft es, mich so aus der Reserve zu locken?

Sie antwortet nicht sofort. Vielleicht habe ich sie mit meiner Erwiderung eingeschüchtert. Ich nehme mein Buch zur Hand, stelle aber sehr schnell fest, dass ich dreimal denselben Absatz gelesen habe. Zum x-ten Mal sehe ich auf den Bildschirm.

Von: Anastasia Steele
Betreff: Selber Achtung!
Datum: 26. Mai 2011, 23:57 Uhr
An: Christian Grey

Sehr geehrter Mr. Grey,
ich bin nicht sicher, ob ich Sie trotzdem leiden kann. Vor allem im
Moment nicht.
  Miss Steele

Auf einen Schlag ist meine Wut verraucht, Beklommenheit ist an
ihre Stelle getreten.
  Verdammt!
Will sie mir damit sagen, dass es vorbei ist?

FREITAG, 27. MAI 2011

Von: Christian Grey
Betreff: Selber Achtung!
Datum: 27. Mai, 2011 00:03 Uhr
An: Anastasia Steele

Wieso können Sie mich nicht leiden?
CHRISTIAN GREY
CEO, Grey Enterprises Holdings, Inc.

Ich stehe auf und öffne die nächste Flasche Mineralwasser.
Und warte.

Von: Anastasia Steele
Betreff: Selber Achtung!
Datum: 27. Mai 2011, 00:09 Uhr
An: Christian Grey

Weil Sie nie bei mir bleiben.

Sechs Wörter.
Sechs kleine Wörter, die meinen Kopf in Unruhe versetzen.
Ich habe ihr erklärt, dass ich nie bei jemandem übernachte.
Aber heute war ein wichtiger Tag.
Sie hat ihren College-Abschluss gemacht.
Sie hat ja gesagt.
Wir sind all die Soft Limits durchgegangen, die ihr unklar wa-

ren. Wir haben gefickt. Ich habe sie versohlt. Wir haben noch mal gefickt.

Verfluchter Mist!

Ohne lange zu überlegen, schnappe ich mir die Garagenzugangskarte für mein Auto, und schon bin ich zur Tür hinaus.

Weil die Straßen leer sind, stehe ich schon dreiundzwanzig Minuten später vor ihrer Wohnungstür.

Als ich leise anklopfe, macht Kavanagh auf.

»Was für eine Scheiße ziehen Sie hier ab?«, brüllt sie mich an. Ihre Augen blitzen zornig.

Wow. Das war nicht der Empfang, mit dem ich gerechnet habe.

»Ich möchte zu Ana.«

»Tja, das können Sie vergessen.« Kavanagh steht mit verschränkten Armen und breitbeinig in der Tür wie eine Wächterstatue.

Ich versuche es auf die vernünftige Tour. »Aber ich muss sie sehen. Sie hat mir eine Mail geschickt.« *Aus dem Weg!*

»Was zur Hölle haben Sie ihr jetzt wieder angetan?«

»Genau das muss ich ja rauskriegen.« Ich knirsche mit den Zähnen.

»Seit sie Sie kennt, weint sie die ganze Zeit.«

»Was?« Ich halte diesen Mist nicht mehr aus und dränge mich an ihr vorbei.

»Sie dürfen hier nicht rein!« Kavanagh folgt mir kreischend wie eine Furie, als ich durch die Wohnung zu Anas Zimmer stürme.

Ich öffne Anas Tür und knipse die Deckenbeleuchtung an. Sie liegt im Bett, eingewickelt in ihre Decke. Ihre Augen, gerötet und aufgequollen, blinzeln ins grelle Licht. Ihre Nase ist voller roter Flecken.

Schon viele Frauen habe ich in diesem Zustand gesehen, insbesondere nachdem ich sie bestraft hatte. Dennoch breitet sich ein Unbehagen in meinem Bauch aus, das mich selbst überrascht.

»Herrgott, Ana.« Ich mache das Licht wieder aus, um sie nicht zu blenden, und setze mich neben sie aufs Bett.

»Was willst du hier?« Sie schnieft. Ich schalte die Nachttisch-lampe ein.

»Soll ich das Arschloch rausschmeißen?«, brüllt Kate, die auf der Schwelle steht.

Fick dich, Kavanagh. Ich ziehe die Augenbraue hoch und strafe sie dann mit Nichtachtung.

Ana schüttelt den Kopf, aber ihre tränennassen Augen sind auf mich gerichtet.

»Ruf mich einfach, wenn du mich brauchst«, meint Kate zu Ana, als sei sie noch ein Kind. »Grey«, faucht sie, sodass ich nicht anders kann, als sie wieder anzusehen. »Ich habe Sie auf dem Radar, nur damit Sie es wissen.« Ihre Stimme klingt schrill, und ihre Augen funkeln hasserfüllt, doch das geht mir am Arsch vorbei.

Endlich geht sie und zieht die Tür zu, lässt sie aber angelehnt. Ich taste die Innentasche meines Sakkos ab. Mrs. Jones hat sich wieder einmal selbst übertroffen; ich angle das Taschentuch heraus und reiche es Ana. »Was ist los?«

»Wieso bist du hergekommen?« Ihre Stimme zittert.

Ich weiß nicht.

Du hast gesagt, du könntest mich nicht leiden.

»Zu meiner Rolle gehört auch, mich um dich zu kümmern. Du möchtest, dass ich bei dir bleibe, also bin ich hergekommen.« *Gut gemacht, Grey.* »Und dann finde ich dich in so einem Zustand vor.« *Als ich ging, warst du noch nicht so drauf.* »Ich bin sicher, dass ich der Grund dafür bin, dass du so aufgelöst bist, aber ich habe keine Ah-nung, wieso. Liegt es daran, dass ich dich geschlagen habe?«

Sie setzt sich mühsam auf, doch der Schmerz lässt sie zusam-menzucken.

»Hast du eine Tablette genommen?« *Wie befohlen?*

Sie schüttelt den Kopf.

Wann wirst du endlich gehorchen?

Ich gehe Kavanagh suchen, die kochend vor Wut auf dem Sofa sitzt.

»Ana hat Kopfschmerzen. Haben Sie Tabletten da?«

Sie zieht erstaunt die Augenbrauen hoch. Vermutlich wundert es sie, dass ich um ihre Freundin besorgt bin. Mit empörter Miene steht sie auf und marschiert in die Küche. Nachdem sie in einigen Schachteln gekramt hat, gibt sie mir zwei Tabletten und eine Teetasse mit Wasser.

Zurück im Schlafzimmer halte ich Ana die Tabletten hin und setze mich aufs Bett. »Hier, nimm.«

Sie gehorcht; Argwohn liegt in ihrem Blick.

»Erzähl mir, was los ist. Du hast gesagt, es wäre alles in Ordnung. Hätte ich gewusst, dass es dir so schlecht geht, hätte ich dich auf keinen Fall allein gelassen.« Zerstreut nestelt sie an einem losen Faden an ihrer Überdecke herum.

»Also war vorhin doch nicht alles in Ordnung, obwohl du es behauptet hast?«

»Ich dachte, es geht mir gut.«

»Anastasia, es bringt doch nichts, mir eine Lüge aufzutischen, nur weil du denkst, dass ich sie gern hören will. Das ist unaufrichtig. Wenn du so etwas tust, kann ich dir doch kein Wort mehr glauben.«

Eine deprimierende Vorstellung.

Sprich mit mir, Ana.

»Wie hast du dich gefühlt, als ich dich geschlagen habe, und danach?«

»Es hat mir nicht gefallen. Es wäre mir lieber, du würdest es nicht mehr tun.«

»Es sollte dir auch nicht gefallen.«

»Aber wieso tust du es dann gern?«, fragt sie, inzwischen mit festerer Stimme.

Mist. Ich kann es ihr nicht erklären.

»Willst du das allen Ernstes wissen?«

»O ja, ich kann es kaum erwarten, glaub mir.« Jetzt wird sie auch noch sarkastisch.

»Vorsicht«, warne ich sie.

Beim Anblick meines Gesichtsausdrucks erbleicht sie. »Schlägst du mich noch einmal?«

»Nein, heute Abend nicht.« *Ich glaube, du hast im Moment genug.*

»Also …« Sie fordert immer noch eine Antwort.

»Es geht um die Kontrolle, Anastasia. Ich will, dass du ein bestimmtes Verhalten an den Tag legst, und wenn du es nicht tust, bestrafe ich dich dafür. Und du wirst lernen, dich so zu verhalten, wie ich es gern will. Ich genieße es, dich zu bestrafen. Schon seit du mich gefragt hast, ob ich schwul bin, freue ich mich darauf, dich zu versohlen.«

Und ich will nicht, dass du in meiner Gegenwart die Augen verdrehst oder mir sarkastische Antworten gibst.

»Also magst du mich nicht so, wie ich bin.« Ihre Stimme zittert.

»Ich finde, du bist wunderbar, so wie du bist.«

»Wieso willst du mich dann verändern?«

»Ich will dich gar nicht verändern.« *Gott behüte! Du bist bezaubernd.* »Sondern nur, dass du brav bist, dich an die Regeln hältst und mir nicht widersprichst. So einfach ist das.« *Ich will dich beschützen.*

»Aber bestrafen willst du mich trotzdem?«

»Ja.«

»Und genau das verstehe ich nicht.«

Ich seufze. »So bin ich nun mal gestrickt. Ich brauche diese Kontrolle über dich. Es ist wichtig, dass du dich auf eine bestimmte Art und Weise verhältst, und wenn du es nicht tust …« Meine Gedanken schweifen ab. *Es erregt mich, Ana. Und dich erregt es auch. Kannst du das nicht einfach hinnehmen? Dich übers Knie zu legen … deinen Arsch unter meiner Handfläche zu spüren.* »Ich genieße es zuzusehen, wie deine wunderschöne Alabasterhaut unter meinen Händen heiß und rot wird. Es macht mich an.« Beim bloßen Gedanken werde ich geil.

»Also geht es gar nicht um den Schmerz, den du mir zufügst?« *Mist!*

»Doch, auch ein bisschen. Ich will sehen, ob du ihn aushältst.« Offen gestanden ist es mehr als nur ein bisschen. Aber das behalte ich im Moment lieber für mich. Wenn ich ihr das verrate, schmeißt sie mich hochkant raus. »Aber das ist nicht der Hauptgrund. Es geht darum, dass du mir gehörst und tun musst, was ich für richtig halte. Es geht um die ultimative Kontrolle über einen anderen Menschen. Genau das törnt mich an. Und zwar unglaublich.«

Ich glaube, ich muss ihr ein paar Bücher zum Thema Sub leihen.

»Es fällt mir schwer, genau zu erklären, was ich dabei empfinde. Bis jetzt hatte ich nur mit Gleichgesinnten zu tun.« Ich halte inne, um festzustellen, ob sie mir noch folgen kann. »Außerdem hast du meine Frage noch nicht beantwortet. Wie ging es dir danach? Wie hast du dich gefühlt?«

Sie blinzelt. »Durcheinander.«

»Es hat dich sexuell erregt, Anastasia.«

Auch du hast eine abgefuckte Seite in dir, Ana. Das weiß ich genau.

Ich schließe die Augen und denke daran, wie sie feucht und voller Begierde meine Finger umschlossen hat, nachdem ich sie versohlt hatte. Als ich die Augen wieder aufmache, starrt sie mich an mit geweiteten Pupillen und leicht geöffneten Lippen … sie fährt sich mit der Zunge über die Oberlippe. Sie will es auch.

Verdammt! Nicht schon wieder, Grey. Nicht, wenn sie in diesem Zustand ist.

»Sieh mich nicht so an«, brumme ich warnend.

Sie hebt erstaunt die Augenbrauen.

Du weißt genau, was ich meine, Ana. »Ich habe kein Kondom dabei, Anastasia, außerdem bist du völlig durcheinander. Ich bin kein Sex-Ungeheuer, auch wenn deine Mitbewohnerin anderer Meinung sein mag. Du warst also durcheinander?«

Sie schweigt.

Herrje.

»In deinen Mails fällt es dir offenbar überhaupt nicht schwer, mir genau zu erklären, was in dir vorgeht. Wieso schaffst du es dann nicht, wenn ich vor dir stehe? Hast du so große Angst vor mir?«

Ihre Finger zupfen am Quilt herum.

»Ich bin restlos verzaubert von dir, Christian. Überwältigt. Ich fühle mich wie Ikarus. Als würde ich der Sonne zu nahe kommen.« Ihre Stimme ist zwar leise, bebt aber dennoch vor Gefühlen.

Dieses Geständnis haut mich um wie ein Tritt gegen den Schädel.

»Wenn du mich fragst, ist es genau umgekehrt«, flüstere ich.

»Was?«

»Oh, Anastasia, du hast mich regelrecht verhext. Sieht man das nicht?«

Deshalb bin ich ja hier.

Sie ist nicht überzeugt.

Ana, glaube mir. »Aber du hast meine Frage nach wie vor nicht beantwortet. Schreib mir eine Mail. Bitte. Aber jetzt wird erst einmal geschlafen. Kann ich hierbleiben?«

»Willst du das denn?«

»Du wolltest doch, dass ich hier bin.«

»Du hast meine Frage nicht beantwortet«, beharrt sie.

Diese Frau bringt mich noch um den Verstand. Gerade bin ich wie ein Wahnsinniger hierhergerast, und zwar nach deiner verfickten Mail. Da hast du deine Antwort.

Ich grummle, dass ich ihr eine Mail schreiben werde. Über dieses Thema rede ich nicht. Das Gespräch ist vorbei.

Bevor ich es mir anders überlege und zurück ins Heathman fahre, stehe ich auf, leere meine Hosentaschen, ziehe Schuhe und Socken aus und schlüpfe aus den Jeans. Nachdem ich das Jackett über den Stuhl gehängt habe, lege ich mich zu ihr ins Bett.

»Hinlegen«, befehle ich.

Sie gehorcht. Ich stütze mich auf den Ellbogen und betrachte sie. »Falls du in meiner Gegenwart weinen musst, gib mir Bescheid.«

»Du willst, dass ich weine?«

»Nein, eigentlich nicht. Ich will nur wissen, wie du dich fühlst. Ich will nicht, dass du mir entgleitest. Und jetzt mach das Licht aus. Es ist schon spät, und wir müssen morgen beide zur Arbeit.«

Sie tut es.

»Leg dich auf die Seite, mit dem Rücken zu mir.«

Du sollst mich nicht anfassen.

Das Bett wippt, als sie sich bewegt; ich schlinge den Arm um sie und ziehe sie sanft an mich.

»Schlaf jetzt, Baby«, murmle ich und schnuppere den Duft ihres Haars.

Verdammt, sie riecht so gut!

Lelliot rennt durchs Gras.

Er lacht. Laut.

Ich laufe ihm nach. Mein Gesicht lächelt.

Den kriege ich.

Rings um uns stehen kleine Bäume.

Babybäume voller Äpfel.

Mommy lässt mich die Äpfel pflücken.

Mommy lässt mich die Äpfel auch essen.

Ich stecke die Äpfel in meine Taschen. In alle.

Ich verstecke sie in meinem Pulli.

Äpfel sind so lecker.

Äpfel riechen gut.

Mommy bäckt Apfelkuchen.

Apfelkuchen und Eiscreme.

Das bringt meinen Bauch zum Lächeln.

Ich verstecke die Äpfel in meinen Schuhen. Und unter meinem Kopfkissen.

Da ist auch ein Mann. Opa Trev-Trev-yan.

Sein Name ist schwierig. Ich kann ihn nur schwer im Kopf hersagen.

Er hat auch noch einen anderen Namen. The-o-dore.

Theodore ist ein lustiger Name.

Die Babybäume gehören ihm.

Sie wachsen vor seinem Haus. Wo er wohnt.

Er ist Mommys Daddy.

Er lacht laut. Und hat breite Schultern.

Und glückliche Augen.

Er läuft Lelliot und mir nach, um uns zu fangen.

Mich erwischst du nicht.

Lelliot rennt. Er lacht.

Ich renne auch los. Ich fange ihn.

Und wir fallen ins Gras.

Er lacht.

Die Äpfel leuchten in der Sonne.

Und sie schmecken so gut.

Superlecker.

Und sie riechen so gut.

Die Äpfel fallen runter.

Sie fallen auf mich.

Ich drehe mich weg, und sie treffen meinen Rücken. Es tut weh.

Autsch.

Aber der Duft ist noch da, süß und frisch.

Ana.

Als ich aufwache, liege ich um sie geschlungen da, unsere Gliedmaßen sind ineinander verknotet. Sie betrachtet mich mit einem zärtlichen Lächeln. Ihr Gesicht ist nicht mehr tränenfleckig und verschwollen, sie strahlt förmlich. Mein Schwanz findet das auch und versteift sich zur Begrüßung.

»Guten Morgen.« Ich bin verwirrt. »Gütiger Himmel, selbst im Schlaf fühle ich mich noch zu dir hingezogen.« Ich strecke mich, löse mich von ihr und lasse den Blick über meine Umgebung schweifen. Natürlich, wir sind in ihrem Schlafzimmer. Neugier und Vorfreude glimmen in ihren Augen auf, als mein Schwanz sich an sie presst. »Hm ... hier ergeben sich ja ungeahnte Möglichkeiten, aber ich finde, wir sollten trotzdem bis Sonntag warten.« Ich küsse sie knapp unterm Ohr und stütze mich auf den Ellbogen.

Sie wirkt erhitzt. Ganz warm.

»Du bist so heiß«, beschwert sie sich.

»Du bist auch nicht zu verachten.« Grinsend wippe ich mit den Hüften und präsentiere ihr mein liebstes Körperteil. Ihr gespielt tadelnder Blick scheitert kläglich – sie ist offenbar sehr angetan. Ich beuge mich hinunter und küsse sie.

»Gut geschlafen?«, frage ich.

Sie nickt.

Zu meiner eigenen Überraschung habe ich wirklich gut geschlafen, was ich ihr auch sage. Keine Albträume, nur Träume …

»Wie spät ist es?«, erkundige ich mich.

»Halb acht.«

»Halb acht … Scheiße!« Ich springe aus dem Bett und in die Jeans. Während sie mich beim Anziehen beobachtet, kann sie ein Lachen kaum unterdrücken.

»Du hast einen schlechten Einfluss auf mich«, beklage ich mich. »Ich muss los – ich muss um acht in Portland sein. Lachst du mich etwa aus?«

»Ja«, gibt sie zu.

»Ich bin spät dran. Normalerweise passiert mir das nie. Noch eine Premiere, Miss Steele.« Ich ziehe mein Jackett über, beuge mich hinunter und lege die Hände um ihr Gesicht. »Sonntag«, flüstere ich und küsse sie. Dann schnappe ich mir Uhr, Brieftasche und Kleingeld vom Nachttisch, greife nach meinen Schuhen und gehe zur Tür. »Taylor kommt später vorbei und kümmert sich um den Käfer. Ich habe es ernst gemeint. Lass ihn stehen. Wir sehen uns am Sonntag bei mir. Ich melde mich per Mail.«

Ein wenig konfus lasse ich sie zurück und haste aus der Wohnung zum Auto.

Während der Fahrt ziehe ich mir die Schuhe an. Sobald das erledigt ist, trete ich das Gaspedal durch und schlängle mich im Zickzackkurs durch den Verkehr in Richtung Portland. In dem Meeting mit den Vertretern von Eamon Kavanagh muss *ich* die Hosen anhaben. Zum Glück findet besagtes Meeting per WebEx statt.

Ich stürme in mein Zimmer im Heathman und schalte den Laptop ein. 8:02. *Scheiße.* Ich bin noch unrasiert. Hastig streiche ich mein Haar glatt, rücke das Sakko zurecht und hoffe, keiner wird merken, dass ich darunter nur ein T-Shirt anhabe.

Obwohl: Wen interessiert denn so ein Scheiß?

Ich öffne WebEx. Andrea ist schon online und wartet auf mich.

»Guten Morgen, Mr. Grey. Mr. Kavanagh wurde aufgehalten, aber in New York und hier in Seattle sind alle für Sie bereit.«

»Fred und Barney?« *Meine Feuersteins.* Der Gedanke bringt mich zum Schmunzeln.

»Ja, Sir. Und Ros auch.«

»Spitze. Danke.« Ich bin außer Atem. Obwohl ich Andreas leicht verwunderten Blick bemerke, beschließe ich, nicht darauf zu achten. »Könnten Sie mir einen getoasteten Bagel mit Frischkäse und Räucherlachs bestellen? Dazu einen schwarzen Kaffee. Lassen Sie alles sofort in meine Suite bringen.«

»Ja, Mr. Grey.« Sie postet den Link der Konferenz auf meinen Bildschirm. »Sir, es kann losgehen«, sagt sie. Ich klicke den Link an – und bin voll im Geschehen.

»Guten Morgen.« Zwei Manager sitzen in New York an einem Konferenztisch und schauen erwartungsvoll in die Kamera. Ros, Barney und Fred erscheinen in verschiedenen Bildschirmquadranten.

Zum Geschäftlichen. Kavanagh möchte sein Mediennetzwerk mit Hochgeschwindigkeits-Fiberglaskabeln upgraden. Das könnte GEH für ihn erledigen – aber ist das Angebot, sich finanziell zu beteiligen, ernst gemeint? Immerhin eine hohe Investition auf Vorkasse, doch die Renditeaussichten sind gut.

Während wir verhandeln, erscheint in der oberen rechten Ecke meines Bildschirms eine E-Mail-Benachrichtigung: Post von Ana mit einem äußerst spannenden Betreff. Ich klicke sie so unauffällig wie möglich an.

Von: Anastasia Steele
Betreff: Tätlicher Angriff und Körperverletzung
Datum: 27. Mai, 2011 08:05 Uhr
An: Christian Grey

Sehr geehrter Mr. Grey,
Sie wollten wissen, wieso ich so durcheinander war, nachdem Sie
mich – welchen Euphemismus sollten wir dafür verwenden? –
versohlt, bestraft, geschlagen, misshandelt haben.

*Jetzt dramatisieren wir aber ein bisschen, Miss Steele, Sie hätten auch
nein sagen können.*

Nun, während der gesamten beunruhigenden Prozedur habe ich
mich erniedrigt, gedemütigt und misshandelt gefühlt.

Warum hast du mich dann nicht gestoppt? Du kennst die Safewords.

Und zu meiner Schande muss ich gestehen, dass Sie recht haben – es hat mich erregt, worauf ich definitiv nicht vorbereitet
war.

Ich weiß. Gut. Endlich stehst du dazu.

Wie Ihnen ja bewusst ist, bin ich in puncto Sexualität noch sehr
unbedarft und wünschte, ich würde ein wenig mehr Erfahrung
mitbringen, sodass es mich nicht ganz aus heiterem Himmel getroffen hätte. Dass mich diese Situation erregt hat, war ein echter
Schock für mich.
Am meisten setzt mir jedoch zu, wie ich mich danach gefühlt
habe, was noch viel schwieriger zu beschreiben ist. Ich war glücklich, weil Sie glücklich waren. Ich war erleichtert, dass es nicht ganz
so schmerzhaft war, wie ich gedacht hatte. Und als ich in Ihren
Armen lag, habe ich so etwas wie … Befriedigung empfunden.

Aber genau das macht mir zu schaffen, und ich habe sogar ein schlechtes Gewissen deswegen. Es passt so gar nicht zu mir, deshalb bin ich verwirrt. Beantwortet das Ihre Frage?
Ich hoffe, die Geschäftswelt zeigt sich in gewohnt stimulierender Art und Weise … und dass Sie nicht zu spät zu Ihrem Meeting gekommen sind.
Danke fürs Hierbleiben.
Ana

Inzwischen ist Kavanagh eingetroffen und entschuldigt sich für die Verspätung. Während sich alle vorstellen und Fred das Angebot von GEH erläutert, antworte ich auf Anas Mail. Hoffentlich sieht es auf der anderen Seite des Bildschirms so aus, als machte ich mir Notizen.

Von: Christian Grey
Betreff: Keine falschen Gewissensbisse
Datum: 27. Mai 2011, 08:24 Uhr
An: Anastasia Steele

Ein interessanter, wenn auch leicht übertriebener Betreff, Miss Steele.
Um Ihre Fragen zu beantworten:
Ich entscheide mich für »versohlen« – denn genau das war es.
Also haben Sie sich gedemütigt, erniedrigt und misshandelt gefühlt – Tess Durbeyfield lässt grüßen. Wenn ich mich recht entsinne, waren Sie diejenige, die sich diese Erniedrigung ausgesucht hat. Empfinden Sie tatsächlich so, oder glauben Sie nur, dass Sie so empfinden sollten? Das sind zwei grundverschiedene Dinge. Wenn Sie tatsächlich so empfinden, könnten Sie vielleicht versuchen, diese Regungen zu akzeptieren, sich mit ihnen zu arrangieren? Für mich? Genau das würde eine Sub nämlich tun.

Außerdem bin ich dankbar für Ihre Unerfahrenheit, schätze sie und beginne erst jetzt allmählich, ihre Bedeutung zu begreifen. Mit einfachen Worten – es bedeutet, dass Sie in jeder Hinsicht mir gehören.

Ja, Sie waren erregt, was wiederum für mich sehr erregend war. Das ist nichts Schlimmes.

Und glücklich trifft es nicht einmal annähernd. Ich würde es eher als ekstatisch bezeichnen.

Eine Tracht Prügel im Zuge einer Bestrafung ist wesentlich schmerzhafter als eine erotische. Schlimmer wird es nicht mehr werden, es sei denn, natürlich, Sie machen sich eines groben Verstoßes schuldig. In diesem Fall würde ich ein Züchtigungsmittel zu Hilfe nehmen. Meine Hand hat sehr gebrannt. Aber ich mag das.

Auch ich habe große Befriedigung empfunden. Mehr, als Sie ahnen.

Verschwenden Sie Ihre Energie nicht auf Regungen wie Gewissensbisse oder das Gefühl, etwas Falsches zu tun. Wir sind Erwachsene, die einvernehmlich eine Vereinbarung getroffen haben, und was wir hinter verschlossenen Türen tun, ist allein unsere Sache. Werfen Sie Ihre Gewissensbisse über Bord und hören Sie auf Ihren Körper.

Die Welt der großen Geschäfte ist nicht einmal annähernd so stimulierend wie Sie, Miss Steele.

CHRISTIAN GREY
CEO, Grey Enterprises Holdings, Inc.

Ihre Antwort erfolgt in Rekordzeit.

Von: Anastasia Steele
Betreff: Einvernehmliche Erwachsene!
Datum: 27. Mai 2011, 08:26 Uhr
An: Christian Grey

Sollten Sie nicht in einem Meeting sein?
Es freut mich sehr zu hören, dass Ihre Hand gebrannt hat.
Würde ich auf meinen Körper hören, wäre ich inzwischen schon
in Alaska.

Ana

PS: Über Ihren Vorschlag, diese Regungen zu akzeptieren, werde
ich in Ruhe nachdenken.

Alaska! Aber, aber, Miss Steele. Ich kichere in mich hinein und tue so,
als folge ich aufmerksam der Online-Konferenz. Als es an der Tür
klopft, entschuldige ich mich für die Störung und lasse den Zimmerservice mit meinem Frühstück herein. Miss Rehauge bedankt
sich mit einem Flirtlächeln, als ich die Rechnung abzeichne.

Dann wende ich meine Aufmerksamkeit wieder WebEx zu und
stelle fest, dass Fred Kavanagh seinen Leuten gerade erklärt, welchen Nutzen diese Technologie bereits einem anderen unserer
Kunden gebracht hat, der Warenterminhandel betreibt.

»Wird diese Technologie mich tatsächlich auf dem Gebiet des
Warenterminhandels unterstützen?«, erkundigt sich Kavanagh mit
einem sardonischen Grinsen. Als ich erwidere, Barney tüftle schon
mit Feuereifer an einer Kristallkugel, die Preisentwicklungen vor-
aussagen könne, besitzen alle den Anstand zu lachen.

Während Fred das Modell einer Timeline für die Implemen-
tierung und technische Integration entwirft, schreibe ich Ana eine
Mail.

Von: Christian Grey
Betreff: Sie haben schließlich nicht die Polizei gerufen
Datum: 27. Mai 2011, 08:35 Uhr
An: Anastasia Steele

Miss Steele,
ich sitze tatsächlich mitten in einem Meeting über zukünftige
Märkte, falls es Sie interessieren sollte.
Nur fürs Protokoll, darf ich Sie daran erinnern, dass Sie neben mir
gestanden haben und genau wussten, was auf Sie zukommt.
Sie haben mich zu keinem Zeitpunkt gebeten, damit aufzuhö-
ren – Sie haben keines der Safewords benutzt.
Sie sind eine erwachsene Frau und haben jederzeit die Möglich-
keit, nein zu sagen.
Offen gestanden freue ich mich schon auf das nächste Mal, wenn
meine Handfläche vor Schmerz glüht.
Und offensichtlich hören Sie nicht auf den richtigen Teil Ihres Kör-
pers.
In Alaska ist es sehr kalt, deshalb ist es kein idealer Ort für eine
Flucht. Ich würde Sie finden.
Schließlich kann ich Ihr Handy orten, schon vergessen?
Und jetzt gehen Sie zur Arbeit.

CHRISTIAN GREY
CEO, Grey Enterprises Holdings, Inc.

Fred ist gerade so richtig in Fahrt, als Anas Antwort eintrifft.

Von: Anastasia Steele
Betreff: Stalker
Datum: 27. Mai 2011, 08:36 Uhr
An: Christian Grey

Sind Sie wegen Ihrer Stalker-Neigungen in Therapie?
Ana

Ich unterdrücke mühsam ein Lachen. Die Frau ist urkomisch.

Von: Christian Grey
Betreff: Stalker? Ich?
Datum: 27. Mai 2011, 08:38 Uhr
An: Anastasia Steele

Ich bezahle dem ehrenwerten Dr. Flynn ein kleines Vermögen für
die Behandlung meiner Stalker- und sonstigen Neigungen.
Und jetzt machen Sie, dass Sie zur Arbeit kommen.

CHRISTIAN GREY
CEO, Grey Enterprises Holdings, Inc.

Warum ist sie noch nicht unterwegs? Sie wird sich noch verspäten.

Von: Anastasia Steele
Betreff: Teure Scharlatane
Datum: 27. Mai 2011, 08:40 Uhr
An: Christian Grey

Dürfte ich in aller Bescheidenheit vorschlagen, sich eine zweite
Meinung einzuhole?
Ich bin nicht sicher, ob Dr. Flynn durchschlagende Erfolge verbu-
chen kann.
  Miss Steele

Verdammt, die Frau ist wirklich zum Totlachen … und hat offenbar
feine Antennen; Dr. Flynn kassiert für seine Beratung tatsächlich
eine Stange Geld. Verstohlen tippe ich eine Antwortmail.

Von: Christian Grey
Betreff: Zweite Meinung
Datum: 27. Mai 2011, 08:43 Uhr
An: Anastasia Steele

Es geht Sie zwar nichts an, Bescheidenheit hin oder her, aber Dr. Flynn ist die zweite Meinung.
Wenn Sie so weitermachen, werden Sie trotz Ihres neuen Wagens rasen müssen und setzen sich damit einem unnötigen Risiko aus – ich glaube, das verstößt gegen unsere Regeln.
LOS, ZUR ARBEIT

CHRISTIAN GREY
CEO, Grey Enterprises Holdings, Inc.

Kavanagh stellt mir eine Frage zum Thema unbedingte Warentermingeschäfte, worauf ich ihm mitteile, wir hätten vor Kurzem ein Unternehmen erworben, das ein innovativer und dynamischer Player im Bereich Glasfaseroptik ist. Allerdings verschweige ich ihm, dass ich, was Lucas Woods, den CEO dieses Ladens, angeht, so meine Zweifel habe. Doch der ist bis dahin sowieso weg vom Fenster. Ich feuere diesen Penner, ganz gleich, was Ros sagt.

Von: Anastasia Steele
Betreff: BEFEHLE IN GROSSBUCHSTABEN
Datum: 27. Mai 2011, 08:47 Uhr
An: Christian Grey

Als Objekt Ihrer Stalker-Neigungen geht mich das sehr wohl etwas an, finde ich.
Noch habe ich nicht unterschrieben. Deshalb: Regel, Segel, Schornsteinflegel. Außerdem fange ich erst um halb zehn an.
Miss Steele

BEFEHLE IN GROSSBUCHSTABEN. Bin begeistert.
Ich antworte.

Von: Christian Grey
Betreff: Deskriptive Linguistik
Datum: 27. Mai 2011, 08:49 Uhr
An: Anastasia Steele

Schornsteinflegel? Ich glaube nicht, dass dieses Wort tatsächlich
existiert.
CHRISTIAN GREY
CEO, Grey Enterprises Holdings, Inc.

»Wir können diese Onlinekonferenz jetzt beenden«, meint Ros zu
Kavanagh. »Da wir jetzt eine Vorstellung von Ihren Wünschen und
Erwartungen haben, können wir ein detailliertes Angebot für Sie
ausarbeiten und uns nächste Woche zu einer Besprechung zusam-
mensetzen.«

»Ausgezeichnet«, sage ich, Interesse heuchelnd.

Alle nicken zustimmend und verabschieden sich.

»Danke, dass Sie uns Gelegenheit geben, Ihnen ein Angebot zu
machen, Eamon«, wende ich mich an Kavanagh.

»Klingt, als wüssten Ihre Leute, was wir brauchen«, erwidert er.
»War sehr nett, Sie gestern zu sehen. Wiedersehen.«

Alle klinken sich aus, bis auf Ros, die mich anstarrt, als seien mir
plötzlich zwei Köpfe gewachsen.

Im nächsten Moment geht Anas Mail ein.

»Moment mal, Ros. Ich brauche noch ein oder zwei Minuten.«
Ich schalte den Ton ab.

Und lese.

Und fange laut zu lachen an.

Von: Anastasia Steele
Betreff: Deskriptive Linguistik
Datum: 27. Mai 2011, 08:52 Uhr
An: Christian Grey

Irgendwas zwischen Kontrollfreak und Stalker, würde ich sagen.
Und deskriptive Linguistik ist eindeutig ein Hard Limit für mich.
Hören Sie jetzt endlich auf, mir auf die Nerven zu gehen?
Ich würde sehr gern mit meinem neuen Wagen zur Arbeit fahren.
  Ana

Ich antworte rasch.

Von: Christian Grey
Betreff: Anstrengende, aber amüsante junge Frauen
Datum: 27. Mai 2011, 08:56 Uhr
An: Anastasia Steele

Meine Hand juckt bereits.
Fahren Sie vorsichtig, Miss Steele.
CHRISTIAN GREY
CEO, Grey Enterprises Holdings, Inc.

Als ich Ros wieder zuschalte, erdolcht sie mich mit Blicken. »Was soll der Mist, Christian?«

»Was?« Ich mime den Ahnungslosen.

»Das wissen Sie genau. Beraumen Sie keine bescheuerten Meetings an, auf die Sie anscheinend keine Lust haben.«

»War es so offensichtlich?«

»Ja.«

»Scheiße.«

»Ja. Scheiße. Das könnte ein dicker Vertragsabschluss für uns werden.«

»Ich weiß, ich weiß. Sorry.« Ich grinse.

»Was ist denn in letzter Zeit nur mit Ihnen los?« Sie schüttelt den Kopf. Aber ich merke ihr an, dass es sie eigentlich amüsiert, was sie hinter einer entnervten Miene tarnt.

»Muss die gute Luft in Portland sein.«

»Tja, je früher Sie wieder hier sind, desto besser.«

»Ich mache mich gegen Mittag auf den Weg. Könnten Sie in der Zwischenzeit Marco bitten, sich sämtliche Verlage in Seattle anzuschauen, um festzustellen, ob einer davon reif für eine Übernahme ist?«

»Möchten Sie etwa in die Verlagsbranche einsteigen?« Ros kriegt sich fast nicht mehr ein. »Das ist nicht unbedingt ein Wachstumssektor.«

Vermutlich hat sie recht.

»Fangen Sie einfach mal an zu recherchieren.«

Sie seufzt. »Wenn Sie darauf bestehen. Kommen Sie später am Nachmittag ins Büro? Dann können wir alles besprechen.«

»Hängt vom Verkehr ab.«

»Ich trage bei Andrea einen Termin ein.«

»Perfekt. Bis dann also, bye.«

Ich schließe WebEx und rufe Andrea an.

»Mr. Grey.«

»Rufen Sie Dr. Baxter an und bitten Sie ihn, am Sonntag gegen Mittag zu mir in die Wohnung zu kommen. Falls er keine Zeit hat, suchen Sie einen anderen Gynäkologen. Den besten.«

»Ja, Sir«, erwidert sie. »Sonst noch etwas?«

»Ja. Wie heißt noch mal mein Personal Shopper bei Neiman Marcus im Bravern Center?«

»Caroline Acton.«

»Simsen Sie mir ihre Nummer.«

»Wird gemacht.«

»Dann bis heute Nachmittag.«

»Ja, Sir.«

Ich lege auf.

Bis jetzt war es ein ausgesprochen spannender Vormittag. Ich kann mich nicht daran erinnern, dass es mir je so viel Spaß gemacht hat, jemandem E-Mails zu schreiben. Ich werfe einen Blick auf den Laptop, aber da ist nichts Neues. Ana ist sicher in der Arbeit.

Ich fahre mir mit den Fingern durchs Haar.

Es ist Ros nicht entgangen, dass ich während des Meetings nicht bei der Sache war.

Mist, Grey, reiß dich am Riemen.

Ich schlinge mein Frühstück hinunter, trinke ein paar Schlucke kalten Kaffee und gehe ins Schlafzimmer, um zu duschen und mich umzuziehen. Nicht einmal beim Haarewaschen will mir diese Frau aus dem Kopf gehen. Ana.

Zauberhafte Ana.

Mir steht das Bild vor Augen, wie sie auf mir hoch und nieder gewippt ist; wie sie mit gerötetem Po über meinem Knie lag; an mein Bett gefesselt, den Mund in Ekstase geöffnet. O Gott, ist diese Frau scharf! Außerdem war es gar nicht so schlecht, heute Morgen neben ihr aufzuwachen. Und ich habe gut geschlafen ... wirklich gut.

Befehle in Großbuchstaben. Ihre Mails bringen mich zum Lachen. Sie sind unterhaltsam. Die Frau hat Humor. Bis jetzt wusste ich gar nicht, dass mir so etwas an einer Frau gefällt. Ich muss mir überlegen, was wir am Sonntag in meinem Spielzimmer treiben werden ... etwas, das Spaß macht und völlig neu für sie ist.

Beim Rasieren habe ich eine Idee, und sobald ich angezogen bin, setze ich mich wieder an den Laptop und stöbere in meinem Lieblingsspielzeugladen. Ich brauche eine Reitgerte – braun, aus geflochtenem Leder. Ein Grinsen umspielt meine Lippen. Ich werde Anas Träume wahr werden lassen.

Nachdem ich die Bestellung abgeschickt habe, mache ich mich, gestärkt und voller Tatendrang, über meine geschäftlichen E-Mails her, bis Taylor mich dabei stört. »Guten Morgen, Taylor.«

»Mr. Grey.« Er nickt. Als er mich mit verdatterter Miene mustert, wird mir klar, dass ich grinse, weil ich wieder an ihre Mails denke.

Deskriptive Linguistik ist eindeutig ein Hard Limit für mich.

»Ich hatte einen angenehmen Vormittag.« Ich ertappe mich bei einer Erklärung.

»Freut mich, das zu hören. Ich habe Miss Steeles Wäsche von letzter Woche hier.«

»Packen Sie sie zu meinen Sachen.«

»Wird gemacht.«

»Danke.« Ich blicke ihm nach, als er ins Schlafzimmer geht. Selbst Taylor fällt der Anastasia-Steele-Effekt auf. Mein Telefon summt: eine SMS von Elliot.

Bist du noch in Portland?
Ich fahre später auch hin und helfe den Mädchen beim Umzug.
Schade, dass du nicht bleiben kannst.
Unser erstes DOPPEL-DATE, seit Ana dir die Unschuld geraubt hat.

Verpiss dich. Ich hole Mia ab.

Ich fordere Einzelheiten, Bruderherz. Kate verrät mir ja nichts.

Sehr gut. Und jetzt verpiss dich endlich.

»Mr. Grey«, unterbricht Taylor mich wieder. Er hat mein Gepäck in der Hand. »Der Kurier mit dem BlackBerry ist unterwegs.«

»Danke.«

Er nickt. Als er fort ist, schreibe ich Miss Steele noch eine Mail.

Von: Christian Grey
Betreff: BlackBerry GELIEHEN
Datum: 27. Mai 2011, 11:15 Uhr
An: Anastasia Steele

Ich muss jederzeit Kontakt mit Ihnen aufnehmen können, und da wir offenbar in schriftlicher Form am aufrichtigsten miteinander kommunizieren können, dachte ich, ein BlackBerry wäre vielleicht genau das Richtige.

CHRISTIAN GREY
CEO, Grey Enterprises Holdings, Inc.

Vielleicht gehst du ja an dieses Telefon, wenn ich anrufe.

Um halb zwölf habe ich noch eine Online-Konferenz mit unserem Finanzchef, um die Spenden an wohltätige Organisationen zu besprechen, die GEH im nächsten Quartal entrichten wird. Das dauert eine knappe Stunde. Anschließend gönne ich mir ein leichtes Mittagessen und lese dabei das *Forbes Magazine* zu Ende.

Bei der letzten Gabel Salat wird mir klar, dass ich gar keinen Grund mehr habe, im Hotel zu bleiben. Es ist Zeit zum Aufbruch. Dennoch zögere ich. Und wie ich mir tief in meinem Innersten eingestehen muss, liegt es daran, dass ich Ana bis Sonntag nicht wiedersehen werde, falls sie es sich nicht sowieso anders überlegt.

Mist. Hoffentlich nicht.

Ich schiebe diesen unschönen Gedanken beiseite und fange an, meine Papiere in meine Tasche zu packen. Als ich auch den Laptop verstauen will, stelle ich fest, dass eine Mail von Ana eingetroffen ist.

Von: Anastasia Steele
Betreff: Konsumverhalten außer Rand und Band
Datum: 27. Mai 2011, 13:22 Uhr
An: Christian Grey

Wenn Sie mich fragen, sollten Sie sofort Dr. Flynn anrufen. Ihre Stalker-Neigungen gehen endgültig mit Ihnen durch. Sobald ich von der Arbeit wieder zu Hause bin, melde ich mich per Mail.
Danke für das zweite technische Spielzeug.

Ich habe nicht gelogen, als ich gesagt habe, Sie wären der ideale
Verbraucher.
Warum tun Sie das?
    Ana

Sie kritisiert mich! Ich antworte sofort.

Von: Christian Grey
Betreff: So jung und schon so scharfsinnig
Datum: 27. Mai 2011, 13:24 Uhr
An: Anastasia Steele

Ein stichhaltiges Argument, Miss Steele.
Dr. Flynn ist im Urlaub.
Und ich tue es, weil ich es kann.

CHRISTIAN GREY
CEO, Grey Enterprises Holdings, Inc.

Da sie nicht sofort antwortet, packe ich den Laptop weg, schnappe
mir meine Tasche und mache mich auf den Weg zur Rezeption, um
auszuchecken. Während ich auf mein Auto warte, ruft Andrea an
und teilt mir mit, sie habe eine Frauenärztin aufgetrieben, die am
Sonntag ins Escala kommen kann.

»Sie heißt Dr. Greene, und Ihr Hausarzt lobt sie in höchsten
Tönen, Sir.«

»Gut.«

»Sie hat ihre Praxis im Northwest.«

»Okay.« Worauf will Andrea hinaus?

»Da wäre noch etwas, Sir – sie ist teuer.«

Ich wische ihren Einwand beiseite. »Andrea, es ist egal, wie viel
sie verlangt.«

»Sie kann am Sonntag um halb zwei bei Ihnen sein.«

»Wunderbar. Sagen Sie zu.«

»Wird gemacht, Mr. Grey.«

Ich lege auf und spiele mit dem Gedanken, meine Mutter anzurufen, um Erkundigungen über Dr. Greene einzuziehen, denn schließlich arbeiten sie ja im selben Krankenhaus. Allerdings laufe ich dann Gefahr, dass Grace mich mit Fragen löchert.

Sobald ich im Auto sitze, schicke ich Ana eine Mail mit allen Informationen in Sachen Sonntag.

Von: Christian Grey
Betreff: Sonntag
Datum: 27. Mai 2011, 13:40 Uhr
An: Anastasia Steele

Sonntag um 13:00 Uhr?
Der Arzt kommt um 13:30 Uhr ins Escala.
Ich mache mich jetzt auf den Weg nach Seattle.
Ich hoffe, der Umzug geht reibungslos über die Bühne, und ich freue mich schon auf Sonntag.
CHRISTIAN GREY
CEO, Grey Enterprises Holdings, Inc.

So, alles erledigt. Ich lasse den R8 auf die Straße rollen und brause in Richtung I-5. Auf Höhe der Ausfahrt Vancouver habe ich einen Geistesblitz. Ich rufe Andrea über die Freisprechanlage an und bitte sie, für Ana und Kate ein Geschenk zur Wohnungseinweihung zu besorgen.

»Was soll es denn sein?«

»Ein Bollinger La Grande Année Rosé, Jahrgang 1999.«

»Ja, Sir. Sonst noch etwas?«

»Was meinen Sie mit *sonst noch etwas*?«

»Blumen? Pralinen? Einen Luftballon?«

»Luftballon?«

»Ja.«

»Was für einen Luftballon?«

»Nun … da gibt es ganz verschiedene.«

»Okay, gute Idee. Schauen Sie, ob Sie einen in Hubschrauberform kriegen können.«

»Ja, Sir. Und die Nachricht auf der Karte?«

»›Ladys, viel Glück im neuen Zuhause. Christian Grey.‹ Haben Sie das?«

»Ja. Und die Adresse?«

Mist, die kenne ich nicht. »Ich simse sie Ihnen entweder später oder morgen. Geht das?«

»Ja, Sir. Ich kann die Sachen morgen liefern lassen.«

»Danke, Andrea.«

»Gern geschehen.« Sie klingt überrascht.

Ich lege auf und trete das Gaspedal des R8 durch.

Um halb sieben bin ich zu Hause, und meine Hochstimmung von vorhin kippt langsam – ich habe noch immer nichts von Ana gehört. Ich suche mir ein Paar Manschettenknöpfe aus den Schubladen in meinem Wandschrank aus und binde mir für die Veranstaltung heute Abend eine Fliege um. Dabei frage ich mich, ob sie etwas bedrückt. Sie hat versprochen, sich zu melden, sobald sie zu Hause ist. Ich habe sie schon zweimal angerufen, keine Reaktion, und das macht mich fuchsteufelswild. Ich versuche es noch einmal und hinterlasse diesmal eine Nachricht.

»Du musst wohl erst noch lernen, meinen Erwartungen gerecht zu werden. Geduld gehört nicht zu meinen Stärken. Wenn du sagst, du meldest dich nach der Arbeit, solltest du es auch tun. Sonst mache ich mir nur Sorgen, und das ist eine Regung, die mir fremd ist und mit der ich auch nicht umgehen kann. Ruf mich an.«

Wenn sie es nicht bald tut, platzt mir der Kragen.

Ich sitze an einem Tisch mit Whelan, meinem Banker. Ich bin sein Gast bei einem Wohltätigkeitsdinner zugunsten einer Hilfsorganisation, die auf die Armut in der Welt aufmerksam machen will.

»Schön, dass Sie es geschafft haben«, meint Whelan.

»Es ist für eine gute Sache.«

»Und danke für Ihre sehr großzügige Geste, Mr. Grey.« Seine Frau hat ein ziemlich vereinnahmendes Wesen und reckt mir ihre makellosen, chirurgisch aufbereiteten Brüste entgegen.

»Wie ich schon sagte, es ist für eine gute Sache.« Ich schenke ihr ein gönnerhaftes Lächeln.

Warum hat Ana mich nicht zurückgerufen?

Ich schaue noch einmal auf mein Telefon.

Nichts.

Ich lasse den Blick über den Tisch schweifen: Männer mittleren Alters mit ihrer zweiten oder dritten Vorzeige-Ehefrau. Nur über meine Leiche will ich je so enden.

Ich bin gelangweilt. Schwer gelangweilt und schwer angesäuert.

Was treibt sie bloß?

Hätte ich sie hierher mitnehmen sollen? Vermutlich würde sie sich ebenfalls zu Tode langweilen. Als sich das Tischgespräch der wirtschaftlichen Lage zuwendet, reicht es mir. Ich entschuldige mich, flüchte aus dem Ballsaal und verlasse das Hotel. Während der Hoteldiener mein Auto holt, rufe ich noch einmal Ana an.

Wieder meldet sich niemand.

Vielleicht will sie ja nichts mehr mit mir zu tun haben. Aus den Augen, aus dem Sinn.

Zu Hause schalte ich sofort den iMac ein.

Von: Christian Grey
Betreff: Wo steckst du?
Datum: 27. Mai 2011, 22:14 Uhr
An: Anastasia Steele

Sobald ich von der Arbeit zu Hause bin, melde ich mich per Mail.
Arbeitest du immer noch, oder hast du aus Versehen dein Telefon, den BlackBerry und den Laptop eingepackt?
Ruf mich an, sonst sehe ich mich gezwungen, Elliot einzuschalten.
CHRISTIAN GREY
CEO, Grey Enterprises Holdings, Inc.

Ich starre aus dem Fenster auf das dunkle Wasser des Sound hinaus. Warum habe ich mich erboten, Mia abzuholen? Sonst könnte ich jetzt bei Ana sein, ihr helfen, ihren Kram zusammenzupacken, und dann mit ihr, Kate und Elliot eine Pizza essen – was normale Menschen eben so machen.

Gütiger Himmel, Grey!

Das passt nicht zu dir. Reiß dich zusammen.

Als ich in meiner Wohnung herumtigere, hallen meine Schritte durchs Wohnzimmer, das, seit ich das letzte Mal hier war, beklemmend leer auf mich wirkt. Ich löse meine Fliege. Vielleicht bin ich es ja, der leer ist. Ich schenke mir einen Armagnac ein und betrachte wieder die Skyline von Seattle und den Sound.

Denkst du an mich, Anastasia Steele? Die blinkenden Lichter von Seattle haben keine Antwort darauf.

Mein Telefon summt.

Danke. Fuck. *Endlich.* Sie ist es.

»Hi.« Bin ich erleichtert, dass sie anruft!

»Hi«, murmelt sie.

»Ich habe mir Sorgen gemacht.«

»Ich weiß. Es tut mir leid, dass ich mich nicht gemeldet habe, aber es ist alles in Ordnung.«

In Ordnung? Das kann ich von mir nicht behaupten.

»Hattest du einen schönen Abend?«, erkundige ich mich mühsam beherrscht.

»Ja. Wir haben alles fertig gepackt. José war hier und hat Kate und mir etwas vom Chinesen mitgebracht.«

Oh, das wird ja immer besser. Schon wieder dieses Fotografen-Arschloch. Deshalb hat sie nicht angerufen.

»Und bei dir?«, fragt sie, als ich nicht antworte. Ihre Stimme klingt leicht verzweifelt.

Warum? Was verschweigt sie mir?

Ach, jetzt hör auf, alles zu überinterpretieren, Grey!

Ich seufze. »Ich war bei einem Wohltätigkeitsessen. Es war total langweilig, deshalb bin ich so schnell wie möglich verschwunden.«

»Ich wünschte, du wärst hier«, flüstert sie.

»Tatsächlich?«

»Ja«, beteuert sie.

Oh. Vielleicht hat sie mich ja vermisst.

»Wir sehen uns am Sonntag«, bestätige ich und hoffe, dass man meiner Stimme die Sehnsucht nicht anhört.

»Ja. Am Sonntag«, erwidert sie, und ich glaube, dass sie lächelt.

»Gute Nacht.«

»Gute Nacht, Sir.« Ihre rauchige Stimme verschlägt mir den Atem.

»Viel Glück morgen beim Umzug, Anastasia.«

Sie bleibt in der Leitung, ich höre ihre leisen Atemzüge. Warum legt sie nicht auf? Will sie nicht?

»Leg auf«, flüstert sie.

Sie will nicht auflegen. Meine Stimmung erhellt sich augenblicklich. Ich grinse zur Skyline von Seattle hinaus.

»Nein, du.«

»Ich will aber nicht.«

»Ich auch nicht.«

»Warst du sehr wütend auf mich?«, fragt sie.

»Ja.«

»Und bist du's jetzt auch noch?«

»Nein.« *Jetzt weiß ich ja, dass dir nichts passiert ist.*

»Also wirst du mich nicht bestrafen?«

»Nein. Ich bin eher der spontane Typ.«

»Das ist mir auch schon aufgefallen«, hänselt sie mich, was mich zum Lächeln bringt.

»Sie können jetzt auflegen, Miss Steele.«

»Soll ich das wirklich, Sir?«

»Marsch, ins Bett, Anastasia.«

»Ja, Sir.«

Sie legt immer noch nicht auf, und ich weiß, dass sie grinst. Meine Stimmung hebt sich noch mehr. »Schaffst du es irgendwann zu tun, was man dir sagt, was meinst du?«

»Vielleicht. Warten wir erst mal den Sonntag ab«, erwidert die Verführerin. Und dann ist die Leitung tot.

Anastasia Steele, was soll ich nur mit dir machen?

Offen gestanden hätte ich da schon eine ausgezeichnete Idee, vorausgesetzt, die Reitgerte wird rechtzeitig geliefert. Und mit diesem verheißungsvollen Gedanken kippe ich den Rest Armagnac hinunter und gehe ins Bett.

SAMSTAG, 28. MAI 2011

Christian!« Mit einem Freudenquietscher stürmt Mia auf mich zu und lässt ihr Gepäck einfach stehen. Sie fällt mir um den Hals und umarmt mich fest.

»Ich habe dich vermisst«, sagt sie.

»Ich dich auch.« Ich erwidere die Umarmung. Sie lehnt sich zurück, und ihre dunklen Augen mustern mich eindringlich.

»Du siehst spitze aus«, begeistert sie sich. »Erzähl mir alles über dieses Mädchen!«

»Wir wollen erst mal dich und dein Gepäck nach Hause bringen.« Ich schnappe mir den Gepäckwagen, der eine Tonne wiegt, dann gehen wir zusammen aus dem Terminal zum Parkplatz.

»Und wie war es in Paris? Offenbar hast du den Großteil der Stadt mitgebracht.«

»*C'est incroyable!*«, ruft sie aus. »Allerdings hat sich Floubert als Mistkerl entpuppt. Herrje, was für ein grässlicher Mann! Ein miserabler Lehrer, aber ein guter Küchenchef.«

»Heißt das, dass du heute Abend für uns kochst?«

»Oh, ich hatte eigentlich gehofft, dass Mom das übernimmt.«

Mia spricht ohne Punkt und Komma über Paris: ihr winziges Zimmer, die sanitären Anlagen, Sacré-Cœur, Montmartre, die Pariser, Kaffee, Rotwein, Käse, Mode, Shoppen. Aber hauptsächlich über Mode und Shoppen. Und dabei hatte ich gedacht, sie sei wegen einer Kochausbildung in Paris gewesen.

Ich habe ihren Redefluss vermisst; er beruhigt mich und verbreitet Geborgenheit. Außer ihr kenne ich keinen Menschen, bei dem ich mich nicht ... anders fühle.

»Das ist deine kleine Schwester, Christian. Sie heißt Mia.«

Mommy erlaubt mir, sie im Arm zu halten. Sie ist winzig. Mit ganz schwarzen Haaren.

Sie lächelt. Sie hat keine Zähne. Ich strecke ihr die Zunge raus. Sie hat ein fröhliches Lachen.

Mommy erlaubt mir wieder, das Baby zu halten. Sie heißt Mia.

Ich bringe sie zum Lachen. Ich halte sie die ganze Zeit im Arm. Bei mir ist sie in Sicherheit.

Elliot findet Mia langweilig. Sie sabbert und weint.

Und wenn sie Aa macht, rümpft er die Nase.

Wenn Mia weint, kümmert sich Elliot nicht darum. Ich halte sie und halte sie, bis sie aufhört.

Sie schläft in meinen Armen ein.

»Mi–ah«, flüstere ich.

»Was hast du gesagt?«, fragt Mommy mit kreidebleichem Gesicht.

»Mi–ah.«

»Ja, ja, mein liebster Junge. Ihr Name ist Mia.«

Und dann fängt Mommy vor lauter Freude an, dicke Tränen zu weinen.

Ich biege in die Auffahrt ein, stoppe vor Moms und Dads Haustür, lade Mias Gepäck aus und schleppe es in die Vorhalle.

»Wo ist denn die ganze Bande?« Mias Schmollen ist rekordverdächtig. Außer der Haushaltshilfe meiner Eltern ist niemand anwesend – sie ist eine Austauschstudentin, deren Namen ich mir nicht merken kann. »Willkommen zu Hause«, sagt sie in ihrem förmlichen Englisch zu Mia. Dabei starrt sie mich aus großen Kuhaugen an.

O Gott, es ist doch nur ein hübsches Gesicht, Schätzchen.

Ich achte nicht auf die Haushälterin und beantworte stattdessen Mias Frage. »Ich glaube, Mom hat Dienst, und Dad ist bei einer Tagung. Du bist eine Woche zu früh zurückgekommen.«

»Ich konnte diesen Floubert keine Minute mehr ertragen. Ich musste einfach da raus, bevor ich ihm an die Gurgel springe. Ach, ich habe dir ein Geschenk mitgebracht.« Sie greift nach einem ihrer Koffer, öffnet ihn noch in der Vorhalle und fängt an, darin herumzuwühlen. »Ja!« Sie drückt mir eine schwere quadratische Schachtel in die Hand. »Aufmachen«, befiehlt sie und strahlt mich an. Die Frau ist ein Energiebündel.

Voller Argwohn öffne ich die Schachtel und stoße auf eine Schneekugel mit einem schwarzen, mit Glitzer bedeckten Konzertflügel. Es ist das kitschigste Ding, das ich je gesehen habe.

»Das ist eine Spieluhr. So …« Sie nimmt sie mir ab, schüttelt sie kräftig und dreht dann einen kleinen Schlüssel auf der Unterseite um. Begleitet von einer bunten Glitzerwolke, erklingt eine blecherne Version der Marseillaise.

»Was soll ich damit?« Ich muss lachen, weil es so typisch Mia ist. »Ganz toll, Mia. Vielen Dank.« Ich umarme sie und sie mich auch.

»Ich wusste, dass es dich zum Lachen bringen wird.«

Sie hat recht. Sie kennt mich eben gut.

»Also, jetzt erzählst du mir von dem Mädchen«, sagt sie. Doch wir werden dadurch unterbrochen, dass Grace zur Tür hereinstürmt. Mutter und Tochter fallen sich um den Hals, was mir eine kleine Gnadenfrist verschafft. »Es tut mir so leid, dass ich dich nicht abholen konnte, Schatz«, meint Grace. »Ich hatte Dienst. Du siehst so erwachsen aus. Christian, kannst du Mias Sachen nach oben bringen? Gretchen hilft dir dabei.«

Tatsächlich? Seit wann bin ich Gepäckträger?

»Ja, Mom.« Ich verdrehe die Augen. Dass Gretchen mich bei dieser Gelegenheit weiter anschmachten wird, hat mir gerade noch gefehlt.

Nachdem das erledigt ist, teile ich den beiden mit, dass ich einen Termin mit meinem Personal Trainer habe. Rasch küsse ich sie und flüchte, bevor sie mich weiter mit Fragen über Ana löchern können.

Bastille, mein Trainer, nimmt mich hart ran. Heute steht in seinem Sportstudio Kickboxen auf dem Programm.

»Du bist in Portland ein Schlaffi geworden, mein Junge.« Höhnisch grinst er mich an, nachdem mich sein Roundhouse-Kick auf die Matte befördert hat. Bastille ist beim Sport ein Anhänger der harten Schule, was mir gut in den Kram passt.

Ich rapple mich auf. Wie gern würde ich ihn auf die Matte legen. Aber er hat recht – heute macht er mich so richtig zur Minna. Ich habe keine Chance.

»Was gibt's? Du bist nicht bei der Sache, Mann«, fragt er, nachdem wir fertig sind.

»Das Leben. Du weißt schon«, antworte ich mit gespielter Gleichgültigkeit.

»Klar. Bist du diese Woche in Seattle?«

»Ja.«

»Gut. Dich werden wir schon wieder auf Vordermann bringen.«

Als ich nach Hause jogge, fällt mir das Geschenk zu Anas Wohnungseinweihung wieder ein. Ich schicke Elliot eine SMS.

Wie lautet Anas und Kates Adresse?
Ich möchte sie mit einem Geschenk überraschen.

Er simst mir die Adresse, die ich an Andrea weiterleite. Gerade fahre ich mit dem Aufzug hinauf ins Penthouse, als Andrea antwortet.

Champagner und Ballon unterwegs. A.

Oben in der Wohnung übergibt Taylor mir ein Paket. »Das wurde für Sie geliefert, Mr. Grey.«

O ja. Ich erkenne die diskrete Verpackung: die Reitgerte.

»Danke.«

»Mrs. Jones sagt, sie kommt morgen am späten Nachmittag zurück.«

»Okay. Ich glaube, das war für heute alles, Taylor.«

»Gut, Sir«, antwortet er mit einem höflichen Lächeln und zieht sich in sein Büro zurück. Ich gehe mit der Gerte ins Schlafzimmer. Sie eignet sich optimal, um Ana in meine Welt einzuführen. Nach eigenem Eingeständnis hat sie, abgesehen davon, dass ich sie letztens nachts versohlt habe, keinerlei Vergleichsmöglichkeiten in Sachen Körperstrafen. Und es hat sie angemacht. Also muss ich es mit der Gerte langsam angehen, damit es angenehm für sie ist.

Wirklich angenehm. Die Reitgerte ist perfekt. Ich werde ihr beweisen, dass sich die Angst nur in ihrem Kopf abspielt. Wenn sie sich erst einmal daran gewöhnt hat, können wir weitermachen.

Ich hoffe, dass wir weitermachen können ...

Wir werden uns Zeit lassen. Und nur das tun, womit sie klarkommt. Wenn es klappen soll, müssen wir uns an ihr Tempo halten. Nicht an meines.

Ich werfe noch einen Blick auf die Gerte und lege sie dann in den Wandschrank. Bis morgen.

Als ich den Laptop aufklappe, um zu arbeiten, läutet das Telefon. Ich hoffe, dass es Ana ist, aber leider ist es nur Elena.

Hätte ich sie anrufen sollen?

»Hallo, Christian. Wie geht es dir?«

»Gut, danke.«

»Bist du aus Portland zurück?«

»Ja.«

»Lust, heute Abend essen zu gehen?«

»Heute nicht. Mia ist gerade aus Paris gekommen. Ich wurde nach Hause befohlen.«

»Aha. Von Mama Grey. Wie geht es ihr?«

»Mama Grey? Gut, glaube ich. Warum? Weißt du etwas, das ich nicht weiß?«

»Nur eine Frage. Sei doch nicht gleich so empfindlich, Christian.«

»Ich rufe dich nächste Woche an. Vielleicht klappt es ja dann mit dem Abendessen.«

»Geht in Ordnung. Ich habe dich schon seit einer Weile nicht mehr auf dem Radar. Außerdem habe ich eine Frau kennengelernt, die deinen Ansprüchen genügen könnte.«

Ich auch.

Ich gehe nicht auf ihre Bemerkung ein. »Dann bis nächste Woche.«

Beim Duschen überlege ich, dass Ana vielleicht deshalb so anziehend auf mich wirkt, weil ich sie hofieren muss … oder liegt es an Ana selbst?

Es ist ein sehr nettes Abendessen. Meine Schwester ist zurück und eine Prinzessin wie eh und je. Die übrigen Familienmitglieder sind nur ihre Untertanen, die sie um den Finger wickeln kann. Da alle ihre Kinder zu Hause sind, ist Grace in ihrem Element. Sie hat gekocht, Mias Lieblingsessen: vor dem Frittieren in Buttermilch mariniertes Backhähnchen mit Kartoffelpüree und brauner Sauce.

Ich muss zugeben, dass das auch eines meiner Lieblingsessen ist.

»Erzähl mir von Anastasia«, verlangt Mia, als wir am Küchentisch sitzen. Elliot lehnt sich zurück und verschränkt die Hände hinter dem Kopf.

»Das muss ich auch hören. Du weißt schon, dass sie ihm die Unschuld geraubt hat?«

»Elliot!«, tadelt Grace und schlägt mit einem Geschirrtuch nach ihm.

»Autsch.« Er wehrt sich.

Ich verdrehe die Augen. »Ich habe ein Mädchen kennengelernt.« Ich zucke die Achseln. »Ende der Geschichte.«

»Spann uns nicht so auf die Folter!«, protestiert Mia schmollend.

»Mia, ich finde, er hat recht. Mehr braucht er nicht zu sagen.« Carrick wirft ihr über den Rand seiner Brille einen väterlich-missbilligenden Blick zu.

»Ihr lernt sie alle morgen beim Abendessen kennen, richtig, Christian?«, fügt Grace mit einem vielsagenden Lächeln hinzu.

O Scheiße.

»Kate kommt auch«, reizt mich Elliot.

Verdammter Troublemaker. Ich erdolche ihn mit Blicken.

»Ich kann es kaum erwarten. Sie muss große Klasse sein!« Mia hüpft auf ihrem Stuhl.

»Ja, ja«, murmle ich und zermartere mir das Hirn nach einer Möglichkeit, mich vor dem Abendessen morgen zu drücken.

»Elena hat sich nach dir erkundigt, Schatz«, sagt Grace.

»Ach, hat sie das?« Ich spiele den Gelangweilten, eine Rolle, die ich nach jahrelanger Übung gut beherrsche.

»Sie meint, sie habe dich seit einer Weile nicht gesehen.«

»Ich war geschäftlich in Portland. Apropos Geschäfte, ich sollte jetzt besser gehen. Ich muss morgen ein wichtiges Telefonat führen und mich darauf vorbereiten.«

»Aber du hattest doch noch gar keinen Nachtisch. Es gibt Apfelauflauf.«

Hmm … verführerisch. Nur dass sie mich wegen Ana ins Verhör nehmen werden, wenn ich bleibe. »Ich muss los. Die Arbeit ruft.«

»Schatz, du arbeitest zu viel«, verkündet Grace und will aufstehen.

»Bleib sitzen, Mom. Bestimmt hilft dir Elliot nach dem Essen mit dem Geschirr.«

»Was?« Elliots Miene verfinstert sich. Ich zwinkere ihm zu, verabschiede mich und schicke mich an zu gehen.

»Aber morgen kommst du doch?«, fragt Grace mit zu viel Hoffnung in der Stimme.

»Wir werden sehen.«

Mist. Es macht ganz den Anschein, als würde Anastasia Steele meine Familie kennenlernen.

Ich bin nicht sicher, wie ich dazu stehe.

SONNTAG, 29. MAI 2011

Shake Your Hips« von den Rolling Stones dröhnt mir in den Ohren, als ich die Fourth Avenue entlangrase und rechts in die Vine Street abbiege. Es ist Viertel vor sieben morgens, und es geht den ganzen Weg bergab ... bis zu ihrer Wohnung. Sie zieht mich magisch an. Ich will sehen, wo sie wohnt.

Irgendwas zwischen Kontrollfreak und Stalker.

Ich kichere in mich hinein. Ich fahre doch nur spazieren. Wir leben in einem freien Land.

Der Wohnblock ist ein gesichtsloses Backsteingebäude mit dunkelgrün gestrichenen Fensterrahmen, also typisch für dieses Viertel. Das Haus steht in einer guten Gegend, unweit der Kreuzung Vine Street und Western. Ich male mir aus, wie Ana, zusammengerollt unter ihrer Decke und ihrem cremefarben und blau gemusterten Quilt, im Bett liegt.

Ich fahre einige Häuserblocks weiter in Richtung Markt. Die Händler bauen gerade ihre Stände auf. Ich schlängle mich zwischen Lastwagen mit Obst und Gemüse und den Kühllastern durch, die frisch gefangenen Fisch bringen. Das ist das Herz der Stadt – selbst an einem grauen, kühlen Morgen pulsiert hier das Leben. Das Wasser des Sound erinnert an eine bleigraue Glasfläche, passend zum Himmel. Doch auch das tut meiner guten Laune keinen Abbruch.

Heute ist der Tag.

Nach dem Duschen ziehe ich Jeans und ein Leinenhemd an. Dann nehme ich einen Haargummi aus der Kommode, stecke ihn ein und gehe ins Arbeitszimmer, um Ana eine Mail zu schicken.

Von: Christian Grey
Betreff: Mein Leben in Zahlen
Datum: 29. Mai 2011, 08:04 Uhr
An: Anastasia Steele

Du wirst später den Zugangscode für die Tiefgarage des Escala
brauchen: 146963.
Stell den Wagen in Parkbucht fünf – das ist eine von meinen.
Der Code für den Aufzug lautet 1880.
CHRISTIAN GREY
CEO, Grey Enterprises Holdings, Inc.

Kurz darauf erfolgt die Antwort.

Von: Anastasia Steele
Betreff: Ein erstklassiger Jahrgang
Datum: 29. Mai 2011, 08:08 Uhr
An: Christian Grey

Verstanden, Sir.
Danke für den Champagner und den Charlie-Tango-Luftballon,
der inzwischen an meinem Bettpfosten angebunden ist.
    Ana

Das Bild von Ana, mit meiner Krawatte an ihr Bett gefesselt, taucht
vor meinen Augen auf. Ich rutsche auf meinem Stuhl herum. Hoffentlich ist sie mit ihrem Bett nach Seattle umgezogen.

Von: Christian Grey
Betreff: Neid
Datum: 29. Mai 2011, 08:11 Uhr
An: Anastasia Steele

Gern geschehen.

Sei pünktlich.

Charlie Tango ist ein echter Glückspilz.

CHRISTIAN GREY
CEO, Grey Enterprises Holdings, Inc.

Da sie nicht antwortet, krame ich mir etwas zum Frühstück aus dem Kühlschrank. Gail hat mir ein paar Croissants dagelassen. Und zum Mittagessen einen Caesar Salad mit Huhn, der für zwei reicht. Hoffentlich mag Ana so etwas. Allerdings stört es mich auch nicht, zwei Tage am Stück das Gleiche zu essen.

Während ich frühstücke, erscheint Taylor.

»Guten Morgen, Mr. Grey. Hier sind die Sonntagszeitungen.«

»Danke. Heute um eins kommt Anastasia und um halb zwei eine Dr. Greene.«

»Gut, Sir. Steht sonst noch etwas auf dem Programm?«

»Ja. Ana und ich sind heute Abend bei meinen Eltern zum Essen eingeladen.«

Taylor neigt den Kopf und wirkt kurz überrascht. Doch er reißt sich zusammen, dreht sich um und verschwindet in seinem Büro. Ich widme mich wieder meinem Croissant mit Aprikosenmarmelade.

Ja, ich nehme sie mit zu meinen Eltern. Was ist schon groß dabei?

Ich bin so nervös, dass ich einfach nicht zur Ruhe komme. Es ist Viertel nach zwölf. Quälend schleppt sich die Zeit dahin. Ich gebe es auf, arbeiten zu wollen, nehme die Sonntagszeitungen mit ins Wohnzimmer, mache Musik an und lese.

Zu meiner Überraschung entdecke ich im Lokalteil ein Foto von

Ana und mir, aufgenommen bei der Abschlussfeier an der WSU. Sie sieht reizend aus, wenn auch ein wenig erstaunt.

Ich höre, wie die doppelflügelige Tür aufgeht, und da ist sie … Ihr Haar ist offen, ein wenig zerzaust und sexy. Außerdem hat sie das pflaumenblaue Kleid an, das sie beim Abendessen im Heathman getragen hat. Sie sieht hinreißend aus.

Bravo, Miss Steele.

»Hmm … dieses Kleid.« Bewunderung schwingt in meinem Tonfall mit, als ich auf sie zuschlendere. »Willkommen zurück, Miss Steele«, flüstere ich, umfasse ihr Kinn und küsse sie zärtlich auf die Lippen.

»Hi«, erwidert sie. Ihre Wangen sind leicht gerötet.

»Du bist pünktlich. Ich mag pünktliche Menschen. Komm.« Ich nehme sie an der Hand und führe sie zur Couch. »Ich muss dir etwas zeigen.« Nachdem wir uns gesetzt haben, reiche ich ihr die *Seattle Times*. Das Foto bringt sie zum Lachen. Nicht unbedingt die Reaktion, mit der ich gerechnet habe.

»Dann bin ich jetzt also deine ›Freundin‹«, frotzelt sie.

»Sieht ganz so aus. Und wenn es in der Zeitung steht, muss es ja wohl stimmen.«

Seit sie hier ist, fühle ich mich ruhiger – wahrscheinlich gerade deswegen, *weil* sie hier ist. Sie hat nicht die Flucht ergriffen. Ich stecke ihr eine weiche, seidige Haarsträhne hinters Ohr; es juckt mir in den Fingern, ihr einen Zopf zu flechten.

»Nun, Anastasia, inzwischen hast du ja ein genaueres Bild von mir als bei deinem letzten Besuch.«

»Ja.« Ihr Blick ist eindringlich … wissend.

»Und trotzdem bist du wiedergekommen.«

Sie nickt mit einem anzüglichen Lächeln.

Ich kann mein Glück kaum fassen.

Ich wusste doch, dass du abgefuckt bist, Ana.

»Hast du schon etwas gegessen?«

»Nein.«

Gar nichts? Okay, dagegen müssen wir was unternehmen. Ich

fahre mir mit den Fingern durchs Haar. »Bist du hungrig?«, frage ich bemüht ruhig.

»Nicht auf etwas Essbares«, neckt sie mich.

Wow. Sie könnte sich genauso gut direkt mit meinem Unterleib unterhalten.

Ich beuge mich vor, presse die Lippen auf ihr Ohr und atme ihren berauschenden Duft ein. »Miss Steele ist wieder mal mit Feuereifer bei der Sache, wie gewohnt. Aber, um Ihnen ein kleines Geheimnis zu verraten – ich auch nicht. Allerdings wird Dr. Greene gleich hier sein.«

Ich lehne mich zurück. »Ich wünschte, du würdest regelmäßig etwas essen«, flehe ich sie an.

»Was kannst du mir über Dr. Greene erzählen?«, wechselt sie geschickt das Thema.

»Sie ist die beste Gynäkologin in Seattle. Das sollte wohl genügen.«

Wenigstens hat mein Hausarzt das zu meiner Sekretärin gesagt.

»Ich dachte, dein Hausarzt untersucht mich. Und erzähl mir nicht, du bist in Wirklichkeit eine Frau, denn das werde ich dir ganz bestimmt nicht abkaufen.«

Ich muss aufpassen, dass ich nicht lospruste. »Ich halte es für angemessener, wenn du von einer Spezialistin untersucht wirst. Du nicht auch?«

Sie sieht mich zwar zweifelnd an, nickt aber.

Und jetzt noch ein Punkt, vor dem ich mich nicht drücken kann. »Anastasia, meine Mutter möchte gern, dass du heute Abend mit zum Essen kommst. Ich glaube, Elliot fragt Kate, ob sie auch mitkommt. Ich bin nicht sicher, was ich davon halten soll. Es wird ziemlich seltsam werden, dich meiner Familie vorzustellen.«

Sie nimmt sich einen Moment Zeit, um diese Information zu verarbeiten, und schleudert dann kampfeslustig ihr Haar zurück. »Schämst du dich für mich?« Ihre Stimme klingt gepresst.

Ach, herrjemine. »Natürlich nicht.« *Wie kann sie so einen Unsinn daherreden?* Ich bedenke sie mit einem gekränkten und verärgerten Blick. Warum hat sie nur so wenig Selbstbewusstsein?

»Wieso ist es dann seltsam?«, fragt sie.

»Weil ich so etwas noch nie gemacht habe.« Ich kann meinen Unmut nicht verhehlen.

»Und warum darfst du die Augen verdrehen und ich nicht?«

»Ich habe gar nicht mitbekommen, dass ich das getan habe.« *Sie provoziert mich. Schon wieder.*

»Das geht mir meistens ebenfalls so«, faucht sie mich an.

Mist. Streiten wir etwa?

Taylor räuspert sich. »Dr. Greene ist hier, Sir«, meldet er.

»Bringen Sie sie bitte in Miss Steeles Zimmer.«

Als Ana sich fragend zu mir umdreht, halte ich ihr die Hand hin.

»Du kommst doch nicht etwa mit?« Offenbar findet sie die Situation gleichzeitig peinlich und amüsant.

Ich lache auf, und in meinem Körper regt sich etwas. »Ich würde einiges springen lassen, wenn ich zusehen dürfte, das kann ich dir versichern, aber ich kann mir nicht vorstellen, dass die gute Frau Doktor sich darauf einlassen würde.« Sie nimmt meine Hand, worauf ich sie in meine Arme ziehe und küsse. Ihr Mund ist warm und einladend weich; meine Hände gleiten in ihr Haar, und ich küsse sie noch leidenschaftlicher. Als ich zurückweiche, wirkt sie entrückt. Ich lehne die Stirn an ihre. »Ich bin so froh, dass du hier bist. Ich kann es kaum erwarten, dich endlich auszuziehen.« *Ich fasse es nicht, wie sehr ich dich vermisst habe.* »Komm, ich möchte Dr. Greene auch kennenlernen.«

»Du kennst sie nicht?«

»Nein.«

Hand in Hand gehen Ana und ich nach oben in das Zimmer, das ihres sein wird.

Dr. Greene hat den starren Blick einer Kurzsichtigen, der so durchdringend ist, dass ich mich ein wenig beklommen fühle. »Mr. Grey«, sagt sie und schüttelt meine ausgestreckte Hand. Sie hat einen festen Händedruck und lässt sich offenbar kein X für ein U vormachen.

»Danke, dass Sie so kurzfristig herkommen konnten.« Ich schenke ihr ein wohlwollendes Lächeln.

»Danke, dass Sie es lukrativ genug für mich gemacht haben, Mr. Grey. Miss Steele«, wendet sie sich höflich an Ana. Mir ist klar, dass sie einzuschätzen versucht, in welchem Verhältnis wir zueinander stehen. Sicher denkt sie, dass ich mir jetzt den Schnauzbart zwirbeln sollte wie ein Schurke in einem Stummfilm. Sie dreht sich um und wirft mir einen vielsagenden Blick zu, der offenbar »Verschwinde« bedeuten soll.

Okay.

»Ich gehe mal wieder nach unten«, gebe ich mich geschlagen. Obwohl ich zu gern zuschauen würde. Die Reaktion der guten Frau Doktor auf diesen Vorschlag wäre sicher filmreif. Der Gedanke allein bringt mich zum Grinsen, als ich mich ins Wohnzimmer trolle.

Da Ana jetzt nicht mehr bei mir ist, werde ich wieder von Unruhe ergriffen. Um mich abzulenken, breite ich zwei Platzdeckchen auf dem Küchentresen aus. Das tue ich erst zum zweiten Mal, und beim ersten Mal war es auch für Ana.

Du wirst langsam zum Weichei, Grey.

Zum Mittagessen wähle ich einen Chablis aus – einen der wenigen Chardonnays, die mir schmecken. Anschließend setze ich mich aufs Sofa und blättere den Sportteil der Zeitung durch. Mit der Fernbedienung stelle ich meinen iPod lauter, in der Hoffnung, dass die Musik mir helfen wird, mich auf den gestrigen Sieg der Seattle Mariners gegen die New York Yankees zu konzentrieren, damit ich mir nicht ständig ausmale, was Ana und Dr. Greene da oben treiben.

Endlich höre ich Schritte auf dem Flur. Ich blicke auf, als die beiden hereinkommen. »Fertig?«, frage ich und drücke auf die Fernbedienung, um die Arie zum Verstummen zu bringen.

»Ja, Mr. Grey. Passen Sie gut auf Miss Steele auf. Sie ist eine bildschöne und kluge junge Frau.«

Was hat Ana ihr erzählt?

»Genau das war auch meine Absicht«, kontere ich und werfe Ana einen Blick à la »Was zum Teufel war das gerade?« zu.

Sie klimpert ahnungslos mit den Wimpern. Gut. Also liegt es nicht an etwas, das sie gesagt hat.

»Ich schicke Ihnen die Rechnung zu«, verkündet Dr. Greene. »Noch einen schönen Tag und alles Gute für Sie, Ana.« Als sie mir beim Händeschütteln freundlich zulächelt, werden kleine Fältchen in ihren Augenwinkeln sichtbar.

Taylor begleitet sie zum Aufzug und schließt diskret die doppel-flügelige Tür zur Vorhalle.

»Und wie war's?«, frage ich, noch immer ein wenig ratlos wegen Dr. Greenes Bemerkung.

»Gut. Danke. Sie meint, ich muss die nächsten vier Wochen auf jegliche sexuelle Aktivität verzichten.«

Was soll das, verdammt? Ich starre sie entgeistert an.

Anas ernste Miene weicht einem triumphierenden und höhnischen Grinsen. »Erwischt!«

Gut geschauspielert, Miss Steele.

Als sich meine Augen verengen, vergeht ihr das Grinsen im Nu.

»Erwischt!« Ich kann mir ein Feixen nicht verkneifen. Ich schlinge die Arme um ihre Taille und ziehe sie an mich. Mein Kör-per hungert nach ihr. »Sie sind unverbesserlich, Miss Steele.« Ich fahre ihr mit den Händen ins Haar, küsse sie grob und überlege, ob ich sie über dem Küchentresen ficken soll, um ihr eine Lektion zu erteilen.

Alles zu seiner Zeit, Grey.

»So gern ich dich gleich hier auf der Stelle nehmen würde, aber du musst dringend etwas essen. Und ich auch. Ich will schließlich nicht, dass du mir ohnmächtig wirst«, murmle ich.

»Ist das der einzige Grund, warum du mich willst – wegen meines Körpers?«, fragt sie.

»Wegen deines Körpers und wegen deines losen Mundwerks.« Ich küsse sie noch einmal und stelle mir vor, was später geschehen wird … Meine Küsse werden leidenschaftlicher, die Lust lässt meinen Körper hart werden. Ich will diese Frau. Doch ich lasse sie los, bevor ich sie noch gleich hier auf dem Fußboden durchvögle. Wir sind beide atemlos.

»Was ist das für eine Musik?«, erkundigt sie sich mit belegter Stimme.

»Villa-Lobos, eine Arie aus *Bachianas Brasileiras*. Schön, nicht?«

»Ja«, bestätigt sie und schaut zum Frühstückstresen hinüber. Ich hole den Caesar Salad mit Hühnchen aus dem Kühlschrank, stelle ihn zwischen die Platzdeckchen und frage sie, ob sie Salat mag.

»Ja, wunderbar. Danke.« Sie lächelt.

Dann fördere ich den Chablis zutage. Dabei spüre ich ihren Blick auf mir. Ich wusste gar nicht, dass ich so häuslich sein kann.

»Was denkst du gerade?«, will ich wissen.

»Ich habe nur zugesehen, wie du dich bewegst.«

»Und?«, erwidere ich, kurz aus dem Konzept gebracht.

»Du bewegst dich sehr anmutig«, antwortet sie leise. Ihre Wangen laufen rosig an.

»Vielen Dank, Miss Steele.« Ich setze mich neben sie, unsicher, wie ich auf dieses reizende Kompliment reagieren soll. Noch nie hat mich jemand als anmutig bezeichnet. »Chablis?«

»Bitte.«

»Nimm dir etwas Salat. Also erzähl – für welche Methode hast du dich entschieden?«

»Für die Minipille«, sagt sie.

»Und du bist sicher, dass du daran denkst, sie regelmäßig zu nehmen? Jeden Tag zur selben Zeit?«

Sie macht ein überraschtes Gesicht und errötet. »Ich bin sicher, du wirst mich daran erinnern«, entgegnet sie leicht sarkastisch, worauf ich lieber nicht eingehe.

Du hättest die Spritze nehmen sollen.

»Ich werde die Alarmfunktion in meinem Kalender entsprechend einstellen. Und jetzt iss.«

Sie steckt einen Bissen in den Mund, dann noch einen ... und noch einen. Sie isst tatsächlich!

»Kann ich also Caesar Salad mit Hühnchen auf Mrs. Jones' Liste setzen?«, frage ich.

»Ich dachte, ich erledige das Kochen.«

»Ja, wirst du.«

Sie ist vor mir fertig. Offenbar hatte sie einen Bärenhunger.

»Wie immer mit Feuereifer dabei, Miss Steele?«

»Ja«, flüstert sie und wirft mir durch ihre Wimpern einen schüchternen Blick zu.

Verdammt! Da ist es wieder.

Ihre Anziehungskraft.

Wie in Trance stehe ich auf und ziehe sie in meine Arme.

»Willst du es wirklich?«, raune ich, während ich lautlos »Sag ja« flehe.

»Noch habe ich den Vertrag nicht unterschrieben.«

»Das weiß ich, aber neuerdings verstoße ich gegen sämtliche Regeln.«

»Wirst du mich schlagen?«

»Ja, aber diesmal wird es nicht wehtun. Im Moment habe ich kein Bedürfnis, dich zu bestrafen. Wärest du gestern Abend hier gewesen, hätte die Sache anders ausgesehen.«

Entsetzen malt sich auf ihrem Gesicht.

Oh, Baby. »Lass dir von keinem etwas anderes einreden, Anastasia. Einer der Gründe, warum Menschen wie ich so etwas tun, ist, dass wir entweder gern Schmerzen zufügen oder erleiden. So einfach ist das. Du allerdings nicht. Darüber habe ich gestern sehr lange nachgedacht.«

Ich schlinge die Arme um sie und drücke sie gegen meine wachsende Erektion.

»Und bist du zu einem Ergebnis gelangt?«, haucht sie.

»Nein. Aber jetzt habe ich nur einen einzigen Wunsch – dich fesseln und vögeln, dass dir Hören und Sehen vergeht. Bist du bereit dafür?«

Ihre Miene wird hintergründig und sinnlich, und sexuelle Neugier wird sichtbar. »Ja«, flüstert sie, und das Wort klingt so weich wie ein Seufzer.

Uff, Schwein gehabt.

»Sehr gut. Komm mit.« Ich führe sie nach oben in mein Spielzimmer. Meinen Zufluchtsort. Wo ich mit ihr machen kann, was ich will. Kurz schließe ich die Augen und lasse mir die Vorfreude auf der Zunge zergehen.

Bin ich je zuvor so geil gewesen?

Ich mache die Tür hinter uns zu, lasse ihre Hand los und betrachte sie. Beim Luftholen öffnet sie die Lippen. Sie atmet schnell und flach. Ihre Augen sind geweitet. Bereit. Voller Erwartung.

»Solange du in diesem Zimmer bist, gehörst du mir. Und ich kann mit dir machen, was ich für richtig halte. Verstehst du das?«

Sie fährt sich mit der Zunge rasch über die Oberlippe und nickt.

Braves Mädchen.

»Zieh deine Schuhe aus.«

Sie schluckt und streift ihre hochhackigen Sandalen ab. Ich hebe sie auf und stelle sie ordentlich neben die Tür.

»Gut. Zögere nicht, wenn ich etwas von dir verlange. Und jetzt werde ich dir dieses Kleid ausziehen. Darauf freue ich mich schon seit Tagen.« Ich halte inne, um mich zu vergewissern, dass sie mir auch aufmerksam zuhört.

»Ich will, dass du dich wohl in deiner Haut fühlst, Anastasia. Du hast einen wunderschönen Körper, und es macht Spaß, ihn anzusehen. Wenn es nach mir ginge, könnte ich dich den ganzen Tag ansehen. Ich will, dass du dich weder schämst noch verlegen bist. Verstehst du das?«

»Ja.«

»Ja, was?« Mein Tonfall wird schärfer.

»Ja, Sir.«

»Ist das auch wahr?« *Ich will, dass du locker wirst, Ana.*

»Ja, Sir.«

»Gut. Und jetzt heb die Arme.«

Langsam hebt sie die Arme über den Kopf. Ich nehme den Saum ihres Kleids und ziehe es vorsichtig hoch, bis ihr Körper Zentimeter um Zentimeter in Sicht kommt. Nur für meine Augen bestimmt. Als sie nackt ist, trete ich zurück, um mich an ihrem Anblick zu weiden.

Beine, Hüften, Bauch, Po, Titten, Schultern, Gesicht, Mund … sie ist ein Traum. Ich falte ihr Kleid zusammen und lege es auf die Spielzeugtruhe. Dann umfasse ich unsanft ihr Kinn. »Du kaust schon wieder auf deiner Lippe. Du weißt doch, welche Wirkung das auf mich hat«, weise ich sie zurecht. »Dreh dich um.«

Sie gehorcht und wendet sich zur Tür. Ich öffne den Verschluss ihres BHs, streife ihr die Träger über die Arme und streiche dabei mit den Fingerspitzen ihre Haut entlang. Dabei spüre ich, wie sie unter meiner Berührung erbebt. Nachdem ich ihr den BH ausgezogen habe, werfe ich ihn auf ihr Kleid. Ganz dicht stehe ich hinter ihr, ohne sie zu berühren, lausche ihren schnellen Atemzügen und spüre die Wärme, die ihre Haut abstrahlt. Sie ist erregt, und da ist sie nicht die Einzige. Ich fasse mit beiden Händen ihr Haar so zusammen, dass es ihr über den Rücken fällt. Es fühlt sich unbeschreiblich seidenweich an. Ich wickle es mir um eine Hand und ziehe daran, dass ihr Kopf zur Seite sinkt und sie ihren Hals meinen Lippen darbietet.

Ich fahre mit der Nase von ihrem Ohr bis zur Schulter und wieder zurück und sauge ihren himmlischen Duft ein.

Mann, sie riecht so gut.

»Du riechst göttlich wie immer, Anastasia.« Ich hauche einen Kuss in die Kuhle unter ihrem Ohr, dorthin, wo ihr Puls schlägt.

Sie stöhnt.

»Still. Ganz still sein.«

Ich hole das Haarband aus der Hosentasche, nehme ihr Haar in die Hand und flechte es langsam. Ich genieße es, wie der Zopf immer wieder ihren makellosen Rücken streift. Geschickt binde ich ihn mit dem Haarband zusammen und ziehe ruckartig daran, sodass sie einen Schritt rückwärts machen und ihren Körper an meinen pressen muss. »Ich möchte, dass dein Haar zu einem Zopf geflochten ist, solange wir hier drin sind«, flüstere ich. »Dreh dich um.«

Sie gehorcht sofort.

»Wenn ich dir befehle, in dieses Zimmer zu kommen, wirst du genau so bekleidet sein – nur mit deinem Höschen. Hast du verstanden?«

»Ja.«

»Ja, was?«

»Ja, Sir.«

»Braves Mädchen.« Sie lernt schnell. Ihre Arme hängen seitlich herunter, ihr Blick ist auf mich gerichtet. Sie wartet.

»Wenn ich dir befehle, in dieses Zimmer zu kommen, wirst du dich dort drüben hinknien.« Ich zeige auf eine Zimmerecke neben der Tür. »Tu es.«

Sie wirkt ein wenig verdattert, doch bevor ich es ihr noch einmal sagen muss, dreht sie sich um und kniet sich so hin, dass ihr Gesicht auf mich und den Raum gerichtet ist.

Ich gebe ihr die Erlaubnis, sich auf die Fersen zu kauern, und sie gehorcht. »Leg Hände und Unterarme auf deinen Schenkeln ab. Gut. Jetzt spreiz die Knie. Weiter.« *Ich will dich sehen, Baby.* »Noch weiter.« *Deine Möse sehen.* »Perfekt. Und jetzt sieh zu Boden.«

Schau nicht mich oder das Zimmer an. Nun kannst du da sitzen, während sich deine Gedanken überschlagen und du dir ausmalst, was ich als Nächstes mit dir mache.

Als ich zu ihr hinübergehe, bleibt ihr Kopf zu meiner Zufriedenheit unten. Ich strecke die Hand aus, lange nach ihrem Zopf und ziehe ihren Kopf so weit nach hinten, bis unsere Blicke sich treffen. »Wirst du dir diese Stellung merken, Anastasia?«

»Ja, Sir.«

»Gut. Bleib so, rühr dich nicht vom Fleck.«

Ich marschiere an ihr vorbei, öffne die Tür und sehe mich rasch nach ihr um. Ihr Kopf ist gesenkt, die Augen sind starr auf den Boden gerichtet.

Ein willkommener Anblick. *Braves Mädchen.*

Am liebsten würde ich rennen, doch ich zügle meine Ungeduld und steuere zielstrebig auf mein Schlafzimmer in der unteren Etage zu.

Bewahr dir wenigstens einen Teil deiner Scheißwürde, Grey.

Im begehbaren Kleiderschrank ziehe ich mich nackt aus und hole meine Lieblingsjeans aus einer Schublade. Meine DJs. Dom Jeans.

Ich schlüpfe hinein und schließe alle Knöpfe bis auf den obersten. Aus derselben Schublade nehme ich die neue Reitgerte und einen grauen Morgenrock aus Waffelpikee. Im Gehen schnappe ich mir noch ein paar Kondome und stopfe sie in die Hosentasche.

Jetzt fängt der Spaß an.

Showtime, Grey.

Als ich zurückkomme, kauert sie noch in derselben Stellung: den Kopf gesenkt, den Zopf auf dem Rücken, die Hände auf den Knien. Ich schließe die Tür und hänge den Morgenrock an einen Haken.

»Braves Mädchen, Anastasia. Gut gemacht. Und jetzt steh auf.«

Sie steht auf, hält den Kopf aber weiter gesenkt.

»Du darfst mich ansehen.«

Sofort heben sich funkelnde blaue Augen.

»Ich werde dich jetzt anketten, Anastasia. Gib mir deine rechte Hand.« Als ich meine Hand ausstrecke, legt sie ihre hinein. Ohne sie aus den Augen zu lassen, drehe ich ihre Handfläche nach oben, fördere die hinter meinem Rücken versteckte Reitgerte zutage und lasse das Ende blitzschnell auf ihre Handfläche hinabsausen. Erschrocken krümmt sie die Hand und starrt mich überrascht an.

»Wie fühlt sich das an?«, frage ich.

Ihr Atem wird schneller, und sie wirft einen raschen Blick auf mich, bevor sie wieder ihre Handfläche betrachtet.

»Antworte.«

»Okay.« Sie runzelt die Stirn.

»Nicht die Stirn runzeln«, warne ich sie. »Hat es wehgetan?«

»Nein.«

»Und das wird auch so bleiben. Verstehst du?«

»Ja.« Ihre Stimme zittert ein wenig.

»Das ist mein Ernst«, beteuere ich und zeige ihr die Reitgerte. *Braunes geflochtenes Leder. Siehst du? Ich bin ein guter Zuhörer.* Als sie mir erstaunt in die Augen schaut, zuckt ein Lächeln um meine Lippen.

»Wir wollen doch, dass Sie zufrieden sind, Miss Steele. Komm.« Ich führe sie in die Mitte des Raums unter den Bondage-Rahmen. »Dieses Gitter ist so konstruiert, dass sich die Handfesseln darüber ziehen lassen.« Sie betrachtet erst das komplizierte Gitterwerk über sich und dann mich.

»Wir werden hier anfangen, aber ich will dich im Stehen ficken. Am Ende werden wir dort drüben an der Wand sein.« Ich deute auf das Andreaskreuz. »Heb die Hände über den Kopf.«

Sie tut es sofort. Ich greife nach den Ledermanschetten, die am Bondage-Rahmen hängen, und lege sie ihr nacheinander um beide Handgelenke. Aus dieser Nähe kann ich ihre Erregung und ihre Furcht spüren und sie berühren. Es fällt mir schwer, mich zu konzentrieren. Sobald sie gefesselt ist, trete ich zurück und atme erleichtert auf.

Endlich habe ich dich da, wo ich dich will, Ana Steele.

Ich umrunde sie wie in Zeitlupe und bewundere die Aussicht. Wie kann eine Frau so scharf sein? »Ein überaus reizender Anblick, Sie so gefesselt hier stehen zu sehen, Miss Steele. Und ausnahmsweise auch kein vorlautes Mundwerk. Das ist sehr schön.« Ich trete vor sie, schiebe die Finger in ihr Höschen und ziehe es ganz, ganz langsam ihre langen Beine hinunter, bis ich vor ihr in die Knie gehe.

Ich bete sie an. Sie ist ein Traum.

Als unsere Blicke sich treffen, zerknülle ich das Höschen, halte es mir an die Nase und atme tief ein. Ihr fällt der Kinnladen herunter, und ihre Augen weiten sich belustigt und erschrocken.

Ja. Ich grinse. *Genau die erwünschte Reaktion.*

Ich lasse das Höschen in der Gesäßtasche meiner Jeans verschwinden, stehe auf und überlege mir meinen nächsten Schritt. Ich strecke die Reitgerte aus, streiche damit über ihren Bauch und umkreise ihren Nabel mit dem Gertenknauf … die lederne Zunge. Sie schnappt nach Luft und erbebt unter der Berührung.

Das wird wundervoll, Ana. Vertrau mir.

»Ah!«, schreit sie auf und zerrt an ihren Fesseln.

»Still«, warne ich und umrunde sie noch einmal. Als ich die Gerte auf den Nabel schnellen lasse, stößt sie ein Wimmern aus und genießt das Gefühl mit geschlossenen Augen. Eine weitere Drehung des Handgelenks, und die Gerte trifft ihre Brustwarze. Aufstöhnend legt sie den Kopf in den Nacken. Ich hole wieder aus, die Gerte küsst ihre andere Brustwarze. Ich beobachte, wie sie unter dem Hieb hart und lang werden.

»Fühlt sich das gut an?«

»Ja«, keucht sie, die Augen geschlossen, den Kopf noch immer im Nacken.

Ich haue sie auf den Hintern. Diesmal fester.

»Ja, was?«

»Ja, Sir«, ruft sie aus.

Langsam und vorsichtig überziehe ich ihren Bauch mit Schlägen, Schnalzern und kleinen Hieben, die immer weiter ihren Körper hinunterwandern. Auf mein Ziel zu. Ein Schnippen, und die lederne Zunge trifft ihre Klitoris. Sie stößt einen erstickten Schrei aus. »Oh, bitte!«

»Still«, befehle ich und bestrafe sie mit einem kräftigen Hieb auf ihr Hinterteil.

Ich schiebe die Lederzunge durch ihr Schamhaar und über die Vulva zur Vagina. Als ich das braune Leder zurückziehe, glänzt es von ihrer Lust. »Dann wollen wir doch mal sehen, wie feucht du schon bist, Anastasia. Mach die Augen auf. Und den Mund.«

Sie atmet schwer, öffnet jedoch die Lippen und starrt mich an. Ihr Blick ist verschleiert, verloren in unbeschreiblicher Ekstase. Ich führe die Gerte in ihren Mund ein. »Sieh nur, wie du schmeckst. Saug. Los, saug, Baby, ganz fest.«

Ihre Lippen schließen sich um die Spitze, und es fühlt sich an, als umfassten sie meinen Schwanz.

Fuck.

Sie ist so verdammt scharf, und ich kann ihr nicht widerstehen.

Langsam ziehe ich ihr die Gerte aus dem Mund und schlinge die Arme um sie. Sie öffnet den Mund für mich, und ich küsse sie. Meine Zunge erkundet sie und erfreut sich am Geschmack ihres Verlangens.

»Oh, Baby, wie gut du schmeckst«, flüstere ich. »Soll ich machen, dass du kommst?«

»Bitte«, bettelt sie.

Eine Drehung meines Handgelenks, und die Gerte trifft ihren Hintern. »Bitte, was?«

»Bitte, Sir«, winselt sie.

Braves Mädchen. Ich trete einen Schritt zurück. »Hiermit?«, frage ich und zeige ihr die Gerte.

»Ja, Sir«, antwortet sie zu meiner Überraschung.

»Bist du sicher?« Ich kann mein Glück kaum fassen.

»Ja, bitte, Sir.«

Oh, Ana. Du versaute Göttin.

»Schließ die Augen.«

Sie gehorcht. Mit unendlicher Vorsicht und außerdem ziemlich dankbar überziehe ich ihren Bauch noch einmal mit winzigen, brennenden Schlägen. Bald keucht sie wieder, ihre Erregung steigert sich. Ich lasse die Gerte weiter abwärts wandern, bis die Lederzunge sanft ihre Klitoris streift. Immer wieder und wieder und wieder.

Stöhnend und keuchend zerrt sie an den Fesseln. Dann wird sie still, und ich weiß, dass sie gleich so weit ist. Plötzlich wirft sie den Kopf zurück, reißt den Mund auf und schreit ihren Orgasmus heraus, der ihren gesamten Körper erschüttert. Sofort lasse ich die Gerte fallen, halte sie fest und stütze sie, als ihr die Knie nachgeben. Sie sackt gegen meinen Körper.

Oh. Wir sind noch lange nicht fertig, Ana.

Ich schiebe die Hände unter ihre Schenkel, hebe ihren bebenden

Körper hoch und trage sie, noch immer an den Bondage-Rahmen gefesselt, zum Andreaskreuz. Dort lasse ich sie los, richte sie auf und klemme sie zwischen dem Kreuz und meinen Schultern ein. Ich zerre an meiner Jeans, bis alle Knöpfe offen sind, und befreie meinen Schwanz. Dann krame ich ein Kondom aus der Tasche, reiße das Folienpäckchen mit den Zähnen auf und rolle es mit einer Hand über meine Erektion.

Sanft hebe ich sie wieder hoch. »Zieh die Beine an und leg sie um mich, Baby.« Ich lehne ihren Rücken ans Holz und helfe ihr, die Beine um meine Hüften zu legen. Ihre Ellbogen ruhen auf meinen Schultern.

Du gehörst mir, Baby.

Mit einem Stoß bin ich in ihr.

Fuck. Sie ist ein Traum.

Ich lasse mir einen Moment Zeit, um mich an ihr zu erfreuen. Dann fange ich an, mich zu bewegen, und genieße jeden Stoß. Ich spüre sie, immer weiter, und mein Atem wird schwer, als ich nach Luft schnappe und mich in dieser wundervollen Frau verliere. Mein Mund liegt an ihrem Hals und schmeckt sie. Ihr Duft steigt mir in die Nase und erfüllt mich. *Ana. Ana. Ana.* Ich möchte gar nicht mehr aufhören.

Plötzlich verspannt sie sich, und ihr Körper beginnt zu zucken.

Ja. Noch einmal. Und ich lasse mich fallen. Erfülle sie ganz und gar. Halte sie fest. Verehre sie.

Ja. Ja. Ja.

Sie ist so wunderschön. Und, ach, verdammt, das sprengt einem die Schädeldecke weg.

Ich ziehe mich aus ihr zurück, und als sie gegen mich sackt, löse ich rasch ihre Fesseln und stütze sie, während wir beide zu Boden sinken. Ich schlinge Beine und Arme um sie. Sie lehnt sich mit geschlossenen Augen und keuchend an mich.

»Gut gemacht, Baby. Hat es wehgetan?«

»Nein.« Ihre Stimme ist kaum zu hören.

»Hattest du Angst, dass es wehtun würde?«, frage ich und schiebe ihr Haarsträhnen aus dem Gesicht, um sie besser anschauen zu können.

»Ja.«

»Wie du siehst, existiert die Angst nur in deinem Kopf, Anastasia.« Ich liebkose ihr Gesicht. »Würdest du es noch mal tun?«, hake ich nach.

Als sie nicht sofort antwortet, glaube ich schon, dass sie eingeschlafen ist.

»Ja«, flüstert sie wenig später.

Lieber Gott, ich danke dir.

Ich nehme sie in die Arme. »Gut. Ich auch.« *Und wieder und wieder.* Zärtlich küsse ich ihren Scheitel und schnuppere. Sie riecht nach Ana, Schweiß und Sex. »Und ich bin noch nicht fertig mit dir«, betone ich. Ich bin so stolz auf sie. Sie hat es getan. Sie hat alles getan, was ich wollte.

Sie ist alles, was ich will.

Und plötzlich werde ich von einem mir völlig unbekannten Gefühl überwältigt, das mich mit Macht ergreift, mir durch Mark und Bein schießt und Unbehagen und Furcht in seinem Kielwasser zurücklässt.

Sie wendet den Kopf und bedeckt meine Brust mit winzigen Küssen.

Die Dunkelheit, überraschend und doch so vertraut, rückt näher, sodass mein Unbehagen einem leichten Grauen weicht. Jeder Muskel in meinem Körper verkrampft sich. Ana schaut mit klarem, offenem Blick zu mir auf, während ich mühsam meine Angst niederringe.

»Nicht«, flüstere ich. *Bitte.*

Sie lehnt sich zurück und betrachtet meine Brust.

Reiß dich zusammen, Grey.

»Knie dich neben die Tür«, befehle ich und löse mich von ihr.

Geh weg. Fass mich nicht an.

Mühsam rappelt sie sich auf und taumelt zur Tür, wo sie erneut die Knieposition einnimmt.

Ich hole tief Luft, um mich wieder zu erden.

Was machst du mit mir, Ana Steele?

Inzwischen ein wenig ruhiger, stehe ich auf und strecke mich.

Wie sie so an der Tür kniet, wirkt sie so ganz und gar wie das Sinnbild einer Sub. Ihre Augen sind glasig, sie ist müde. Sicher lässt der Adrenalinschub allmählich nach. Ihr fallen die Augen zu.

Oh, so geht das nicht. Du willst sie als Sub, Grey. Zeig ihr, was das bedeutet.

Ich angle einen der bei Clayton's gekauften Kabelbinder und eine Schere aus meiner Spielzeugschublade. »Langweile ich Sie, Miss Steele?«, frage ich, um mir mein Mitgefühl nicht anmerken zu lassen. Sie schreckt hoch und bedenkt mich mit einem schuldbewussten Blick. »Steh auf«, befehle ich.

Sie gehorcht mit schleppenden Bewegungen.

»Du bist völlig geschafft, stimmt's?«

Sie nickt und lächelt schüchtern.

Oh, Baby, du hast deine Sache so gut gemacht.

»Durchhaltevermögen, Miss Steele. Ich habe noch nicht genug für heute. Und jetzt streck die Hände nach vorne, als würdest du beten.«

Eine Falte verunziert kurz ihre Stirn, doch sie legt die Hände aneinander und hält sie hoch. Ich wickle den Kabelbinder um ihre Handgelenke. Ihr rascher Blick sagt mir, dass er ihr bekannt vorkommt.

»Na, schon mal gesehen?« Ich lächle ihr zu und fahre mit dem Finger um den Plastikriemen, um sicherzugehen, dass da genug Spielraum ist und er ihr nicht das Blut abschnürt. »Hier ist die Schere.« Ich zeige sie ihr. »Ich kann dich jederzeit losschneiden.« Sie wirkt beruhigt. »Komm.« Ich nehme ihre gefesselten Hände und führe sie zur hintersten Ecke des Himmelbetts. »Ich will mehr. Viel, viel mehr«, flüstere ich ihr ins Ohr, als sie auf das Bett starrt. »Aber ich werde mich beeilen. Du bist müde. Halt dich am Bettpfosten fest.«

Zögernd umfasst sie den Holzpfosten.

»Tiefer«, weise ich sie an. Sie lässt die Hände in Richtung Sockel wandern, bis sie gebückt dasteht. »Gut. Nicht loslassen. Wenn du loslässt, setzt es Prügel. Verstanden?«

»Verstanden, Sir.«

»Gut.« Ich packe sie an den Hüften und ziehe sie an mich, bis die Position stimmt. Ihr wunderschöner Po ragt in die Luft und steht mir zur freien Verfügung. »Nicht loslassen, Anastasia«, warne ich sie. »Ich werde dich jetzt von hinten ficken, und zwar hart. Halt dich am Pfosten fest, damit du nicht umfällst. Verstanden?«

»Ja.«

Ich versetze ihr einen kräftigen Klaps auf den Po.

»Ja, Sir«, antwortet sie wie aus der Pistole geschossen.

»Mach die Beine breit.« Ich dränge meinen rechten Fuß zwischen ihre Beine, bis sie weiter gespreizt sind. »Schon besser. Danach werde ich dich schlafen lassen.«

Ihr Rücken bildet eine perfekte Kurve. Jeder Wirbel, vom Nacken bis zu ihrem tollen Arsch, zeichnet sich deutlich ab. Ich fahre die Linie mit den Fingern nach. »Du hast so wunderschöne Haut, Anastasia«, sage ich wie zu mir selbst. Ich beuge mich über sie und folge dem Weg, den meine Finger genommen haben, mit zärtlichen Küssen. Dabei umfasse ich ihre Brüste und nehme ihre Brustwarzen zwischen die Fingerspitzen. Sie windet sich unter mir. Ich küsse sie auf die Taille und sauge und knabbere sanft an ihrer Haut, während ich ihre Brustwarzen bearbeite.

Sie wimmert. Ich höre auf und weiche zurück, um die Aussicht zu bewundern. Allein der Anblick genügt, dass ich noch härter werde. Ich hole ein zweites Kondom aus der Hosentasche, schlüpfe rasch aus der Jeans und öffne das Folienpäckchen. Mit beiden Händen stülpe ich das Kondom über meinen Schwanz.

Am liebsten würde ich es ihr gleich anal besorgen. Jetzt auf der Stelle. Aber dafür ist es noch zu früh.

»Sie haben einen unfassbar sexy Arsch, Miss Steele. Und ich habe zahllose Ideen, was ich damit gern anstellen würde.« Ich streichle ihre Pobacken und ihre Möse, stecke zwei Finger in sie hinein und dehne sie.

Wieder ein Wimmern.

Sie ist bereit.

»So nass. Miss Steele, wie immer die Zuverlässigkeit in Person. Halt dich fest … es wird ganz schnell gehen, Baby.«

Ich umfasse ihre Hüften, bringe mich hinter ihrer Vagina in Position, packe ihren Zopf, wickle ihn mir ums Handgelenk und umklammere ihn. Eine Hand am Schwanz, die andere in ihrem Haar, dringe ich in sie ein.

Sie. Ist. So. Verdammt. Süß.

Langsam ziehe ich mich aus ihr zurück, halte mit der freien Hand ihre Hüfte fest und verstärke den Griff um ihr Haar.

So devot.

Ich stoße in sie hinein, dass sie mit einem Aufschrei nach vorne kippt.

»Festhalten, Anastasia«, erinnere ich sie. Wenn nicht, könnte sie sich wehtun.

Atemlos stemmt sie sich gegen mich und drückt die Beine durch.

Braves Mädchen.

Dann fange ich an, in sie hineinzurammen. Sie gibt leise, erstickte Schreie von sich und krallt sich weiter am Pfosten fest. Aber sie lässt sich nicht unterkriegen. Nein, sie stößt zurück.

Bravo, Ana.

Und dann spüre ich es. Langsam. Wie sie um mich herum zu zucken beginnt. Es nicht mehr aufhalten kann. Ich stoße weiter in sie hinein. »Komm schon, Ana, gib's mir«, stöhne ich und komme mit Wucht. Ihr Orgasmus verlängert meinen noch, als ich sie weiter festhalte.

Ich nehme sie in die Arme und lasse uns zu Boden sinken. Ana liegt auf mir, wir schauen beide zur Decke. Sie ist völlig entspannt und vermutlich auch erschöpft; ihr Gewicht fühlt sich angenehm an. Ich blicke hinauf zu den Karabinerhaken und frage mich, ob ich ihr wohl jemals Hängebondage schmackhaft machen kann.

Wahrscheinlich nicht.

Aber das ist mir im Moment egal.

Wir sind zum ersten Mal zusammen hier, und sie war traumhaft. Ich küsse sie aufs Ohr. »Heb die Hände hoch.« Meine Stimme ist belegt. Sie tut es so langsam, als seien sie mit Beton beschwert. Ich schiebe die Schere unter den Kabelbinder.

»Ana, hiermit erkläre ich dich für frei«, murmle ich und schneide sie los. Als sie kichert, spüre ich, wie sie am ganzen Körper bebt. Es ist ein seltsames und nicht unangenehmes Gefühl. Ich lächle.

»Wie schön«, flüstere ich, während sie sich die Handgelenke reibt. Ich richte mich auf, sodass sie auf meinem Schoß sitzt.

Ich liebe es, sie zum Lachen zu bringen. Sie lacht zu selten.

»Das ist meine Schuld«, räume ich ein, während ich ihr Schultern und Arme massiere. Sie dreht sich um und sieht mich müde und argwöhnisch an. »Dass du nicht häufiger kicherst«, stelle ich klar.

»Ich bin nicht so ein Kichertyp«, erwidert sie gähnend.

»Oh, aber wenn es doch einmal über Ihre Lippen dringt, ist es eine wahre Freude, dem herrlichen Klang lauschen zu dürfen, Miss Steele.«

»Wie blumig, Mr. Grey«, neckt sie mich.

Ich lächle. »Ich würde sagen, du bist nach allen Regeln der Kunst durchgevögelt worden und kannst eine Mütze voll Schlaf vertragen.«

»So viel zum Thema blumig«, höhnt sie.

Ich hebe sie von meinem Schoß, damit ich aufstehen kann, greife nach meiner Jeans und schlüpfe hinein. »Wir wollen doch Taylor oder Mrs. Jones keinen Schreck einjagen.«

Es wäre nicht das erste Mal.

Ana sitzt schläfrig und benommen auf dem Boden. Ich nehme sie an den Oberarmen, helfe ihr auf die Füße und bringe sie zur Tür. Dort hole ich den grauen Morgenrock vom Haken und ziehe ihn ihr an. Sie lässt nur schlaff die Arme hängen; offenbar ist sie total erledigt.

»Marsch ins Bett«, verkünde ich und küsse sie rasch.

Entsetzen malt sich auf ihrem müden Gesicht.

»Und dann wird geschlafen«, beschwichtige ich sie. Ich bücke mich, hebe sie in meine Arme, drücke sie an meine Brust und trage sie ins Sub-Zimmer. Nachdem ich die Daunendecke zurückgeschlagen und sie ins Bett gelegt habe, überkommt mich ein schwacher Moment, und ich klettere neben sie hinein. Ich decke uns beide zu und umarme sie.

Ich halte sie nur so lange fest, bis sie eingeschlafen ist.

»Schlaf jetzt, mein wunderbares Mädchen.« Ich küsse ihr Haar und fühle mich so völlig befriedigt … und dankbar. Wir haben es getan. Diese reizende, unschuldige Frau hat zugelassen, dass ich über sie herfalle. Und ich glaube, sie hat es genossen. Ich weiß, dass es bei mir so war … mehr als je zuvor.

Mommy sitzt da und schaut mich in dem Spiegel mit dem großen Sprung an.

Ich bürste ihr die Haare. Sie sind weich und riechen nach Mommy und nach Blumen.

Sie nimmt die Bürste und wickelt ihre Haare immer wieder darum.

Bis sie wie eine gewellte Schlange auf ihrem Rücken liegen.

Schau, sagt sie.

Und dann dreht sie sich um und lächelt mich an.

Heute ist sie glücklich.

Ich mag es, wenn Mommy glücklich ist.

Ich mag es, wenn sie mich anlächelt.

Wenn sie lächelt, ist sie hübsch.

Komm, wir backen einen Kuchen, kleines Würmchen.

Apfelkuchen.

Ich mag es, wenn Mommy bäckt.

Als ich jäh aufwache, habe ich einen süßen Duft in der Nase. Es ist Ana, die fest schlafend neben mir liegt. Ich lege mich auf den Rücken und starre zur Decke.

Wann habe ich je in diesem Zimmer geschlafen?

Nie.

Der Gedanke löst Beklemmungen aus, und aus unerklärlichen Gründen wird mir ziemlich mulmig.

Was tut sich da, Grey?

Ich setze mich vorsichtig auf, um sie nicht zu stören, und betrachte ihre schlafende Gestalt. Jetzt weiß ich, woran es liegt – es verwirrt mich, dass ich hier bei ihr im Bett bin. Ich stehe auf, lasse sie weiterschlafen und gehe ins Spielzimmer. Dort sammle ich den benutzten Kabelbinder und die Kondome ein und stecke sie in die Tasche, wo sich, wie ich feststelle, noch Anas Höschen befindet. Dann greife ich nach der Gerte, ihren Kleidern und ihren Schuhen, verlasse den Raum und schließe die Tür ab. In ihrem Zimmer hänge ich das Kleid an die Schranktür, stelle die Schuhe unter den Stuhl und lege den BH darauf. Als ich ihr Höschen aus der Tasche ziehe, habe ich eine hinterhältige Idee.

Ich gehe ins Bad. Vor dem Abendessen mit meiner Familie muss ich dringend duschen. Ich werde Ana noch eine Weile schlafen lassen.

Das brüllend heiße Wasser, das auf mich herunterprasselt, spült alle Angst und das Unbehagen von vorhin weg. Für einen ersten Versuch ist es bei uns beiden nicht schlecht gelaufen. Trotz meiner anfänglichen Befürchtung, dass es zwischen Ana und mir nicht klappen könnte, scheint die Zukunft vielversprechende Möglichkeiten bereitzuhalten. Ich nehme mir vor, morgen Vormittag Caroline Acton anzurufen, damit sie mein Mädchen einkleidet.

Nach einer produktiven Stunde im Arbeitszimmer, in der ich meine Geschäftsunterlagen studiere, beschließe ich, dass Ana jetzt genug geschlafen hat. Draußen dämmert es, und wir müssen in einer Dreiviertelstunde zu meinen Eltern aufbrechen. Weil ich weiß, dass sie oben in meinem Zimmer ist, konnte ich mich besser auf meine Arbeit konzentrieren.

Seltsam.

Nun, so war ich wenigstens sicher, dass ihr dort nichts passieren kann.

Ich hole einen Behälter mit Cranberrysaft und eine Flasche Mineralwasser aus dem Kühlschrank, mische beides in einem Glas und gehe damit nach oben.

Sie schläft tief und fest und liegt noch genauso zusammengerollt da wie vorhin. Ihre Lippen sind leicht geöffnet, und sie atmet leise. Ihr Haar ist zerzaust, kleine Strähnchen sind ihr aus dem Zopf gerutscht. Ich setze mich neben sie auf die Bettkante, beuge mich hinunter und küsse sie auf die Schläfe. Sie protestiert leise im Schlaf.

»Wach auf, Anastasia«, wecke ich sie mit samtweicher Stimme.

»Nein«, brummelt sie und umarmt ihr Kissen.

»In einer halben Stunde müssen wir zum Abendessen bei meinen Eltern aufbrechen.«

Langsam schlägt sie die Augen auf und sieht mich an.

»Los, Schlafmütze, aufstehen.« Wieder küsse ich sie auf die Schläfe. »Hier ist etwas zu trinken. Ich warte unten auf dich. Nicht wieder einschlafen, sonst gibt's Ärger«, warne ich sie, während sie die Arme streckt. Ich küsse sie noch einmal, werfe einen Blick auf den Stuhl, wo sie ihr Höschen nicht finden wird, und schlendere nach unten. Ich kann mir ein Grinsen nicht verkneifen.

Playtime, Grey.

Während ich auf Miss Steele warte, betätige ich die Fernbedienung meines iPod, und vom Zufallsgenerator ausgewählte Musik erklingt. Unruhig gehe ich zu den Balkontüren, starre hinaus auf den frühabendlichen Himmel und lausche »And She Was« von den Talking Heads.

Taylor erscheint. »Soll ich den Wagen vorfahren, Mr. Grey?«

»Geben Sie uns noch fünf Minuten.«

»Ja, Sir«, erwidert er und verschwindet in Richtung Lieferantenaufzug.

Kurz darauf steht Ana in der Wohnzimmertür. Sie strahlt förmlich und sieht absolut hinreißend aus. Außerdem scheint sie etwas zu amüsieren. Was wird sie wohl zu ihrem fehlenden Höschen sagen?

»Hi«, meint sie leise und mit einem sphinxgleichen Lächeln auf dem Gesicht.

»Hi, wie fühlst du dich?«

Ihr Lächeln wird breiter. »Gut. Danke. Und du?« Sie spielt die Ahnungslose.

»Mir geht es ausgesprochen gut, Miss Steele.« Die Spannung ist erregend. Ich hoffe nur, dass mir die Vorfreude nicht im Gesicht geschrieben steht.

»Frank? Ich hätte nicht gedacht, dass du Sinatra-Fan bist«, stellt sie fest, neigt den Kopf zur Seite und bedenkt mich mit einem fragenden Blick, während die sonoren Klänge von »Witchcraft« den Raum erfüllen.

»Ich habe nun mal einen vielseitigen Geschmack, Miss Steele.« Ich trete auf sie zu, bis uns nur noch wenige Zentimeter trennen. *Wird sie einknicken?* Ich suche in ihren funkelnden blauen Augen nach der Antwort.

Frag mich, wo dein Höschen ist, Baby.

Ich liebkose ihre Wange mit den Fingerspitzen. Sie beugt sich der Berührung entgegen – und ich bin völlig hingerissen. Von dieser reizenden Geste, ihrem schelmenhaften Gesichtsausdruck und der Musik. Ich will sie in den Armen halten.

»Tanz mit mir«, raune ich, nehme die Fernbedienung aus der Tasche und mache die Musik lauter, bis Franks schmeichelnde Stimme uns einhüllt. Als sie mir die Hand reicht, umfasse ich ihre Taille und ziehe ihren wunderschönen Körper an mich. Dann fangen wir mit einem einfachen Slowfox an. Sie fasst mich an der Schulter, doch diesmal bin ich auf die Berührung vorbereitet, und wir wirbeln zusammen durchs Zimmer. Ihr strahlendes Gesicht erhellt den Raum … und meine Stimmung. Sie lässt sich von mir führen, und als das Lied endet, ist ihr schwindelig, und sie ringt nach Atem.

Ich auch.

»'cause there is no nicer witch than you.« Ich drücke ihr einen keuschen Kuss auf die Lippen. »Das hat ein bisschen Farbe in Ihre Wangen gebracht, Miss Steele. Danke für den Tanz. Sollen wir aufbrechen, damit Sie meine Eltern kennenlernen?«

»Das Vergnügen ist ganz meinerseits, und ja, ich kann es kaum erwarten«, antwortet sie; sie sieht erhitzt und bezaubernd aus.

»Hast du auch alles, was du brauchst?«

»O ja«, erwidert sie absolut cool.

»Bist du sicher?«

Sie nickt und verzieht die Lippen zu einem zuckersüßen Lächeln.

Herrje, die Frau hat Mumm.

Ich grinse. »Na gut.« Ich kann meine Freude nicht verhehlen. »Wenn Sie es so haben wollen, Miss Steele.« Ich schnappe mir mein Jackett, und dann gehen wir zum Aufzug.

Dieser Frau gelingt es immer wieder, mich zu überraschen, zu beeindrucken und zu entwaffnen. Jetzt muss ich ein Abendessen mit meinen Eltern durchstehen, und zwar in dem Wissen, dass meine Freundin keinen Slip anhat. Allein die Fahrt im Aufzug in dem Bewusstsein, dass sie unter dem Rock nackt ist, genügt.

Sie hat es dir mit gleicher Münze heimgezahlt, Grey.

Sie ist still, als Taylor uns auf der I-5 nach Norden fährt. Ich kann einen Blick auf den Union Lake erhaschen; der Mond verschwindet hinter einer Wolke, und das Wasser wird so dunkel wie meine Stimmung. Warum nehme ich sie mit zu meinen Eltern? Wenn sie sie kennenlernen, werden sie daraus gewisse Erwartungen ableiten. Und Ana ebenfalls. Dabei bin ich nicht sicher, ob die Beziehung, die ich mit Ana zu führen gedenke, diesen Erwartungen entsprechen wird. Und um das Maß vollzumachen, habe ich mir das ganz allein zuzuschreiben, denn schließlich habe ich darauf bestanden, dass sie und Grace sich begegnen. Alles nur mein Fehler. Meiner und außerdem der Tatsache geschuldet, dass Elliot ihre Mitbewohnerin vögelt.

Warum mache ich mir etwas vor? Wenn ich nicht wollte, dass

sie meine Sippe trifft, wäre sie jetzt nicht hier. Dumm nur, dass ich mir deshalb ins Hemd mache.

Ja, genau das ist das Problem.

»Wo hast du so gut tanzen gelernt?«, reißt mich ihre Frage aus meinen Grübeleien.

Oh, Ana, das willst du ganz bestimmt nicht so genau wissen.

»Christian, halt mich fest. So. Richtig. Genau. Ein Schritt. Zwei. Prima. Bleib im Takt der Musik. Sinatra eignet sich ausgezeichnet für einen Foxtrott.« Elena ist in ihrem Element.

»Ja, Ma'am.«

»Möchtest du das wirklich wissen?«, entgegne ich.

»Ja«, antwortet sie, obwohl ihr Tonfall eine andere Sprache spricht.

Du hast gefragt. Ich sitze neben ihr in der Dunkelheit und seufze. »Mrs. Robinson hat sehr gern getanzt.«

»Sie muss eine gute Lehrerin gewesen sein.« In ihrem Flüstern schwingen Bedauern und Respekt wider Willen mit.

»Das war sie.«

»So ist es richtig. Noch mal. Eins. Zwei. Drei. Vier. Baby, du hast es drauf.«

Elena und ich schweben durch ihren Keller.

»Noch mal.« Als sie lachend den Kopf in den Nacken legt, sieht sie nur halb so alt aus, wie sie eigentlich ist.

Ana nickt und betrachtet die Landschaft. Ganz sicher brütet sie irgendeine Theorie in Sachen Elena aus. Vielleicht denkt sie auch an die Begegnung mit meinen Eltern. Das wüsste ich nur allzu gern. Möglicherweise hat sie ja Lampenfieber. So wie ich. Ich habe noch nie ein Mädchen mit nach Hause gebracht.

Als Ana anfängt, unruhig herumzurutschen, ist mir klar, dass sie etwas bedrückt. Bereut sie, was wir heute getan haben?

»Nicht«, sage ich sanfter als beabsichtigt.

Sie dreht sich zu mir, ihr Gesichtsausdruck ist in der Dunkelheit nicht zu deuten. »Nicht was?«

»Nicht zu viel nachdenken, Anastasia.« Ganz gleich, woran du auch gerade gedacht haben magst. Ich greife nach ihrer Hand und küsse ihre Fingerknöchel. »Es war ein wunderbarer Nachmittag. Ich danke dir.«

Ich werde mit einem kurzen Aufblitzen weißer Zähne und einem schüchternen Lächeln belohnt.

»Wieso ausgerechnet Kabelbinder?«, erkundigt sie sich.

Fragen zu heute Nachmittag: sehr gut. »Es geht schnell und einfach, außerdem wollte ich, dass du die Erfahrung machst, wie es sich anfühlt. Mir ist klar, dass es ein bisschen brutal ist, und ich benutze sie auch nicht zum Fesseln.« Ich schlage einen leicht spöttischen Ton an, um unserem Gespräch die Bedeutungsschwere zu nehmen. »Aber sie sind perfekt, wenn man gewährleisten will, dass du dich nicht bewegst.«

Ihr Blick wandert blitzschnell zu Taylor auf dem Fahrersitz.

Schätzchen, zerbrich dir nicht den Kopf über Taylor. Der weiß genau, was läuft, und macht diesen Job schon seit vier Jahren.

»All das gehört nun mal zu meiner Welt, Anastasia.« Ich drücke beschwichtigend ihre Hand, bevor ich sie wieder loslasse. Ana starrt weiter aus dem Fenster; rings um uns erstreckt sich Wasser, als wir auf der Brücke 520 den Lake Washington überqueren, mein Lieblingsabschnitt dieser Strecke. Sie zieht die Füße hoch auf den Sitz und schlingt die Arme um die Knie.

Da ist etwas im Busch.

»Ein Penny für deine Gedanken«, sage ich, als sie mich kurz ansieht.

Sie seufzt auf.

Mist. »So schlimm?«

»Ich wünschte nur, ich wüsste, was in deinem Kopf vorgegangen ist.«

Ich grinse erleichtert und bin froh, dass sie gerade davon nichts ahnt.

»Geht mir auch so, Baby«, erwidere ich.

Taylor stoppt vor der Haustür meiner Eltern. »Bist du bereit?«, frage ich. Ana nickt, und ich drücke ihre Hand. »Für mich ist es auch eine Premiere«, flüstere ich. Sobald Taylor aus dem Wagen ist, schenke ich ihr ein anzügliches und hinterhältiges Grinsen. »Ich wette, du wünschst dir, du hättest jetzt ein Höschen an.«

Sie schnappt nach Luft und verzieht finster das Gesicht. Doch ich steige schon aus, um meine Eltern zu begrüßen, die uns an der Tür erwarten. Als Ana um das Auto herum und auf uns zugeht, wirkt sie völlig ruhig und gelassen. »Anastasia, meiner Mutter bist du ja schon einmal begegnet. Und das ist mein Dad, Carrick.«

»Mr. Grey, wie schön, Sie kennenzulernen.« Lächelnd schüttelt sie seine ausgestreckte Hand.

»Das Vergnügen ist ganz meinerseits, Anastasia.«

»Bitte nennen Sie mich doch Ana.«

»Ana, wie nett, Sie wiederzusehen.« Grace schließt sie in die Arme. »Kommen Sie doch herein, meine Liebe.« Sie nimmt Ana am Arm und führt sie hinein. Ich folge ihrem höschenlosen Po.

»Ist sie da?«, hallt Mias Stimme aus dem Haus. Ana sieht mich erschrocken an.

»Und das wäre dann Mia, meine kleine Schwester.«

Wir drehen uns nach dem Klappern der hohen Absätze in der Vorhalle um. Und da ist sie schon. »Anastasia! Ich habe so viel von dir gehört!« Mia umarmt sie fest. Sie ist ein Stück größer als Ana, und mir fällt ein, dass die beiden ungefähr gleichaltrig sind.

Mia nimmt sie an der Hand und schleppt sie in die Diele. Meine Eltern und ich folgen. »Er hat noch nie ein Mädchen mit nach Hause gebracht«, erklärt Mia Ana – in voller Lautstärke!

»Mia, beruhige dich wieder«, tadelt Grace.

Ja, verdammte Scheiße, Mia. Krakeel hier nicht so rum.

Als Ana mich dabei ertappt, dass ich die Augen verdrehe, wirft sie mir einen missbilligenden Blick zu.

Grace begrüßt mich mit einem Kuss auf beide Wangen. »Hallo, mein Schatz.« Sie strahlt vor Glück, weil alle ihre Kinder zu Hause sind. Carrick hält mir die Hand hin. »Hallo, Sohn. Lange nicht gesehen.« Wir schütteln einander die Hand und folgen den Frauen ins Wohnzimmer. »Dad, du hast mich erst gestern gesehen«, murmle ich. Mein Vater ist ein Witzbold, wie er im Buche steht.

Kavanagh und Elliot sitzen Arm in Arm auf einem der Sofas. Doch als wir hereinkommen, steht Kavanagh auf, um Ana zu umarmen.

»Christian.« Sie nickt mir höflich zu.

»Kate.«

Und jetzt muss Elliot Ana auch noch mit seinen Pranken betatschen.

Fuck. Wer hätte gedacht, dass bei meiner Familie plötzlich das große Knutschen ausgebrochen ist? *Pfoten weg!* Als ich Elliot finster ansehe, grinst er nur. Auf seinem Gesicht spiegelt sich ein Ausdruck, der wohl »Ich werd dir mal zeigen, wie das geht« besagen soll. Ich lege den Arm um Anas Taille und ziehe sie an mich. Alle Blicke ruhen auf uns.

Verflucht. Ich fühle mich wie im Zoo.

»Etwas zu trinken?«, erkundigt sich Dad. »Prosecco?«

»Gern«, antworten Ana und ich im Chor.

Mia springt in die Luft und klatscht in die Hände. »Ihr sprecht ja schon wie aus einem Munde. Ich hole euch zwei Gläser.« Sie stürmt hinaus.

Was ist denn nur in meine Familie gefahren, verdammt?

Ana verzieht das Gesicht. Wahrscheinlich findet sie auch, dass sie schräg drauf sind.

»Das Essen ist gleich fertig«, verkündet Grace und folgt Mia.

»Setz dich«, sage ich zu Ana und bugsiere sie zu einem der Sofas. Sie gehorcht. Ich lasse mich neben ihr nieder und achte darauf, sie nicht zu berühren. Schließlich muss ich meiner gefühlsduseligen Familie ein Vorbild sein.

Oder waren sie etwa schon immer so?

Mein Vater holt mich aus meinen Gedanken. »Wir haben uns gerade über das Thema Urlaub unterhalten, Ana. Elliot hat beschlossen, Kate und ihrer Familie für eine Woche nach Barbados nachzufliegen.«

Ach, du grüne Neune! Ich starre Elliot entgeistert an. *Was ist nur aus unserem Mr. Oberflachleger geworden?* Kavanagh muss echt gut in der Kiste sein. Ihr selbstzufriedener Gesichtsausdruck spricht Bände.

»Haben Sie auch vor, sich eine kleine Pause zu gönnen, jetzt, da Sie Ihren Abschluss in der Tasche haben?«, erkundigt sich Carrick bei Ana.

»Ich überlege, ob ich ein paar Tage nach Georgia fliegen soll«, erwidert sie.

»Georgia?«, rufe ich aus, unfähig, meine Überraschung zu verhehlen.

»Ja, meine Mutter lebt dort«, antwortet sie mit zitternder Stimme. »Und ich habe sie eine ganze Weile nicht gesehen.«

»Und wann wolltest du fliegen?«, herrsche ich sie an.

»Morgen. Am späten Abend.«

Morgen! Was soll diese Scheiße? Und warum erfahre ich das erst jetzt?

Mia kehrt mit zwei Gläsern roséfarbenem Prosecco für Ana und mich zurück.

»Auf eure Gesundheit.« Dad hebt sein Glas.

»Und für wie lange?«, hake ich, um einen ruhigen Ton bemüht, nach.

»Ich weiß es noch nicht. Das hängt davon ab, wie meine Vorstellungsgespräche morgen laufen.«

Vorstellungsgespräche? Morgen?

»Ana hat eine kleine Pause verdient«, mischt sich Kavanagh ein und starrt mich mit kaum verhohlener Feindseligkeit an. Am liebsten würde ihr ihr sagen, dass sie sich um ihren eigenen Scheißkram kümmern soll, beiße mir aber Ana zuliebe auf die Zunge.

»Sie haben also Vorstellungsgespräche?«, fragt Dad Ana.

»Ja, morgen. Bei zwei Verlagen für ein Praktikum.«

Wann wollte sie mir das erzählen? Kaum bin ich zwei Minuten mit ihr hier, höre ich schon Einzelheiten aus ihrem Leben, die ich eigentlich längst wissen sollte!

»Da halte ich natürlich die Daumen«, sagt Carrick mit einem aufmunternden Lächeln.

»Das Essen ist fertig«, ruft Grace durch die Vorhalle.

Ich warte, bis alle aus dem Zimmer sind, und packe Ana am Ellbogen, bevor sie sich ihnen anschließen kann.

»Wann wolltest du mir denn sagen, dass du weggehst?« Ich habe Mühe, mich zu beherrschen.

»Ich gehe nicht weg, sondern habe mir nur überlegt, für ein paar Tage meine Mutter zu besuchen.« Ana wiegelt ab, als sei ich ein Kleinkind.

»Was ist mit unserem Arrangement?«

»Wir haben noch kein Arrangement.«

Aber …

Ich gehe mit ihr vom Wohnzimmer in die Vorhalle. »Dieses Gespräch ist noch nicht beendet«, warne ich sie, als wir das Esszimmer betreten.

Mom hat schwere Geschütze aufgefahren – das beste Porzellan, die besten Kristallgläser –, um bei Ana und Kavanagh Eindruck zu schinden. Ich rücke Ana einen Stuhl zurecht, sie setzt sich, und ich nehme neben ihr Platz. Mia strahlt uns beide über den Tisch hinweg an. »Wo hast du Ana überhaupt kennengelernt?«, fragt sie.

»Sie hat mich für die Studentenzeitung der WSU interviewt.«

»Im Auftrag von Kate, die die Chefredakteurin war«, fügt Ana hinzu.

»Ich möchte Journalistin werden«, teilt Kate Mia mit.

Mein Vater bietet Ana Wein an, während Mia und Kate das Thema Journalismus erörtern. Kavanagh hat ein Praktikum bei der

Seattle Times ergattert. Ganz sicher hat da ihr Vater die Strippen gezogen.

Aus den Augenwinkeln bemerke ich, dass Ana mich beobachtet.

»Was ist?«, frage ich.

»Bitte sei nicht sauer auf mich«, flüstert sie so leise, dass nur ich sie hören kann.

»Ich bin nicht sauer auf dich«, lüge ich.

Ihr Blick wird argwöhnisch, offenbar glaubt sie mir nicht.

»Na gut, ich bin sauer auf dich«, gestehe ich. Inzwischen glaube ich, dass ich überreagiere. Ich schließe die Augen.

Reiß dich zusammen, Grey.

»So sauer, dass es dich in den Fingern juckt?«, wispert sie.

»Was habt ihr beide denn zu tuscheln«, schaltet Kate sich ein.

Gütiger Gott! Ist die immer so aufdringlich? Wie zum Teufel hält Elliot es mit ihr aus? Als ich sie finster ansehe, ist sie so klug, den Mund zu halten.

»Wir reden nur über meinen Trip nach Georgia«, antwortet Ana freundlich und charmant.

Kate grinst tückisch. »Wie war's eigentlich am Freitag mit José in der Bar?«, fragt sie mit einem herausfordernden Blick in meine Richtung.

Was. Soll. Jetzt. Diese. Scheiße?

Ana zuckt zusammen.

»Es war sehr nett«, erwidert sie leise.

»So sauer, dass es mich in den Fingern juckt«, zische ich ihr zu. »Spätestens jetzt.«

Also war sie mit dem Typen, der bei unserer letzten Begegnung versucht hat, ihr die Zunge in den Hals zu rammen, in einer Kneipe. Und das, obwohl sie bereits damit einverstanden war, nur mir zu gehören. Trotzdem drückt sie sich heimlich mit einem anderen Mann in Bars herum? Ohne meine Erlaubnis …

Sie hat eine Bestrafung verdient.

Um mich herum wird das Essen aufgetragen.

Ich habe versprochen, sie nicht zu hart ranzunehmen … vielleicht sollte ich ja einen Flogger benutzen. Oder sie besser nach Strich und Faden versohlen, und zwar heftiger als beim letzten Mal. Hier, heute Abend.

Ja. Das klingt vielversprechend.

Ana betrachtet ihre Finger. Kate, Elliot und Mia diskutieren die französische Küche, und Dad kehrt an den Tisch zurück. Wo war er denn bloß?

»Für dich, Liebling, das Krankenhaus«, sagt er zu Grace.

»Bitte fangt doch schon mal ohne mich an«, meint Mom und reicht Ana eine der Platten.

Es riecht lecker.

Als Ana sich die Lippen leckt, regt sich bei mir sofort etwas im Schritt. Offenbar hat sie einen Bärenhunger. *Sehr gut.* Wenigstens etwas.

Mom hat sich selbst übertroffen: Chorizo und Jakobsmuscheln mit gebratenem roten Paprika und Schalotten. Köstlich. Ich stelle fest, dass ich auch Hunger habe. Wahrscheinlich deshalb meine miese Laune. Doch als ich Ana beim Essen zusehe, bessert sie sich schlagartig.

Grace kehrt mit besorgter Miene zurück. »Alles in Ordnung?«, fragt Dad, während wir sie geschlossen ansehen.

»Nein. Schon wieder ein Masern-Fall.« Grace seufzt.

»O nein«, sagt Dad.

»Doch, bei einem Kind. Schon der vierte in diesem Monat. Würden die Leute ihre Kinder doch nur impfen lassen.« Grace schüttelt den Kopf. »Ich bin heilfroh, dass meine Kinder das nie durchmachen mussten. Das Schlimmste, was sie jemals hatten, waren die Windpocken. Armer Elliot.« Die ganze Tischrunde schaut Elliot an, der mit vollem Mund innehält und dabei an eine widerkäuende Kuh erinnert. Im Mittelpunkt zu stehen ist ihm sichtlich unangenehm.

Kavanagh wirft Grace einen fragenden Blick zu.

»Christian und Mia hatten größeres Glück. Bei ihnen waren die Symptome so schwach, dass sie so gut wie keine Pusteln hatten.«

Jetzt hör schon auf, Mom.

»Hast du das Spiel der Mariners gesehen, Dad?« Offenbar ist Elliot ebenso an einem Themenwechsel interessiert wie ich.

»Ich fasse es nicht, dass sie die Yankees geschlagen haben«, stöhnt Carrick.

»Hast du dir das Spiel auch angeschaut, Superman?«, wendet Elliot sich an mich.

»Nein, aber ich lese den Sportteil.«

»Die Mariners werden es noch weit bringen. Von den letzten elf Spielen haben sie neun gewonnen. Also besteht noch Hoffnung.« Dad klingt richtig aufgeregt.

»Diese Saison sind sie eindeutig besser als 2010«, füge ich hinzu.

»Gutiérrez im Mittelfeld war eine Wucht. Diese Ballabgabe! Wow.«

Elliot reißt die Arme hoch. Kavanagh schmachtet ihn an wie eine liebeskranke Idiotin.

»Und wie leben Sie sich in Ihrer neuen Wohnung ein, meine Liebe?«, erkundigt sich Grace bei Ana.

»Nun, wir haben erst eine Nacht dort verbracht, und ich muss noch alles auspacken. Aber es gefällt mir, dass sie so zentral liegt. Bis zum Pike Place und zum Wasser ist es nur ein Katzensprung.«

»Ach, dann wohnen Sie ja ganz in der Nähe von Christian«, stellt Grace fest.

Moms Haushaltshilfe sammelt das Geschirr ein. Ich kann mir ihren Namen einfach nicht merken. Sie ist aus der Schweiz oder aus Österreich und hört nicht auf, mich anzuhimmeln und mit den Wimpern zu klimpern.

»Warst du auch schon mal in Paris, Ana?«, will Mia wissen.

»Nein, aber ich würde gern mal hinfliegen.«

»Wir haben unsere Flitterwochen dort verbracht«, sagt Mom. Sie und Dad wechseln über den Tisch hinweg einen Blick, den ich, offen gestanden, lieber nicht gesehen hätte. Anscheinend haben sie sich prächtig amüsiert.

»Eine wunderbare Stadt, trotz der Pariser. Du solltest mit Ana mal hinfliegen, Christian!«, verkündet Mia.

»Ich glaube, London wäre die bessere Wahl für Anastasia«, schmettere ich den albernen Vorschlag meiner Schwester ab. Ich lege die Hand auf Anas Knie und lasse sie gemächlich ihren Oberschenkel hinaufwandern. Als ihr Kleid hochrutscht, folgen meine Finger. Ich will sie anfassen und dort berühren, wo eigentlich ihr Höschen sein sollte. Als mein Schwanz sich erwartungsvoll regt, muss ich ein Stöhnen unterdrücken und rutsche auf meinem Stuhl herum.

Sie weicht zurück und schickt sich an, die Beine übereinanderzuschlagen. Ich schließe die Hand um ihren Oberschenkel.

Wehe dir!

Ana trinkt einen Schluck Wein und erdolcht dabei die Haushälterin meiner Mutter, die gerade die Hauptspeise serviert, mit Blicken.

»Und was war das Problem mit den Parisern? Konntest du sie nicht mit deinem berühmten Charme verzaubern?« Elliot versucht Mia zu reizen.

»Igitt, nein. Und Monsieur Floubert, dieser hässliche Knilch, für den ich gearbeitet habe, war ein fürchterlicher Tyrann, der alles und jeden dominieren musste.«

Ana verschluckt sich an ihrem Wein.

»Alles in Ordnung, Anastasia?«, frage ich und gebe ihren Oberschenkel frei.

Sie nickt. Ihre Wangen sind hochrot. Ich klopfe ihr auf den Rücken und streichle zärtlich ihren Hals. Dominanter Tyrann? Ich? Die Vorstellung belustigt mich. Meine öffentliche Demonstration von Zuneigung bringt mir einen beifälligen Blick von Mia ein.

Mom hat ihr Spezialgericht gekocht. Beef Wellington, ein Rezept, auf das sie in London gestoßen ist. Ich muss gestehen, dass es fast so lecker ist wie das vor dem Frittieren in Buttermilch marinierte Backhähnchen, das es gestern gab. Trotz ihres Erstickungsanfalls greift Ana herzhaft zu. Es ist so schön, sie essen zu sehen.

Wahrscheinlich hat sie nach unserem körperlich herausfordernden Nachmittag großen Hunger. Ich trinke einen Schluck Wein, während ich über weitere appetitanregende Betätigungen nachsinne.

Mia und Kavanagh vergleichen die Vorzüge von St. Barts und Barbados, wo die Familie Kavanagh ihren Urlaub verbringen wird.

»Erinnerst du dich an Elliots Begegnung mit der Qualle?« Ein spöttisches Funkeln in den Augen, schaut Mia zwischen mir und Elliot hin und her.

Ich kichere. »Als er gekreischt hat wie ein Mädchen? Na klar.«

»Hey, das hätte eine Portugiesische Galeere sein können! Ich hasse Quallen. Die können einem jeden Spaß vermiesen.« Elliot gerät richtig in Rage. Mia und Kate bekommen einen Lachkrampf und nicken zustimmend.

Ana isst mit Appetit und lauscht dem Geplänkel. Inzwischen haben sich alle beruhigt, und meine Familie benimmt sich nicht mehr so schrullig. Warum bin ich dann trotzdem angespannt? So etwas wie heute findet doch jeden Tag überall im ganzen Land statt: Familien versammeln sich um einen Tisch, um gutes Essen zu genießen und sich nett zu unterhalten. Bin ich so nervös, weil Ana hier ist? Mache ich mir Sorgen, sie könnten sie unsympathisch finden oder umgekehrt? Oder liegt es daran, dass sie sich morgen nach Georgia verpisst, ohne dass ich etwas davon wusste?

Es ist äußerst verwirrend.

Wie immer steht Mia im Mittelpunkt. Ihre Schilderungen des Lebens in Frankreich und der französischen Küche sind wirklich amüsant. »Oh, Mom, *les pâtisseries sont tout simplement fabuleuses. La tarte aux pommes de Monsieur Floubert c'est incroyable*«, sprudelt sie hervor.

»Mia, *chérie, tu parles français*«, unterbreche ich sie. »*Nous parlons anglais ici. Eh bien, à l'exception bien sûr d'Elliot. Il parle idiote, couramment.*«

Als Mia mit einem brüllenden Lachen den Kopf in den Nacken legt, lasse ich mich davon anstecken.

Doch gegen Ende der Mahlzeit wird die Anspannung allmählich unerträglich. Ich will mit meinem Mädchen allein sein. Small Talk halte ich nur begrenzt aus, selbst wenn es um meine eigene Familie geht, und diese Grenze ist jetzt erreicht.

Ich sehe Ana an und fasse sie am Kinn. »Nicht auf der Lippe kauen. Das ist mein Part.«

Außerdem muss ich einige grundsätzliche Punkte mit ihr klären. Insbesondere ihre ungenehmigte Reise nach Georgia und dass sie mit Männern, die auf sie stehen, ausgeht. Wieder lege ich die Hand auf Anas Knie; ich muss sie berühren. Ganz zu schweigen davon, dass sie sich nicht zu sträuben hat, wenn ich sie anfassen will, und zwar zu jedem beliebigen Zeitpunkt. Ich beobachte ihre Reaktion, als meine Finger ihren Oberschenkel hinauf in Richtung höschenfreier Zone wandern. Ihr stockt der Atem, und sie kneift die Schenkel zusammen, sodass meine Finger nicht weiterkönnen. Sie stoppt mich.

So, jetzt ist das Maß voll.

Ich muss uns vom Esstisch loseisen. »Soll ich dich ein bisschen herumführen?«, frage ich Ana, ohne ihr die Gelegenheit zu einer Antwort zu geben. Ihre Augen strahlen, und ihr Blick ist ernst, als sie die Hand in meine legt.

»Entschuldigt uns«, sagt sie zu Carrick, und dann ziehe ich sie aus dem Esszimmer.

In der Küche machen Mia und Mom sauber. »Ich will Anastasia den Garten zeigen«, teile ich meiner Mutter gespielt fröhlich mit.

Draußen ist meine Stimmung ganz unten, und die Wut regt sich.

Höschen. Der Fotograf. Georgia.

Wir überqueren die Terrasse und gehen die Stufen zum Rasen hinunter. Ana hält kurz inne, um die Aussicht zu bewundern.

Ja, schon gut. Seattle. Lichter. Der Mond. Wasser.

Ich marschiere weiter über die riesige Rasenfläche zum Bootshaus meiner Eltern.

»Bleib stehen. Bitte«, fleht Ana.

Ich tue es und sehe sie missmutig an.

»Meine Schuhe. Ich muss sie ausziehen.«

»Nicht nötig«, herrsche ich sie an und schwinge sie mir blitz-schnell über die Schulter. Sie schreit erschrocken auf.

Verdammt! Ich verpasse ihr einen heftigen Klaps auf den Po. »Still!«, zische ich und laufe weiter über den Rasen.

»Wohin gehen wir?«, jammert sie, während sie auf meiner Schul-ter auf und nieder wippt.

»Ins Bootshaus.«

»Wieso?«

»Ich muss mit dir allein sein.«

»Warum?«

»Weil ich dich zuerst übers Knie legen und dich dann ficken werde.«

»Aber wieso?«, winselt sie.

»Das weißt du genau«, fauche ich sie an.

»Ich dachte, du bist der spontane Typ.«

»Anastasia, spontaner kann es kaum sein, das kannst du mir glauben.«

Ich reiße die Tür zum Bootshaus auf und mache Licht. Als die Neonröhren surrend zum Leben erwachen, trage ich sie hinauf ins obere Zimmer, wo ich einen zweiten Lichtschalter betätige. Halo-genlampen erhellen den Raum.

Ich lasse Ana an meinem Körper hinuntergleiten und genie-ße es, wie sie sich anfühlt. Dann stelle ich sie auf die Füße. Ihr Haar ist dunkel und wild zerzaust, ihre Augen schimmern im Lam-penlicht, und ich weiß, dass sie kein Höschen anhat. Ich will sie. Jetzt.

»Bitte schlag mich nicht«, flüstert sie.

Ich verstehe kein Wort und starre sie fassungslos an.

»Ich will nicht, dass du mich versohlst. Nicht hier und nicht jetzt. Bitte tu's nicht.«

Aber … Mir fällt der Kinnladen herunter. *Deshalb sind wir doch hier.* Sie hebt die Hand, und im ersten Moment weiß ich nicht, was sie vorhat. Die Dunkelheit regt sich, zieht sich um meine Kehle zu-sammen und droht mich zu ersticken, falls sie mich anfassen sollte.

Doch sie legt nur die Finger auf meine Wange und streicht damit langsam bis hinunter zum Kinn. Mit der anderen Hand zerzaust sie mein Haar.

»Ah«, stöhne ich auf und weiß nicht, ob es Angst oder Begierde ist. Atemlos verharre ich am Rand des Abgrunds. Als ich die Augen wieder öffne, tritt sie auf mich zu und presst ihren Körper an meinen. Sie packt mit beiden Fäusten mein Haar, zieht sanft daran und streckt mir ihre Lippen entgegen. Und ich beobachte sie dabei wie ein Außenstehender, der nicht in seinem Körper ist. Ich bin Zuschauer. Unsere Lippen berühren sich, und ich schließe die Augen, als sie die Zunge in meinen Mund schiebt. Mein Stöhnen durchbricht den Zauber, den sie auf mich ausübt.

Ana.

Ich schlinge die Arme um sie. Als ich ihren Kuss erwidere, lege ich zwei Stunden der Angst und Anspannung hinein. Meine Zunge ergreift Besitz von ihr, stellt wieder eine Verbindung her. Meine Hände umklammern ihr Haar, und ich genieße ihren Geschmack, ihre Zunge und die Nähe ihres Körpers, während mein eigener Feuer fängt wie eine Benzinlache.

Fuck.

Als ich mich von ihr löse, atmen wir beide mühsam. Ihre Hände umfassen meine Arme. Ich kenne mich nicht mehr aus. Eigentlich wollte ich sie versohlen, aber sie hat nein gesagt. Wie vorhin am Esstisch. »Was machst du mit mir?«, frage ich.

»Ich küsse dich.«

»Aber du hast nein gesagt.«

»Was?« Sie ist irritiert. Vielleicht hat sie ja auch vergessen, was passiert ist.

»Unter dem Tisch. Mit deinen Beinen.«

»Aber wir saßen bei deinen Eltern zu Tisch.«

»Niemand hat sich mir jemals verweigert. Und das ist heiß. Unglaublich heiß.« Und so völlig anders. Ich schließe die Hand um ihren Po und ziehe sie an mich. Ich muss die Kontrolle zurückgewinnen.

»Du bist also sauer und gleichzeitig scharf auf mich, weil ich nein gesagt habe?« Ihre Stimme klingt kehlig.

»Ich bin sauer, weil du Georgia mit keiner Silbe erwähnt hast. Ich bin sauer, weil du mit diesem Typen etwas trinken warst, der versucht hat, dich anzumachen, als du betrunken warst. Der, der dich mit einem praktisch Wildfremden allein gelassen hat, als dir übel wurde. Was ist das für ein Freund? Und ich bin sauer, weil du die Beine zusammengepresst hast.«

Und du hast kein Höschen an.

Meine Finger schieben ganz langsam ihr Kleid die Beine hinauf. »Ich will dich. Und zwar jetzt, auf der Stelle. Und wenn du mir schon nicht erlaubst, dich zu versohlen – was du verdient hättest –, werde ich dich zumindest auf dieser Couch dort vögeln, und zwar nur zu meinem eigenen Vergnügen und nicht zu deinem.«

Ich drücke sie an mich und stelle fest, dass sie keucht, als ich mit der Hand durch ihr Schamhaar fahre und den Mittelfinger in sie hineingleiten lasse. Erotisch-Lüsternes steigt aus ihrer Kehle auf. Sie ist so bereit.

»Das gehört mir. Mir ganz allein. Ist das klar?« Ich bewege meinen Finger hinein und heraus und halte sie fest. Ihre Lippen öffnen sich erschrocken und voller Begierde.

»Ja, nur dir allein«, flüstert sie.

Ja. Mir. Und ich sorge dafür, dass du das niemals vergisst, Ana.

Ich werfe sie auf die Couch, öffne meine Hose und lege mich auf sie, sodass sie sich nicht mehr bewegen kann. »Hände auf den Kopf«, befehle ich mit zusammengebissenen Zähnen, dränge mich auf den Knien zwischen ihre Beine, um sie weiter zu spreizen, und hole ein Kondom aus der Innentasche meines Jacketts. Das Jackett selbst werfe ich auf den Boden. Ohne sie aus den Augen zu lassen, öffne ich das Päckchen und rolle das Kondom über meinen bereiten Schwanz. Ana legt die Hände auf den Kopf und beobachtet mich. Ihre Augen schimmern vor Verlangen. Als ich mich über sie beuge, windet sie sich und reckt mir einladend und verführerisch ihre Hüften entgegen.

»Wir haben nicht viel Zeit. Es wird ein kurzes Vergnügen werden und eines, das nur für mich allein gedacht ist, nicht für dich. Verstanden? Du wirst nicht kommen, sonst werde ich dich versohlen«, teile ich ihr mit. Ich sehe ihr in die weit aufgerissenen Augen und stoße dann zu, schnell und hart. Wie immer schreit sie vor Lust auf. Ich drücke sie nach unten, damit sie sich nicht rühren kann, fange an, sie zu ficken, sie zu benutzen. Doch sie reckt mir weiter gierig das Becken entgegen, Stoß um Stoß, und feuert mich an.

Oh, Ana. Ja, Baby.

Sie erwidert jede meiner Bewegungen, passt sich mir an, immer wieder und wieder.

Oh, wie sie sich anfühlt.

Und ich bin verloren. In ihr. In ihrem Geruch. Und ich weiß nicht, ob es an meiner Wut, an meiner Anspannung oder an …

Yesss. Ich komme mit Wucht, der Verstand ist abgeschaltet, als ich in ihr explodiere. Ich halte inne. Fülle sie aus. Nehme sie in Besitz. Erinnere sie daran, dass sie mir gehört.

Fuck.

Das war doch …

Ich ziehe mich aus ihr zurück und richte mich zur Knieposition auf.

»Wage es nicht, es dir selbst zu machen. Ich will, dass du frustriert bist.« Meine Stimme ist heiser und tonlos. »Denn genau so fühle ich mich, wenn du nicht mit mir redest und mir verwehrst, was mir gehört.«

Sie nickt. Sie liegt ausgestreckt unter mir. Weil ihr das Kleid bis zur Taille hochgerutscht ist, kann ich sehen, dass sie weit geöffnet, feucht und voller Begierde ist. Sie sieht ganz und gar aus wie die Göttin, die sie auch ist. Ich stehe auf, entferne das lästige Kondom, verknote es, ziehe mich an und hebe mein Jackett vom Boden auf.

Dann hole ich tief Luft. Jetzt bin ich ruhiger. Viel ruhiger.

Fuck, das war toll.

»Wir sollten zurück ins Haus gehen.«

Sie setzt sich auf und mustert mich mit dunklen, undurchdringlichen Augen.

Mein Gott, sie ist hinreißend.

»Hier. Zieh es an.« Ich fische ihr Spitzenhöschen aus der Jackentasche und reiche es ihr. Ich glaube, dass sie ein Lachen unterdrücken muss.

Ja, ja. Spiel vorbei, ein Punkt an Sie, Miss Steele.

»Christian!«, ruft Mia von unten.

Mist.

»Gerade noch rechtzeitig. Herrgott, manchmal raubt sie einem den letzten Nerv.« Besorgt beobachte ich, wie Ana ihre Schuhe auszieht und in ihr Höschen schlüpft. Mit einem strafenden Blick in meine Richtung steht sie auf, streicht ihr Kleid glatt und kämmt sich mit den Fingern das Haar.

»Hier oben, Mia«, antworte ich. »Tja, Miss Steele, ich fühle mich zwar besser, aber versohlen würde ich Sie am liebsten immer noch.«

»Ich finde nicht, dass ich es verdient habe, Mr. Grey, insbesondere nachdem ich mir Ihren grundlosen Übergriff habe gefallen lassen.«

»Grundlos? Sie haben mich geküsst.«

»Angriff ist nun mal die beste Verteidigung.«

»Verteidigung wogegen?«

»Gegen Sie und Ihre juckenden Finger.« Sie muss ein Lächeln unterdrücken.

Mias Absätze klappern auf der Treppe.

»Aber es war erträglich, oder?«, frage ich.

Ana grinst hämisch. »Nur schwer.«

»Oh, hier seid ihr!«, verkündet Mia und strahlt uns beide an. Zwei Minuten früher, und es hätte richtig peinlich werden können.

»Ich habe Anastasia ein bisschen herumgeführt.« Als ich Ana die Hand hinhalte, greift sie danach. Am liebsten würde ich ihre Fingerknöchel küssen, begnüge mich aber mit einem leichten Drücken.

»Kate und Elliot wollen gehen. Ist es zu fassen? Diese zwei …

sie können kaum die Finger voneinander lassen. Was habt ihr denn hier oben getrieben?«

»Ich habe Anastasia meine Ruderpokale gezeigt.« Mit der freien Hand zeige ich auf die vergoldeten Blechstatuetten aus meinen Rudertagen in Harvard, die ordentlich aufgereiht auf Regalen am anderen Ende des Zimmers stehen. »Komm, lass uns runtergehen und uns von Kate und Elliot verabschieden.«

Mia dreht sich um, und ich lasse Ana den Vortritt. Doch bevor wir unten sind, gebe ich ihr noch einen Klaps auf den Po.

Sie unterdrückt einen Aufschrei.

»Ich werde es wieder tun, Anastasia, und zwar bald«, flüstere ich ihr ins Ohr, nehme sie in die Arme und küsse sie aufs Haar.

Hand in Hand überqueren wir den Rasen in Richtung Haus. Unterdessen redet Mia wie ein Wasserfall. Es ist ein schöner Abend, es war sogar ein schöner Tag. Ich bin froh, dass Ana meine Familie kennengelernt hat.

Warum habe ich das nicht schon früher getan?

Weil ich nie gewollt habe.

Als ich Anas Hand drücke, schenkt sie mir einen schüchternen Blick und ein, ach, so süßes Lächeln. In der anderen Hand habe ich ihre Schuhe. An den Steinstufen bücke ich mich und ziehe ihr die Sandalen an.

»So«, stelle ich fest, als ich fertig bin.

»Oh, vielen Dank, Mr. Grey«, erwidert sie.

»Das Vergnügen ist und war ganz auf meiner Seite.«

»Dessen bin ich mir bewusst, Sir«, neckt sie mich.

»Oh, ihr beide seid soooo süß«, flötet Mia, als wir in die Küche gehen. Ana wirft mir einen Seitenblick zu.

Im Flur schicken sich Kavanagh und Elliot gerade zum Aufbruch an. Ana umarmt Kate, die sie beiseitenimmt und leise und aufgeregt auf sie einredet. *Was zum Teufel wird hier gespielt?* Elliot fasst Kavanagh am Arm, und meine Eltern winken ihnen nach, als sie in Elliots Pick-up steigen.

»Wir sollten auch aufbrechen. Denk an deine Vorstellungsgespräche morgen.« Wir müssen noch in ihre neue Wohnung fahren, und es ist schon kurz vor elf.

»Keiner von uns hätte gedacht, dass er jemals eine Frau finden würde«, sprudelt Mia hervor und fällt Ana um den Hals.

Oh, was soll denn jetzt dieser Mist?

»Passen Sie gut auf sich auf, liebe Ana«, sagt Grace und lächelt mein Mädchen herzlich an. Ich ziehe Ana an mich. »Wenn wir sie weiter so mit Zuneigung überschütten, sucht sie am Ende vor Angst noch das Weite oder wird bloß verwöhnt.«

»Spar dir deine Neckereien, Christian«, weist Grace mich wie immer zurecht.

»Mom.« Ich küsse sie rasch auf die Wange. Danke, dass du Ana eingeladen hast. Mir ist einiges klar geworden.

Nachdem Ana sich von meinem Dad verabschiedet hat, gehen wir zum Audi, wo Taylor schon wartet und ihr die rückwärtige Tür aufhält.

»Sieht ganz so aus, als würde meine Familie dich mögen«, merke ich an, als ich hinten neben Ana sitze. Die Lichter von der Veranda meiner Eltern spiegeln sich in ihren Augen, aber ich kann nicht herausfinden, was sie denkt. Ihr Gesicht liegt im Schatten, als Taylor den Wagen geschickt auf die Straße lenkt.

Im Schein einer Straßenlaterne sehe ich, dass sie mich anstarrt. Sie ist angespannt. Etwas stimmt da nicht.

»Was ist?«, frage ich.

Zunächst antwortet sie nicht, und als sie endlich das Wort ergreift, ist ihr Tonfall bedrückt. »So wie ich die Sache sehe, hast du dich verpflichtet gefühlt, mich deinen Eltern vorzustellen. Hätte Elliot Kate nicht gebeten mitzukommen, hättest du es ganz bestimmt nicht getan.«

Verdammt! Sie kapiert es einfach nicht. Es war für mich das erste Mal, und ich war nervös. Sie muss doch inzwischen begreifen, dass sie nicht hier wäre, wenn ich es nicht wollte. Während wir weiterfahren und sich das Licht der Straßenlaterne mit Schatten abwechselt, wirkt ihre Miene abweisend und bestürzt.

Grey, offenbar reicht das nicht.

»Ich bin überglücklich, dass du meine Eltern kennengelernt hast, Anastasia. Woher kommen nur diese ständigen Selbstzweifel? Das ist mir ein echtes Rätsel. Du bist so eine starke und unabhängige Frau, und trotzdem denkst du immer so negativ über dich. Hätte ich nicht gewollt, dass du sie kennenlernst, wärst du jetzt nicht hier. Du dachtest allen Ernstes den ganzen Abend lang, ich hätte dich nur mitgenommen, weil ich mich unter Druck gesetzt gefühlt habe?« Ich schüttle den Kopf und drücke noch einmal aufmunternd ihre Hand.

Sie wirft einen verlegenen Blick auf Taylor.

»Mach dir keine Sorgen um Taylor. Und beantworte meine Frage.«

»Ja, das dachte ich. Und noch etwas – ich habe nur mit Georgia angefangen, weil Kate die ganze Zeit von Barbados geredet hat. Endgültig entschieden hatte ich mich noch nicht.«

»Willst du deine Mutter denn besuchen?«

»Ja.«

Wieder meldet sich die Angst. Will sie Schluss machen? Wenn sie nach Georgia fliegt, könnte ihre Mutter sie überreden, sich jemand ... Passenderen zu suchen. Jemanden, der, wie sie selbst, an die Romantik glaubt.

Und da habe ich eine Idee: Sie kennt meine Sippe, ich kenne Ray. Vielleicht sollte ich ihre Mutter, die unverbesserliche Romantikerin, ja auch kennenlernen. Sie um den Finger wickeln.

»Darf ich mitkommen?«, frage ich, wohl wissend, dass sie nein sagen wird.

»Äh ... ich glaube, das ist keine besonders gute Idee«, erwidert sie, überrascht von meinem Vorschlag.

»Wieso nicht?«

»Ich wollte ein bisschen Abstand gewinnen. Es war alles ziemlich ... intensiv, deshalb dachte ich, es wäre gut, in Ruhe über alles nachzudenken.«

Scheiße. Sie will mich wirklich verlassen.

»Ich bin zu intensiv?«

Sie lacht. »Gelinde gesagt, ja.«

Verdammt, ich liebe es, sie zum Lachen zu bringen, selbst wenn es auf meine Kosten geht. Außerdem erleichtert es mich, dass sie ihre Schlagfertigkeit nicht verloren hat. Vielleicht will sie mich ja doch nicht verlassen. »Lachen Sie mich etwa aus, Miss Steele?«, necke ich sie.

»Das würde ich niemals wagen, Mr. Grey.«

»Ich glaube eher, Sie wagen es sehr wohl, und noch dazu ziemlich oft.«

»Du bist unglaublich komisch.«

»Komisch?«

»Allerdings.«

Sie nimmt mich auf den Arm. Eine völlig neue Erfahrung. »Im Sinne von merkwürdig oder von witzig?«

»Ziemlich viel von dem einen und ein klein bisschen vom anderen.«

»Wovon mehr?«

»Darauf musst du schon selbst kommen.«

Ich seufze. »Ich bin nicht sicher, ob ich in deiner Nähe auf irgendetwas kommen kann, Anastasia.« Mein Tonfall ist süffisant. »Worüber musst du denn in Georgia nachdenken?«

»Über uns.«

Fuck. »Du hast doch gesagt, du willst es versuchen.«

»Ich weiß.«

»Hast du plötzlich Zweifel?«

»Vielleicht.«

Noch schlimmer, als ich gedacht habe. »Wieso, Anastasia?«, hake ich nach. Sie zuckt die Achseln und zieht die Mundwinkel nach unten. Ich hoffe, dass sie es als beruhigend empfindet, wenn ich ihre Hand halte. »Erzähl mir, was in dir vorgeht, Anastasia. Ich will dich nicht verlieren. Diese letzte Woche …«

War die schönste in meinem Leben.

»Ich will immer noch mehr«, flüstert sie.

O nein, nicht wieder die alte Leier. Was will sie von mir hören?

»Ich weiß. Ich werde es versuchen.« Ich umfasse ihr Kinn. »Für dich, Anastasia, werde ich es versuchen.«

Immerhin habe ich dich gerade zu meinen Eltern mitgenommen, verdammt!

Plötzlich öffnet sie ihren Sicherheitsgurt, und ehe ich mich's versehe, sitzt sie auf meinem Schoß.

Was soll das jetzt schon wieder?

Ich verharre reglos, als sie mir die Arme um den Hals legt und ihre Lippen mir einen Kuss entlocken, bevor die Dunkelheit eine Chance hat, sich zu regen. Meine Hände gleiten ihren Rücken hinauf, bis ich ihren Kopf umfasse. Ich erwidere ihre Leidenschaft, erkunde ihren unglaublich süßen Mund und suche nach Antworten … Ihre plötzliche Zuneigungsbekundung ist so absolut entwaffnend. Und ungewohnt. Und verwirrend. Ich dachte, sie wolle weg von mir. Und jetzt sitzt sie auf meinem Schoß und törnt mich an. Schon wieder.

Ich habe noch nie … nie … *Geh nicht, Ana.*

»Bleib heute Nacht bei mir. Wenn du jetzt gehst, sehe ich dich die ganze Woche nicht. Bitte«, flüstere ich.

»Ja«, murmelt sie. »Und ich werde es auch versuchen. Ich werde den Vertrag unterschreiben.«

Oh, Baby.

»Tu es erst nach deiner Rückkehr aus Georgia. Überleg es dir gut, Baby.« Ich möchte, dass sie es freiwillig macht. Sie soll sich nicht von mir unter Druck gesetzt fühlen. Zumindest denkt ein Teil von mir so – der vernunftbegabte.

»Das werde ich«, erwidert sie und kuschelt sich an mich.

Diese Frau fesselt mich so unbeschreiblich.

Ironie des Schicksals, Grey.

Wieder würde ich am liebsten vor lauter Glück und Erleichterung loslachen. Aber ich halte sie nur fest und atme ihren köstlichen, tröstenden Duft.

»Du solltest angeschnallt sein«, tadle ich sie, will jedoch nicht, dass sie sich umsetzt. Also verharrt sie in meiner Umarmung und schmiegt ihren Körper, zunehmend entspannt, an mich. Die Dunkelheit in mir schweigt, ist in ihre Schranken gewiesen. Meine widerstreitenden Gefühle bringen mich noch um den Verstand. Was will ich von ihr? Welche Bedürfnisse spricht sie in mir an?

So war es zwischen uns eigentlich nicht geplant. Nur dass ich sie so gern in die Arme nehme, sie umfange, so wie jetzt. Ich küsse ihr Haar, lehne mich zurück und genieße die Fahrt nach Seattle.

Taylor stoppt vor dem Eingang des Escala. »Wir sind zu Hause«, flüstere ich Ana zu. Obwohl ich sie nur ungern loslasse, hebe ich sie auf ihren Sitz. Taylor öffnet ihre Tür, und kurz darauf steht sie neben mir am Eingang des Gebäudes.

Sie erschaudert.

»Wieso trägst du keine Jacke?«, frage ich, ziehe meine aus und lege sie ihr über die Schultern.

»Sie liegt in meinem neuen Wagen«, antwortet sie gähnend.

»Müde, Miss Steele?«

»Ja, Mr. Grey. Ich hätte nie gedacht, dass ich mich jemals einem anderen Menschen so unterwerfen würde.«

»Tja, wenn du Pech hast, war das nicht die letzte Lektion für heute.« *Falls ich kein Pech habe.*

Auf dem Weg nach oben ins Penthouse lehnt sie sich an die Wand des Aufzugs. In meiner Jacke sieht sie klein, zierlich und sexy aus. Wenn sie ihr Höschen nicht anhätte, könnte ich sie gleich hier nehmen … Ich strecke die Hand aus und befreie ihre Lippe von den Zähnen. »Eines Tages werde ich dich in diesem Aufzug vögeln, Anastasia. Aber heute bist du todmüde, deshalb sollten wir uns lieber ans Bett halten.« Ich beuge mich hinunter und klemme sanft ihre Unterlippe zwischen meine Zähne. Sie schnappt nach Luft und erwidert die Geste, indem sie mich mit den Zähnen in die Oberlippe zwickt.

Es fährt mir zwischen die Beine.

Ich will mit ihr ins Bett gehen und mich in ihr verlieren. Nach unserem Gespräch im Auto muss ich mich vergewissern, dass sie wirklich mir gehört. Als wir den Aufzug verlassen, biete ich ihr etwas zu trinken an. Sie lehnt ab.

»Gut. Dann lass uns zu Bett gehen.«

Sie wirkt überrascht. »Wie? Stinknormaler, alter Blümchensex?«

»Blümchensex ist weder alt, noch stinkt er. Offen gesagt, mag ich ihn eigentlich ganz gerne.«

»Seit wann das denn?«

»Seit letzten Samstag. Wieso? Hattest du auf etwas Exotischeres gehofft?«

»O nein, mein Bedarf an Exotik ist für heute gedeckt.«

»Sicher? Wir haben hier so gut wie jede Spielart im Programm.« Ich werfe ihr einen lüsternen Blick zu.

»Das habe ich gemerkt.« Sie zieht eine zart geschwungene Augenbraue hoch.

»Kommen Sie, Miss Steele. Sie haben einen wichtigen Tag vor sich. Je schneller Sie im Bett sind, umso schneller habe ich Sie gevögelt, und umso schneller kriegen Sie Ihren Schönheitsschlaf.«

»Sie sind ein Romantiker, wie er im Buche steht, Mr. Grey.«

»Und Sie haben ein loses Mundwerk, Miss Steele, das ich Ihnen womöglich auf die eine oder andere Art werde stopfen müssen.«

Yesss. Dazu würde mir schon etwas einfallen.

Als ich die Schlafzimmertür schließe, fühle ich mich viel befreiter als vorhin im Auto. Sie ist noch hier. »Hände nach oben«, befehle ich, und sie gehorcht. Ich lange nach dem Saum ihres Kleids und ziehe es ihr über den Körper, sodass die wunderschöne Frau zum Vorschein kommt, die sich darunter verbirgt.

»Ta-dah!« Ich bin ein Zauberkünstler. Ana applaudiert kichernd. Ich verbeuge mich genüsslich und theatralisch und lege das Kleid auf einen Stuhl.

»Und was für ein Trick kommt als Nächstes?«, fragt sie mit funkelnden Augen.

»Den, meine liebe Miss Steele, werde ich Ihnen schon noch zeigen. Marsch ins Bett.«

»Was meinen Sie, Mr. Grey – könnte ich vielleicht ausnahmsweise so tun, als wäre ich nicht leicht rumzukriegen?« Sie neigt den Kopf zur Seite, sodass ihr das Haar über die Schulter fällt.

Ein neues Spiel. Sehr interessant.

»Tja, die Tür ist zu, das heißt, es wird nicht ganz einfach werden, sich mir zu entziehen.«

»Ich bin aber gut im Verhandeln«, erwidert sie leise, jedoch entschlossen.

»Ich auch.«

Also, was ist hier los? Hat sie keine Lust? Ist sie zu müde? Was soll das? »Willst du etwa nicht vögeln?«, frage ich verdattert.

»Nein«, flüstert sie.

»Oh.« Das ist aber enttäuschend.

Sie schluckt und fügt schüchtern hinzu: »Ich will, dass wir miteinander schlafen.«

Ich starre sie ratlos an.

Was genau meint sie damit?

Miteinander schlafen. Das tun wir doch die ganze Zeit. Das ist ja nur ein anderer Ausdruck für ficken.

Sie mustert mich mit ernster Miene. *Mist.* Ist das ihre Vorstellung von »mehr«? Dieser dämliche Herzchen-und-Blümchen-Kitsch? Wir betreiben hier Wortklauberei, oder etwa nicht? Es muss einfach Wortklauberei sein. »Ana, ich …« Was erwartet sie bloß von mir? »Ich dachte, das würden wir die ganze Zeit schon tun.«

»Ich will dich berühren.«

Fuck. Ich weiche zurück, als die Dunkelheit mir den Brustkorb einschnürt.

»Bitte«, haucht sie.

Nein. Nein. Habe ich mich nicht klar genug ausgedrückt?

Ich ertrage es nicht, berührt zu werden. Ich kann nicht.

Niemals.

»O nein, Miss Steele. Ich habe heute Abend schon genug Zugeständnisse gemacht. Die Antwort lautet nein.«

»Nein?«, hakt sie nach.

»Nein.«

Einen Moment lang würde ich sie am liebsten nach Hause schicken – oder nach oben. Jedenfalls irgendwohin, wo sie nicht in meiner Nähe ist. Nicht hier.

Fass mich nicht an.

Sie betrachtet mich zweifelnd, und ich denke daran, dass sie morgen verreist und ich sie eine Weile nicht sehen werde. Dann seufze ich. Das wird mir jetzt endgültig zu viel. »Du bist müde, ich bin müde. Lass uns einfach ins Bett gehen.«

»Also ist Berühren ein Hard Limit für dich?«

»Ja. Aber das ist nichts Neues.«

»Dann sag mir wenigstens, warum.«

Damit will ich mich nicht auseinandersetzen. Ich weigere mich, darüber zu sprechen. Ein für alle Mal. »Bitte, Anastasia, lass es für heute gut sein.«

Enttäuschung steht ihr im Gesicht geschrieben. »Aber es ist wichtig für mich.«

»Scheiße«, murmle ich. Ich hole ein T-Shirt aus der Kommode und werfe es ihr zu. »Hier, zieh das an und geh ins Bett.« Warum erlaube ich ihr überhaupt, bei mir zu schlafen? Allerdings ist das nur eine rhetorische Frage, weil ich die Antwort schon kenne. Deshalb, weil ich neben ihr besser schlafen kann.

Sie ist meine Traumfängerin.

Sie hält die Albträume in Schach.

Ana wendet sich ab, zieht den BH aus und schlüpft in mein T-Shirt.

Habe ich ihr heute Nachmittag im Spielzimmer nicht ausdrücklich verboten, ihren Körper vor mir zu verstecken?

»Ich muss ins Badezimmer«, sagt sie.

»Jetzt fragst du mich plötzlich um Erlaubnis, ja?«

»Äh … nein.«

»Du weißt, wo das Badezimmer ist, Anastasia. Du brauchst meine Erlaubnis nicht. Nicht heute, in diesem Stadium unseres merkwürdigen Arrangements.« Ich knöpfe mein Hemd auf und ziehe es aus. Während ich mich mühsam beherrsche, hastet sie aus dem Schlafzimmer.

Was ist nur in sie gefahren?

Ein Abend bei meinen Eltern – und schon erwartet sie Liebesschwüre, Sonnenuntergänge und bescheuerte Spaziergänge im Regen. Das entspricht mir nicht. Ich habe es ihr unmissverständlich klargemacht. Romantik ist nicht mein Ding. Mit einem tiefen Seufzer schlüpfe ich aus der Hose.

Nur – sie will mehr. Sie wünscht sich diesen ganzen Romantik-Mist.

Fuck.

Ich schmeiße meine Hose in den Wäschekorb im Wandschrank, ziehe eine Pyjamahose an und kehre zurück ins Schlafzimmer.

Es wird nicht klappen, Grey.

Ich will aber, dass es klappt.

Du solltest mit ihr Schluss machen.

Nein. Ich werde es schaffen. Irgendwie.

Der Radiowecker zeigt 23:46 Uhr an. Das Bett ruft. Ich schaue nach, ob dringende E-Mails auf meinem Smartphone eingegangen sind. Nichts. Dann klopfe ich kräftig an die Badezimmertür.

»Komm rein«, nuschelt Ana. Sie putzt sich die Zähne und hat buchstäblich Schaum vor dem Mund – mit meiner Zahnbürste! Während ich neben ihr stehe, spuckt sie den Schaum ins Waschbecken. Wir starren einander im Spiegel an. Ihre Augen funkeln schalkhaft. Sie spült die Zahnbürste aus und reicht sie mir wortlos. Als ich sie in den Mund stecke, scheint sie sehr zufrieden mit sich zu sein.

Und im nächsten Moment löst sich die Anspannung von vorhin in Luft auf. Einfach so.

»Tu dir keinen Zwang an und nimm ruhig meine Zahnbürste«, bemerke ich spitz.

»Danke, Sir.« Sie lächelt, und ich glaube schon, dass sie jetzt einen Knicks macht. Doch sie geht hinaus und lässt mich in Ruhe meine Zähne putzen.

Als ich ins Schlafzimmer komme, liegt sie schon ausgestreckt unter der Decke. Sie sollte unter *mir* liegen. »Eigentlich habe ich mir den heutigen Abend ein bisschen anders vorgestellt.« Mein Tonfall ist schmollend.

»Stell dir vor, wie es wäre, wenn ich zu dir sagen würde, du darfst mich nicht anfassen«, entgegnet sie, streitlustig wie immer.

Sie wird es nicht auf sich beruhen lassen. Ich setze mich aufs Bett. »Ich habe es dir doch erklärt, Anastasia – komplett abgefuckt. Ich hatte einen ziemlich üblen Start ins Leben. Du willst dich damit nicht belasten. Weshalb solltest du auch?«

Niemand sollte sich mit einer solchen Scheiße belasten müssen.

»Weil ich dich besser kennenlernen will.«

»Du kennst mich schon genau genug.«

»Wie kannst du so etwas behaupten?« Sie setzt sich auf und sieht mich ernst und auffordernd an.

Ana. Ana. Ana. Hör auf damit. Verdammte Scheiße.

»Du verdrehst die Augen«, sagt sie. »Als ich mich das letzte Mal getraut habe, das zu tun, hast du mich übers Knie gelegt.«

»Oh, genau da hätte ich dich jetzt auch gern.«

Ihre Miene erhellt sich. »Sag es mir, und du darfst es tun.«

»Was?«

»Du hast mich sehr wohl verstanden.«

»Du handelst mit mir?« Ich kann meine Fassungslosigkeit nicht verbergen.

Sie nickt. »Nicht handeln, sondern verhandeln.«

Ich verziehe das Gesicht. »So läuft das aber nicht, Anastasia.«

»Okay. Dann erzähl es mir eben, und ich verdrehe die Augen.«

Ich lache. Jetzt wird sie albern. In meinem T-Shirt sieht sie so niedlich aus. Ihre Augen leuchten vor Sehnsucht.

»Anastasia, immer scharf auf Informationen.« Ich überlege. Und da fällt mir etwas ein: Ich könnte sie versohlen. Das will ich schon seit dem Abendessen, und zwar so, dass es Spaß macht.

Ich stehe auf. »Nicht weggehen«, warne ich sie und verlasse das Zimmer. Ich hole den Schlüssel zum Spielzimmer aus dem Arbeitszimmer und gehe nach oben. Dort krame ich die gewünschten Spielsachen aus der Truhe und überlege, ob ich auch Gleitcreme mitnehmen soll. Doch bei genauerem Nachdenken und auf der Grundlage der jüngsten Erfahrungen glaube ich nicht, dass Ana welche braucht.

Als ich zurückkomme, sitzt sie auf dem Bett. Die Neugier steht ihr im Gesicht geschrieben.

»Wann musst du morgen bei deinem ersten Vorstellungsgespräch sein?«, frage ich.

»Um zwei Uhr nachmittags.«

Ausgezeichnet. Also nicht früh aus den Federn.

»Gut. Steh auf und komm hierher.« Ich zeige auf einen Punkt vor meinen Füßen. Sofort springt Ana auf. Sie ist bereit. Erwartungsvoll.

»Vertraust du mir?«

Als sie nickt, breite ich die Hand aus, sodass zwei silberne Geisha-Kugeln in Sicht kommen. Zweifelnd blickt sie zwischen den Kugeln und mir hin und her. »Die sind nagelneu. Ich werde sie dir jetzt einführen, und dann werde ich dich versohlen. Nicht als Strafe, sondern für die Lust. Für deine und für meine.«

MONTAG, 30. MAI 2011

ls sie nach Luft schnappt, ist das Musik für meinen Schwanz. »Dann werden wir vögeln«, flüstere ich. »Und wenn du danach noch die Augen offen halten kannst, werde ich dir ein paar Dinge über meine Vergangenheit verraten. Einverstanden?«

Sie nickt. Ihr Atem geht schneller, und ihre Pupillen sind dunkel und geweitet von Begierde und Wissensdurst.

»Braves Mädchen. Mund auf.«

Kurz zögert sie, versteht nicht ganz. Doch sie gehorcht, bevor ich sie tadeln muss.

»Weiter.«

Ich schiebe ihr beide Kugeln in den Mund. Sie sind ein wenig groß und schwer und werden ihr loses Mundwerk eine Weile stopfen.

»Sie müssen befeuchtet werden. Saugen.«

Sie ist verwirrt und versucht zu saugen. Ihre Körperhaltung ändert sich leicht, als sie sich windet und die Schenkel zusammenpresst.

O ja.

»Stillhalten, Anastasia«, warne ich, obwohl ich die Show genieße.

Genug.

»Halt«, befehle ich und ziehe ihr die Kugeln aus dem Mund. Dann streife ich die Bettdecke beiseite und setze mich. »Komm her.«

Lasziv und sexy schlendert sie auf mich zu.

Oh, meine kleine versaute Ana.

»Jetzt dreh dich um und leg die Hände um die Knöchel.« Ihre Miene verrät mir, dass sie mit dieser Anweisung nicht gerechnet hat. »Los«, beharre ich und stecke mir selbst die Kugeln in den Mund. Sie dreht sich um, beugt sich geschmeidig vor und präsentiert mir ihre langen Beine und den tollen Po. Mein T-Shirt rutscht ihr den Rücken hinauf in Richtung Kopf und Haarmähne.

Wie gern würde ich mich noch länger an diesem berauschenden Anblick weiden und mir ausmalen, was ich alles mit ihr anstellen könnte. Doch im Moment will ich sie versohlen und ficken. Ich lege die Hand auf ihren Hintern und genieße die Wärme unter meiner Handfläche, als ich sie durch das Höschen liebkose.

Oh, dieser Arsch gehört mir, nur mir. Und er wird gleich noch viel wärmer werden.

Ich schiebe ihr Höschen zur Seite, dass ihre Schamlippen frei liegen, und halte sie mit der Hand fest. Ich muss mich beherrschen, um nicht mit der Zunge ihr Geschlecht entlangzustreichen. Außerdem habe ich den Mund voll. Stattdessen fahre ich ein paarmal zwischen Damm und Klitoris hin und her, bevor ich den Finger in sie hineinstecke.

Ein wohliger Seufzer entweicht meiner Kehle, als ich den Finger langsam kreisen lasse, um sie zu weiten. Sie stöhnt, und ich habe wie auf Kommando einen Ständer.

Miss Steele ist einverstanden. Sie will es.

Ich lasse den Finger noch einmal in ihr kreisen, ziehe ihn heraus und hole die Kugeln aus meinem Mund. Sanft führe ich die erste und dann die zweite ein und lege die Schlaufe des Bändchens über ihre Klitoris. Anschließend küsse ich sie auf den nackten Po und rücke das Höschen wieder zurecht.

»Komm hoch«, befehle ich. Ich umfasse ihre Hüften, bis ich sicher bin, dass sie fest auf beiden Füßen steht. »Alles klar?«, frage ich.

»Ja.« Ihre Stimme ist heiser.

»Dreh dich um.«

Sie gehorcht aufs Wort.

»Und wie fühlt es sich an?«, will ich wissen.

»Seltsam.«

»Seltsam gut oder seltsam schlecht?«

»Seltsam gut.«

Sie muss sich an die Dinger gewöhnen. Und da gibt es keine bessere Methode, als sich nach einem Gegenstand zu strecken und danach zu greifen.

»Ich möchte ein Glas Wasser. Geh bitte und hol mir eines. Und wenn du zurückkommst, lege ich dich übers Knie. Vergiss das nicht, Anastasia.«

Sie ist zwar verwundert, macht jedoch kehrt und geht wie auf Eiern aus dem Zimmer. Während sie draußen ist, nehme ich ein Kondom aus der Schublade. Der Vorrat geht zur Neige. Ich muss welche nachkaufen, so lange, bis ihre Pille endlich wirkt. Ich setze mich wieder aufs Bett und warte ungeduldig.

Als sie zurückkehrt, sind ihre Schritte schon selbstbewusster. Das Wasser hat sie auch mitgebracht.

»Danke«, sage ich, trinke rasch einen Schluck und stelle das Glas auf den Nachttisch. Als ich aufblicke, betrachtet sie mich mit unverhohlener Begierde.

Der Gesichtsausdruck steht ihr.

»Komm. Stell dich neben mich. So wie beim letzten Mal.«

Sie tut es. Inzwischen atmet sie stoßweise … und schwer. Junge, Junge, die ist echt angetörnt. So anders als beim ersten Mal Versohlen.

Mach sie noch ein bisschen schärfer, Grey.

»Frag mich.« Mein Tonfall ist streng.

Sie zieht ein ratloses Gesicht.

»Frag mich.«

Los, Ana.

Sie runzelt die Stirn.

»Frag mich, Anastasia. Ich sage es nicht noch einmal.« Mein Tonfall ist schärfer geworden.

Endlich kapiert sie, was ich von ihr will, und errötet. »Legen Sie mich übers Knie, bitte … Sir«, flüstert sie.

Diese Worte … Ich schließe die Augen und lasse sie in meinem

Kopf widerhallen. Dann packe ich sie an der Hand und zerre sie über meine Knie, sodass ihr Oberkörper auf dem Bett landet. Während ich mit der einen Hand ihren Po liebkose, streiche ich ihr mit der anderen Strähnen aus dem Gesicht und schiebe sie hinter ihre Ohren. Danach greife ich ihr auf Nackenhöhe ins Haar, damit sie sich nicht rühren kann.

»Ich will dein Gesicht sehen können, während ich dich versohle, Anastasia.« Ich streichle ihren Po und drücke gegen ihre Vulva, wohl wissend, dass die Kugeln dadurch noch tiefer in sie hineingeschoben werden.

Sie stöhnt genüsslich.

»Das dient einzig und allein der Lust, Ana. Deiner und meiner.« Ich hebe die Hand und versetze ihr einen heftigen Klaps.

»Ah!«, entfährt es ihr, und sie verzieht das Gesicht. Ich streichle ihren wundervollen Hintern, während sie sich an das Gefühl gewöhnt. Als sie sich wieder entspannt hat, schlage ich erneut zu. Sie stöhnt auf. Ich unterdrücke meine Reaktion und fange an. Rechte Pobacke, linke Pobacke, danach ist der Übergang zwischen Schenkeln und Hintern dran. Nach jedem Schlag liebkose und massiere ich ihren Po und sehe, wie ihre Haut unter dem Spitzenhöschen eine zartrosa Tönung annimmt.

Sie keucht, völlig versunken in ihr Verlangen, und genießt, was ich da mache.

Ich halte inne. Ich will ihren Arsch in seiner gesamten rosigen Pracht sehen. Gemächlich, um sie noch weiter zu reizen, streife ich ihr das Höschen ab und streiche mit den Fingerspitzen über ihre Schenkel, Kniekehlen und Waden. Sie hebt die Füße und schubst das Höschen auf den Boden. Dann fängt sie an, sich zu winden, hört aber auf, als ich die flache Hand auf ihre erhitzte Haut lege. Wieder packe ich sie am Haar und beginne von Neuem. Erst ganz sanft, wieder nach demselben Muster.

Sie ist feucht; ihre Erregung benetzt meine Handfläche.

Als ich fester in ihr Haar greife, stöhnt sie auf. Ihre Augen sind geschlossen, ihre Lippen geöffnet und schlaff.

Fuck, sie ist so heiß.

»Braves Mädchen.« Meine Stimme ist heiser, mein Atem kommt stoßweise.

Ich versohle sie noch ein wenig, bis ich es nicht mehr aushalte.

Ich will sie.

Jetzt.

Ich greife nach der Schlaufe und ziehe die Kugeln aus ihr heraus.

Sie schreit vor Lust auf. Ich drehe sie um, halte kurz inne, um mir die Hose vom Leibe zu reißen und das lästige Kondom überzustreifen, und lege mich neben sie. Dann packe ich sie an den Händen, hebe sie über ihren Kopf, wälze mich langsam auf sie und dringe in sie ein, während sie wimmert wie ein Kätzchen.

»O Baby.« Sie fühlt sich unbeschreiblich an.

Ich will, dass wir miteinander schlafen. Ich habe noch ihre Worte ihm Ohr.

Ganz, ganz sanft fange ich an mich zu bewegen. Ich spüre jeden kostbaren Zentimeter von ihr, küsse sie und erfreue mich gleichzeitig an ihrem Mund und ihrem Körper. Sie schlingt die Beine um mich, geht bei jedem sachten Stoß mit und wiegt sich im Gleichtakt mit mir, bis sich die Erregung ins Unermessliche steigert. Sie lässt los.

Ihr Orgasmus sorgt dafür, dass ich vollends die Beherrschung verliere. »Ana!«, rufe ich aus und ergieße mich in sie. Loslassen. Eine wundervolle Erlösung … ich will mehr. Brauche mehr.

Als ich mich wieder gefasst habe, schiebe ich die seltsamen Gefühle beiseite, die in mir aufsteigen und mich von innen zerfressen. Es ist nicht so wie die Dunkelheit, aber dennoch etwas, das ich fürchten muss. Etwas, das ich nicht verstehe.

Sie fasst nach meiner Hand. Ich öffne die Augen und schaue in ihre, in denen ich Schläfrigkeit und tiefe Befriedigung erkennen kann.

»Das war schön«, flüstere ich und küsse sie zärtlich.

Sie belohnt mich mit einem benommenen Lächeln. Ich stehe auf, decke sie zu, hebe meine Pyjamahose auf und gehe ins Bad, wo ich das Kondom entferne und wegwerfe. Dann ziehe ich die Hose an und suche die Arnikacreme.

Als ich zum Bett zurückkehre, grinst Ana selig.

»Dreh dich um«, befehle ich. Für einen Augenblick nehme ich an, dass sie die Augen verdrehen wird. Aber den Gefallen tut sie mir nicht. »Dein Arsch schillert in den schönsten Farben«, stelle ich, zufrieden mit dem Ergebnis, fest. Ich gebe ein wenig Creme auf meine Handfläche und massiere sie langsam in ihren Hintern ein.

»Nun aber raus mit der Sprache, Grey«, sagt sie gähnend.

»Du verstehst es wirklich, einen schönen Moment zu versauen.«

»Wir hatten eine Abmachung.«

»Wie fühlst du dich?«

»Übers Ohr gehauen.«

Mit einem tiefen Seufzer stelle ich die Arnikacreme auf den Nachttisch, schlüpfe ins Bett, nehme Ana in die Arme und küsse sie aufs Ohr. »Die Frau, die mich zur Welt gebracht hat, war eine Crackhure, Anastasia. Und jetzt schlaf.«

Sie erstarrt in meinen Armen.

Ich ebenfalls. Ich will ihr Verständnis und ihr Mitleid nicht.

»War?«, flüstert sie.

»Sie ist tot.«

»Wie lange schon?«

»Sie ist gestorben, als ich vier war. Ich kann mich so gut wie gar nicht mehr an sie erinnern, nur noch an ein paar Einzelheiten. Carrick hat mir einige Dinge über sie erzählt. Bitte schlaf jetzt.«

Nach einer Weile kuschelt sie sich an mich. »Gute Nacht, Christian.«

»Gute Nacht, Ana.« Ich küsse sie noch einmal, atme ihren beruhigenden Duft ein und kämpfe gegen die Erinnerungen.

»Du sollst die Äpfel nicht pflücken und dann einfach wegschmeißen, Arschloch!«

»Verpiss dich, du doofer Schleimer.«

Elliot pflückt einen Apfel, beißt hinein und wirft ihn nach mir.

»Würmchen«, hänselt er mich.

Nein! Nenn mich nicht so.

Ich springe ihn an und bearbeite sein Gesicht mit den Fäusten.

»Du blöder Wichser. Das ist Essen. Du verschwendest es. Opa verkauft die Äpfel. Wichser, Wichser, Wichser.«

»ELLIOT. CHRISTIAN.«

Dad zerrt mich von Elliot weg, der auf dem Boden kauert.

»Was ist da los?«

»Der Typ tickt nicht mehr sauber.«

»Elliot!«

»Er macht die Äpfel kaputt.« Wut steigt in meiner Brust auf. Ich glaube, gleich platze ich. »Er beißt einmal ab und schmeißt sie dann weg. Oder er wirft sie nach mir.«

»Elliot, stimmt das?«

Elliot errötet unter Dads strengem Blick.

»Ich glaube, du kommst mal besser mit. Christian, du sammelst die Äpfel ein. Du kannst Mom beim Kuchenbacken helfen.«

Als ich aufwache, schläft sie tief und fest. Ich habe die Nase in ihrem duftenden Haar und die Arme schützend um sie gelegt. Ich habe geträumt, dass ich mit Elliot in der Apfelplantage meines Großvaters herumgetobt bin; es waren glückliche, zornige Tage.

Es ist kurz vor sieben – wieder eine Nacht in einem Bett mit Miss Steele. Es ist merkwürdig, neben ihr aufzuwachen, allerdings auf eine sehr angenehme Weise. Ich überlege, ob ich sie mit einem Morgenfick wecken soll, mein Körper ist mehr als bereit. Aber sie liegt praktisch im Koma und ist vermutlich wund. Ich lasse sie besser schlafen. Also stehe ich vorsichtig auf, um sie nicht zu stören, schnappe mir ein T-Shirt und schlendere leise ins Wohnzimmer.

»Guten Morgen, Mr. Grey.« Mrs. Jones ist in der Küche beschäftigt.

»Guten Morgen, Gail.« Ich strecke mich, schaue aus dem Fenster und betrachte die Überreste eines rosigen Sonnenaufgangs.

»Ist das Schmutzwäsche?«, fragt sie.

»Ja. Die Sachen sind von Anastasia.«

»Soll ich sie waschen und bügeln?«

»Reicht die Zeit?«

»Ich lege sie in den Schnellwaschgang.«

»Prima, danke.« Ich gebe ihr Anas Kleider. »Wie geht es Ihrer Schwester?«

»Sehr gut, danke. Die Kinder werden immer größer. Jungs können ganz schön anstrengend sein.«

»Ich weiß.«

Sie lächelt und fragt, ob ich Kaffee möchte.

»Bitte. Ich bin im Arbeitszimmer.« Sie betrachtet mich, und ihr freundliches Lächeln weicht einem wissenden … etwas, das nur Frauen verstehen. Dann hastet sie aus der Küche. In den Wascheraum wahrscheinlich.

Was hat die denn für ein Problem?

Okay, heute ist der erste Montag, überhaupt das erste Mal in den vier Jahren, die sie nun bei mir arbeitet, dass eine schlafende Frau in meinem Bett liegt. Aber das ist doch kein Jahrhundertereignis. *Frühstück für zwei, Mrs. Jones, ich glaube, das kriegen Sie hin.*

Kopfschüttelnd begebe ich mich ins Arbeitszimmer und mache mich ans Werk. Duschen werde ich später … vielleicht mit Ana.

Ich frage meine Mails ab und schicke eine an Andrea und Ros, in der ich ihnen mitteile, dass ich heute erst am Nachmittag ins Büro komme. Dann widme ich mich Barneys neuester Strategieplanung.

Gail klopft an, bringt mir eine zweite Tasse Kaffee und meldet, es sei bereits Viertel nach acht.

So spät?

»Ich gehe heute Vormittag nicht ins Büro.«

»Taylor wollte es wissen.«

»Erst heute Nachmittag.«

»Ich gebe ihm Bescheid. Miss Steeles Sachen habe ich in Ihren Schrank gehängt.«

»Danke. Das ging aber fix. Schläft sie noch?«

»Ich nehme das mal an.« Und wieder ist da dieses vielsagende Lächeln. Als ich die Augenbrauen hochziehe, wird es breiter, bevor sie sich umdreht und mein Arbeitszimmer verlässt. Ich schiebe die Unterlagen weg, nehme die Kaffeetasse und gehe mich duschen und rasieren.

Als ich fertig angezogen bin, liegt Ana noch immer im Koma.

Du hast sie hart rangenommmen, Grey. Und es war angenehm, ja, mehr als das. Sie wirkt so friedlich und absolut sorglos.

Sehr gut.

Ich nehme meine Uhr vom Nachtkasten, öffne spontan die oberste Schublade und stecke das letzte Kondom ein.

Man kann ja nie wissen.

Danach schlendere ich durchs Wohnzimmer in Richtung Arbeitszimmer.

»Möchten Sie frühstücken, Sir?«

»Ich frühstücke später mit Ana, danke.«

Ich setze mich an meinen Schreibtisch, greife zum Telefon und rufe Andrea an. Nachdem wir ein paar Worte gewechselt haben, verbindet sie mich mit Ros.

»Und wann können wir mit Ihnen rechnen?« Ros' Tonfall ist sarkastisch.

»Guten Morgen, Ros. Wie geht es Ihnen?«, erwidere ich zuckersüß.

»Ich bin stinksauer.«

»Auf mich?«

»Ja, auf Sie und Ihre laxe Arbeitsauffassung.«

»Ich komme später ins Büro. Der Grund meines Anrufs ist, dass ich beschlossen habe, Woods' Firma zu liquidieren.« Das habe ich ihr bereits erklärt, aber sie und Marco lassen sich zu viel Zeit damit.

Ich will, dass es sofort erledigt wird. Deshalb erinnere ich sie daran, dass dieser Schritt für den Fall geplant war, sollte sich die Bilanz des Unternehmens nicht verbessern. Und das ist geschehen.

»Er braucht mehr Zeit.«

»Das interessiert mich nicht, Ros. Wir können keinen Klotz am Bein gebrauchen.«

»Sind Sie sicher?«

»Ich habe auch keine Lust mehr, mir noch länger diese lahmen Ausreden anzuhören.« Genug davon. Meine Entscheidung steht.

»Christian ...«

»Entweder hopp oder top. Sagen Sie Marco, er soll mich anrufen.«

»Okay. Okay. Wenn Sie das wirklich wollen. Sonst noch etwas?«

»Ja, und teilen Sie Barney mit, der Prototyp sieht ganz gut aus, allerdings bin ich mir bei der Schnittstelle noch nicht ganz sicher.«

»Ich fand, dass die Schnittstelle gut funktioniert, nachdem ich sie erst mal durchschaut hatte. Nicht, dass ich eine Expertin wäre.«

»Nein, irgendetwas fehlt.«

»Reden Sie mit Barney.«

»Ich will heute Nachmittag mit ihm darüber sprechen.«

»Persönlich?«

Ihr Sarkasmus geht mir auf die Nerven. Doch ich achte nicht auf ihren Tonfall und teile ihr mit, ich hätte gern sein ganzes Team beim Brainstorming dabei.

»Das wird ihn freuen. Also sehen wir uns heute Nachmittag?« Es scheint ihr wichtig zu sein.

»Ja«, versichere ich ihr. »Verbinden Sie mich noch mal mit Andrea.«

Während ich darauf warte, dass sie abhebt, schaue ich zum wolkenlosen Himmel hinaus. Er hat die gleiche Farbe wie Anas Augen.

Jetzt wirst du sentimental, Grey.

Eine Bewegung lässt mich aufmerken. Als ich aufblicke, sehe ich zu meiner Freude Ana in der Tür stehen. Sie trägt nichts als mein T-Shirt. Ihre langen, wohlgeformten Beine sind ein Anblick, der nur für mich bestimmt ist. Sie hat tolle Beine.

»Mr. Grey«, meldet sich Andrea.

Meine und Anas Augen treffen sich. Sie haben wirklich die Farbe eines Sommerhimmels und wirken genauso warm. Gütiger Gott, ich könnte mich den ganzen Tag in dieser Wärme aalen – jeden Tag.

Mach dich nicht lächerlich, Grey.

»Sagen Sie alle meine Termine für heute Vormittag ab, aber richten Sie Bill aus, er soll mich anrufen. Ich komme um zwei. Ich muss heute Nachmittag noch mit Marco reden. Das wird mindestens eine halbe Stunde dauern.«

Ein leichtes Lächeln umspielt Anas Lippen, und ich ertappe mich dabei, dass ich diese Geste nachahme.

»Vereinbaren Sie einen Termin mit Barney und seinem Team nach dem Gespräch mit Marco oder von mir aus auch morgen. Und sorgen Sie dafür, dass ich die ganze Woche eine Lücke für Claude habe, jeden Tag.«

»Sam wollte heute Vormittag mit Ihnen reden.«

»Sagen Sie ihm, er soll warten.«

»Es geht um Darfur.«

»Oh?«

»Offenbar betrachtet er den Hilfskonvoi als eine wunderbare Gelegenheit, PR in eigener Sache zu betreiben.«

O Gott, das meint der doch nicht etwa ernst.

»Nein, für Darfur will ich keine Publicity.« Mein Tonfall ist barsch. Ich könnte mir die Haare raufen.

»Er sagt, ein Journalist vom *Forbes Magazine* würde gern mit Ihnen darüber sprechen.«

Woher zum Teufel wissen die davon?

»Sagen Sie Sam, er soll sich darum kümmern«, zische ich. Dafür wird er schließlich bezahlt.

»Möchten Sie selbst mit ihm reden?«, fragt sie.

»Nein.«

»Wird gemacht. Ich muss auch noch auf die Einladung zu der Veranstaltung am Samstag antworten.«

»Was für eine Veranstaltung?«

»Die Gala der Handelskammer.«

»Das ist nächsten Samstag?«, erkundige ich mich, weil ich eine plötzliche Eingebung habe.

»Ja, Sir.«

»Moment …« Ich drehe mich zu Ana um, die mit dem linken Fuß wippt und mich nicht aus ihren himmelblauen Augen lässt. »Wann kommst du aus Georgia zurück?«

»Am Freitag«, erwidert sie.

»Ich brauche eine zweite Karte, weil mich jemand begleitet.«

»Eine Begleitung?«, ruft Andrea ungläubig aus.

Ich seufze auf. »Ja, Andrea, ganz genau, ihr Name ist Miss Anastasia Steele.«

»Ja, Mr. Grey.« Sie klingt, als hätte ich ihr gerade eine Riesenfreude gemacht.

Fuck. Was ist denn nur mit meinen Mitarbeitern los?

»Das ist vorläufig alles.« Ich lege auf. »Guten Morgen, Miss Steele.«

»Mr. Grey«, erwidert Ana. Ich umrunde meinen Schreibtisch, bis ich vor ihr stehe, und liebkose ihr Gesicht.

»Ich wollte dich nicht wecken. Du hast so friedlich ausgesehen. Hast du gut geschlafen?«

»Ich fühle mich sehr ausgeruht, danke. Ich wollte nur kurz Hallo sagen, bevor ich unter die Dusche gehe.« Sie lächelt, und ihre Augen strahlen vor Glück. Es ist schön, sie so zu sehen. Bevor ich mich wieder an die Arbeit mache, beuge ich mich vor und küsse sie sanft. Plötzlich fällt sie mir um den Hals, vergräbt ihre Finger in meinem Haar und presst ihren Körper an mich.

Wow.

Da ihre Lippen nicht lockerlassen, erwidere ich ihren Kuss. Ihre wilde Leidenschaft überrascht mich. Mit der einen Hand umfasse ich ihren Kopf, mit der anderen ihren nackten, kürzlich versohlten Arsch. Mein Körper fängt Feuer wie trockenes Reisig.

»Aha, eine anständige Mütze voll Schlaf bekommt dir offensichtlich.« Verlangen schwingt in meinem Tonfall mit. »Ich schlage vor, du gehst duschen. Oder soll ich dich lieber gleich auf meinem Schreibtisch vögeln?«

»Ich nehme den Schreibtisch«, flüstert sie, die Lippen an meine Mundwinkel geschmiegt, und presst sich gegen meine Erektion.

Mann, das ist eine Überraschung!

Ihre Augen sind dunkel, und es spiegeln sich Lust und Begierde darin. »Inzwischen haben Sie offenbar Blut geleckt, Miss Steele. Sie werden unersättlich.«

»Aber mein Appetit beschränkt sich nur auf Sie, Mr. Grey.«

»Verdammt richtig. *Nur auf mich!*« Ihre Worte wirken auf meine Libido wie Sirenengesang. Ich kann mich nicht länger beherrschen. Ich fege alles vom Schreibtisch, sodass Papiere, Telefon und Stifte klappernd zu Boden fallen oder sanft hinabschweben. Doch das ist mir egal. Ich hebe Ana hoch und lege sie quer über den Schreibtisch. Ihr Haar fließt über die Schreibtischkante auf die Sitzfläche des Stuhls.

»Du willst es, also bekommst du es auch, Baby«, knurre ich, fördere das Kondompäckchen zutage und öffne meinen Reißverschluss. So schnell wie möglich stülpe ich das Kondom über meinen Schwanz und schaue auf die unersättliche Miss Steele hinunter. »Ich hoffe, du bist bereit«, warne ich sie, packe ihre Handgelenke und halte sie seitlich am Körper fest. Mit einer raschen Bewegung dringe ich in sie ein.

»Herrgott, Ana, du bist ja so was von bereit.« Ich gebe ihr einen Sekundenbruchteil Zeit, sich an meine Gegenwart zu gewöhnen. Dann fange ich an zu stoßen. Wieder und wieder. Härter und härter. Den Mund zu einem lautlosen Flehen geöffnet, legt sie den Kopf in den Nacken, während sich ihre Brüste im Gleichtakt mit jedem Stoß heben und senken. Sie schlingt die Beine um mich, als ich stehend weiter in sie hineinstoße.

Das willst du also, Baby?

Sie geht mit jedem Stoß mit, wiegt sich unter mir und stöhnt, als ich sie nehme. Immer weiter treibe ich sie in die Ekstase hinein, bis ich spüre, wie sie sich um mich zusammenzieht.

»Komm schon, Baby, zeig's mir, tu's für mich«, presse ich zwischen zusammengebissenen Zähnen hervor. Und sie tut es, eine Pracht. Ihr Aufschrei zieht mich in meinen eigenen Orgasmus.

Fuck. Ich komme genauso spektakulär wie sie und sinke auf ihr zusammen, während ihr Körper unter den Nachwehen des Orgasmus zuckt.

Verdammt! Damit hätte ich nicht gerechnet.

»Was zum Teufel machst du mit mir?« Ich bin außer Atem, meine Lippen streifen ihren Hals. »Du verzauberst mich, Ana. Du besitzt magische Kräfte, denen ich mich nicht entziehen kann.«

Und du hast mich angefallen.

Ich lasse ihre Handgelenke los und will aufstehen. Doch sie schlingt die Beine fester um mich und fährt mir mit den Fingern durchs Haar. »Ich bin diejenige, die verzaubert ist«, flüstert sie. Unsere Blicke treffen sich, und ihrer ist so eindringlich, als könne sie in mich hineinschauen. Bis in meine dunkle Seele.

Mist. Lass mich los. Das ist zu viel.

Ich umfasse ihr Gesicht mit den Händen und küsse sie rasch. Doch im nächsten Moment steht mir ein hässliches Bild vor Augen: sie mit einem anderen in dieser Stellung. *Nein. Sie wird das nie mit einem anderen machen. Niemals.*

»Du. Gehörst. Mir.« Meine Worte durchschneiden die Luft wie Peitschenknallen. »Hast du mich verstanden?«

»Ja, dir«, sagt sie. Ihr Gesichtsausdruck verrät mir, dass es von Herzen kommt. Aus ihrem Tonfall spricht Überzeugung. Und meine grundlose Eifersucht legt sich.

»Bist du sicher, dass der Georgia-Trip unbedingt nötig ist?«, frage ich und streiche ihr das Haar aus dem Gesicht.

Sie nickt.

Verdammt!

Als ich mich aus ihr zurückziehe, zuckt sie zusammen.

»Bist du wund?«

»Ein bisschen«, erwidert sie mit einem schüchternen Lächeln.

»Ich mag es, wenn du wund bist. Es erinnert dich daran, wo ich war. Und zwar nur ich allein.« Ich küsse sie grob und besitzergreifend.

Weil ich nicht will, dass sie nach Georgia fliegt.

Außerdem hat mich seitdem niemand mehr angefallen ... seit Elena.

Und selbst dann war es immer geplant gewesen, Teil einer Inszenierung.

Ich richte mich auf, strecke die Hand aus und ziehe sie hoch.

»Stets vorbereitet«, stellt sie fest, als ich das Kondom abstreife.

Ich sehe sie verdattert an und mache meinen Reißverschluss zu. Anstelle einer Erklärung hält sie das Folienpäckchen hoch.

»Ein Mann darf hoffen, Anastasia, vielleicht auch träumen. Und manchmal wird der Traum sogar wahr.« *Ich hatte keine Ahnung, dass das Ding so bald zum Einsatz kommen würde, und noch dazu nach ihren Bedingungen, nicht nach meinen. Miss Steele, für ein Unschuldslamm steckst du voller Überraschungen.*

»Also war das auf deinem Schreibtisch gerade eben ein Traum?«, fragt sie.

Schätzchen. Ich hatte schon unzählige Male Sex auf diesem Schreibtisch. Allerdings ging die Initiative immer von mir aus, nicht von der Sub.

So funktioniert das nämlich nicht.

Ihre Miene verdüstert sich, als hätte sie meine Gedanken gelesen.

Scheiße. Was soll ich dazu sagen, Ana? Im Gegensatz zu dir habe ich eine Vergangenheit.

Verärgert fahre ich mir mit der Hand durchs Haar, der heutige Vormittag verläuft nicht plangemäß.

»Ich sollte wohl besser unter die Dusche gehen«, sagt sie bedrückt. Sie steht auf und macht einige Schritte in Richtung Tür.

»Ich muss noch ein paar Anrufe erledigen. Wenn du geduscht hast, können wir zusammen frühstücken. Ich glaube, Mrs. Jones hat deine Sachen gewaschen. Sie liegen im Schrank.«

Sie wirkt überrascht und beeindruckt. »Danke«, sagt sie.

»Gern geschehen.«

Sie mustert mich verwirrt und runzelt die Stirn.

»Was ist?«, will ich wissen.

»Was ist mit dir?«, gibt sie zurück.

»Was meinst du?«

»Na ja ... du benimmst dich noch merkwürdiger als sonst.«

»Du findest mich merkwürdig?« Ana, Baby, *merkwürdig* ist mein zweiter Vorname.

»Manchmal.«

Sag es ihr. Gesteh ihr, dass sich schon lange keine Frau mehr auf dich gestürzt hat.

»Sie erstaunen mich immer wieder, Miss Steele.«

»Inwiefern?«

»Sagen wir einfach, was gerade passiert ist, war ein Vergnügen, mit dem ich nicht gerechnet hatte.«

»Wir wollen doch, dass Sie zufrieden sind, Mr. Grey«, zieht sie mich auf und beobachtet mich weiter.

»Was Ihnen auch gelingt«, räume ich ein. *Aber außerdem entwaffnest du mich.* »Ich dachte, du wolltest unter die Dusche gehen?«

Sie zieht die Mundwinkel nach unten.

Mist.

»Ja ... äh, bis gleich.« Sie dreht sich um und hastet aus meinem Arbeitszimmer, während ich mich fühle, als wäre ich gefangen in einem Labyrinth. Ich schüttle den Kopf, um wieder klar denken zu können, sammle meine verstreuten Habseligkeiten vom Boden auf und räume sie zurück auf den Schreibtisch.

Wie zum Teufel kann sie einfach in mein Arbeitszimmer spazieren und mich verführen? Ich bin derjenige, der in dieser Beziehung das Sagen hat. Darüber habe ich schon letzte Nacht nachgedacht: über ihre Begeisterungsfähigkeit und ihre Zuneigung. Wie soll ich, verdammt noch mal, damit klarkommen? Mit so etwas kenne ich mich nicht aus. Ich greife zum Telefon.

Aber es ist schön.

Ja.

Mehr als schön.

Der Gedanke bringt mich zum Lachen, und ich erinnere mich an ihre »schön«-Mail. Verdammt, ich habe einen Anruf von Bill verpasst. Offenbar hat er versucht, mich während meines Schäferstündchens mit Miss Steele zu erreichen. Ich setze mich – wieder Herr über mein eigenes Reich, weil sie jetzt unter der Dusche ist – an den Schreibtisch und rufe ihn zurück. Bill muss mir von Detroit erzählen … und ich muss endlich wieder meinen Job auf die Reihe kriegen.

Da Bill nicht rangeht, rufe ich Andrea an.

»Mr. Grey.«

»Ist der Jet heute und morgen frei?«

»Der nächste Einsatz ist erst am Donnerstag geplant, Sir.«

»Prima. Können Sie versuchen, Bill zu erreichen?«

»Klar.«

Mein Gespräch mit Bill dauert ziemlich lang. Ruth hat ihre Sache großartig gemacht und alle derzeit in Detroit zum Verkauf stehenden Industriebrachen recherchiert. Zwei eignen sich für das Hightech-Werk, das wir dort bauen wollen. Bill ist sicher, dass die nötigen Arbeitskräfte in Detroit zu haben sind.

Mir graut es schon.

Muss es denn unbedingt Detroit sein?

Ich erinnere mich noch undeutlich an diese Stadt: Betrunkene, Obdachlose und Cracksüchtige, die uns auf der Straße anbrüllten. Die Bruchbude, die wir als unser Zuhause bezeichneten. Und eine junge, kaputte Frau, die Crackhure, die ich Mommy nannte, wie sie in einem schäbigen, schmutzigen, stickigen, von Staubflocken erfüllten Zimmer saß und ins Leere starrte.

Und an ihn.

Ich erschaudere. *Denk nicht an ihn … oder an sie.*

Nur dass ich machtlos dagegen bin. Ana hat kein Wort über meine nächtliche Beichte verloren. Ich habe die Crackhure noch niemandem gegenüber erwähnt. Vielleicht hat Ana mich ja deshalb heute Morgen angefallen. Sie glaubt, dass ich Liebe und Zuneigung brauche.

Scheiß drauf.

Baby, ich nehme deinen Körper, wenn du ihn mir aufdrängst. Aber sonst geht es mir gut. Doch noch während mir dieser Gedanke durch den Kopf schießt, frage ich mich, ob das auch wirklich stimmt. Das muss ich mit Dr. Flynn besprechen, wenn er zurück ist.

Doch im Moment habe ich Hunger. Hoffentlich hat sie ihren süßen Arsch inzwischen aus der Dusche bewegt, denn ich muss dringend etwas essen.

Ana steht am Küchentresen und plaudert mit Mrs. Jones, die schon fürs Frühstück gedeckt hat.

»Möchten Sie auch etwas essen?«, fragt Mrs. Jones.

»Nein danke«, erwidert Ana.

O nein, das wollen wir gar nicht erst einreißen lassen.

»Natürlich isst du etwas«, herrsche ich die beiden an. »Sie nimmt Pfannkuchen, Speck und Eier, Mrs. Jones.«

»Ja, Mr. Grey. Und was darf ich für Sie vorbereiten?«, antwortet sie, ohne mit der Wimper zu zucken.

»Ein Omelett, bitte, und etwas Obst. Setz dich«, befehle ich Ana und zeige auf einen der Barhocker. Sie gehorcht. Ich setze mich neben sie. Unterdessen macht Mrs. Jones Frühstück für uns.

»Hast du dein Ticket schon?«, erkundige ich mich.

»Nein, ich buche gleich, wenn ich nach Hause komme. Übers Internet.«

»Hast du überhaupt Geld dafür?«

»Ja«, erwidert sie, als würde sie mit einem Fünfjährigen sprechen. Sie wirft ihr Haar zurück und presst die Lippen zusammen. Vermutlich ist sie beleidigt.

Ich ziehe tadelnd die Augenbraue hoch. *Ich könnte dich jederzeit wieder versohlen, Schätzchen.*

»Ja, habe ich, vielen Dank«, sagt sie rasch und in einem etwas respektvolleren Ton.

Schon besser.

»Ich habe einen Privatjet, den in den nächsten drei Tagen keiner braucht. Du kannst ihn haben.« Sicher wird sie ablehnen. Aber ich kann es ihr wenigstens anbieten.

Vor Überraschung kriegt sie den Mund nicht mehr zu. Ihr Gesichtsausdruck wechselt rasch zwischen erstaunt, beeindruckt und entnervtem Aufseufzen. »Ich finde, wir haben die Flotte deiner Firma schon mehr als genug missbraucht. Eigentlich will ich es nicht noch einmal tun.«

»Meine Firma, mein Jet.«

Sie schüttelt den Kopf. »Danke für das Angebot, aber ich würde lieber eine ganz normale Maschine nehmen.«

Die meisten Frauen würden Luftsprünge machen, wenn sie mit einem Privatjet fliegen dürften. Aber offenbar lässt sich diese hier nicht von Reichtümern beeindrucken – entweder das, oder sie will nicht in meiner Schuld stehen. Ich bin nicht sicher, was zutrifft. Jedenfalls hat sie einen grässlichen Dickkopf.

»Wie du willst«, seufze ich. »Musst du noch viel für dein Vorstellungsgespräch vorbereiten?«

»Nein.«

»Gut.« Obwohl ich nachfrage, verrät sie mir nicht, bei welchen Verlagen sie sich bewerben wird. Stattdessen lächelt sie nur abermals wie eine Sphinx. Keine Chance, ihr dieses Geheimnis zu entlocken.

»Ich bin ein vermögender Mann, Miss Steele.«

»Das ist mir voll und ganz bewusst, Mr. Grey. Werden Sie mein Telefon überwachen?«

Klar, dass sie sich daran erinnert. »Ehrlich gesagt, habe ich heute Nachmittag einiges zu tun, deshalb werde ich es wohl an jemand anderen delegieren müssen«, antworte ich, hämisch grinsend.

»Wenn Sie ernsthaft jemanden dafür freistellen können, haben Sie offenbar zu viel Personal.«

Oh, heute ist sie wirklich frech.

»Ich werde eine Mail an unsere Personalleiterin schicken und sie bitten, die Belegschaftszahlen zu checken.« Dieses Geplänkel ist es, was mir gefällt. Es ist so erfrischend komisch. So etwas habe ich bis jetzt noch nie erlebt.

Mrs. Jones serviert das Frühstück, und ich bin froh, dass es Ana offenbar schmeckt. Nachdem Mrs. Jones hinausgegangen ist, sieht Ana mich an.

»Was ist los, Anastasia?«

»Du hast mir immer noch nicht erzählt, weshalb du dich nicht gern anfassen lässt.«

Nicht schon wieder dieses Thema!

»Ich habe dir mehr erzählt als irgendjemandem sonst.« Ich spreche leise, um zu verbergen, wie verärgert ich bin. Warum hackt sie immer weiter darauf herum?

»Wirst du über unser Arrangement nachdenken, während du weg bist?«

»Ja.« Es ist ihr Ernst.

»Wirst du mich vermissen?«

Grey!

Offenbar ebenso überrascht von dieser Frage wie ich, blickt sie mich an. »Ja«, erwidert sie nach einer Weile. Ihr Gesichtsausdruck ist offen und ehrlich. Eigentlich hatte ich mit einem kessen Spruch gerechnet, doch sie sagt mir die Wahrheit. Und seltsamerweise vermittelt mir dieses Geständnis Geborgenheit.

»Ich werde dich auch vermissen«, murmle ich. »Mehr als dir bewusst ist.« Ohne sie wird es in meiner Wohnung ein wenig stiller sein. Und ein wenig einsamer. Ich streichle ihre Wange und küsse sie. Bevor sie sich wieder ihrem Frühstück widmet, schenkt sie mir ein reizendes Lächeln.

»Ich putze mir noch die Zähne, und dann muss ich los«, verkündet sie, nachdem sie aufgegessen hat.

»Schon? Ich dachte, du bleibst noch.«

Sie scheint erstaunt. Hat sie geglaubt, ich setze sie vor die Tür?

»Ich habe schon zu viel von Ihrer Zeit in Anspruch genommen, Mr. Grey. Außerdem: Müssen Sie nicht ein Imperium regieren?«

»Ich könnte auch blaumachen.« Hoffnung steigt in mir auf, was man auch meiner Stimme anmerkt. Und meine Vormittagstermine habe ich bereits abgesagt.

»Ich muss mich auf die Vorstellungsgespräche vorbereiten. Und mich umziehen.« Sie betrachtet mich zweifelnd.

»Du siehst spitze aus.«

»Ach, vielen Dank, Sir«, erwidert sie lässig. Allerdings nehmen ihre Wangen wieder den vertrauten Rosaton an. Wie ihr Hintern letzte Nacht. Es ist ihr peinlich. Wann wird sie endlich lernen, mit Komplimenten umzugehen?

Sie steht auf und bringt ihren Teller zur Spüle.

»Lass ihn stehen. Mrs. Jones erledigt das.«

»Okay. Ich putze mir nur rasch die Zähne.«

»Tu dir keinen Zwang an und nimm meine Zahnbürste«, biete ich ihr spöttisch an.

»Genau das war auch meine Absicht«, entgegnet sie und rauscht hinaus. Diese Frau ist nie um eine Antwort verlegen.

Kurz darauf kehrt sie mit ihrer Handtasche zurück.

»Vergiss nicht, deinen BlackBerry, den Mac und die Ladegeräte nach Georgia mitzunehmen.«

»Ja, Sir«, antwortet sie gehorsam.

Braves Mädchen.

»Komm.« Ich begleite sie zum Aufzug und steige mit ein.

»Du brauchst nicht mitzukommen. Ich kann allein zum Auto gehen.«

»Gehört alles zum Service«, frotzle ich. »Außerdem kann ich dich dann den ganzen Weg nach unten küssen.« Ich nehme sie in die Arme, setze mein Vorhaben in die Tat um, genieße ihren Geschmack und ihre Zunge und verabschiede mich richtig von ihr.

Als sich die Türen in der Tiefgarage öffnen, sind wir beide außer

Atem und erregt. Aber sie muss weg. Ich bringe sie zum Auto, halte ihr die Fahrertür auf und unterdrücke meine Begierde.

»Fahr vorsichtig, Anastasia. Und gute Reise.« Ich schließe die Tür, trete einen Schritt zurück und blicke ihr nach. Dann gehe ich wieder nach oben.

Ich klopfe an Taylors Bürotür und teile ihm mit, dass ich in zehn Minuten ins Büro möchte. »Ich fahre den Wagen vor, Sir.«

Vom Auto aus rufe ich Welch an.

»Mr. Grey«, meldet er sich mit heiserer Stimme.

»Welch, Anastasia Steele kauft heute ein Flugticket und möchte heute Abend von Seattle nach Savannah fliegen. Ich würde gerne wissen, welchen Flug sie nimmt.«

»Bevorzugt sie bestimmte Airlines?«

»Ich fürchte, das weiß ich nicht.«

»Ich schaue, was sich machen lässt.«

Ich lege auf. Mein schlauer Plan scheint aufzugehen.

»Mr. Grey!« Andrea ist verwundert, weil ich einige Stunden zu früh dran bin. Am liebsten würde ich ihr sagen, dass ich, verdammt noch mal, hier arbeite. Aber ich beschließe, mich zu benehmen.

»Ich dachte, ich überrasche Sie.«

»Kaffee?«, flötet sie.

»Gern.«

»Mit oder ohne Milch?«

Braves Mädchen.

»Mit. Die Milch aufgeschäumt.«

»Ja, Mr. Grey.«

»Versuchen Sie, Caroline Acton zu erreichen. Ich würde gern sofort mit ihr sprechen.«

»Natürlich.«

»Und vereinbaren Sie für mich einen Termin bei Flynn in der nächsten Woche.« Sie nickt und macht sich an die Arbeit. Ich setze mich an meinen Schreibtisch und schalte den Computer an.

Die erste Mail in meinem Posteingang ist von Elena.

Von: Elena Lincoln
Betreff: Das Wochenende
Datum: 30. Mai 2011, 10:15 Uhr
An: Christian Grey

Christian, was ist da los?
Deine Mutter hat mir erzählt, du hättest gestern zum Abendessen
eine junge Frau mitgebracht.
Ich bin erstaunt. Das ist doch gar nicht dein Stil.
Hast du eine neue Sub gefunden?
Ruf mich an.
   Ex

ELENA LINCOLN
ESCLAVA
For The Beauty That Is You™

Das hat mir gerade noch gefehlt. Ich schließe die Mail und beschließe, sie fürs Erste zu ignorieren. Olivia klopft an und bringt
meinen Kaffee. Gleichzeitig meldet sich Andrea am Telefon.

»Welch ist am Apparat. Miss Acton habe ich eine Nachricht
hinterlassen«, meldet Andrea.

»Gut, stellen Sie ihn durch.«

Olivia setzt den Milchkaffee auf meinem Schreibtisch ab und
hastet verlegen hinaus. Ich gebe mir Mühe, nicht auf sie zu achten.

»Welch.«

»Bis jetzt wurden keine Flugtickets gekauft, Mr. Grey. Aber ich
behalte die Lage im Auge und informiere Sie, sobald sich etwas
ändert.«

»Bitte tun Sie das.«

Er legt auf. Nach einem Schluck Kaffee rufe ich Ros an.

Kurz vor dem Mittagessen stellt Andrea Caroline Acton durch. »Mr. Grey, wie schön, von Ihnen zu hören. Was kann ich für Sie tun?«

»Hallo, Miss Acton. Ich hätte gern das Übliche.«

»Die Grundgarderobe? Schwebt Ihnen eine bestimmte Farbpalette vor?«

»Blau- und Grüntöne, vielleicht Silber für einen offiziellen Anlass.« Mir fällt das Dinner bei der Handelskammer ein. »Edelsteinfarben, denke ich.«

»Reizend«, erwidert Miss Acton so begeistert wie immer.

»Und Unterwäsche und Nachtwäsche aus Seide und Satin. Etwas Glamouröses.«

»Ja, Sir. Wie hoch setzen Sie das Budget an?«

»Kein Budget. Gehen Sie richtig in die Vollen. Ich möchte nur beste Qualität.«

»Schuhe auch?«

»Bitte.«

»Wunderbar. Und die Größen?«

»Ich maile sie Ihnen. Ihre Adresse habe ich ja noch vom letzten Mal.«

»Wann soll geliefert werden?«

»Diesen Freitag.«

»Das schaffe ich ganz sicher. Würden Sie gern Fotos meiner Auswahl sehen?«

»Bitte.«

»Sehr gut. Dann mache ich mich gleich an die Arbeit.«

»Danke.« Kaum lege ich auf, als Andrea schon Welch durchstellt.

»Welch.«

»Miss Steele nimmt den Flug DL 2610 nach Atlanta. Start heute Abend um 22:25 Uhr.«

Ich notiere mir alle Flugdaten und auch die des Anschlussflugs nach Savannah. Dann bitte ich Andrea zu mir, die kurz darauf mit ihrem Notizbuch erscheint.

»Andrea, Anastasia Steele wird diese Maschinen nehmen. Upgraden Sie sie in die First Class, checken Sie sie ein und bezahlen Sie die Gebühr für die First-Class-Lounge. Und buchen Sie den Platz neben ihr auf allen Flügen, hin und zurück. Benutzen Sie meine private Kreditkarte.« Andreas verstörter Blick verrät mir, dass ich ihrer Ansicht nach offenbar den Verstand verloren habe. Allerdings fängt sie sich rasch wieder und nimmt meinen mit der Hand vollgekritzelten Notizzettel entgegen.

»Wird gemacht, Mr. Grey.« Obwohl sie sich Mühe gibt, professionell zu bleiben, kann sie ein Lächeln nicht unterdrücken.

Das geht dich nichts an.

Den Nachmittag verbringe ich in Meetings. Marco hat einen vorläufigen Bericht über die vier in Seattle ansässigen Verlage vorbereitet. Ich lege ihn beiseite, um ihn später zu lesen. Außerdem teilt er meine Ansicht, was Woods und seine Firma betrifft. Es wird zwar ein ziemliches Gemetzel werden, doch nach einem Blick auf die Synergieeffekte ist die einzige Lösung, Woods' Technologieabteilung zu übernehmen und den Rest der Firma zu liquidieren. Das wird zwar teuer, bringt GEH allerdings am meisten.

Am späten Nachmittag gelingt es mir, eine kurze und anstrengende Trainingseinheit mit Bastille einzuschieben. Also bin ich ruhig und entspannt, als ich mich auf den Heimweg mache.

Nach einem leichten Essen setze ich mich zum Lesen an den Schreibtisch. Eigentlich ist eine Antwort auf Elenas Mail der erste Programmpunkt an diesem Abend. Doch als ich das Mailprogramm öffne, ist da eine von Ana. Ich habe fast den ganzen Tag an sie gedacht.

Von: Anastasia Steele
Betreff: Vorstellungsgespräche
Datum: 30. Mai 2011, 18:49 Uhr
An: Christian Grey

Sehr geehrter Mr. Grey,
meine Vorstellungsgespräche heute liefen sehr gut.

Ich dachte, das interessiert Sie vielleicht.

Wie war Ihr Tag?

Ana

Ich tippe sofort eine Antwort.

Von: Christian Grey
Betreff: Mein Tag
Datum: 30. Mai 2011, 19:03 Uhr
An: Anastasia Steele

Sehr geehrte Miss Steele,

alles, was Sie tun, interessiert mich. Sie sind die faszinierendste Frau, die ich kenne.

Freut mich, dass die Gespräche gut gelaufen sind.

Mein Morgen hat all meine Erwartungen übertroffen. Mein Nachmittag war im Vergleich dazu sterbenslangweilig.

CHRISTIAN GREY
CEO, Grey Enterprises Holdings, Inc.

Ich lehne mich zurück, reibe mir das Kinn und warte.

Von: Anastasia Steele
Betreff: Schöner Morgen
Datum: 30. Mai 2011, 19:05 Uhr
An: Christian Grey

Sehr geehrter Mr. Grey,

der Morgen war auch für mich schön – trotz Ihres Grauls, mit dem Sie mich nach unserem untadeligen Schreibtischsex vertrieben haben. Bilden Sie sich bloß nicht ein, ich hätte es nicht gemerkt. Danke übrigens noch für das Frühstück. Beziehungsweise danke an Mrs. Jones.

Ich hätte da eine Frage zu Mrs. Jones – will aber nicht riskieren, schon wieder Ihren Graul zu erregen.

Ana

Graul? Was in aller Welt meint sie damit? Will sie damit sagen, dass ich eigenartig bin? Nun, wahrscheinlich bin ich das tatsächlich. Vielleicht hat sie meine Verwirrung bemerkt, als sie mich überrascht hat – das ist schon lange niemandem mehr gelungen.

Untadelig … Das gefällt mir.

Von: Christian Grey
Betreff: Sie und eine Verlagskarriere?
Datum: 30. Mai 2011, 19:10 Uhr
An: Anastasia Steele

Anastasia,
»Graul« ist kein Substantiv und sollte folglich nicht von jemandem in den Mund genommen werden, der eine Karriere in der Verlagsbranche anstrebt. Untadelig? Im Vergleich wozu, bitte? Welche Frage haben Sie denn zu Mrs. Jones? Ich bin neugierig.

CHRISTIAN GREY
CEO, Grey Enterprises Holdings, Inc.

Von: Anastasia Steele
Betreff: Sie und Mrs. Jones
Datum: 30. Mai 2011, 19:17 Uhr
An: Christian Grey

Sehr geehrter Mr. Grey,
Sprache verändert und entwickelt sich ständig weiter. Sie ist organisch und sitzt nicht in einem Elfenbeinturm voll teurer Kunstgegenstände, mit einem Helikopterlandeplatz auf dem Dach und einem Ausblick über die Skyline von Seattle.
Untadelig – im Vergleich zu den restlichen Malen, als wir – wie

lautete Ihre Bezeichnung nochmal? – gefickt haben. Meiner bescheidenen Meinung nach war das Ficken ziemlich untadelig, andererseits verfüge ich, wie Sie ja wissen, lediglich über einen beschränkten Erfahrungsschatz.

Ist Mrs. Jones eine Ex-Sub von Ihnen?

Ana

Ich lache laut auf, als ich ihre Antwort lese, doch ich bin auch ein wenig schockiert. Mrs. Jones eine Sub? Unvorstellbar. *Ana, bist du etwa eifersüchtig?* Und da wir gerade über Sprache reden – pass auf, was du sagst!

Von: Christian Grey
Betreff: Vorsicht! Wortwahl!
Datum: 30. Mai 2011, 19:22 Uhr
An: Anastasia Steele

Anastasia,

Mrs. Jones ist eine Mitarbeiterin, die ich zwar sehr schätze, zu der ich jedoch nie eine Beziehung gepflegt habe, die über unser Arbeitsverhältnis hinausging. Ich stelle niemanden an, mit dem ich sexuell verkehre. Es schockiert mich, dass Sie mir so etwas zutrauen. Die Einzige, bei der ich eine Ausnahme machen würde, sind Sie – weil Sie eine sehr kluge junge Frau mit bemerkenswertem Verhandlungsgeschick sind. Wenn Sie sich aber weiterhin derartige verbale Ausfälle leisten, werde ich diese Möglichkeit noch einmal überdenken müssen. Ich bin froh, dass Ihr Erfahrungsschatz beschränkt ist, und so wird es auch bleiben – beschränkt auf mich. Ich werte den Begriff »untadelig« als Kompliment – auch wenn ich mir bei Ihnen nie sicher bin, ob Sie meinen, was Sie sagen, oder ob, wie so oft, Ihre Ironie mit Ihnen durchgeht.

CHRISTIAN GREY
CEO, Grey Enterprises Holdings, Inc.
(aus seinem Elfenbeinturm)

Es ist vielleicht tatsächlich keine gute Idee, Ana bei mir arbeiten zu lassen.

Von: Anastasia Steele
Betreff: Nicht für alle Reichtümer dieser Erde
Datum: 30. Mai 2011, 19:27 Uhr
An: Christian Grey

Sehr geehrter Mr. Grey,
ich glaube, ich habe meine Vorbehalte gegenüber einer Tätigkeit in Ihrem Unternehmen bereits zum Ausdruck gebracht. Meine Meinung hierzu hat sich nicht geändert und wird sich auch in naher und ferner Zukunft nicht ändern. Ich muss Sie jetzt verlassen, weil Kate mit dem Essen gekommen ist. Mein Sinn für Ironie und ich wünschen Ihnen eine gute Nacht. Ich melde mich, sobald ich in Georgia angekommen bin.
    Ana

Aus irgendeinem Grund bin ich ein wenig verärgert, dass sie nicht für mich arbeiten will. Sie hat einen beeindruckenden Notendurchschnitt. Und sie ist klug, charmant und witzig, wäre also eine Bereicherung für jedes Unternehmen. Aber es ist vernünftig von ihr, nein zu sagen.

Von: Christian Grey
Betreff: Armut ist keine Schande, Reichtum auch nicht
Datum: 30. Mai 2011, 19:29 Uhr
An: Anastasia Steele

Gute Nacht, Anastasia. Ich wünsche dir und deinem Sinn für Ironie einen guten Flug.
CHRISTIAN GREY
CEO, Grey Enterprises Holdings, Inc.

Ich schiebe alle Gedanken an Miss Steele beiseite und schreibe Elena eine Antwort.

Von: Christian Grey
Betreff: Wochenende
Datum: 30. Mai 2011, 19:47 Uhr
An: Elena Lincoln

Hallo, Elena,
meine Mutter kann einfach nichts für sich behalten. Was soll ich dazu sagen? Ich habe ein Mädchen kennengelernt und sie zum Abendessen mitgebracht. Keine große Sache. Wie läuft es bei dir?
  Gruß
  Christian

CHRISTIAN GREY
CEO, Grey Enterprises Holdings, Inc.

Von: Elena Lincoln
Betreff: Wochenende
Datum: 30. Mai 2011, 19:50 Uhr
An: Christian Grey

Christian, das ist doch Blödsinn.
Lass uns essen gehen.
Morgen?
  Ex

ELENA LINCOLN
ESCLAVA
For The Beauty That Is You™

Mist!

Von: Christian Grey
Betreff: Wochenende
Datum: 30. Mai 2011, 20:01 Uhr
An: Elena Lincoln

Klar.

Gruß

Christian

CHRISTIAN GREY
CEO, Grey Enterprises Holdings, Inc.

Von: Elena Lincoln
Betreff: Wochenende
Datum: 30. Mai 2011, 20:05 Uhr
An: Christian Grey

Willst du das Mädchen kennenlernen, das ich erwähnt habe?

Ex

ELENA LINCOLN
ESCLAVA
For The Beauty That Is You™

Im Moment nicht.

Von: Christian Grey
Betreff: Wochenende
Datum: 30. Mai 2011, 20:11 Uhr
An: Elena Lincoln

Ich denke, ich lasse vorläufig den Dingen ihren Lauf. Bis morgen.

C.

CHRISTIAN GREY
CEO, Grey Enterprises Holdings, Inc.

Ich lese mir Freds Vorschlagsentwurf für Eamon Kavanagh durch und nehme mir dann Marcos Bericht über die Verlage in Seattle vor. Kurz vor 22:00 Uhr lenkt mich ein Ping von meinem Computer ab. Es ist schon spät. Wahrscheinlich eine Nachricht von Ana.

Von: Anastasia Steele
Betreff: Übermäßig großzügige Gesten
Datum: 30. Mai 2011, 21:53 Uhr
An: Christian Grey

Sehr geehrter Mr. Grey,
am meisten entsetzt mich, dass Sie wussten, auf welchem Flug ich gebucht bin.
Ihre Stalking-Neigungen sprengen jede Grenze. Hoffen wir, dass Dr. Flynn bald wieder aus den Ferien zurück ist.
Ich habe mir eine Maniküre, eine Rückenmassage und zwei Gläser Champagner gegönnt – ein herrlicher Urlaubsbeginn.
    Danke.
    Ana

Ein Upgrade in die First Class. Gut gemacht, Andrea.

Von: Christian Grey
Betreff: Gern geschehen
Datum: 30. Mai 2011, 21:59 Uhr
An: Anastasia Steele

Sehr geehrte Miss Steele,
Dr. Flynn ist zurück. Ich habe diese Woche noch einen Termin bei ihm.
Wie war die Rückenmassage?
CHRISTIAN GREY
CEO mit Freunden an den richtigen Stellen
Grey Enterprises Holdings, Inc.

Ich werfe einen Blick auf die Uhrzeit der letzten Mail. Eigentlich müsste sie bereits an Bord sein, falls die Maschine pünktlich ist. Ich gehe rasch auf Google und überprüfe die Abflugzeiten von Seattle-Tacoma. Ihr Flug verläuft planmäßig.

Von: Anastasia Steele
Betreff: Starke, kundige Hände
Datum: 30. Mai 2011, 22:22 Uhr
An: Christian Grey

Sehr geehrter Mr. Grey,
ein netter junger Mann hat mir den Rücken massiert. Er war sogar sehr nett. Im Abflugbereich für die normalsterblichen Passagiere wäre ich Jean-Paul niemals begegnet – deshalb nochmals vielen Dank für das Upgrade.

Was zum Teufel … ?

Ich weiß nicht, ob ich den Computer nach dem Abflug weiter anlassen darf, außerdem brauche ich meinen Schönheitsschlaf, der in letzter Zeit reichlich knapp ausgefallen ist.
Angenehme Träume, Mr. Grey … Ich denke an Sie.
  Ana

Versucht sie mich eifersüchtig zu machen? Hat sie überhaupt eine Ahnung, wie wütend ich werden kann? Sie ist gerade mal ein paar Stunden weg und bringt mich ganz bewusst auf die Palme. Warum tut sie mir das an?

Von: Christian Grey
Betreff: Genießen Sie es, solange Sie es noch können
Datum: 30. Mai 2011, 22:25 Uhr
An: Anastasia Steele

Sehr geehrte Miss Steele,
ich weiß genau, was Sie da tun – und mit Erfolg, das kann ich
Ihnen versichern. Beim nächsten Mal werde ich dafür sorgen, dass
Sie gefesselt und geknebelt in einem Käfig im Frachtraum sitzen.
Eines können Sie mir glauben: Sie in diesem Zustand zu sehen
wird mir noch viel mehr Vergnügen bereiten, als Ihnen ein Up-
grade zu spendieren.
Ich freue mich schon auf Ihre Rückkehr.
CHRISTIAN GREY
CEO mit einer juckenden Handfläche
Grey Enterprises Holdings, Inc.

Sie antwortet sofort.

Von: Anastasia Steele
Betreff: Ist das ein Witz?
Datum: 30. Mai 2011, 22:30 Uhr
An: Christian Grey

Ich habe keine Ahnung, ob das ein Scherz ist. Wenn nein, bleibe
ich lieber gleich in Georgia. Käfige sind eindeutig ein Hard Limit
für mich. Tut mir leid, dass ich Sie wütend gemacht habe. Bitte
sagen Sie mir, dass Sie mir verzeihen.
     A.

Natürlich ist das ein Scherz ... mehr oder weniger. Zumindest weiß
sie jetzt, dass ich wütend bin. Die Maschine müsste bereits in der
Luft sein. Und sie mailt trotzdem?

Von: Christian Grey
Betreff: Ist es
Datum: 30. Mai 2011, 22:31 Uhr
An: Anastasia Steele

Wie können Sie jetzt noch mailen? Riskieren Sie etwa das Leben sämtlicher Passagiere an Bord, einschließlich Ihr eigenes, indem Sie mit Ihrem BlackBerry herumhantieren? Ich würde sagen, das verstößt gegen unsere Regeln.

CHRISTIAN GREY
CEO mit zwei juckenden Handflächen
Grey Enterprises Holdings, Inc.

Und wir wissen doch, was passiert, wenn Sie gegen die Regeln verstoßen, Miss Steele. Ich überprüfe auf der SeaTac-Website noch einmal die Abflugzeiten. Ihre Maschine ist bereits in der Luft. Jetzt werde ich eine Weile nichts von ihr hören. Dieser Gedanke und ihre riskante E-Mail haben mir die Laune verdorben. Ich lasse meine Arbeit liegen, gehe in die Küche und beschließe, mir einen Drink einzuschenken. Heute Abend einen Armagnac.

Taylor steckt den Kopf durch die Wohnzimmertür.

»Nicht jetzt«, belle ich.

»Wie Sie wünschen, Sir.« Er dreht sich um und geht dahin zurück, woher er gekommen ist.

Lass deine schlechte Laune nicht an deinem Personal aus, Grey.

Wütend auf mich selbst gehe ich zum Fenster hinüber und starre auf die Skyline von Seattle. Ich frage mich, wie sie es geschafft hat, mir so unter die Haut zu gehen, und warum unsere Beziehung sich nicht in die Richtung entwickelt, die mir vorschwebt. Ich hoffe, dass sie die richtige Entscheidung treffen wird, wenn sie erst einmal in Georgia über alles nachgedacht hat. Das wird sie doch, oder?

Furcht steigt in mir auf und schnürt mir die Brust zu. Ich trinke noch einen Schluck aus meinem Glas und setze mich ans Klavier, um ein wenig zu spielen.

DIENSTAG, 31. MAI 2011

Mommy ist weg. Ich weiß nicht, wohin.
Er ist da. Ich höre seine Stiefel. Es sind laute Stiefel.
Sie haben silberne Schnallen. Sie stampfen. Laut.
Er stampft. Und er brüllt.
Ich bin in Mommys Schrank.
Verstecke mich.
Damit er mich nicht hört.
Ich kann still sein. Ganz still.
Still, weil ich gar nicht hier bin.
»Du verficktes Miststück!«, brüllt er.
Er brüllt oft.
»Du verficktes Miststück!«
Er schreit Mommy an.
Er schreit mich an.
Er schlägt Mommy.
Er schlägt mich.
Ich höre, wie die Tür zufällt. Er ist nicht mehr da.
Und Mommy ist auch nicht mehr da.
Ich bleibe im Schrank. Im Dunkeln. Ich bin ganz still.
Ich bleibe einfach sitzen. Eine lange, lange, lange Zeit.
Wo ist Mommy?

Ein erster Hauch der Morgendämmerung zeigt sich am Himmel, als ich meine Augen öffne. Der Radiowecker verrät mir, dass es 5:23 Uhr ist. Ich habe unruhig geschlafen, geplagt von unangenehmen Träumen. Obwohl ich noch hundemüde bin, beschließe ich, eine Runde zu laufen, um richtig wach zu werden. Ich ziehe einen Jogginganzug an und werfe einen Blick auf mein Telefon. Eine SMS von Ana.

Gut. Sie ist wohlbehalten angekommen. Das freut mich, und ich überfliege rasch meinen E-Mail-Eingang. Der Betreff von Anas neuester Mail springt mir in die Augen: »Machst du mir gern Angst?«

Verdammt, nein.

Meine Kopfhaut ist angespannt. Ich setze mich aufs Bett und scrolle ihre Nachricht nach oben. Sie muss die Mail während ihres Zwischenaufenthalts in Atlanta geschrieben haben, bevor sie mir die SMS geschickt hat.

Von: Anastasia Steele
Betreff: Machst du mir gern Angst?
Datum: 31. Mai 2011, 06:52 Uhr EST
An: Christian Grey

Du weißt genau, wie sehr es mir gegen den Strich geht, dass du so viel Geld für mich ausgibst. Okay, du bist reich, trotzdem ist mir nicht wohl dabei. Ich komme mir dabei vor, als würdest du mich für Sex bezahlen. Allerdings muss ich zugeben, dass es Spaß macht, erster Klasse zu fliegen. Es ist so viel stilvoller als in der Holzklasse. Deshalb danke ich dir dafür. Das ist mein voller Ernst – Jean-Pauls Massage war sehr angenehm. Und er war sehr schwul. Dieses Detail habe ich dir in meiner vorherigen Mail verschwiegen, um dich zu ärgern, weil ich wütend auf dich war. Ich entschuldige mich dafür.

Aber wie üblich überreagierst du total. Du kannst nicht einfach solche Dinge schreiben – gefesselt und geknebelt in einem Käfig. (Hast du das ernst gemeint, oder war das tatsächlich bloß ein Scherz?) Das macht mir Angst ... du machst mir Angst ... ich bin völlig hingerissen von dir und ziehe ernsthaft einen Lebensstil in Betracht, von dem ich bis vergangene Woche noch nicht einmal gewusst habe, dass er überhaupt existiert, und dann kommst du und schreibst solche Dinge, bei denen ich am liebsten schreiend davonlaufen würde, wenn ich sie lese. Was ich natürlich nicht tun werde, weil du mir fehlst. Sehr sogar. Ich wünsche mir sehr, dass das zwischen uns funktioniert, aber die Tiefe meiner Gefühle macht mir Angst wie auch die Abgründe, in die du mich hineinziehst. Was du mir anbietest, ist wahnsinnig erotisch und sexy, und ich bin ein neugieriger Mensch, aber ich habe auch Angst, verletzt zu werden – körperlich und emotional. Du könntest ohne Weiteres nach drei Monaten mit mir Schluss machen, und was bliebe mir dann? Andererseits besteht dieses Risiko ja immer, egal mit wem man sich einlässt. Das hier ist nun einmal nicht die Art von Beziehung, die ich mir vorgestellt hatte, schon gar nicht als die erste in meinem Leben.

Du hattest völlig recht, als du sagtest, ich hätte absolut nichts Devotes an mir … In diesem Punkt stimme ich dir inzwischen zu. Trotzdem will ich mit dir zusammen sein, und wenn ich dafür deine Sub sein muss, werde ich es versuchen. Allerdings fürchte ich, dass ich am Ende grün und blau sein werde, und diese Vorstellung gefällt mir ganz und gar nicht.

Ich bin überglücklich, dass du dich darum bemühst, mehr zwischen uns entstehen zu lassen als eine rein körperliche Beziehung. Allerdings muss ich darüber nachdenken, was dieses »mehr« für mich zu bedeuten hat.

Das ist einer der Gründe, warum ich ein bisschen Abstand wollte. Du bringst mich so um den Verstand, dass ich kaum einen klaren Gedanken fassen kann, wenn ich in deiner Nähe bin.

Mein Flug wird aufgerufen. Ich muss los.

Später mehr.

Deine Ana

Sie tadelt mich. Schon wieder. Aber ihre Ehrlichkeit verblüfft mich. Das ist sehr aufschlussreich. Ich lese ihre Mail wieder und wieder und bleibe jedes Mal bei *Deine Ana* hängen.

Meine Ana.

Sie will, dass es zwischen uns funktioniert.

Sie will mit mir zusammen sein.

Es gibt Hoffnung, Grey.

Ich lege mein Telefon auf meinen Nachttisch und beschließe, dass ich jetzt dringend joggen muss, um meinen Kopf frei zu bekommen und über meine Antwort nachzudenken.

Ich laufe meine übliche Strecke, die Stewart Street bis zur Westlake Avenue, und dann ein paarmal um den Denny Park. In meinen Ohren dröhnt »She Just Likes To Fight« von Four Tet.

Ana hat mir einigen Stoff zum Verarbeiten geliefert.

Bezahlung für Sex?

Wie bei einer Hure.

So habe ich sie nie gesehen. Allein der Gedanke daran macht mich wütend. Verdammt wütend. Ich sprinte noch einmal um den Park, und mein Zorn treibt mich an. Warum tut sie sich das an? Ich bin reich, na und? Daran wird sie sich einfach gewöhnen müssen. Das erinnert mich an unsere Unterhaltung am Tag zuvor über den Firmenjet. Sie wollte mein Angebot nicht annehmen.

Zumindest ist sie nicht hinter meinem Geld her.

Aber will sie mich überhaupt?

Sie sagt, dass sie von mir hingerissen ist. Mann, es ist aber doch genau umgekehrt: Ich bin von ihr so hingerissen, wie ich es noch nie zuvor erlebt habe. Und trotzdem ist sie quer durchs ganze Land geflogen, um Abstand von mir zu bekommen.

Wie soll ich mich dabei denn fühlen?

Sie hat recht. Ich bringe sie auf einen dunklen Pfad, aber er führt zu einer weitaus intimeren Beziehung als jeder Blümchensex – zumindest sehe ich das so. Ich brauche nur an Elliot und seine lässige Einstellung zu seinen Verabredungen zu denken, um den Unterschied zu sehen.

Und ich würde sie niemals körperlich oder emotional verletzen – wie kann sie das nur von mir denken? Ich will sie nur an ihre Grenzen bringen, austesten, was sie mitmacht und was nicht. Sie bestrafen, wenn sie sich über die vorgegebenen Richtlinien hinwegsetzt ... Ja, es könnte ein wenig wehtun, aber nicht so, dass es für sie unerträglich wäre. Wir könnten uns an das herantasten, was ich tun möchte. Es langsam angehen lassen.

Und nun kommt der Haken an der Sache.

Wenn sie das tun soll, was ich mir von ihr wünsche, muss ich ihr glaubhaft versichern, dass ich bereit bin, ihr »mehr« zu geben. Was genau das sein könnte, weiß ich noch nicht ... Ich habe sie bereits meinen Eltern vorgestellt. Das war mit Sicherheit schon mehr als sonst. Und es war gar nicht so schwer.

Ich drossle mein Tempo bei meiner nächsten Runde um den Park und denke darüber nach, was mich an ihrer Mail am meisten stört. Es ist nicht ihre Furcht, sondern die Tatsache, dass sie die Tiefe ihrer Gefühle für mich in Angst und Schrecken versetzt.

Was bedeutet das?

Dieses seltsame Gefühl macht sich wieder in meiner Brust breit, und meine Lunge lechzt nach Sauerstoff. Es macht mir Angst. So große Angst, dass ich mir noch mehr abverlange, bis ich vor Anstrengung einzig den Schmerz in meinen Beinen und in meiner Brust spüre und den kalten Schweiß fühle, der über meinen Rücken rinnt.

Ja. Lass dich darauf nicht ein, Grey.

Du musst die Kontrolle behalten.

Zurück in meinem Apartment dusche ich rasch, rasiere mich und ziehe mich an. Gail ist in der Küche. Ich gehe auf meinem Weg ins Arbeitszimmer an ihr vorbei.

»Guten Morgen, Mr. Grey. Kaffee?«

»Bitte«, erwidere ich, ohne stehen zu bleiben. Ich muss dringend etwas erledigen.

An meinem Schreibtisch werfe ich meinen iMac an und verfasse meine Antwort an Ana.

Von: Christian Grey
Betreff: Endlich!
Datum: 31. Mai 2011, 07:30 Uhr
An: Anastasia Steele

Anastasia,

ich bin stinksauer, weil du wieder einmal so offen und ehrlich mit
mir bist, sobald du nicht mehr in meiner Nähe bist. Wieso kannst
du das nicht, wenn wir zusammen sind?

Ja, ich bin reich. Gewöhn dich dran. Weshalb sollte ich kein Geld
für dich ausgeben? Du hast mich deinem Vater als deinen Freund
vorgestellt. Herrgott! So etwas tut ein fester Freund doch, oder
etwa nicht? Und als dein Dom erwarte ich von dir, dass du ohne
Widerrede akzeptierst, wenn ich etwas für dich bezahle. Und da wir
schon dabei sind, kannst du es deiner Mutter auch gleich erzählen.
Ich habe keine Ahnung, wie ich auf deine Bemerkung reagieren
soll, dass du dich wie eine Hure fühlst. Natürlich hast du es nicht
explizit so ausgedrückt, aber genau das meinst du damit. Ich weiß
nicht, was ich sagen oder tun kann, um dir dieses Gefühl zu nehmen. Wenn es nach mir geht, sollst du immer nur das Beste bekommen. Ich arbeite außergewöhnlich hart und kann mein Geld
für die Dinge ausgeben, die ich für wichtig erachte. Ich könnte dir
jederzeit jeden Herzenswunsch erfüllen, Anastasia, und genau
das habe ich auch vor. Nenn es von mir aus Umverteilung von Vermögen, wenn du dich dann besser fühlst. In jedem Fall muss dir
klar sein, dass ich dich niemals als das betrachten könnte, was du
angedeutet hast. Und es macht mich sehr wütend, dass du dich
so siehst. Du bist eine sehr kluge, witzige, bildschöne junge Frau
und hast offenbar massive Probleme mit deinem Selbstwertge-
fühl, deshalb überlege ich ernsthaft, ob ich nicht einen Termin bei
Dr. Flynn für dich vereinbaren sollte.

Ich muss mich dafür entschuldigen, dass ich dir Angst gemacht
habe. Die Vorstellung, dich in Angst und Schrecken zu versetzen, ist grauenhaft. Glaubst du allen Ernstes, ich würde dich in

den Frachtraum sperren lassen? Ich habe dir meinen Privatjet angeboten, verdammt noch mal! Ja, das war ein Witz und ein mie-
ser noch dazu. Allerdings gebe ich zu, dass mich die Vorstellung,
dich gefesselt und geknebelt zu sehen, antörnt – und das ist kein
Witz, sondern die Wahrheit. Auf den Käfig kann ich hingegen pro-
blemlos verzichten. Ich weiß, dass du Probleme mit dem Knebeln hast – das haben wir ja bereits besprochen –, und wenn/falls
ich dich knebeln will, werden wir noch einmal darüber reden. Ich
glaube, dir ist noch nicht ganz klar, dass in einer Dom/Sub-Bezie-
hung die Sub sagt, wo es langgeht. Du hast die Macht, über alles zu bestimmen, was zwischen uns passiert. Noch einmal zum
Mitschreiben – du bist diejenige, die die Macht hat. Nicht ich. Im
Bootshaus hast du nein gesagt. Wenn du nein sagst, darf ich dich
nicht anrühren – dafür haben wir ja den Vertrag abgeschlossen –,
und du darfst sagen, was du tun willst und was nicht. Wenn wir
Dinge ausprobieren und sie dir nicht gefallen, können wir die Vereinbarung jederzeit ändern. Die Entscheidung liegt bei dir, nicht
bei mir. Und wenn du nicht gefesselt und geknebelt in einem Käfig sitzen willst, wird es auch nicht dazu kommen.
Ich möchte meinen Lebensstil gern mit dir teilen. Ich habe mir
noch nie etwas so sehr gewünscht. Ehrlich gesagt, kann ich dich
nur bewundern. Dass jemand so Unschuldiges bereit ist, sich auf
ein solches Arrangement einzulassen. Das bedeutet mir mehr, als
du dir vorstellen kannst. Dir ist nicht bewusst, dass du mich völlig
in deinen Bann gezogen hast, obwohl ich es dir schon x-mal gesagt habe. Ich will dich nicht verlieren.
Es macht mich nervös, dass du dreitausend Meilen weit geflogen
bist, um eine Weile von mir getrennt zu sein, weil du in meiner
Nähe keinen klaren Gedanken fassen kannst. Mir geht es genauso, Anastasia. Sobald wir zusammen sind, ist mein Verstand ausgeschaltet – das sind die Gefühle, die ich dir entgegenbringe.
Ich verstehe, dass du Angst hast. Ich habe mich bemüht, mich
von dir fernzuhalten. Ich wusste, dass du unerfahren bist, obwohl
ich nie im Leben versucht hätte, etwas mit dir anzufangen, wäre

mir das Ausmaß deiner Unschuld bewusst gewesen. Und doch gelingt es dir, mich in einer Art und Weise zu entwaffnen, wie es noch nie jemand zuvor gelungen ist. Zum Beispiel deine E-Mail: Ich habe sie wieder und wieder gelesen, um deinen Standpunkt zu verstehen. Drei Monate sind ein willkürlich gewählter Zeitraum. Wir können auch sechs Monate oder ein Jahr daraus machen. Wie lange soll es deiner Meinung nach sein? Sag es mir.

Ich verstehe, dass ich dir einiges an Vertrauen abverlange. Vertrauen, das ich mir erst verdienen muss, aber umgekehrt musst du es mir auch sagen, wenn es mir nicht gelingt. Auf der einen Seite wirkst du so stark und unabhängig, aber dann lese ich, was du hier schreibst, und sehe eine völlig andere Seite von dir. Wir müssen uns gegenseitig anleiten, Anastasia, und ich bin darauf angewiesen, dass du mit mir sprichst. Du musst mir gegenüber aufrichtig sein, und wir müssen beide einen Weg finden, damit diese Beziehung funktionieren kann.

Du hast Angst, du könntest vielleicht nicht devot sein. Nun ja, das wäre möglich. Der einzige Ort, an dem du das korrekte Verhalten einer Sub an den Tag legst, ist das Spielzimmer. Es sieht so aus, als könntest du nur dort zulassen, dass ich die Kontrolle über dich übernehme, und tun, was ich von dir verlange – sogar geradezu mustergültig, würde ich sagen. Und ich würde dich niemals grün und blau schlagen. Ich ziehe Rosa vor. Außerhalb des Spielzimmers wünsche ich mir sehr wohl, dass du mir Paroli bietest. Das ist eine ganz neue und ungewohnte Erfahrung für mich, die ich nicht missen möchte. Deshalb wäre ich froh, wenn du mir sagen würdest, was genau du damit meinst, wenn du sagst, du willst »mehr« von mir. Ich will gern versuchen, für alles offen zu sein. Ich werde mich bemühen, dir den Freiraum zu geben, den du brauchst, und dir nicht auf die Pelle zu rücken, solange du in Georgia bist. Ich freue mich schon auf deine nächste Mail.

In der Zwischenzeit amüsier dich. Aber nicht allzu sehr.

CHRISTIAN GREY
CEO, Grey Enterprises Holdings, Inc.

Ich drücke auf »Senden« und trinke einen Schluck von meinem kalten Kaffee.

Jetzt musst du der Dinge harren, die da kommen, Grey. Mal schauen, was sie dazu sagt.

Ich marschiere in die Küche und sehe nach, was Gail zum Frühstück gemacht hat.

Taylor wartet im Wagen, um mich zur Arbeit zu fahren.

»Was wollten Sie gestern von mir?«, frage ich ihn.

»Es war nichts Wichtiges, Sir.«

»Gut.« Ich starre aus dem Fenster und versuche Ana und Georgia aus meinen Gedanken zu verbannen. Ich fühle mich elend, doch dann kommt mir plötzlich eine Idee.

Ich rufe Andrea an. »Morgen.«

»Guten Morgen, Mr. Grey.«

»Ich bin bereits auf dem Weg, aber können Sie mich mit Bill verbinden?«

»Ja, Sir.«

Kurz darauf ist Bill in der Leitung.

»Mr. Grey.«

»Haben Ihre Leute Georgia als Standort für unsere technische Niederlassung in Betracht gezogen? Im Speziellen Savannah?«

»Ich glaube schon, Sir. Aber das müsste ich zuerst überprüfen.«

»Dann tun Sie das. Rufen Sie mich zurück.«

»Natürlich. Ist das alles?«

»Im Moment schon. Danke.«

An diesem Tag jagt ein Meeting das nächste. Ich werfe hin und wieder einen Blick auf meinen Maileingang, aber von Ana ist nichts gekommen. Ich frage mich, ob ich sie mit dem Ton meiner E-Mail verschreckt habe oder ob sie mit anderen Dingen beschäftigt ist.

Mit welchen anderen Dingen?

Es ist einfach unmöglich, nicht an sie zu denken. Den ganzen Tag über tausche ich SMS mit Caroline Acton über Kleidungsstücke aus, die sie für Ana ausgesucht hat, und befinde sie für gut oder lehne sie ab. Ich hoffe, die Sachen gefallen Ana: Sie wird in allen umwerfend aussehen.

Bill hat mir mitgeteilt, dass wir für unsere Niederlassung einen Standort in der Nähe von Savannah in Betracht ziehen. Ruth stellt darüber Nachforschungen an.

Zumindest handelt es sich nicht um Detroit.

Elena ruft an, und wir verabreden uns zum Dinner im Columbia Tower.

»Christian, du bist sehr zurückhaltend, was dieses Mädchen betrifft«, tadelt sie mich.

»Ich erzähle dir alles heute Abend. Im Augenblick bin ich beschäftigt.«

»Du bist immer beschäftigt.« Sie lacht. »Wir sehen uns um acht.«

»Bis dann.«

Warum sind die Frauen in meinem Leben so neugierig? Elena. Meine Mutter. Ana … Ich frage mich zum hundertsten Mal, was sie gerade macht. Und, siehe da, endlich meldet sie sich.

Von: Anastasia Steele
Betreff: Wortreichtum?
Datum: 31. Mai 2011, 19:08 Uhr EST
An: Christian Grey

Sie gehören offenbar zu denen, die gern viele Worte machen, Sir. Ich muss jetzt zum Abendessen in Bobs Golfclub; und nur damit Sie's wissen: Ich verdrehe die Augen, wenn ich nur daran denke. Aber Sie und Ihre juckende Handfläche sind ja glücklicherweise weit weg, sodass mein Hinterteil zumindest für den Augenblick in Sicherheit ist. Ihre Mail hat mich sehr berührt. Ich werde darauf antworten, sobald ich dazu komme. Ich vermisse Sie jetzt schon. Schönen Nachmittag noch.

Ana

Das ist kein Nein, und sie vermisst mich. Ich bin erleichtert, und ihr Tonfall belustigt mich. Ich antworte ihr.

Von: Christian Grey
Betreff: Ihr Hinterteil
Datum: 31. Mai 2011, 16:10 Uhr
An: Anastasia Steele

Ich kann mich nur schwer konzentrieren, wenn ich ständig den Betreff dieser Mail vor Augen habe. Unnötig zu erwähnen, dass er in der Tat sicher ist – vorläufig.
Viel Spaß beim Abendessen. Ich vermisse Sie ebenfalls.
Ich habe einen ziemlich langweiligen Nachmittag vor mir, der lediglich von den Gedanken an Sie und die Art, wie Sie die Augen verdrehen, erhellt wird. Ich glaube sogar, Sie waren diejenige, die mir schonend beigebracht hat, dass auch ich diese unschöne Angewohnheit besitze.
CHRISTIAN GREY
CEO & Augenroller
Grey Enterprises Holdings, Inc.

Wenige Minuten später meldet ein Ping ihre Antwort.

Von: Anastasia Steele
Betreff: Verdrehte Augen
Datum: 31. Mai 2011, 19:14 Uhr EST
An: Christian Grey

Sehr geehrter Mr. Grey,
hören Sie auf, mir zu mailen. Ich versuche, mich fürs Abendessen fertig zu machen. Und Sie lenken mich bloß ab, selbst wenn Sie sich am anderen Ende des Kontinents befinden. Und wer legt eigentlich Sie übers Knie, wenn Sie die Augen verdrehen?
Ana

Oh, Ana, das bist du.

Die ganze Zeit.

Ich erinnere mich daran, wie sie mir befohlen hat, mich nicht zu bewegen, und an meinem Schamhaar gezupft hat, während sie rittlings auf mir saß, nackt. Der Gedanke daran erregt mich.

Von: Christian Grey
Betreff: Ihr Hinterteil
Datum: 31. Mai 2011, 16:18 Uhr
An: Anastasia Steele

Sehr geehrte Miss Steele,
ich ziehe trotzdem in vielerlei Hinsicht meinen Titel dem Ihren vor. Zum Glück bin ich mein eigener Herr, und niemand züchtigt oder bestraft mich. Mit Ausnahme meiner Mutter und natürlich Dr. Flynn. Und Ihnen.
CHRISTIAN GREY
CEO, Grey Enterprises Holdings, Inc.

Ich trommle mit den Fingern auf die Tischplatte, während ich auf ihre Antwort warte.

Von: Anastasia Steele
Betreff: Züchtigen … Ich?
Datum: 31. Mai 2011, 19:22 Uhr EST
An: Christian Grey

Sehr geehrter Mr. Grey,
wann habe ich jemals den Mut besessen, Sie zu züchtigen? Sie müssen mich mit jemandem verwechseln, was ich ziemlich besorgniserregend finde. Ich muss mich jetzt wirklich beeilen.
Ana

Du. Du züchtigst mich per Mail bei jeder Gelegenheit – und wie könnte ich dich jemals mit jemandem verwechseln?

Von: Christian Grey
Betreff: Ihr Hinterteil
Datum: 31. Mai 2011, 16:25 Uhr
An: Anastasia Steele

Sehr geehrte Miss Steele,
das tun Sie schon die ganze Zeit. Darf ich den Reißverschluss an Ihrem Kleid hochziehen?

CHRISTIAN GREY
CEO, Grey Enterprises Holdings, Inc.

Von: Anastasia Steele
Betreff: Nicht jugendfrei
Datum: 31. Mai 2011, 19:28 Uhr EST
An: Christian Grey

Es wäre mir lieber, Sie würden ihn herunterziehen.

Ihre Worte wandern auf direktem Weg zu meinem Schwanz und gehen dabei über »Los«. *Verdammt!* Das schreit förmlich nach – wie hat sie das genannt? BEFEHLE IN GROSSBUCHSTABEN.

Von: Christian Grey
Betreff: Pass bloß auf, was du dir wünschst
Datum: 31. Mai 2011, 16:31 Uhr
An: Anastasia Steele

MIR AUCH.

CHRISTIAN GREY
CEO, Grey Enterprises Holdings, Inc.

Von: Anastasia Steele
Betreff: Keuchend
Datum: 31. Mai 2011, 19:33 Uhr EST
An: Christian Grey

Ganz langsam …

Von: Christian Grey
Betreff: Stöhnend
Datum: 31. Mai 2011, 16:35 Uhr
An: Anastasia Steele

Ich wünschte, ich wäre bei dir.
CHRISTIAN GREY
CEO, Grey Enterprises Holdings, Inc.

Von: Anastasia Steele
Betreff: Seufzend
Datum: 31. Mai 2011, 19:37 Uhr EST
An: Christian Grey

ICH AUCH!

Wer außer ihr kann mich mit einer Mail so antörnen?

Von: Anastasia Steele
Betreff: Seufzend
Datum: 31. Mai 2011, 19:39 Uhr EST
An: Christian Grey

Muss los.
Ciao, ciao, Baby.

Das bringt mich zum Schmunzeln.

Von: Christian Grey
Betreff: Plagiat
Datum: 31. Mai 2011, 16:41 Uhr
An: Anastasia Steele

Du hast mir meinen Abschiedssatz gestohlen. Und du hast mich mittendrin hängen lassen.
Viel Spaß beim Essen.

CHRISTIAN GREY
CEO, Grey Enterprises Holdings, Inc.

Andrea klopft an die Tür und bringt mir neue Schaltpläne von Barney für das solarbetriebene Tablet, das wir entwickeln. Es überrascht sie, dass ich mich freue, sie zu sehen. »Danke, Andrea.«

»Sehr gern, Mr. Grey.« Sie lächelt mich gespannt an. »Möchten Sie Kaffee?«

»Ja, bitte.«

»Milch?«

»Nein danke.«

Mein Tag ist um einiges besser geworden. Ich habe Bastille beim Kickboxen in zwei Runden geschlagen. Das kommt sonst nie vor. Ich streife nach dem Duschen mein Jackett über und fühle mich bereit, mich Elena und all ihren Fragen zu stellen.

Taylor erscheint. »Soll ich Sie fahren, Sir?«

»Nein. Ich nehme den R8.«

»Sehr wohl, Sir.«

Bevor ich mich auf den Weg mache, überprüfe ich meinen E-Mail-Eingang.

Von: Anastasia Steele
Betreff: Das sagt ja der Richtige
Datum: 31. Mai 2011, 22:18 Uhr EST
An: Christian Grey

Sir, soweit ich mich erinnere, ist das Elliots Spruch. Hängen Sie immer noch?

Ihre Ana

Flirtet Sie mit mir? Schon wieder?

Und sie ist meine Ana. Wieder.

Von: Christian Grey
Betreff: Schwebezustände
Datum: 31. Mai 2011, 19:22 Uhr
An: Anastasia Steele

Sehr geehrte Miss Steele,

Sie sind also vom Essen zurück. Ihr Aufbruch war reichlich abrupt – gerade als es anfing, interessant zu werden.

Elliot besticht nicht gerade durch Originalität. Bestimmt hat er den Spruch auch jemandem geklaut.

Wie war das Abendessen?

CHRISTIAN GREY
CEO, Grey Enterprises Holdings, Inc.

Ich drücke auf »Senden«.

Von: Anastasia Steele
Betreff: Schwebezustände?
Datum: 31. Mai 2011, 22:26 Uhr EST
An: Christian Grey

Das Abendessen war sehr sättigend – Sie werden sich sicher freuen zu hören, dass ich viel zu viel gegessen habe.
Interessant? Inwiefern?

Ich bin froh, dass sie etwas gegessen hat …

Von: Christian Grey
Betreff: Schwebezustände – ganz eindeutig
Datum: 31. Mai 2011, 19:30 Uhr
An: Anastasia Steele

Sind Sie absichtlich so begriffsstutzig? Wenn ich mich recht entsinne, hatten Sie mich gerade gebeten, den Reißverschluss Ihres Kleids zu öffnen.
Worauf ich mich sehr gefreut hatte. Und ich vernehme mit Befriedigung, dass Sie etwas gegessen haben.
CHRISTIAN GREY
CEO, Grey Enterprises Holdings, Inc.

Von: Anastasia Steele
Betreff: Tja … Bleibt immer noch das Wochenende
Datum: 31. Mai 2011, 22:36 Uhr EST
An: Christian Grey

Natürlich esse ich etwas … Die Unsicherheit, wenn ich in Ihrer Nähe bin, verschlägt mir einfach nur den Appetit.
Und ich würde mich nie mit Absicht begriffsstutzig stellen, Mr. Grey.
Aber das wissen Sie ja inzwischen bestimmt schon. ☺

In meiner Gegenwart verschlägt es ihr den Appetit? Das ist nicht gut. Und sie macht sich über mich lustig. *Schon wieder.*

Von: Christian Grey
Betreff: Kann es kaum erwarten
Datum: 31. Mai 2011, 19:40 Uhr
An: Anastasia Steele

Ich werde es mir merken, Miss Steele, und dieses Wissen zweifellos bei Gelegenheit zu meinem Vorteil einsetzen.
Tut mir leid, dass es Ihnen in meiner Gegenwart den Appetit verschlägt. Ich hätte gedacht, ich hätte eine anregendere Wirkung auf Ihre Fleischeslust. Zumindest habe ich diese Erfahrung gemacht, die ich nur als sehr angenehm beschreiben kann.
Ich freue mich schon aufs nächste Mal.
CHRISTIAN GREY
CEO, Grey Enterprises Holdings, Inc.

Von: Anastasia Steele
Betreff: Sprachliche Turnübungen
Datum: 31. Mai 2011, 22:42 Uhr EST
An: Christian Grey

Fleischeslust? Wieder mal den Thesaurus bemüht?

Ich breche in Gelächter aus.

Von: Christian Grey
Betreff: Durchschaut
Datum: 31. Mai 2011, 19:45 Uhr
An: Anastasia Steele

Sie kennen mich inzwischen zu gut, Miss Steele.
Ich bin zum Abendessen mit einer alten Freundin verabredet,

deshalb werde ich mich jetzt auf den Weg machen.

Ciao, ciao, Baby ☺

CHRISTIAN GREY
CEO, Grey Enterprises Holdings, Inc.

Sosehr ich das Wortgeplänkel mit Ana noch fortsetzen möchte – ich darf nicht zu spät zu meiner Verabredung zum Abendessen kommen. Elena wäre sonst verärgert. Ich fahre meinen Computer runter, stecke meine Brieftasche und mein Telefon ein und steige in den Lift.

Der Mile High Club liegt im obersten Stockwerk des Columbia Tower. Die Sonne sinkt langsam hinter den Horizont, die Gipfel im Olympic National Park glühen beeindruckend, denn der Himmel ist in orange-, pink- und opalfarbene Töne getaucht. Ein atemberaubender Anblick. Ana würde das sicher gefallen. Ich sollte sie irgendwann einmal hierherbringen.

Elena sitzt an einem Ecktisch. Sie winkt mir verhalten zu und lächelt mich strahlend an. Der Oberkellner führt mich an ihren Tisch, und sie steht auf und hält mir ihre Wange entgegen.

»Hallo, Christian«, schnurrt sie.

»Guten Abend, Elena. Du siehst wie immer umwerfend aus.« Ich drücke ihr einen Kuss auf die Wange. Sie wirft ihr glattes platinblondes Haar seitlich zurück, eine Geste, die verrät, dass sie in ausgelassener Stimmung ist.

»Setz dich«, fordert sie mich auf. »Was möchtest du trinken?« Ihre Finger mit den für sie typischen scharlachroten Fingernägeln umschließen eine Champagnerflöte.

»Wie ich sehe, hast du dich für Champagner entschieden.«

»Nun, ich glaube, wir haben etwas zu feiern, findest du nicht?«

»Ach ja?«

»Christian. Dieses Mädchen. Rück endlich raus mit der Sprache.«

»Ich nehme ein Glas Mendocino Sauvignon Blanc«, sage ich zu dem wartenden Kellner. Er nickt und eilt davon.

»Es gibt also keinen Grund zum Feiern?« Elena zieht die Augenbrauen nach oben und trinkt einen Schluck Champagner.

»Ich verstehe nicht, warum du so einen Wirbel darum machst.«

»Das tue ich doch gar nicht. Ich bin einfach nur neugierig. Wie alt ist sie? Was macht sie so?«

»Sie hat gerade ihr Studium abgeschlossen.«

»Oh. Ein wenig jung für dich, oder?«

Ich hebe eine Augenbraue. »Darauf willst du hinaus? Tatsächlich?«

Elena lacht.

»Wie geht es Isaac?«, frage ich mit einem süffisanten Grinsen.

Sie lacht wieder. »Er benimmt sich gut.« Ihre Augen funkeln übermütig.

»Wie langweilig für dich«, erwidere ich trocken.

Sie lächelt resigniert. »Er ist ein nettes Schoßhündchen. Sollen wir jetzt bestellen?«

Als wir unsere Krabbensuppe zur Hälfte gegessen haben, spanne ich Elena nicht länger auf die Folter.

»Sie heißt Anastasia, studierte Literatur an der Washington State University, und ich habe sie kennengelernt, als sie mich für die Studentenzeitung interviewt hat. Ich habe in diesem Jahr eine Rede bei der Abschlussfeier gehalten.«

»Führt sie unseren Lebensstil?«

»Noch nicht. Aber ich bin da recht zuversichtlich.«

»Wow.«

»Ja. Sie ist nach Georgia gefahren, um über alles nachzudenken.«

»Das ist ein ziemlich weiter Weg.«

»Ich weiß.« Ich richte den Blick nach unten auf meine Suppe und frage mich, wie es Ana wohl geht und was sie gerade macht. Ich hoffe, sie schläft … allein. Als ich den Kopf wieder hebe, bemerke ich, dass Elena mich mustert. Sehr gründlich.

»So habe ich dich noch nie gesehen«, stellt sie fest.

»Wie meinst du das?«

»Du bist unkonzentriert. Das passt gar nicht zu dir.«

»Sieht man mir das tatsächlich an?«

Sie nickt, und ihre Augen nehmen einen sanften Ausdruck an. »Ich schon. Ich glaube, sie hat deine Welt auf den Kopf gestellt.«

Ich schnappe nach Luft und hebe rasch das Glas an meine Lippen, um mir nichts anmerken zu lassen.

Sehr scharfsinnig, Mrs. Lincoln.

»Glaubst du?«, murmle ich, nachdem ich einen Schluck getrunken habe.

»Ja.« Sie schaut mir in die Augen.

»Sie hat eine sehr gewinnende Art.«

»Ich bin sicher, das ist etwas ganz Neues für dich. Und ich wette, du zerbrichst dir jetzt den Kopf, was sie in Georgia tut und was sie denkt. Ich kenne dich zu gut.«

»Stimmt. Ich wünsche mir, dass sie die richtige Entscheidung trifft.«

»Du solltest zu ihr gehen.«

»Was?«

»Nimm einen Flieger.«

»Meinst du wirklich?«

»Für den Fall, dass sie sich nicht entscheiden kann. Geh und setz deinen beträchtlichen Charme ein.«

Ich schnaube verächtlich.

»Christian«, sagt sie tadelnd. »Wenn du dir etwas wirklich wünschst, dann geh und hol es dir. Du gewinnst immer, das weißt du doch. Sei dir selbst gegenüber nicht immer so negativ. Das macht mich ganz verrückt.«

Ich seufze. »Ich weiß nicht so recht.«

»Wahrscheinlich langweilt sich das arme Mädchen dort ganz schrecklich. Geh, dann wirst du eine Antwort bekommen. Lautet sie nein, machst du einfach weiter. Sagt sie ja, kannst du die Zeit mit ihr genießen und dabei du selbst sein.«

»Sie kommt am Freitag zurück.«

»Carpe diem, mein Lieber.«

»Sie hat gesagt, dass sie mich vermisst.«

»Na also.« Ihre Augen strahlen Bestimmtheit aus.

»Ich werde darüber nachdenken. Noch Champagner?«

»Ja, bitte.« Sie schenkt mir ein mädchenhaftes Lächeln.

Auf dem Weg zurück zum Escala denke ich über Elenas Ratschlag nach. Ich könnte Ana tatsächlich besuchen. Sie hat gesagt, dass sie mich vermisst … Und der Jet steht bereit.

Zu Hause lese ich ihre neueste Mail.

Von: Anastasia Steele

Betreff: Essen mit Freunden

Datum: 31. Mai 2011, 23:58 Uhr EST

An: Christian Grey

Ich hoffe, du und deine Freundin, ihr hattet einen schönen Abend.

Ana

PS: War es Mrs. Robinson?

Verdammt!

Das ist der perfekte Vorwand. Darauf muss ich ihr persönlich antworten.

Ich rufe Taylor an und sage ihm, dass ich Stephan und die Gulfstream am nächsten Morgen brauche.

»In Ordnung, Mr. Grey. Wohin möchten Sie fliegen?«

»*Wir* fliegen nach Savannah.«

»Ja, Sir.« In seiner Stimme liegt ein Anflug von Belustigung.

MITTWOCH, 1. JUNI 2011

Ein interessanter Vormittag. Wir haben Boeing Field um 11:30 Uhr PST verlassen; Stephan fliegt mit seiner Copilotin Jill Beighley, und wir werden um 19:30 Uhr EST in Georgia eintreffen.

Bill hat für den nächsten Tag ein Meeting mit der Savannah Brownfield Redevelopment Authority organisiert, und eventuell treffe ich mich mit den Leuten noch an diesem Abend auf einen Drink. Falls Anastasia bereits anderweitig beschäftigt ist oder mich nicht sehen will, ist diese Reise wenigstens keine absolute Zeitverschwendung.

Ja, ja, rede dir das nur ein, Grey.

Taylor hat mittags eine Kleinigkeit mit mir gegessen und sieht jetzt einige Unterlagen durch. Auch ich muss einiges lesen.

Allerdings gibt es noch ein Problem zu lösen: Wie treffe ich Ana? Bei meiner Ankunft in Savannah werde ich weitersehen; vielleicht habe ich ja auch noch während des Flugs eine Eingebung.

Ich fahre mir mit der Hand durchs Haar und lehne mich zum ersten Mal seit langer Zeit zurück, um zu dösen, während die G550 in einer Höhe von dreißigtausend Fuß Savannah/Hilton Head International anfliegt. Das Dröhnen der Maschinen ist beruhigend, und ich bin müde. Sehr müde.

Das liegt an den Albträumen, Grey.

Ich habe keine Ahnung, warum sie im Augenblick schlimmer sind als je zuvor. Ich schließe meine Augen.

»Nur auf diese Weise kannst du mich haben. Verstehst du das?«

»Ja, Ma'am.«

Sie fährt mit einem scharlachroten Fingernagel über meine Brust.

Ich zucke zusammen und stemme mich gegen die Fesseln, als es um mich herum dunkel wird und meine Haut von ihrer Berührung zu brennen beginnt. Aber ich gebe keinen Ton von mir.

Das wage ich nicht.

»Wenn du dich anständig benimmst, lasse ich dich kommen. In meinem Mund.«

Verdammt!

»Aber noch nicht jetzt. Bis dahin haben wir noch einen langen Weg vor uns.«

Ihr Fingernagel zieht eine Spur von meinem Brustbein bis zu meinem Nabel.

Ich möchte schreien.

Sie packt mein Gesicht, zwingt mich, den Mund zu öffnen, und küsst mich.

Ihre Zunge ist feucht und fordernd.

Sie schwingt den Flogger aus Leder.

Und ich weiß, das wird schwer zu ertragen sein.

Aber ich habe meine Belohnung vor Augen. Ihren Mund, den ich ficken darf.

Als mich der erste Peitschenhieb trifft und meine Haut Blasen wirft, begrüße ich den Schmerz und das Endorphin, das durch meinen Körper strömt.

»Mr. Grey, wir werden in zwanzig Minuten landen.« Taylors Stimme reißt mich aus dem Schlaf. »Alles in Ordnung, Sir?«

»Ja, natürlich. Danke.«

»Möchten Sie etwas Wasser?«

»Ja, bitte.« Ich atme tief durch, um meinen Puls zu beruhigen, und Taylor reicht mir ein Glas mit kaltem Evian. Ich trinke gierig einen Schluck und bin froh, dass nur Taylor an Bord ist. Es kommt nicht oft vor, dass ich von meinen aufregenden Tagen mit Mrs. Lincoln träume.

Ich werfe einen Blick aus dem Fenster. Die Abendsonne färbt die wenigen Wolken am blauen Himmel pink. Das Licht hier oben ist brillant. Goldfarben. Friedlich. Die Kumuluswolken werfen die Strahlen der sinkenden Sonne zurück. Einen Augenblick lang wünsche ich mir, in meinem Segelflugzeug zu sitzen. Hier oben ist die Thermik sicher fantastisch.

Ja!

Das ist es: Ich werde Ana zum Segelfliegen mitnehmen. Das ist dann »mehr«, richtig?

»Taylor.«

»Ja, Sir.«

»Ich möchte mit Ana in Georgia segelfliegen – morgen bei Sonnenaufgang, falls wir einen Ort finden, wo das machbar ist. Später wäre auch okay.« Wenn wir später fliegen, muss ich mein Meeting verschieben.

»Ich kümmere mich darum.«

»Die Kosten spielen keine Rolle.«

»In Ordnung, Sir.«

»Danke.«

Jetzt muss ich es nur noch Ana sagen.

Zwei Wagen warten bereits auf uns, als die G550 auf der Rollbahn in der Nähe des Signature-Flight-Support-Terminals am Flughafen zum Stehen kommt. Taylor und ich steigen aus dem Flugzeug aus, eine erstickende Hitze umgibt uns.

Verdammt, sogar um diese Uhrzeit ist es hier schwül.

Ein Mitarbeiter der Autovermietung reicht Taylor die Schlüssel für zwei Wagen. Ich sehe ihn stirnrunzelnd an. »Ford Mustang?«

»Etwas anderes konnte ich auf die Schnelle in Savannah nicht auftreiben.« Taylor wirkt verlegen.

»Zumindest ist es ein rotes Cabrio. Bei dieser Hitze hat es hoffentlich eine Klimaanlage.«

»Es sollte über alles Nötige verfügen, Sir.«

»Gut. Danke.« Ich nehme ihm die Schlüssel aus der Hand, greife nach meinem Handgepäck und überlasse es ihm, den Rest des Gepäcks in seinen Chevrolet Suburban zu laden.

Ich schüttle Stephan und Beighley die Hand und danke ihnen für den ruhigen Flug. Während ich Songs von Bruce von meinem iPod über die Lautsprecheranlage des Wagens laufen lasse, steuere ich den Mustang über das Flughafengelände und fahre in Richtung Savannah.

Andrea hat mir eine Suite im Bohemian Hotel mit Blick auf den Savannah River gebucht. In der Abenddämmerung ist die Aussicht vom Balkon beeindruckend: In dem schimmernden Fluss spiegeln sich die verschiedenen Farbtöne des Himmels und die Lichter der Hängebrücke und der Docks. Der Himmel glüht in Schattierungen von einem tiefen Purpur bis zu zartem Pink.

Es ist beinahe so eindrucksvoll wie eine Dämmerung über dem Sund.

Aber ich habe keine Zeit, hier herumzustehen und die Aussicht zu bewundern. Ich fahre meinen Laptop hoch, stelle die Klimaanlage auf die höchste Stufe und rufe Ros an, um mich auf den neuesten Stand bringen zu lassen.

»Woher kommt das plötzliche Interesse an Georgia, Christian?«

»Privatsache.«

»Seit wann beeinträchtigen persönliche Belange Ihre Geschäftsinteressen?«, schnaubt sie ins Telefon.

Seit ich Anastasia Steele kennengelernt habe.

»Ich mag Detroit nicht«, fauche ich zurück.

»Schon gut«, erwidert sie beschwichtigend.

»Ich treffe mich vielleicht später mit den Leuten von Savannah Brownfield auf einen Drink«, füge ich versöhnlich hinzu.

»Wie auch immer, Christian. Wir haben noch ein paar andere Dinge zu besprechen. Die Hilfslieferung ist in Rotterdam eingetroffen. Soll sie weitergeleitet werden?«

»Ja, bringen Sie sie auf den Weg. Ich habe der Hilfsorganisation End Global Hunger ein Versprechen gegeben. Das Projekt muss vor meinem nächsten Treffen mit dem Komitee über die Bühne gehen.«

»Okay. Gibt es etwas Neues zum Kauf des Verlags?«

»Ich habe mich noch nicht entschieden.«

»Ich glaube, SIP hat einiges Potenzial.«

»Ja. Möglich. Ich brauche noch ein bisschen Zeit, um darüber nachzudenken.«

»Ich treffe mich mit Marco, um mit ihm über Lucas Woods zu sprechen.«

»Gut. Ich möchte informiert werden, wie es läuft. Rufen Sie mich später wieder an.«

»In Ordnung. Bis dann.«

Ich drücke mich vor dem Unvermeidlichen, das ist mir bewusst. Entweder muss ich Miss Steele eine Mail schicken oder sie anrufen. Ich muss mich nur noch entscheiden, aber das geht nicht mit leerem Magen, also bestelle ich mir etwas zu essen. Während ich warte, erhalte ich eine Nachricht von Andrea, dass die Verabredung auf einen Drink abgesagt ist. Das soll mir recht sein. Ich werde die Leute ohnehin morgen früh treffen, falls ich nicht mit Ana beim Segelfliegen bin.

Bevor der Zimmerservice kommt, ruft Taylor an.

»Mr. Grey.«

»Taylor. Haben Sie eingecheckt?«

»Ja, Sir. Ihr Gepäck wird gleich zu Ihnen raufgebracht.«

»Sehr gut.«

»Die Brunswick Soaring Association hat ein Segelflugzeug zur Verfügung. Ich habe Andrea gebeten, Ihren Flugschein an die Firma zu faxen. Sobald die Papiere unterzeichnet sind, kann es losgehen.«

»Großartig.«

»Der Segelflieger steht ab sechs bereit.«

»Noch besser. Lassen Sie mich vormerken, und schicken Sie mir die Adresse.«

»Wird erledigt.«

Es klopft an der Tür – mein Gepäck und der Zimmerservice sind gleichzeitig eingetroffen. Die Speisen riechen köstlich: gebratene grüne Tomaten und Shrimps mit Maisgrieß. Ich bin eindeutig im Süden.

Während ich esse, denke ich über meine Strategie nach. Ich könnte Ana morgen zur Frühstückszeit bei ihrer Mutter besuchen. Ein paar Bagels mitbringen. Und sie dann zum Segelfliegen mitnehmen. Das ist wahrscheinlich der beste Plan. Sie hat sich den ganzen Tag lang nicht gemeldet, also befürchte ich, sie könnte mir böse sein. Nach dem Essen lese ich ihre letzte Mail noch einmal durch.

Was zum Teufel hat sie nur gegen Elena? Sie weiß doch gar nichts über unsere Beziehung. Was einmal zwischen uns war, liegt schon so lange zurück, und jetzt sind wir nur noch Freunde. Welches Recht hat Ana, deshalb verärgert zu sein?

Und nur Gott weiß, was aus mir geworden wäre, wenn es Elena nicht gegeben hätte.

Es klopft an der Tür. Es ist Taylor.

»Guten Abend, Sir. Sind Sie zufrieden mit dem Zimmer?«

»Ja, alles bestens.«

»Ich habe hier die Unterlagen für die Brunswick Soaring Association.«

Ich überfliege die Papiere. Scheint alles in Ordnung zu sein. Ich unterschreibe sie und gebe sie Taylor zurück. »Ich werde morgen selbst fahren. Wir treffen uns dann dort?«

»Ja, Sir. Ich werde ab sechs auf dem Platz sein.«

»Sollte sich etwas ändern, lasse ich es Sie wissen.«

»Soll ich für Sie auspacken, Sir?«

»Ja. Danke.«

Er nickt und trägt meinen Koffer ins Schlafzimmer.

Ich bin ruhelos – ich muss meine Gedanken ordnen und mir genau überlegen, was ich zu Ana sagen werde. Ich werfe einen Blick auf meine Armbanduhr: zwanzig nach neun. Ich habe das viel zu lange aufgeschoben. Vielleicht sollte ich mir zuerst einen Drink gönnen. Ich lasse Taylor auspacken und beschließe, rasch in die Hotelbar zu gehen, bevor ich Ros noch einmal anrufe und Ana schreibe.

Die Bar auf dem Dach ist überfüllt, aber ich finde einen Platz am Ende der Theke und bestelle mir ein Bier. Das Licht in diesem modernen, angesagten Lokal ist gedämpft, und es herrscht eine entspannte Atmosphäre. Ich lasse den Blick rasch über die Theke gleiten und vermeide Augenkontakt mit den beiden Frauen, die neben mir sitzen ... und dann erregt eine Bewegung meine Aufmerksamkeit. Glänzendes mahagonifarbenes Haar, in dem sich das Licht bricht, wird ungeduldig nach hinten geworfen.

Das ist Ana. Verdammt!

Sie sitzt mit dem Gesicht von mir abgewandt einer Frau gegenüber, die ihre Mutter sein muss. Die Ähnlichkeit ist verblüffend.

Was für ein unglaublicher Zufall.

Ausgerechnet hierher hat es sie verschlagen ... meine Güte!

Ich beobachte sie unverwandt. Sie trinken Cocktails – Cosmopolitans, wenn ich das richtig sehe. Ihre Mutter ist genauso atemberaubend wie Ana, nur älter; sie sieht aus wie Ende dreißig. Sie hat langes dunkles Haar, und ihre Augen haben den gleichen Blauton wie Anas. Irgendwie wirkt sie unkonventionell ... nicht wie jemand, den ich automatisch mit einer Mitgliedschaft im Golfclub in Verbindung bringen würde. Vielleicht hat sie sich so angezogen, weil sie mit ihrer jungen, hübschen Tochter unterwegs ist.

Das ist wirklich amüsant.

Carpe diem, Grey.

Ich ziehe das Telefon aus der Tasche meiner Jeans, um Ana eine Mail zu schreiben. Das wird interessant. Ich werde ihre Stimmung austesten ... und alles genau beobachten können.

Von: Christian Grey
Betreff: Essen mit Freunden
Datum: 1. Juni 2011, 21:40 Uhr EST
An: Anastasia Steele

Ja, ich habe tatsächlich mit Mrs. Robinson zu Abend gegessen.
Und sie ist nur eine alte Freundin, Anastasia.
Ich freue mich, dich bald wiederzusehen. Ich vermisse dich.

CHRISTIAN GREY
CEO, Grey Enterprises Holdings, Inc.

Ihre Mutter setzt eine ernste Miene auf. Vielleicht macht sie sich Sorgen um ihre Tochter, oder sie versucht, ihr Informationen zu entlocken.

Viel Glück, Mrs. Adams.

Einen Augenblick frage ich mich, ob sie über mich reden. Ihre Mutter steht auf; es sieht so aus, als würde sie zur Toilette gehen. Ana greift in ihre Tasche und zieht ihren BlackBerry heraus.

Und los geht's …

Sie beugt sich zum Lesen nach vorne und trommelt mit den Fingern auf den Tisch. Dann tippt sie wie wild auf die Tastatur. Es ist frustrierend, dass ich ihr Gesicht nicht sehen kann, aber ich glaube nicht, dass meine Mail sie beeindruckt hat. Einen Moment später legt sie das Telefon auf den Tisch und wirkt dabei verärgert.

Das ist nicht gut.

Ihre Mutter kommt zurück und gibt dem Kellner ein Zeichen, ihnen noch zwei Drinks zu bringen. Ich frage mich, wie viel sie schon getrunken haben.

Ich werfe einen Blick auf mein Telefon, und natürlich habe ich eine Antwort bekommen.

Von: Anastasia Steele
Betreff: Essen mit ALTEN Freunden
Datum: 1. Juni 2011, 21:42 Uhr EST
An: Christian Grey

Sie ist nicht nur irgendeine alte Freundin.
Hat sie etwa einen anderen knackigen Jungen gefunden, den sie
sich einverleiben kann?
Bist du ihr inzwischen zu alt?
Ist das der Grund, weshalb ihr nicht mehr zusammen seid?

Was zum Teufel ... ? Schon beim Lesen steigt Wut in mir hoch. Isaac
ist Ende zwanzig. *Wie ich.* Was erlaubt sie sich? Liegt das vielleicht
am Alkohol? *Höchste Zeit, dich zu zeigen, Grey.*

Von: Christian Grey
Betreff: Vorsicht ...
Datum: 1. Juni 2011, 21:45 Uhr EST
An: Anastasia Steele

Das möchte ich nicht per Mail mit dir besprechen.
Wie viele Cosmos willst du eigentlich noch trinken?
CHRISTIAN GREY
CEO, Grey Enterprises Holdings, Inc.

Sie starrt auf ihr Telefon, setzt sich dann abrupt auf und sieht sich
in der Bar um.
Showtime, Grey.
Ich lege zehn Dollar auf den Tresen und schlendere zu den beiden hinüber.
Unsere Blicke treffen sich. Sie wird blass – vor Schreck, wie es
scheint –, und ich bin mir nicht sicher, wie sie mich begrüßen wird
oder wie ich mich beherrschen soll, falls sie etwas über Elena sagt.
Sie streicht sich hektisch das Haar hinter die Ohren. Ein sicheres

Zeichen dafür, dass sie nervös ist. »Hi.« Ihre Stimme klingt angespannt und ein wenig zu hoch.

»Hi.« Ich beuge mich zu ihr hinunter und küsse sie auf die Wange. Sie riecht fantastisch, aber sie ist angespannt, als meine Lippen
ihre Haut streifen. Sie sieht toll aus. Sie ist leicht sonnengebräunt,
und sie trägt keinen BH. Ihre Brüste pressen sich gegen das seide-
ne Top, sind aber fast ganz hinter ihrem langen Haar verborgen.

Bestimmt nur für meine Augen, wie ich hoffe.

Und obwohl sie verärgert ist, freue ich mich, sie zu sehen. Ich
habe sie vermisst.

»Christian, das ist meine Mutter Carla.« Ana deutet auf ihre
Mom.

»Mrs. Adams, es freut mich sehr, Sie kennenzulernen.«

Ihre Mom mustert mich von Kopf bis Fuß.

Scheiße! Sie taxiert mich förmlich. *Einfach ignorieren, Grey.*

Nach einer ungewöhnlich langen Pause streckt sie mir endlich
ihre Hand entgegen. »Christian.«

»Was tust du hier?«, fragt Ana vorwurfsvoll.

»Ich bin hergekommen, weil ich dich sehen wollte, ganz einfach.
Ich wohne hier im Hotel.«

»Du wohnst hier?«

Ja, ich kann es selbst kaum glauben. »Na ja, du sagtest doch gestern,
du wünschst dir, dass ich hier wäre.« Ich versuche, ihre Reaktion
einzuschätzen. Bisher bemerke ich nur, dass sie nervös herumzappelt, sich anspannt und in vorwurfsvollem Ton und mit gepresster
Stimme spricht. Das läuft nicht gut. »Und wir wollen doch, dass Sie
zufrieden sind, Miss Steele«, füge ich rasch hinzu, in der Hoffnung,
sie damit aufzuheitern.

»Möchten Sie sich vielleicht zu uns setzen und etwas mit uns
trinken?«, fragt Mrs. Adams und gibt dem Kellner ein Zeichen.

Ich brauche etwas Stärkeres als Bier. »Ich nehme einen Gin
Tonic«, sage ich zu dem Kellner. »Hendrick's, wenn Sie haben, oder
Bombay Sapphire. Den Hendrick's mit Gurke, den Bombay lieber
mit Zitrone.«

»Und noch zwei Cosmo, bitte«, fügt Ana hinzu und sieht mich von der Seite ein wenig ängstlich an.

Sie hat guten Grund, verunsichert zu sein. Für meinen Geschmack hat sie bereits genug getrunken.

»Bitte, nehmen Sie sich doch einen Stuhl, Christian.«

»Danke, Mrs. Adams.«

Ich komme ihrer Aufforderung nach und setze mich neben Ana.

»Also bist du zufällig in dem Hotel abgestiegen, in dem wir etwas trinken gegangen sind?« Ihre Stimme klingt angespannt.

»Oder ihr beide seid zufällig in dem Hotel etwas trinken gegangen, in dem ich abgestiegen bin. Ich war essen, bin hier vorbeigekommen und habe dich gesehen. Ich war mit den Gedanken bei deiner letzten E-Mail« – ich werfe ihr einen vielsagenden Blick zu –, »und dann sitzt du auf einmal hier. Was für ein Zufall, nicht?«

Ana wirkt verlegen. »Meine Mutter und ich waren den ganzen Vormittag shoppen und danach am Strand. Wir haben beschlossen, uns heute Abend ein paar Cocktails zu genehmigen«, sagt sie hastig, als müsse sie sich dafür rechtfertigen, mit ihrer Mutter in eine Bar zu gehen.

»Ist dieses Top neu?«, frage ich. Sie sieht wirklich bezaubernd aus in diesem smaragdgrünen Oberteil. Ich habe die richtige Wahl getroffen – die Kleidungsstücke, die Caroline Acton für sie ausgesucht hat, sind alle in Edelsteinfarben gehalten. »Es steht dir. Und du hast ein bisschen Farbe bekommen. Du siehst sehr hübsch aus.« Ihre Wangen röten sich, und das Kompliment entlockt ihr ein Lächeln. »Eigentlich wollte ich dich erst morgen besuchen kommen, aber jetzt bist du ja hier.« Ich nehme ihre Hand und drücke sie leicht, denn ich will sie berühren. Langsam streiche ich mit meinem Daumen über ihre Fingerknöchel, und ihr Atem beschleunigt sich.

Ja, Ana. Fühl es.

Sei nicht böse auf mich.

Sie schaut mir in die Augen und lächelt schüchtern.

»Ich wollte dich überraschen, Anastasia. Aber wie immer bist du diejenige, die mich überrascht. Ich wollte dich bei deinem Plausch mit deiner Mutter nicht stören. Ich trinke nur kurz etwas mit euch, dann verschwinde ich auch schon. Ich habe noch zu arbeiten.« Ich unterdrücke das Bedürfnis, ihre Fingerknöchel zu küssen. Schließlich weiß ich nicht, was sie ihrer Mutter über uns erzählt hat. Falls sie überhaupt von uns gesprochen hat.

»Christian, ich freue mich so, Sie endlich kennenzulernen. Ana hat so von Ihnen geschwärmt«, sagt Anas Mutter mit einem charmanten Lächeln.

»Tatsächlich?« Ich werfe Ana einen Blick zu, und sie errötet.

Geschwärmt? Aha.

Das sind gute Neuigkeiten.

Der Kellner bringt mir meinen Gin Tonic.

»Hendrick's, Sir.«

»Danke.«

Er serviert Ana und ihrer Mutter frische Cosmopolitans.

»Wie lange werden Sie in Georgia bleiben, Christian?«, fragt Anas Mom.

»Bis Freitag, Mrs. Adams.«

»Hätten Sie Lust, morgen mit uns zu Abend zu essen? Und nennen Sie mich doch bitte Carla.«

»Das wäre mir ein großes Vergnügen, Carla.«

»Hervorragend. Wenn ihr beide mich für einen Moment entschuldigen würdet.«

War sie nicht gerade erst auf der Toilette?

Ich stehe auf, als sie geht, und setze mich wieder, um mich Miss Steeles Zorn zu stellen. Wieder nehme ich ihre Hand. »Du bist also sauer auf mich, weil ich mit einer alten Freundin essen war.« Ich küsse jeden einzelnen ihrer Fingerknöchel.

»Ja«, erwidert sie knapp.

Ist sie eifersüchtig?

»Unsere körperliche Beziehung ist schon lange beendet, Anastasia. Ich will keine andere, nur dich. Hast du das immer noch nicht begriffen?«

»Für mich ist sie eine Frau, die kleine Kinder missbraucht, Christian.«

Das schockiert mich so, dass meine Kopfhaut kribbelt. »Du bist voreingenommen. So war es nicht.« Frustriert lasse ich ihre Hand los.

»Ach ja? Wie war es dann?«, blafft sie mich an und reckt dabei ihr eigensinniges kleines Kinn nach vorne.

Macht der Alkohol sie so mutig?

»Sie hat einen verletzlichen fünfzehnjährigen Jungen benutzt«, fährt sie fort. »Wärst du ein fünfzehnjähriges Mädchen und Mrs. Robinson ein Mr. Robinson gewesen, der versucht hätte, dich zu seiner Partnerin einer BDSM-Beziehung zu machen, wäre das für dich in Ordnung gewesen? Wenn es, sagen wir, Mia gewesen wäre?«

Oh, jetzt wird's aber wirklich lächerlich. »Ana, so war es nicht.«

Ihre Augen funkeln wütend. Sie ist ziemlich aufgebracht. Warum? Es hat nichts mit ihr zu tun. Aber ich will hier in der Bar keinen ausgewachsenen Streit vom Zaun brechen, also senke ich die Stimme. »Ich habe es jedenfalls nicht so empfunden. Sie hat mich auf den richtigen Weg gebracht. Und genau das habe ich damals gebraucht.« Gütiger Himmel, wahrscheinlich wäre ich ohne Elena gar nicht mehr am Leben. Nur mit Mühe gelingt es mir, meine Wut zu zügeln.

Sie runzelt die Stirn. »Das verstehe ich nicht.«

Lenk sie davon ab, Grey.

»Anastasia, deine Mutter kommt gleich zurück. Ich will jetzt nicht darüber reden. Später vielleicht. Wenn es dir nicht recht ist, dass ich hier bin, kann ich jederzeit wieder gehen. Am Flughafen Hilton Head steht eine Maschine auf Stand-by. Ich kann jederzeit verschwinden.«

Sie sieht mich bestürzt an. »Nein, geh nicht. Bitte. Ich freue mich so, dass du hier bist.«

Sie freut sich? Wer's glaubt, wird selig.

»Ich will doch nur, dass du mich verstehst«, fährt sie fort. »Ich bin wütend, weil du mit ihr essen gegangen bist, kaum dass ich weg war. Überleg doch nur, wie wütend du bist, wenn ich auch nur in Josés Nähe komme. Und José ist nur ein guter Freund von mir. Ich habe nie mit ihm geschlafen. Wohingegen du und sie …«

»Du bist eifersüchtig?«

Wie kann ich ihr nur klarmachen, dass Elena und ich nur noch Freunde sind? Es gibt keinen Grund, auf sie eifersüchtig zu sein.

Miss Steele ist ganz eindeutig besitzergreifend.

Es dauert einen Moment, bis mir bewusst wird, dass mir das gefällt.

»Ja, und wütend auf das, was sie dir angetan hat«, erwidert sie.

»Anastasia, sie hat mir geholfen. Mehr sage ich nicht dazu. Und was deine Eifersucht angeht – versetz dich bitte einmal in meine Lage. In den letzten sieben Jahren musste ich niemandem Rechenschaft ablegen. Niemandem. Ich tue, was mir in den Sinn kommt, Anastasia. Ich liebe meine Unabhängigkeit. Ich habe mich nicht mit Mrs. Robinson getroffen, um dich eifersüchtig zu machen. Sondern weil wir uns ab und zu mal sehen. Sie ist eine alte Freundin und Geschäftspartnerin.«

Ihre Augen weiten sich.

Oh. Habe ich das noch nicht erwähnt?

Warum hätte ich ihr das auch erzählen sollen? Es hat nichts mit ihr zu tun.

»Ja, wir sind Geschäftspartner. Sexuell läuft nichts mehr zwischen uns. Schon seit Jahren nicht mehr.«

»Und wieso ging es zu Ende?«

»Ihr Mann hat es herausgefunden. Könnten wir vielleicht ein anderes Mal darüber reden? Irgendwo, wo es ruhiger ist?«

»Du wirst mich wohl kaum davon überzeugen können, dass sie keine Kinderschänderin ist.«

Verdammte Scheiße, Ana! Das Maß ist voll!

»Das ist sie für mich nicht. War sie nie. Und jetzt reicht's«, schnauze ich sie an.

»Hast du sie geliebt?«

Was?

»Und? Wie läuft's bei euch beiden?« Carla ist zurückgekommen. Ana zwingt sich zu einem Lächeln, bei dem sich mein Magen zusammenzieht.

»Prima, Mom.«

Habe ich Elena geliebt?

Ich nippe an meinem Drink. Verdammt, ich habe sie angebetet … Aber habe ich sie geliebt? Was für eine lächerliche Frage. Von romantischer Liebe verstehe ich nichts. Was sie will, ist diese Herzchen-und-Blümchen-Scheiße. Die Romane aus dem 19. Jahrhundert, die sie ständig liest, haben ihr offensichtlich Flausen in den Kopf gesetzt.

Mir reicht's.

»Tja, Ladys, dann werde ich euch beide jetzt allein lassen. Bitte schreiben Sie die Drinks auf Zimmer 612. Ich rufe dich morgen früh an, Anastasia. Bis morgen, Carla.«

»Oh, es ist so schön zu hören, wie dich jemand mit deinem vollen Namen anspricht.«

»Ein schöner Name für ein schönes Mädchen.« Ich schüttle Carla die Hand. Mein Kompliment ist ernst gemeint, aber das Lächeln auf meinem Gesicht nur erzwungen.

Ana wirft mir stumm einen flehenden Blick zu, den ich ignoriere. Ich küsse sie auf die Wange. »Ciao, ciao, Baby«, flüstere ich ihr ins Ohr, bevor ich mich umdrehe, die Bar verlasse und zurück in mein Zimmer gehe.

Dieses Mädchen provoziert mich wie noch nie jemand zuvor.

Und sie ist sauer auf mich; wahrscheinlich leidet sie unter PMS. Sie hat mir erzählt, dass sie diese Woche ihre Periode bekommen wird.

Ich stürme in meine Suite, knalle die Tür hinter mir zu und trete sofort auf den Balkon. Es ist warm, und ich hole tief Luft und atme den starken Salzgeruch des Flusses ein. Mittlerweile ist es Nacht geworden, und der Fluss ist tintenschwarz wie der Himmel … wie meine Stimmung. Ich hatte nicht einmal Gelegenheit, das morgige

Segelfliegen anzusprechen. Ich lege meine Hände auf das Geländer. Die Lichter an der Küste und an der Brücke machen den Ausblick noch schöner, aber auch das hebt meine Laune nicht.

Warum verteidige ich eine Beziehung, die begonnen hat, als Ana noch in der vierten Klasse war? Es geht sie überhaupt nichts an. Ja, natürlich ist es ein unkonventionelles Verhältnis gewesen. Aber das ist auch alles.

Ich fahre mir mit beiden Händen durchs Haar. Diese Reise verläuft nicht so, wie ich es mir vorgestellt habe. Vielleicht war es ein Fehler hierherzukommen. Und ausgerechnet Elena hat mich dazu ermutigt.

Mein Telefon klingelt, und ich hoffe, es ist Ana. Ros meldet sich.

»Ja«, knurre ich.

»Meine Güte, Christian. Störe ich Sie gerade?«

»Nein. Tut mir leid. Was gibt's?« *Komm runter, Grey.*

»Ich wollte Sie nur über mein Gespräch mit Marco informieren, aber wenn es gerade nicht passt, rufe ich morgen früh wieder an.«

»Nein, schon gut.«

Es klopft an der Tür. »Einen Moment, Ros.« Ich mache auf und rechne mit Taylor oder jemandem vom Hauspersonal, der das Bett aufdecken will. Aber es ist Ana. Sie steht verlegen im Flur und sieht wunderschön aus.

Sie ist hier.

Ich ziehe die Tür weiter auf und winke sie herein.

»Sind die Sozialpläne in trockenen Tüchern?«, frage ich Ros, ohne den Blick von Ana abzuwenden.

»Ja.«

Ana betritt den Raum und mustert mich vorsichtig. Ihre feuchten Lippen sind leicht geöffnet, und ihre Augen schimmern dunkel. *Was ist los mit ihr? Ein Sinneswandel?* Diesen Blick kenne ich. Er drückt Verlangen aus. Sie will mich. Und ich will sie auch, vor allem nach unserer Auseinandersetzung in der Bar.

Warum wäre sie sonst gekommen?

»Und die Kosten?«, frage ich Ros.

»Knapp zwei Millionen.«

Ich stoße einen Pfiff aus. »Das war ein teurer Fehler.«

»GEH hat sich immerhin den faseroptischen Bereich gesichert.«

Sie hat recht. Das war eines unserer Ziele.

»Und Lucas?«, erkundige ich mich.

»Seine Reaktion fiel ziemlich heftig aus.«

Ich öffne die Minibar und bedeute Ana, sich zu bedienen, dann schlendere ich ins Schlafzimmer.

»Was hat er gemacht?«

»Er hat einen Wutanfall bekommen.«

Im Badezimmer drehe ich den Wasserhahn an der riesigen, in den Boden eingelassenen Badewanne aus Marmor auf und gebe einen wenig angenehm duftenden Badezusatz hinein. In der Wanne würden ohne Weiteres sechs Personen Platz finden.

»Der Großteil der Summe ist für ihn«, rufe ich Ros ins Gedächtnis, während ich die Wassertemperatur überprüfe. »Und er bekommt außerdem noch den Gegenwert für seine Anteile. Ein Neuanfang ist für ihn also jederzeit möglich.«

Ich will das Bad schon verlassen, als mir plötzlich der Gedanke kommt, die kunstvoll auf der steinernen Bank angeordneten Kerzen anzuzünden. *Kerzenlicht zählt als »mehr«, oder?*

»Tja, er droht uns mit seinen Anwälten, obwohl ich nicht verstehe, warum. Wir sind in dieser Sache nach allen Seiten abgesichert. Höre ich da Wasser laufen?«, fragt Ros.

»Ja, ich lasse mir ein Bad ein.«

»Oh? Soll ich auflegen?«

»Nein. Gibt es sonst noch etwas?«

»Ja. Fred will mit Ihnen sprechen.«

»Tatsächlich?«

»Er hat sich Barneys neues Design angesehen.«

Ich schlendere zurück ins Wohnzimmer, segne Barneys Design für das Tablet ab und sage Ros, dass Andrea mir die neuen Grafiken schicken soll. Ana hat sich eine Flasche Orangensaft genommen.

»Ist das Ihr neuer Führungsstil? Nicht mehr persönlich dabei zu sein?«, fragt Ros. Ich lache laut auf, aber hauptsächlich wegen Anas Getränkewahl. *Kluges Mädchen.* Ros sage ich, dass ich erst am Freitag wieder im Büro sein werde.

»Und Sie wollen tatsächlich Ihre Meinung über Detroit ändern?«

»Hier gibt es ein Grundstück, an dem ich interessiert bin.«

»Weiß Bill davon?«, fragt Ros schnippisch.

»Ja. Er soll mich anrufen.«

»Ich werde es ihm ausrichten. Haben Sie sich heute Abend mit den Leuten aus Savannah getroffen?«

Ich sage ihr, dass ich mich für morgen mit ihnen verabredet habe, und achte dabei auf einen versöhnlichen und rücksichtsvollen Tonfall, denn das ist eine besonders wichtige Angelegenheit für Ros. »Ich will zuerst hören, was Georgia anbietet, bevor wir einsteigen.« Ich nehme ein Glas vom Bord, reiche es Ana und deute auf den Eiskübel.

»Wenn sie genug Fördergelder bieten, sollten wir uns die Sache überlegen«, fahre ich fort. »Obwohl ich mir nicht ganz sicher bin, ob man diese verdammte Hitze hier aushalten kann.«

Ana schenkt sich ihren Saft ein.

»Es ist schon ein wenig spät, diese Entscheidung umzuwerfen, Christian. Andererseits hätten wir dadurch in Detroit möglicherweise ein Druckmittel in der Hand«, überlegt Ros.

»Da bin ich ganz Ihrer Meinung. Detroit hat auch seine Vorteile, und dort ist es wesentlich kühler.«

Aber dort verfolgen mich zu viele Geister.

»Bill soll mich morgen anrufen.« Es ist schon spät, und ich habe Besuch. »Nicht zu früh«, füge ich hinzu. Ros wünscht mir eine gute Nacht, und ich lege auf.

Ana sieht mich zurückhaltend an, während ich sie intensiv mustere. Ihr dichtes Haar fällt über ihre schmalen Schultern und umrahmt ihr entzückendes, nachdenkliches Gesicht. »Du hast meine Frage nicht beantwortet«, murmelt sie.

»Nein, habe ich nicht.«

»Nein, du hast meine Frage nicht beantwortet, oder nein, du hast sie nicht geliebt?«

Sie lässt nicht locker. Ich lehne mich gegen die Wand und verschränke die Arme vor der Brust, um sie nicht an mich zu ziehen. »Weshalb bist du hier, Anastasia?«

»Das habe ich dir doch gerade gesagt.«

Erlöse sie endlich, Grey.

»Nein, ich habe sie nicht geliebt.«

Ihre Schultern entspannen sich, und ihre Gesichtszüge werden weicher. Das wollte sie hören.

»Du bist ja richtig eifersüchtig. Wer hätte das gedacht?«

»Machen Sie sich etwa über mich lustig, Mr. Grey?«

»Das würde ich nie wagen«, entgegne ich.

»Ich glaube eher, Sie wagen es sehr wohl und noch dazu ziemlich oft.« Sie grinst und beißt sich mit ihren perfekten Zähnen auf die Lippe.

Das macht sie mit Absicht.

»Bitte hör auf, auf deiner Lippe zu kauen. Du bist in meinem Zimmer, ich habe dich seit fast drei Tagen nicht gesehen und bin quer durchs Land geflogen, nur um mit dir zusammen zu sein.« Ich brauche jetzt eine Bestätigung, dass wir uns wieder vertragen, und zwar auf die einzige Weise, die ich kenne. Ich will sie ficken, hart.

Mein Telefon summt, aber ich stelle es aus, ohne nachzusehen, wer angerufen hat. Wer auch immer das ist, er kann warten.

Ich trete einen Schritt auf sie zu. »Ich will dich, Anastasia. Jetzt. Und du willst mich. Deshalb bist du hergekommen.«

»Ich musste es wissen«, verteidigt sie sich.

»Und was tust du jetzt, da du es weißt? Kommen oder gehen?«, frage ich und stelle mich vor sie hin.

»Ich komme.« Sie schaut mir in die Augen.

»Oh, das möchte ich doch hoffen.« Ich betrachte fasziniert, wie ihre Augen dunkler werden.

Sie will mich.

»Du warst so wütend auf mich«, flüstere ich.

Es ist noch neu für mich, mit ihrem Zorn klarzukommen, ihre Gefühle zu berücksichtigen.

»Ja.«

»Ich kann mich nicht erinnern, dass irgendjemand außer meiner Familie jemals wütend auf mich gewesen wäre. Aber es gefällt mir.« Sanft fahre ich mit meiner Fingerspitze über ihr Gesicht bis hinunter zu ihrem Kinn. Sie schließt die Augen und legt ihre Wange in meine Hand. Ich beuge mich vor und streiche mit der Nase über ihre nackte Schulter bis hinauf zu ihrem Ohr, und während ich ihren süßen Duft einatme, steigt Verlangen in mir auf. Ich lasse meine Finger über ihren Nacken in ihr Haar gleiten.

»Wir sollten reden«, flüstert sie.

»Später.«

»Aber es gibt so vieles, was ich dir gern sagen würde.«

»Ich dir auch.« Ich küsse die Stelle unter ihrem Ohrläppchen, packe ihr Haar etwas fester und ziehe ihren Kopf nach hinten, sodass ihre Kehle entblößt vor mir liegt. Mit kleinen Küssen und Bissen liebkose ich ihr Kinn und ihren Hals, während mein Körper vor Begierde vibriert. Sie greift stöhnend nach meinen Armen. Ich spanne mich einen Moment an, aber die Dunkelheit bricht nicht über mich herein.

»Hast du deine Tage?«, murmle ich, während ich sie weiter küsse.

Sie versteift sich. »Ja.«

»Hast du Krämpfe?«

»Nein.« Ihre Stimme klingt leise und ziemlich beschämt.

Ich halte inne und schaue ihr in die Augen. Warum ist ihr das peinlich? Es geht doch um ihren eigenen Körper. »Nimmst du die Pille schon?«

»Ja.«

Gut. »Lass uns ein Bad nehmen.«

In dem superschicken Badezimmer lasse ich ihre Hand los. Hier ist es heiß und feucht, Dampfwolken wabern über dem Badeschaum. In dieser Hitze kleben mir mein Leinenhemd und meine Jeans schon nach wenigen Augenblicken am Leib.

Ana beobachtet mich; in der feuchten Luft bilden sich winzige Schweißperlen auf ihrer Haut.

»Hast du etwas, um dein Haar zusammenzubinden?«, frage ich. Ihr Haar wird ihr sonst im Gesicht kleben bleiben. Sie kramt ein Zopfband aus ihrer Jeanstasche.

»Bind dir das Haar zusammen«, befehle ich ihr und sehe zu, wie sie mit einer raschen, anmutigen Bewegung gehorcht.

Braves Mädchen. Keine Widerrede mehr.

Ein paar Haarsträhnen hängen aus ihrem Pferdeschwanz, aber sie sieht bezaubernd aus. Ich drehe den Wasserhahn zu und führe sie an der Hand in den anderen Teil des Badezimmers, wo ein großer vergoldeter Spiegel über zwei Marmorwaschbecken hängt. Ich stelle mich hinter sie, schaue ihr im Spiegel in die Augen und bitte sie, ihre Sandalen auszuziehen. Eilig streift sie sich die Schuhe von den Füßen und lässt sie auf den Boden fallen.

»Heb die Arme«, flüstere ich. Ich packe den Saum ihres hübschen Tops und streife es ihr über den Kopf. Als sie mit nackten Brüsten dasteht, greife ich um sie herum, öffne den Knopf ihrer Jeans und ziehe den Reißverschluss herunter.

»Ich werde dich hier im Badezimmer nehmen, Anastasia.« Ihr Blick wandert zu meinem Mund, und sie leckt sich über die Lippen. In dem gedämpften Licht glitzern ihre Pupillen vor Erregung. Ich bedecke ihren Hals mit sanften Küssen. Ich schiebe meine Daumen in ihre Jeans und streife sie langsam über ihren wunderschönen Po, wobei ich ihr Höschen nach unten ziehe. Während ich mich hinter sie knie, schiebe ich beides bis zu ihren Knöcheln hinunter. »Steig aus deinen Jeans«, befehle ich ihr. Sie hält sich am Waschbeckenrand fest und gehorcht. Jetzt ist sie nackt, und mein Gesicht befindet sich direkt vor ihrem Hinterteil. Ich werfe ihre Jeans, ihren Slip und ihr Top auf einen weißen Hocker neben dem Waschbecken und überlege mir, was ich jetzt mit diesem Po alles anstellen könnte. Ich bemerke ein blaues Bändchen zwischen ihren Beinen – ihr Tampon –, also küsse ich nur sanft ihre Hinterbacken und beiße zärtlich hinein, bevor ich aufstehe. Wieder treffen sich unsere

Blicke im Spiegel, und ich lege meine Hand auf ihren weichen, flachen Bauch.

»Sieh dich an. Du bist wunderschön. Wie fühlt sich das an?« Ich nehme ihre Hände in meine, spreize ihre Finger und fahre ihr damit über den Bauch.

»Fühl doch nur, wie weich deine Haut ist«, flüstere ich. Langsam führe ich ihre Hände in einem großen Kreis über ihren Oberkörper, bis wir an ihren Brüsten angelangt sind.

»Fühl nur, wie voll deine Brüste sind.« Ich halte ihre Hände so, dass sie ihre Brüste bedecken, während ich behutsam mit den Daumen ihre Brustwarzen liebkose. Sie stöhnt und wölbt sich nach vorne, ihren und meinen Händen entgegen. Vorsichtig drücke ich ihre Brustwarzen zusammen und ziehe ganz leicht daran, wieder und wieder, und beobachte fasziniert, wie sie härter und länger werden.

Wie ein bestimmter Teil meines Körpers.

Sie schließt die Augen, presst sich an mich und windet sich, bis sie meine Erektion an ihren Pobacken spürt. Stöhnend legt sie den Kopf an meine Schulter.

»So ist es richtig, Baby«, murmle ich, das Gesicht an ihren Nacken gedrückt, und genieße es, wie ihr Körper durch die Berührung ihrer eigenen Finger auflebt. Ich führe ihre Hände hinunter zu ihren Hüften und zu ihrem Schamhaar. Dann dränge ich mein Bein zwischen ihre Schenkel und schiebe ihren Fuß mit meinem zur Seite, während ich mit ihren Händen über ihre Vulva streiche, erst mit einer, dann mit der anderen. Immer wieder massiere ich dabei mit ihren Fingern ihre Klitoris.

Sie stöhnt, und ich beobachte im Spiegel, wie sie sich erschaudernd an mich drückt.

Meine Güte, sie ist eine wahre Göttin.

»Sieh nur, wie du von innen heraus leuchtest, Anastasia.« Ich küsse und liebkose ihren Nacken und ihre Schulter. Als ich abrupt damit aufhöre und einen Schritt zurücktrete, öffnet sie die Augen.

»Mach weiter.« Ich bin gespannt, was sie nun tun wird.

Einen Moment lang zögert sie, dann massiert sie sich selbst mit einer Hand, aber ohne große Begeisterung.

Oh, so wird das nichts.

Rasch ziehe ich mein verschwitztes Hemd und die Jeans aus und befreie meine Erektion von der Unterhose.

»Es wäre dir lieber, wenn ich das tun würde?« Meine Augen suchen ihren Blick im Spiegel.

»O ja, bitte.« Ihre Stimme klingt flehend. Ich schlinge meine Arme um sie und presse meinen Körper gegen ihren Rücken, sodass sich mein Schwanz in der Spalte zwischen ihren verführerischen Hinterbacken befindet. Ich nehme wieder ihre Hände in meine und führe sie, eine nach der anderen, über ihre Klitoris. Mein Streicheln und Massieren erregt sie noch stärker. Sie wimmert leise, als ich ihr sanft in den Nacken beiße und daran sauge. Ihre Beine beginnen zu zittern. Abrupt drehe ich sie zu mir herum. Ich packe ihre Handgelenke mit einer Hand und halte sie hinter ihrem Rücken fest, während ich ihren Kopf mit der anderen an ihrem Pferdeschwanz nach hinten ziehe und sie auf den Mund küsse. Ihre Lippen schmecken köstlich nach Orangensaft und süßer, süßer Ana. Ihr Atem kommt stoßweise, ebenso wie meiner.

»Wann hat deine Periode eingesetzt, Anastasia?«

Ich möchte dich ohne Kondom ficken.

»Gestern«, haucht sie atemlos.

»Gut.« Ich lasse sie los und drehe sie wieder um. »Halt dich am Waschbecken fest«, befehle ich. Ich ziehe sie an den Hüften nach hinten, sodass sie sich nach vorne beugen muss. Dann lasse ich meine Hand über ihren Po zu dem blauen Bändchen gleiten, ziehe den Tampon heraus und werfe ihn in die Toilette. Sie schnappt schockiert nach Luft, aber ich dringe rasch in sie ein.

Ich stoße pfeifend den Atem durch die Zähne aus.

Verdammt! Sie fühlt sich so gut an. So gut. Haut an Haut.

Vorsichtig ziehe ich mich zurück, versenke mich dann wieder in sie und genieße jeden kostbaren, feuchten Zentimeter. Sie presst sich stöhnend an mich.

O ja, Ana.

Sie umfasst das Waschbecken noch fester, während ich mich immer schneller in ihr bewege. Ich packe ihre Hüften und verfalle in einen erbarmungslosen Rhythmus. Fordernd. Besitzergreifend.

Sei nicht eifersüchtig, Ana. Ich will nur dich.

Dich.

Dich.

Meine Finger finden ihre Klitoris, und ich streichle, massiere und stimuliere sie, bis ihre Beine wieder zu zittern beginnen. »So ist es richtig, Baby«, stöhne ich mit rauer Stimme und stoße in einem unbarmherzigen Du-gehörst-mir-Rhythmus in sie hinein.

Streite nicht mit mir. Widersprich mir nicht.

Ihre Beine versteifen sich, und ihr ganzer Körper beginnt zu zittern. Als der Orgasmus über sie hinwegspült, schreit sie auf und reißt mich mit sich.

»O Ana«, keuche ich. Alles um mich herum verschwimmt vor meinen Augen, als ich loslasse und in ihr komme.

Verdammt!

»Oh, Baby, kriege ich jemals genug von dir?«, flüstere ich und lehne mich gegen sie.

Langsam ziehe ich sie mit mir auf den Boden und schlinge meine Arme um sie. Sie legt ihren Kopf an meine Schulter, immer noch völlig außer Atem.

Gütiger Himmel!

War es schon jemals so?

Ich drücke ihr einen Kuss aufs Haar, und sie beruhigt sich. Sie schließt die Augen, und während ich sie in meinen Armen halte, kommt sie allmählich wieder zu Atem. Wir sind beide schweißgebadet, und es ist feuchtheiß in diesem Badezimmer, aber ich möchte an keinem anderen Ort dieser Welt sein.

Sie rückt ein Stück zur Seite. »Ich blute«, murmelt sie.

»Das macht mir nichts aus.« Ich will sie nicht loslassen.

»Das habe ich gemerkt.« Ihre Stimme klingt spröde.

»Macht es dir etwas aus?« *Das sollte es nicht. Es ist etwas vollkom-*

men Natürliches. Ich habe bisher nur eine Frau kennengelernt, die sich geziert hat, während ihrer Periode Sex zu haben, aber darauf habe ich keine Rücksicht genommen.

»Nein, überhaupt nicht.« Ana schaut mich mit ihren klaren blauen Augen an.

»Gut. Lass uns in die Wanne steigen.« Ich löse mich von ihr, und sie runzelt kurz die Stirn, als ihr Blick auf meine Brust fällt. Ihr rosiges Gesicht wird blass, und ihre Augen verschleiern sich.

»Was ist los?« Ihr Gesichtsausdruck erschreckt mich.

»Deine Narben. Sie stammen nicht von den Masern.«

»Nein«, erwidere ich eisig.

Darüber will ich nicht reden.

Ich stehe auf, nehme ihre Hand und ziehe sie hoch. Ihre Augen sind vor Entsetzen geweitet.

Gleich wird Mitleid in ihr aufkeimen.

»Schau mich nicht so an«, herrsche ich sie an und lasse ihre Hand los.

Ich will dein verdammtes Mitleid nicht, Ana. Lass es bleiben.

Sie starrt auf ihre Hände, zur Einsicht gebracht, wie ich hoffe.

»Hat sie das getan?« Ihre Stimme ist kaum hörbar.

Ich starre sie finster an und versuche, den plötzlich in mir aufsteigenden Zorn zu unterdrücken. Mein Schweigen zwingt sie dazu, mich anzusehen.

»Sie?«, knurre ich. »Mrs. Robinson?«

Ana wird bei meinem Tonfall noch blasser.

»Sie ist kein Tier, Anastasia. Natürlich war sie es nicht. Ich verstehe nicht, weshalb du sie unbedingt dämonisieren musst.«

Rasch senkt sie den Kopf, um mir nicht mehr in die Augen schauen zu müssen, geht an mir vorbei und steigt in die Wanne. Sie lässt sich in den Schaum sinken, sodass ich ihren Körper nicht mehr sehen kann. Als sie zu mir hochsieht, ist ihre Miene offen und zerknirscht. »Ich frage mich nur, wie du wohl wärst, wenn du sie nicht kennengelernt hättest. Wenn sie dich nicht in ihren … Lebensstil eingeführt hätte.«

Verdammt! Es geht immer noch um Elena.

Ich steige in die Wanne, lasse mich ins Wasser sinken, außerhalb ihrer Reichweite. Sie mustert mich und wartet auf eine Antwort. Tiefes Schweigen breitet sich zwischen uns aus, bis ich nur noch das Blut in meinen Ohren rauschen höre.

Verflucht!

Sie hält eisern meinem Blick stand.

Gib auf, Ana!

Nein. Damit kann ich wohl nicht rechnen.

Ich schüttle den Kopf. *Unmögliches Weib.*

»Ohne Mrs. Robinson hätte mir wahrscheinlich dasselbe Schicksal geblüht wie meiner leiblichen Mutter.«

Sie streicht sich stumm eine feuchte Haarsträhne hinter das Ohr.

Was kann ich ihr über Elena sagen? Ich denke an unsere Beziehung. Elena und ich. Diese aufregenden Jahre. Die Heimlichkeit. Der Sex im Verborgenen. Der Schmerz. Das Vergnügen. Die Erlösung … Die Ruhe und Ordnung, die sie in mein Leben brachte. »Sie hat mich auf eine Art und Weise geliebt, die für mich … annehmbar war«, sage ich mehr zu mir selbst.

»Annehmbar?«, fragt Ana ungläubig.

»Ja.«

Ana sieht mich erwartungsvoll an.

Sie will mehr hören.

Scheiße.

»Sie hat mich von dem destruktiven Weg abgebracht, den ich eingeschlagen hatte«, fahre ich leise fort. »Es ist sehr schwer, in einer perfekten Familie aufzuwachsen, wenn man selbst nicht perfekt ist.«

Sie zieht scharf den Atem ein.

Verdammt, ich hasse es, darüber zu reden.

»Liebt sie dich immer noch?«

Nein! »Ich glaube nicht. Zumindest nicht auf diese Weise. Ich sage doch die ganze Zeit, dass es lange her ist. Vergangenheit. Ich könnte es nicht ändern, selbst wenn ich es wollte, was ich aber nicht tue. Sie hat mich vor mir selbst gerettet. Ich habe noch nie mit jemandem darüber geredet. Außer mit Dr. Flynn natürlich. Und es gibt nur einen Grund, weshalb ich mit dir darüber rede – weil ich will, dass du mir vertraust.«

»Ich vertraue dir auch, aber ich will dich besser kennenlernen, und wann immer ich versuche, über etwas mit dir zu reden, weichst du mir aus. Es gibt aber so vieles, was ich gern wissen möchte.«

»Herrgott nochmal, Anastasia! Was brauchst du denn noch? Was muss ich tun?«

Sie starrt auf ihre Hände unter der Wasseroberfläche. »Ich versuche nur, dich zu verstehen; du bist ein Buch mit sieben Siegeln für mich. Ganz anders als alle Menschen, die ich bisher kennengelernt habe. Ich bin froh, dass du mir sagst, was ich wissen will.«

Mit plötzlicher Entschlossenheit gleitet sie durchs Wasser, setzt sich neben mich und schmiegt sich an mich, sodass ihre Haut meine berührt.

»Bitte sei nicht böse auf mich«, flüstert sie.

»Ich bin nicht böse auf dich, Anastasia. Ich bin nur nicht daran gewöhnt, solche Gespräche zu führen … diese bohrenden Fragen. Normalerweise führe ich diese Art von Unterhaltung nur mit Dr. Flynn und mit …«

Verdammt!

»Mit ihr? Mrs. Robinson? Du redest mit ihr.« Ihre leise Stimme klingt belegt.

»Ja.«

»Worüber?«

Ich drehe mich so abrupt zu ihr um, dass das Wasser über den Wannenrand auf den Boden schwappt. »Du gibst nicht so schnell auf, was? Wir reden über das Leben, über Gott und die Welt – übers Geschäft. Sie und ich kennen uns eine halbe Ewigkeit, Anastasia. Wir können über alles reden.«

»Auch über mich?«

»Ja.«

»Wieso redest du mit ihr über mich?« Jetzt klingt sie trotzig.

»Ich habe noch nie jemanden wie dich kennengelernt, Anastasia.«

»Was heißt das? Jemanden, der nicht gleich alles unterschreibt, was du ihm vorlegst, ohne auch nur einmal nachzufragen?«

Ich schüttle den Kopf. Nein. »Ich brauche hin und wieder einen Rat.«

»Und was Mrs. Pädo dir rät, befolgst du?«, stichelt sie.

»Das reicht jetzt, Anastasia«, herrsche ich sie an. »Sonst lege ich dich übers Knie. Ich habe keinerlei sexuelles oder romantisches Interesse an ihr. Sie ist eine enge Freundin und Geschäftspartnerin, mehr nicht. Zwischen uns war früher einmal etwas, wovon ich mehr profitiert habe, als ich sagen kann, dafür hat es sie ihre Ehe gekostet – aber diese Phase liegt längst hinter uns.«

Sie strafft die Schultern. »Und deine Eltern haben es nie herausgefunden?«

»Nein«, knurre ich. »Das habe ich dir doch gesagt.«

Sie mustert mich vorsichtig; ich glaube, sie hat begriffen, dass sie mich an meine Grenzen gebracht hat.

»War's das jetzt?«, frage ich.

»Fürs Erste.«

Dem Himmel sei Dank! Sie hat nicht übertrieben, als sie mir erklärte, sie habe einiges auf dem Herzen. Aber wir reden nicht über das, worüber ich reden will. Ich muss jetzt wissen, wo ich stehe. Ob unsere Vereinbarung eine Chance bei ihr hat.

Carpe diem, Grey.

»Gut, jetzt bin ich an der Reihe. Du hast nicht auf meine Mail geantwortet.«

Sie streicht sich das Haar hinter ihr Ohr und schüttelt den Kopf. »Ich wollte antworten, aber jetzt bist du ja hier.«

»Wäre es dir lieber, wenn ich nicht gekommen wäre?« Ich halte den Atem an.

»Nein, ich freue mich sogar darüber.«

»Gut. Ich freue mich auch, hier zu sein, trotz deines Verhörs. Du glaubst also, es ist völlig in Ordnung, mich in die Mangel zu nehmen, während du eine Art diplomatische Immunität genießt, nur weil ich durchs halbe Land geflogen bin, um dich zu sehen? Vergiss es. Ich will wissen, wie du empfindest.«

Sie runzelt die Stirn. »Das habe ich doch gerade gesagt. Ich freue mich, dass du hergekommen bist. Danke, dass du den langen Weg auf dich genommen hast.« Es klingt aufrichtig.

»War mir ein Vergnügen.« Als ich mich vorbeuge und sie küsse, öffnet sie sich wie eine Blüte, die sich mir darbietet. Sie will mehr. Ich weiche zurück. »Nein. Ich will zuerst ein paar Antworten, bevor mehr passiert.«

Sie seufzt und sieht mich wieder vorsichtig an. »Was willst du wissen?«

»Wie stehst du zum Beispiel zu unserem möglichen Arrangement?«

Sie verzieht den Mund, als ob ihre Antwort einen schlechten Beigeschmack hätte.

Oje.

»Ich glaube nicht, dass ich es über einen längeren Zeitraum schaffen werde, beispielsweise ein ganzes Wochenende über, jemand zu sein, der ich nicht bin.« Sie senkt den Blick.

Das ist kein Nein. Außerdem glaube ich, dass sie recht hat.

Ich umfasse ihr Kinn und hebe ihren Kopf an, sodass ich ihr in die Augen schauen kann.

»Nein, das glaube ich auch nicht.«

»Lachst du mich etwa aus?«

»Ja, aber ich meine es nicht böse. Du bist eben keine gute Sub.«

Ihr bleibt der Mund offen stehen. Täuscht sie etwa vor, beleidigt zu sein? Und dann bricht sie in süßes, ansteckendes Gelächter aus, und ich weiß, dass sie nicht beleidigt ist.

»Vielleicht liegt es ja an meinem Lehrer.«

Gutes Argument, Miss Steele.

Ich stimme in ihr Lachen ein. »Kann sein. Vielleicht sollte ich strenger mit dir sein.« Ich schaue ihr prüfend ins Gesicht. »War es so schlimm, als ich dich das erste Mal übers Knie gelegt habe?«

»Nein, eigentlich nicht.« Ihre Wangen röten sich leicht.

»Es geht also mehr ums Prinzip?«, hake ich nach.

»Vermutlich. Darum, Lust zu empfinden, obwohl man es nicht dürfte.«

»Mir ging es am Anfang ebenfalls so. Es dauert eine Weile, bis man sich an den Gedanken gewöhnt hat.«

Endlich reden wir darüber. »Du hast immer noch die Möglichkeit, das Safeword zu sagen, Anastasia. Vergiss das nicht. Und solange du dich an die Regeln hältst, die mein tiefes Bedürfnis nach Kontrolle befriedigen und deiner eigenen Sicherheit dienen, finden wir vielleicht einen Weg.«

»Wieso hast du das Bedürfnis, mich zu kontrollieren?«

»Weil genau dieses Bedürfnis während der Prägephase in meinem Leben nicht befriedigt wurde.«

»Also ist das Ganze eine Art Therapie für dich?«

»So habe ich es bisher noch nie betrachtet, aber ja, vermutlich ist es das.«

Sie nickt. »Aber das Problem ist, dass du in der einen Sekunde sagst, ich soll mich dir nicht widersetzen, in der nächsten aber willst, dass ich dir Paroli biete. Dich zufriedenzustellen ist eine echte Gratwanderung.«

»Das sehe ich ein. Aber bislang machst du deine Sache sehr gut.«

»Aber zu welchem Preis? Mir sind die Hände gebunden.«

»Ich mag es, wenn dir die Hände gebunden sind.«

»Das habe ich nicht damit gemeint.« Sie spritzt mir eine Handvoll Wasser ins Gesicht.

»Hast du mich etwa gerade angespritzt?«

»Ja.«

»Oh, Miss Steele.« Ich schlinge meinen Arm um ihre Taille und ziehe sie so schwungvoll auf meinen Schoß, dass ein weiterer Schwall Wasser auf den Boden schwappt. »Ich glaube, für den Moment haben wir genug geredet.«

Ich nehme ihr Gesicht in meine Hände und küsse sie. Sanft schiebe ich meine Zunge zwischen ihre Lippen und dann tief und beherrschend in ihren Mund. Sie vergräbt ihre Hände in meinem Haar und erwidert meinen Kuss. Unsere Zungen streicheln sich. Mit einer Hand drücke ich ihren Kopf zur Seite und schiebe sie mit der anderen nach oben, bis sie rittlings auf mir sitzt.

Ich löse mich kurz von ihr und hole tief Luft. Ihre Augen sind dunkel und funkeln vor Lust. Ich packe ihre Handgelenke, drehe sie ihr auf den Rücken und halte sie dort mit einer Hand fest. »Ich werde dich jetzt nehmen.« Ich hebe sie ein Stück hoch, sodass sich meine Erektion zwischen ihren Beinen befindet. »Bist du bereit?«

»Ja«, flüstert sie. Langsam lasse ich sie nach unten sinken und beobachte ihren Gesichtsausdruck, während ich in sie eindringe. Sie schließt stöhnend ihre Augen und streckt ihre Brüste nach vorne in mein Gesicht.

O Gott.

Ich hebe die Hüften ein Stück an und dringe noch tiefer in sie ein, während ich meine Stirn gegen ihre lehne.

Sie fühlt sich so gut an.

»Bitte lass meine Hände los«, haucht sie.

Ich schlage die Augen auf. Ihr Mund ist leicht geöffnet, und sie atmet heftig.

»Aber fass mich nicht an«, bitte ich sie. Ich lasse ihre Hände los und umklammere ihre Hüften. Sie stützt sich auf den Wannenrand und beginnt, mich vorsichtig zu reiten. Auf und nieder. Aufreizend langsam. Sie öffnet die Augen und sieht, dass ich sie dabei beobachte. Stöhnend küsst sie mich, erkundet mit ihrer Zunge meinen Mund. Mit geschlossenen Augen genieße ich dieses unglaubliche Gefühl.

O ja, Ana.

Ihre Finger sind in meinem Haar und ziehen und zerren daran. Sie küsst mich immer noch und spielt mit meiner Zunge, während sie an mir auf und ab gleitet. Ich packe ihre Hüften fester und steigere den Rhythmus. Höher, schneller. Vage nehme ich wahr, dass das Wasser in großen Wellen aus der Wanne schwappt.

Aber das kümmert mich nicht. Ich will sie. Genau so.

Diese wunderschöne Frau, die aufstöhnt, ihre Lippen immer noch an meinen.

Auf und ab. Auf und ab. Immer wieder.

Sie gibt sich mir hin. Und nimmt mich zur gleichen Zeit.

»Ah.« Ein lustvolles Stöhnen dringt aus ihrer Kehle.

»So ist es gut, Baby«, flüstere ich, als ihr Orgasmus sie erschüttert und sie laut aufschreit.

Ich schlinge meine Arme um sie und halte sie fest an mich gepresst, während auch ich komme und Erlösung in ihr finde. »Ana, Baby!«, schreie ich, und mir wird bewusst, dass ich sie nie mehr loslassen will.

Sie küsst mein Ohr.

»Das war ...«

»Ja.« Ich packe ihre Arme und drücke sie ein Stück zurück, um ihr Gesicht sehen zu können. Sie wirkt schläfrig und zufrieden, und ich nehme an, bei mir ist es ähnlich.

»Danke«, flüstere ich.

Sie schaut mich verständnislos an.

»Dafür, dass du mich nicht berührt hast.«

Ihr Blick wird weich, und sie hebt die Hand. Ich versteife mich, aber sie schüttelt den Kopf und fährt mir mit dem Finger über die Lippen.

»Du hast mir gesagt, das sei ein Hard Limit für dich. Das verstehe ich.« Und sie beugt sich zu mir vor und küsst mich. Dieses unbekannte Gefühl taucht auf und breitet sich in meiner Brust aus, namenlos und gefährlich.

»Lass uns ins Bett gehen. Oder musst du zurück?« Die Intensität meiner Emotionen erschreckt mich.

»Nein, ich muss nicht gehen.«

»Gut. Dann bleib bei mir.«

Ich stehe auf, steige aus der Wanne und hole Handtücher, während ich rasch diese verwirrenden Gefühle unterdrücke.

Ich hülle sie in ein Handtuch, schlinge das andere um meine Hüfte und werfe ein drittes auf den Boden, in dem vergeblichen

Versuch, den überschwemmten Boden zu trocknen. Ana schlendert zum Waschbecken hinüber, während ich das Wasser aus der Wanne lasse.

Das war wirklich ein interessanter Abend.

Und sie hatte recht. Es war gut, dass wir uns unterhalten haben, obwohl ich mir nicht sicher bin, ob wir damit tatsächlich etwas geklärt haben.

Sie putzt sich die Zähne mit meiner Zahnbürste. Schmunzelnd gehe ich ins Schlafzimmer und werfe einen Blick auf mein Telefon. Taylor hat versucht, mich zu erreichen.

Ich schicke ihm eine SMS.

Alles okay?
Ich fahre um sechs los zum Segelfliegen.

Er antwortet sofort.

Deshalb habe ich angerufen. Wettervorhersage gut. Ich werde dort sein. Gute Nacht, Sir.

Ich werde mit Miss Steele segelfliegen! Meine Begeisterung verstärkt sich noch, als sie in ein Handtuch gewickelt aus dem Bad kommt, und ich kann mir ein breites Grinsen nicht verkneifen.

»Ich brauche meine Handtasche«, sagt sie ein wenig schüchtern.

»Ich glaube, sie liegt im Wohnzimmer.«

Sie huscht davon, und ich putze mir die Zähne, in dem Bewusstsein, dass die Zahnbürste sich gerade noch in ihrem Mund befunden hat.

Im Schlafzimmer streife ich das Handtuch ab, ziehe die Laken zurück und warte im Bett auf Ana. Sie ist noch einmal im Badezimmer verschwunden und hat die Tür hinter sich geschlossen.

Kurz darauf kommt sie zu mir. Sie lässt ihr Handtuch fallen und legt sich, nackt und mit einem scheuen Lächeln, neben mich. Wir machen es uns einander zugewandt auf den Kopfkissen bequem. »Willst du schlafen?«, frage ich. Wir müssen früh aufstehen, und es ist schon fast elf.

»Nein, ich bin nicht müde.« Ihre Augen funkeln.

»Was willst du dann machen?« *Mehr Sex?*

»Reden.«

Noch mehr reden. O Gott. Ich lächle resigniert. »Worüber denn?«

»Über alle möglichen Dinge.«

»Was für Dinge?«

»Über dich.«

»Was ist mit mir?«

»Was ist dein Lieblingsfilm?«

Ihre Fragen kommen wie aus der Pistole geschossen, und das gefällt mir. »Heute ist es *Das Piano.*«

Sie lächelt mich strahlend an. »Natürlich. Das hätte ich mir denken können. Die Filmmusik ist so traurig und spannungsgeladen. Bestimmt kannst du die Stücke selbst spielen. So viele Erfolge, Mr. Grey.«

»Und Sie sind der größte Erfolg von allen, Miss Steele.«

Sie grinst noch breiter. »Also bin ich Nummer sechzehn.«

»Sechzehn?«

»Die Anzahl der Frauen, mit denen du ... äh ... Sex hattest.«

O Scheiße. »Nicht ganz.«

Ihr Lächeln verschwindet. »Aber du hast doch von fünfzehn gesprochen.«

»Damit war die Zahl der Frauen gemeint, die in meinem Spielzimmer waren. Ich dachte, danach hättest du mich gefragt. Du hast mich nicht gefragt, mit wie vielen Frauen ich Sex hatte.«

»Oh.« Sie starrt mich mit großen Augen an. »Blümchensex?«

»Nein, du bist meine einzige Blümchensex-Eroberung.« Aus irgendeinem unerfindlichen Grund bin ich unglaublich froh darüber. »Ich kann dir keine genaue Zahl nennen, weil ich keine Kerben in den Bettpfosten geritzt habe oder so was.«

»Aber wovon reden wir dann? Mehrere Dutzend, Hunderte, Tausende?«

»Du liebe Güte, auf jeden Fall unter hundert.« Ich gebe mich empört.

»Und sie waren alle devot?«

»Ja.«

»Hör endlich mit dem Gegrinse auf«, tadelt sie mich und versucht dabei vergeblich, ernst zu bleiben.

»Ich kann nicht. Du bist so komisch.«

»Komisch im Sinne von seltsam oder komisch-witzig?«

»Ein bisschen von beidem, würde ich sagen.«

»Ziemlich dreist, dass ausgerechnet du so etwas sagst.«

Ich küsse sie auf die Nase, um sie vorzubereiten. »Ich werde dir jetzt etwas sagen, was dich schockieren wird. Bist du bereit?«

Sie nickt, die Augen immer noch weit aufgerissen und ein Grinsen auf dem Gesicht.

Sag es ihr.

»Sie waren allesamt Subs in der Ausbildung, als ich meine Ausbildung erhalten habe. In Seattle gibt es eine ganze Reihe an Etablissements, wo man zum Üben hingehen kann. Und lernen kann, was ich gelernt habe.«

»Oh«, stößt sie hervor.

»Ja. Ich habe für Sex bezahlt, Anastasia.«

»Nichts, worauf man stolz sein könnte«, weist sie mich zurecht.

»Und du hast völlig recht – ich bin schockiert darüber. Und wütend, weil es nichts gibt, womit ich dich schockieren kann.«

»Du hast meine Unterwäsche getragen.«

»Hat dich das schockiert?«

»Ja. Und du bist ohne Höschen erschienen, als ich dich meinen Eltern vorgestellt habe.«

Jetzt grinst sie wieder vergnügt. »Hat dich das auch schockiert?«

»Ja.«

»Sieht ganz so aus, als könnte ich dich nur mit irgendwelchen Unterwäscheabenteuern schockieren.«

»Du hast mir erzählt, du seist noch Jungfrau. Das war der größte Schock meines Lebens.«

»Ja, dein Gesichtsausdruck war wirklich sehenswert.« Sie kichert, und ihre Augen leuchten auf.

»Du hast mir erlaubt, dich mit einer Reitgerte zu züchtigen.« Ich grinse wie ein Honigkuchenpferd. Wann bin ich jemals nackt neben einer Frau gelegen und habe nur mit ihr geredet?

»Hat dich das auch schockiert?«

»Ja.«

»Ich glaube, dazu könnte ich mich noch einmal überreden lassen.«

»Oh, das hoffe ich doch, Miss Steele. Am Wochenende vielleicht?«

»Okay.«

»Tatsächlich?«

»Ja. Ich gehe mit dir in die Kammer der Qualen.«

»Und du sprichst mich mit meinem Namen an.«

»Das schockiert dich etwa auch?«

»Eher die Tatsache, dass es mir gefällt.«

»Christian«, flüstert sie, und bei dem Klang meines Namens aus ihrem Mund breitet sich Wärme in meinem Körper aus.

Ana.

»Ich habe für morgen etwas vor.«

»Was?«

»Eine Überraschung. Für dich.«

Sie gähnt.

Genug jetzt. Sie ist müde.

»Langweile ich Sie etwa, Miss Steele?«

»Niemals«, versichert sie mir. Ich beuge mich vor und gebe ihr einen flüchtigen Kuss.

»Schlaf jetzt«, befehle ich ihr und knipse die Nachttischlampe aus.

Wenig später höre ich ihre regelmäßigen Atemzüge; sie schläft tief und fest. Ich decke sie mit einem Laken zu, rolle mich auf den Rücken und starre nach oben auf den surrenden Deckenventilator.

Nun ja, so schlecht ist es gar nicht, miteinander zu reden.

Zumindest heute ist es gut gelaufen.

Danke, Elena …

Mit einem zufriedenen Lächeln schließe ich die Augen.

DONNERSTAG, 2. JUNI 2011

Nein. Lass mich nicht allein.« Die geflüsterten Worte dringen in meinen Schlummer. Unwillkürlich bewege ich mich, bis ich wach bin.

Was war das?

Ich schaue mich im Zimmer um. Wo zum Teufel bin ich?

Ach ja, in Savannah.

»Nein. Bitte. Verlass mich nicht.«

Was? Das ist Ana. »Ich gehe nicht weg«, murmle ich irritiert. Ich drehe mich um und stütze mich auf meinen Ellbogen. Sie hat sich neben mir zusammengekauert und scheint zu schlafen.

»Ich werde dich nicht verlassen«, sagt sie leise.

Meine Kopfhaut kribbelt. »Es freut mich sehr, das zu hören.«

Sie seufzt.

»Ana?«, flüstere ich. Aber sie reagiert nicht. Ihre Augen sind geschlossen. Sie ist im Tiefschlaf. Anscheinend träumt sie. Aber wovon?

»Christian«, sagt sie.

»Ja«, erwidere ich automatisch.

Aber von ihr kommt keine Reaktion; sie schläft wirklich, aber ich habe sie bisher noch nie im Schlaf reden hören.

Fasziniert mustere ich sie. Ein matter Lichtschein aus dem Wohnbereich fällt auf ihr Gesicht. Für einen Augenblick runzelt sie die Stirn, als würde ein unangenehmer Gedanke sie plagen, dann glätten sich die Falten wieder. Ihre Lippen sind leicht geöffnet, und ihre Gesichtszüge sind im Schlaf ganz weich; sie ist wunderschön.

Und sie will nicht, dass ich sie verlasse, und sie hat auch nicht vor, mich zu verlassen. Dieses freimütige Eingeständnis ihres Unterbewusstseins umweht mich wie eine Sommerbrise, die Wärme und Hoffnung mit sich bringt.

Sie wird mich nicht verlassen.

Da hast du deine Antwort, Grey.

Ich lächle auf sie herab. Sie scheint sich beruhigt zu haben und spricht nicht mehr. Rasch werfe ich einen Blick auf den Wecker: 4:57 Uhr.

Ohnehin Zeit zum Aufstehen. Ich bin voll Vorfreude – ich werde segelfliegen. *Mit Ana.* Ich liebe Segelfliegen. Nachdem ich ihr einen Kuss auf die Schläfe gedrückt habe, gehe ich in das Hauptzimmer der Suite, bestelle Frühstück und erkundige mich nach dem örtlichen Wetterbericht.

Ein weiterer heißer Tag mit hoher Luftfeuchtigkeit. Kein Regen.

Ich dusche rasch, trockne mich ab und sammle Anas Kleidungsstücke im Bad auf, um sie neben dem Bett auf einen Stuhl zu legen. Als ich ihren Slip aufhebe, muss ich unwillkürlich daran denken, wie mein hinterhältiger Plan, ihr die Unterwäsche wegzunehmen, nach hinten losgegangen ist.

Oh, Miss Steele.

Und dann nach unserer ersten gemeinsamen Nacht …

»Übrigens trage ich deine Unterwäsche.« Und sie zieht den Bund der Boxershorts ein wenig hoch, sodass ich die Aufschrift »Polo« und »Ralph« über ihrer Jeans erkennen kann.

Kopfschüttelnd hole ich aus dem Schrank eine meiner Boxershorts und lege sie auf den Stuhl. Ich mag es, wenn sie meine Sachen trägt.

Sie murmelt wieder etwas, und ich glaube »Käfig« zu verstehen, aber ich bin mir nicht sicher.

Wovon zum Teufel träumt sie?

Ohne sich zu bewegen, schläft sie selig weiter, während ich mich anziehe. Während ich mein T-Shirt überstreife, klopft es an der Tür. Das Frühstück ist da: Gebäck, Kaffee für mich und Tee für Ana – Twinings English Breakfast. Glücklicherweise hat das Hotel ihre Lieblingssorte vorrätig.

Jetzt wird es Zeit, Miss Steele aufzuwecken.

»Erdbeere«, murmelt sie, als ich mich auf die Bettkante setze.

Sie träumt von Früchten?

»Anastasia«, sage ich leise.

»Ich will mehr.«

Das weiß ich, und mir geht es genauso. »Komm schon, Baby«, fordere ich sie schmeichelnd auf.

»Nein«, murrt sie. »Ich will dich anfassen.«

Mist. »Wach auf.« Ich zupfe mit den Zähnen sanft an ihrem Ohrläppchen.

»Nein.« Sie kneift die Augen fest zusammen.

»Wach auf, Baby.«

»O nein«, protestiert sie.

»Zeit aufzustehen, Baby. Ich mache jetzt das Licht auf dem Nachttisch an.« Ich strecke den Arm aus und knipse die Lampe an. Ihr Gesicht ist jetzt in gedämpftes Licht getaucht. Sie blinzelt.

»Nein«, jammert sie. Ich finde es belustigend, dass sie sich so sehr dagegen sträubt aufzuwachen, aber es ist auch schwierig für mich. In meinen bisherigen Beziehungen musste eine schläfrige Sub damit rechnen, bestraft zu werden.

Ich liebkose ihr Ohr und flüstere: »Ich will die Dämmerung mit dir verjagen.« Dann bedecke ich ihre Wange, ihre Augenlider, eines nach dem anderen, ihre Nasenspitze und ihre Lippen mit Küssen.

Ihre Lider flattern, und sie schlägt die Augen auf.

»Guten Morgen, meine Schöne.«

Schon schließt sie stöhnend die Augen wieder, und ich grinse sie an. »Du bist nicht gerade ein Morgenmensch, was?«

Sie versucht, mich mit einem Auge zu fixieren. »Ich dachte schon, du willst Sex.« Ihre Erleichterung ist ihr anzuhören.

Ich unterdrücke ein Lachen. »Ich will immer Sex mit dir, Anastasia. Und es wärmt mir das Herz, dass es dir offenbar ebenfalls so geht.«

»Natürlich geht es mir genauso. Aber nicht so spät.« Sie umklammert ihr Kissen.

»Es ist nicht spät, sondern früh. Los, komm schon, steh auf. Wir müssen los. Den Sex vertagen wir auf später.«

»Ich habe gerade so schön geträumt«, seufzt sie.

»Wovon denn?«

»Von dir.« Ihr Gesicht rötet sich leicht.

»Und was habe ich diesmal getan?«

»Du hast versucht, mich mit Erdbeeren zu füttern.«

Das erklärt ihr Gestammel. »Dr. Flynn wäre außer sich vor Begeisterung, wenn er das hören würde. Los jetzt, zieh dich an. Die Dusche kannst du dir schenken, das können wir später nachholen.«

Widerwillig setzt sie sich auf, ohne darauf zu achten, dass das Laken ihr bis zur Taille herunterrutscht und ihre Brüste entblößt. Mein Schwanz regt sich sofort. Mit dem zerzausten Haar, das ihr über die Schultern auf die nackten Brüste fällt, sieht sie einfach umwerfend aus. Ich ignoriere meine Erektion und stehe auf, um ihr Platz zu machen.

»Wie spät ist es?«, fragt sie verschlafen.

»Halb sechs.«

»Für mich fühlt es sich wie drei Uhr morgens an.«

»Die Zeit drängt. Ich habe dich so lange wie möglich schlafen lassen. Komm.« Am liebsten würde ich sie aus dem Bett zerren und eigenhändig anziehen. Ich kann es kaum mehr erwarten, endlich mit ihr zu fliegen.

»Kann ich nicht zuerst duschen?«

»Wenn du jetzt duschen gehst, will ich mitkommen, und wir wissen beide, wie das endet – damit, dass wir den Tag vergessen können. Komm jetzt.«

Sie sieht mich nachsichtig an. »Was machen wir überhaupt?«

»Ich habe dir doch gesagt, dass ich eine Überraschung für dich habe.«

Ana schüttelt den Kopf und lächelt belustigt. »Okay.«

Sie steigt aus dem Bett, ohne sich darum zu kümmern, dass sie nackt ist, und entdeckt ihre Sachen auf dem Stuhl. Ich freue mich, dass sie nicht so befangen ist wie sonst, aber das mag daran liegen, dass sie immer noch verschlafen ist. Sie schlüpft in meine Boxershorts und grinst mich an.

»Ich lasse dich jetzt eine Weile allein.« Ich gehe ins Wohnzimmer, damit sie sich in Ruhe anziehen kann, setze mich an den kleinen Esstisch und schenke mir eine Tasse Kaffee ein.

Ein paar Minuten später kommt sie zu mir.

»Iss«, befehle ich ihr und bedeute ihr, sich zu mir zu setzen. Sie bleibt wie gelähmt stehen und starrt mich an. Ihr Blick ist verschleiert. »Anastasia.« Ich versuche, sie aus ihrem Tagtraum zu reißen. Ihre Lider flattern, als sie von dort zurückkommt, wo sie in Gedanken gerade gewesen ist.

»Ich möchte nur ein bisschen Tee. Kann ich mir ein Croissant für später mitnehmen?«, fragt sie hoffnungsvoll.

Sie will nichts essen.

»Verdirb mir nicht die Laune, Anastasia.«

»Ich werde später etwas essen, wenn mein Magen wach ist. Gegen halb acht, okay?«

»Okay.« Ich kann sie schließlich nicht zwingen.

Sie wirft mir einen trotzigen Blick zu. Störrisch. »Am liebsten würde ich jetzt die Augen verdrehen.«

Oh, Ana, nur zu.

»Tu's ruhig. Du würdest mir eine Riesenfreude damit bereiten.«

Sie wirft einen Blick hinauf zu der Sprinkleranlage an der Decke. »Eine kleine Runde über dem Knie würde mich bestimmt aufwecken.« Sie sagt es so, als würde sie ernsthaft darüber nachdenken.

Sie zieht es in Betracht? So läuft das nicht, Anastasia!

»Andererseits will ich nicht, dass dir allzu heiß wird und du dich überanstrengst. Schließlich bist du nicht an die Hitze hier unten gewöhnt.« Sie lächelt zuckersüß.

»Sie schaffen es doch immer wieder, mich an meine Grenzen zu bringen, Miss Steele«, scherze ich. »Und jetzt trink deinen Tee.«

Sie setzt sich und nippt ein paarmal an der Tasse.

»Trink aus. Wir müssen los.« Ich will mich endlich auf den Weg machen – wir haben eine lange Fahrt vor uns.

»Wohin fahren wir?«

»Das wirst du schon sehen.«

Hör auf zu grinsen, Grey.

Sie zieht frustriert einen Schmollmund. Miss Steele ist wie immer neugierig. Aber sie trägt nur ihr Top und ihre Jeans; sie wird frieren, wenn wir in der Luft sind. »Austrinken«, befehle ich ihr noch einmal und stehe auf. Im Schlafzimmer durchwühle ich den Schrank, bis ich ein Sweatshirt gefunden habe. Das sollte genügen. Ich rufe den Hotelservice an und bitte darum, meinen Wagen vorfahren zu lassen.

»Ich bin fertig«, erklärt sie, als ich ins Wohnzimmer zurückkomme.

»Hier, das wirst du brauchen.« Als ich ihr das Sweatshirt zuwerfe, sieht sie mich verwirrt an.

»Vertrau mir.« Ich drücke ihr rasch einen Kuss auf den Mund, nehme sie an der Hand und ziehe sie zur Tür hinaus. Neben den Aufzügen steht ein Hotelangestellter – Brian, wie auf seinem Namensschild zu lesen ist – und wartet.

»Guten Morgen«, grüßt er freundlich und lässt uns den Vortritt, als die Aufzugtüren sich öffnen. Ich grinse Ana an.

Heute also keine Spielchen im Fahrstuhl.

Ana unterdrückt ein Lächeln und richtet den Blick auf den Boden, während sich ihre Wangen leicht röten. Sie weiß genau, welche Gedanken mir durch den Kopf gehen. Brian wünscht uns einen schönen Tag, als wir aussteigen.

Draußen wartet der Hoteldiener mit dem Mustang. Ana zieht, beeindruckt von dem GT500, eine Augenbraue nach oben. Der Wagen fährt sich wirklich gut, auch wenn es nur ein Mustang ist. »Manchmal macht es einfach Spaß, ich zu sein«, scherze ich und halte ihr mit einer höflichen Verbeugung die Tür auf.

»Wohin fahren wir überhaupt?«

»Das wirst du schon sehen.« Ich setze mich ans Steuer, lasse den Motor an und fahre los. An der Ampel gebe ich rasch die Adresse des Flugplatzes ins GPS ein. Die vorgegebene Strecke führt uns durch Savannah auf die I-95. Ich stelle meinen iPod übers Lenkrad an, und eine wunderschöne Melodie erfüllt den Wagen.

»Was ist das?«, fragt Ana.

»Das ist aus *La Traviata*, einer Oper von Verdi.«

»*La Traviata*? Davon habe ich schon mal irgendwo gehört, allerdings weiß ich nicht, wo. Was bedeutet es?«

Ich werfe ihr einen vielsagenden Blick zu. »Na ja, wörtlich übersetzt heißt es ›die vom rechten Weg abgekommene Frau‹. Die Geschichte basiert auf Alexandre Dumas' Roman *Die Kameliendame*.«

»Ah. Den habe ich gelesen.«

»Das dachte ich mir fast.«

»Die dem Untergang geweihte Kurtisane.« Ihre Stimme klingt melancholisch. »Eine ziemlich deprimierende Geschichte.«

»Zu deprimierend?« Das darf nicht sein, Miss Steele, vor allem nicht, weil ich so gute Laune habe. »Willst du dir etwas aussuchen? Das ist alles auf meinem iPod.«

Ich tippe auf den Bildschirm am Armaturenbrett, sodass die Playlist erscheint.

»Such dir etwas aus.« Ich bin gespannt, ob ihr irgendetwas gefällt. Sie betrachtet die Liste und scrollt konzentriert nach unten, bis sie sich für ein Stück entscheidet. Verdis süße Geigenklänge werden durch hämmernden Beat und Britney Spears' Stimme ersetzt.

»›Toxic‹, ja?«, sage ich sarkastisch.

Versucht sie, mir damit etwas zu sagen?

Bezieht sie sich damit auf mich?

»Ich weiß nicht, wovon du sprichst«, erwidert sie mit Unschuldsmiene.

Glaubt sie etwa, ich sollte ein Warnschild tragen?

Miss Steele steht anscheinend der Sinn nach einem Spielchen.

Das kann sie haben.

Ich drehe die Lautstärke ein wenig herunter. Für diesen Remix ist es noch ein bisschen zu früh. Und für die damit verbundene Erinnerung.

»Sir, diese Sub fragt respektvoll, ob sie den iPod ihres Meisters haben
darf.«

Ich schaue von der Tabellenkalkulation auf, die ich gerade über-
prüfe. Sie kniet mit gesenktem Blick neben mir.

Sie hat mir an diesem Wochenende hervorragende Dienste
geleistet – wie kann ich ihr da diese Bitte abschlagen?

»Natürlich, Leila, nimm ihn dir. Er ist in der Ladestation.«

»Danke, Meister.« Sie steht auf, anmutig wie immer und ohne
mich dabei anzusehen.

Braves Mädchen.

Nur mit ihren roten High Heels bekleidet, stakst sie zu der Do-
ckingstation hinüber und holt sich ihre Belohnung.

»Ich habe diesen Song nicht auf meinen iPod geladen«, erkläre ich
beiläufig und trete das Gaspedal durch, sodass wir beide in unsere Sitze gepresst werden. Trotz des aufheulenden Motors höre ich
Anas leises, empörtes Schnauben.

Während Britney weiter ihre sinnliche Stimme erklingen lässt,
trommelt Ana mit den Fingern auf ihren Oberschenkel und starrt
schweigend aus dem Fenster. Der Mustang frisst die Meilen auf
dem Freeway; es herrscht kaum Verkehr, und über der I-95 geht
langsam die Sonne auf.

Als Damien Rice zu singen beginnt, stößt Ana einen Seufzer aus.

Erlöse sie von ihrer Qual, Grey.

Ich weiß nicht, ob es an meiner guten Laune liegt, an dem Gespräch in der vergangenen Nacht oder an meiner Vorfreude auf das
Segelfliegen – plötzlich will ich ihr erzählen, wer den Song auf meinen iPod geladen hat. »Es war Leila.«

»Leila?«

»Eine Ex. Sie hat den Song auf meinen iPod geladen.«

»Eine von den fünfzehn?« Sie wendet mir ihre ganze Aufmerksamkeit zu, gespannt auf weitere Informationen.

»Ja.«

»Was ist aus ihr geworden?«

»Wir haben Schluss gemacht.«

»Wieso?«

»Sie wollte mehr.«

»Aber du nicht?«

Ich sehe sie kurz an und schüttle den Kopf. »Bis ich dir begegnet bin, wollte ich nie mehr.« Sie belohnt mich mit ihrem schüchternen Lächeln.

Ja, Ana. Nicht nur du willst mehr.

»Und was ist aus den anderen vierzehn geworden?«

»Willst du eine Liste haben? Geschieden, geköpft, gestorben?«

»Du bist nicht Heinrich VIII.«, entgegnet sie.

»Okay, die Reihenfolge ist beliebig, aber abgesehen von Elena hatte ich nur vier längere Beziehungen.«

»Elena?«

»Mrs. Robinson für dich.«

Sie schweigt eine Weile, und ich spüre ihren prüfenden Blick. Ich starre unbeirrt auf die Straße vor mir.

»Was ist mit den vier anderen passiert?«, will sie wissen.

»So neugierig, Miss Steele? So erpicht auf weitere Informationen«, tadle ich scherzhaft.

»Ja, Mr. Wann-bekommst-du-deine-Periode.«

»Ein Mann muss über solche Dinge Bescheid wissen, Anastasia.«

»Ach ja?«

»Ich schon.«

»Wieso?«

»Weil ich nicht will, dass du schwanger wirst.«

»Das will ich auch nicht. Zumindest während der nächsten paar Jahre nicht.« In ihrer Stimme schwingt ein wenig Sehnsucht.

Natürlich wird sie dann mit einem anderen zusammen sein … ein beunruhigender Gedanke … sie gehört mir.

»Wir waren bei den vier anderen. Was ist mit ihnen passiert?«, hakt sie beharrlich nach.

»Eine hat sich in jemand anderen verliebt. Und die anderen drei wollten … mehr. Aber ich war nicht bereit dafür.« *Warum habe ich nur in dieses Wespennest gestochen?*

»Und der Rest?«

»Es hat eben nicht funktioniert.«

Sie nickt und starrt wieder aus dem Fenster, während Aaron Neville »Tell It Like It Is« singt.

»Wohin fahren wir?«, fragt sie noch einmal.

Es ist nicht mehr weit. »Zu einem Flugplatz.«

»Aber wir fliegen doch nicht nach Seattle zurück, oder?« Sie klingt erschrocken.

»Nein, Anastasia.« Ich lache leise über ihre Reaktion. »Jetzt werden wir meiner zweitliebsten Freizeitbeschäftigung nachgehen.«

»Zweitliebste?«

»Ja, meine liebste habe ich dir ja heute Morgen schon verraten.« Ihre Miene spiegelt völlige Ratlosigkeit wider. »Mich mit Ihnen zu vergnügen, Miss Steele. Das steht ganz oben auf meiner Liste. Auf jede erdenkliche Art und Weise.«

Sie richtet den Blick nach unten auf ihren Schoß, und ihre Lippen zucken leicht. »Das hat auf der Liste meiner perversen Freizeitbeschäftigungen auch einen der obersten Plätze.«

»Freut mich zu hören.«

»Wir fahren also zu einem Flugplatz?«

Ich strahle sie an. »Wir gehen segelfliegen und verjagen die Dämmerung, Anastasia.« Ich biege nach links auf den Flugplatz ein und fahre bis zum Hangar der Segelflugschule Brunswick Soaring Association.

»Bist du bereit?«, frage ich.

»Und du fliegst?«

»Ja.«

Ihr Gesicht glüht vor Aufregung. »Ja! Bitte!« Es gefällt mir, wie furchtlos und begeistert sie an neue Erfahrungen herangeht. Ich beuge mich zu ihr hinüber und küsse sie. »Noch eine Premiere, Miss Steele.«

Draußen ist es frisch, aber nicht kalt, und der Himmel ist bereits heller und färbt sich am Horizont perlgrau. Ich gehe um den Wagen herum und öffne Ana die Tür. Hand in Hand gehen wir zum Eingang der Flugzeughalle.

Taylor wartet dort mit einem jungen bärtigen Mann in Shorts und Sandalen.

»Mr. Grey, das ist Mark Benson, der Pilot Ihres Schleppflugzeugs«, sagt Taylor zu mir. Ich lasse Ana los, damit ich Benson, der ein wildes Funkeln in den Augen hat, die Hand schütteln kann.

»Sie haben sich einen herrlichen Morgen für Ihren Flug ausgesucht, Mr. Grey«, erklärt Benson. »Der Wind kommt mit zehn Knoten aus Nordosten, was bedeutet, dass die Konvergenz an der Küste Sie eine Weile oben halten wird.«

Benson ist Brite und hat einen kräftigen Händedruck.

»Das klingt gut.« Ich schaue zu Ana hinüber, die sich mit Taylor unterhält. »Anastasia, komm.«

»Bis später«, verabschiedet sie sich von Taylor.

Ich ignoriere, dass sie so vertraut mit meinem Personal umgeht, und stelle sie Benson vor.

»Mr. Benson, das ist meine Freundin, Anastasia Steele.«

»Freut mich«, sagt sie, und Benson strahlt sie an, als sie sich die Hand geben.

»Gleichfalls. Wenn Sie mir bitte folgen möchten.«

»Nach Ihnen.« Ich nehme Ana an der Hand.

»Ich habe eine Blaník L-23 startklar gemacht. Ein altes Modell, das sich aber sehr gut fliegt.«

»Großartig. Ich habe mit einer Blaník fliegen gelernt. Einer L-13«, erwidere ich.

»Mit einer Blaník liegt man immer richtig. Ich fliege sie sehr gern.« Er streckt beide Daumen in die Luft. »Für Kunstflüge bevorzuge ich allerdings die L-23.«

Ich nicke zustimmend.

»Ich werde Sie mit meiner Piper Pawnee schleppen«, fährt Benson fort. »In einer Höhe von dreitausend Fuß lasse ich euch los. Dann solltet ihr eine Weile fliegen können.«

»Das hoffe ich. Die Wolkendecke sieht vielversprechend aus.«

»Es ist noch ein wenig früh für Aufwind, aber man weiß ja nie. Mein Kumpel Dave wird den Flügel hochhalten. Er ist gerade auf dem Lokus.«

Mit Lokus meint er wahrscheinlich die Toilette. »Fliegen Sie schon lange?«

»Seit meiner Zeit in der RAF. Und diese Spornradflugzeuge fliege ich seit fünf Jahren. Unsere Funkfrequenz ist übrigens 122,3.«

»Verstanden.«

Die L-23 scheint in gutem Zustand zu sein, und ich merke mir die Registriernummer der Luftaufsichtsbehörde: November. Papa. Three. Alpha.

»Als Erstes müssen wir den Fallschirm anlegen.« Benson zieht einen Fallschirm für Ana aus dem Cockpit.

»Das übernehme ich.« Ich reiße Benson fast das Bündel aus der Hand, bevor er die Möglichkeit bekommt, Ana beim Anlegen der Gurte zu berühren.

»Ich hole noch ein wenig Ballast.« Benson macht sich mit einem freundlichen Lächeln auf den Weg zum Flugzeug.

»Es gefällt dir offensichtlich, mich festzubinden.« Ana hebt eine Augenbraue.

»Sie haben ja keine Ahnung, wie sehr, Miss Steele. Hier, steig in die Gurte.« Ich halte ihr die Beingurte hin. Sie beugt sich vor und stützt sich mit einer Hand auf meine Schulter. Instinktiv versteife ich mich und warte auf die Dunkelheit, die mir den Atem raubt, doch sie kommt nicht. Merkwürdig. Ich kann meine Reaktion auf ihre Berührungen nicht richtig einschätzen. Sie lässt mich los, sobald sie die Gurte über ihre Oberschenkel gestreift hat, und ich ziehe die Schulterträger über ihre Arme nach oben und befestige den Fallschirm.

Mann, in diesem Gurtzeug sieht sie fantastisch aus.

Einen kurzen Augenblick stelle ich mir vor, dass sie mit gespreizten Armen und Beinen an den Karabinerhaken im Spielzimmer hängt, ihr Mund und ihr Geschlecht zu meiner Verfügung. Leider gehört Suspension zu ihren Hard Limits. »So, das sitzt«, murmle ich und versuche, das Bild aus meinen Gedanken zu verdrängen.

»Hast du deinen Haargummi von gestern noch?«

»Soll ich meine Haare zusammenbinden?«

»Ja.«

Sie gehorcht. Ausnahmsweise.

»Rein mit dir.« Ich stütze sie mit der Hand beim Einsteigen, und sie macht Anstalten, auf den hinteren Sitz zu klettern.

»Nein, auf den vorderen. Der Pilot sitzt hinten.«

»Aber da siehst du doch nichts.«

»Mehr als genug.« Vor allem hoffe ich, sehen zu können, wie sehr sie den Flug genießt.

Sie schiebt sich auf den vorderen Sitz, und ich beuge mich in das Cockpit, um sie anzuschnallen und die Gurte festzuzurren. »Hm. Gleich zweimal an einem Morgen. Ich bin ein echter Glückspilz«, flüstere ich und gebe ihr einen Kuss. Sie strahlt mich voll Vorfreude an.

»Es wird nicht allzu lange dauern. Zwanzig Minuten, höchstens eine halbe Stunde. Um diese Uhrzeit ist die Thermik nicht besonders gut, der Ausblick aber absolut sensationell. Ich hoffe, du hast keine Angst.«

»Ich bin nur aufgeregt.« Sie lächelt immer noch.

»Gut.« Ich streiche ihr mit dem Zeigefinger über die Wange, lege meinen Fallschirm an und klettere auf den Pilotensitz.

Benson kommt mit Ballast für Ana zurück und überprüft ihre Gurte.

»Okay, alles bestens. Ist das Ihr erstes Mal?«, fragt er sie.

»Ja.«

»Sie werden begeistert sein.«

»Danke, Mr. Benson.«

»Sagen Sie ruhig Mark zu mir.« *Der Kerl zwinkert ihr tatsächlich zu.* Ich starre ihn mit zusammengekniffenen Augen an. »Okay?«, fragt er mich.

»Ja, los geht's.« Ich kann es kaum erwarten, in die Luft zu steigen und ihn von meinem Mädchen wegzubringen. Benson nickt, schließt das Kabinendach und schlendert zu der Piper hinüber. Rechts von mir taucht sein Kumpel Dave auf und hebt die Flügelspitze an. Rasch überprüfe ich alle Vorrichtungen: die Pedale (ich höre, wie sich das Seitenruder hinter mir bewegt), den Knüppel (wenn ich ihn nach links und rechts schiebe, zeigt mir ein kurzer Blick auf die Flügel, wie sich die Querruder bewegen) und noch einmal den Knüppel (mit Ziehen und Drücken kann ich das Höhenruder lenken).

Alles in Ordnung. Wir sind startklar.

Benson steigt in die Piper, und kurz darauf zerreißt das laute Knattern des Einzelpropellers die morgendliche Stille. Das Flugzeug rollt vorwärts und strafft das Schleppseil, und wir setzen uns in Bewegung. Ich balanciere Querruder und Seitenruder aus, während die Piper Geschwindigkeit aufnimmt, und nehme dann entspannt den Steuerknüppel in die Hand. Wir heben noch vor Benson ab.

»Los geht's, Baby«, rufe ich Ana zu, als wir an Höhe gewinnen.

»Brunswick Traffic, Delta Victor, Steuerkurs Zwei-Sieben-Null.« Benson meldet sich über Funk, aber ich ignoriere ihn vorläufig, während wir immer höher steigen. Die L-23 lässt sich gut fliegen, und ich beobachte Ana, wie sie den Kopf rasch hin und her dreht, um sich nach allen Seiten umzuschauen. Ich wünschte, sie würde lächeln.

Wir fliegen nach Westen, mit der aufgehenden Sonne im Rücken, und ich entdecke die I-95 unter uns. Ich liebe die Ruhe hier oben, weit weg von jedem und allem, nur ich und der Segelflieger auf der Suche nach Aufwind … und noch nie zuvor habe ich dieses Erlebnis mit jemandem geteilt. Das gleißende Licht ist wunderschön, genau so, wie ich es mir erhofft habe … für Ana und mich.

Ein Blick auf die Instrumente zeigt mir, dass wir beinahe auf dreitausend Fuß angekommen sind und mit 105 Knoten fliegen. Benson meldet sich kurz darauf wieder über Funk und informiert mich, dass wir nun die richtige Flughöhe erreicht haben und abkoppeln können.

»Verstanden. Ausklinken«, gebe ich zurück und drücke auf den Entriegelungsknopf. Die Piper verschwindet, und ich fliege eine sanfte Kurve, bis uns der Wind nach Südwesten trägt. Ana lacht laut auf. Ermutigt durch ihre Reaktion, fliege ich ein paar enge Kreise, in der Hoffnung, dass wir in der Nähe der Küste Aufwinde oder Thermik unter den blassrosa Wolken finden – die flachen Kumuluswolken könnten sogar um diese Uhrzeit Aufwinde bedeuten.

Plötzlich überkommt mich ein berauschendes Gefühl, eine Mischung aus Übermut und Begeisterung. »Halt dich fest!«, rufe ich Ana zu und fliege eine ganze Rolle. Sie kreischt, reißt die Arme hoch und presst die Hände gegen die Scheibe. Als ich uns wieder in die Ausgangsposition bringe, lacht sie. Das ist die befriedigendste Reaktion, die ein Mann sich wünschen kann, und ich stimme in ihr Gelächter ein.

»Nur gut, dass ich nicht gefrühstückt habe!«, schreit sie.

»Ja, rückblickend betrachtet schon, weil ich das gleich noch einmal machen werde.«

Dieses Mal hält sie sich an ihren Gurten fest und starrt unmittelbar auf die Erde, als sie kopfüber am Himmel hängt. Ihr Kichern vermischt sich mit dem Pfeifen des Winds.

»Klasse, was?«, rufe ich.

»Ja.«

Ich weiß, uns bleibt nicht viel Zeit, denn wir haben kaum Aufwind, aber das kümmert mich nicht. Ana genießt unseren Flug … ebenso wie ich.

»Siehst du den Steuerknüppel vor dir? Nimm ihn in die Hand.«

Sie versucht, den Kopf zu drehen, aber sie ist zu fest angeschnallt.

»Los, Anastasia, nimm ihn schon«, dränge ich sie.

Mein Steuerknüppel bewegt sich – ein Zeichen, dass sie ihren in die Hand genommen hat.

»Halt ihn fest und ganz gerade. Siehst du die Anzeige vor dir? Die Nadel muss genau in der Mitte sein.«

Wir fliegen weiter geradeaus, und der Haubenfaden bleibt im rechten Winkel zum Kabinendach.

»Braves Mädchen.«

Meine Ana. Sie schreckt vor keiner Herausforderung zurück. Und aus irgendeinem merkwürdigen Grund bin ich plötzlich ungeheuer stolz auf sie.

»Es wundert mich, dass du mir die Kontrolle überlässt!«, brüllt sie.

»Du würdest staunen, was ich dir sonst noch so alles überlassen würde, Miss Steele. Aber jetzt übernehme ich wieder.«

Ich greife nach dem Knüppel und steuere das Flugzeug Richtung Flughafen, während wir bereits an Höhe verlieren. Es sollte mir gelingen, dort zu landen. Ich funke Benson an und informiere ihn und alle anderen, die uns sonst noch zuhören, dass wir uns im Landeanflug befinden, und fliege dann einen weiteren Kreis, der uns näher zum Boden bringt.

»Gut festhalten, Baby. Könnte ein bisschen ruppig werden.«

Ich kreise weiter nach unten und richte die L-23 parallel zur Landebahn aus, während wir über dem Gras schweben. Mit einem dumpfen Schlag setzen wir auf, und es gelingt mir, beide Tragfläche in der Luft zu halten, bis wir mit einem gewaltigen Ruck am Ende der Landebahn zum Stehen kommen. Ich klappe den Cockpitdeckel hoch, öffne den Gurt und klettere hinaus.

Ich strecke mich, lege meinen Fallschirm ab und lächle Miss Steele an, deren Wangen gerötet sind. »Wie war das?«, frage ich, während ich sie aus ihrem Geschirr befreie und ihr den Fallschirm abnehme.

»Unglaublich. Danke.« Ihre Augen funkeln vor Begeisterung.

»War es ›mehr‹?« Ich hoffe, dass meine Stimme meine Hoffnung nicht verrät.

»Viel mehr.« Sie strahlt mich an, und ich fühle mich plötzlich unbesiegbar.

»Komm.« Ich reiche ihr die Hand und helfe ihr aus dem Cockpit. Sobald sie festen Boden unter den Füßen hat, schlinge ich meine Arme um sie und drücke sie an mich. Mein mit Adrenalin überfluteter Körper reagiert sofort auf ihre sanften Kurven. Rasch fahre ich ihr mit einer Hand ins Haar und ziehe ihren Kopf so zurück, dass ich sie küssen kann. Mit der anderen Hand streiche ich ihr über ihr Rückgrat und presse sie gegen meine anschwellende Erektion, während ich von ihrem Mund Besitz ergreife.

Ich will sie.

Hier.

Jetzt.

Auf dem Gras.

Sie erwidert meinen Kuss. Ihre Finger krallen sich in mein Haar, sie zieht daran, um mir zu zeigen, dass sie mehr will, und öffnet sich für mich wie eine wunderschöne Blüte.

Ich lasse sie los und hole tief Luft. Jetzt ist Vernunft angesagt.

Nicht hier auf dem Feld!

Benson und Taylor sind ganz in der Nähe.

Ihre Augen leuchten und bitten mich, nicht aufzuhören.

Schau mich nicht so an, Ana.

»Frühstück«, stoße ich hervor, bevor ich noch etwas tue, was ich später bereue. Ich drehe mich um und ziehe sie an der Hand zurück zum Wagen.

»Was ist mit dem Flugzeug?«, fragt sie, während sie versucht, mit mir Schritt zu halten.

»Darum kümmert sich gleich jemand.« Für solche Dinge bezahle ich Taylor. »Wir werden jetzt erst einmal etwas essen. Also komm.«

Sie hüpft strahlend vor Freude neben mir her; ich glaube nicht, dass ich sie schon jemals so beschwingt gesehen habe. Ihre gute Laune ist ansteckend, und ich frage mich, ob auch ich schon einmal so fröhlich gewesen bin. Ich kann ein breites Grinsen nicht unterdrücken, als ich die Wagentür für sie aufhalte.

Aus der Stereoanlage brüllen die Kings of Leon, als ich den Mustang vom Flugplatz auf die I-95 lenke.

Auf dem Freeway klingelt plötzlich Anas BlackBerry wie ein Wecker.

»Was ist denn das?«, frage ich.

»Das Signal für meine Pille«, murmelt sie.

»Sehr schön. Gut gemacht. Ich hasse Kondome.«

Ich werfe ihr von der Seite einen flüchtigen Blick zu und glaube zu sehen, dass sie die Augen verdreht, bin mir aber nicht sicher.

»Ich fand es schön, dass du mich Mark als deine Freundin vorgestellt hast.« Sie wechselt rasch das Thema.

»Wieso? Bist du das denn nicht?«

»Bin ich das? Ich dachte, du willst eine Sklavin.«

»Das dachte ich auch, Anastasia, und daran hat sich nichts geändert. Aber ich habe dir ja bereits gesagt, dass ich mir auch noch etwas anderes wünsche. Mehr.«

»Es freut mich sehr, dass du mehr willst.«

»Wir wollen doch, dass Sie zufrieden sind, Miss Steele.« Ich biege in den Parkplatz vor dem International House of Pancakes ein – das heimliche Laster meines Vaters.

»IHOP?«, fragt sie ungläubig.

Ich stelle den Motor ab. »Ich hoffe, du hast Hunger.«

»Ich hätte nicht gedacht, dass du in solchen Restaurants isst.«

»Mein Dad hat uns immer hierher mitgenommen, wenn meine Mom bei einem Kongress war.« Wir setzen uns in einer der Nischen einander gegenüber. »Das war unser Geheimnis.« Ich nehme die Speisekarte in die Hand und beobachte, wie Ana sich das Haar hinter die Ohren streicht und sich anschaut, was das IHOP zum Frühstück anzubieten hat. Sie fährt sich voll Vorfreude mit der Zunge über die Lippen, und ich habe Mühe, die Reaktion meines Körpers darauf zu unterdrücken. »Ich weiß schon, was ich will«, flüstere ich heiser und überlege mir, ob sie wohl mit mir in die Toilette gehen würde. Unsere Blicke treffen sich, und ihre Pupillen weiten sich.

»Ich will das, was du willst«, haucht sie. Wie immer geht Miss Steele einer Herausforderung nicht aus dem Weg.

»Hier?« *Bist du sicher, Ana?* Sie sieht sich hektisch in dem ruhigen Restaurant um, bevor sie sich wieder mir zuwendet, mit einem sinnlichen Ausdruck in ihren jetzt dunklen Augen. »Nicht auf der Lippe kauen«, warne ich sie. Sosehr ich es mir auch wünschen würde – ich werde sie nicht auf der Toilette eines IHOP ficken. Sie hat Besseres verdient und, offen gesagt, ich auch. »Nicht hier. Nicht jetzt. Reiz mich nicht auch noch, wenn ich dich hier drin schon nicht haben kann.«

Wir werden unterbrochen.

»Hi, ich bin Leandra. Was kann ich … Ihnen … an diesem schönen Morgen … bringen?«

O Gott. Ich ignoriere die rothaarige Bedienung.

»Anastasia?«

»Ich habe doch schon gesagt, dass ich dasselbe will wie du.«

Verdammt! Sie könnte genauso gut mit meinem Schwanz reden.

»Brauchen Sie vielleicht noch ein paar Minuten?«, fragt die Kellnerin.

»Nein. Wir wissen, was wir wollen.« Ich kann meinen Blick nicht von Ana abwenden. »Wir nehmen zwei Portionen Buttermilchpfannkuchen mit Ahornsirup, dazu eine Extraportion Speck, zwei Gläser Orangensaft, schwarzen Kaffee mit Magermilch und einen English Breakfast Tea, falls Sie welchen haben.«

Ana lächelt.

»Danke, Sir. Sonst noch etwas?«, haucht die Kellnerin, sichtlich verlegen. Ich reiße mich von Anas Anblick los und gebe ihr mit einem Blick zu verstehen, dass sie gehen kann. Eilig hastet sie davon.

»Es ist absolut unfair«, sagt Ana leise und zeichnet mit dem Finger eine Acht auf den Tisch.

»Was ist unfair?«

»Wie du die Leute um dich herum außer Gefecht setzt. Frauen. Mich.«

»Setze ich dich etwa außer Gefecht?« Das verblüfft mich.

»Ununterbrochen.«

»Reine Optik, das ist alles, Anastasia.«

»Nein, Christian, es ist mehr als das.«

Sie sieht das genau falsch herum, also sage ich ihr noch einmal, dass im Grunde genommen sie mich ständig außer Gefecht setzt.

Sie runzelt die Stirn. »Hast du deine Meinung deshalb geändert?«

»Meine Meinung geändert?«

»Ja. Über … äh … uns.«

Habe ich tatsächlich meine Meinung geändert? Ich habe lediglich meine Grenzen etwas gelockert, das ist alles. »Ich glaube nicht, dass ich generell meine Meinung geändert habe. Wir müssen nur unsere Parameter neu festlegen, unsere Kampflinien neu ziehen, wenn man so will. Inzwischen bin ich ziemlich sicher, dass es mit uns funktionieren wird. Ich will, dass du dich mir innerhalb meines Spielzimmers unterordnest, und ich werde dich bestrafen, wenn du gegen die Regeln verstößt. Abgesehen davon kann man über alles reden. Das sind meine Voraussetzungen, Miss Steele. Was sagst du dazu?«

»Also werde ich auch weiterhin mit dir schlafen? In deinem Bett?«

»Willst du das?«

»Ja.«

»Einverstanden. Außerdem schlafe ich sehr gut, wenn du neben mir liegst. Das hätte ich nicht gedacht.«

»Ich dachte, du verlässt mich, wenn ich nicht mit allem einverstanden bin, was du dir vorstellst.« Sie wird ein bisschen blass.

»Ich werde dich nicht verlassen, Anastasia. Außerdem …« *Wie kann sie das nur glauben?* Sie braucht mehr Bestätigung. »Wir halten uns an deinen Vorschlag – den Kompromiss. So wie es in deiner Mail an mich stand. Und bisher komme ich gut damit klar.«

»Ich freue mich sehr darüber, dass du auch mehr willst.«

»Ich weiß«, erwidere ich sanft.

»Woher?«

»Ich weiß es einfach.« *Du hast es mir im Schlaf verraten.*

Die Kellnerin kommt mit unserem Frühstück, und ich sehe zu, wie Ana es sich schmecken lässt. »Mehr« scheint ihr gutzutun.

»Das ist köstlich«, schwärmt sie.

»Ich freue mich, dass du Appetit hast.«

»Das liegt vielleicht an der körperlichen Betätigung gestern Abend und an dem aufregenden Erlebnis heute Morgen.«

»Es hat dir also gefallen?«

»Es war ganz prima, Mr. Grey.« Sie schiebt sich das letzte Stück Pfannkuchen in den Mund. »Darf ich mich revanchieren?«

»Wie denn?«

»Indem ich fürs Frühstück bezahle?«

Ich schnaube verächtlich. »Ganz bestimmt nicht.«

»Bitte. Ich möchte es aber gern.«

»Versuchst du, mich zu kastrieren?«

»Das ist wahrscheinlich das einzige Restaurant, in dem ich es mir leisten kann, die Rechnung zu übernehmen.«

»Das ist sehr lieb von dir, Anastasia, wirklich, aber nein.«

Sie schürzt verärgert die Lippen, als ich den Rotschopf um die Rechnung bitte. »Tu das nicht«, warne ich sie und werfe einen Blick auf meine Armbanduhr. 8:30 Uhr. Um 11:15 treffe ich mich mit den Leuten von der Savannah Brownfield Redevelopment Authority, also müssen wir leider in die Stadt zurückfahren. Ich überlege, ob ich das Meeting absagen soll, weil ich den Tag gern mit Ana verbringen würde, aber nein, das wäre nicht gut. Ich laufe diesem Mädchen hinterher, während ich mich um meine Geschäfte kümmern sollte.

Prioritäten, Grey.

Hand in Hand gehen wir zum Wagen zurück wie ein ganz normales Paar. Sie sieht umwerfend aus in meinem viel zu großen Sweatshirt, sorglos und entspannt – und ja, sie gehört zu mir. Drei junge Männer auf dem Weg zum Eingang des IHOP mustern sie interessiert; sie nimmt es gar nicht wahr, selbst als ich besitzergreifend den Arm um sie lege. Es ist ihr gar nicht bewusst, wie toll sie aussieht. Als ich ihr die Beifahrertür aufhalte, lächelt sie mich strahlend an.

Daran könnte ich mich gewöhnen.

Ich gebe die Adresse ihrer Mutter ins GPS ein, und wir fahren auf der I-95 in Richtung Norden. Ana klopft mit dem Fuß den

Takt eines Songs der Foo Fighters mit. Das ist die Musikrichtung, die ihr gefällt – typisch amerikanische Rockmusik. Der Verkehr ist jetzt dichter, weil die Pendler auf dem Weg in die Stadt sind. Mich stört das nicht. Ich genieße es, mit Ana zusammen zu sein, Zeit mit ihr zu verbringen. Ich halte ihre Hand, berühre ihr Knie und freue mich über ihr Lächeln. Sie erzählt mir von ihren vorherigen Besuchen in Savannah. Die Hitze macht auch ihr zu schaffen, aber ihre Augen leuchten auf, wenn sie von ihrer Mutter spricht. Ich bin schon gespannt darauf, wie sie, ihre Mutter und ihr Stiefvater heute Abend miteinander umgehen werden.

Mit leichtem Bedauern halte ich vor dem Haus ihrer Mutter an. Ich wünschte, wir könnten einfach den Rest des Tages blaumachen; die letzten zwölf Stunden waren wirklich … nett.

Mehr als nett, Grey. Unvergleichlich schön.

»Willst du mit reinkommen?«, fragt sie.

»Ich muss arbeiten, Anastasia, aber wir sehen uns heute Abend. Um wie viel Uhr?«

Sie schlägt sieben vor und hebt dann den Blick von ihren Händen. Ihre Augen strahlen. »Danke … für das ›mehr‹.«

»Das Vergnügen ist ganz meinerseits, Anastasia.« Ich küsse sie und sauge ihren süßen, süßen Duft in meine Lunge.

»Wir sehen uns später.«

»Darauf kannst du wetten.«

Sie klettert aus dem Wagen, immer noch in meinem Sweatshirt, und winkt mir zum Abschied. Auf meiner Rückfahrt ins Hotel fühle ich mich ein wenig leer ohne sie.

Sobald ich in meinem Zimmer bin, rufe ich Taylor an.

»Mr. Grey.«

»Ja … danke für das Organisieren dieses Morgens.«

»Gern geschehen, Sir.« Er klingt überrascht.

»Ich möchte fünfzehn Minuten vor elf zu dem Meeting aufbrechen.«

»Der Suburban wird vor der Tür bereitstehen.«

»Danke.«

Ich schlüpfe aus meiner Jeans, ziehe ein Hemd und eine Anzughose an und lege meine Lieblingskrawatte neben meinen Laptop, bevor ich beim Zimmerservice Kaffee bestelle.

Ich gehe meine Mails durch, trinke dabei Kaffee und überlege kurz, ob ich Ros anrufen soll. Nein, dafür ist es noch zu früh, also nehme ich mir die Unterlagen vor, die Bill mir geschickt hat. Savannah scheint ein guter Standort für eine Niederlassung zu sein. Rasch überprüfe ich meinen Posteingang und entdecke eine neue Mail von Ana.

Von: Anastasia Steele
Betreff: Durch die Lüfte
Datum: 2. Juni 2011, 10:20 Uhr EST
An: Christian Grey

Manchmal verstehst du es wirklich, einem Mädchen zu zeigen, wie man sich anständig amüsiert.
    Danke.
    Ana x

Die Betreffzeile bringt mich zum Lachen, und der Kuss am Ende freut mich ungemein. Ich tippe schnell eine Antwort.

Von: Christian Grey
Betreff: Durch die Lüfte
Datum: 2. Juni 2011, 10:24 Uhr EST
An: Anastasia Steele

Und definitiv ist es besser, als dir beim Schnarchen zuzuhören. Ich habe mich auch gut amüsiert.
Aber das tue ich ja immer, wenn du bei mir bist.
CHRISTIAN GREY
CEO, Grey Enterprises Holdings, Inc.

Sofort erhalte ich eine Antwort.

Von: Anastasia Steele
Betreff: SCHNARCHEN
Datum: 2. Juni 2011, 10:26 Uhr EST
An: Christian Grey

ICH SCHNARCHE NICHT.
Und falls doch, ist es höchst ungalant, es mir aufs Brot zu schmieren.
Sie sind kein Gentleman, Mr. Grey! Und das, obwohl Sie mitten im guten alten Süden zu Gast sind.
    Ana

Ich lache leise in mich hinein.

Von: Christian Grey
Betreff: Somniloquie
Datum: 2. Juni 2011, 10:28 Uhr EST
An: Anastasia Steele

Ich habe nie behauptet, ein Gentleman zu sein, Anastasia, was ich, wenn ich mich recht entsinne, im Rahmen zahlloser Gelegenheiten auch bewiesen habe.
Von deinen marktschreierischen GROSSBUCHSTABEN lasse ich mich jedenfalls nicht einschüchtern, allerdings bin ich bereit, eine kleine Lüge einzugestehen: Nein, du schnarchst nicht, aber dafür sprichst du im Schlaf. Und es ist höchst faszinierend.
Was ist aus meinem Kuss geworden?

CHRISTIAN GREY
CEO & Flegel, Grey Enterprises Holdings, Inc.

Das wird sie auf die Palme bringen.

Von: Anastasia Steele
Betreff: Raus mit der Sprache
Datum: 2. Juni 2011, 10:32 Uhr EST
An: Christian Grey

Du bist tatsächlich ein Flegel und ein übler Schurke – definitiv
kein Gentleman.
Also, was habe ich gesagt? Los, raus damit, sonst ist Schluss mit
Küssen!

Oh, das könnte ewig so weitergehen ...

Von: Christian Grey
Betreff: Schlafende Schönheit mit Kommunikationsbedürfnis
Datum: 2. Juni 2011, 10:35 Uhr EST
An: Anastasia Steele

Es wäre höchst ungalant, es zu verraten, außerdem wurde ich da-
für ja bereits gemaßregelt. Aber wenn du brav bist, erzähle ich es
dir vielleicht heute Abend. Jetzt habe ich einen Termin.
Ciao, ciao, Baby.
CHRISTIAN GREY
CEO & Flegel & übler Schurke, Grey Enterprises Holdings, Inc.

Mit einem breiten Grinsen binde ich mir die Krawatte um, nehme
mein Jackett in die Hand und gehe nach unten zu Taylor.

Etwas über eine Stunde später sitze ich immer noch in dem Meeting mit der Savannah Brownfield Redevelopment Authority. Es
spricht einiges für Georgia, und das Team hat GEH nicht zu unter-
schätzende Steuervorteile zu bieten. Es klopft an der Tür, und Taylor betritt den kleinen Konferenzraum. Seine Miene ist düster, aber
noch mehr beunruhigt mich, dass er bisher noch nie, wirklich noch
nie in ein Meeting geplatzt ist. Meine Kopfhaut kribbelt.

Ana? Geht es ihr gut?

»Verzeihen Sie bitte, meine Damen und Herren«, sagt er.

»Ja, Taylor?« Er tritt ganz nah an mich heran und flüstert mir diskret ins Ohr.

»Wir haben ein Problem zu Hause. Es betrifft Miss Leila Williams.«

Leila? Was zum Teufel meint er damit? Ein Teil von mir ist erleichtert, dass es sich nicht um Ana handelt.

»Würden Sie mich bitte entschuldigen?« Ich lasse die zwei Männer und die zwei Frauen von SBRA allein.

Im Flur entschuldigt sich Taylor in ernstem Ton noch einmal für die Unterbrechung.

»Kein Problem. Sagen Sie mir, was los ist.«

»Miss Williams befindet sich in einem Rettungswagen auf dem Weg zur Notfallaufnahme des Seattle Free Hope Hospitals.«

»Rettungswagen?«

»Ja, Sir. Sie ist in Ihre Wohnung eingedrungen und hat versucht, sich vor Mrs. Jones' Augen umzubringen.«

Scheiße. »Selbstmord?« *Leila? In meinem Apartment?*

»Sie hat sich die Pulsadern aufgeschnitten. Gail ist bei ihr im Krankenwagen. Sie hat mich wissen lassen, dass die Rettungssanitäter rechtzeitig eingetroffen sind und dass Miss Williams sich nicht in Lebensgefahr befindet.«

»Aber warum im Escala? Und vor Gail?« Ich bin schockiert.

Taylor schüttelt den Kopf. »Ich weiß es nicht, Sir. Gail hat auch keine Ahnung. Sie bekommt aus Miss Williams kein vernünftiges Wort heraus. Anscheinend will sie nur mit Ihnen reden.«

»Fuck.«

»Ganz recht, Sir«, erwidert Taylor tonlos. Ich fahre mir mit den Fingern durchs Haar und versuche das Ausmaß dessen zu begreifen, was Leila getan hat. Was zum Teufel soll ich jetzt tun? Warum ist sie zu mir gekommen? Hat sie erwartet, mich zu treffen? Wo ist ihr Mann? Was ist aus ihm geworden?

»Wie geht es Gail?«

»Sie ist ziemlich aufgewühlt.«

»Das überrascht mich nicht.«

»Ich dachte, Sie sollten es erfahren, Sir.«

»Ja, natürlich. Danke«, murmle ich zerstreut. Ich kann es einfach nicht glauben. Als ich vor sechs oder sieben Monaten die letzte Mail von Leila bekommen habe, schien sie glücklich zu sein. Aber hier in Georgia werde ich keine Antwort darauf finden – ich muss nach Hause und mit ihr reden. Und herausfinden, warum sie das getan hat. »Stephan soll den Jet startklar machen. Ich muss zurück nach Seattle.«

»Wird erledigt.«

»Wir fliegen so schnell wie möglich.«

»Ich warte im Wagen auf Sie.«

»Danke.«

Taylor geht zum Ausgang und drückt dabei sein Telefon ans Ohr. Mir ist schwindlig.

Leila. Was zur Hölle ist passiert?

Sie ist schon vor ein paar Jahren aus meinem Leben verschwunden. Hin und wieder schreiben wir uns eine Mail. Sie hat geheiratet und schien glücklich zu sein. Was ist nur geschehen?

Ich gehe rasch zurück in den Konferenzraum und entschuldige mich bei meinen Gesprächspartnern, bevor ich in die drückende Hitze hinaustrete. Taylor wartet bereits im Suburban auf mich.

»Das Flugzeug wird in fünfundvierzig Minuten startklar sein. Wir können zurück ins Hotel fahren, packen und sofort aufbrechen«, informiert er mich.

»Gut.« Ich bin froh, dass der Wagen eine Klimaanlage hat. »Ich sollte Gail anrufen.«

»Das habe ich schon versucht, aber da meldet sich nur die Mailbox. Wahrscheinlich ist sie noch im Krankenhaus.«

»Okay, ich werde es dann später versuchen.« So etwas hat Gail an einem Donnerstagmorgen gerade noch gefehlt. »Wie ist Leila in das Apartment gekommen?«

»Das weiß ich nicht, Sir.« Taylor wirft mir im Rückspiegel einen

Blick zu, seine ernste Miene drückt Bedauern aus. »Aber ich werde mich sofort darum kümmern.«

Unsere Koffer sind gepackt, und wir befinden uns auf dem Weg zum Savannah/Hilton Head International. Ich rufe Ana an, kann sie aber leider nicht erreichen. Grübelnd starre ich während der Fahrt zum Flughafen aus dem Fenster. Es dauert nicht lange, bis Ana sich meldet.

»Anastasia.«

»Hi«, haucht sie, und ich erfreue mich am Klang ihrer Stimme.

»Ich muss nach Seattle zurück. Ein Problem ist aufgetaucht. Ich bin schon auf dem Weg zum Flughafen. Bitte sag deiner Mutter, dass es mir äußerst leidtut, aber ich kann nicht zum Abendessen kommen.«

»Ich hoffe, es ist nichts Schlimmes.«

»Es gibt da eine Situation, um die ich mich kümmern muss. Ich sehe dich morgen. Ich schicke Taylor, damit er dich vom Flughafen abholt, falls ich es selbst nicht schaffen sollte.«

»Okay.« Sie seufzt. »Ich hoffe, du bekommst die Situation in den Griff. Guten Flug.«

Ich wünschte, ich könnte hierbleiben.

»Dir auch, Baby«, sage ich leise und lege rasch auf, bevor es mir anders überlege.

Während wir über die Startbahn rollen, rufe ich Ros an.

»Christian, wie läuft's in Savannah?«

»Ich sitze bereits im Flugzeug und bin auf dem Heimweg. Es gibt ein Problem, dessen ich mich annehmen muss.«

»Betrifft es GEH?«, fragt Ros beunruhigt.

»Nein, es geht um eine persönliche Angelegenheit.«

»Kann ich Ihnen irgendwie helfen?«

»Nein. Wir sehen uns dann morgen.«

»Wie ist das Meeting gelaufen?«

»Sehr gut. Aber ich musste es leider vorzeitig abbrechen. Warten wir das schriftliche Protokoll ab. Möglicherweise gebe ich Detroit doch den Vorzug – dort ist es kühler.«

»Ist die Hitze tatsächlich so schlimm?«

»Unglaublich drückend. Ich muss jetzt aufhören. Wir hören uns später noch mal zum Austausch der Neuigkeiten.«

»Gute Reise, Christian.«

Während des Flugs stürze ich mich in meine Arbeit, um mich von dem zu Hause wartenden Problem abzulenken. Als wir landen, habe ich drei Berichte gelesen und fünfzehn Mails geschrieben. Unser Wagen steht schon bereit, und Taylor fährt im strömenden Regen auf direktem Weg zum Seattle Free Hope. Ich muss Leila sehen und herausfinden, was passiert ist. Als wir uns dem Krankenhaus nähern, steigt Wut in mir auf.

Warum hat sie mir das angetan?

Als ich aus dem Auto steige, prasselt der Regen auf mich nieder; das düstere Licht passt genau zu meiner Stimmung. Ich atme tief durch, um meinen Zorn zu kontrollieren, und haste zur Eingangstür. An der Rezeption frage ich nach Leila Reed.

»Sind Sie ein Familienangehöriger?« Die diensthabende Schwester sieht mich mit verkniffenem Mund an.

»Nein.« Ich seufze. Das wird schwierig werden.

»Nun, dann kann ich Ihnen leider nicht helfen.«

»Sie hat versucht, sich in meiner Wohnung die Pulsadern aufzuschneiden, also habe ich meiner Meinung nach das verdammte Recht zu wissen, wo sie sich jetzt befindet«, stoße ich zwischen zusammengepressten Zähnen hervor.

»Nicht in diesem Ton!«, faucht sie mich an. Ich werfe ihr einen zornigen Blick zu. Hier komme ich nicht weiter.

»Wo ist die Notaufnahme?«

»Sir, wenn Sie kein Angehöriger sind, können wir nichts für Sie tun.«

»Kein Problem, ich finde sie schon«, knurre ich und stürme zu den Flügeltüren hinüber. Natürlich könnte ich jetzt meine Mutter anrufen – sie könnte die Sache beschleunigen. Allerdings müsste ich ihr dann erklären, was passiert ist.

In der Notaufnahme laufen Ärzte und Schwestern geschäftig hin und her, und etliche Patienten warten auf eine Untersuchung. Ich spreche eine junge Krankenschwester an und schenke ihr ein breites Lächeln. »Hallo, ich suche Leila Reed – sie wurde heute hier eingeliefert. Können Sie mir sagen, wo ich sie finde?«

»Und wer sind Sie?« Ihr Gesicht läuft rot an.

»Ich bin ihr Bruder«, lüge ich gekonnt, ohne ihre Reaktion zu beachten.

»Hier entlang, Mr. Reed.« Sie hastet zur Schwesternstation und wirft einen Blick auf ihren Computer. »Sie ist im zweiten Stock, Psychiatrische Abteilung. Nehmen Sie den Aufzug am Ende des Flurs.«

»Danke.« Ich zwinkere ihr zu, und sie streicht sich eine Haarsträhne hinters Ohr und schenkt mir ein kokettes Lächeln, das mich an ein bestimmtes Mädchen erinnert, das ich in Georgia zurückgelassen habe.

Als ich im zweiten Stock aus dem Fahrstuhl steige, sehe ich sofort, dass etwas nicht stimmt. Zwei Sicherheitskräfte und eine Schwester durchsuchen den Flur und jedes Zimmer. Ich gehe zum Empfangsbereich und tue so, als würde ich den Aufruhr nicht bemerken.

»Kann ich Ihnen helfen?«, fragt mich ein junger Mann mit einem Ring im Nasenflügel.

»Ich suche Leila Reed. Ich bin ihr Bruder.«

Er wird blass. »Oh, Mr. Reed. Kommen Sie bitte mit.«

Ich folge ihm in ein Wartezimmer und setze mich auf den Plastikstuhl, den er mir anbietet; er ist am Boden festgeschraubt. »Der Doktor kommt gleich.«

»Warum kann ich nicht zu ihr?«, will ich wissen.

»Das wird Ihnen der Arzt gleich erklären«, erwidert er zurückhaltend und ist verschwunden, bevor ich weitere Fragen stellen kann.

Scheiße. Vielleicht komme ich zu spät.

Bei dem Gedanken wird mir übel. Ich stehe auf, gehe in dem kleinen Raum auf und ab und überlege, ob ich Gail anrufen soll. Aber ich muss nicht lange warten, dann kommt ein junger Mann mit kurzen Rastalocken und dunklen, klugen Augen herein. Ist er der behandelnde Arzt?

»Mr. Reed?«

»Wo ist Leila?«

Er mustert mich kurz, seufzt dann und wappnet sich für das Gespräch. »Leider kann ich Ihnen das nicht sagen. Sie ist uns entwischt.«

»Was?«

»Sie ist weg. Ich habe keine Ahnung, wie ihr das gelungen ist.«

»Weg?«, rufe ich ungläubig und lasse mich auf einen der Stühle sinken. Er nimmt mir gegenüber Platz.

»Ja. Einfach verschwunden. Wir suchen sie gerade.«

»Sie ist noch in der Klinik?«

»Das wissen wir nicht.«

»Und wer sind Sie?«, frage ich.

»Ich bin Dr. Azikiwe, der diensthabende Psychiater.«

Er sieht viel zu jung aus, um Psychiater zu sein. »Was können Sie mir über Leila sagen?«

»Nun, sie wurde nach einem gescheiterten Selbstmordversuch eingeliefert. Sie hat im Haus eines Exfreundes versucht, sich an einem Handgelenk die Pulsader aufzuschneiden. Die Haushälterin hat sie hierhergebracht.«

Ich spüre, wie mir das Blut aus dem Gesicht weicht. »Und?« Ich brauche mehr Informationen.

»Das ist schon fast alles, was wir wissen. Sie sagte, sie habe einen Fehler gemacht und fühle sich jetzt wieder gut, aber wir wollten sie zur Beobachtung hierbehalten und ihr noch weitere Fragen stellen.«

»Haben Sie sich mit ihr unterhalten?«

»Ja.«

»Warum hat sie das getan?«

»Sie sagte, es sei ein Hilfeschrei gewesen. Nicht mehr. Die Aufregung, die sie damit verursacht hat, war ihr peinlich, und sie wollte nach Hause. Sie sagte, sie habe sich nicht wirklich umbringen wollen. Ich habe ihr geglaubt. Wahrscheinlich handelte es sich um einen vorübergehenden Selbstmordgedanken.«

»Wie konnten Sie nur zulassen, dass sie davonläuft?« Ich fahre mir mit den Fingern durchs Haar und versuche, meine Frustration zu unterdrücken.

»Es ist mir schleierhaft, wie sie entkommen konnte. Es wird diesbezüglich eine interne Untersuchung geben. Sollte sie Kontakt mit Ihnen aufnehmen, würde ich Sie bitten, sie zur Rückkehr zu bewegen. Sie braucht Hilfe. Kann ich Ihnen ein paar Fragen stellen?«

»Klar«, stimme ich zerfahren zu.

»Sind in der Vergangenheit in Ihrer Familie psychische Erkrankungen aufgetreten?« Ich runzle die Stirn, bis mir bewusst wird, dass er über Leilas Familie spricht.

»Das weiß ich nicht. Meine Familie hält sich in solchen Dingen sehr bedeckt.«

Er wirft mir einen besorgten Blick zu. »Wissen Sie etwas über ihren Exfreund?«

»Nein«, erwidere ich ein wenig zu hastig. »Haben Sie ihren Mann benachrichtigt?«

Der Doktor reißt überrascht die Augen auf. »Sie ist verheiratet?«

»Ja.«

»Das hat sie uns nicht verraten.«

»Oh. Tja, dann werde ich ihn anrufen. Und jetzt will ich nicht länger Ihre Zeit in Anspruch nehmen.«

»Aber ich hätte da noch einige Fragen …«

»Ich würde mich lieber auf die Suche nach ihr machen. Offensichtlich geht es ihr nicht sehr gut.« Ich stehe auf.

»Aber ihr Mann …«

»Ich werde mich mit ihm in Verbindung setzen.« Das Gespräch bringt mich nicht weiter.

»Das wäre eigentlich unsere Aufgabe ...« Dr. Azikiwe erhebt sich ebenfalls.

»Ich kann Ihnen nicht helfen – ich muss sie finden.« Ich gehe zur Tür.

»Mr. Reed ...«

»Auf Wiedersehen«, murmle ich und laufe aus dem Wartezimmer und am Fahrstuhl vorbei. Auf der Feuertreppe nehme ich bei jedem Schritt zwei Stufen auf einmal. Ich hasse Krankenhäuser. Eine Erinnerung aus meiner Kindheit steigt in mir hoch: Ich bin noch ganz klein, habe Angst und kann nicht sprechen, und der Geruch nach Desinfektionsmitteln und Blut dringt in meine Nase.

Bei dem Gedanken daran erschaudere ich.

Vor der Klinik bleibe ich einen Moment lang stehen und warte, bis der sintflutartige Regen die Erinnerung weggespült hat. Der Nachmittag war sehr anstrengend, aber zumindest ist der Regen eine erfrischende Abwechslung zu der Hitze in Savannah. Taylor biegt um die Ecke und holt mich mit dem SUV ab.

»Nach Hause«, weise ich Taylor an, als ich in den Wagen gestiegen bin. Ich schnalle mich an und rufe Welch an.

»Mr. Grey«, meldet er sich.

»Welch, ich habe ein Problem. Sie müssen Leila Reed, geborene Williams, finden.«

Gail ist blass und still, als sie mich besorgt mustert. »Essen Sie das nicht mehr auf, Sir?«

Ich schüttle den Kopf.

»Hat es Ihnen nicht geschmeckt?«

»Doch, natürlich.« Ich lächle schwach. »Ich habe nach den heutigen Ereignissen nur einfach keinen Hunger. Wie kommen Sie mit der Sache zurecht?«

»Mir geht es gut, Mr. Grey. Es war ein großer Schock, aber ich stürze mich jetzt einfach in die Arbeit.«

»Das verstehe ich. Danke für das Abendessen. Falls Ihnen noch irgendetwas einfällt, lassen Sie es mich wissen.«

»Natürlich. Aber wie ich schon gesagt habe, wollte sie nur Sie sprechen.«

Warum? Was erwartet sie von mir?

»Danke, dass Sie die Polizei nicht gerufen haben.«

»Das Mädchen braucht keine Polizei, sondern Hilfe.«

»Stimmt. Ich wünschte, ich wüsste, wo sie jetzt ist.«

»Sie werden sie sicher finden.« Die Zuversicht in ihrer Stimme überrascht mich.

»Brauchen Sie noch etwas?«, frage ich sie.

»Nein, Mr. Grey, alles in Ordnung.« Sie trägt den Teller mit dem nur zur Hälfte aufgegessenen Gericht zur Spüle.

Die Nachrichten von Welch über Leila sind frustrierend. Ihre Spur hat sich verloren. Sie ist nicht mehr im Krankenhaus, und alle rätseln immer noch, wie sie dort entkommen konnte. Ein kleiner Teil von mir empfindet Bewunderung für sie – sie war schon immer sehr einfallsreich. Aber was konnte sie so unglücklich gemacht haben? Ich lege den Kopf in meine Hände. Was für ein Tag – von etwas Wunderschönem zu etwas total Verrücktem. Erst das Segelfliegen mit Ana und nun dieses Problem. Taylor hat immer noch nicht herausfinden können, wie Leila in das Apartment gekommen ist, und Gail hat auch keine Ahnung. Offenbar ist Leila in die Küche marschiert und wollte wissen, wo ich bin. Als Gail ihr sagte, ich sei nicht zu Hause, rief sie: »Er ist weg!« Und dann schlitzte sie sich das Handgelenk mit einem Teppichmesser auf. Glücklicherweise war der Schnitt nicht tief genug.

Ich werfe einen Blick zu Gail hinüber. Es läuft mir eiskalt den Rücken hinunter. Leila hätte sie verletzen können. Oder vielleicht war ich ihr Ziel. *Aber warum?* Ich reibe mir die Augen und versuche mich daran zu erinnern, ob irgendetwas in unseren letzten Mails darauf hingedeutet hat, warum sie plötzlich ausgerastet ist. Obwohl ich mir den Kopf zermartere, fällt mir nichts ein, und ich gehe seufzend in mein Büro.

Als ich mich an meinen Schreibtisch setze, summt mein Telefon und zeigt mir eine SMS an.

Ana?
Die Nachricht ist von Elliot.

Hey, Superman. Lust auf eine Partie Billard?

Eine Partie Billard bedeutet, dass Elliot zu mir kommt und mir meinen gesamten Biervorrat wegtrinkt. Dafür bin ich im Augenblick nicht in der Stimmung.

Arbeit. Nächste Woche?

Klar. Bevor ich mich an den Strand lege.
Mach dich auf was gefasst.
Bis dann.

Ich werfe mein Telefon auf den Tisch, vertiefe mich in Leilas Akte und suche nach irgendeinem Anhaltspunkt, wo sie jetzt sein könnte. Ich finde die Adresse ihrer Eltern und deren Telefonnummer, aber nichts über ihren Mann. Wo ist er? Warum ist sie nicht bei ihm?

Ich will ihre Eltern nicht mit meinem Anruf beunruhigen, also rufe ich Welch an und gebe ihm deren Nummer. Er soll für mich herausfinden, ob Leila sich mit ihnen in Verbindung gesetzt hat.

Als ich meinen iMac einschalte, sehe ich eine Mail von Ana.

Von: Anastasia Steele
Betreff: Gut angekommen?
Datum: 2. Juni 2011, 22:32 Uhr EST
An: Christian Grey

Sehr geehrter Mr. Grey,
bitte lassen Sie mich wissen, ob Sie sicher gelandet sind. Ich mache mir allmählich Sorgen. Und denke ständig an Sie.
Ana x

Und ehe ich darüber nachdenken kann, presse ich einen Finger auf den Kuss, den sie mir geschickt hat. Ana.

Wie blöd und rührselig, Grey. Reiß dich am Riemen.

Von: Christian Grey
Betreff: Tut mir leid
Datum: 2. Juni 2011, 19:36 Uhr
An: Anastasia Steele

Sehr geehrte Miss Steele,
ich bin gut angekommen. Bitte entschuldigen Sie, dass ich mich nicht schon früher gemeldet habe. Es war nicht meine Absicht, dass Sie sich Sorgen um mich machen. Aber es ist ein schönes Gefühl zu wissen, dass Ihnen mein Wohlergehen am Herzen liegt. Ich denke auch ständig an Sie und freue mich schon, Sie morgen wiederzusehen.

CHRISTIAN GREY
CEO, Grey Enterprises Holdings, Inc.

Ich drücke auf »Senden« und wünschte, sie wäre jetzt bei mir. In ihrer Gegenwart ist alles viel heller – meine Wohnung, mein Leben … meine Stimmung. Ich schüttle den Kopf über meine merkwürdigen Gedanken und wende mich wieder meinen Mails zu.

Ein Ping verrät mir, dass Ana mir eine weitere Nachricht geschickt hat.

Von: Anastasia Steele
Betreff: Die Situation
Datum: 2. Juni, 2011, 22:40 Uhr EST
An: Christian Grey

Sehr geehrter Mr. Grey,
ich denke, es liegt auf der Hand, dass Sie mir sehr viel bedeuten. Wie könnten Sie Zweifel daran haben?

Ich hoffe, Ihre »Situation« ist mittlerweile unter Kontrolle.

Ana

PS: Wollen Sie mir vielleicht jetzt verraten, was ich im Schlaf gesagt habe?

Ich bedeute ihr sehr viel? Das ist schön. Plötzlich regt sich dieses
fremde Gefühl, das ich den ganzen Tag über nicht gespürt habe,
wieder in mir und breitet sich in meinem Brustkorb aus. Darunter liegt eine Schmerzquelle, von der ich nichts wissen will. In ihr
verborgen lauert eine Erinnerung an eine junge Frau, die ihr langes
dunkles Haar bürstet ...

Verdammt!

Lass dich nicht darauf ein, Grey.

Ich schreibe Ana eine Antwort und beschließe, sie ein wenig zu
ärgern.

Von: Christian Grey
Betreff: Verfassungsmäßiges Recht auf Aussageverweigerung
Datum: 2. Juni 2011, 19:45 Uhr
An: Anastasia Steele

Sehr geehrte Miss Steele,
es ist ein schöner Gedanke, dass ich Ihnen etwas bedeute. Leider
ist die »Situation« hier nach wie vor nicht bereinigt.
Was Ihr PS angeht – die Antwort lautet nein.

CHRISTIAN GREY
CEO, Grey Enterprises Holdings, Inc.

Von: Anastasia Steele
Betreff: Plädiere auf Unzurechnungsfähigkeit
Datum: 2. Juni 2011, 22:48 Uhr EST
An: Christian Grey

Ich hoffe nur, es war etwas Lustiges. Aber Sie sollten wissen, dass ich für das, was im Schlaf über meine Lippen kommt, nicht zur Verantwortung gezogen werden kann. Höchstwahrscheinlich haben Sie mich nicht richtig verstanden.
Männer in den reiferen Jahren neigen ja bekanntermaßen zur Schwerhörigkeit.

Zum ersten Mal, seit ich wieder in Seattle bin, muss ich lachen. Was für eine willkommene Ablenkung.

Von: Christian Grey
Betreff: Schuldig im Sinne der Anklage
Datum: 2. Juni 2011, 19:52 Uhr
An: Anastasia Steele

Sehr geehrte Miss Steele,
könnten Sie bitte etwas lauter sprechen? Ich kann Sie so schlecht hören.
CHRISTIAN GREY
CEO, Grey Enterprises Holdings, Inc.

Ihre Antwort lässt nicht lange auf sich warten.

Von: Anastasia Steele
Betreff: Plädiere erneut auf Unzurechnungsfähigkeit
Datum: 2. Juni 2011, 22:54 Uhr EST
An: Christian Grey

Sie treiben mich in den Wahnsinn.

Von: Christian Grey
Betreff: Das hoffe ich …
Datum: 2. Juni 2011, 19:59 Uhr
An: Anastasia Steele

Sehr geehrte Miss Steele,
genau das hatte ich mir für Freitagabend vorgenommen.
Ich freue mich schon darauf. ;)
CHRISTIAN GREY
CEO, Grey Enterprises Holdings, Inc.

Ich muss mir noch etwas ganz Besonderes für mein kleines verrücktes Mädchen ausdenken.

Von: Anastasia Steele
Betreff: Grrr
Datum: 2. Juni 2011, 23:02 Uhr EST
An: Christian Grey

Hiermit erkläre ich offiziell, dass ich sauer auf Sie bin.
Gute Nacht.
　Miss A. R. Steele

Hoppla! Würde ich mir das von jemand anderem gefallen lassen?

Von: Christian Grey
Betreff: Wildkatze
Datum: 2. Juni 2011, 20:05 Uhr
An: Anastasia Steele

Fauchen Sie mich etwa an, Miss Steele?
Ich habe bereits eine Katze, die das erledigt.
CHRISTIAN GREY
CEO, Grey Enterprises Holdings, Inc.

Sie antwortet nicht. Fünf Minuten verstreichen, nichts. Sechs ... sieben.

Verdammt! Sie meint es ernst. Aber wenn ich ihr nun sage, dass sie im Schlaf versprochen hat, mich niemals zu verlassen? Sie würde mich für verrückt erklären.

Von: Christian Grey
Betreff: Deine Worte im Schlaf
Datum: 2. Juni 2011, 20:20 Uhr
An: Anastasia Steele

Anastasia,
was du im Schlaf gesagt hast, würde ich lieber im Wachzustand aus deinem Mund hören. Deshalb will ich es dir nicht verraten. Und jetzt schlaf. Für das, was ich morgen mit dir vorhabe, musst du ausgeruht sein.
CHRISTIAN GREY
CEO, Grey Enterprises Holdings, Inc.

Sie antwortet wieder nicht. Ich hoffe, dass sie endlich einmal auf mich gehört hat und jetzt schon schläft. Einen Moment lang denke ich darüber nach, was wir morgen alles tun könnten, aber das erregt mich zu sehr. Also schiebe ich diese Gedanken lieber beiseite und konzentriere mich wieder auf meine E-Mails.

Aber ich muss zugeben, dass mir nach dem kleinen Schlagabtausch mit Miss Steele ein wenig leichter zumute ist. Sie tut meiner tiefdunklen Seele gut!

FREITAG, 3. JUNI 2011

Ich kann nicht schlafen. Es ist nach zwei, und ich starre seit einer Stunde an die Decke.

Heute sind es nicht meine nächtlichen Albträume, die mich wach halten. Es ist ein wahrer Albtraum.

Leila Williams.

Der Rauchmelder an der Decke zwinkert mir zu, sein grünes Blinklicht verhöhnt mich.

Verdammt!

Ich schließe meine Augen und lasse meinen Gedanken freien Lauf.

Warum hat Leila selbstmörderisch gehandelt? Was ist in sie gefahren? Ihr verzweifeltes Unglück erinnert mich an mein jüngeres, elendes Ich. Ich versuche meine Empfindungen zu unterdrücken, aber die Wut und Trostlosigkeit meiner einsamen Teenagerjahre kommen wieder hoch und verschwinden nicht. Ich muss an meinen Schmerz denken und wie ich während meiner Jugend wild um mich geschlagen habe. Selbstmord kam mir oft in den Sinn, aber ich habe mich immer beherrscht. Ich habe für Grace durchgehalten. Ich wusste, sie wäre am Boden zerstört gewesen. Ich wusste, sie hätte sich selbst die Schuld gegeben, hätte ich mir das Leben genommen; und sie hat so viel für mich getan – wie hätte ich sie da so sehr verletzen können? Und nachdem ich Elena getroffen hatte … veränderte sich alles.

Ich stehe auf, verdränge die beunruhigenden Gedanken. Ich brauche das Klavier.

Ich brauche Ana.

Hätte sie den Vertrag unterzeichnet und wäre alles nach Plan gelaufen, wäre sie jetzt bei mir und schliefe oben. Ich könnte sie aufwecken und mich in ihr verlieren ... oder sie läge gemäß unserer neuen Abmachung bereits neben mir, und ich könnte sie vögeln und ihr dann beim Schlafen zusehen.

Was würde sie von Leila halten?

Als ich mich auf die Klavierbank setze, weiß ich, dass Ana Leila niemals treffen wird, was gut ist. Ich weiß, wie sie über Elena denkt. Herrgott, was würde sie über eine Ex denken ... eine unberechenbare Ex.

Ich bringe das einfach nicht zusammen: Leila war glücklich, neckisch und strahlend, als ich sie kennenlernte. Sie war eine hervorragende Sub, und ich hatte angenommen, sie hätte irgendwo ein Zuhause gefunden und wäre glücklich verheiratet. Ihre E-Mails deuteten nie darauf hin, dass irgendetwas nicht in Ordnung ist. Was ist schiefgelaufen? Ich fange an, Klavier zu spielen ... und meine aufgewühlten Gedanken werden verdrängt, bis nur noch die Musik und ich da sind.

Leila bedient meinen Schwanz mit ihrem Mund.

Ihrem talentierten Mund.

Ihre Hände sind hinter ihrem Rücken gefesselt.

Ihre Haare geflochten.

Sie kniet.

Den Blick gesenkt.

Demütig.

Verlockend.

Und plötzlich ist sie Ana.

Ana auf ihren Knien vor mir.

Nackt.

Wunderschön.

Mein Schwanz in ihrem Mund.

Aber Anas Blick trifft meinen.

Ihre strahlend blauen Augen sehen alles.

Sehen mich.

Meine Seele.

Sie sieht die Dunkelheit und das Monster dahinter.

Sie reißt ihre Augen vor Schreck auf, und plötzlich ist sie weg.

Verflucht!

Ich wache erschrocken auf, und meine schmerzhafte Erektion verschwindet, sobald ich mich an Anas verletzten Ausdruck in meinem Traum erinnere.

Was zum Teufel soll das?

Ich habe selten erotische Träume. *Warum jetzt?* Ich schaue auf meinen Wecker, ich bin ihm um ein paar Minuten zuvorgekommen. Das Morgenlicht kriecht zwischen die Gebäude, während ich aufstehe. Ich bin unruhig, zweifellos das Ergebnis meines verstörenden Traums, daher beschließe ich, laufen zu gehen, um ein bisschen Energie zu verbrennen. Es gibt keine neuen E-Mails, keine SMS, keine Neuigkeiten von Leila. Die Wohnung ist ruhig, als ich sie verlasse. Noch nichts von Gail zu sehen. Ich hoffe, dass sie sich von der Tortur gestern erholt hat.

Ich öffne die Glastüren der Lobby, trete in einen milden, sonnigen Morgen und betrachte genau die Straße. Als ich loslaufe, schaue ich in die Seitenstraßen und Türeingänge, an denen ich vorbeikomme, und hinter geparkte Autos, ob Leila dort ist.

Wo bist du, Leila Williams?

Ich stelle die Foo Fighters lauter, und meine Füße hämmern auf den Bürgersteig.

Olivia ist heute ganz besonders nervig. Sie hat meinen Kaffee verschüttet, einen wichtigen Anruf verpasst und himmelt mich mit ihren großen braunen Augen an.

»Holen Sie Ros wieder an die Strippe«, belle ich sie an. »Noch besser, bringen Sie sie hier hoch.« Ich schließe meine Bürotür und gehe zurück an den Schreibtisch. Ich muss mich mehr bemühen, meine Launen nicht an den Angestellten auszulassen.

Welch hat keine Neuigkeiten, außer dass Leilas Eltern glauben, ihre Tochter sei noch immer bei ihrem Ehemann in Portland. Es klopft an der Tür.

»Herein.« Ich hoffe inständig, dass es nicht Olivia ist. Ros streckt ihren Kopf herein.

»Sie wollten mich sehen?«

»Ja. Kommen Sie herein. Wie sieht's mit Woods aus?«

Ros verlässt mich um kurz vor zehn. Alles ist geregelt: Woods hat sich entschlossen, die Vereinbarung anzunehmen, und die Helfer für Darfur werden sich bald auf den Weg nach München machen, um von dort aus die Luftbrücke vorzubereiten. Aus Savannah gibt's noch keine Neuigkeiten hinsichtlich des Angebots.

Ich schaue in mein Postfach und finde eine Willkommensmail von Ana.

Von: Anastasia Steele
Betreff: Auf dem Heimweg
Datum: 3. Juni 2011, 12:53 Uhr EST
An: Christian Grey

Sehr geehrter Mr. Grey,
wieder einmal sitze ich in der ersten Klasse, wofür ich mich
bei Ihnen bedanken muss. Ich zähle bereits die Minuten, bis
ich Sie heute Abend wiedersehen und Ihnen möglicherweise
unter Gewaltanwendung die Wahrheit über meine nächtlichen
Geständnisse entlocken kann.
    Ana x

Gewaltanwendung? Mir gegenüber? *Oh, Miss Steele, ich denke, das wird umgekehrt sein.* Da ich viel zu tun habe, halte ich meine Antwort kurz.

Von: Christian Grey
Betreff: Auf dem Heimweg
Datum: 3. Juni 2011, 09:58 Uhr
An: Anastasia Steele

Anastasia,
ich freue mich schon, dich bald wiederzusehen.
CHRISTIAN GREY
CEO, Grey Enterprises Holdings, Inc.

Aber Ana ist nicht zufrieden.

Von: Anastasia Steele
Betreff: Auf dem Heimweg
Datum: 3. Juni 2011, 13:01 Uhr EST
An: Christian Grey

Liebster Mr. Grey,
ich hoffe, mit der »Situation« ist alles in Ordnung.
Der Tonfall Ihrer Mail macht mir etwas Sorgen.
    Ana

Ich verdiene doch wenigstens einen Kuss. Sollte sie nicht inzwischen schon in der Luft sein?

Von: Christian Grey
Betreff: Auf dem Heimweg
Datum: 3. Juni 2011, 10:04 Uhr
An: Anastasia Steele

Anastasia,
es könnte besser laufen. Ist die Maschine schon abgeflogen?
Wenn ja, solltest du keine Mails mehr schreiben.
Du bringst dich selbst in Gefahr, was einen klaren Verstoß gegen

die Regeln zu deiner persönlichen Sicherheit darstellt.
Was ich über die Strafe gesagt habe, war ernst gemeint.

CHRISTIAN GREY
CEO, Grey Enterprises Holdings, Inc.

Ich will gerade Welch für ein Update anrufen, da macht es leise Ping – wieder Ana.

Von: Anastasia Steele
Betreff: Überreagiert
Datum: 3. Juni 2011, 13:06 Uhr EST
An: Christian Grey

Sehr geehrter Mr. Miesepeter,
die Türen sind noch geöffnet. Wir haben Verspätung, aber nur zehn Minuten. Mein Wohlergehen – und das meiner Mitpassagiere – ist also gewährleistet. Sie können Ihre juckende Hand also vorläufig noch in der Hosentasche lassen.
    Miss Steele

Meine Lippen verziehen sich zögernd zu einem Lächeln. *Mr. Miesepeter, wie?* Und kein Kuss. *Oje.*

Von: Christian Grey
Betreff: Entschuldigung – Juckende Hand verstaut
Datum: 3. Juni 2011, 10:08 Uhr
An: Anastasia Steele

Sie und Ihr vorlautes Mundwerk fehlen mir, Miss Steele.
Kommen Sie sicher nach Hause zurück.

CHRISTIAN GREY
CEO, Grey Enterprises Holdings, Inc.

Von: Anastasia Steele
Betreff: Entschuldigung angenommen
Datum: 3. Juni 2011, 13:10 Uhr EST
An: Christian Grey

Gerade werden die Türen geschlossen. Von mir hörst du keinen Mucks mehr – was bei deiner Schwerhörigkeit nicht weiter schwierig werden sollte.

Ciao, ciao

Ana x

Mein Kuss ist wieder da. *Na, welche Erleichterung.* Widerwillig löse ich mich vom Computerbildschirm und greife zum Telefon, um Welch anzurufen.

Um ein Uhr lehne ich Andreas Angebot, an meinem Schreibtisch zu Mittag zu essen, ab. Ich muss raus. Die Wände meines Büros erdrücken mich, und ich glaube, das liegt daran, dass es keine Neuigkeiten von Leila gibt.

Ich mache mir Sorgen um sie. *Verdammt, sie ist gekommen, um mich zu sehen.* Sie hat mein Zuhause als ihre Bühne ausgewählt. Wie könnte ich das nicht persönlich nehmen? Warum hat sie mir keine Mail geschickt oder mich angerufen? Wenn sie in Schwierigkeiten steckt, hätte ich helfen können, und ich hätte ihr geholfen – ich habe es früher schon getan.

Ich brauche frische Luft. Ich marschiere an Olivia und Andrea vorbei, die beide beschäftigt aussehen, obwohl ich Andreas verwirrten Blick bemerke, als ich den Aufzug betrete.

Draußen ist es ein strahlender, geschäftiger Nachmittag. Ich hole tief Luft und rieche den beruhigenden Salzwassergeruch vom Sund. Vielleicht sollte ich mir den restlichen Tag freinehmen? Aber das kann ich nicht. Ich habe heute Nachmittag eine Besprechung mit dem Bürgermeister. Das ist ärgerlich – ich sehe ihn morgen bei der Gala der Handelskammer.

Die Gala!

Plötzlich kommt mir eine Idee, und mit einem neuen Ziel gehe ich zu einem kleinen Laden, den ich kenne.

Nach dem Meeting im Büro des Bürgermeisters laufe ich die rund zehn Blocks zurück zum Escala zu Fuß; Taylor holt Ana am Flughafen ab. Gail ist in der Küche, als ich das Wohnzimmer betrete.

»Guten Abend, Mr. Grey.«

»Hi, Gail. Wie war Ihr Tag?«

»Gut, danke, Sir.«

»Fühlen Sie sich besser?«

»Ja, Sir. Die Kleider für Miss Steele sind geliefert worden. Ich habe sie ausgepackt und in den Schrank in ihrem Zimmer gehängt.«

»Großartig. Nichts Neues von Leila?« Dumme Frage: Gail hätte mich angerufen.

»Nein, Sir. Das ist auch noch angekommen.« Sie hält eine kleine, rote Einkaufstüte hoch.

»Gut.« Ich nehme ihr die Tüte ab und ignoriere ihr Augenzwinkern.

»Wie viele Personen erwarten Sie zum Abendessen?«

»Zwei, danke. Und Gail …«

»Sir?«

»Können Sie das Bett im Spielzimmer mit dem Satinlaken beziehen?«

Ich hoffe sehr, dass ich Ana dieses Wochenende dorthin bekomme.

»Ja, Mr. Grey«, sagt sie in einem leicht überraschten Tonfall. Sie wendet sich wieder dem zu, was auch immer sie in der Küche zaubert, und lässt mich leicht perplex über ihr Verhalten zurück.

Vielleicht heißt Gail es nicht gut, aber genau das will ich von Ana.

In meinem Büro nehme ich die Cartier-Schachtel aus der Tüte. Es ist ein Geschenk für Ana, das ich ihr morgen, vor der Gala, überreichen werde: ein Paar Ohrringe. Schlicht. Elegant. Wunderschön. Genau wie sie. Ich lächle, selbst in ihren Chucks und Jeans hat sie einen gewissen knabenhaften Charme.

Ich hoffe, sie nimmt mein Geschenk an. Als meine Sub hätte sie keine Wahl, aber durch unser neues Arrangement weiß ich nicht, wie sie reagieren wird. Was auch immer dabei herauskommt, es wird interessant sein. Sie überrascht mich stets aufs Neue. Als ich die rote Box in meine Schreibtischschublade lege, lenkt mich ein Ping auf meinem Computer ab. Barneys neueste Entwürfe fürs Tablet befinden sich in meinem Postfach, und ich bin neugierig.

Fünf Minuten später ruft Welch an.

»Mr. Grey«, keucht er.

»Ja. Haben Sie Neuigkeiten?«

»Ich habe mit Russell Reed gesprochen, Mrs. Reeds Ehemann.«

»Und?« Sofort bin ich angespannt und stürme aus meinem Büro, durchs Wohnzimmer zu den Fenstern.

»Er sagt, dass seine Frau ihre Eltern besucht«, berichtet Welch.

»Was?«

»Ganz genau.« Welch klingt genauso entnervt, wie ich es bin.

Seattle vor mir zu sehen und zu wissen, dass Mrs. Reed alias Leila Williams irgendwo da draußen ist, verstärkt meinen Ärger noch. Ich fahre durch meine Haare.

»Vielleicht hat sie ihm das erzählt.«

»Vielleicht«, sagt er. »Aber bisher haben wir dafür noch keine Hinweise.«

»Keine Spur?« Ich kann nicht glauben, dass sie einfach so verschwinden kann.

»Nichts. Aber falls sie eine Bankkarte benutzt, einen Scheck einlöst oder sich in ein soziales Netzwerk einloggt, werden wir sie finden.«

»Okay.«

»Wir würden uns gern die Aufnahmen der Überwachungskameras rund ums Krankenhaus ansehen. Das wird Geld kosten und etwas länger dauern. Ist das akzeptabel?«

»Ja.« Meine Kopfhaut spannt sich an, nicht wegen des Telefonats. Aus irgendeinem Grund habe ich das Gefühl, beobachtet zu werden. Als ich mich umdrehe, sehe ich Ana auf der Schwelle stehen; sie mustert mich, die Stirn gerunzelt, die Lippen nachdenklich. Sie trägt einen sehr, sehr kurzen Rock. Sie besteht allein aus Augen und Beinen … besonders Beinen. Ich stelle mir vor, wie sie die um meine Taille schlingt.

Verlangen, roh und real, erhitzt mein Blut, während ich hinstarre.

»Dann machen wir uns sofort an die Arbeit«, sagt Welch.

Ich beende das Gespräch mit ihm, mein Blick auf Anas Augen gerichtet, nähere mich dann ihr, ziehe mein Jackett und meine Krawatte aus und werfe sie aufs Sofa.

Ana.

Ich nehme sie in die Arme, ziehe an ihrem Pferdeschwanz, hebe ihre gierigen Lippen an meine. Sie schmeckt nach Himmel und Zuhause und Herbst und Ana. Ihr Geruch dringt in meine Nase, während ich alles nehme, was ihr warmer, süßer Mund zu bieten hat. Mein Körper spannt sich vor Erwartung und Hunger an, während sich unsere Zungen umschlingen. Ich will mich in ihr verlieren, meine beschissene Woche vergessen und überhaupt alles außer ihr.

Meine Lippen fiebrig an ihren, zurre ich ihre Haare aus dem Haargummi, während sich unsere Finger verknoten. Ich bin plötzlich von meinem Bedürfnis überwältigt, sehne mich nach ihr. Ich löse mich und sehe in ein Gesicht, das vor Leidenschaft benommen ist.

Ich fühle mich genauso. *Was macht sie nur mit mir?*

»Was ist los?«, flüstert sie.

Und die Antwort ist eindeutig, sie dröhnt in meinem Kopf.

Ich habe dich vermisst.

»Ich bin so froh, dass du wieder hier bist. Geh mit mir duschen – jetzt gleich.«

»Ja«, antwortet sie mit heiserer Stimme. Ich nehme ihre Hand, und wir begeben uns in mein Badezimmer. Ich mache die Dusche an, dann drehe ich mich zu ihr um. Sie ist umwerfend, ihre Augen strahlen und glänzen vor Erwartung, während sie mich beobachtet. Mein Blick gleitet über ihren Körper, hinunter zu ihren nackten Beinen. Ich habe sie noch nie in einem so kurzen Rock gesehen, mit so viel zur Schau gestellter bloßer Haut, und ich bin mir nicht sicher, ob ich das gut finde. *Sie ist nur für meine Augen bestimmt.*

»Dein Rock gefällt mir. Sehr kurz.« *Zu kurz.* »Du hast tolle Beine.« Ich ziehe meine Schuhe und Socken aus, und ohne den Augenkontakt zu unterbrechen, streift auch sie sich ihre Schuhe ab.

Scheiß auf die Dusche. Ich will sie sofort.

Ich gehe auf sie zu, nehme ihren Kopf, drücke sie an die gefliese Wand; ihre Lippen öffnen sich, als sie einatmet. Ich halte ihr Gesicht und fahre mit den Fingern durch ihr Haar, ich küsse sie: ihre Wangen, ihren Hals, ihren Mund. Sie ist wie Nektar, und ich kann nicht genug davon bekommen. Ihr stockt der Atem, und sie packt meine Arme, aber bei ihrer Berührung protestiert die innere Dunkelheit nicht. Da ist nur Ana, in all ihrer Schönheit und Unschuld, die mich mit einer Inbrunst küsst, die meine spiegelt.

Mein Körper ist voller Lust, meine Erektion schmerzhaft. »Ich will dich. Jetzt. Hier. Schnell, hart«, murmle ich, während meine Hand auf ihrem nackten Oberschenkel hochgleitet. »Hast du noch deine Tage?«

»Nein.«

»Gut.« Ich schiebe ihren Rock über ihre Hüften, lasse mich auf den Boden, auf die Knie sinken, ihren Slip ziehe ich nach unten über ihre Beine.

Sie keucht, als ich ihre Hüften packe und den süßen Punkt unter ihren Schamhaaren küsse. Ich spreize ihre Beine, und mit meiner Zunge lege ich ihre Klitoris frei. Ihr scheint mein Überfall zu gefallen, ihre Finger greifen meine Haare. Meine Zunge quält sie, und sie stöhnt und legt ihren Kopf an die Wand.

Sie riecht wunderbar. Sie schmeckt noch besser.

Sie schnurrt wie eine Katze, dabei wölbt sie ihr Becken nach vorne, meiner eindringenden, beharrlichen Zunge entgegen, und ihre Beine fangen an zu zittern.

Genug. Ich will in ihr kommen.

Wieder wird meine Haut ihre Haut fühlen, nichts wird dazwischen sein wie in Savannah. Ich lasse sie los, erhebe mich, schnappe mir ihren überraschten und enttäuschten Mund und küsse sie intensiv. Nachdem ich meinen Reißverschluss offen habe, fasse ich sie unter den Oberschenkeln und hebe sie an. »Schling deine Beine um mich, Baby.« Meine Stimme ist rau und bestimmt. Sobald sie es tut, stoße ich vor, dringe in sie ein.

Sie gehört mir. Sie ist himmlisch.

Sie wimmert, als ich in sie eintauche – zuerst langsam, dann schneller, während mein Körper die Kontrolle übernimmt, mich in sie treibt, schneller und schneller, härter und härter, mein Gesicht an ihrem Hals. Sie stöhnt, und ich spüre, wie sie sich um mich zusammenzieht, und ich bin verloren, in ihr, in uns, als sie kommt, ihre Erlösung herausschreit. Das gibt mir den Rest, und ich explodiere in ihr, ein erstickter Schrei dringt aus meiner Kehle, es klingt nach ihrem Namen.

Ich küsse ihren Hals, ich will mich nicht zurückziehen, warte, dass sie zur Ruhe kommt. Wir stehen in einer Dampfwolke, die das Badezimmer erfüllt, und mein Hemd und meine Hose kleben an meinem Körper, aber es ist mir egal. Anas Atem wird langsamer, und als sie sich entspannt, fühlt sie sich in meinen Armen schwerer an. Ihr Gesichtsausdruck ist lüstern und benommen, als ich mich aus ihr zurückziehe, und ich halte sie daher fest, während ich sie vorsichtig auf die Füße stelle. Ihre Lippen verziehen sich zu einem charmanten Lächeln. »Du scheinst dich ja mächtig zu freuen, mich zu sehen«, sagt sie.

»Ja, Miss Steele, ich glaube, meine Freude ist unübersehbar. Und jetzt ab unter die Dusche.«

Ich ziehe mich schnell aus, und als ich nackt bin, öffne ich die Knöpfe an Anas Bluse. Ihr Blick gleitet von meinen Fingern zu meinem Gesicht.

»Wie war dein Flug?«, frage ich.

»Gut, danke«, sagt sie, ihre Stimme klingt etwas kehlig. »Nochmal danke für das Upgrade. Es ist wirklich wesentlich angenehmer, so zu reisen.« Sie atmet rasch ein, als wappne sie sich.

»Übrigens habe ich Neuigkeiten«, sagt sie.

»Ach ja?« Was kommt jetzt? Ich ziehe ihre Bluse aus und lege sie auf meine Kleider.

»Ich habe einen Job.« Sie klingt reserviert.

Warum? Dachte sie, ich wäre wütend? Natürlich hat sie einen Job gefunden. Ich empfinde Stolz. »Glückwunsch, Miss Steele. Und darf ich jetzt auch erfahren, wo?«

»Weißt du das etwa nicht?«

»Woher sollte ich?«

»Bei deinen Stalker-Fähigkeiten hätte ich gedacht …« Sie hält inne, um mein Gesicht zu betrachten.

»Anastasia, ich würde nicht einmal im Traum daran denken, mich in deine Karriere einzumischen. Es sei denn, natürlich, du bittest mich darum.«

»Also hast du keine Ahnung, wo ich anfangen werde?«

»Nein. Ich weiß, dass es in Seattle vier Verlage gibt, deshalb wird es wohl einer davon sein.«

»SIP«, verkündet sie.

»Oh, der kleinste also, sehr gut. Gut gemacht.« Es ist das Unternehmen, das laut Ros bereit für eine Übernahme ist. Das wird einfach.

Ich küsse Anas Stirn. »Kluges Mädchen. Wann fängst du an?«

»Am Montag.«

»So schnell? Dann sollte ich mir wohl lieber alles nehmen, was ich von dir kriegen kann, solange ich noch Gelegenheit dazu habe. Dreh dich um.«

Sie gehorcht sofort. Ich ziehe ihren BH und ihren Rock aus, dann umfasse ich ihren Hintern und küsse ihre Schulter. Gegen sie gelehnt, schnüffle ich an ihrem Haar. Ihr Geruch hängt in meiner Nase, wohltuend, bekannt und einzigartig Ana. Ihren Körper an meinem zu fühlen ist sowohl beruhigend als auch verführerisch. Sie bietet wirklich alles.

»Sie berauschen mich, Miss Steele, und gleichzeitig gelingt es Ihnen, dass ich in Ihrer Gegenwart ruhiger werde. Was für eine betörende Mischung.« Dankbar, dass sie hier ist, küsse ich ihre Haare, dann greife ich nach ihrer Hand und ziehe sie in die heiße Dusche.

»Aua«, quiekt sie und schließt die Augen, sie zuckt unter dem dampfenden Wasserschwall zusammen.

»Es ist doch nur ein bisschen heißes Wasser.« Ich grinse. Sie öffnet ein Auge, hebt das Kinn und überlässt sich langsam dem, wozu ich sie gezwungen habe.

»Dreh dich um«, befehle ich erneut. »Ich will dich waschen.« Sie gehorcht, und ich gebe etwas Duschgel in meine Hand, schäume es auf und fange an, ihre Schultern zu massieren.

»Ich muss dir noch etwas sagen«, bemerkt sie und spannt ihre Schultern an.

»So?« Meine Stimme bleibt sanft. *Warum ist sie angespannt?* Meine Hände gleiten über ihren Hals zu ihrem wunderschönen Busen.

»Die Vernissage meines alten Freundes José findet am Donnerstag in Portland statt.«

»Und was ist damit?« *Wieder der Fotograf?*

»Ich habe versprochen, dass ich kommen werde. Willst du mich begleiten?« Die Worte klingen hektisch, als sei sie besorgt und wolle es schnell hinter sich bringen.

Eine Einladung? Ich bin erstaunt. Ich bekomme sonst nur Einladungen von meiner Familie, von meinen Geschäftspartner und von Elena.

»Um wie viel Uhr?«

»Um halb acht geht's los.«

Das zählt sicher als »mehr«. Ich küsse ihr Ohr und flüstere: »Okay.« Ihre Schultern entspannen sich, als sie sich nach hinten lehnt, an mich. Sie scheint erleichtert, und ich bin mir nicht sicher, ob ich amüsiert oder verärgert sein soll. Bin ich wirklich so abweisend?

»Hattest du Angst, mich zu fragen?«

»Ja. Woher weißt du das?«

»Anastasia, dein ganzer Körper hat sich schlagartig entspannt, als ich ja gesagt habe.« Ich verberge meinen Unmut.

»Na ja, du scheinst eher der ... eifersüchtige Typ zu sein.«

Ja. Ich bin eifersüchtig. Der Gedanke an Ana mit jemand anderem ist ... verstörend. Sehr verstörend. »Das bin ich auch. Und es ist nur klug, dass du das nicht vergisst. Aber danke, dass du mich gefragt hast. Wir werden mit Charlie Tango hinfliegen.«

Sie grinst mich kurz an, während meine Hände ihren Körper entlanggleiten, den Körper, den sie mir und niemand anderem gegeben hat.

»Darf ich dich auch waschen?«, fragt sie und lenkt mich ab.

»Nein.« Ich küsse ihren Nacken, während ich ihren Rücken abwasche.

»Wirst du mir jemals erlauben, dich anzufassen?« Ihre Stimme ist eine sanfte Bitte, aber sie hält die Dunkelheit nicht auf, die plötzlich aus dem Nichts aufsteigt und sich um meinen Hals legt.

Nein.

Ich verdränge sie, umfasse Anas Arsch und konzentriere mich auf ihren scheißfantastischen Hintern. Mein Körper reagiert auf einer ursprünglichen Ebene – kämpft mit der Dunkelheit. Ich brauche sie. Ich brauche sie, damit sie meine Angst verjagt.

»Stütz dich an der Wand ab, Anastasia. Ich werde dich noch einmal nehmen«, flüstere ich, und mit einem erschrockenen Blick legt sie ihre Hände auf die Fliesen. Ich packe ihre Hüften, ziehe ihren Rücken von der Wand. »Halt dich fest, Anastasia«, warne ich, während das Wasser über ihren Rücken strömt.

Sie beugt den Kopf und wappnet sich, während meine Hände durch ihre Schamhaare gleiten. Sie windet sich, ihr Hintern berührt meine Erregung.

Mein Gott! Und damit verschwindet meine restliche Angst.

»Willst du das?«, frage ich, während meine Finger sie necken. Zur Antwort wippt sie mit ihrem Hintern an meiner Erektion, was mich zum Lächeln bringt. »Sag es mir«, verlange ich mit angespannter Stimme.

»Ja.« Ihre Zustimmung dringt durch das strömende Wasser, vertreibt die Dunkelheit.

Oh, Baby.

Sie ist immer noch feucht von vorhin – von mir, von ihr –, ich weiß es nicht. In dem Moment bedanke ich mich im Stillen bei Dr. Greene: keine Kondome mehr. Ich dringe sanft in Ana ein, und langsam und bewusst nehme ich sie.

Ich wickle sie in einen Bademantel und küsse sie fest. »Föhn dir die Haare«, befehle ich und reiche ihr einen Föhn, den ich nie benutze. »Hast du Hunger?«

»Bin am Verhungern«, gibt sie zu, und ich weiß nicht, ob sie es ehrlich meint oder nur mir zuliebe sagt. Aber es gefällt mir.

»Großartig. Ich auch. Ich schau mal nach, wie weit Mrs. Jones mit dem Abendessen ist. Du hast zehn Minuten. Zieh dich nicht an.« Ich küsse sie noch einmal und begebe mich in die Küche.

Gail wäscht etwas im Spülbecken. Sie sieht auf, als ich über ihre Schulter spähe.

»Muscheln, Mr. Grey«, sagt sie.

Köstlich. Spaghetti alle Vongole, eines meiner Lieblingsgerichte.

»Zehn Minuten?«, frage ich.

»Zwölf«, sagt sie.

»Großartig.«

Sie wirft mir einen Blick zu, während ich in mein Büro schlendere. Ich ignoriere es. Sie hat mich schon früher in weniger als meinem Bademantel gesehen – was ist ihr Problem?

Ich gehe ein paar E-Mails durch und höre meine Mailbox auf dem Handy ab, will wissen, ob es Neuigkeiten von Leila gibt. Nichts. Aber seit Anas Ankunft fühle ich mich nicht mehr so hoffnungslos wie vorher.

Ana betritt im selben Moment wie ich die Küche, sicherlich vom verführerischen Duft unseres Abendessens angezogen. Als sie Mrs. Jones sieht, hält sie den Bademantel oben zusammen.

»Genau rechtzeitig«, sagt Gail und serviert uns das Essen in zwei großen Schüsseln an der Theke.

»Setz dich.« Ich zeige auf einen der Barhocker. Anas ängstlicher Blick wandert von mir zu Mrs. Jones.

Es ist ihr peinlich.

Baby, ich habe Angestellte. Gewöhn dich dran.

»Wein?«, frage ich, um sie abzulenken.

»Bitte«, sagt sie. Sie klingt reserviert, während sie sich setzt.

Ich öffne eine Flasche Sancerre und gieße zwei kleine Gläser ein.

»Im Kühlschrank ist noch Käse, wenn Sie möchten, Sir«, sagt Gail. Ich nicke, und sie verlässt das Zimmer, sehr zu Anas Erleichterung. Ich setze mich ebenfalls.

»Cheers.« Ich erhebe mein Glas.

»Cheers«, erwidert Ana, und die Kristallgläser klirren beim Anstoßen. Sie nimmt einen Bissen ihres Essens und gibt einen anerkennenden Laut von sich. Vielleicht hat sie tatsächlich Hunger.

»Wirst du es mir erzählen?«, fragt sie.

»Dir was erzählen?« Mrs. Jones hat sich selbst übertroffen, die Pasta schmeckt fantastisch.

»Was ich im Schlaf gesagt habe.«

Ich schüttle den Kopf. »Iss auf. Du weißt, mir gefällt es, dir beim Essen zuzusehen.«

Genervt zieht sie einen Schmollmund. »Du bist so pervers«, sagt sie leise.

Oh, Baby, du hast ja keine Ahnung. Und da fällt mir etwas ein: Vielleicht sollten wir heute Abend etwas Neues im Spielzimmer ausprobieren. Etwas Amüsantes.

»Erzähl mir von deinem Freund«, bitte ich.

»Meinem Freund?«

»Dem Fotografen.« Ich sage es locker, aber sie runzelt kurz die Stirn.

»Also, wir haben uns am ersten Tag im College kennengelernt. Er studiert Maschinenbau, aber seine Leidenschaft ist die Fotografie.«

»Und?«

»Das ist alles.« Ihre ausweichenden Antworten sind ärgerlich.

»Sonst nichts?«

Sie wirft ihr Haar über ihre Schulter. »Wir sind gute Freunde geworden. Es stellte sich heraus, dass mein Dad und Josés Dad vor meiner Geburt zusammen bei der Armee waren. Sie haben den Kontakt wieder aufgenommen und sind jetzt die besten Kumpel.«

Oh. »Dein Dad und sein Dad?«

»Ja.« Sie dreht einige Spaghetti auf ihre Gabel.

»Aha.«

»Das schmeckt köstlich.« Sie lächelt mich zufrieden an. Ihr Bademantel öffnet sich leicht, sodass ihr Brustansatz zu erkennen ist. Der Anblick erregt meinen Schwanz.

»Wie geht es dir?«, frage ich.

»Gut«, sagt sie.

»Bereit für mehr?«

»Mehr?«

»Mehr Wein?« *Mehr Sex? Im Spielzimmer?*

»Ein kleines Glas, bitte.«

Ich schenke ihr noch etwas Sancerre ein. Ich will nicht, dass einer von uns zu viel trinkt, wenn wir später noch spielen.

»Was ist mit der … Situation, die dich gezwungen hat, nach Seattle zurückzufliegen?«

Leila. Scheiße. Das will ich nicht besprechen. »Leider ist sie völlig aus dem Ruder gelaufen. Aber das ist nichts, worüber du dir den Kopf zerbrechen musst, Anastasia. Ich habe für heute Abend Pläne mit dir.«

»Ach ja?«

»Ja. Ich will dich in einer Viertelstunde in meinem Spielzimmer sehen.« Ich stehe auf, betrachte sie genau, um ihre Reaktion einzuschätzen. Sie nippt hastig an ihrem Wein, ihre Pupillen werden größer. »Du kannst dich in deinem eigenen Zimmer fertig machen. Im begehbaren Schrank hängen inzwischen jede Menge Sachen für dich. Und ich will kein Wort darüber hören.«

Ihr Mund zeigt ein überraschtes O. Und ich sehe sie streng an, sollte sie mit mir streiten wollen. Erstaunlicherweise sagt sie nichts, und ich gehe in mein Büro, um Ros schnell eine Mail zu schicken, dass ich die Übernahme bei SIP so bald wie möglich beginnen möchte. Ich überfliege ein paar geschäftliche Mails, entdecke aber in meinem Postfach nichts über Mrs. Reed. Gedanken an Leila versuche ich zu verdrängen, sie hat mich die letzten vierundzwanzig Stunden genügend beschäftigt. Heute Abend werde ich mich auf Ana konzentrieren – und ein bisschen Spaß haben.

Als ich in die Küche zurückkehre, ist Ana verschwunden, ich vermute, dass sie sich oben bereit macht.

In meinem begehbaren Kleiderschrank ziehe ich meinen Bademantel aus und meine Lieblingsjeans an. Dabei kommen mir Bilder von Ana in meinem Badezimmer in den Sinn – ihr makelloser Rücken, ihre Hände an die Fliesen gepresst, während ich sie vögele.

Junge, das Mädchen hat Ausdauer.

Mal sehen, wie viel.

Freudig erregt hole ich meinen iPod aus dem Wohnzimmer und laufe nach oben ins Spielzimmer.

Als ich Ana so vorfinde, wie es sein soll – kniend am Eingang, die Augen nach unten gerichtet, die Beine gespreizt und nur in ihrem Höschen –, spüre ich als Erstes Erleichterung.

Sie ist noch da, sie macht mit.

Als Zweites empfinde ich Stolz: Sie ist meinen Anweisungen penibel gefolgt. Es ist schwer, ein Lächeln zu verbergen.

Miss Steele schreckt vor einer Herausforderung nicht zurück.

Ich schließe hinter mir die Tür, und mir fällt auf, dass ihr Bademantel an einem Haken hängt. Ich gehe barfuß an ihr vorbei und lege meinen iPod auf die Kommode. Ich habe beschlossen, ihr alle Sinne zu nehmen, außer dem der Berührung, mal sehen, wie sie damit klarkommt. Das Bett ist mit einem Satinlaken bezogen.

Und die Ledermanschetten sind bereit.

Aus der Kommode nehme ich ein Haargummi, eine Augenbinde, einen Fellhandschuh, Ohrhörer und den Handy-Transmitter, den Barney für meinen iPod entworfen hat. Ich lege die Gegenstände ordentlich nebeneinander, stecke den Transmitter in den iPod und lasse Ana warten. Erwartung ist bei diesen Spielen nicht zu unterschätzen. Als ich zufrieden bin, stelle ich mich über sie. Anas Kopf ist gesenkt, das Licht lässt ihre Haare glänzen. Sie blickt demütig und ist hinreißend, der Inbegriff einer Sub.

»Du siehst hübsch aus.« Ich packe ihr Gesicht und hebe ihren Kopf, bis blaue Augen auf graue treffen. »Du bist eine bildschöne Frau, Anastasia. Und du gehörst allein mir«, flüstere ich. »Steh auf.«

Sie ist ein bisschen steif, als sie auf die Füße kommt. »Sieh mich an«, befehle ich, und als ich ihr in die Augen schaue, könnte ich in ihrem ernsten, konzentrierten Ausdruck ertrinken. Ich habe ihre volle Aufmerksamkeit. »Noch haben wir unseren Vertrag nicht unterschrieben, Anastasia. Aber die Grenzen haben wir bereits festgelegt. Und ich will dich an unsere Safewords erinnern, okay?«

Sie blinzelt ein paarmal, schweigt aber weiter.

»Wie lauten sie?«, frage ich.

Sie zögert.

Oh, das funktioniert nie.

»Wie lauten die Safewords, Anastasia?«

»Gelb.«

»Und?«

»Rot.«

»Vergiss sie nicht.«

Sie zieht eine Augenbraue offensichtlich verächtlich hoch und will gerade etwas sagen.

O nein. Nicht in meinem Spielzimmer.

»Zügeln Sie Ihr vorlautes Mundwerk, solange wir hier drin sind, Miss Steele, sonst werde ich es Ihnen mit meinem Schwanz stopfen, während Sie vor mir knien. Verstanden?«

So angenehm dieser Gedanke auch ist, im Moment will ich ihren Gehorsam.

Sie schluckt ihren Ärger hinunter.

»Und?«

»Ja, Sir«, sagt sie schnell.

»Braves Mädchen. Ich habe nicht die Absicht, etwas zu tun, wofür du das Safeword benutzen musst, weil du Schmerzen hast. Was ich mit dir vorhabe, wird intensiv werden, sogar sehr intensiv. Und du musst mich anleiten. Verstehst du das?«

Ihr Gesicht bleibt ausdruckslos, verrät nichts.

»Diesmal werde ich dich berühren, Anastasia. Du wirst mich weder sehen noch hören können. Dafür umso deutlicher spüren.« Ich ignoriere ihren verwirrten Blick und schalte den Audioplayer auf der Kommode an.

Ich muss nur noch einen Song aussuchen, und in diesem Augenblick erinnere ich mich an unser Gespräch im Auto, nachdem sie im Heathman in meinem Bett geschlafen hat. Mal sehen, ob ihr Choräle gefallen.

»Ich werde dich jetzt an dieses Bett fesseln, Anastasia. Aber zuerst werde ich dir die Augen verbinden, und«, ich zeige ihr den iPod, »du wirst mich nicht hören, sondern nur die Musik, die ich für dich spiele.«

Ich glaube, Überraschung auf ihrem Gesicht zu sehen, aber ich bin mir nicht sicher.

»Komm her.« Ich führe sie ans Fußende des Betts. »Stell dich hier hin.« Ich lehne mich vor, atme ihren süßen Geruch ein und flüstere ihr ins Ohr: »Warte hier. Sieh immer auf das Bett. Stell dir vor, du liegst darauf. Gefesselt und mir auf Gedeih und Verderb ausgeliefert.«

Sie atmet erschrocken ein.

Ja, Baby. Denk darüber nach. Ich widerstehe der Versuchung, sie zart auf die Schulter zu küssen. Ich muss zuerst ihre Haare flechten und einen Flogger holen. Ich greife nach dem Haargummi auf der Kommode, und vom Regal wähle ich meinen Lieblingsflogger, den ich hinten in meine Jeanstasche stecke.

Als ich zurückkehre und mich hinter sie stelle, flechte ich vorsichtig ihre Haare. »Ich mag es zwar, wenn du zwei Zöpfe trägst,

Anastasia, aber ich kann es kaum erwarten, dich endlich zu nehmen, deshalb wird einer genügen müssen.«

Ich ziehe an dem unten zusammengehaltenen Zopf, sodass sie an mich herantreten muss. Das Ende wickle ich um mein Handgelenk, zerre nach rechts und beuge ihren Kopf so, dass ihr Hals freiliegt. Mit der Nase streiche ich von ihrem Ohrläppchen zu ihrer Schulter, küsse und beiße sie sanft.

Hmm … Sie riecht so gut.

Sie zittert, und tief im Hals ist ein Laut zu hören.

»Still«, warne ich und nehme den Flogger aus meiner Tasche. Meine Arme berühren ihre, und ich zeige ihn ihr.

Ihr Atem stockt, und ihre Finger zucken.

»Fass ihn an«, flüstere ich; ich weiß, dass sie es will. Sie hebt ihre Hand, hält inne, fährt dann mit ihren Fingern durch die weichen Wildlederriemen. Es ist erregend. »Gleich werde ich sie benutzen. Es wird nicht wehtun, sondern nur die Durchblutung fördern und deine Haut dadurch empfindsamer machen. Wie lauten die Safewords, Anastasia?«

»Äh … gelb und rot, Sir«, murmelt sie, fasziniert vom Flogger.

»Braves Mädchen. Und denk daran, die größte Angst ist die in deinem Kopf.«

Ich lasse den Flogger aufs Bett fallen und streiche mit meinen Fingern seitlich an ihrem Körper entlang, über die weichen Rundungen ihrer Hüften und schiebe sie in ihren Slip. »Den wirst du nicht brauchen.« Ich ziehe ihn über ihre Beine nach unten und knie hinter ihr. Sie hält sich an einem Kissen fest, um sich linkisch aus ihrer Unterwäsche zu winden.

»Steh still«, befehle ich und küsse ihren Hintern, sanft berühre ich jede Backe. »Jetzt leg dich hin, mit dem Gesicht nach oben.« Ich schlage sie einmal, und sie zuckt erschrocken zusammen und krabbelt aufs Bett. Sie legt sich hin, schaut mich an, ihre Augen sind in meine vertieft. Sie glüht vor Erregung und ein bisschen Angst, glaube ich.

»Hände über den Kopf.«

Sie tut, was ich ihr sage. Ich hole die Ohrhörer, die Augenbinde, den iPod und die Fernbedienung von der Kommode. Ich setze mich neben sie aufs Bett, zeige ihr den iPod samt Transmitter. Ihr Blick schießt von meinem Gesicht zu den Geräten und zurück.

»Hiermit wird das, was auf dem iPod gespielt wird, auf die Anlage übertragen. Ich höre, was du hörst, und kann es mit einer Fernbedienung steuern.«

Nachdem sie alles gesehen hat, stecke ich die Ohrhörer in ihre Ohren und lege den iPod auf das Kissen. »Heb den Kopf.« Sie gehorcht, und ich lege die Augenbinde um ihren Kopf. Dann nehme ich ihre linke Hand und fessle ihr Handgelenk mit der Ledermanschette, die oben am Bett angebracht ist. Ich streiche mit den Fingern über ihren ausgestreckten Arm, daraufhin schlängelt sie sich hin und her. Während ich langsam um das Bett gehe, folgt ihr Kopf dem Geräusch meiner Schritte; ich wiederhole alles mit ihrer rechten Hand, fessle ihr Handgelenk.

Anas Atmung verändert sich, wird stockend und schnell. Ihre Lippen sind halb geöffnet, sie errötet, und sie windet sich und hebt ihre Hüften voller Erwartung.

Gut.

Am Fußende des Bettes packe ich ihre Fußgelenke. »Heb noch einmal deinen Kopf«, ordne ich an. Sie tut es sofort, und ich ziehe sie auf dem Bett nach unten, sodass ihre Arme komplett ausgestreckt sind.

Sie stöhnt leise und hebt noch einmal ihre Hüften.

Ich fessle ihre Fußgelenke an den Ecken des Bettes, sie liegt nun mit ausgebreiteten Gliedern vor mir. Ich trete zurück, um den Anblick zu genießen.

O mein Gott.

Hat sie schon jemals so heiß ausgesehen?

Sie ist vollkommen und willentlich meiner Gnade ausgeliefert. Das Wissen berauscht mich, und einen Augenblick lang wundere ich mich über ihre Großzügigkeit und ihren Mut.

Ich reiße mich von dem bezaubernden Anblick los und hole von der Kommode den Hasenfellhandschuh. Bevor ich ihn überstreife, drücke ich auf der Fernbedienung auf »Play«; die Motette beginnt, die engelsgleiche Stimme der Sängerin schwebt durch das Spielzimmer und über die reizende Miss Steele.

Sie wird ruhiger, während sie zuhört.

Ich gehe um das Bett herum, nehme sie ganz in mich auf.

Ich strecke die Hand aus und streichle ihren Nacken mit dem Handschuh. Sie atmet scharf ein und zerrt an ihren Fesseln, aber sie schreit nicht auf – oder dass ich aufhören soll. Langsam fahre ich mit dem Handschuh von ihrem Hals über ihr Brustbein, dann über ihre Brüste, genieße es, wie sie sich gefesselt windet. Ich umkreise ihre Brüste, ziehe sanft an jeder Brustwarze, und ihr zustimmendes Stöhnen ermuntert mich weiterzuziehen. Langsam erforsche ich ihren Körper: ihren Bauch, ihre Hüften, den höchsten Punkt ihrer Oberschenkel, ihre Beine. Die Musik schwillt an, mehr Stimmen verstärken den Chor in einem perfekten Kontrapunkt zu meinen Handbewegungen. Ich beobachte ihren Mund, um zu erkennen, wie sie sich fühlt, jetzt hat sie ihn vor Freude geöffnet, jetzt beißt sie auf ihre Lippe. Als ich meine Hand über ihre Vulva führe, presst sie ihre Pobacken aneinander, wölbt sich in meine Hand vor.

Obwohl ich normalerweise möchte, dass sie stillhält, gefällt mir die Bewegung.

Miss Steele genießt das. Sie ist gierig.

Als ich wieder ihre Brüste streichle, werden ihre Brustwarzen nach der Berührung mit dem Handschuh hart.

Ja!

Da ihre Haut sensibilisiert ist, ziehe ich den Handschuh aus und umfasse den Flogger. Mit großer Sorgfalt ziehe ich die perlenbesetzten Enden über ihre Haut, wieder nach demselben Muster: über ihre Brust, ihren Bauch, durch ihre Schamhaare, die Beine hinab. Während mehr Chorsänger ihre Stimmen vereinen, halte ich den Griff des Floggers und schlage die Riemen über ihren Bauch. Sie schreit auf, ich glaube vor Überraschung, aber sie benutzt die Safewords nicht. Ich genehmige ihr einen Moment, um das zu verarbeiten, dann wiederhole ich es – dieses Mal etwas härter.

Sie zerrt an ihren Fesseln, schreit abermals, ein erstickter Schrei drängt über ihre Lippen – aber es sind nicht die Safewords. Ich schlage mit dem Flogger auf ihre Brüste, sie stößt nun einen stummen Schrei aus, während sie sich auf dem roten Satin windet.

Immer noch kein Safeword. Ana lässt sich ganz auf ihren inneren Freak ein.

Mir ist schwindlig vor Vergnügen, während ich die Riemen von oben nach unten auf ihren Körper prasseln lasse; ich beobachte ihre Haut, die durch die Schläge heiß wird. Als die Chorsänger innehalten, tue ich das auch.

Gott. Sie sieht umwerfend aus.

Als die Musik erneut anschwillt, alle Stimmen zusammen singen, schlage ich sie wieder und wieder mit dem Flogger, und sie zuckt unter jedem Schlag zusammen.

Als der letzte Ton im Zimmer verhallt, höre ich auf, lasse den Flogger auf den Boden fallen. Ich bin außer Atem, keuche vor Lust und Verlangen.

Verdammt!

Sie liegt auf dem Bett, hilflos, ihre Haut hübsch rosa, und keucht ebenfalls.

Oh, Baby.

Ich steige zwischen ihre Beine, und als die Musik wieder einsetzt, die einsame Stimme süß und lockend singt, folge ich der Spur von Handschuh und Flogger, aber dieses Mal mit meinem Mund. Ich küsse und sauge und verehre jeden Zentimeter ihres Körpers. Ich necke jeder ihrer Brustwarzen, bis sie glänzen und aufrecht stehen. Sie windet sich, ganz so, wie die Fesseln es zulassen, und stöhnt unter mir. Meine Zunge wandert nach unten, zu ihrem Bauch, ihrem Nabel. Ich reinige sie. Schmecke sie. Huldige ihr. Ich gleite durch ihre Schamhaare zu ihrer süßen, entblößten Klitoris, die um die Berührung meiner Zunge bettelt. Ich umkreise sie, atme ihren

Geruch ein, nehme ihre Reaktionen in mir auf, bis ich unter mir spüre, wie sie zittert.

O nein. Noch nicht, Ana. Noch nicht.

Ich halte inne, und sie schnaubt vor Enttäuschung.

Ich knie mich zwischen ihre Beine, öffne meine Hose, befreie meine Erektion. Dann löse ich sanft die Fessel um ein Fußgelenk. Sie schlingt ihr Bein um mich, während ich ihren zweiten Fuß befreie. Danach massiere und knete ich ihre Beine, von den Waden hoch zu den Oberschenkeln. Sie windet sich unter mir, hebt ihre Hüften im Rhythmus zur Motette von Thomas Tallis, während meine Daumen ihre feuchten Oberschenkel bearbeiten.

Ich unterdrücke ein Stöhnen und packe ihre Hüften, und in einer raschen, rauen Bewegung dringe ich in sie ein.

O Gott.

Sie ist glitschig und heiß und feucht, und ihr Körper pulsiert.

Nein. Zu früh. Viel zu früh.

Ich halte mich ruhig über und in ihr, während sich Schweißtropfen auf meiner Stirn sammeln.

»Bitte«, ruft sie, und ich fasse sie fester an, gleichzeitig unterdrücke ich das Bedürfnis, mich zu bewegen und mich in ihr zu verlieren. Ich schließe die Augen, damit ich sie nicht in all ihrer Herrlichkeit unter mir liegen sehe. Ich konzentriere mich auf die Musik, und als ich mich wieder unter Kontrolle habe, beginne ich langsam mich zu bewegen. Als das Chorstück intensiver wird, werde ich schneller und schneller, passe mich der Kraft und dem Rhythmus der Musik an.

Sie ballt ihre Hände zu Fäusten, legt ihren Kopf zurück und stöhnt.

Ja.

»Bitte«, bettelt sie zwischen zusammengebissenen Zähnen.

Ich höre dich, Baby.

Ich strecke mich über sie, stütze mich auf meine Ellbogen, stoße in sie hinein, verliere mich in ihr und der Musik.

Süße, tapfere Ana.

Schweiß fließt über meinen Rücken.

Komm schon, Baby.

Bitte.

Und schließlich explodiert sie, schreit ihre Erlösung heraus und treibt mich zu einem erschöpfenden Höhepunkt, bei dem ich jegliches Selbstgefühl verliere. Ich breche auf ihr zusammen, während meine Welt sich verändert und wieder neu zusammensetzt. Zurück bleibt dieses unbekannte Gefühl, das in meiner Brust wirbelt, mich auflöst.

Ich schüttle den Kopf, versuche, dieses unheilvolle und verwirrende Gefühl abzuwerfen. Ich recke mich, greife nach der Fernbedienung und schalte die Musik aus.

Kein Tallis mehr.

Die Musik hatte definitiv großen Anteil an etwas, das fast ein religiöses Erlebnis war. Ich runzle die Stirn, versuche vergeblich mit meinen Gefühlen klarzukommen. Ich gleite aus Ana, befreie sie von ihren Fesseln.

Sie seufzt, bewegt ihre Finger, und ich entferne sanft die Augenbinde und die Ohrstöpsel.

Große blaue Augen blinzeln mich an.

»Hi«, flüstere ich.

»Hi«, haucht sie schüchtern. Ihre Antwort ist wundervoll; ich lehne mich nach unten und küsse sie zärtlich auf die Lippen.

»Gut gemacht.« Meine Stimme ist voller Stolz.

Sie hat es getan. Sie hat es angenommen. Sie hat alles angenommen.

»Dreh dich um.«

Sie reißt die Augen vor Angst auf.

»Ich will nur deine Schultern massieren.«

»Oh, okay.«

Sie dreht sich um und lässt sich mit geschlossenen Augen aufs Bett fallen. Ich setze mich rittlings auf sie und massiere ihre Schultern.

Ein zufriedenes Stöhnen dringt tief aus ihrem Hals.

»Was war das für eine Musik?«

»Das Stück heißt *Spem in alium* und ist eine vierzigstimmige Motette von Thomas Tallis.«

»Es war ... absolut überwältigend.«

»Ich wollte schon immer mal dazu vögeln.«

»Also eine weitere Premiere für Sie, Mr. Grey?«

Ich grinse. »Allerdings.«

»Für mich war es auch das erste Mal, dass ich dazu gevögelt habe.« Ihre Stimme klingt müde.

»Hm, wir werden einander noch viele weitere Premieren schenken, du und ich.«

»Was habe ich im Schlaf gesagt, Chris... äh, Mr. Grey?«

O nein, nicht das schon wieder. *Erlöse sie aus ihrem Elend, Grey.*

»Viele Dinge, Anastasia. Du hast von Käfigen und Erdbeeren gesprochen, davon, dass du mehr willst und dass du mich vermisst.«

»Ist das alles?« Sie klingt erleichtert.

Warum sollte sie erleichtert sein?

Ich lege mich neben sie, damit ich ihr Gesicht sehen kann.

»Was dachtest du denn, was du gesagt hast?«

Sie öffnet ihre Augen für einen kurzen Moment, dann schließt sie sie rasch wieder.

»Dass ich dich für einen potthässlichen, arroganten Mistkerl halte, der noch dazu schlecht im Bett ist.«

Oh ... sie lügt.

»Tja, all das bin ich natürlich. Aber jetzt haben Sie meine Neugier endgültig geweckt, Miss Steele. Was verbergen Sie vor mir?«

»Gar nichts.«

»Du bist eine hoffnungslos schlechte Lügnerin, Anastasia.«

»Ich dachte, Sie wollten mich nach dem Sex grundsätzlich zum Lachen bringen, Mr. Grey. Aber so wird Ihnen das wohl kaum gelingen.«

Ihre Antwort ist unerwartet, und ich lächle sie zögernd an. »Leider kann ich keine Witze erzählen«, gebe ich zu.

»Es gibt also allen Ernstes etwas, was Sie nicht können, Mr.

Grey?« Sie belohnt mich mit einem breiten, ansteckenden Grinsen.

»Ja. Ich bin ein hoffnungslos schlechter Witzeerzähler.« Ich sage es, als sei das eine Auszeichnung.

Sie kichert. »Ich auch.«

»Ich liebe es, dieses Kichern zu hören«, sage ich leise und küsse sie. Aber ich will immer noch wissen, warum sie erleichtert ist. »Und du verbirgst etwas vor mir, Anastasia. Vielleicht muss ich dich ja foltern, damit du es mir verrätst.«

»Ha!« Der Raum zwischen uns wird mit ihrem Lachen gefüllt. »Ich glaube, Sie haben genug gefoltert.«

Ihre Antwort wischt das Lächeln von meinem Gesicht, und ihr Ausdruck wird sofort milder. »Vielleicht lasse ich mich noch einmal so von Ihnen foltern«, sagt sie neckisch.

Ich bin beruhigt. »Das würde mir sehr gefallen, Miss Steele.«

»Stets zu Diensten, Mr. Grey.«

»Geht's dir gut?«, frage ich, gleichzeitig demütig und besorgt.

»Mehr als gut.« Sie lächelt mich schüchtern an.

»Du bist umwerfend.« Ich küsse ihre Stirn, dann stehe ich auf, als dieses gewisse Gefühl mich wieder einmal durchströmt. Ich schüttle es ab, knöpfe meine Hose zu und strecke ihr die Hand hin, um ihr aus dem Bett zu helfen.

Als sie steht, ziehe ich sie in meine Arme und küsse sie, genieße ihren Geschmack.

»Bett«, raune ich und führe sie zur Tür. Dort wickle ich sie in ihren Bademantel, den sie an den Haken gehängt hatte, und bevor sie protestieren kann, hebe ich sie hoch und trage sie nach unten in mein Schlafzimmer.

»Ich bin so müde«, murmelt sie, als sie in meinem Bett liegt.

»Schlaf jetzt«, flüstere ich und umarme sie. Ich schließe die Augen und kämpfe gegen das verstörende Gefühl an, das wieder einmal hochkommt und meine Brust füllt. Es ist wie Heimweh und Heimkehren auf einmal … und es ist entsetzlich.

SAMSTAG, 4. JUNI 2011

Die Sommerbrise zerrt an meinen Haaren wie die geschickten Finger einer Geliebten.

Meiner Geliebten.

Ana.

Ich wache abrupt auf, bin verwirrt. Mein Schlafzimmer ist dunkel, und neben mir schläft Ana, ihre Atmung ist sanft und gleichmäßig. Ich stütze mich auf einen Ellbogen und fahre mit der Hand durch mein Haar, dabei habe ich das unheimliche Empfinden, dass jemand genau das gerade getan hat. Ich schaue mich im Zimmer um, spähe in die schattigen Ecken, aber Ana und ich sind allein.

Merkwürdig. Ich könnte schwören, jemand war hier. Jemand hat mich berührt.

Es war nur ein Traum.

Ich schüttle den verstörenden Gedanken ab und schaue auf die Uhr. Es ist noch früher Morgen, kurz nach halb fünf. Als ich mich wieder auf mein Kissen fallen lasse, murmelt Ana unzusammenhängende Wörter und dreht sich zu mir um, immer noch im Tiefschlaf. Sie sieht heiter und wunderschön aus.

Ich starre an die Decke, das Blinklicht des Rauchmelders verhöhnt mich schon wieder. Wir haben keinen Vertrag. Und doch ist Ana hier. Neben mir. Was bedeutet das? Wie soll ich mit ihr umgehen? Wird sie meinen Regeln gehorchen? Ich muss wissen, dass sie in Sicherheit ist. Ich reibe mir übers Gesicht. Das hier ist Neuland für mich, sie ist nicht unter meiner Kontrolle, und das ist beunruhigend.

Leila fällt mir ein.

Verflucht!

Meine Gedanken rasen: Leila, Arbeit, Ana … und ich weiß, dass ich nicht mehr einschlafen werde. Ich stehe auf, schlüpfe in eine Pyjamahose, schließe die Schlafzimmertür und gehe ins Wohnzimmer zu meinem Klavier.

Chopin ist mein Trost, die düsteren Noten passen zu meiner Stimmung, und ich spiele sie wieder und wieder. Eine kleine Bewegung am Rand meines Gesichtsfelds weckt meine Aufmerksamkeit, ich schaue auf und sehe Ana, die mit zögerlichen Schritten auf mich zukommt.

»Du solltest doch schlafen«, flüstere ich, spiele aber weiter.

»Du auch«, entgegnet sie. Ihr Gesichtsausdruck ist entschlossen, doch da sie nur meinen übergroßen Bademantel trägt, wirkt sie klein und verletzlich.

»Schimpfen Sie etwa mit mir, Miss Steele?«

»Ja, Mr. Grey, genau das tue ich.«

»Tja, ich kann nicht schlafen.«

Mir geht zu viel durch den Kopf, und mir wäre lieber, sie ginge wieder zurück ins Bett. Sie muss von gestern müde sein. Sie ignoriert jedoch meine Stimmung und setzt sich zu mir auf die Klavierbank, legt ihren Kopf an meine Schulter.

Es ist eine so zärtliche, intime Geste, dass ich für einen Moment durcheinanderkomme, aber ich spiele weiter, fühle mich ruhiger, weil sie bei mir ist.

»Was war das?«, fragt sie, als ich zu Ende gespielt habe.

»Chopin. Prélude Opus 28. In e-Moll, falls es dich interessieren sollte.«

»Mich interessiert alles, was du tust.«

Süße Ana. Ich küsse ihr Haar. »Ich wollte dich nicht wecken.«

»Das hast du nicht«, sagt sie, ohne den Kopf zu bewegen. »Spiel noch einmal das andere.«

»Welches?«

»Das Bach-Stück, das du gespielt hast, als ich das erste Mal über Nacht hiergeblieben bin.«

»Oh, der Marcello.«

Ich erinnere mich nicht, wann ich das letzte Mal auf Bitten von jemandem gespielt habe. Für mich ist das Klavier ein einsames Instrument, nur für meine Ohren bestimmt. Meine Familie hat mich seit Jahren nicht mehr spielen gehört. Aber da sie mich gebeten hat, werde ich für meine süße Ana spielen. Meine Finger liebkosen die Tasten, und die eindringliche Melodie hallt durch das Wohnzimmer.

»Wieso spielst du immer nur so traurige Sachen?«

Sind sie traurig?

»Du hast also mit sechs Jahren angefangen, Klavier zu spielen?« Sie fragt weiter, hebt ihren Kopf und betrachtet mich. Ihr Gesicht ist offen und begierig nach Informationen wie üblich, und wie könnte ich ihr nach letzter Nacht irgendetwas verweigern?

»Ich wollte unbedingt Klavierspielen lernen, um meiner neuen Mutter eine Freude zu machen.«

»Um in diese perfekte Familie zu passen?« Meine Worte von unserer Nacht in Savannah klingen in ihrer sanften Stimme nach.

»Ja, gewissermaßen.« Ich will nicht darüber sprechen und bin überrascht, wie viele der persönlichen Informationen über mich sie behalten hat. »Wieso bist du aufgewacht? Musst du dich nicht von den gestrigen Strapazen erholen?«

»Für mich ist es acht Uhr früh. Außerdem muss ich meine Pille nehmen.«

»Gut, dass du daran gedacht hast«, überlege ich. »Typisch für dich, ausgerechnet dann mit der Pille anzufangen, wenn du in einer anderen Zeitzone bist. Vielleicht solltest du einfach heute und morgen eine halbe Stunde warten, damit du zu einer halbwegs annehmbaren Uhrzeit gelangst.«

»Gute Idee«, sagt sie. »Und was machen wir in dieser halben Stunde?«

Nun, ich könnte dich auf diesem Klavier vögeln.

»Mir würde da so einiges einfallen.« Meine Stimme will verführen.

»Wir könnten uns natürlich auch unterhalten.« Sie lächelt herausfordernd.

Ich bin nicht in der Stimmung für Gespräche. »Das, was ich im Sinn habe, wäre mir lieber.« Ich schlinge meinen Arm um ihre Taille, ziehe sie auf meinen Schoß und rieche an ihren Haaren.

»Du würdest Sex grundsätzlich einem Gespräch vorziehen.« Sie lacht.

»Das stimmt. Vor allem mit dir.« Ihre Hände legen sich um meinen Bizeps, doch die Dunkelheit bleibt still und leise. Ich küsse sie von ihrem Ohr bis zum Hals.

»Vielleicht ja sogar auf dem Klavier«, murmle ich, während mein Körper auf die Vorstellung von ihr, wie sie nackt auf dem Klavier liegt, ihr Haar zur Seite herunterhängend, reagiert.

»Nur eines muss ich wissen.« Sie spricht leise.

»Immer auf der Jagd nach Informationen, Miss Steele. Was ist es denn diesmal?« Ihre Haut ist weich und warm an meinen Lippen, während ich ihren Bademantel mit meiner Nase von ihrer Schulter schiebe.

»Es geht um uns«, sagt sie, und die einfachen Worte klingen wie ein Gebet.

»Hm. Und was ist mit uns?« Ich halte inne. *Worauf will sie hinaus?*

»Der Vertrag.«

Ich höre zu spielen auf und schaue in ihre klugen Augen. *Warum tut sie das jetzt?* Meine Finger streichen über ihre Wange.

»Also, ich finde, der Vertrag ist irrelevant, du nicht auch?«

»Irrelevant?«, sagt sie, und ihre Lippen deuten ein Lächeln an.

»Irrelevant.« Ich lächle zurück.

»Aber du warst doch so versessen darauf, dass wir ihn abschließen.« Anas Blick wird ganz unsicher.

»Das war vorher. Außerdem gilt das ja nicht für die Regeln an sich. Die bleiben bestehen.« Ich muss wissen, dass du in Sicherheit bist.

»Vorher? Vor was?«

»Vor …« Vor all dem. Bevor du meine Welt auf den Kopf gestellt hast, bevor du neben mir geschlafen hast. Bevor du deinen Kopf auf meine Schulter gelegt hast, während ich auf dem Klavier spiele. Es ist alles …« Vor dem ›mehr‹«, wispere ich und verdränge das inzwischen bekannte, ungute Gefühl in meinem Bauch.

»Oh«, sagt sie, und ich glaube, es gefällt ihr.

»Außerdem waren wir inzwischen zweimal in meinem Spielzimmer, und du bist immer noch nicht schreiend davongelaufen.«

»Hast du denn damit gerechnet, dass ich es tun würde?«

»Du bist die Unberechenbarkeit in Person, Anastasia.«

Das V zwischen ihren Augen ist wieder da.

»Okay, nur damit ich es richtig verstehe – du willst, dass ich mich die ganze Zeit über an die Regeln halte, die im Vertrag stehen, aber der Rest hat keine Gültigkeit?«

»Nur im Spielzimmer. Ich will, dass du dich dort im Sinne des Vertrags verhältst. Und du siehst es völlig richtig: Ich will auch, dass du die Regeln befolgst – und zwar ständig. Auf diese Weise kann ich sicher sein, dass dir nichts passiert. Und ich kann dich jederzeit haben, wenn mir der Sinn danach steht«, ergänze ich frech.

»Und wenn ich gegen eine der Regeln verstoße?«, fragt sie.

»Dann werde ich dich bestrafen.«

»Aber dafür brauchst du meine Erlaubnis nicht?«

»Doch.«

»Und wenn ich nein sage?«, beharrt sie.

Warum ist sie so stur?

»Wenn du nein sagst, sagst du nein. Dann muss ich mir eben Mittel und Wege überlegen, wie ich dich überzeugen kann.« Das sollte sie eigentlich wissen. Im Bootshaus durfte ich sie nicht versohlen, obwohl ich es wollte. Aber ich durfte es dann später an dem Abend … mit ihrer Zustimmung.

Sie steht auf und geht auf die Wohnzimmertür zu, und einen Augenblick lang glaube ich, sie würde davonstürmen, aber sie dreht sich mit einem verwirrten Gesichtsausdruck um. »Die Bestrafung bleibt also.«

»Ja, aber nur, wenn du gegen die Regeln verstößt.« Das ist mir klar, warum ihr nicht?

»Ich muss sie mir noch einmal durchlesen«, sagt sie, plötzlich ganz geschäftsmäßig.

Will sie das jetzt tun?

»Ich werde sie dir holen.«

In meinem Büro schalte ich meinen Computer an und drucke die Regeln aus, ich frage mich, warum wir das um fünf Uhr morgens diskutieren.

Sie steht am Spülbecken und trinkt ein Glas Wasser, als ich mit dem Ausdruck zurückkehre. Ich setze mich auf einen Hocker und warte, beobachte sie. Ihr Nacken ist steif und angespannt; das ist kein gutes Zeichen.

Als sie sich umdreht, schiebe ich das Blatt Papier über die Frühstückstheke zu ihr.

»Hier bitte.«

Sie überfliegt schnell die Regeln. »Also gilt der Punkt Gehorsam nach wie vor?«

»Allerdings.«

Sie schüttelt den Kopf, und ein ironisches Grinsen umspielt ihre Mundwinkel, während sie die Augen verdreht.

Welche Freude.

Meine Laune hebt sich plötzlich.

»Hast du etwa gerade die Augen verdreht, Anastasia?«

»Könnte sein. Das hängt von deiner Reaktion ab.« Sie sieht gleichzeitig misstrauisch und amüsiert aus.

»Es ist dieselbe wie sonst auch.« Wenn sie es zulässt …

Sie schluckt und reißt ihre Augen vor Erwartung auf. »Also …«

»Ja?«

»Also willst du mich jetzt versohlen.«

»Ja. Und ich werde es auch tun.«

»Tatsächlich, Mr. Grey?« Sie verschränkt die Arme, hebt herausfordernd ihr Kinn.

»Willst du mich etwa daran hindern?«

»Dafür musst du mich aber erst mal kriegen.« Sie lächelt kokett, was meinen Schwanz direkt anspricht.

Sie will spielen.

Ich rutsche vom Hocker, beobachte sie genau. »Ach ja, Miss Steele?« Die Luft zwischen uns knistert fast.

In welche Richtung wird sie laufen?

Sie schaut mir in die Augen, in ihrem Blick liegt Erregung. Ihre Zähne nagen an ihrer Unterlippe.

»Und du kaust auf deiner Unterlippe.« *Macht sie das absichtlich?* Ich gehe langsam nach links.

»Vergiss es«, neckt sie. »Außerdem verdrehst du ständig die Augen.« Auch sie bewegt sich nach links.

»Das stimmt, aber du hast die Latte gerade selber höher gelegt. Damit wird das Spiel erst richtig interessant.«

»Ich bin ziemlich flink, musst du wissen«, warnt sie spielerisch.

»Ich auch.«

Wie schafft sie es, alles so spannend zu machen?

»Kommst du freiwillig?«

»Hm. Tue ich das überhaupt jemals?« Sie grinst, schluckt den Köder.

»Ich weiß nicht, wovon Sie sprechen, Miss Steele.« Ich verfolge sie um die Frühstückstheke. »Wenn ich Sie erst fangen muss, wird es umso schlimmer.«

»Aber nur, wenn du mich erwischst, Christian. Und ich habe ganz bestimmt nicht die Absicht, mich erwischen zu lassen.«

Meint sie es ernst?

»Du könntest hinfallen und dir wehtun. Was einen klaren Verstoß gegen Regel Nummer sieben darstellen würde.«

»Ich schwebe schon in Gefahr, seit ich dir das erste Mal begegnet bin, Mr. Grey, ob mit deinen Regeln oder ohne.«

»Das ist wahr.« Vielleicht ist es kein Spiel. Will sie mir etwas sagen? Sie zögert, und ich springe abrupt vor, um sie zu packen. Sie schreit auf und läuft um die Frühstückstheke. Ihre Lippen sind geöffnet, ihr Gesichtsausdruck ist sowohl skeptisch als auch herausfordernd, und ihr Bademantel gleitet von einer Schulter herab. Sie sieht heiß aus. Verdammt heiß. Langsam pirsche ich mich an sie heran, und sie weicht zurück.

»Du verstehst es, einem Mann Zerstreuung zu schenken, Anastasia.«

»Wir wollen doch, dass Sie zufrieden sind, Mr. Grey. Zerstreuung wovon?«

»Vom Leben. Vom Universum.« *Von Ex-Subs, die verschwunden sind. Arbeit. Unserem Arrangement. Von allem.*

»Vorhin, am Klavier, hatte ich das Gefühl, dich beschäftigt etwas.«

Sie lässt nicht locker. Ich bleibe stehen und verschränke die Arme, ändere meine Strategie. »Von mir aus können wir dieses Spielchen den ganzen Tag spielen, Baby. Am Ende kriege ich dich sowieso. Und dann wird es nur umso schlimmer für dich.«

»Nein, wirst du nicht«, sagt sie mit absoluter Sicherheit.

Ich runzle die Stirn.

»Man könnte glatt glauben, du willst gar nicht, dass ich dich schnappe.«

»Tue ich auch nicht. Genau das ist der springende Punkt. Ich will genauso wenig bestraft werden, wie du dich von mir anfassen lassen willst.«

Und aus dem Nichts kriecht die Dunkelheit über mich, hüllt meine Haut ein und zieht eine eiskalte Spur der Verzweiflung hinter sich her.

Nein. Nein, ich kann es nicht ertragen, angefasst zu werden. Niemals.

»So empfindest du also?« Es ist, als hätte sie mich berührt, ihre Fingernägel hinterlassen weiße Streifen auf meiner Brust.

Sie blinzelt ein paarmal, registriert meine Reaktion, und als sie spricht, klingt ihre Stimme sanft. »Nein, so tragisch ist es nicht, aber es gibt dir zumindest einen Anhaltspunkt, wie es mir dabei geht.« Ihr Gesichtsausdruck ist ängstlich.

Verdammt! Das stellt unsere Beziehung in ein völlig anderes Licht. »Oh«, sage ich, weil mir sonst nichts einfällt.

Sie holt tief Luft und kommt auf mich zu, und als sie vor mir steht, schaut sie auf, ihre Augen voller Sorge.

»So sehr hasst du das alles?«, flüstere ich.

Das war's. Wir sind wirklich nicht miteinander vereinbar.

Nein. Das will ich nicht glauben.

»Na ja … nein«, sagt sie. Ich bin unendlich erleichtert. »Nein«, fährt sie fort, »ich bin hin und her gerissen. Es gefällt mir nicht, aber hassen tue ich es nun auch wieder nicht.«

»Aber gestern Abend, im Spielzimmer, hast du doch …«

»Ich tue all das für dich, Christian. Weil du es brauchst. Ich nicht. Du hast mir gestern Abend nicht wehgetan. Die Umstände waren völlig anders. Damit komme ich klar. Und ich vertraue dir. Aber wenn du mich bestrafst, habe ich Angst, dass du mir wehtust.«

Scheiße. Sag es ihr.

Es ist Zeit für Wahrheit oder Pflicht, Grey.

»Ich will dir auch wehtun. Aber nicht mehr, als du ertragen kannst.« Ich würde nie zu weit gehen.

»Wieso?«

»Ich brauche es eben«, flüstere ich. »Warum, kann ich dir nicht sagen.«

»Du kannst nicht oder willst nicht?«

»Ich will nicht.«

»Also kennst du den Grund.«

»Ja.«

»Aber du willst ihn mir nicht verraten.«

»Wenn ich es täte, würdest du schreiend davonlaufen und nie wieder zurückkehren. Das kann ich nicht riskieren, Anastasia.«

»Du wünschst dir also, dass ich bleibe.«

»Mehr als du ahnst. Ich könnte es nicht ertragen, dich zu verlieren.«

Ich halte den Abstand zwischen uns nicht mehr aus. Ich packe sie, damit sie nicht mehr wegläuft, und ziehe sie in meine Arme, meine Lippen suchen ihre. Sie geht auf meine Bedürfnisse ein, sie küsst mich mit derselben Leidenschaft, Hoffnung und Sehnsucht. Die drohende Dunkelheit weicht zurück, und ich finde Ruhe.

»Verlass mich nicht«, flüstere ich. »Du hast gesagt, dass du mich nicht verlässt, und du hast mich angefleht, dich nicht zu verlassen. Im Schlaf.«

»Ich will ja gar nicht weg«, erklärt sie, aber ihr Blick sucht in meinen Augen nach Antworten. Und ich bin entblößt, meine hässliche, zerrissene Seele ist ausgestellt.

»Zeig es mir«, sagt sie.

Ich weiß nicht, was sie meint.

»Dir zeigen?«

»Zeig mir, wie sehr es wehtun kann.«

»Was?« Ich lehne mich zurück und schaue sie ungläubig an.

»Bestraf mich. Und zeig mir, wie schlimm es werden kann.«

O nein. Ich lasse sie los.

Sie sieht mich an: offen, ehrlich, ernst. Sie bietet sich mir noch einmal an, will, dass ich sie nehme, um mit ihr zu tun, was ich möchte. Ich bin perplex. Sie würde mir dieses Bedürfnis erfüllen? Ich kann es nicht glauben. »Du würdest es tatsächlich probieren?«

»Ja. Das habe ich doch gerade gesagt.« Sie sieht sehr entschlossen aus.

»Du verwirrst mich, Ana.«

»Ich bin auch verwirrt. Ich bemühe mich darum, eine Lösung für uns zu finden. Damit du und ich ein für alle Mal wissen, ob ich es schaffen kann. Wenn ich damit klarkomme, kannst du vielleicht …«

Sie hält inne, und ich mache einen Schritt zurück. Sie will mich anfassen.

Nein.

Aber wenn wir das hier tun, dann werde ich es wissen. Sie wird es wissen.

Wir sind so viel früher an diesem Punkt, als ich gedacht hätte.

Kann ich das tun?

Und in diesem Moment weiß ich, dass es nichts gibt, das ich

mehr möchte … Da ist nichts, das das Monster in mir mehr befriedigen würde.

Bevor ich meine Meinung ändern kann, packe ich ihren Arm und führe sie nach oben ins Spielzimmer. An der Tür bleibe ich stehen. »Ich werde dir zeigen, wie schlimm es sein kann, dann kannst du dir selbst ein Urteil bilden. Bist du bereit?«

Sie nickt, auf ihrem Gesicht die sture Entschlossenheit, die ich schon so gut kenne.

So sei es.

Ich öffne die Tür, greife rasch einen Gürtel vom Regal, bevor sie ihre Meinung ändert, und führe sie zur Bank in der Zimmerecke.

»Leg dich über die Bank«, befehle ich leise.

Sie tut wie geheißen, sagt nichts.

»Wir sind hier, weil du es wolltest, Anastasia. Außerdem bist du vor mir davongelaufen. Ich werde dich sechsmal schlagen, und du wirst mitzählen.«

Sie sagt immer noch nichts.

Ich falte den Saum ihres Bademantels über ihren Rücken, entblöße ihren wunderschönen Hintern. Ich gleite mit der flachen Hand über ihre Backen und Oberschenkel, und mich durchläuft ein Schauer.

Das ist es. Was ich will. Worauf ich hingearbeitet habe.

»Ich werde dich bestrafen, damit du nicht vergisst, dass du nicht vor mir weglaufen sollst. So aufregend es auch sein mag, aber ich will nicht, dass du vor mir wegläufst. Und du hast schon wieder die Augen verdreht. Du weißt, was ich davon halte.« Ich atme tief ein, genieße diesen Augenblick, versuche mein pochendes Herz zu beruhigen.

Ich brauche das. Das ist es, was ich wirklich will. Und wir sind endlich hier.

Sie kann es.

Sie hat mich bisher noch nie enttäuscht.

Ich halte sie mit einer Hand am unteren Rücken fest, schüttle den Gürtel aus. Ich hole noch einmal tief Luft und konzentriere mich auf die anstehende Aufgabe.

Sie wird nicht weglaufen. Sie hat mich darum gebeten.

Dann schlage ich zu, über beide Pobacken, hart.

Sie schreit geschockt auf.

Aber sie hat die Zahl nicht gesagt ... oder die Safewords.

»Zähl, Anastasia!«, fordere ich.

»Eins!«, schreit sie.

Okay ... kein Safeword.

Ich schlage sie noch einmal.

»Zwei!«, schreit sie.

Richtig so, Baby, lass es raus.

Ich schlage sie ein weiteres Mal.

»Drei!« Sie zuckt zusammen.

Drei Striemen laufen über ihren Hintern.

Ich mache daraus vier.

Sie schreit die Zahl, laut und deutlich.

Niemand hört dich, Baby. Schrei, so viel du willst.

Ich schlage sie noch einmal.

»Fünf«, schluchzt sie, und ich halte inne, warte auf ihre Safewords.

Sie sagt sie nicht.

Und noch einen zur Sicherheit.

»Sechs«, flüstert Ana, ihre Stimme klingt gequält und heiser.

Ich lasse den Gürtel sinken, gebe mich ganz meiner süßen, euphorischen Erlösung hin. Ich bin völlig berauscht, atemlos und endlich satt. Oh, dieses wunderschöne Mädchen, mein wunderschönes Mädchen. Ich will jeden Zentimeter ihres Körpers küssen. Wir sind hier. Wo ich sein wollte. Ich greife nach ihr, ziehe sie in meine Arme.

»Lass mich los. Nein.« Sie windet sich aus meiner Umarmung, kämpft sich von mir frei, schubst und dreht sich schließlich wie eine feurige Wildkatze zu mir um. »Fass mich nicht an!«, faucht sie. Ihr Gesicht ist voller roter Flecken und Tränen, ihre Nase läuft, und ihre Haare sind eine dunkle, verstrubbelte Mähne, aber sie hat noch nie so umwerfend ausgesehen … und gleichzeitig so wütend.

Ihre Wut schlägt wie eine Welle über mir zusammen.

Sie ist wütend. Richtig wütend.

Okay, mit Wut hatte ich nicht gerechnet.

Gib ihr einen Moment. Warte, bis die Endorphine wirken.

Sie trocknet ihre Tränen mit dem Handrücken. »So gefällt es dir also? Ich? So?« Mit dem Ärmel ihres Bademantels wischt sie ihre Nase.

Meine Euphorie verschwindet. Ich bin wie erschlagen, völlig hilflos und wie gelähmt angesichts ihrer Wut. Das Weinen kenne und verstehe ich, aber diese Wut … irgendwo tief in mir berührt sie etwas, doch darüber will ich nicht nachdenken.

Geh nicht dahin, Grey.

Warum hat sie mich nicht gebeten aufzuhören? Sie hat die Safewords nicht benutzt. Sie hatte es verdient, bestraft zu werden. Sie ist vor mir weggelaufen. Sie hat die Augen verdreht. *Das passiert, wenn du dich mir widersetzt, Baby.*

Sie macht ein finsteres Gesicht. Blaue Augen, groß und strahlend, ganz verletzt und wütend – und plötzlich eine eiskalte Einsicht.

Verflucht! Was habe ich getan?

Es ist ernüchternd.

Ich verliere das Gleichgewicht, schwanke am Rand eines gefährlichen Abgrunds, suche verzweifelt nach Worten, um es in Ordnung zu bringen, aber mein Kopf ist leer.

»Du bist ein komplett abgefuckter Dreckskerl!«, blafft sie.

Mir geht vollkommen die Luft aus, und es ist, als hätte sie mich mit einem Gürtel geschlagen … *Scheiße!*

Sie hat mich als das erkannt, was ich bin.

Sie hat das Monster gesehen.

»Ana«, flüstere ich, bettle ich. Ich will, dass sie aufhört. Ich will sie halten und die Schmerzen vertreiben. Ich will, dass sie in meinen Armen schluchzt.

»Komm mir bloß nicht mit dieser Ana-Scheiße. Sieh zu, dass du deine Scheiße in den Griff kriegst, Grey!«, brüllt sie und verlässt das Spielzimmer, schließt die Tür hinter sich. Erschlagen starre ich die geschlossene Tür an, ihre Worte klingen mir in den Ohren.

Du bist ein komplett abgefuckter Dreckskerl.

Niemand hat mich je stehen lassen. *Was zur Hölle soll das?* Mechanisch fahre ich mir mit der Hand durch die Haare, versuche, ihre Reaktion zu rationalisieren, auch meine. Ich habe sie einfach gehen lassen. Ich bin nicht verrückt ... *Ich bin ... was?* Ich bücke mich, um den Gürtel aufzuheben, und hänge ihn an seinen Nagel. Das war zweifellos einer der befriedigendsten Momente meines Lebens. Gerade eben fühlte ich mich leichter, die Last der Unsicherheit zwischen uns war weg.

Es ist geschehen. Wir sind angekommen.

Jetzt, da sie weiß, worum es geht, können wir weitermachen.

Ich habe es ihr gesagt. Menschen wie mir gefällt es, Schmerzen zu bereiten.

Aber nur Frauen, die es mögen.

Meine Beklommenheit wird stärker.

Ihre Reaktion – ihr verletzter, gequälter Blick steht mir ungebeten vor meinem inneren Auge. Es ist verstörend. Ich bin daran gewöhnt, Frauen zum Weinen zu bringen – das ist mein Ding.

Aber Ana?

Ich sinke zu Boden und lehne meinen Kopf an die Wand, meine Arme auf meinen Knien. Lass sie einfach weinen. Das Weinen wird ihr guttun. Das ist meiner Erfahrung nach bei Frauen so. Gib ihr einen Moment, dann geh und biete ihr Nachsorge an. Sie hat die Safewords nicht gesagt. Sie hat mich gebeten. Sie wollte es wissen, neugierig wie immer. Es war nur ein böses Erwachen, das ist alles.

Du bist ein komplett abgefuckter Dreckskerl.

Ich schließe die Augen und lächle freudlos. *Ja, Ana, ja, das bin ich, und jetzt weißt du es.* Jetzt können wir mit unserer Beziehung ... unserem Arrangement weitermachen. Was auch immer es ist.

Meine Gedanken beruhigen mich nicht, und die Beklommenheit wird stärker. Ihre verletzten Augen, die mich anstarren, empört, anklagend, mitleidig, gehen mir nicht aus dem Kopf. Sie sieht mich als das, was ich bin. Ein Monster.

Flynn fällt mir ein: *Halte dich nicht mit dem Negativen auf, Christian.*

Ich schließe noch einmal meine Augen und sehe Anas gepeinigtes Gesicht.

Was für ein Narr ich doch bin.

Das war zu früh.

Viel zu früh.

Scheiße.

Ich werde sie beruhigen.

Ja, lass sie weinen, dann beruhige sie.

Ich war wütend auf sie, weil sie von mir weggelaufen ist. *Warum hat sie das getan?*

Verdammt! Sie ist so anders als jede Frau, die ich gekannt habe. Natürlich reagiert sie auch entsprechend anders.

Ich muss sie sehen, sie halten. Wir werden das durchstehen. Ich frage mich, wo sie ist.

Mist!

Panik erfasst mich. Und wenn sie weg ist? Nein, das würde sie nicht tun. Nicht, ohne sich zu verabschieden. Ich renne aus dem Zimmer und die Treppe hinunter. Sie ist nicht im Wohnzimmer – sie muss im Bett sein. Ich rase in mein Schlafzimmer.

Das Bett ist leer.

Eine gigantische Angst explodiert in meinem Bauch. Nein, sie kann nicht weg sein! Oben – sie muss in ihrem Zimmer sein. Ich nehme drei Stufen auf einmal und bleibe atemlos vor ihrer Schlafzimmertür stehen. Sie ist da drin, weint.

Gott sei Dank.

Ich lehne den Kopf an die Tür, unendlich erleichtert.

Geh nicht. Der Gedanke ist fürchterlich.

Natürlich, sie muss weinen.

Ich atme langsam ein, um runterzukommen, gehe zum Badezimmer neben dem Spielzimmer, um Arnikacreme, Schmerztabletten und ein Glas Wasser zu holen, und kehre zurück zu ihrem Zimmer.

Drinnen ist es noch dunkel, obwohl das Morgengrauen ein blasser Streifen am Horizont ist, und ich brauche einen Moment, mein schönes Mädchen zu entdecken. Sie liegt zusammengerollt auf dem Bett, klein und verletzlich, und weint. Ihre Schmerzen zu hören trifft mich im Innersten und verschlägt mir den Atem. Meine vorherigen Subs haben mich nie so berührt – selbst wenn sie heulten. Ich begreife es nicht. Warum fühle ich mich so verloren? Ich stelle die Arnikacreme, das Wasser und die Tabletten ab, hebe die Decke an, gleite neben sie und strecke die Hand nach ihr aus. Sie spannt sich an, ihr ganzer Körper schreit. *Fass mich nicht an!* Die Ironie entgeht mir nicht.

»Shhh«, wispere ich, im vergeblichen Versuch, ihre Tränen zu trocknen und sie zu beruhigen. Sie reagiert nicht. Sie bleibt steif, unnachgiebig.

»Stoß mich nicht weg, Ana. Bitte.« Sie entspannt sich ein kleines bisschen, erlaubt mir, sie in meine Arme zu nehmen, und ich vergrabe meine Nase in ihren wunderbar duftenden Haaren. Sie riecht so süß wie immer, ihr Geruch beruhigt meine Nerven. Und ich küsse sie zärtlich in den Nacken.

»Hass mich nicht«, raune ich, während ich meine Lippen auf ihren Hals presse, sie schmecke. Sie sagt nichts, aber langsam verändert sich ihr Weinen zu sanftem, ersticktem Schluchzen. Endlich ist sie still. Sie könnte eingeschlafen sein, aber ich traue mich nicht nachzusehen, um sie nicht zu stören. Wenigstens ist sie jetzt ruhiger.

Das Morgenlicht wird heller, dringt ins Zimmer, der Tag zeigt sich. Und wir liegen immer noch ruhig da. Ich lasse meine Gedanken treiben, während ich mein Mädchen in den Armen halte und das Licht beobachte. Ich kann mich nicht erinnern, dass ich jemals nur dagelegen und die Zeit vergehen und meine Gedanken habe treiben lassen. Es ist entspannend, sich vorzustellen, was wir den restlichen Tag tun könnten. Vielleicht sollte ich ihr *The Grace* zeigen.

Ja. Wir könnten heute Nachmittag segeln gehen.

Wenn sie überhaupt noch mit dir redet, Grey.

Sie bewegt sich, ein leichtes Zucken mit dem Fuß, und ich weiß, dass sie wach ist.

»Ich habe dir ein paar Schmerztabletten und Arnikacreme mitgebracht.«

Endlich reagiert sie, dreht sich langsam zu mir um. Schmerzverzerrte Augen sehen mich an, ihr Blick ist intensiv, fragend. Sie lässt sich Zeit, mustert mich, als sähe sie mich zum ersten Mal. Es ist nervtötend, weil ich, wie üblich, keine Ahnung habe, was sie denkt, was sie wahrnimmt. Aber sie ist definitiv ruhiger, und ich begrüße den kleinen Funken Erleichterung, den mir das bringt. Heute könnte doch noch ein guter Tag werden.

Sie streichelt meine Wange und fährt mit den Fingern meinen Kiefer entlang, kitzelt meine Stoppeln. Ich schließe die Augen, koste ihre Berührung aus. Es ist noch so neu, dieses Gefühl, berührt zu werden und ihre unschuldigen Finger zu genießen, die sanft mein Gesicht streicheln; die Dunkelheit ist still. Es macht mir nichts aus, dass sie mein Gesicht berührt … oder ihre Finger in meinen Haaren sind.

»Es tut mir leid«, sagt sie.

Ihre leisen Worte sind eine Überraschung. Sie entschuldigt sich bei mir?

»Was tut dir leid?«

»Was ich gesagt habe.«

Erleichterung durchströmt meinen Körper. Sie hat mir vergeben. Außerdem, was sie in ihrer Wut gesagt hat, stimmt: Ich bin ein komplett abgefuckter Dreckskerl.

»Du hast nichts gesagt, was ich nicht längst weiß.« Und zum ersten Mal in all den Jahren entschuldige ich mich. »Mir tut es leid, dass ich dir wehgetan habe.«

Sie hebt etwas ihre Schultern und lächelt mich vorsichtig an. Ich habe eine Begnadigung bekommen. Wir sind sicher. Wir sind okay.

»Ich wollte es schließlich so«, sagt sie.

Das ganz sicher, Baby.

Sie schluckt nervös. »Ich glaube nicht, dass ich dir alles sein kann, was du dir wünschst«, schränkt sie ein, ihre Augen groß und voller Aufrichtigkeit.

Die Welt bleibt stehen.

Scheiße.

Wir sind überhaupt nicht sicher.

Grey, bring das in Ordnung.

»Du bist alles, was ich mir wünsche.«

Sie runzelt die Stirn. Ihre Augen sind rot, und sie ist so blass, so blass habe ich sie noch nie gesehen. Es ist merkwürdig ergreifend. »Das verstehe ich nicht. Ich bin nicht gehorsam, und ich werde ganz bestimmt nicht zulassen, dass du *das* noch einmal tust, das kann ich dir verdammt nochmal sagen. Aber genau das brauchst du. Das hast du selbst gesagt.«

Und da ist er – ihr Gnadenstoß. Ich bin mit ihr zu weit gegangen. Jetzt weiß sie es – und all die Diskussionen, die ich mit mir selbst geführt habe, bevor ich mich um dieses Mädchen bemühte, kommen mir wieder in den Sinn. Sie mag diesen Lebensstil nicht. Wie kann ich sie nur so korrumpieren? Sie ist zu jung, zu unschuldig – zu …*Ana.*

Meine Träume sind genau das … Träume. Das hier wird nicht funktionieren.

Ich schließe meine Augen, ich kann es nicht ertragen, sie anzusehen. Es stimmt, sie wäre ohne mich besser dran. Jetzt, da sie das Monster gesehen hat, weiß sie, dass sie es nicht mit ihm aufnehmen kann. Ich muss sie freilassen, sie ihren eigenen Weg gehen lassen. Zwischen uns wird es nicht funktionieren.

Konzentrier dich, Grey.

»Du hast recht. Ich sollte dich gehen lassen. Ich bin nicht gut für dich.«

Sie reißt ihre Augen auf. »Ich will nicht gehen«, flüstert sie. Tränen stehen in ihren Augen, glitzern an ihren langen Wimpern.

»Ich will auch nicht, dass du gehst«, antworte ich, weil es die

Wahrheit ist, und dieses Gefühl – dieses unheilvolle, beängstigende Gefühl – ist wieder da und überwältigt mich. Wieder fließen ihr Tränen übers Gesicht. Zärtlich wische ich eine mit dem Daumen weg, und bevor es mir bewusst wird, sage ich: »Seit ich dich kenne, fühle ich mich, als würde ich zum ersten Mal wirklich leben.« Ich zeichne mit meinem Daumen ihre Unterlippe nach, ich möchte sie küssen, fest. Sie vergessen machen. Sie überwältigen. Sie erregen. Ich weiß, dass ich das kann. Aber etwas hält mich zurück – ihr misstrauischer, verletzter Blick. Warum sollte sie sich von einem Monster küssen lassen? Sie könnte mich wegstoßen, und ich weiß nicht, ob ich noch mehr Zurückweisung ertrage. Ihre Worte verfolgen mich, zerren an einer dunklen, verdrängten Erinnerung.

Du bist ein komplett abgefuckter Dreckskerl.

»Ich auch«, wispert sie. »Ich habe mich in dich verliebt, Christian.«

Ich erinnere mich daran, wie Carrick mir das Tauchen beigebracht hat. Meine Zehen umklammerten den Beckenrand, als ich ins Wasser fiel – und jetzt falle ich wieder einmal, in den Abgrund, in Zeitlupe.

Sie kann auf keinen Fall so für mich empfinden.

Nicht für mich. *Nein!*

Ich bekomme keine Luft. Ihre Worte, deren gewaltige Last auf meine Brust drückt, schnüren sie mir ab. Ich tauche tief und tiefer, die Dunkelheit heißt mich willkommen. Ich kann sie nicht hören. Ich kann nicht damit umgehen. Sie weiß nicht, was sie sagt, mit wem sie es zu tun hat – *womit* sie es zu tun hat.

»Nein«, meine Stimme klingt erstickt vor schmerzlichem Unglauben. »Aber du darfst mich nicht lieben, Ana. Nein … das ist falsch.«

Ich muss sie korrigieren. Sie darf kein Monster lieben. Sie darf keinen komplett abgefuckten Dreckskerl lieben. Sie muss gehen. Sie muss raus – und im nächsten Augenblick ist alles kristallklar. Das ist mein Heureka-Moment; ich kann sie nicht glücklich machen. Ich kann nicht sein, was sie braucht. Ich kann das nicht weiterlaufen lassen. Das hier muss beendet werden. Es hätte nie anfangen dürfen.

»Falsch? Wieso falsch?«

»Sieh dich doch an. Ich kann dich nicht glücklich machen.« Die Panik ist deutlich in meiner Stimme zu hören, während ich tiefer und tiefer in den Abgrund rutsche, eingehüllt in Verzweiflung.

Niemand kann mich lieben.

»Aber du machst mich doch glücklich«, sagt sie, ohne zu begreifen.

Anastasia Steele, sieh dich an. Ich muss ehrlich mit ihr sein. »Im Augenblick nicht. Und nicht mit dem, was ich tue.«

Sie blinzelt, ihre Wimpern flattern über ihren großen, verletzten Augen, mustern mich intensiv, während sie nach der Wahrheit sucht. »Wir kriegen es nicht in den Griff, stimmt's?«

Ich schüttle den Kopf, weil ich nicht weiß, was ich sagen soll. Es läuft auf Unvereinbarkeit hinaus, wieder einmal. Sie schließt die Augen, als hätte sie Schmerzen, und als sie sie wieder öffnet, sind sie klarer, ganz entschlossen. Ihre Tränen fließen nicht mehr. Und das Blut beginnt in meinem Kopf zu dröhnen, während mein Herz pocht. Ich weiß, was sie sagen wird. Ich fürchte, was sie sagen wird.

»Tja … dann sollte ich jetzt wohl besser gehen.« Sie zuckt zusammen, als sie sich aufsetzt.

Jetzt? Sie kann jetzt nicht gehen.

»Nein, geh nicht.« Ich bin im freien Fall, falle tiefer und tiefer. Dass sie mich verlässt, fühlt sich wie ein enormer Fehler an. Mein Fehler. Aber sie kann nicht bleiben, wenn sie so für mich empfindet, das kann sie einfach nicht.

»Zu bleiben würde nichts bringen«, sagt sie und steht vorsichtig auf, immer noch in ihrem Bademantel. Sie geht wirklich. Ich kann es nicht glauben. Ich beeile mich, aus dem Bett zu kommen, um sie aufzuhalten, aber ihr Blick lässt mich stehen bleiben – ihr Gesichtsausdruck ist so düster, so kalt, so distanziert, es ist überhaupt nicht meine Ana.

»Ich werde mich jetzt anziehen und hätte gern ein bisschen Privatsphäre«, sagt sie. Wie ausdruckslos und leer ihre Stimme klingt, während sie sich umdreht und geht und die Tür hinter sich schließt. Ich starre ihr hinterher.

Das ist heute das zweite Mal, dass sie mich stehen lässt.

Ich setze mich auf und lege den Kopf in die Hände, versuche mich zu beruhigen, meine Gefühle vernünftig zu begründen.

Sie liebt mich.

Wie ist das passiert? Wie?

Grey, du verdammter Narr.

War das nicht immer ein Risiko bei jemandem wie ihr? Jemandem, der gut und unschuldig und mutig ist. Ein Risiko, dass sie mein wahres Ich erst gesehen hat, als es zu spät war. Dass ich sie so leiden lasse?

Warum schmerzt es so sehr? Ich fühle mich, als hätte ich eine punktierte Lunge. Ich folge ihr aus dem Zimmer. Sie möchte vielleicht Privatsphäre, aber wenn sie mich verlässt, will ich angezogen sein.

Als ich mein Schlafzimmer erreiche, steht sie unter der Dusche, also schlüpfe ich schnell in eine Jeans und ein T-Shirt: Ich habe Schwarz gewählt – passend zu meiner Stimmung. Ich nehme mein Telefon, wandere durch die Wohnung, bin versucht, mich ans Klavier zu setzen und eine wehmütige Klage auf seinen Tasten zu hämmern. Stattdessen stehe ich mitten im Raum und fühle nichts.

Leere.

Konzentrier dich, Grey! Das ist die richtige Entscheidung. Lass sie gehen.

Mein Handy klingelt. Es ist Welch. Hat er Leila gefunden?

»Welch.«

»Mr. Grey, ich habe Neuigkeiten.« Seine Stimme klingt kratzig am Telefon. Dieser Kerl sollte aufhören zu rauchen. Er hört sich an wie Deep Throat.

»Haben Sie sie gefunden?« Meine Laune hebt sich etwas.

»Nein, Sir.«

»Was ist es dann?« *Warum zum Teufel haben Sie angerufen?*

»Leila hat ihren Ehemann verlassen. Er hat es mir gegenüber endlich zugegeben. Er hat nichts mehr mit ihr zu tun.«

Das sind Neuigkeiten.

»Aha.«

»Er hat eine Ahnung, wo sie sein könnte, aber er will geschmiert werden. Will wissen, wer sich so sehr für seine Frau interessiert. Auch wenn er Sie nicht direkt genannt hat.«

Ich kämpfe gegen meine aufkommende Wut. »Wie viel will er?«

»Zweitausend hat er gesagt.«

»Was hat er gesagt?«, schreie ich. »Er hätte uns verdammt nochmal die Scheißwahrheit sagen können. Wie ist seine Nummer? Ich muss ihn anrufen. Welch, das Ganze ist eine einzige Katastrophe.«

Ich schaue auf, und Ana steht verlegen am Eingang zum Wohnzimmer, sie trägt Jeans und ein hässliches Sweatshirt. Ihre Augen sind ganz groß, ansonsten ist ihr Gesicht angespannt, zusammengekniffen; neben ihr steht ihr Koffer.

»Findet sie«, blaffe ich ihn an und lege auf. Ich werde mich später um Welch kümmern.

Ana geht zum Sofa und nimmt den Mac, ihr Handy und die Schlüssel ihres Wagens aus ihrem Rucksack. Sie holt tief Luft, marschiert in die Küche und legt alle drei Gegenstände auf die Theke.

Was zum Teufel soll das denn? Sie gibt ihre Sachen zurück?

Sie dreht sich zu mir um, ihr kleines, aschfahles Gesicht ist völlig entschlossen. Ihr sturer Blick, den ich so gut kenne, verfolgt mich.

»Ich brauche das Geld, das Taylor für meinen Käfer bekommen hat.« Ihre Stimme ist ruhig, aber tonlos.

»Ana, ich will die Sachen nicht. Sie gehören dir.« Das kann sie mir nicht antun. »Bitte nimm sie.«

»Nein, Christian. Ich habe sie nur angenommen, weil du darauf bestanden hast. Und ich will sie nicht mehr.«

»Ana, sei doch vernünftig!«

»Ich will nichts, was mich an dich erinnert. Ich brauche nur das Geld, das Taylor für meinen Wagen bekommen hat.« Ihre Stimme ist monoton.

Sie will mich vergessen.

»Willst du mich so sehr kränken?«

»Nein, natürlich nicht. Ich versuche nur, mich selbst zu schützen.«

Natürlich, sie versucht, sich vor dem Monster zu schützen.

»Bitte, Ana, nimm die Sachen.«

Ihre Lippen sind so blass.

»Christian, ich will mich nicht streiten. Ich brauche nur das Geld.«

Geld. Am Ende geht es immer um das Scheißgeld.

»Nimmst du auch einen Scheck?«, knurre ich.

»Ja. Er wird schon nicht platzen.«

Sie will Geld, dann werde ich ihr Geld geben. Ich stürze in mein Büro, kann mich kaum noch kontrollieren. Ich setze mich an den Schreibtisch und rufe Taylor an.

»Guten Morgen, Mr. Grey.«

Ich ignoriere seine Begrüßung. »Wie viel haben Sie für Anas VW bekommen?«

»Zwölftausend Dollar, Sir.«

»So viel?« Trotz meiner düsteren Stimmung bin ich überrascht.

»Es ist ein Oldtimer«, erklärt er.

»Danke. Können Sie Miss Steele jetzt nach Hause fahren?«

»Natürlich. Ich bin sofort da.«

Ich lege auf und hole mein Scheckbuch aus der Schreibtischschublade. Als ich das tue, erinnere ich mich an mein Gespräch mit Welch über das beschissene Arschloch von Leilas Mann.

Es geht immer um das Scheißgeld!

In meiner Wut verdopple ich die Summe, die Taylor für die Todesfalle erhalten hat, und stopfe den Scheck in einen Umschlag.

Als ich zurückkehre, steht sie immer noch an der Frühstückstheke, verloren, fast wie ein Kind. Ich reiche ihr den Umschlag, bei ihrem Anblick verraucht meine Wut.

»Taylor hat einen guten Preis dafür bekommen. Der Wagen ist ein Oldtimer«, erkläre ich. »Du kannst ihn gern fragen. Er wird dich nach Hause fahren.« Ich nicke in Taylors Richtung, der im Eingang zum Wohnzimmer wartet.

»Nicht nötig. Ich komme schon allein nach Hause, danke.«

Nein! Nimm die Fahrt an, Ana. Warum tut sie das?

»Musst du mir bei allem widersprechen?«

»Weshalb ausgerechnet jetzt mit einer lebenslangen Gewohnheit brechen?« Sie sieht mich ausdruckslos an.

Das ist zusammengefasst der Grund, warum unser Arrangement von Beginn an zum Scheitern verurteilt war. Sie ist einfach nicht für meine Bedürfnisse gemacht, und tief im Innersten habe ich das immer gewusst. Ich schließe meine Augen.

Ich bin wirklich so ein Narr.

Ich versuche eine sanftere Tour, bitte sie.

»Bitte, Ana, lass dich von Taylor nach Hause bringen.«

»Ich hole den Wagen, Miss Steele«, verkündet Taylor mit Autorität, dabei ruhig und gelassen. Vielleicht hört sie auf ihn. Sie sieht sich um, aber er ist bereits fort, um den Wagen zu holen.

Sie dreht sich zu mir um, ihre Augen sind plötzlich noch größer. Ich halte den Atem an. Ich kann wirklich nicht glauben, dass sie geht. Das ist das letzte Mal, dass ich mit ihr zusammen in einem Raum sein werde. Sie sieht so traurig aus, und es trifft mich tief, dass ich derjenige bin, der dafür verantwortlich ist. Zögerlich gehe ich einen Schritt vor, ich möchte sie noch einmal in meinen Armen halten, sie bitten, doch zu bleiben.

Sie tritt zurück; es ist eine Bewegung, die nur zu deutlich signalisiert, dass sie mich nicht will. Ich habe sie vertrieben.

Ich erstarre. »Ich will nicht, dass du gehst.«

»Ich kann aber nicht bleiben. Ich weiß, was ich brauche, und du kannst es mir nicht geben. Und ich kann dir nicht geben, was du brauchst.«

Oh, bitte, Ana, lass mich noch einmal deinen süßen, süßen Duft riechen. Dich in meinen Armen spüren. Ich mache einen weiteren Schritt auf sie zu, aber sie hebt die Hände, um mich zu stoppen.

»Nicht. Bitte.« Sie zuckt zurück, reagiert panisch. »Ich kann das nicht.« Und sie greift ihren Koffer und ihren Rucksack und geht in Richtung Foyer. Ich folge ihr, schwach und hilflos in ihrem Schlepptau, den Blick auf ihre schmale Silhouette geheftet.

Im Foyer rufe ich den Aufzug. Ich kann den Blick nicht von ihr abwenden … ihr elfengleiches Gesicht, diese Lippen, wie ihre dunklen Wimpern sich nach oben schwingen und einen Schatten auf ihre so blassen Wangen werfen. Ich bin sprachlos, während ich versuche, mir jedes Detail einzuprägen. Ich habe keine coolen Sprüche auf Lager, meine Schlagfertigkeit ist mir abhandengekommen, mir fallen keine arroganten Kommentare ein. Ich verspüre nur eine gähnende Leere in meiner Brust.

Die Aufzugtüren öffnen sich, und Ana geht sofort hinein. Sie dreht sich zu mir um, und für einen Augenblick verrutscht ihre Maske, und zu sehen ist, wie sich mein Schmerz in ihren schönen Augen spiegelt.

Nein … Ana. Geh nicht.

»Auf Wiedersehen, Christian.«

»Ana … auf Wiedersehen.«

Die Tür schließt sich, und sie ist weg.

Langsam sinke ich zu Boden und lege den Kopf in meine Hände. Die Leere fühlt sich jetzt höhlenartig an und schmerzhaft und überwältigt mich.

Grey, was zum Teufel hast du getan?

Als ich wieder aufblicke, betrachte ich die Gemälde in meinem Foyer, meine Madonnen, und ich verziehe meine Lippen zu einem freudlosen Lächeln. Die Idealisierung der Mutterschaft. Alle Madonnen schauen auf ihre Babys oder unheilvoll auf mich herab.

Sie haben recht, mich so anzusehen. Sie ist weg. Sie ist tatsächlich weg. Das Beste, was mir jemals passiert ist. Nachdem sie gesagt hatte, dass sie niemals gehen würde. Sie hatte versprochen, mich nie zu verlassen. Ich schließe die Augen, weil ich diese leblosen, mitleidigen Blicke nicht mehr ertragen kann, und lege meinen Kopf an die Wand. Okay, sie hat es im Schlaf gesagt, und als der Narr, der ich bin, habe ich es ihr geglaubt. Im tiefsten Inneren habe ich immer gewusst, dass ich nicht gut für sie bin und dass sie zu gut für mich war. Es ist richtig, wie es jetzt ist.

Warum fühle ich mich dann so beschissen? Warum tut es so weh?

Der Ton, der den Aufzug ankündigt, zwingt mich, die Augen erneut zu öffnen, und mir schlägt das Herz bis zum Hals. Sie ist zurück. Ich sitze wie gelähmt auf dem Boden, die Türen öffnen sich, und Taylor tritt heraus und erstarrt kurz.

Verdammt! Wie lange sitze ich schon hier?

»Miss Steele ist zu Hause, Mr. Grey«, sagt er, er redet mit mir, als würde ich täglich vor ihm auf dem Fußboden hocken.

»Wie geht es ihr?«, frage ich so leidenschaftslos wie möglich, obwohl ich es wirklich wissen will.

»Sie war aufgebracht, Sir«, sagt er, ohne ein Gefühl zu zeigen.

Ich nicke, entlasse ihn. Aber er geht nicht.

»Kann ich noch etwas für Sie tun, Sir?«, fragt er, viel zu freundlich, wie ich finde.

»Nein.« Gehen Sie. *Lassen Sie mich allein.*

»Sir«, sagt er und geht hinaus, lässt mich auf dem Boden im Foyer hocken.

Sosehr ich den ganzen Tag hier sitzen bleiben und mich in tiefster Verzweiflung suhlen möchte, kann ich das nicht. Ich will Neuigkeiten von Welch, und ich muss Leilas erbärmlichen Ehemann anrufen.

Und ich muss duschen. Vielleicht werden sich diese Qualen unter der Dusche abwaschen lassen.

Als ich mich erhebe, berühre ich den Holztisch, der das Foyer dominiert, meine Finger streichen über die zierliche Einlegearbeit. Darauf hätte ich Miss Steele gern gevögelt. Ich schließe die Augen, stelle mir vor, wie sie auf dem Tisch liegt, den Kopf zurückgelegt, das Kinn angehoben, den Mund in Ekstase geöffnet, ihre üppigen Haare fließen über den Rand. Verdammt, ich werde hart, wenn ich nur daran denke.

Fuck.

Der Schmerz in mir verstärkt sich.

Sie ist weg, Grey. Gewöhn dich dran.

Und durch jahrelange erzwungene Kontrolle bringe ich meinen Körper dazu, dass er gehorcht.

Unter der Dusche ist es heiß, die Temperatur kaum noch zu ertragen, so wie ich es mag. Ich versuche sie zu vergessen, hoffe, dass diese Hitze sie aus meinem Kopf brennt und ihren Geruch von meinem Körper wäscht.

Es gibt kein Zurückkommen.

Niemals.

Ich schrubbe meine Haare mit finsterer Entschlossenheit.

Gut, dass sie fort ist.

Scharf atme ich ein.

Nein, es ist überhaupt nicht gut, dass sie fort ist.

Ich halte mein Gesicht unter den Wasserstrahl. Es ist keineswegs gut, dass sie nicht mehr da ist, ich werde sie vermissen. Ich lehne den Kopf an die Fliesen. Noch letzte Nacht war sie hier, hier bei mir. Meine Finger streichen die Fugen zwischen den Fliesen entlang, gestern hatten noch ihre Hände sie berührt.

Verdammte Scheiße.

Ich drehe das Wasser ab, und während ich mir ein Handtuch um die Hüften wickle, wird es mir erst so richtig bewusst: Jeder Tag wird dunkel und leer sein, weil sie nicht mehr da ist.

Keine witzigen, keine geistreichen Mails mehr.

Keine Schlagfertigkeit.

Keine Neugier.

Ihre strahlend blauen Augen werden mich nicht mehr mit kaum verborgener Belustigung ansehen, auch nicht entsetzt, nicht lustvoll. Ich betrachte den griesgrämigen Idioten, der mir aus dem Badezimmerspiegel entgegenblickt.

»Was hast du nur getan, du Arschloch?«, verhöhne ich ihn. Mit Verachtung formt er an mich gerichtete Worte mit seinem Mund.

Und der Schweinekerl zwinkert mir zu, große graue Augen, wund vor Elend.

»Sie ist ohne dich besser dran. Du kannst nicht das sein, was sie möchte. Du kannst ihr nicht geben, was sie braucht. Sie will diesen ganzen Herzchen-und-Blümchen-Kram. Sie verdient etwas Besseres als dich, du abgefuckter Mistkerl.« Angewidert von meinem eigenen Spiegelbild, wende ich mich ab. Scheiß aufs Rasieren.

Aus meiner Kommode im Schlafzimmer suche ich Unterwäsche und ein sauberes T-Shirt heraus. Als ich mich umdrehe, fällt mir eine kleine Schachtel auf, sie liegt im Bett auf meinem Kissen. Abermals wird mir der Boden unter den Füßen weggezogen, der Abgrund darunter wird sichtbar, mit weit aufgerissenem Schlund. Aus meiner Wut wird Angst.

Es ist etwas von ihr. Was sollte sie mir geben? Ich lasse meine Kleider fallen, hole tief Luft, setze mich aufs Bett und nehme die Schachtel in die Hand.

Es ist ein Segelflugzeug. Ein Modellbausatz für eine Blaník L-23. Eine handgeschriebene Notiz fällt von der Schachtel und schwebt aufs Bett.

Das hier hat mich an eine glückliche Zeit erinnert.
Danke
Ana

Es ist das perfekte Geschenk von einem perfekten Mädchen.

Ein unerträglicher Schmerz durchschießt mich.

Warum tut es so weh? *Warum?*

Lange vergessene Erinnerungen, hässliche Erinnerungen regen sich, versuchen sich im Hier und Jetzt einzunisten. Nein. Das ist kein Ort, an den ich gedanklich zurückkehren möchte. Ich stehe auf, werfe die Schachtel aufs Bett und ziehe mich eilig an. Als ich fertig bin, packe ich Brief und Schachtel und gehe ins Büro. Im Zentrum meiner Macht werde ich besser damit umgehen können.

Mein Gespräch mit Welch ist kurz. Das mit Russell Reed, dem lügnerischen Dreckskerl, den Leila geheiratet hat, ist kürzer. Ich habe nicht gewusst, dass sie in Vegas geheiratet haben, nach einem feucht-fröhlichen Wochenende. Kein Wunder, dass die Ehe nach nur achtzehn Monaten kaputt war. Sie hat ihn vor zwölf Wochen verlassen. *Wo also bist du jetzt, Leila Williams? Was hast du getan?*

Ich konzentriere mich ganz auf Leila, grüble nach einem Anhaltspunkt in unserer Vergangenheit, der darauf hindeuten könnte, wo sie sich befindet. Ich muss es wissen. Ich muss wissen, dass sie in Sicherheit ist. Und wieso sie hergekommen ist. Wieso zu mir?

Sie wollte mehr, ich nicht, aber das ist lange her. Es war leicht, als sie ging, unser Arrangement wurde einvernehmlich beendet. Überhaupt war es beispielhaft gewesen: Genau wie es sein soll. Während unserer gemeinsamen Zeit war sie lasterhaft gewesen, und das im vollen Bewusstsein, nicht das gebrochene Wesen, das Gail beschrieben hat.

Ich denke daran, wie sehr sie unsere Sitzungen im Spielzimmer genossen hat. Leila liebte das Perverse. Eine Erinnerung taucht auf: Ich binde ihre großen Zehen zusammen, drehe ihre Füße nach innen, sodass sie ihre Hinterbacken nicht gegeneinanderpressen und dem Schmerz ausweichen konnte. Ja, sie liebte all diesen Mist und ich auch. Sie war eine großartige Sub. Aber sie hat nie meine Aufmerksamkeit gefesselt, nicht so wie Anastasia Steele.

Sie hat mich auch nie wie Ana in den Wahnsinn getrieben.

Ich betrachte das Segelfliegermodell auf meinem Schreibtisch und fahre mit dem Finger über die Kanten der Schachtel, im Wissen, dass Ana sie berührt hat.

Meine süße Anastasia.

Kein Vergleich zu all den Frauen, die ich vor ihr gekannt habe. Sie ist die einzige Frau, um die ich mich je bemüht habe, aber auch die Frau, die mir nicht geben kann, was ich will.

Ich verstehe es nicht.

Ich bin lebendig geworden, seit ich sie kenne. Diese letzten paar Wochen waren die aufregendsten, die unvorhersehbarsten, die faszinierendsten meines Lebens. Aus meiner einfarbigen Welt bin ich in eine voller Farben gelockt worden, und doch kann sie mir nicht geben, was ich brauche.

Ich lege den Kopf in meine Hände. Sie wird nie mögen, was ich tue. Ich versuchte mir einzureden, dass wir uns dem Gröberen langsam nähern könnten, aber das wird jetzt nie mehr passieren. Es geht ihr besser ohne mich. Was sollte sie schon von einem abgefuckten Monster wollen, das es nicht erträgt, angefasst zu werden?

Und doch hat sie mir dieses durchdachte Geschenk gekauft. Wer macht so etwas für mich, abgesehen von meiner Familie? Ich öffne die Schachtel ein weiteres Mal. All die Plastikteile des Fliegers hängen an einem Gitter, eingeschweißt in Zellophan. Ich denke daran, wie sie im Segelflugzeug bei der Drehung um die eigene Längsachse gekichert hat, die Hände am Plexiglaskabinendach abgestützt. Unwillkürlich muss ich lächeln.

Mann, das hatte einen solchen Spaß gemacht, als hätte ich ihr auf dem Spielplatz an den Zöpfen gezogen. Ana mit Zöpfen … ich verdränge diesen Gedanken sofort. Ich will nicht daran erinnert werden, an unser erstes Bad. Und das Einzige, was mir bleibt, ist der Gedanke, dass ich sie nicht mehr sehen werde.

Vor mir klafft der Abgrund.

Nein. Nicht schon wieder.

Ich muss die Einzelteile dieses Flugzeugs zusammenfügen. Es wird mich ablenken. Ich reiße das Zellophan auf, überfliege die Anleitung. Klebstoff brauche ich dazu, Modellbauklebstoff. Ich durchsuche meine Schreibtischschubladen.

Verflucht! Ganz hinten in der Schublade finde ich die rote Lederschachtel mit den Cartier-Ohrringen. Es gab keine Chance für mich, sie ihr zu überreichen, und jetzt wird sie ganz bestimmt nicht mehr kommen.

Ich rufe Andrea an und hinterlasse eine Nachricht auf ihrem Handy, bitte sie, für mich heute Abend abzusagen. Ich kann nicht zur Gala gehen, nicht ohne meine Partnerin.

Ich öffne die rote Schachtel und betrachte die Ohrringe. Sie sind wunderschön: schlicht, aber elegant, genau wie die betörende Miss Steele … die mich verlassen hat, weil ich sie bestraft habe … weil ich zu weit gegangen bin. Aber sie hat es zugelassen. Sie hat mich nicht aufgehalten. Sie hat es zugelassen, weil sie mich *liebt*. Der Gedanke ist entsetzlich, und ich verdränge ihn sofort. Das kann sie nicht. Niemand kann so für mich empfinden. Nicht, wenn man mich kennt.

Mach weiter, Grey. Konzentrier dich.

Wo ist der verdammte Klebstoff? Ich lege die Ohrringe zurück in die Schublade und suche weiter.

Nichts.

Ich klingle nach Taylor.

»Mr. Grey?«

»Ich brauche einen Modellbauklebstoff.«

Er hält einen Moment inne. »Für welche Art von Modell, Sir?«

»Ein Segelflugzeugmodell.«

»Balsaholz oder Plastik?«

»Plastik.«

»Ich habe welchen. Ich werde ihn holen, Sir.«

Ich bedanke mich bei ihm, ein bisschen erstaunt, dass er Modellbauklebstoff hat. Kurz darauf klopft er an die Tür.

»Herein.«

Er betritt mein Büro und legt einen kleinen Plastikbehälter auf meinen Schreibtisch. Er verlässt den Raum nicht, und so bleibt mir nichts anderes übrig, als ihn zu fragen.

»Warum haben Sie den?«

»Ich baue ab und zu ein Flugzeug.« Sein Gesicht wird rot.

»Ach ja?« Meine Neugier ist geweckt.

»Das Fliegen war meine erste Liebe, Sir.«

Ich verstehe nicht.

»Farbenblind«, erklärt er schlicht.

»Stattdessen sind Sie ein Marine geworden?«

»Ja, Sir.«

»Vielen Dank dafür.«

»Kein Problem, Mr. Grey. Haben Sie gegessen?«

Seine Frage überrascht mich.

»Ich habe keinen Hunger, Taylor. Bitte genießen Sie den Nachmittag mit Ihrer Tochter, ich sehe Sie dann morgen wieder.«

Er hält plötzlich beim Hinausgehen inne, was mich ärgert. Geh.

»Alles in Ordnung.« *Himmel*, meine Stimme klingt erstickt.

»Sir.« Er nickt. »Ich bin morgen Abend wieder da.«

Ich nicke ihm ebenfalls rasch zu, und er ist fort.

Wann hat mir Taylor zum letzten Mal etwas zu essen angeboten? Ich muss ziemlich fertig aussehen. Übel gelaunt greife ich nach dem Klebstoff.

Der Segelflieger liegt auf meiner Hand. Ich bewundere ihn im Bewusstsein, etwas vollbracht zu haben; Erinnerungen an diesen Flug tauchen in mir auf. Anastasia war kaum wach zu bekommen – ich lächle, als ich daran denke –, und einmal in der Luft, war sie entwaffnend und schön und lustig. Meine Güte, was war das für ein Spaß: ihre mädchenhafte Aufregung, das Kichern und hinterher unser Kuss.

Es war mein erster Versuch, »mehr« zu erhalten. Es ist außergewöhnlich, dass ich in so kurzer Zeit so viel Glückliches erlebt habe.

Der Schmerz kommt wieder hoch, nagend, verletzend, er erinnert mich an alles, was ich verloren habe.

Konzentrier dich auf das Segelflugzeug, Grey.

Jetzt muss ich die Abziehbilder aufkleben, knifflige, kleine Dinger.

Endlich ist es vollbracht. Mein Segelflugzeug hat ein eigenes Luftfahrzeugkennzeichen. November. Neun. Fünf. Zwei. Echo. Charlie.

Echo Charlie.

Ich schaue auf, und es dämmert. Es ist spät. Mein erster Gedanke ist, dass ich Ana das hier zeigen kann.

Es gibt keine Ana mehr.

Ich beiße die Zähne zusammen und straffe meine steifen Schultern. Langsam stehe ich auf, und mir wird klar, dass ich den ganzen Tag weder etwas gegessen noch getrunken habe, außerdem dröhnt mein Kopf.

Ich fühle mich total beschissen.

Ich schaue auf mein Handy, in der Hoffnung, dass sie angerufen hat, aber da ist nur eine SMS von Andrea.

Gala abgesagt.
Hoffe, alles ist okay.
A

Während ich Andreas SMS lese, klingelt mein Telefon. Mein Herz fängt sofort an zu rasen, was sich aber ändert, als ich sehe, dass es Elena ist.

»Hallo.« Ich bemühe mich erst gar nicht, meine Enttäuschung zu verbergen.

»Christian, was ist das für eine Begrüßung? Was ist los?«, schimpft sie, aber ihre Stimme klingt fröhlich.

Ich schaue aus dem Fenster. Dämmerung über Seattle. Ich frage mich, was Ana jetzt wohl tut. Ich will Elena nicht erzählen, was geschehen ist, ich will die Worte nicht laut aussprechen und sie Wirklichkeit werden lassen.

»Christian? Was ist? Sag schon.« Ihr Tonfall verändert sich, wird barsch.

»Sie hat mich verlassen«, sage ich leise.

»Oh.« Elena wirkt überrascht. »Soll ich vorbeikommen?«

»Nein.«

Sie holt tief Luft. »Dieses Leben gefällt nicht jedem.«

»Ich weiß.«

»Verdammt, Christian, du klingst beschissen. Willst du zum Abendessen ausgehen?«

»Nein.«

»Ich komme zu dir.«

»Nein, Elena. Ich bin kein guter Gesellschafter. Ich bin müde und will allein sein. Nächste Woche rufe ich dich an.«

»Christian ... es ist so am besten.«

»Ich weiß.«

Ich lege auf. Ich will nicht mit ihr reden, sie hatte mich dazu ermutigt, nach Savannah zu fliegen. Vielleicht wusste sie, dass dieser Tag kommen würde. Finster sehe ich das Telefon an, werfe es auf meinen Schreibtisch, dann mache ich mich auf die Suche nach etwas Essbarem.

Ausgiebig betrachte ich den Inhalt meines Kühlschranks.

Nichts spricht mich an.

Im Küchenschrank finde ich eine Tüte mit Brezeln. Ich öffne die Verpackung und esse eine nach der anderen, während ich ans Fenster gehe. Draußen ist es Nacht geworden; Lichter funkeln im strömenden Regen. Die Welt macht weiter.

Mach weiter, Grey.

Mach weiter.

SONNTAG, 5. JUNI 2011

Ich schaue an die Zimmerdecke. Ich kann nicht schlafen. Anas Duft quält mich, er hängt noch in meiner Bettwäsche. Ich ziehe das Kissen über mein Gesicht, um ihren Duft einzuatmen. Es ist Folter, es ist himmlisch, und einen Augenblick lang denke ich an einen Tod durch Ersticken.

Reiß dich zusammen, Grey.

Ich gehe die Ereignisse des Morgens noch einmal durch. Hätte es irgendwie anders laufen können? Ich mache so etwas eigentlich aus Prinzip nicht, weil es eine Verschwendung von Energie ist, aber heute suche ich nach Indizien dafür, was ich falsch gemacht habe. Und egal, wie ich es betrachte, tief im Innersten weiß ich, dass wir diese Sackgasse irgendwann sowieso erreicht hätten, ob nun an diesem Morgen oder in einer Woche oder einem Monat oder einem Jahr. Besser, es ist jetzt geschehen, bevor ich Anastasia noch weiter verletzt habe.

Ich denke an sie, sehe sie in ihr kleines weißes Bett gekuschelt. Ich kann sie mir nicht in ihrer neuen Wohnung vorstellen, ich bin nie dort gewesen, aber ich stelle sie mir in diesem Zimmer in Vancouver vor, wo ich einmal mit ihr geschlafen habe. Ich schüttle den Kopf, so gut wie dort habe ich seit Jahren nicht geschlafen. Der Radiowecker zeigt 2:00 Uhr an. Seit zwei Stunden liege ich hier, meine Gedanken rasen. Ich atme tief ein, inhaliere noch einmal ihren Duft und schließe die Augen.

Mommy sieht mich nicht. Ich stehe vor ihr. Sie sieht mich nicht. Sie schläft mit offenen Augen. Oder ist krank.

Ich höre etwas rasseln. Seine Schlüssel. Er ist wieder da.

Ich renne und verstecke mich, mache mich ganz klein unter dem Küchentisch. Meine Autos sind hier bei mir.

Peng. Die Tür knallt zu, ich zucke zusammen.

Durch meine Finger sehe ich Mommy. Sie dreht sich zu ihm um. Dann schläft sie auf der Couch. Er trägt seine schweren Stiefel mit den glänzenden Schnallen und steht vor Mommy und schreit. Er schlägt Mommy mit einem Gürtel.

Steh auf! Steh auf! Du bist eine abgefuckte Schlampe. Du bist eine abgefuckte Schlampe.

Mommy macht ein Geräusch. Ein wimmerndes Geräusch.

Hör auf. Hör auf, Mommy zu schlagen. Hör auf, Mommy zu schlagen.

Ich laufe auf ihn zu und schlage ihn und schlage ihn und schlage ihn. Aber er lacht und knallt mir eine Ohrfeige.

Nein! Mommy schreit.

Du bist eine abgefuckte Schlampe.

Mommy macht sich klein. So klein, wie ich bin. Und dann ist sie still.

Du bist eine abgefuckte Schlampe. Du bist eine abgefuckte Schlampe. Du bist eine abgefuckte Schlampe.

Ich hocke unter dem Tisch. Ich habe mir die Finger in die Ohren gesteckt und die Augen geschlossen. Das Geräusch hört auf. Er dreht sich um, und ich sehe seine Stiefel, als er in die Küche stapft. Er trägt den Gürtel, schlägt ihn gegen sein Bein. Er sucht nach mir. Er bückt sich und grinst. Er stinkt. Nach Rauch und Alkohol und schlechten Gerüchen.

Da bist du ja, du kleiner Scheißer.

Ein schauriges Heulen weckt mich. Ich bin nassgeschwitzt, und mein Herz pocht. Kerzengerade sitze ich im Bett.

Verflucht!

Das unheimliche Geräusch kam von mir.

Ich atme zur Beruhigung tief ein, versuche die Erinnerung an Körpergeruch, billigen Bourbon und abgestandenen Camel-Zigarettenrauch zu verdrängen.

Du bist ein komplett abgefuckter Dreckskerl.

Anas Worte klingen in meinem Kopf.

Wie seine.

Scheiße.

Ich konnte der Cracknutte nicht helfen.

Ich habe es versucht. Mein Gott, ich habe es versucht.

Da bist du ja, du kleiner Scheißer.

Aber ich konnte Ana helfen.

Ich habe sie gehen lassen.

Ich musste sie gehen lassen.

Sie braucht all diesen Mist nicht.

Ich werfe einen Blick auf die Uhr, es ist 3:30 Uhr. Ich gehe in die Küche, trinke ein großes Glas Wasser und mache mich auf den Weg zum Klavier.

Ruckartig wache ich erneut auf, draußen ist es hell, frühes Morgenlicht erfüllt das Zimmer. Ich habe von Ana geträumt: Ana, die mich küsst, ihre Zunge ist in meinem Mund, meine Finger sind in ihren Haaren, ich drücke ihren wunderbaren Körper an mich, ihre Hände sind über ihrem Kopf zusammengebunden.

Wo ist sie?

Einen süßen Augenblick lang vergesse ich alles, was gestern geschehen ist, dann fällt es mir wieder ein.

Sie ist weg.

Fuck.

Der Beweis meines Verlangens drückt in die Matratze, aber die Erinnerung an ihre strahlenden Augen, verschleiert von Verletzung und Erniedrigung, löst das Problem rasch.

Ich fühle mich mies, liege auf dem Rücken und starre an die Decke, die Hände hinterm Kopf. Der Tag liegt vor mir, und zum ersten Mal seit Jahren weiß ich nichts mit mir anzufangen. Ich schaue ein weiteres Mal auf die Uhr: 5:58.

Verdammt, ich kann genauso gut laufen gehen.

Prokofjews *Romeo und Julia* dröhnt in meinen Ohren, während ich in der frühmorgendlichen Stille über den Bürgersteig der Fourth Avenue laufe. Mir tut alles weh, meine Lunge platzt, mein Kopf pocht, und der dumpfe Schmerz des Verlusts nagt an mir. Ich kann diesem Schmerz nicht davonlaufen, obwohl ich es versuche. Ich bleibe stehen, um die Musik zu wechseln und kostbare Luft in meine Lunge zu pumpen. Ich will etwas ... Brutales. »Pump It« von den Black Eyed Peas, yeah. Ich passe mein Tempo an.

Ich laufe die Vine Street hinunter, und ich weiß, dass es verrückt ist, aber ich hoffe, sie zu sehen. Als ich mich ihrer Straße nähere, rast mein Herz noch mehr. Ich will sie nicht unbedingt sehen, ich will nur überprüfen, dass es ihr gut geht. Nein, das stimmt nicht. Ich will sie sehen. Als ich endlich in ihrer Straße bin, laufe ich an ihrem Mietshaus vorbei.

Alles ist ruhig, eine Klapperkiste fährt langsam die Straße hoch, zwei Hundebesitzer gehen Gassi, aber aus ihrer Wohnung dringt kein Lebenszeichen. Ich überquere die Straße, bleibe auf dem Bürgersteig gegenüber stehen, um Atem zu holen.

Die Vorhänge in einem Zimmer sind zugezogen, die anderen offen. Vielleicht ist das ihr Zimmer. Vielleicht schläft sie nur, falls sie überhaupt dort ist. Ein Albtraumszenario drängt sich mir auf: Sie ist gestern Abend ausgegangen, hat getrunken, jemanden kennengelernt ...

Nein.

Galle steigt mir den Rachen hoch. Der Gedanke an ihren Körper in den Händen von jemand anderem, einem Arschloch, das sich in der Wärme ihres Lächelns sonnt, sie zum Kichern bringt, zum Lachen, zum Kommen, ist unerträglich. Ich brauche all meine Selbstkontrolle, um nicht durch die Tür ihrer Wohnung zu stürmen, um nachzusehen, dass sie da ist – und zwar allein.

Das hast du dir selbst zuzuschreiben, Grey.

Vergiss sie. Sie ist nichts für dich.

Ich ziehe meine Seahawks-Kappe tief ins Gesicht und sprinte die Western Avenue entlang.

Meine Eifersucht ist qualvoll und zornig, sie füllt das gähnende Loch. Ich hasse sie, sie weckt etwas in meiner Psyche, das ich wirklich nicht näher betrachten will. Ich renne schneller, weg von dieser Erinnerung, weg vom Schmerz, weg von Anastasia Steele.

Dämmerung liegt über Seattle. Ich stehe auf und strecke mich. Ich saß den ganzen Tag an meinem Schreibtisch im Büro, und es war produktiv. Ros hat auch hart gearbeitet. Sie ist vorbereitet und hat mir einen ersten Geschäftsplan und einen Vorvertrag für SIP geschickt.

Wenigstens werde ich Ana im Auge behalten können.

Der Gedanke ist gleichermaßen schmerzhaft wie verlockend.

Ich habe zwei Patentanmeldungen gelesen und kommentiert, ein paar Verträge durchgesehen und einen neuen Designentwurf beurteilt, und während ich mich in diesen Details verloren habe, habe ich nicht an sie gedacht. Das kleine Segelflugzeug steht immer noch auf meinem Schreibtisch, verhöhnt mich, erinnert mich an glücklichere Zeiten, wie sie es gesagt hat. Ich stelle sie mir vor, wie sie in der Tür zu meinem Büro steht, eines meiner T-Shirts trägt, lange Beine und blaue Augen, kurz bevor sie mich verführt hat.

Noch eine Premiere.

Ich vermisse sie.

Da, bitte – ich gebe es zu. Ich schaue auf mein Handy, hoffe vergeblich, und in diesem Moment entdecke ich eine SMS von Elliot.

Bier, Superman?

Ich antworte:

Nein. Hab zu tun.

Elliots Antwort erfolgt sofort.

Dann scheiß auf dich.

Ja. Scheiß auf mich.

Nichts von Ana: kein verpasster Anruf. Keine Mail. Der nagende Schmerz in mir wird stärker. Sie wird nicht anrufen. Sie wollte weg. Sie wollte weg von mir, und ich kann es ihr nicht vorwerfen.

Es ist so zum Besten.

Ich gehe für einen Tapetenwechsel in die Küche.

Gail ist da. Die Küche ist geputzt, und auf dem Herd köchelt etwas in einem Topf. Riecht gut … aber ich habe keinen Hunger. Sie kommt herein, während ich nachsehe, was da kocht.

»Guten Abend, Sir.«

»Gail.«

Sie bleibt stehen, von irgendetwas überrascht. Überrascht von mir? *Mist, ich muss schrecklich aussehen.*

»Huhn Chasseur?«, fragt sie unsicher.

»Gern«, antworte ich.

»Für zwei?«, fragt sie.

Ich starre sie an, und sie sieht verlegen aus.

»Für eine Person.«

»Zehn Minuten?«, sagt sie, ihre Stimme zittert.

»Gut.« Meine Stimme ist kalt.

Ich drehe mich um, um die Küche zu verlassen.

»Mr. Grey?« Sie hält mich auf.

»Was ist, Gail?«

»Nichts. Entschuldigen Sie die Störung.« Sie wendet sich dem Herd zu, um sich dem Huhn zu widmen, und ich gehe, um noch einmal zu duschen.

Mein Gott, sogar meine Angestellten haben bemerkt, dass etwas faul ist im verdammten Staate Dänemark.

MONTAG, 6. JUNI 2011

Ich habe Angst, ins Bett zu gehen. Es ist nach Mitternacht, und ich bin müde, aber ich sitze an meinem Klavier und spiele wieder und wieder das Marcello-Stück von Bach. Ich erinnere mich an ihren Kopf auf meiner Schulter, ich kann ihren süßen Duft fast riechen.

Verflucht, sie hat gesagt, sie will es versuchen!

Ich höre auf zu spielen und lege meinen Kopf in beide Hände, meine Ellbogen hämmern zwei disharmonische Akkorde, als ich mich auf die Tasten stütze. Sie hat gesagt, sie würde es versuchen, aber sie hat bei der ersten Hürde aufgegeben.

Dann ist sie weggelaufen.

Warum habe ich sie so fest geschlagen?

Tief drinnen kenne ich die Antwort: Weil sie mich darum gebeten hat und ich zu übermütig und zu egoistisch war, um der Versuchung zu widerstehen. Von ihrer Herausforderung verführt, habe ich die Gelegenheit ergriffen, uns weiter dorthin zu führen, wo ich uns haben wollte. Und sie hat die Safewords nicht gesagt, und ich habe sie mehr verletzt, als sie ertragen konnte, wo ich doch versprochen hatte, das nie zu tun.

Was für ein bescheuerter Narr ich doch bin.

Wie sollte sie mir danach noch vertrauen. Es ist richtig, dass sie weg ist.

Warum zur Hölle wollte sie überhaupt mit mir zusammen sein?

Ich überlege, mich zu betrinken. Ich habe nicht mehr getrunken, seit ich fünfzehn war, na ja, einmal noch, mit einundzwanzig. Ich verabscheue den Kontrollverlust: Ich weiß, was Alkohol aus einem Mann machen kann. Ich schüttle mich, zwinge mein Gedächtnis, diese Erinnerungen auszublenden, und beschließe, ins Bett zu gehen.

Im Bett bete ich für einen traumlosen Schlaf ... aber wenn ich träumen sollte, dann will ich von ihr träumen.

Mommy sieht heute hübsch aus. Sie setzt sich hin und lässt mich ihre Haare kämmen. Sie schaut mich im Spiegel an und lächelt ihr besonderes Lächeln. Ihr besonderes Lächeln für mich. Ein lautes Geräusch. Ein Knall. Nein! *Scheiße, wo bist du, Schlampe? Hier ist ein Kumpel, der was braucht. Ein Kumpel mit Kohle.* Mommy steht auf, nimmt meine Hand und schiebt mich in ihren Schrank. Ich sitze auf ihren Schuhen und versuche, leise zu sein. Ich bedecke meine Ohren und kneife die Augen fest zu. Die Kleider riechen nach Mommy. Ich mag den Geruch. Ich bin gern hier. Weg von ihm. Er brüllt. *Wo ist der kleine Scheißzwerg?* Er hat meine Haare gepackt und zerrt mich aus dem Schrank. *Ich will nicht, dass du die Party ruinierst, du kleiner Scheißer.* Er schlägt Mommy fest ins Gesicht. *Mach's meinem Kumpel gut, dann kriegst du deine Ladung, Schlampe.* Mommy sieht mich an und hat Tränen in den Augen. Nicht weinen, Mommy. Ein anderer Mann kommt ins Zimmer. Ein großer Mann mit schmutzigen Haaren. Der große Mann lächelt Mommy an. Ich werde ins andere Zimmer gezogen. Er stößt mich auf den Boden, und ich tue mir an den Knien weh. *Was soll ich jetzt mit dir machen, du Stück Scheiße?* Er stinkt. Er riecht nach Bier und raucht eine Zigarette.

Ich wache auf. Mein Herz hämmert, als wäre ich vierzig Blocks gerannt, gejagt von Höllenhunden. Ich springe aus dem Bett, verdränge den Albtraum in die hintersten Ecken meines Bewusstseins. Schnell gehe ich in die Küche, um mir ein Glas Wasser zu holen. Ich muss Flynn sprechen. Die Albträume sind schlimmer denn je. Ich hatte keine Albträume, als Ana neben mir schlief.

Verdammt!

Es ist mir nie in den Sinn gekommen, neben einer meiner Subs zu schlafen. Also, ich habe nie das Bedürfnis gehabt. Hatte ich Angst, sie könnten mich nachts berühren? Ich weiß es nicht. Es brauchte eine betrunkene Unschuldige, um mir zu zeigen, wie friedlich das sein kann.

Ich habe früher meinen Subs wohl beim Schlafen zugesehen, aber das war immer ein Vorspiel, um sie dann für unsere Spiele zu wecken.

Ich erinnere mich daran, Ana stundenlang angesehen zu haben, als sie im Heathman schlief. Je länger ich sie betrachtete, umso schöner wurde sie: Ihre makellose Haut glänzte im sanften Licht, ihre dunklen Haare lagen ausgebreitet auf dem weißen Kissen, und ihre Wimpern zuckten im Schlaf. Ihre Lippen waren leicht geöffnet, sodass ich ihre Zähne sehen konnte und ihre Zunge, wenn sie ihre Lippen leckte. Es war eine sehr erregende Erfahrung, sie einfach nur zu beobachten. Und wenn ich mich endlich neben sie legte, hörte ich ihrem gleichmäßigen Atmen zu, nahm wahr, wie sich ihre Brust mit jedem Atemzug hob und senkte. Ich schlief gut … so gut.

Ich gehe in mein Büro und hole das Segelflugzeug. Sein Anblick bringt mich zum Lächeln und tröstet mich. Ich fühle mich sowohl stolz, es zusammengebastelt zu haben, als auch lächerlich, und zwar für das, was ich jetzt tun werde. Es war ihr letztes Geschenk an mich. Ihr erstes Geschenk war … was?

Natürlich. *Sie selbst.*

Sie hat sich meinen Bedürfnissen geopfert. Meinem Begehren. Meiner Lust. Meinem Ego … meinem beschissenen, gestörten Ego.

Verdammt, wird dieser Schmerz je aufhören?

Ich fühle mich ein bisschen albern, als ich den Segelflieger mit ins Bett nehme.

»Was hätten Sie gern zum Frühstück, Sir?«

»Nur Kaffee, Gail.«

Sie zögert. »Sir, Sie haben nichts zu Abend gegessen.«

»Und?«

»Vielleicht brüten Sie was aus.«

»Gail, einfach nur Kaffee. Bitte.« Ich bringe sie zum Schweigen, das hier geht sie nichts an. Mit schmalen Lippen nickt sie und dreht sich zur Gaggia-Maschine um. Ich gehe ins Büro, um meine Papiere zu holen und nach einem gepolsterten Umschlag zu suchen.

Ich rufe Ros aus dem Wagen an.

»Großartige Arbeit an dem SIP-Material, aber der Businessplan braucht noch einige Korrekturen. Lassen Sie uns ein Angebot abgeben.«

»Christian, das geht aber sehr schnell.«

»Ich will es rasch erledigen. Ich habe Ihnen meine Preisvorstellung gemailt. Ab halb acht werde ich im Büro sein. Treffen wir uns dort.«

»Sind Sie sich ganz sicher?«

»Ich bin sicher.«

»Okay. Ich rufe Andrea wegen der Termine an. Ich habe die Vergleichsdaten von Detroit und Savannah.«

»Fazit?«

»Detroit.«

»Aha.«

Mist ... nicht Savannah.

»Wir reden später.« Ich lege auf.

Ich grüble im Fond des Audi, während Taylor durch den Verkehrt rast. Ich frage mich, wie Anastasia an diesem Morgen zur Arbeit kommt. Vielleicht hat sie gestern ein Auto gekauft, obwohl ich das irgendwie bezweifle. Ich frage mich, ob sie sich genauso elend fühlt wie ich ... ich hoffe nicht. Vielleicht ist ihr klar geworden, dass das mit mir nur eine lächerliche Verliebtheit war.

Sie kann mich nicht lieben.

Und jetzt ganz sicher nicht mehr, nicht nach allem, was ich ihr angetan habe. Niemand hat mir je gesagt, dass er mich liebt, außer Mom und Dad natürlich, aber selbst das geschah aus ihrem Pflichtgefühl heraus. Flynns quälende Worte über die bedingungslose Elternliebe – selbst für Adoptivkinder – klingen in meinem

Kopf nach. Aber das hat mich nie überzeugt, ich war für sie nur eine Enttäuschung.

»Mr. Grey?«

»Entschuldigung, was ist?« Taylor hält die Autotür auf, wartet mit einem besorgten Blick.

»Wir sind da, Sir.«

Scheiße … Wie lange sind wir schon hier? »Danke, ich werde Ihnen noch Bescheid sagen, um wie viel Uhr ich Sie heute Abend brauche.«

Konzentrier dich, Grey.

Andrea und Olivia schauen beide auf, als ich aus dem Aufzug komme. Olivia klimpert mal wieder mit den Wimpern und streicht eine Haarsträhne hinters Ohr. *Gott, ich habe genug von diesem albernen Mädchen.* Das Personalbüro muss sie in eine andere Abteilung versetzen.

»Kaffee bitte, Olivia, und besorg mir ein Croissant.« Sie springt auf, um meinen Anweisungen zu folgen.

»Andrea, hol mir Welch, Barney, dann Flynn und Claude Bastille ans Telefon. Ich will nicht gestört werden, nicht mal von meiner Mutter … es sei denn … es sei denn … Anastasia Steele ruft an. Okay?«

»Ja, Sir. Möchten Sie jetzt Ihren Terminkalender durchgehen?«

»Nein. Vorher brauche ich Kaffee und etwas zu essen.« Ich sehe finster zu Olivia, die im Schneckentempo in Richtung Aufzug geht.

»Ja, Mr. Grey«, ruft Andrea hinter mir her, als ich die Tür zu meinem Büro öffne.

Aus der Aktentasche nehme ich den gepolsterten Umschlag, in dem mein wertvollster Besitz steckt: der Segelflieger. Ich stelle ihn auf meinen Schreibtisch, und meine Gedanken wandern augenblicklich zu Miss Steele.

Sie wird heute ihren neuen Job anfangen, neue Leute kennenlernen … neue Männer. Der Gedanke ist deprimierend. Sie wird mich vergessen.

Nein, sie wird mich nicht vergessen. Frauen erinnern sich doch immer an den ersten Mann, mit dem sie gevögelt haben, oder? Ich werde stets einen Platz in ihrer Erinnerung haben, allein deswegen. Aber ich will keine Erinnerung sein: Ich will in ihren Gedanken bleiben. Ich muss in ihren Gedanken bleiben. Was kann ich tun?

Es klopft an der Tür, und Andrea erscheint. »Kaffee und Croissants für Sie, Mr. Grey.«

»Kommen Sie rein.«

Während sie zu meinem Schreibtisch geht, fällt ihr Blick auf das Segelflugzeug, aber sie hält klugerweise den Mund. Sie stellt das Frühstück auf meinen Schreibtisch.

Schwarzer Kaffee. *Gut gemacht, Andrea.* »Danke.«

»Ich habe Nachrichten für Welch, Barney und Bastille hinterlassen. Flynn ruft in fünf Minuten zurück.«

»Gut. Ich möchte, dass Sie alle gesellschaftlichen Termine diese Woche absagen. Keine Mittagessen, nichts am Abend. Dringend muss ich Barney sprechen. Und suchen Sie die Nummer eines guten Floristen raus.«

Sie schreibt hektisch auf ihrem Notizblock mit.

»Sir, wir arbeiten mit Arcadia's Roses. Soll ich in Ihrem Auftrag Blumen verschicken?«

»Nein, geben Sie mir die Nummer. Ich werde es selbst tun. Das ist dann alles.«

Sie nickt und geht sofort, als könne sie nicht schnell genug aus meinem Büro kommen. Ein paar Augenblicke später klingelt das Telefon. Es ist Barney.

»Barney, du musst mir einen Ständer für ein Segelfliegermodell bauen.«

Zwischen den Meetings rufe ich beim Floristen an und bestelle zwei Dutzend weiße Rosen für Ana, die heute Abend zu ihr nach Hause geliefert werden sollen. So werden sie sie nicht auf der Arbeit in Verlegenheit bringen oder stören.

Und sie wird mich nicht vergessen können.

»Möchten Sie mit den Blumen eine Nachricht schicken, Sir?«, fragt die Floristin.

Eine Nachricht an Ana?

Was soll ich sagen?

Komm zurück. Es tut mir leid. Ich werde dich nicht wieder schlagen.

Die Worte fallen mir ungebeten ein, ich runzle die Stirn.

»Ähm … etwas wie ›Gratuliere zum ersten Arbeitstag. Ich hoffe, alles ist gut gelaufen.‹« Mein Blick fällt auf den Segelflieger auf meinem Schreibtisch. »›Danke für den Segelflieger. Das war sehr aufmerksam. Er hat einen Ehrenplatz auf meinem Schreibtisch. Christian.‹«

Die Floristin liest es mir noch einmal vor.

Verdammt, es drückt überhaupt nicht das aus, was ich ihr sagen möchte.

»Ist das alles, Mr. Grey?«

»Ja. Danke schön.«

»Sehr gerne, Sir, Ihnen noch einen schönen Tag.«

Ich werfe einen vernichtenden Blick auf das Telefon. *Schöner Tag, dass ich nicht lache.*

»Hey, Mann, was ist denn mit dir los?« Claude erhebt sich vom Boden, ich habe ihn gerade auf sein schmales, fieses Hinterteil befördert. »Du stehst heute Nachmittag unter Feuer, Grey.« Er erhebt sich mit der Eleganz einer großen Katze, die ihre Beute noch einmal betrachtet. Wir trainieren allein im Fitnessraum von Grey House.

»Ich bin genervt«, zische ich.

Sein Gesichtsausdruck bleibt unbeeindruckt, während wir einander umkreisen.

»Keine gute Idee, den Ring zu betreten, wenn deine Gedanken woanders sind«, sagt Claude jetzt amüsiert, aber ohne den Blick von mir zu wenden.

»Ich finde, es hilft.«

»Mehr nach links. Schütze deine Rechte. Die Hand hoch, Grey.«

Er holt aus und trifft mich an der Schulter; ich verliere fast das Gleichgewicht.

»Konzentrier dich, Grey. Kein Vorstandsmüll hier drinnen. Oder ist es ein Mädchen? Ein schöner Hintern, der dich aus der Fassung bringt?« Er grinst höhnisch, reizt mich. Es funktioniert. Ich kicke ihn in die Seite und verpasse ihm einen, dann zwei Fausthiebe, und er stolpert mit fliegenden Dreadlocks zurück.

»Kümmere dich um deinen eigenen Scheißkram, Bastille.«

»Wow, wir haben die Quelle des Übels gefunden«, brüstet sich Claude triumphierend. Er holt plötzlich aus, aber ich komme ihm zuvor und blocke ihn ab, ein Boxhieb nach oben und ein schneller Tritt. Dieses Mal springt er beeindruckt zurück.

»Welche Scheiße auch immer in deiner privilegierten, kleinen Welt passiert, Grey, es klappt. Mach weiter.«

Oh, er wird k. o. gehen. Ich stürze mich auf ihn.

Auf dem Nachhauseweg ist nicht viel Verkehr.

»Taylor, könnten wir einen Umweg fahren?«

»Wohin, Sir?«

»Könnten Sie an Miss Steeles Wohnung vorbeifahren?«

»Ja, Sir.«

Ich habe mich an diesen Schmerz gewöhnt. Er scheint immer präsent zu sein wie ein Tinnitus. In den Meetings ist er gedämpft, weniger aufdringlich, nur wenn ich mit meinen Gedanken allein bin, flammt er auf und brennt in mir. Wie lange wird das dauern?

Als wir uns ihrer Wohnung nähern, beschleunigt sich mein Herzschlag.

Vielleicht werde ich sie sehen.

Die Möglichkeit ist aufregend und verstörend. Und mir wird klar, dass ich an nichts anderes als an sie gedacht habe, seit sie weg ist. Ihre Abwesenheit ist mein ständiger Begleiter.

»Fahren Sie langsam«, weise ich Taylor an, als wir uns dem Gebäude nähern.

Das Licht ist an.

Sie ist zu Hause!

Ich hoffe, sie ist allein und vermisst mich.

Hat sie meine Blumen bekommen?

Ich möchte mein Handy kontrollieren, ob sie eine SMS geschickt hat, aber ich kann meinen Blick nicht von ihrer Wohnung abwenden: Ich will nicht verpassen, sie zu sehen. Geht es ihr gut? Denkt sie an mich? Ich frage mich, wie ihr erster Arbeitstag verlief.

»Noch mal, Sir?«, fragt Taylor, als die Wohnung nicht mehr zu sehen ist.

»Nein.« Ich atme aus, mir war gar nicht bewusst, dass ich den Atem angehalten hatte. Während wir zurück zum Escala fahren, gehe ich meine Mails und SMS durch, hoffe auf etwas von ihr … aber da ist nichts. Es gibt eine SMS von Elena.

Alles okay?

Ich ignoriere sie.

Es ist still in meiner Wohnung, das ist mir vorher nie aufgefallen. Anastasias Abwesenheit hat die Stille verstärkt.

Ich nippe an einem Cognac, spaziere lustlos in meine Bibliothek. Es ist eine Ironie der Geschichte, dass ich ihr diesen Raum nie gezeigt habe, trotz ihrer Liebe zur Literatur. Ich erwarte, dass ich hier ein bisschen Trost finde, weil ich keine Erinnerungen an uns in diesem Raum habe. Nachdenklich betrachte ich meine Bücher, die alle ordentlich aufgereiht und katalogisiert sind, dann wandert mein Blick zum Billardtisch. Spielt sie Billard? Ich vermute nicht.

Ich sehe sie ausgebreitet auf dem grünen Filz vor mir. Hier drin gibt es vielleicht keine Erinnerungen, aber mein Geist ist mehr als fähig und mehr als willig, lebhafte erotische Bilder der hübschen Miss Steele zu erzeugen.

Ich ertrage es nicht.

Ich nehme noch einen Schluck Cognac und verlasse die Bibliothek.

DIENSTAG, 7. JUNI 2011

Wir ficken. Ficken hart. An der Badezimmertür. Sie gehört mir. Ich vergrabe mich in ihr, wieder und wieder. Koste sie voll aus, ihre Berührung, ihren Duft, ihren Geschmack. Balle meine Faust in ihren Haaren, halte sie fest. Halte ihren Arsch. Ihre Beine um meine Taille geschlungen. Sie kann sich nicht bewegen, sie wird von mir festgehalten. Um mich geschlungen wie Seide. Ihre Hände zerren an meinen Haaren. O ja. Ich bin zu Hause, sie ist zu Hause. Hier will ich sein … in ihr …

Sie. Gehört. Mir. Ihre Muskeln spannen sich an, als sie kommt, umklammern mich, ihr Kopf ist nach hinten geneigt. Komm für mich! Sie schreit auf, und ich folge … o ja, meine süße, süße Anastasia. Sie lächelt verschlafen, satt und – o – so sexy. Sie steht da und schaut mich an, dieses verspielte Lächeln auf den Lippen, dann drückt sie mich weg, sagt nichts. Ich packe sie, und wir sind im Spielzimmer. Ich halte sie über der Bank fest. Ich hebe meinen Arm, um sie zu bestrafen, den Gürtel in der Hand … und sie verschwindet. Sie ist an der Tür. Ihr Gesicht weiß, geschockt und traurig, und sie gleitet schweigend davon … Die Tür ist verschwunden, und sie bleibt nicht stehen. Sie streckt bittend die Hände aus. *Komm mit*, flüstert sie, aber sie entfernt sich, wird blasser … verlöscht vor meinen Augen … verschwindet … sie ist weg. *Nein!* Ich schreie. *Nein!* Aber ich habe keine Stimme. Ich habe nichts. Ich bin stumm. Wieder … stumm.

Ich wache verwirrt auf.

Scheiße – es war ein Traum. Noch ein lebhafter Traum.

Aber anders.

609

Verdammt! Ich bin total nass. Kurz spüre ich dieses lang vergessene, aber bekannte Gefühl aus Angst und Erregung, aber ich gehöre Elena nicht mehr.

Herr im Himmel, ich bin olympiareif gekommen.

Das ist mir nicht mehr passiert, seit ich, keine Ahnung, fünfzehn, sechzehn war. Ich liege in der Dunkelheit und ekle mich vor
mir selbst. Ich ziehe mein T-Shirt aus und wische mich ab. Überall
ist Sperma. Trotz des dumpfen Verlustschmerzes grinse ich unwillkürlich. Der erotische Traum war es wert. Der Rest … verdammte
Scheiße. Ich drehe mich um und schlafe weiter.

Er ist weg. Mommy sitzt auf der Couch. Sie ist still. Sie sieht an
die Wand und blinzelt ab und zu. Ich stehe vor ihr, aber sie sieht
mich nicht. Ich winke, und sie sieht mich, aber sie scheucht
mich weg. Nein, nicht jetzt, Süßer. Er tut Mommy weh. Er tut
mir weh. Ich hasse ihn. Er macht mich so wütend. Es ist am
besten, wenn ich mit Mommy allein bin. Dann gehört sie mir.
Meine Mommy. Mein Bauch tut weh. Er ist wieder hungrig.
Ich bin in der Küche, suche nach Keksen. Ich ziehe den Stuhl
an den Schrank und klettere hinauf. Ich finde eine Schachtel Cracker. Das ist das Einzige im Schrank. Ich setze mich auf
den Stuhl und öffne die Schachtel. Es sind noch zwei übrig. Ich
esse sie. Sie schmecken gut. Ich höre ihn. Er ist wieder da. Ich
springe hinunter, renne in mein Zimmer und gehe ins Bett. Ich
tue so, als schlafe ich. Er stupst mich mit seinem Finger. *Bleib
hier, du kleiner Scheißer. Ich werde deine Nuttenmutter ficken. Ich
will dein hässliches Kackgesicht heute Abend nicht mehr sehen. Verstanden?* Er schlägt mir ins Gesicht, als ich nicht antworte. *Sonst
gibt's Feuer, du kleiner Scheißer.* Nein. Nein. Das mag ich nicht.
Ich mag das Feuer nicht. Es tut weh. *Verstanden, Hirni?* Ich
weiß, dass er will, dass ich weine. Aber es ist schwer. Ich kann
das Geräusch nicht machen. Er schlägt mich mit der Faust …

Abermals erschrocken aufgewacht, liege ich keuchend im blassen Morgenlicht, warte darauf, dass mein Herz langsamer schlägt, versuche, den ätzenden Geschmack der Angst loszuwerden. *Sie hat dich vor dieser Scheiße gerettet, Grey.*

Als sie bei dir war, hast du diese schmerzhaften Erinnerungen nicht mehr durchlebt. Warum hast du sie gehen lassen?

Ich schaue auf die Uhr: 5:15. Zeit, laufen zu gehen.

Ihr Haus sieht düster aus, es liegt noch im Schatten, unberührt von der frühen Morgensonne. Wie passend. Es spiegelt meine Stimmung. In ihrer Wohnung ist es dunkel, doch die Vorhänge in dem Zimmer, das ich vorher schon beobachtet habe, sind zugezogen. Es muss ihr Zimmer sein.

Ich hoffe zu Gott, dass sie dort oben allein schläft. Ich stelle sie mir zusammengerollt auf ihrem weißen Metallbett vor, eine kleine Ana-Kugel. Träumt sie von mir? Verursache ich ihr Albträume? Hat sie mich vergessen?

Ich habe mich noch nie so elend gefühlt, nicht einmal als Teenager. Vielleicht, bevor ich ein Grey war … meine Erinnerung rast zurück. Nein, nein, nicht auch noch wach. Das ist zu viel. Ich ziehe meine Kapuze hoch und lehne mich an die Granitwand, ich stehe verborgen im Eingang des gegenüberliegenden Gebäudes. Der schreckliche Gedanke, dass ich noch in einer Woche, einem Monat … einem Jahr hier stehen werde, geht mir durch den Kopf. Beobachten, warten, nur um einen Blick auf das Mädchen zu erhaschen, das mal mir gehörte. Es tut weh. Ich bin zu dem geworden, was sie mir immer vorgeworfen hat zu sein – ihrem Stalker.

Ich kann so nicht weitermachen. Ich muss sie sehen. Sehen, dass es ihr gut geht. Ich muss das letzte Bild, das ich von ihr habe, auslöschen: verletzt, erniedrigt, geschlagen … und wie sie von mir geht.

Ich muss einen Weg finden.

Zurück im Escala, betrachtet Gail mich gelassen.

»Darum habe ich nicht gebeten.« Ich starre auf das Omelett das sie vor mich hingestellt hat.

»Dann werfe ich es weg, Mr. Grey«, sagt sie und greift nach dem Teller. Sie weiß, dass ich Verschwendung hasse, aber mein fester Blick beeindruckt sie nicht.

»Das haben Sie absichtlich gemacht, Mrs. Jones.« Was muss sie sich auch einmischen.

Sie lächelt, ein kleines, triumphierendes Lächeln. Ich runzle die Stirn, aber das stört sie nicht, und den Albtraum von letzter Nacht noch im Gedächtnis, verschlinge ich mein Frühstück.

Könnte ich Ana einfach anrufen und »Hi« sagen? Würde sie meinen Anruf annehmen? Mein Blick wandert zum Segelflieger auf meinem Schreibtisch. Sie hat um einen klaren Schnitt gebeten. Ich sollte das respektieren und sie in Ruhe lassen. Aber ich will ihre Stimme hören. Einen Moment lang spiele ich mit dem Gedanken, sie anzurufen, nur um sie zu hören.

»Christian? Christian, alles in Ordnung?«

»Entschuldigung, Ros, worum geht's?«

»Sie sind so zerstreut. So habe ich Sie noch nie gesehen.«

»Mir geht's gut.«

Scheiße. Konzentrier dich, Grey. »Was haben Sie gesagt?«

Ros betrachtet mich misstrauisch. »Ich habe gesagt, dass SIP in größeren finanziellen Schwierigkeiten steckt, als wir dachten. Sind Sie sicher, dass Sie weitermachen wollen?«

»Ja.« Meine Stimme ist entschlossen. »Bin ich.«

»Ihr Team wird heute Nachmittag herkommen, um die Hauptpunkte des Vertrags zu unterzeichnen.«

»Gut. Was ist unser letztes Angebot für Eamon Kavanagh?«

Grübelnd stehe ich da, schaue durch die Schlitze der Holzjalousien auf Taylor, der vor Flynns Büro parkt. Es ist später Nachmittag, und ich denke immer noch an Ana.

»Christian, ich nehme gern Ihr Geld und sehe dabei zu, wie Sie aus dem Fenster sehen, aber ich glaube nicht, dass der Ausblick der Grund ist, warum Sie hier sind«, sagt Flynn.

Als ich mich zu ihm umdrehe, blickt er mich mit höflicher Erwartung an. Ich seufze und gehe zu seiner Couch.

»Die Albträume sind wieder da. Wie niemals zuvor.«

Flynn hebt eine Augenbraue. »Dieselben?«

»Ja.«

»Was hat sich verändert?« Er legt seinen Kopf zur Seite, wartet auf meine Antwort. Als ich schweige, fügt er hinzu: »Christian, Sie sehen gottserbärmlich aus. Es ist etwas passiert.«

Ich fühle mich wie bei Elena, ein Teil von mir will es ihm nicht erzählen, weil es dann Wirklichkeit wird.

»Ich habe ein Mädchen kennengelernt.«

»Und?«

»Sie hat mich verlassen.«

Er sieht überrascht aus. »Schon früher haben Frauen Sie verlassen. Warum ist es dieses Mal anders?«

Ich sehe ihn ausdruckslos an.

Warum es anders ist? *Weil Ana anders war.*

Meine Gedanken wirbeln in einem bunten Chaos durcheinander: Sie war keine Sub. Wir hatten keinen Vertrag. Sie war sexuell unerfahren. Sie war die erste Frau, von der ich mehr als nur Sex wollte. Gott – all die Premieren, die ich mit ihr erlebt habe: das erste Mädchen, neben dem ich geschlafen habe, die erste Jungfrau, die erste Freundin, die ich meiner Familie vorgestellt habe, die erste Person, die in Charlie Tango geflogen ist, die erste Frau, mit der ich segelfliegen war.

Ja … anders.

Flynn unterbricht meine Gedanken. »Es ist eine einfache Frage, Christian.«

»Ich vermisse sie.«

Sein Gesichtsausdruck bleibt freundlich und interessiert, aber er gibt nichts preis.

»Sie haben nie eine der Frauen vermisst, mit denen Sie früher zusammen waren?«

»Nein.«

»Bei ihr war also etwas anders«, ermuntert er mich.

Ich zucke mit den Schultern, aber er macht weiter.

»Hatten Sie eine vertragliche Beziehung mit ihr? War sie eine Sub?«

»Ich hatte gehofft, sie würde eine. Aber das war nichts für sie.«

Flynn runzelt die Stirn. »Das verstehe ich nicht.«

»Ich habe mit einer meiner Regeln gebrochen. Ich war hinter diesem Mädchen her, dachte, sie wäre interessiert, und es stellte sich heraus, dass es nichts für sie war.«

»Erzählen Sie mir, was geschehen ist.«

Die Schleusen öffnen sich, und ich erzähle, was letzten Monat passiert ist, von dem Moment an, in dem Ana in mein Büro gestolpert ist, bis letzten Samstagmorgen, als sie mich verlassen hat.

»Aha. Sie haben ja einiges erlebt, seit wir uns das letzte Mal gesprochen haben.« Er reibt an seinem Kinn, während er mich betrachtet. »Da gibt's viele Probleme, Christian. Aber im Moment möchte ich mich darauf konzentrieren, wie Sie sich gefühlt haben, als sie gesagt hat, dass sie Sie liebt.«

Ich atme scharf ein, mein Magen verkrampft sich vor Angst.

»Grauenhaft, ich war entsetzt«, flüstere ich.

»Natürlich waren Sie das.« Er schüttelt den Kopf. »Sie sind aber nicht das Monster, für das Sie sich halten. Sie haben Zuneigung mehr als verdient, Christian. Sie wissen das. Ich habe es Ihnen oft genug gesagt. Nur in Ihrem Kopf ist es nicht angekommen.«

Ich schaue ihn ausdruckslos an und ignoriere die Plattitüde.

»Und wie fühlen Sie sich jetzt?«, fragt er.

Verloren. Ich fühle mich verloren.

»Ich vermisse sie. Ich will sie sehen.« Ich bin mal wieder im Beichtstuhl, beichte meine Sünden: das dunkle, dunkle Verlangen, das ich nach ihr habe, als wäre es eine Sucht.

»Trotz der Tatsache, dass sie, wie Sie es sehen, Ihre Bedürfnisse nicht erfüllen konnte, vermissen Sie sie?«

»Ja. Es ist nicht nur meine Sicht, John. Sie kann nicht so sein, wie ich sie gern hätte, und ich kann nicht so sein, wie sie mich gern hätte.«

»Sind Sie sicher?«

»Sie ist gegangen.«

»Sie ist gegangen, weil Sie sie mit einem Gürtel geschlagen haben. Können Sie ihr vorwerfen, dass sie Ihren Geschmack nicht teilt?«

»Nein.«

»Haben Sie daran gedacht, es mit einer Beziehung, wie sie sie möchte, zu versuchen?«

Was? Ich starre ihn geschockt an. Er fährt fort: »Fanden Sie die sexuelle Beziehung zu ihr befriedigend?«

»Ja, natürlich«, entgegne ich verärgert. Er ignoriert meinen Tonfall.

»Fanden Sie es befriedigend, sie zu schlagen?«

»Sehr.«

»Würden Sie es noch einmal tun?«

Das noch einmal tun? Und zusehen, wie sie geht – noch einmal?

»Nein.«

»Und warum?«

»Weil es nicht ihr Ding ist. Ich habe sie verletzt. Habe sie wirklich verletzt … und sie kann nicht … sie wird nicht …« Ich halte inne. »Sie genießt es nicht. Sie war wütend. Richtig scheißwütend.« Ihr Gesichtsausdruck, ihr verletzter Blick werden mich noch lange verfolgen … und ich will nie wieder der Grund für ihn sein.

»Sind Sie überrascht?«

Ich schüttle den Kopf. »Sie war wütend«, flüstere ich. »Ich habe sie noch nie so zornig gesehen.«

»Wie haben Sie sich da gefühlt?«

»Hilflos.«

»Und das ist ein bekanntes Gefühl«, sagt er.

»Wieso bekannt?« *Was meint er?*

»Erkennen Sie sich denn gar nicht? Ihre Vergangenheit?« Seine Frage bringt mich aus dem Gleichgewicht.

Verdammt, wir haben das x-mal besprochen.

»Nein, tue ich nicht. Es ist anders. Die Beziehung, die ich mit Mrs. Lincoln hatte, war völlig anders.«

»Ich meinte nicht Mrs. Lincoln.«

»Was meinten Sie dann?« Meine Stimme ist äußerst leise, denn plötzlich erkenne ich, worauf er hinauswill.

»Das wissen Sie.«

Ich schnappe nach Luft, die Machtlosigkeit und Wut eines wehrlosen Kindes überwältigen mich. Ja. Die Wut. Die tiefe, rasende Wut … und Angst. Die Dunkelheit wirbelt zornig in mir.

»Das ist nicht dasselbe«, zische ich durch zusammengebissene Zähne, während ich um Fassung ringe.

»Nein, ist es nicht«, gibt Flynn zu.

Aber das Bild ihrer Wut steht ungebeten vor meinen Augen.

So gefällt es dir also? Ich? So?

Es dämpft meine Wut.

»Ich weiß, was Sie zu tun versuchen, Doktor, aber das ist ein ungerechter Vergleich. Sie hat mich gebeten, es ihr zu zeigen. Sie ist eine mündige Erwachsene. Verdammt noch mal, sie hätte die Safewords benutzen können. Sie hätte mir sagen können, ich soll aufhören. Das hat sie nicht.«

»Ich weiß. Ich weiß.« Er hebt beschwichtigend die Hände. »Ich will nur etwas klarstellen, Christian. Sie sind ein wütender Mann und haben allen Grund dazu. Ich werde das jetzt nicht noch mal durchgehen, Sie leiden ganz offensichtlich, und der Sinn dieser Sitzungen ist, Sie dazu zu bringen, sich selbst besser akzeptieren und annehmen zu können.« Er hält inne. »Dieses Mädchen …«

»Anastasia«, murmle ich gereizt.

»Anastasia. Sie hat offensichtlich eine starke Wirkung auf Sie. Dass sie Sie verlassen hat, hat Ihre Verlustängste und Ihre posttraumatische Belastungsstörung ausgelöst. Sie bedeutet Ihnen eindeutig mehr, als Sie bereit sind sich selbst einzugestehen.«

Ich atme scharf ein. *Tut es deswegen so weh? Weil sie mehr bedeu-tet, so viel mehr?*

»Sie müssen sich auf Ihr Ziel konzentrieren«, fährt Flynn fort. »Und für mich klingt es, als wollten Sie mit diesem Mädchen zu-sammen sein. Sie vermissen sie. Wollen Sie mit ihr zusammen sein?«

Mit Ana zusammen sein?

»Ja«, flüstere ich.

»Dann müssen Sie sich auf dieses Ziel konzentrieren. Damit sind wir wieder bei dem, was ich in unseren letzten Sitzungen im-mer wieder angesprochen habe: die lösungsfokussierte Kurzthera-pie. Wenn sie Sie liebt, wie sie es Ihnen gesagt hat, dann muss sie jetzt auch leiden. Ich wiederhole also meine Frage: Haben Sie eine konventionellere Beziehung mit diesem Mädchen in Betracht ge-zogen?«

»Nein, habe ich nicht.«

»Wieso nicht?«

»Weil ich nie auf die Idee gekommen bin, dass ich das könnte.«

»Nun, wenn sie nicht bereit ist, Ihre Sub zu sein, können Sie nicht die Rolle des Doms spielen.«

Ich schaue ihn düster an. Es ist keine Rolle, das bin ich. Und wie aus dem Nichts erinnere ich mich an eine alte Mail an Anasta-sia. Meine Worte: *Ich glaube, dir ist noch nicht ganz klar, dass in einer Dom/Sub-Beziehung die Sub sagt, wo es langgeht. Du hast die Macht, über alles zu bestimmen, was zwischen uns passiert. Noch einmal zum Mitschreiben – du bist diejenige, die die Macht hat. Nicht ich.* Wenn sie das nicht tun möchte … dann kann ich das auch nicht.

Hoffnung regt sich in meiner Brust.

Könnte ich das?

Könnte ich eine Blümchenbeziehung mit Anastasia haben?

Meine Kopfhaut kribbelt.

Verdammt! Möglicherweise.

Falls ich es könnte, würde sie mich dann zurückhaben wollen?

»Christian, Sie haben bewiesen, dass Sie ein außerordentlich

tüchtiger Mensch sind, trotz Ihrer Probleme. Sie sind eine außerge-
wöhnliche Persönlichkeit. Wenn Sie sich einmal auf ein Ziel fixiert
haben, gehen Sie voran und erreichen es, normalerweise übertreffen
Sie dabei Ihre eigenen Erwartungen. Nach dem, was ich heute von
Ihnen gehört habe, ist es klar, dass Sie darauf konzentriert waren,
Anastasia dorthin zu bringen, wo Sie sie haben wollten, aber Sie
haben nicht mit ihrer Unerfahrenheit und ihren Gefühlen gerechnet. Es scheint mir, dass Sie so darauf fokussiert waren, Ihr Ziel zu
erreichen, dass Sie die Reise, die Sie gemeinsam unternommen haben, verpasst haben.«

Der letzte Monat taucht vor meinem inneren Auge auf: wie sie
in mein Büro stolpert, ihre heftige Verlegenheit im Clayton's, ihre
geistreichen, bissigen Mails, ihre Schlagfertigkeit ... ihr Kichern ...
ihre innere Stärke, ihr Mut. Mir wird klar, dass ich jede einzelne
Minute genossen habe. Jede nervige, verwirrende, lustige, sinnliche,
fleischliche Sekunde mit ihr. Ja, das habe ich. Wir waren auf einer
ungewöhnlichen Reise, wir beide, also ich auf jeden Fall.

Meine Gedanken nehmen eine düstere Wendung.

Sie kennt meine Abgründe nicht, meine Verdorbenheit, die
Dunkelheit in meiner Seele, das Monster – vielleicht sollte ich sie
in Ruhe lassen.

Ich habe sie nicht verdient. Sie kann mich nicht lieben.

Doch noch während ich die Worte denke, weiß ich, dass ich
nicht die Kraft habe, mich von ihr fernzuhalten ... wenn sie mich
haben will.

Flynn fordert meine Aufmerksamkeit. »Christian, denken Sie
darüber nach. Unsere Zeit ist jetzt abgelaufen. Ich möchte Sie in
ein paar Tagen wiedersehen und mit Ihnen über einige der anderen Probleme sprechen, die Sie erwähnt haben. Janet wird Andrea
anrufen und einen Termin abmachen.« Er steht auf, und ich weiß,
dass es Zeit ist zu gehen.

»Sie haben mir viel zum Nachdenken gegeben«, sage ich.

»Wenn es nicht so wäre, würde ich meinen Job nicht gut machen.
Nur ein paar Tage, Christian. Wir müssen noch über so viel reden.«

Er schüttelt mir die Hand und lächelt mich aufmunternd an, und ich gehe mit einer winzigen Knospe der Hoffnung.

Ich stehe auf dem Balkon und betrachte Seattle bei Nacht. Hier oben bin ich weit weg von allem. Wie hat sie es genannt?

Elfenbeinturm? Nein, das meinte sie in Bezug auf die Sprache. Meine Sprache.

Normalerweise finde ich den Ausblick sehr friedlich, aber in letzter Zeit ist mein Seelenfrieden von einer gewissen blauäugigen Frau zerstört worden.

Haben Sie daran gedacht, es mit einer Beziehung, wie sie sie möchte, zu versuchen? Flynns Worte reizen mich, sie eröffnen so viele Möglichkeiten.

Könnte ich sie zurückgewinnen? Der Gedanke erschreckt mich.

Ich nippe an meinem Cognac. Warum sollte sie mich zurückhaben wollen? Könnte ich je so sein, wie sie mich haben will? Ich werde meine Hoffnung nicht begraben. Ich muss einen Weg finden.

Ich brauche sie.

Etwas erschreckt mich, eine Bewegung, ein Schatten am Rande meines Gesichtsfelds. Ich runzle die Stirn. Was zur …? Ich drehe mich zum Schatten um, sehe aber nichts. Jetzt halluziniere ich schon. Ich kippe den Cognac hinunter und gehe zurück ins Wohnzimmer.

MITTWOCH, 8. JUNI 2011

Mommy! Mommy! Mommy schläft auf dem Fußboden. Sie schläft schon lange. Ich schüttle sie. Sie wacht nicht auf. Ich rufe sie. Sie wacht nicht auf. Er ist nicht da, und Mommy wacht immer noch nicht auf.

Ich habe Durst. In der Küche ziehe ich einen Stuhl an die Spüle und trinke. Das Wasser spritzt auf meinen Pulli. Mein Pulli ist schmutzig. Mommy schläft immer noch. Mommy, wach auf! Sie liegt still. Sie ist kalt. Ich hole meine Decke und decke Mommy zu. Ich lege mich neben sie auf den klebrigen grünen Teppich.

Mein Bauch tut weh. Er hat Hunger, aber Mommy schläft immer noch. Ich habe zwei Spielzeugautos. Ein rotes. Ein gelbes. Mein grünes Auto ist weg. Sie rasen über den Boden, wo Mommy schläft. Ich glaube, Mommy ist krank. Ich suche nach etwas zu essen. Im Gefrierschrank finde ich Erbsen. Sie sind kalt. Ich esse sie langsam. Sie machen Bauchweh. Ich schlafe neben Mommy. Die Erbsen sind alle. Im Gefrierschrank ist etwas. Es riecht komisch. Ich lecke daran, und meine Zunge bleibt kleben. Ich esse es langsam. Es schmeckt eklig. Ich trinke Wasser. Ich spiele mit meinen Autos und schlafe neben Mommy. Mommy ist so kalt, und sie wacht nicht auf. Die Tür geht auf. Ich decke Mommy mit meiner Decke zu. *Scheiße. Was ist hier passiert, verdammt? Oh, die bescheuerte, kaputte Schlampe. Scheiße. Fuck. Geh mir aus dem Weg, du kleiner Scheißer.* Er tritt mich, und mein Kopf schlägt hart auf den Boden. Mein Kopf tut weh. Er ruft jemanden an und geht. Er schließt die Tür ab. Ich lege mich neben Mommy. Mein Kopf tut weh. Die Polizistin ist hier. Nein. Nein. Nein. Fass mich nicht an. Fass mich nicht an. Fass mich nicht an. Ich bleibe bei Mommy. Nein. Geh weg. Die Polizistin hat meine Decke, und sie greift nach mir. Ich schreie. *Mommy. Mommy.* Die Wörter sind weg. Ich kann die Wörter nicht sagen. Mommy kann mich nicht hören. Ich habe keine Wörter.

Schwer atmend wache ich auf, schnappe gierig nach Luft, schaue mich um. Gott sei Dank, ich bin in meinem Bett. Langsam geht die Angst zurück. Ich bin siebenundzwanzig, nicht vier. Diese Scheiße muss aufhören. Ich hatte die Albträume unter Kontrolle. Vielleicht einer alle zwei Wochen, aber nicht wie jetzt jede Nacht.

Seit sie weg ist.

Ich drehe mich um und liege flach auf dem Rücken, starre an die Decke. Als sie neben mir war, habe ich gut geschlafen. Ich brauche sie in meinem Leben, in meinem Bett. Sie war der Tag zu meiner Nacht. Ich werde sie zurückbekommen.

Bloß wie?

Haben Sie daran gedacht, es mit einer Beziehung, wie sie sie möchte, zu versuchen?

Sie möchte Herzchen und Blümchen. Kann ich ihr das geben? Ich runzle die Stirn, versuche, mich an die romantischen Augenblicke in meinem Leben zu erinnern … Und da ist nichts … außer mit Ana. Das »mehr«. Das Segelfliegen und IHOP und sie in Charlie Tango mitnehmen.

Vielleicht *kann* ich es.

Ich schlafe wieder ein, in meinem Kopf ein Mantra: *Sie gehört mir. Sie gehört mir* … und ich rieche sie, fühle ihre weiche Haut, schmecke ihre Lippen und höre ihr Stöhnen. Erschöpft falle ich in einen erotischen, Ana-erfüllten Traum. Ich wache abrupt auf. Einen Augenblick lang glaube ich, dass das, was auch immer mich gestört hat, von außen und nicht von innen kam. Ich setze mich auf und suche den Raum ab.

Trotz meines sinnlichen Traums ist mein Körper brav geblieben. Elena wäre erfreut. Sie hat mir gestern eine SMS geschickt, aber Elena ist der letzte Mensch, mit dem ich reden möchte. Im Moment möchte ich nur eine einzige Sache tun. Ich stehe auf und ziehe meine Laufsachen an.

Ich werde nach Ana sehen.

Ihre Straße ist ruhig, abgesehen vom Lärmen eines Lieferwagens und dem unfähigen Pfeifen eines einsamen Hundebesitzers. Ihre Wohnung ist dunkel, die Vorhänge vor ihrem Schlafzimmer zugezogen. Von meinem Stalker-Versteck aus halte ich stumm Wache, schaue zu den Fenstern hoch und denke nach. Ich brauche einen Plan, einen Plan, um sie zurückzugewinnen.

Als das Morgenlicht ihre Fenster erhellt, drehe ich meinen iPod laut, und mit Moby in meinen Ohren renne ich zurück zum Escala.

»Ich nehme ein Croissant, Mrs. Jones.«

Sie bleibt überrascht stehen, und ich ziehe eine Augenbraue hoch.

»Aprikosenmarmelade?«, fragt sie; sie hat sich wieder gefangen.

»Bitte.«

»Ich wärme die Croissants für Sie auf, Mr. Grey. Hier ist Ihr Kaffee.«

»Danke schön, Gail.«

Sie lächelt. Liegt das nur daran, dass ich Croissants esse? Wenn es sie glücklich macht, sollte ich öfter welche essen.

Im Fond des Audi schmiede ich Pläne. Ich muss Ana Steele näher kommen, um meine Kampagne, sie zurückzuholen, zu starten. Ich rufe Andrea an, wohl wissend, dass sie um 7:15 Uhr noch nicht an ihrem Schreibtisch sitzt, aber ich hinterlasse ihr eine Nachricht. »Andrea, sobald Sie da sind, möchte ich mit Ihnen meine Termine für die nächsten Tage durchgehen.« So, der erste Schritt meiner Offensive besteht darin, in meinem Kalender Zeit für Ana freizuschlagen. Aber was zum Teufel soll ich diese Woche eigentlich tun? Im Moment habe ich keinen blassen Schimmer. Normalerweise habe ich damit keine Probleme, aber in letzter Zeit war ich zu durcheinander, um das jetzt auf die Reihe zu kriegen. Dennoch habe ich eine Mission, auf die ich mich konzentrieren will. *Du kannst das, Grey.*

Tief im Inneren wünsche ich mir, ich besäße den Mut, den zu haben ich vorgebe. Angst breitet sich in mir aus. Kann ich Ana überzeugen? Wird sie mir zuhören? Ich hoffe es. Das hier muss funktionieren. Ich vermisse sie.

»Mr. Grey, ich habe all Ihre gesellschaftlichen Termine für diese Woche abgesagt, außer einem. Ich weiß nicht, worum es sich handelt. In Ihrem Kalender steht für morgen nur Portland, sonst nichts.«

Der verdammte Fotograf!

Ich strahle Andrea an, und sie zieht überrascht die Augenbrauen hoch. »Danke, Andrea. Das ist im Moment alles. Schicken Sie Sam herein.«

»Natürlich, Mr. Grey. Hätten Sie gern noch etwas Kaffee?«

»Ja, bitte.«

»Mit Milch?«

»Ja. Danke schön.«

Sie lächelt höflich und verlässt das Büro.

Da ist sie! Meine Chance! Der Fotograf! Also … wie mache ich es?

Ein Meeting reiht sich ans andere, und meine Mitarbeiter scheinen nur darauf gewartet zu haben, dass ich explodiere. Okay, das war in den letzten Tagen meine Arbeitsweise, aber heute fühle ich mich klarer, ruhiger und präsenter, fähig, mit allem zurechtzukommen.

Es ist Mittagszeit, mein Training mit Claude ist gut gelaufen. Doch es gibt – bislang das einzige Haar in der Suppe – keine Neuigkeiten von Leila. Alles, was wir wissen, ist, dass sie sich von ihrem Ehemann getrennt hat und überall sein könnte. Sollte sie auftauchen, wird Welch sie finden.

Ich habe einen Bärenhunger. Olivia stellt einen Teller auf meinen Schreibtisch.

»Ihr Sandwich, Mr. Grey.«

»Huhn und Mayonnaise?«

»Äh …«

Ich sehe sie an. Sie begreift es einfach nicht.

Olivia entschuldigt sich unbeholfen.

»Ich habe gesagt, Huhn *mit Mayonnaise*, Olivia. Das ist nicht so schwierig.«

»Es tut mir leid, Mr. Grey.«

»Schon in Ordnung. Gehen Sie einfach.« Sie sieht erleichtert aus, beeilt sich aber, das Büro zu verlassen.

Ich rufe Andrea an.

»Sir?«

»Kommen Sie rein.«

Andrea erscheint in der Tür, sie wirkt ruhig.

»Werden Sie dieses Mädchen los.«

Andrea versucht eine Verteidigung.

»Sir, Olivia ist die Tochter von Senator Blandino.«

»Es ist mir egal, und wenn sie die verdammte Queen von England wäre. Raus aus meinem Büro.«

»Ja, Sir.« Andrea wird rot.

»Suchen Sie sich jemand anderen, der Sie unterstützt«, biete ich in einem versöhnlichem Tonfall an. Ich will Andrea nicht verschrecken.

»Ja, Mr. Grey.«

»Danke. Das ist alles.«

Sie lächelt, und ich weiß, dass sie wieder auf meiner Seite ist. Sie ist eine gute Assistentin; ich will nicht, dass sie kündigt, weil ich mich wie ein Arschloch benehme. Sie überlässt mich nun meinem Hühnersandwich – ohne Mayo – und meinem Schlachtplan.

Portland.

Ich weiß, wie die E-Mail-Adressen der Angestellten bei SIP aussehen. Ich denke, Anastasia wird schriftlich eher reagieren. Aber wie anfangen?

~~Liebe Ana~~

Nein.

~~Liebe Anastasia~~

Nein.

~~Liebe Miss Steele~~

Mist!

Eine halbe Stunde später starre ich immer noch auf einen leeren Computerbildschirm. Was zum Teufel soll ich sagen?
Komm zurück ... bitte?
~~Vergib mir.~~
~~Ich vermisse dich.~~
~~Lass es uns auf deine Art versuchen.~~
Ich lege den Kopf in die Hände. Warum ist das so schwer?
Halt es einfach, Grey. Lass alles Unnötige weg.
Ich atme tief ein und tippe eine Mail. *Ja ... so geht's.* Andrea meldet sich.
»Miss Bailey ist hier, um Sie zu sehen, Sir.«
»Sagen Sie ihr, sie soll warten.«
Ich lege auf, warte einen Augenblick, dann klicke ich mit pochendem Herzen auf »Senden«.

Von: Christian Grey
Betreff: Morgen
Datum: 8. Juni 2011, 14:05 Uhr
An: Anastasia Steele

Liebe Anastasia,
verzeih die Störung bei der Arbeit. Ich hoffe, alles läuft gut. Hast
du meine Blumen bekommen?
Gerade merke ich, dass morgen die Ausstellungseröffnung von
deinem Freund ist. Bestimmt hast du noch keine Zeit gefunden,
einen neuen Wagen zu kaufen, und es ist eine lange Fahrt. Ich
würde mich sehr freuen, dich hinzubringen – falls du das möchtest.
Sag Bescheid.

CHRISTIAN GREY
CEO, Grey Enterprises Holdings, Inc.

Ich beobachte mein Postfach.

Und beobachte.

Und beobachte … meine Angst wird mit jeder Sekunde, die
schleichend vergeht, größer.

Ich stehe auf, gehe im Büro hin und her, aber dadurch bin ich
nicht mehr bei meinem Computer. Zurück an meinem Schreibtisch, schaue ich noch einmal nach meinen Mails.

Nichts.

Um mich abzulenken, fahre ich mit den Fingern über die Flügel
des Segelfliegers.

Heilige Scheiße, Grey, reiß dich zusammen.

Komm schon, Anastasia, antworte mir. Sie war immer so schnell.
Ich schaue auf die Uhr … 14:09.

Vier Minuten!

Immer noch nichts.

Ich stehe auf, laufe noch einmal in meinem Büro herum, spähe alle drei Sekunden auf meine Uhr, so fühlt es sich jedenfalls an.

Um 14:20 Uhr bin ich verzweifelt. Sie wird nicht antworten. Sie hasst mich wirklich … wer kann es ihr verdenken?

Dann höre ich das Ping einer eintreffenden E-Mail. Mein Herz schlägt bis zum Hals.

Verdammt! Sie ist von Ros, sie sagt mir Bescheid, dass sie wieder im Büro ist.

Und dann ist sie da, in meinem Posteingang, die magische Zeile:

Von: Anastasia Steele

Von: Anastasia Steele
Betreff: Morgen
Datum: 8. Juni 2011, 14:25 Uhr
An: Christian Grey

Hi Christian,
danke für die Blumen, sie sind wunderschön.
Ja, ich würde mich freuen, wenn du mich hinbringen könntest.
  Danke.

ANASTASIA STEELE
Assistentin von Jack Hyde, Cheflektor, SIP

Ich bin unendlich erleichtert; ich schließe die Augen und koste das Gefühl aus.

JA!

Ich inspiziere ihre Mail auf Hinweise, aber wie üblich habe ich keine Ahnung, welche Gedanken hinter ihren Worten stecken. Der Tonfall ist jedenfalls freundlich, aber das war's auch schon. Nur freundlich.

Carpe diem, Grey.

Von: Christian Grey
Betreff: Morgen
Datum: 8. Juni 2011, 14:27 Uhr
An: Anastasia Steele

Liebe Anastasia,
um wie viel Uhr soll ich dich abholen?

CHRISTIAN GREY
CEO, Grey Enterprises Holdings, Inc.

Ich muss nicht ganz so lange warten.

Von: Anastasia Steele
Betreff: Morgen
Datum: 8. Juni 2011, 14:32 Uhr
An: Christian Grey

Josés Vernissage beginnt um halb acht. Welche Zeit würdest
du vorschlagen?

ANASTASIA STEELE
Assistentin von Jack Hyde, Cheflektor, SIP

Wir können Charlie Tango nehmen.

Von: Christian Grey
Betreff: Morgen
Datum: 8. Juni 2011, 14:34 Uhr
An: Anastasia Steele

Liebe Anastasia,
Portland ist weit weg. Ich hole dich um 17:45 Uhr ab.
Ich freue mich darauf, dich wiederzusehen.

CHRISTIAN GREY
CEO, Grey Enterprises Holdings, Inc.

Von: Anastasia Steele
Betreff: Morgen
Datum: 8. Juni 2011, 14:38 Uhr
An: Christian Grey

Bis dann.

ANASTASIA STEELE
Assistentin von Jack Hyde, Cheflektor, SIP

Meine Offensive, sie zurückzugewinnen, hat begonnen. Die kleine Knospe der Hoffnung ist jetzt eine japanische Kirschblüte.

Ich melde mich bei Andrea.

»Miss Bailey ist wieder im Büro, Mr. Grey.«

»Ich weiß, sie hat mir eine Mail geschickt. Ich brauche Taylor in einer Stunde.«

»Ja, Sir.«

Ich lege auf. Anastasia arbeitet für einen Typ namens Jack Hyde. Ich will mehr über ihn wissen. Ich rufe Ros an.

»Christian.« Sie klingt genervt. *Pech.*

»Haben wir Zugriff auf die Personalakten von SIP?«

»Noch nicht. Aber wir können sie besorgen.«

»Bitte. Heute noch, wenn Sie können. Ich will alles haben, was Sie über Jack Hyde finden, auch über jeden, der schon mal für ihn gearbeitet hat.«

»Darf ich fragen, warum?«

»Nein.«

Sie schweigt einen Moment.

»Christian, ich weiß nicht, was in letzter Zeit in Sie gefahren ist.«

»Ros, machen Sie es einfach, okay?«

Sie seufzt. »Okay. Können wir jetzt mit unserem Meeting über das Angebot zur Werft in Taiwan beginnen?«

»Ja. Ich musste einen wichtigen Anruf erledigen. Es hat länger gedauert, als ich dachte.«

»Ich komme sofort hoch.«

Als Ros aus meinem Büro geht, folge ich ihr.

»Washington State University nächsten Freitag«, informiere ich Andrea, die es sich in ihrem Notizbuch aufschreibt.

»Und ich darf im Firmenheli mitfliegen?« Ros sprudelt geradezu über vor Begeisterung.

»Helikopter«, korrigiere ich sie.

»Egal, Christian.« Sie verdreht die Augen, als sie den Aufzug betritt, was mich zum Lächeln bringt.

Andrea sieht zu, wie sich die Aufzugtüren schließen, dann schaut sie mich erwartungsvoll an.

»Rufen Sie Stephan an. Ich fliege morgen Abend mit Charlie Tango nach Portland, und er muss den Helikopter auch zurück nach Boeing Field fliegen«, sage ich zu Andrea.

»Ja, Mr. Grey.«

Von Olivia ist nichts zu sehen. »Ist sie weg?«

»Olivia?«, fragt Andrea.

Ich nicke.

»Ja.« Sie scheint erleichtert.

»Wohin?«

»Finanzen.«

»Gute Idee. Das hält mir Senator Blandino vom Leib.«

Andrea sieht aus, als freue sie sich über das Kompliment.

»Sie suchen sich eine andere Hilfe, ja?«, frage ich.

»Gewiss, Sir. Morgen schaue ich mir drei Bewerber an.«

»Gut. Ist Taylor hier?«

»Ja, Sir.«

»Sagen Sie meine restlichen Meetings heute ab. Ich gehe aus.«

»Sie gehen aus?« Sie quietscht vor Überraschung.

»Ja.« Ich grinse. »Ich gehe aus.«

»Wohin, Sir?«, fragt Taylor, als ich mich auf der Rückbank des SUV ausstrecke.

»Zum Apple-Laden.«

»Auf der Northeast, Forty-Fifth?«

»Ja.« Ich werde Ana ein iPad kaufen. Ich lehne mich im Sitz zurück, schließe die Augen und überlege, welche Apps und Songs ich für sie herunterladen und installieren werde. Ich könnte »Toxic« nehmen. Ich grinse bei diesem Gedanken. Nein, ich glaube nicht, dass ihr das gefallen würde. Sie würde sogar ziemlich wütend werden, und zum ersten Mal seit Langem bringt mich der Gedanke an eine wütende Ana zum Lächeln. Wütend, wie sie in Georgia war, nicht wie letzten Samstag. Ich rutsche auf meinem Sitz unruhig hin und her, ich will mich nicht daran erinnern. Ich kehre wieder zu den Überlegungen zurück, welche Songs es sein sollen; so energiegeladen wie in diesem Augenblick habe ich mich seit Tagen nicht mehr gefühlt. Mein Telefon signalisiert mir das Eintreffen einer SMS, und mein Herz schlägt schneller.

Darf ich hoffen?

Hey, Arschloch. Bier?

Verdammt. Eine SMS von meinem Bruder.

Nein. Hab zu tun.

Du hast immer zu tun.
Fliege morgen nach Barbados.
Um zu, du weißt schon, ENTSPANNEN.
Wir sehen uns, wenn ich zurück bin.
Und dann trinken wir dieses Bier!!!

Ciao, Lelliot. Gute Reise.

Es wird ein vergnüglicher Abend voller Musik, eine nostalgische Reise durch meine iTunes. Zum Schluss habe ich eine Songliste für Anastasia zusammengestellt. Ich erinnere mich, wie sie in meiner Küche getanzt hat; ich wünschte, ich wüsste, wozu. Sie sah total verrückt und absolut hinreißend aus. Das war, nachdem ich sie zum ersten Mal gefickt habe.

Nein. Nachdem ich zum ersten Mal mit ihr geschlafen habe?

Keiner der Ausdrücke fühlt sich richtig an. Ich erinnere mich an ihre leidenschaftliche Bitte an dem Abend, als ich sie meinen Eltern vorgestellt habe. *Ich will, dass wir miteinander schlafen.* Wie geschockt ich von diesem einfachen Satz war, und doch wollte sie mich nur berühren. Ich erschaudere bei diesem Gedanken. Ich muss ihr klarmachen, dass das ein Hard Limit für mich ist. Ich kann es nicht ertragen, angefasst zu werden.

Ich schüttle den Kopf. *Du greifst viel zu weit vor, Grey,* du musst zuerst diese Sache erledigen. Ich checke noch einmal die Widmung auf dem iPad.

Anastasia – für dich.
Ich weiß, was du aus meinem Mund hören möchtest.
Die Musik sagt es für mich.
Christian

Vielleicht funktioniert es. Sie will Herzchen und Blümchen, vielleicht kommt das hier dem am nächsten. Aber ich habe letztlich keine Ahnung. Ich möchte ihr so viel sagen, falls sie mir zuhört. Und falls nicht, dann werden die Songs es für mich sagen. Ich hoffe einfach, dass sie mir die Chance gibt, sie ihr zu überreichen.

Aber wenn ihr mein Vorschlag nicht gefällt, wenn ihr die Vorstellung, mit mir zusammen zu sein, nicht gefällt, was werde ich dann tun? Vielleicht ist es für sie einfach nur praktisch, dass ich sie nach Portland bringe. Der Gedanke deprimiert mich, als ich in mein Schlafzimmer gehe, um endlich zu schlafen.

Wage ich es zu hoffen?

Verdammt! Ja, das tue ich.

DONNERSTAG, 9. JUNI 2011

Die Ärztin hebt die Hände hoch. *Ich werde dir nicht wehtun. Ich muss deinen Bauch untersuchen.* Sie gibt mir ein kaltes, rundes Gummiding und lässt mich damit spielen. *Leg du es auf deinen Bauch, dann fasse ich dich nicht an und kann dennoch deinen Bauch abhören.* Die Ärztin ist nett … die Ärztin ist Mommy.

Meine neue Mommy ist hübsch. Sie ist wie ein Engel. Ein Arztengel. Sie streicht mir übers Haar. Ich mag es, wenn sie mir übers Haar streicht. Sie lässt mich Eis und Kuchen essen. Sie schimpft nicht, als sie das Brot und die Äpfel findet, die ich in meinen Schuhen versteckt habe. Oder unter dem Bett. Oder unter meinem Kissen. *Schatz, das Essen ist in der Küche. Sag einfach mir oder Daddy Bescheid, wenn du Hunger hast. Zeig mit deinem Finger darauf. Kannst du das?* Da ist noch ein Junge. Lelliot. Er ist gemein. Also schlage ich ihn. Aber meiner neuen Mommy gefällt das nicht. Da ist ein Klavier. Ich mag die Töne, die aus ihm herauskommen. Ich stehe am Klavier und drücke auf die weißen und schwarzen Dinger. Die Töne der schwarzen Tasten sind komisch. Miss Kathie sitzt mit mir am Klavier. Sie gibt mir Unterricht. Sie hat lange braune Haare, und sie sieht aus wie jemand, den ich kenne. Sie riecht nach Blumen und frischem Apfelkuchen. Sie riecht gut. Bei ihr klingt das Klavier schön. Sie ist nett zu mir. Sie lächelt, und ich spiele. Sie lächelt, und ich bin glücklich. Sie lächelt, und sie ist Ana. Wunderschöne Ana, sie sitzt bei mir, während ich eine Fuge spiele, ein Prélude, eine Sonate. Sie seufzt, legt ihren Kopf auf meine Schulter, sie lächelt. *Ich liebe es, dir beim Spielen zuzuhören,*

Christian. Ich liebe dich, Christian. Ana. Bleib bei mir. Du gehörst mir. Ich liebe dich auch.

Ich wache erschrocken auf.
Heute werde ich sie zurückerobern.

DANK

Ich danke:

Anne Messitte für ihre Ratschläge, ihre gute Laune und ihren Glauben an mich. Dafür, dass sie mir so großzügig ihre Zeit geschenkt und sich unermüdlich bemüht hat, meine Prosa zu entwirren.

Tony Chirico und Russell Perreault für ihre Betreuung, dem fabelhaften Lektorats- und Designteam, die diesem Buch über die Ziellinie halfen: Amy Brosey, Lydia Buechler, Katherine Hourigan, Andy Hughes, Claudia Martinez und Megan Wilson.

Niall Leonard für seine Liebe, seinen Beistand und seinen Rat, ihm, dem einzigen Mann, der mich wirklich zum Lachen bringen kann.

Meiner Agentin Valerie Hoskins, ohne die ich immer noch fürs Fernsehen arbeiten würde. Danke für alles.

Kathleen Blandino, Ruth Clampett und Belinda Willis: Danke fürs erste Lesen.

Den Lost Girls für ihre kostbare Freundschaft und die Therapie.

Den Bunker Babes für ihren unerschöpflichen Reichtum an Esprit und Wissen, für ihre Unterstützung und Freundschaft.

Den FP-Ladys für ihre Hilfe bei meinen Amerikanismen.

Peter Branston für seinen Beistand bei SFBT, der Lösungsorientierten Kurztherapie.

Brian Brunetti für seine Erklärungen zum Thema Helikopter.

Professor Dawn Carusi für die Navigationshilfe, was das amerikanische Bildungssystem betrifft.

Professor Chris Collins für Informationen über Bodenkunde.

Dr. Raina Sluder für die Klärung aller medizinischen Fragen.

Und *last but not least*: meinen Kindern. Ich liebe Euch mehr, als Worte sagen können. Ihr bringt so viel Freude in mein und unser aller Leben. Ihr seid wunderbare, witzige, clevere, einfühlsame junge Männer. Ich bin stolz auf Euch.

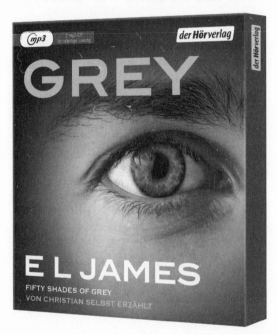

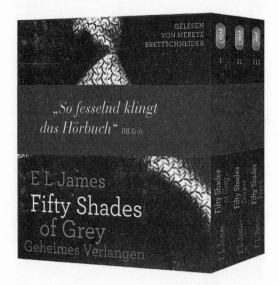

E L JAMES
Grey

GOLDMANN
Lesen erleben